El cazador

Tana French
El cazador

Traducido del inglés por Antonio Lozano

AdN

Título original: *The Hunter*

Primera edición: 2024

Diseño de colección: Summa Branding

PAPEL DE FIBRA
CERTIFICADA

Copyright © Tana French, 2024
© de la traducción: Antonio Lozano, 2024
© AdN Editorial (Grupo Anaya S. A.), 2024
Calle Valentín Beato, 21
28037 Madrid
www.AdNovelas.com

ISBN: 978-84-10138-44-5
Depósito legal: M. 6.283-2024
Printed in Spain

*Para David, que ahora deberá ser amable
conmigo para siempre*

Capítulo 1

Trey sube la montaña acarreando una silla rota. La lleva a la espalda, sosteniéndola por encima de los hombros y con las patas apuntando hacia fuera, a la altura de la cintura. El cielo es de un azul tan intenso que parece glaseado y el sol le quema el cuello. Incluso los agudos y desvaídos trinos de los pájaros, que vuelan muy alto para ser vistos, vibran por efecto del calor. La dueña de la silla le ofreció a Trey llevarla de regreso, pero ella no tiene la menor intención de que la mujer se meta en sus asuntos. Tampoco la menor intención, ni la habilidad, de darle conversación durante el trayecto en coche por carreteras de montaña llenas de baches.

Su perro, Banjo, traza amplios y erráticos círculos por fuera de los senderos, olfateando y escarbando entre el tupido brezo, cuyas puntas están demasiado marrones y que desprende un aroma demasiado intenso para ser julio. Al abrirse camino por él, suenan crujidos. Cada pocos minutos, Banjo regresa brincando al lado de Trey para contarle, entre pequeños jadeos y gemidos de felicidad, lo que ha encontrado. Banjo es un perro mestizo, con una cabeza y un cuerpo de *beagle* encajados en unas patas propias de una raza más rechoncha, y es mucho más hablador que Trey. El nombre le viene de una franja blanca en forma de banjo que luce en la tripa. A Trey le habría gustado algo mejor, pero a su mente no suelen acudir ideas elaboradas, y las alternativas le sonaron a como cualquier capullo de manual llamaría a su perro. Al final le dejó Banjo. Cal Hooper, el americano que vive a las afueras del pueblo, llamó Rip a su perro, que es de la misma camada que Banjo, y si un nombre sencillo es lo suficientemente bueno para el perro de Cal, también lo es para el de Trey. Además, ella ya pasa gran parte de su tiempo en casa de Cal, por lo que ambos perros pasan gran parte de su tiempo juntos, y sonaría estúpido llamarlos de modos que chocaran.

La casa de Cal es donde Trey piensa llevar más tarde la silla rota. Cal y Trey arreglan muebles, o los fabrican, y compran muebles desvencijados para restaurarlos con la intención de venderlos en el mercado que se organiza los sábados en la localidad de Kilcarrow. Una vez recogieron una mesita que a ojos de Trey parecía inservible, demasiado pequeña y larguirucha para sostener nada reseñable, pero Cal descubrió por internet que tenía casi doscientos años. Cuando hubieron acabado con ella, la vendieron por ciento ochenta euros. La silla que Trey acarrea tiene astillada una pata y dos varillas, como si alguien hubiese invertido tiempo y determinación en patearla, pero, cuando haya pasado por las manos de ambos, nadie pensará que un día estuvo rota.

Primero piensa almorzar en casa, ya que su intención es cenar en la de Cal —Trey está creciendo a tal ritmo este verano que básicamente organiza sus días en función de la comida— y el orgullo le impide presentarse a su puerta dos veces en un mismo día en busca de alimento. Se cuida mucho de no traspasar los límites, puesto que, si sus deseos se hicieran realidad, viviría ahí. El hogar de Cal transmite paz. Por muy arriba en la montaña y aislada que se encuentre la casa de Trey, no encuentra ninguna paz en ella, la agobia lo abarrotada que está. Sus hermanos mayores ya no están, pero Liam y Alanna tienen seis y cinco años, respectivamente, y se pasan el día gritando por un motivo u otro. Maeve tiene once y siempre está quejándose y dando portazos a la puerta de la habitación que comparte con Trey. Incluso en aquellos momentos en que no están armando un escándalo por mera casualidad, su zumbido sigue presente. Su madre guarda silencio, pero no es un silencio que contenga paz. Ocupa espacio, como algo pesado y de hierro oxidado que la envolviera. Lena Dunne, que vive en la falda de las montañas y que fue quien le dio a Trey el perro, asegura que su madre había sido habladora y que se reía con facilidad. No es que Trey no la crea, es que le resulta imposible evocar esa imagen.

Banjo sale del brezo de un brinco, exultante consigo mismo y acarreando algo que Trey puede oler a una milla de distancia. «Suéltalo», le ordena. Banjo le lanza una mirada de reproche, pero está bien amaestrado: suelta lo que sea que lleve y, al impactar contra el suelo, suena a mojado. Es estrecho y oscuro, quizá se trate de un armiño joven. «Buen perro», le dice Trey, soltando una mano de la silla para acariciarle la cabeza, pero no consigue apaciguarlo. En vez de salir corriendo de nuevo, camina fatigosamente a su lado, encorvado, para mostrarle que ha herido sus sentimientos. Cal acostumbra a decirle que es muy grande y mayor para comportarse como un cachorrito. Rip es tan peleón que seguiría presentando batalla aunque le hubieran arrancado una pata, pero a Banjo le gusta que la gente tome nota de su sufrimiento.

La ladera es escarpada en algunos tramos, pero las piernas de Trey están acostumbradas a esta montaña, y avanza a grandes zancadas. Sus zapatillas deportivas levantan nubecitas de polvo del suelo. Alza los codos para que el aire le seque las axilas, pero apenas hay brisa que cambie algo. Por debajo de ella se extienden los campos, un mosaico de tonalidades verdes que dibujan formas de ángulos extraños y que conoce tan bien como las grietas en el techo de su dormitorio. La recolección del heno está en marcha: pequeñas empacadoras se desplazan arriba y abajo, tomando con destreza las curvas delimitadas por muretes de piedra y dejando cilindros amarillos a su estela, como cagarrutas. Los corderos son retales blancos que corretean por la hierba.

Sale del sendero saltando por encima de un murete de piedra seca tan derruido que no necesita ayudar a Banjo a cruzarlo, atraviesa una extensión de matojos retorcidos que le llegan a la cintura y que antes era un campo de cultivo y se adentra en un camino flanqueado de tupidas píceas. Las ramas filtran y agitan la luz del sol hasta conformar un resplandor mareante, y su sombra le refresca la nuca. Por encima de ella, los pajarillos se emborrachan de verano, saltando nerviosos de aquí para allá y compitiendo por ver quién pía más fuerte. Trey simula un trino y sonríe cuando se quedan en silencio, intentando descifrarla.

Abandona el camino de árboles y sale al claro que queda detrás de su casa. Hace unos años le dieron una capa de pintura color mantequilla y parchearon un poco el tejado, pero nada es capaz de borrarle el aire a extenuación. Su espina dorsal se comba y los marcos de las ventanas están torcidos. El patio es todo malas hierbas y polvo, se funde con la ladera por los extremos y está repleto de objetos que Liam y Alanna utilizaban como juguetes. Trey ha invitado a casa a cada uno de sus amigos del colegio para demostrar que no se avergüenza de ella, pero no ha repetido. Su postura por defecto es mantener las cosas separadas. El hecho de que ninguno de sus amigos sea del pueblo lo ha facilitado. Trey no sale con gente de Ardnakelty.

En cuanto pone un pie en la cocina, advierte que hay algo diferente en la casa. Desprende un aire tenso y concentrado, sin movimientos ni ruidos diseminados. Antes de que le dé tiempo a algo más que no sea registrar este hecho y el olor a humo de tabaco, oye la risa de su padre, procedente de la sala de estar.

Banjo suelta un ladrido preliminar que se queda en resoplido. «No», dice Trey, rápido y bajito. Banjo se sacude el brezo y el barro, las orejas aleteando, y se abalanza sobre su bol con agua.

Trey se queda quieta durante un minuto, de pie sobre la amplia franja de luz natural que penetra por la puerta e impacta contra el gastado linóleo. A continuación, se dirige con sigilo al vestíbulo y se detiene frente a la sala de estar. La voz de su padre suena nítida y alegre y lanza preguntas que obtienen un balbuceo entusiasta de Maeve o un murmullo de Liam.

Trey piensa en marcharse, pero quiere verlo con sus propios ojos, asegurarse. Abre la puerta.

Su padre está sentado justo en el centro del sofá, recostado y sonriente, con los brazos alrededor de los hombros de Alanna y Maeve. Ellas también sonríen, pero con una expresión de incertidumbre, como si acabaran de darles un gran regalo de Navidad que no están seguras de querer. Liam está apretujado en un rincón del sofá, mirando fijamente a su padre con la boca abierta. Su madre está sentada en el borde de un sillón, con la espalda recta y las manos sobre los muslos. Aunque ella siempre ha estado ahí y el padre de los niños lleva cuatro años sin aparecer, es Sheila quien parece sentirse fuera de lugar en la habitación.

—Vaya, vaya, por Dios bendito —dice Johnny Reddy, con los ojos en Trey, parpadeando—. Hay que ver. La pequeña Theresa ya ha crecido. ¿Qué edad tienes? ¿Dieciséis? ¿Diecisiete?

—Quince —responde Trey. Le consta que en realidad parece menor de lo que es.

Johnny menea la cabeza en señal de asombro.

—Antes de darme cuenta, estaré alejando a los chavales de la puerta a bastonazos. ¿O voy tarde? ¿Ya te has echado un novio? ¿O dos o tres?

Maeve suelta una risa nerviosa y levanta la vista para leer en su rostro si ha hecho bien.

—No —contesta Trey, con desgana, cuando resulta evidente que él aguarda una respuesta.

Johnny suspira, con alivio.

—Entonces estoy a tiempo de agenciarme un buen palo. —Hace un gesto con la barbilla hacia la silla que Trey se ha olvidado de colocar en el suelo—. ¿Qué es eso? ¿Me has traído un regalo?

—Tengo que arreglarla —dice Trey.

—Se saca dinero con eso —interviene Sheila. Su voz suena más nítida que de costumbre y tiene las mejillas sonrosadas. A Trey no le queda claro si está contenta o enfadada con su regreso—. Así conseguimos el microondas nuevo.

Johnny se echa a reír.

—De tal palo, tal astilla, ¿no? Siempre con algo entre manos. Esa es mi chica —dice, guiñándole un ojo a Trey. Maeve se contonea bajo su brazo para recordarle su presencia.

Trey lo recordaba grande, pero es un hombre de tamaño medio, y flaco. Su pelo, del mismo tono marrón ratonil que el de ella, le cae sobre la frente como a un adolescente. Sus tejanos, su camiseta blanca y su cazadora negra de cuero son las únicas cosas nuevas en esa casa. Su presencia confiere a la sala de estar un aspecto todavía más desastrado.

—Me llevo esto a casa de Cal —le dice Trey a su madre. Se da la vuelta y se dirige a la cocina.

—¿Cal, entonces? ¿Es uno de los chavales de Senan Maguire? —oye decir a su padre a sus espaldas en un tono divertido.

Banjo sigue bebiendo ruidosamente, pero, en cuanto entra Trey, pega un brinco, menea los cuartos traseros y se queda mirando, esperanzado, el bol de la comida. «No», le dice Trey. Coloca la cara bajo el grifo y se la frota para sacarse el sudor y la suciedad. Se enjuaga la boca y escupe con fuerza en la pila. A continuación, vuelve a formar un cuenco con la mano y bebe durante un buen rato.

Se da la vuelta con rapidez al oír un ruido a sus espaldas, pero se trata solo de Alanna, que lleva su conejito de peluche bajo una axila y con la otra mano abre y cierra la puerta. «Papá está en casa», dice, en lo que suena más a una pregunta.

—Sí —dice Trey.

—Dice que vuelvas dentro.

—Tengo que salir —dice Trey. Hurga en la nevera, encuentra lonchas de jamón y coloca un puñado generoso entre dos rebanadas de pan. Envuelve el sándwich en papel de cocina y se lo mete en el bolsillo trasero de los tejanos. Alanna, que no ha dejado de balancear la puerta, la observa ajustarse la silla a la espalda, llamar a Banjo con un chasquido de los dedos y adentrarse en la extensión de luz solar.

Cal está planchándose las camisas en la mesa de la cocina y sopesando si afeitarse o no. Cuando se dejó crecer la barba, aún en Chicago, su idea del clima irlandés se basaba en páginas web para turistas, donde abundaban los campos de un verdor esplendoroso y gente sonriente luciendo jerséis de punto. Durante los dos primeros años de su estancia, el clima respondió a lo prometido por esas páginas web, más o menos. Este verano parece haber irrumpido desde una página web completamente distinta, quizá una dedicada a España. El calor tiene un componente de descaro y tozudez que Cal —acostumbrado a estas alturas a que un mismo día contenga unos pocos retazos de sol, numerosos grados de nubes y diversas variedades de lluvia— encuentra ligeramente perturbador. Este tiempo es una afrenta al paisaje, cuya belleza se asienta en la sutileza y la fluidez, y está cabreando a los granjeros: ha alterado los ciclos del forraje y del heno, las ovejas se muestran irritables y el pasto se ve amenazado. Se ha convertido en el tema de conversación predilecto entre los parroquianos del pub, desplazando a la inminente competición del Día Nacional del Perro Pastor, a la mujer que el hijo mayor de Itchy O'Connor se ha traído desde Dublín para casarse y al probable soborno en la construcción del nuevo centro de ocio del pueblo. Uno de los males menores es que la barba de Cal se ha convertido en una trampa para el calor. Cada vez que pone un pie fuera, la parte inferior de la cara parece vivir en su propio clima tropical.

Sin embargo, a Cal le gusta su barba. En su origen estuvo conectada, de una manera difusa, a su jubilación temprana: ya estaba harto de ser poli y de tener aspecto de poli. En lo que respecta a la gente de Ardnakelty, la barba no sirvió de nada: lo tenían calado antes incluso de deshacer las maletas. Con todo, para él seguía significando algo.

Incluso en los días de calor, en su casa se está fresco. Es una casa de campo enana, de los años treinta y sin nada de particular, pero las paredes son gruesas y sólidas, levantadas para cumplir con su función. Cuando Cal la compró, estaba a punto de desmoronarse, pero ha conseguido resucitarla, tomándose su tiempo, ya que no tiene mucho más que hacer. La habitación en la que se encuentra, que sirve sobre todo de salón y también un poco de cocina, ha alcanzado un punto en el que ya no parece un proyecto: es sencillamente un lugar agradable en el que estar. La ha pintado de color blanco, con la pared del lado este de un dorado pálido —idea de Trey— para armonizar con la luz del sol que la baña. Con el tiempo ha ido adquiriendo algunos muebles para complementar los que dejaron los anteriores dueños: ahora cuenta con tres sillas alrededor de la mesa de la cocina, una mesa vieja en la que Trey hace los deberes, un sillón, un sofá de un azul desvaído al que le sentaría bien un retapizado e incluso una lámpara de pie. También se ha hecho con un perro. En su rincón, junto a la chimenea, Rip roe con ganas un hueso de goma. Rip es pequeño, de orejas caídas y constitución recia. Es medio *beagle,* con los rasgos dulces y las manchas blanquinegras aleatorias propias de la raza, pero Cal no ha conseguido descifrar la otra mitad. Sospecha que es lobuna.

A través de la ventana abierta, le llega la algarabía exuberante de los pájaros, quienes, al contrario que las ovejas, se regocijan en el calor y en la abundancia de insectos que les brinda. La brisa fluye, suave y dulce como la nata. Un abejorro entra con ella por error y comienza a golpearse contra los armarios. Cal le concede un tiempo para que piense y al final da con la ventana y sale raudo hacia la luz del sol.

Tras la puerta trasera, se oye un alboroto y un ladrido de felicidad. Rip abandona su rincón a toda prisa y atraviesa el pasillo hasta aplastar el hocico contra la puerta, con tanta fuerza que Cal no podrá abrirla. Esto ocurre con cada visita de Trey y Banjo, pero Rip, una criatura de lo más sociable, se excita demasiado para recordarlo.

«Atrás», le ordena Cal, y aparta a Rip con el pie. Entre temblores, Rip consigue contenerse el tiempo suficiente para permitir que Cal abra la puerta. Dos grajos jóvenes alzan veloces el vuelo desde un escalón en dirección a su roble, situado al fondo del jardín, riendo con tal fuerza que dan una voltereta en el aire.

Rip sale en estampida tras ellos, jurando hacerlos trizas. «Muy bien, cabronazo», dice Cal, divertido. Desde su llegada ha intentado construir una relación con su colonia de grajos. Está funcionando, pero no es exactamente el tipo de relación que tenía en mente. Se había montado una especie de película de Disney en la que ellos le traían regalos y comían de su mano. No cabe duda de que los grajos lo consideran alguien de valor en el vecindario, sobre todo porque les deja restos de comida y a ellos les gusta meterse con él. Cuando se aburren, le gritan por la chimenea, arrojan piedras a los troncos de esta o golpean las ventanas. Los ladridos suponen una novedad.

A punto de alcanzar el árbol, Rip da un giro de ciento ochenta grados y rodea la casa en dirección a la carretera. Cal sabe lo que esto significa. Se encamina de regreso a la casa a desenchufar la plancha.

Trey entra sola por la puerta: Rip y Banjo juegan al pillapilla por el patio, acosan a los grajos y desentierran cuanto encuentran entre los setos. Los perros están familiarizados con los límites de las tierras de Cal, que abarcan diez acres, más que suficientes para mantenerlos ocupados. No van a salir a perseguir ovejas y buscarse que les disparen.

—Fui a buscarte esto —dice Trey, descargándose la silla de la espalda—. Es de la mujer que vive al otro lado de la montaña.

—Buen trabajo —dice Cal—. ¿Quieres almorzar?

—No. Ya he almorzado.

Al haber crecido igual de pobre que ella, Cal entiende la espinosa relación que Trey mantiene con los ofrecimientos.

—Hay galletas en el tarro, si te apetece recargar fuerzas —dice Cal. Trey se dirige a la alacena.

Cal cuelga la última camisa de una percha y deja la plancha en la encimera de la cocina para que se enfríe.

—Estoy pensando en deshacerme de esto —le dice, tirándose de la barba—. ¿Qué te parece?

Trey se detiene con una galleta en la mano y se lo queda mirando como si le hubiera sugerido la idea de pasearse desnudo por la que pasa por ser la calle principal de Ardnakelty.

—No —dice ella, firme.

La expresión de su rostro lleva a Cal a sonreír.

—¿No? ¿Por qué?

—Parecerías estúpido.

—Gracias, criatura.

Trey se encoge de hombros. Cal tiene bien calado el amplio repertorio de encogimientos de hombros de Trey. Este significa que, habiendo dado su parecer, el asunto ya no es problema suyo. Se mete el resto de la galleta en la boca y lleva la silla al dormitorio pequeño, reconvertido en el taller de trabajo de ambos.

Conocedor de las limitaciones conversacionales de la chica, Cal extrae lo que necesita saber de lo que le comunican el momento y la calidad de sus silencios. En circunstancias normales, Trey no habría dejado el tema tan rápido, no sin antes haberse despachado a gusto sobre qué aspecto tendría tras un buen afeitado. Algo la inquieta.

Cal lleva sus camisas al dormitorio y se une a Trey en el taller. Es pequeño y soleado, se pintó con lo que sobró del resto de la casa y huele a serrín, barniz y cera de abejas. Está lleno de trastos, aunque dispuestos en orden. Cuando Cal advirtió que ambos se tomaban en serio la carpintería, construyeron una estantería muy robusta para las cajas de clavos, tarugos, tuercas, trapos, cepillos, tornillos, ceras, tintes y aceites para madera, tiradores para cajones y todo el resto. Hileras de herramientas cuelgan de tableros en las paredes, cada una de ellas con su forma correspondiente trazada en el lugar que tiene asignado. Cal empezó con la caja de herramientas de su abuelo y, desde entonces, ha acumulado casi todas las herramientas que existen, y algunas que ni siquiera existen oficialmente, pero que Trey y él han improvisado para adaptarlas a sus necesidades. Hay una mesa de trabajo y un torno, y en un rincón se levanta una pila de diferentes retazos de madera para reparaciones. En otro rincón descansa una rueda de carro destartalada que Trey encontró en algún sitio y que conservan por aquello de que nunca se sabe.

Trey extiende con el pie un trozo de tela sobre el que colocar la silla. Tiene un buen acabado. Fue fabricada a mano tanto tiempo atrás que el asiento presenta una profunda hendidura de tantos traseros como ha debido de soportar, y otra en la varilla delantera, fruto de numerosos pies. El respaldo y las patas están torneados con delicadeza y salpicados de elementos decorativos. Sin embargo, se ha pasado buena parte de su vida cerca de los fogones o del fuego: el humo, la grasa y las capas de abrillantador la han cubierto de una película oscura y pegajosa.

—Bonita silla —dice Cal—. Habrá que empezar por limpiarla antes de hacerle nada.

—Ya se lo he dicho a la mujer. Le ha parecido bien. La fabricó su abuelo.

Cal inclina la silla para inspeccionar los daños.

—Por teléfono me ha dicho que el gato la había destrozado.

Trey suelta un escéptico pffff.

—Ya —dice Cal.

—Su hijo Jayden va a mi colegio —le cuenta Trey—. Es un capullo. Pega a los pequeños.

—Vete a saber —dice Cal—. Vamos a tener que reemplazar todo esto. ¿Por qué madera apuestas?

Trey examina el asiento, mantenido lo suficientemente limpio por todas esas posaderas hasta el punto de mostrar las vetas, y el interior de las grietas.

—Roble. Blanco.

—Sí, estoy de acuerdo. Mira si tenemos un trozo del grosor necesario para poder tornearlo. No te preocupes si no es del mismo color, vamos a tener que pintarla de todos modos. Procura que la veta se acerque lo máximo posible.

Trey se agacha junto al montoncito de restos de madera y empieza a remover. Cal se dirige a la cocina a mezclar vinagre blanco y agua caliente en una vieja jarra y luego le saca el polvo a la silla con un paño suave. Deja espacio a la chica para que hable, si le apetece, y la observa.

Ha crecido. Dos años atrás, cuando apareció por primera vez en su patio, era una cría delgaducha, silenciosa, con el pelo rapado por su propia mano y la inclinación propia de un lince rojo a salir huyendo o pelear. Ahora ya le llega por encima del hombro, el pelo al rape ha dado paso a cierto volumen alborotado, sus rasgos están adquiriendo una nitidez nueva, y rebusca y se despatarra por su casa como si viviera en ella. Incluso mantiene conversaciones completas, la mayoría de los días. Carece del brillo y el artificio que algunos adolescentes comienzan a desarrollar, pero no deja de ser una adolescente, con su mente y su vida complicándose a cada día que pasa. Por las cosas que le cuenta, sobre el colegio, sus amigos o lo que sea, asoman nuevas capas subterráneas. A Cal le preocupa más de lo que parece preocuparle a ella. Estos días, siempre que detecta una señal de alarma en la chica, los brotes de terror en su interior surgen con más fuerza y oscuridad. Son demasiadas las cosas que pueden ocurrirle a uno con quince años y causar mucho daño. A su manera, Trey aparenta ser sólida como la madera noble, pero la vida le ha dado tantos golpes que es imposible que no tenga grietas por algún lado.

Cal encuentra un trapo limpio y empieza a frotar la silla con la mezcla de vinagre. El recubrimiento pegajoso se desprende con facilidad, dejando largas manchas marrones en el trapo. Tras la ventana, los cantos dispersos de los mirlos fluyen desde los campos lejanos y las abejas se deleitan en el trébol que ha tomado posesión del patio de Cal. Los perros han encontrado un palo con el que jugar al tira y afloja.

—Mi padre ha vuelto a casa —dice Trey mientras compara dos trozos de madera que sostiene en las manos.

Una sensación de parálisis invade a Cal de la cabeza a los pies. Este no se contaba entre los muchos temores que cosechaba en su interior.

Tras lo que se le antoja un largo rato, dice:

—¿Cuándo? —La pregunta es tonta, pero no le viene otra cosa a la cabeza.

—Esta mañana. Mientras yo estaba yendo a por la silla.

—Ya —dice Cal—. Bueno. ¿Planea quedarse? ¿O solo es temporal?

Trey encoge los hombros de forma exagerada: ni idea.

Cal desearía verle la cara. Le pregunta:

—¿Cómo te sientes?

—Puede irse a la mierda —dice sin emoción alguna.

—De acuerdo —dice Cal—. Me parece justo. —Quizá debería soltarle un discursito de mierda que incluyera las palabras «a fin de cuentas, es tu padre», pero Cal se ha impuesto la norma de no mangonear a Trey, y resulta que su opinión sobre Johnny Reddy coincide con la de ella.

—¿Puedo dormir aquí esta noche? —pregunta Trey.

La mente de Cal se paraliza de nuevo. Retoma la labor de frotar la silla, manteniendo un ritmo constante. Al cabo de un momento, dice:

—¿Te preocupa que tu padre pueda hacer algo?

—No —dice Trey con un resoplido.

Suena sincera. Cal se relaja un poco.

—Entonces, ¿qué es?

—No puede volver como si tal cosa —dice Trey.

Le da la espalda a Cal mientras remueve entre la madera, pero su columna vertebral está encorvada de un modo que refleja tensión y enfado.

—Ya —dice Cal—. Probablemente yo me sentiría igual que tú.

—Entonces, ¿puedo quedarme?

—No —dice Cal—. No es una buena idea.

—¿Por qué no?

—Bueno —dice Cal—. A tu padre podría no gustarle que te marcharas cuando acaba de volver al pueblo. E imagino que lo mejor será que yo no lo cabree de buenas a primeras. Si planea quedarse, preferiría que no tuviera inconveniente en que vengas por aquí. —No dice más. Trey tiene edad suficiente para entender algunos de los otros motivos—. Llamaré a la señorita Lena, a ver si puedes pasar la noche con ella.

La chica comienza a protestar, pero cambia de opinión y se limita a poner los ojos en blanco. Cal se sorprende al notarse agitado, como si se hubiese caído de una gran altura y necesitara sentarse. Acomoda el culo en la mesa de trabajo y saca su teléfono.

Se lo piensa un momento y opta por enviarle un mensaje en vez de llamarla:

«¿Puede quedarse a dormir Trey en tu casa esta noche? No sé si te ha llegado que su padre acaba de volver. No le apetece estar con él.»

Se queda inmóvil, observando cómo la luz del sol se desplaza por los delgados hombros de Trey mientras va descartando trozos de madera que saca de la pila, hasta que le llega la respuesta de Lena:

«Hay que joderse. No la culpo. Claro, ningún problema en que se quede.»

«Gracias —le responde Cal—. Te la enviaré después de cenar.»

—Estará encantada de que te quedes con ella —le dice a Trey, devolviendo el teléfono al bolsillo—. Pero debes decirle a tu madre dónde vas a estar. O pedirle a la señorita Lena que lo haga por ti.

Trey pone los ojos en blanco con más descaro.

—Esta —dice, empujando una vieja tabla de roble hacia él—. ¿Qué te parece?

—Sí —dice Cal, que se pone de nuevo con la silla—. Está bien.

Trey hace una marca en el extremo de la tabla con un rotulador negro y la devuelve al rincón.

—¿Esa cosa se desprende? —pregunta.

—Sí —dice Cal—. Va bien. Coser y cantar.

Trey encuentra un trapo limpio, lo introduce en la mezcla de vinagre y lo escurre con fuerza.

—¿Qué pasa si no le parece bien que venga por aquí? —pregunta.

—¿Piensas que se va a oponer?

Trey se detiene a meditarlo.

—Antes no le importaba una mierda adónde íbamos —dice.

—Entonces, no hay problema —dice Cal—. Lo más seguro es que esto tampoco le importe una mierda. Y si no es el caso, lo resolveremos llegado el momento.

Trey le lanza una mirada rápida.

—Lo resolveremos —le dice Cal.

Trey asiente, un movimiento firme, y empieza con la silla. El hecho de que su palabra la tranquilice hace que Cal sienta de nuevo la necesidad de sentarse.

Calmada o no, sigue mostrándose poco habladora, incluso para sus estándares. Al cabo de un tiempo, Rip y Banjo entran por la puerta delantera, sedientos, y beben ruidosamente de sus boles durante un buen rato hasta que se meten brincando en el taller en busca de algo de atención. Trey se agacha para jugar con ellos y se ríe cuando Rip la golpea bajo la barbilla con tanta fuerza que la tira al suelo de espaldas. A continuación, los perros se sientan a descansar en un rincón y Trey agarra el trapo y se pone de nuevo a la labor.

Cal tampoco tiene muchas ganas de hablar. Ni por un instante se le había cruzado por la cabeza que el padre de Trey fuera a volver a casa. Aunque de él no conoce más que las anécdotas que le han llegado, Johnny Reddy siempre se le ha antojado un tipo de persona con el que está familiarizado: el hombre que se pasea por un lugar nuevo proclamando ser aquello que le resulta más conveniente y espera a ver cuánto provecho puede sacarle a ese disfraz, hasta que llega el momento en que se le cae a trozos y ya no puede cubrirlo. A Cal no se le ocurre un solo motivo para su regreso al único sitio en el que no puede presentarse más que como quien realmente es.

Lena cuelga la ropa en el tendedero. La labor la llena de un gozo íntimo y exagerado. La hace intensamente consciente del aire que la rodea, cálido y dulce gracias al heno segado, de la generosa luz solar que la baña y del hecho de que se yergue donde generaciones de mujeres la precedieron llevando a cabo la misma tarea frente al verdor de los campos y el contorno lejano de las montañas. Cuando su esposo murió, cinco años atrás, aprendió la habilidad de regocijarse en cualquier migaja de felicidad que se le presentara. Una cama limpia o una tostada untada con la cantidad idónea de mantequilla podían descargarle el peso que llevaba sobre los hombros el tiempo suficiente para respirar profundamente, una o dos veces. Una leve brisa ondea las sábanas tendidas y Lena canta para sí fragmentos a media voz de canciones escuchadas en la radio.

—Bueno, bueno, dichosos los ojos —dice una voz a sus espaldas—. Lena Dunne. En toda su gloria.

Al darse la vuelta, Lena ve a Johnny Reddy recostado sobre la cancela delantera y repasándola de arriba abajo. Johnny siempre te inspeccionaba de un modo que parecía estar recordando con satisfacción cómo te habías comportado en la cama. Dado que jamás estuvo en la de Lena ni iba a estarlo en el futuro, no piensa perder el tiempo en tonterías.

—Johnny —le dice, repasándolo a su vez de arriba abajo—. Me había llegado que estabas en casa.

Johnny se echa a reír.

—Por Dios bendito, las noticias siguen volando por aquí. Este lugar no ha cambiado un ápice. —Y añade con una sonrisa afectuosa—: Tú tampoco.

—Sí que lo he hecho —dice Lena—. Gracias a Dios. Eres tú el que no ha cambiado.

Es cierto. Salvo por unas canas incipientes, Johnny tiene el mismo aspecto que cuando arrojaba guijarros contra su ventana y la llevaba, junto con otra media docena de chicas, a la discoteca del pueblo, todas apelotonadas en el destartalado Ford Cortina de su padre, atravesando veloces la oscuridad y chillando tras cada socavón. Incluso conserva la misma postura de pie, relajado y liviano como un chaval. Esto confirma su teoría de que los hombres inútiles son los que envejecen mejor.

Johnny sonríe y se pasa la mano por los cabellos.

—Sea como sea, conservo el pelo. Eso es lo más importante. ¿Cómo te han ido las cosas?

—De fábula —dice Lena—. ¿Y a ti?

—Nunca he estado mejor. Es maravilloso estar en casa.

—Estupendo —dice Lena—. Me alegro por ti.

—He estado en Londres —le cuenta Johnny.

—Sí, lo sé. Buscando tu fortuna. ¿La encontraste?

Lena espera una historia llena de florituras en la que se encontraba a las puertas de un montón de millones cuando un malvado apareció de repente para arrebatarle la oportunidad en sus narices, relato que concedería interés a su visita hasta hacer que mereciera algo la pena. En su lugar, Johnny se da un golpecito travieso en la nariz y dice:

—Ah, es que no puedo revelarlo. Es un proyecto en marcha. Solo personal autorizado.

—Vaya, mierda —dice Lena—. Me he olvidado de traer el casco. —Vuelve a ponerse con la colada, pensando que al menos Johnny podría haberse esperado a que acabara de disfrutar de la tarea.

—¿Te echo una mano con eso? —le pregunta Johnny.

—No es necesario —dice Lena—. Ya he acabado.

—Magnífico. —Johnny abre la cancela y hace un gesto con la mano en su dirección—. Entonces puedes acompañarme a dar un paseo.

—Tengo otras cosas que hacer.

—El resto puede esperar. Te mereces un descanso. ¿Cuándo fue la última vez que te tomaste el día libre? Antes se te daba de miedo.

Lena se lo queda mirando. Conserva esa sonrisa, ese pliegue pícaro y amplio que despertaba tu lado temerario y te inducía a pensar que el riesgo era bajo. Lena lo mantuvo a raya, excepto por lo de subirse al veloz Cortina. Acostumbraba a echarse unas risas con Johnny, pero, aun siendo el tipo más atractivo y más encantador de Ardnakelty y alrededores, nunca consiguió estimularla lo suficiente como para permitirle ir más allá de tocarla por fuera del sujetador. Carecía de sustancia: no poseía nada capaz de retenerla. En cambio, Sheila Brady, amiga suya en aquellos tiempos, siguió convencida de que el riesgo era bajo y de que la sustancia debía de estar escondida por algún lado, hasta que se quedó embarazada. A partir de ese momento, la ola levantada por Johnny provocó que todo fuera cuesta abajo para ella.

Sheila era mayorcita y lo suficientemente lista como para tomar sus propias decisiones, pero la ola de Johnny arrastró también a sus hijos. Lena siente un cariño por Trey Reddy que no le despierta ningún otro ser humano.

—¿Sabes a quién le encantaría tomarse el día libre? —dice Lena—. A Sheila. A ella también se le daba de miedo.

—Seguro que está en casa con los niños. Theresa se ha ido a alguna parte; ha salido a su padre: no puede estarse quieta. Los otros son demasiado pequeños para cuidar de sí mismos.

—Pues entonces vete a casa a cuidarlos. Así Sheila podrá irse a dar un paseo.

Johnny se echa a reír. La pulla no le afecta; no se siente avergonzado ni molesto. Este es uno de los motivos que impedían que Lena se sintiera atraída por él: podías calarlo y dejarle bien claro que lo habías hecho, que él se quedaba tan pancho. Si no caías en sus embustes, había una larga cola de gente esperando para hacerlo.

—Sheila estará hasta el moño de estos campos. Soy yo el que llevo años echándolos de menos. Venga, ayúdame a disfrutarlos. —Balancea la cancela, invitándola a cruzarla—. Puedes contarme qué has estado haciendo todo este tiempo y yo te contaré cómo me fue por Londres. El viejo que vivía en el piso de arriba era de Filipinas y tenía un loro que maldecía en su idioma. Esto no lo encuentras en Ardnakelty. Te enseñaré cómo llamar «hijo de saltamontes» a cualquiera que te moleste.

—La tierra que pisas se la vendí a Ciaran Maloney —dice Lena—, a eso me he dedicado. Si te encuentra en ella, te echará a patadas. Entonces podrás llamarlo «hijo de saltamontes». —Recoge el cesto de la ropa y se mete en casa.

Por la ventana de la cocina, aunque retirada a cierta distancia, lo observa alejarse con calma por los campos en busca de algún otro al que sonreír. Debe reconocerle que su acento no ha cambiado nada. Habría apostado a que regresaría hablando como Guy Ritchie, pero sigue sonando como un tipo de las montañas.

Ahora que su rabia se desvanece y deja espacio, asoma a la superficie algo que revoloteaba por su cabeza. Johnny siempre hacía su entrada a lo grande. Cuando se presentaba bajo su ventana, olía a loción para después del afeitado —probablemente robada—, lucía unos tejanos recién planchados, no llevaba ni un pelo fuera de sitio y el Cortina estaba tan encerado que centelleaba. Era el único tipo que Lena conocía cuyas uñas jamás estaban rotas. Hoy sus ropas relucían, nuevas de la cabeza a los pies y para nada baratas, pero el cabello le caía sobre las orejas y los ojos de un modo descuidado. Intentaba recolocárselo, pero había crecido demasiado para domarlo. Si Johnny ha llegado al pueblo tan apurado como para no haber tenido tiempo de cortarse el pelo, es que tiene problemas pisándole los talones.

Cuando Trey y Banjo ponen rumbo a casa de Lena, ya son más de las diez y la larga tarde estival queda atrás. Polillas y murciélagos remolinean por la vasta franja de oscuridad. Al pasar entre los campos le llega el sonido de las vacas desplazándose con lentitud y tomando posiciones para echarse a dormir. El aire conserva el calor de la jornada, que se eleva desde la tierra. El cielo está despejado y abarrotado de estrellas: mañana hará otro día caluroso.

Trey va repasando los recuerdos que conserva de su padre. No ha pensado mucho en él desde que se marchó, por lo que necesita un rato para que le venga algo. Le gustaba distraer a su madre, agarrarla por la cintura cuando limpiaba los fogones y bailar con ella por el suelo de la cocina. De tanto en cuanto, cuando había bebido y algo iba mal, les pegaba. Otras veces jugaba con ellos como un crío más. Él y Brendan, el hermano mayor de Trey, se subían a los pequeños a las espaldas para jugar a los vaqueros y perseguir a Trey y Maeve por el patio, intentando capturarlas. Le gustaba prometerles cosas, le encantaba ver cómo sus rostros se encendían cuando les decía que los llevaría al circo en Galway, o que les compraría un coche de juguete capaz de trepar por las paredes. No parecía sentir la menor necesidad de cumplir sus promesas. De hecho, siempre parecía sorprendido y algo ofendido cuando se las recordaban. Trey no tardó en dejar de jugar a los vaqueros.

Las luces de la casa de Lena están encendidas: tres rectángulos, pequeños, diáfanos y amarillos, contra los oscuros y extensos campos. Sus perras, Nellie y Daisy, le anuncian la llegada de Trey y Banjo. Antes de que lleguen a la cancela, Lena abre la puerta y los espera bajo la luz. Ver a Lena relaja un poco los músculos de Trey. Lena es alta y de complexión fuerte, con curvas pronunciadas, pómulos amplios y una boca ancha, cabello claro y abundante y ojos muy azules. Todo en ella tiene peso, no hay nada a medio hacer. Ocurre lo mismo con Cal: es el hombre más alto que conoce Trey y uno de los más fornidos, de cabello castaño y grueso, una tupida barba también castaña y manos del tamaño de palas. Trey está diseñada para ser ágil y pasar desapercibida, por lo que no se ve reflejada en ellos, pero esto no quita que la solidez que desprenden Cal y Lena le produzca un gozo profundo.

—Gracias por dejar que me quede —le dice Trey en la entrada, tendiéndole una bolsa de cierre hermético llena de carne—. Conejo.

—Muchas gracias —dice Lena. Sus perras revolotean entre Trey, Banjo y la bolsa. Lena las aleja palmeándoles la nariz—. ¿Lo has cazado tú?

—Sí —dice Trey, acompañando a Lena al interior. Cal tiene un rifle de caza y una madriguera en sus terrenos. Lo del conejo fue idea de él: en su opinión, la etiqueta manda que lleves algo a casa de tu anfitrión. Trey está de acuerdo. Le desagrada la idea de estar en deuda, incluso con Lena—. Recién cazado. Tienes que mantenerlo un día en la nevera o se pondrá duro. Luego ya puedes meterlo en el congelador.

—Quizá me lo coma mañana. Hace mucho que no pruebo el conejo. Recuérdame cómo lo freís Cal y tú.

—Con ajo y relleno de tomates y pimientos.

—Oh —dice Lena—, no tengo tomates. Tendría que ir donde Noreen a conseguirlos y entonces querría saber qué pienso cocinar, cómo conseguí el conejo y qué haces en mi casa. Aunque no le contara nada, se lo olería.

La hermana de Lena regenta el colmado del pueblo, y ya puestos, el resto del pueblo.

—Probablemente ya lo sepa —dice Trey—. Lo de mi padre.

—No me sorprendería —dice Lena—. Pero tampoco es plan de darle ventaja. Que se lo trabaje.

Guarda el conejo en la nevera.

Preparan la cama para Trey en la habitación de invitados, grande, bien ventilada y pintada de blanco. La cama es un armatoste amplio con dosel, de unos setenta u ochenta años, calcula Trey, y fabricada de roble macizo. Lena retira la colcha y la dobla.

—No vas a necesitarla con este calor —le dice.

—¿Quién más duerme aquí? —pregunta Trey.

—Ahora ya nadie. Sean y yo solíamos tener invitados que venían de Dublín a pasar el fin de semana. Tras su muerte, pasé un tiempo sin querer ver a nadie. Jamás recuperé el hábito. —Lena arroja la colcha dentro de un cajón a los pies de la cama—. Tu padre se ha pasado esta tarde.

—¿Le has dicho que iba a dormir aquí? —pregunta Trey.

—No. Sí que le he enviado un mensaje a tu madre.

—¿Qué ha dicho?

—Estupendo. —Lena agarra una sábana de una pila que reposa sobre la silla y la sacude—. La he tenido un buen rato en el tendedero, por lo que debería estar suficientemente ventilada. ¿Qué te parece que tu padre haya vuelto a casa?

Trey se encoge de hombros. Sujeta dos esquinas de la sábana cuando Lena se la lanza y comienza a extenderla sobre el colchón.

—Mi madre podría haberlo mandado a la mierda.

—Tendría todo el derecho —coincide Lena—. Pero no creo que le diera la menor oportunidad. Seguro que se presentó en la puerta con una gran sonrisa y un gran beso y se escabulló dentro antes de que ella pudiera reaccionar. Cuando ya tomó conciencia de lo que ocurría, era demasiado tarde.

Trey le da vueltas a esto. Suena creíble.

—Podría hacerlo mañana —dice.

—Podría —dice Lena—, o no. Un matrimonio es algo bien extraño.

—Yo nunca me casaré —dice Trey. A Trey el matrimonio, y cualquier otra cosa que se le parezca, le produce una desconfianza profunda. Sabe que Lena pasa algunas noches en casa de Cal, pero tiene su propia casa, a la que puede volver siempre que le plazca y sobre la que nadie tiene nada que decir ni derecho de admisión. A sus ojos, este arreglo es lo único que tiene sentido.

Lena se encoge de hombros, remetiendo una esquina con más fuerza.

—Algunos te dirán que ya cambiarás de opinión. Quién sabe. El matrimonio funciona para algunos, al menos durante una parte de sus vidas. No es para todos.

—¿Vas a casarte con Cal? —le pregunta Trey de forma abrupta.

—No —dice Lena—. Me encantó estar casada, la mayor parte del tiempo, pero ya es agua pasada. Soy feliz como estoy.

Trey asiente. Las palabras de Lena la tranquilizan. Llevaba un tiempo queriendo formularle la pregunta. Ve con buenos ojos la relación entre Cal y Lena —si alguno de los dos saliera con otra persona, la situación se complicaría—, pero quiere que las cosas se queden como están, con cada uno en su propia casa.

—No me han faltado ofertas, no te pienses —añade Lena, extendiendo la sábana encimera por la cama—. Hace unos años, Bobby Feeney se presentó en mi puerta vestido con su ropa de domingo y un ramo de claveles en la mano para explicarme por qué sería un buen segundo marido.

Trey suelta una carcajada antes de saber que iba a hacerlo.

—Oye, oye —dice Lena en tono de reproche—, que el hombre iba muy en serio. Lo tenía todo planeado. Me dijo que sería de ayuda con las ovejas, pues tenía experiencia con el ganado, y que era muy bueno arreglando cosas, de modo que ya no debería preocuparme si se fundía un fusible o se salía el pomo de una puerta. Dado que yo empezaba a ser mayor para tener un bebé, no lo presionaría para ser padre, y, como él tampoco es que fuera un chaval, no se pasaría el día detrás de mis faldas. La mayoría de las tardes acude al pub o sube a lo alto de las montañas para detectar ovnis, por lo que no lo tendría incordiando por casa. Su única inquietud era que su madre no bendecía la unión, pero estaba convencido de que conseguiríamos hacerla cambiar de opinión, sobre todo si yo era capaz de preparar un buen pudin de arroz. Parece ser que a la señora Feeney le pirra el pudin de arroz.

La sonrisa no abandona el rostro de Trey.

—¿Qué le dijiste?

—Bobby no es mal tipo —dice Lena—. Es un tarugo de primera, pero no se lo puedo reprochar, lo es desde que íbamos en pañales. Le dije que tenía muy buenos argumentos, pero que me había acomodado tanto a ciertas costumbres que no me veía haciendo cambios. Luego le di un tarro de mi mermelada de zarzamoras para que su madre la untara en el pudin de arroz y lo mandé para casa. Me dio la impresión de que la mermelada lo hizo más feliz de lo que yo habría conseguido jamás. —Le arroja una funda de almohada a Trey—. Banjo puede dormir en la habitación, si quieres.

—Se subirá a la cama.

—Estupendo. Siempre que no la moje.

—¿Cuánto tiempo me puedo quedar? —pregunta Trey.

Lena la mira fijamente.

—Mañana vuelve a casa —le dice—. Mira cómo están las cosas, durante un día, dos o tres. A partir de ahí, vemos qué hacemos.

Trey no se molesta en discutir. Lena es de opiniones firmes.

—¿Luego podré volver?

—Probablemente, si es lo que quieres. Espera a ver.

—Voy a encerarla —dice Trey, haciendo un gesto en dirección a la cama—. Necesita una nueva capa.

Lena sonríe.

—No le iría mal, es cierto —dice—. Pero ahora es mejor que descanses. Voy a buscarte una camiseta.

La camiseta huele al sol que la ha secado y al detergente en polvo de Lena, que es diferente del que usa la madre de Trey.

Trey yace despierta durante un rato, escuchando los golpes y crujidos que provoca Lena al prepararse para ir a dormir. Le gusta la amplitud de la cama y no tener pegada a Maeve sorbiéndose los mocos, soltando patadas y manteniendo conversaciones odiosas consigo misma. Incluso en sueños, Maeve se muestra contrariada con la mayoría de las cosas que la rodean.

Aquí abajo la noche suena diferente. Arriba, en las montañas, siempre hay un viento intimidador golpeando las contraventanas sueltas y emitiendo un murmullo inquietante en los árboles que borra cualquier otro ruido. Aquí Trey es capaz de oír las cosas con nitidez: el crujido seco de una ramita, un búho a la caza, zorros jóvenes peleándose en los campos lejanos. Banjo se da la vuelta a los pies de la cama y emite un suspiro profundo y ostentoso.

Pese a la cama y la paz, Trey no consigue dormirse. Siente que debe estar preparada, por si las moscas. La sensación es al mismo tiempo extraña y familiar. Trey es buena a la hora de percibir cosas fuera de sí misma, pero no le interesa percibir lo que le ocurre dentro, de modo que tarda un tiempo en advertir que así es como se sentía la mayor parte del tiempo, hasta hace unos pocos años, antes de Cal y Lena. La sensación fue diluyéndose de manera gradual hasta olvidarse de ella. Hasta ahora.

Trey tiene muy claro lo que le gusta y lo que no le gusta, y le gustaba mucho más cómo era su vida esta mañana. Yace inmóvil en la cama, escuchando a las criaturas moverse fuera de la ventana y al viento nocturno discurrir montaña abajo.

Capítulo 2

El día siguiente amanece como el anterior, el rocío se evapora rápido bajo un cielo azul y límpido. Cal le pregunta por Trey a Lena y esta le informa de que está de maravilla, comiéndoselo todo, menos el alimento de los perros. Luego Cal pasa la mañana en su patio trasero, donde tiene un pequeño huerto con verduras. El año pasado las verduras apenas necesitaron cuidados: prácticamente lo único que hizo fue mantener bien lejos a los grajos, las babosas y los conejos, lo que consiguió a base de combinar trampas de cerveza, alambradas, Rip y un espantapájaros. El espantapájaros atravesó diferentes fases. La primera versión de Cal y Trey consistió en una camisa vieja y unos tejanos de Cal. Luego Lena les dio unas bufandas viejas para conferirle algo de volumen, pero entonces Mart, el vecino más próximo a Cal, objetó que parecía que estuviera bailando la danza de los siete velos, lo que distraería a los viejos solterones del lugar, provocando que se arruinaran cosechas y que las ovejas quedaran desatendidas. Cal evitó que se consumara el desastre con lo que a todas luces parecía el hábito de un monje, que colocó en el espantapájaros. Unas semanas más tarde, Cal regresó un día del colmado a casa y se encontró con que alguien, todavía por identificar, le había añadido al monje unos manguitos y un flotador de My Little Pony con una cabeza rosa de unicornio. Pese al cambio de vestuario, llegado el final del verano los grajos habían pillado el truco, lo que dejaron bien claro utilizando el espantapájaros como estructura en la que jugar y como lavabo. Aquella primavera, cuando las primeras lechugas comenzaron a brotar, Cal y Trey se pusieron en modo creativo y reconstruyeron el espantapájaros recurriendo a un zombi de plástico que Cal encontró por internet. Se activa con el movimiento, de modo que cuando algo se acerca, sus ojos emiten una luz roja, los dientes castañean, agita los brazos y suelta gruñidos. Hasta el momento, ha conseguido que los grajos se caguen de miedo. Cal cuenta con que el día que lo descubran contratacarán con una venganza ingeniosa y elaborada.

Este año el calor ha alterado el crecimiento. Las plantas necesitan ser regadas sin descanso y que se les quite la maleza con mucha más frecuencia, que es a lo que Cal se dedica esta mañana. La tierra también es diferente a la del verano anterior, menos pródiga y reposada; se le escurre entre los dedos en vez de pegársele a ellos y desprende un olor más penetrante, casi febril. Ha leído por internet que este clima va a arruinar el sabor de los nabos, pero que a los tomates les sienta de maravilla. Algunos de ellos tienen el tamaño de manzanas asadas y ya han enrojecido.

Rip, que ha estado husmeando en senderos abiertos por los conejos, suelta de golpe un ladrido digno de un sambernardo. Rip nunca ha aceptado su tamaño. En su mente, es alguien que persigue a prisioneros huidos y se los come enteros.

—¿Qué tienes? —le pregunta Cal, dándose la vuelta.

Espera encontrarse un polluelo o un ratón de campo, pero Rip mantiene la cabeza erguida. Entre temblores, señala a un hombre que atraviesa los campos.

—Quédate aquí —le dice Cal. Se endereza y espera a que el hombre les alcance. El sol está muy alto: su sombra es algo pequeño y negro que forma charcos y titila alrededor de sus pies. El calor difumina sus contornos.

—Tiene una preciosidad de perro —le dice el hombre al acercarse lo suficiente.

—Es un buen perro —dice Cal. Sabe que el tipo es de su edad, rondará los cincuenta, pero parece más joven. Tiene un rostro melancólico y delicado que no se corresponde con el de un mero pobre diablo de la Irlanda profunda. En una película interpretaría el papel del caballero agraviado que merece recuperar su título y contraer matrimonio con la chica más hermosa. Cal se siente sorprendente y locamente agradecido de que no se parezca en nada a Trey.

—Johnny Reddy —dice el hombre, tendiéndole la mano.

Cal levanta las palmas de las manos, llenas de tierra.

—Cal Hooper —dice.

Johnny sonríe.

—Sí, lo sé. Es lo más destacado que le ha pasado a Ardnakelty desde que la oveja de PJ Fallon parió el ternero con dos cabezas. ¿Cómo le trata el lugar?

—No puedo quejarme —responde Cal.

—Irlanda, la acogedora —dice Johnny con una sonrisita infantil. Cal no se fía de los adultos que sonríen como niños—. Me ha llegado que debo darle las gracias. Mi parienta dice que se ha portado de miedo con nuestra Theresa.

—No se merecen —dice Cal—. Sin su ayuda, me habría costado el doble de tiempo poner a punto este sitio.

—Me alegro. No querría que le supusiera una molestia.

—No me da ningún problema —dice Cal—. Se está convirtiendo en una carpintera de lo más habilidosa.

—He visto la mesita de mi parienta, un gran trabajo. Unas patas preciosas y delicadas. No me importaría ver unas igual de buenas en una mesa nueva.

La sonrisa de Johnny se ensancha.

—Ella lo hizo todo —dice Cal—. Yo ni me acerqué.

—No tengo la menor idea de quién lo ha sacado —dice Johnny, cambiando rápidamente de rumbo al no obtener las risotadas compartidas que esperaba—. De ponerme yo, acabaría en el hospital. La última vez que hice algo de carpintería fue en el colegio. Lo único que conseguí fueron diez puntos. —Levanta un pulgar para mostrarle la cicatriz a Cal—. Y una bofetada del profesor, que me cruzó la cara por ensuciar de sangre las instalaciones del colegio.

—Bueno, no todos poseemos las mismas aptitudes —dice Cal.

Johnny le despierta ganas de cachearlo y preguntarle qué anda buscando. Hay tipos así, capaces de oler a chamusquina por el mero hecho de entrar en una tienda: recae en un policía la labor de descifrar si de verdad están haciendo algo sospechoso o si lo harán antes o después, probablemente antes. Cal debe recordarse, después de mucho tiempo sin hacerlo, que la sospecha, inminente o no, ya no le concierne. Cal se mueve para liberar a Rip, que se retuerce de ganas de ir a investigar. Rip traza círculos en torno a Johnny, manteniendo las distancias y sopesando si requiere o no ser aniquilado.

—Y ahora resulta que a Theresa le ha dado por fabricar mesitas —dice Johnny, tendiendo una mano en dirección a Rip para que se la huela. Menea la cabeza en señal de asombro—. Cuando yo era un chaval, la gente se habría partido la caja con esto. Le habrían dicho que enseñar a una chica era una pérdida de tiempo, que lo que de verdad tendría que aprender es a preparar un asado para la cena.

—¿De veras? —pregunta Cal con educación. Rip, que es una criatura sensata, ha olido un momento a Johnny y ha decidido que es preferible invertir su tiempo en morderse las moscas del culo.

—Y tanto, amigo. ¿En el pub no le ponen a caer de un burro por ello?

—No, que yo sepa —dice Cal—. La mayoría de las veces se muestran agradecidos por que les arreglen los muebles.

—Hemos avanzado mucho —dice Johnny, apresurándose de nuevo a cambiar de rumbo. Cal sabe lo que está haciendo: ponerlo a prueba, intentar averiguar qué tipo de hombre es. Él mismo lo ha hecho numerosas veces. Ahora no siente la menor necesidad de hacerlo: Johnny ya le está mostrando bastante de qué pie cojea—. Es fantástico que Theresa cuente con esta oportunidad. Nunca sobra un buen carpintero: podrá trabajar en cualquier lugar del mundo. ¿No es eso lo que hizo usted antes de venir aquí?

No existe la más remota posibilidad de que Johnny no sepa a qué se dedicaba.

—No —dice Cal—. Era agente de policía.

Johnny alza las cejas, impresionado.

—Lo felicito. Es un trabajo que requiere agallas.

—Es un trabajo que te paga la hipoteca —dice Cal.

—Tener un policía a mano es estupendo en un lugar tan aislado como este. De producirse una emergencia, seguro que los idiotas de la ciudad tardarían horas en presentarse, y eso si llegan a levantar el culo del asiento por algo que no sea al menos un asesinato. Conocí a un tipo (no daré nombres) al que una vez se le fue la mano bebiendo poitín en mal estado y acabó perdiendo la chaveta. Se extravió en el camino de regreso a casa y se metió en la granja equivocada. Se puso a gritarle a la dueña, exigiendo saber qué les había hecho a su parienta y a su sofá, y a destrozarlo todo.

Cal cumple con su parte y se ríe. Resulta más sencillo de lo que debería. Johnny es un buen narrador de historias, con un aire a un hombre con una pinta en la mano y la perspectiva de una noche en buena compañía.

—Al final se escondió debajo de la mesa de la cocina y agitó el salero en dirección a la mujer gritándole que, si ella o cualquier otro demonio se le acercaban, los rociaría hasta matarlos. La mujer se encerró con llave en el baño y llamó a la policía. Esto ocurría a las tres de la madrugada. Era mediodía cuando se dignaron a enviar a alguien de una patada en el culo. Para entonces el tipo ya había dormido la mona en el suelo de la cocina y le estaba rogando a la pobre mujer que lo perdonara.

—¿Y lo hizo? —pregunta Cal.

—Y tanto que lo hizo, claro. Se conocían desde críos. Pero nunca pudo perdonar a los policías de la ciudad. Diría que el pueblo se siente dichoso de contar con usted.

Tampoco existe la más remota posibilidad de que Johnny se crea que Ardnakelty se siente dichoso de que un policía se haya instalado en él. Como ocurre en la mayoría de los lugares dejados de la mano de Dios, Ardnakelty se opone a los policías por principio, con independencia de si hay alguien llevando a cabo algo susceptible de despertar su interés.

—En ese apartado puedo serles de poca ayuda —dice Cal—. Estoy retirado.

—Oh, venga —dice Johnny con una sonrisa maliciosa—. Un policía nunca deja de serlo.

—Eso he oído —dice Cal—. En cuanto a mí, no hago de policía a menos que me paguen. ¿Busca contratar a uno?

Johnny se ríe con ganas ante este último comentario. Cuando esta vez Cal no se le suma, recobra la compostura y se pone serio.

—Bueno —dice—, imagino que son buenas noticias para mí. Prefiero que Theresa pruebe con la carpintería que con lo de ser policía. Sin menospreciar el trabajo, siento un gran respeto por cualquiera que lo lleve a cabo, pero sin duda conlleva riesgos, no hace falta que se lo diga. No querría que mi hija corriera peligro.

Cal sabe que necesita mostrarse amable con Johnny, pero este plan se ve contrarrestado por unas ganas irrefrenables de pegarle una buena tunda. No va a hacerlo, por descontado, pero el simple hecho de imaginarlo le resulta gratificante. Cal mide más de un metro noventa y es de complexión fuerte, y tras pasarse los últimos dos años acondicionando su casa y ayudando en las granjas de varios vecinos no ha estado en mejor forma física desde que tenía veinte años, por mucho que aún conserve algo de tripa. Johnny, por su parte, es un tipo canijo y debilucho, cuya mejor baza a la hora de pelear se diría que es convencer a otro de que lo haga por él. Cal piensa que, si tomara la iniciativa y colocara el pie en el ángulo correcto, podría patear a este mierdecilla por encima de las hileras de tomates.

—Procuraré que no pierda ningún dedo con la sierra —dice—, pero no puedo prometer nada.

—Ya, lo sé —dice Johnny, bajando la cabeza con cierta timidez—. Es solo que me siento un pelín protector. Supongo que intento compensar el hecho de haber estado fuera tanto tiempo. ¿Tiene hijos?

—Una hija —dice Cal—. Ya es mayor. Vive en Estados Unidos, pero viene a visitarme por Navidad.

A Cal le desagrada hablarle de Alyssa a este tipo, pero quiere que Johnny sepa que ella no ha cortado la relación ni nada. Lo prioritario en esta conversación es transmitir que es inofensivo.

—Es un lugar bonito que visitar —dice Johnny—. A la mayoría les parece demasiado tranquilo para vivir. ¿No es su caso?

—No —dice Cal—. Aceptaré gustoso toda la paz y tranquilidad que pueda conseguir.

Les llega un grito procedente de los campos traseros de Cal. Mart Lavin se acerca a ellos a grandes zancadas, apoyándose en un cayado. Mart es pequeño, enjuto, tiene los dientes separados y el pelo blanco y ralo. Tenía sesenta años cuando llegó Cal y desde entonces no ha envejecido un ápice. Cal sospecha que es uno de esos tipos que a los cuarenta parecía tener sesenta y que a los ochenta seguirá pareciendo de la misma edad. Rip sale disparado para olisquearse con Kojak, el perro pastor blanquinegro de Mart.

—Por Dios bendito —dice Johnny, entornando los ojos—. ¿Ese no es Mart Lavin?

—Eso parece —dice Cal. Al principio, Mart se acercaba a su casa siempre que se aburría, pero últimamente apenas lo visita. Cal sabe qué lo ha traído hoy aquí, cuando debería estar desparasitando a los corderos.

Vio pasar a Johnny Reddy y le faltó tiempo para dejar cuanto tuviera entre manos.

—Debí imaginarme que seguiría por aquí —dice Johnny, contento—. Ni un tanque Sherman sería capaz de matar a ese viejo diablo.

Agita un brazo y Mart le devuelve el saludo.

Mart se ha agenciado un sombrero nuevo en algún sitio. Su accesorio veraniego favorito para la cabeza, un sombrero de pescador de color naranja y caqui de camuflaje, desapareció del pub unas semanas atrás. Las sospechas de Mart apuntan a Senan Maguire, quien armó un buen escándalo al asegurar que el sombrero parecía una calabaza podrida, era una vergüenza para todo el pueblo y debería ser arrojado a una hoguera. Mart lo achacó a los celos. Está convencido de que Senan sucumbió a la tentación, se llevó el sombrero del pub y ahora lo luce a escondidas por su granja. Desde entonces, las discusiones en el pub no han cesado y han resultado de lo más acaloradas, rayando en ocasiones la agresión física, de modo que Cal confía en que el nuevo sombrero calme un poco las aguas. Es una cosa de paja y de ala ancha que a Cal le parece que debería llevar agujeros para unas orejas de burro.

—Madre del amor hermoso —dice Mart al llegar a su altura—. Fijaos en lo que las hadas nos han dejado en la puerta.

—Mart Lavin —dice Johnny, dedicándole una amplia sonrisa y tendiéndole la mano—. En persona. ¿Cómo andamos?

—De fábula —dice Mart, apretándole la mano—. A ti se te ve de miedo, pero siempre fuiste un tipo elegante. Los demás dábamos pena a tu lado.

—Vamos, déjalo ya. No puedo competir con ese gorro de Pascua.

—Este yugo es solo una triquiñuela —le informa Mart—. Senan Maguire me robó el viejo. Quiero que piense que he pasado página para que baje la guardia. Hay que andarse con ojo con ese individuo. ¿Cuánto tiempo llevabas fuera?

—Demasiado, tío —dice Johnny, sacudiendo la cabeza—. Demasiado. Cuatro años casi.

—Oí que cruzaste el mar —dice Mart—. ¿Los británicos no supieron apreciarte lo suficiente?

Johnny se echa a reír.

—Sí que lo hicieron, y tanto. Londres es fantástico, tío: la mejor ciudad del mundo. En una sola tarde ves más cosas que en toda tu vida aquí. Algún día deberías ir a verlo.

—Debería, por supuesto —conviene Mart—. Las ovejas se pueden cuidar solas, seguro. Entonces, ¿qué lleva a un tipo cosmopolita como tú a abandonar la mejor ciudad del mundo para volver al culo del mundo?

Johnny suspira.

—Este sitio, hombre —dice, ladeando la cabeza para dirigir la vista más allá de los campos, a la línea de las montañas, larga y leonada—. No hay otro igual. No importa lo estupenda que sea la ciudad; al final, un hombre siente un deseo irrefrenable de volver al hogar.

—Al menos es lo que dice la canción —conviene Mart. Cal sabe que Mart lleva la mayor parte de su vida despreciando a Johnny Reddy, pero eso no evita que lo observe con delectación. El fantasma personal de Mart es el aburrimiento. Le ha explicado con todo detalle que lo considera el mayor peligro al que se enfrenta un granjero, mucho más que los tractores y las fosas de purines. El aburrimiento llena de inquietud la mente de un hombre y luego este intenta curarse de esta inquietud cometiendo alguna estupidez. Sea lo que sea lo que Mart opine de Johnny Reddy, su regreso promete aliviar su aburrimiento.

—Las viejas canciones contienen muchas verdades —dice Johnny, sin apartar la vista de la lejanía—. Uno no se da cuenta hasta que se ha marchado —añade—. Y yo he dejado a mi familia sola durante demasiado tiempo. —La antipatía que Cal siente por Johnny Reddy crece a cada minuto que pasa. Se recuerda a sí mismo que iba a ocurrir de todos modos, sin importar la impresión que fuera a causarle cuando se cruzaran.

—Déjame que te cuente quién ha muerto mientras estabas por ahí dando tumbos —dice Mart—. ¿Te acuerdas de Dumbo Gannon? El tipo esmirriado de orejas enormes.

—Sí, claro —dice Johnny, apartando al fin la vista de los espacios abiertos para dedicarle al tema toda la atención que merece—. ¿Me estás diciendo que ya no está con nosotros?

—Ataque al corazón —dice Mart—. Fulminante. Estaba en el sofá tomándose un descanso y fumando después de la cena del domingo. Su parienta solo se ausentó para recoger la ropa del tendedero y al regresar se lo encontró tieso. El Marlboro seguía encendido en su mano. Si la mujer hubiera tardado más en volver, las llamas podrían haber devorado toda la casa.

—Vaya, qué triste —dice Johnny—. Que Dios lo tenga en su gloria. Era un buen tipo. —Su rostro es una combinación perfecta de gravedad y compasión. De haber tenido un sombrero consigo, se lo estaría apretando contra el pecho.

—Una vez, Dumbo te hizo salir de sus tierras por patas —dice Mart, posando en Johnny una mirada evocadora—. Gritaba como un energúmeno, ya te digo. ¿Qué ocurrió ahí, chaval? ¿Te beneficiaste a su parienta o qué otra cosa le hiciste?

—Oh, vamos —dice Johnny, guiñándole un ojo a Mart—. No me dejes mal. Este caballero podría creerte.

—Lo hará si es listo —dice Mart en tono solemne.

Ambos clavan la vista en Cal, después de mucho rato sin hacerlo.

—Es demasiado listo para caer en tus patrañas —dice Johnny. Esta vez es a Cal a quien guiña el ojo. Cal no deja de mirarlo con relativo interés, hasta que parpadea.

—El señor Hooper siempre cree en mi palabra —dice Mart—. ¿No es así, amigo?

—No soy más que un tipo confiado por naturaleza —dice Cal, lo que al menos consigue arrancar una sonrisa de Mart.

—Mañana por la noche van a venir a casa unos cuantos muchachos —dice Johnny de un modo despreocupado, a Mart, no a Cal—. Tengo un par de botellas.

Mart lo mira, encandilado.

—Eso estará bien —dice—. Una bonita fiesta de bienvenida.

—Bah, nada más que una reunión de viejos amigos para charlar un rato. Tengo una idea que me ronda por la cabeza.

Las cejas de Mart se alzan.

—¿Una idea? No me digas.

—Sí. Algo que podría hacerle mucho bien a este lugar.

—Suena estupendo —dice Mart, sonriéndole—. Eso es lo que necesita este pueblo: alguien que aporte ideas. Estábamos atrapados en el fango hasta que llegaste a rescatarnos.

—Oh, venga, yo no diría tanto —dice Johnny, devolviéndole la sonrisa—. Pero una buena idea nunca hace daño. Ven a mi casa mañana y te lo contaré todo.

—¿Sabes lo que deberías hacer? —le pregunta Mart, que acaba de tener una iluminación.

—¿Qué?

Mart señala hacia las montañas con su cayado.

—¿Ves ese viejo pedazo de roca de ahí? Estoy hasta las narices de tener que conducir por carreteritas cada vez que necesito cruzar esa montaña. Los baches hacen que los ojos se te salgan de las cuencas. Necesitamos una línea férrea neumática bajo tierra. Londres ya contaba con una en los tiempos de la reina Victoria, ya te digo. Un túnel con un vagón de tren en él, igual que el metro, solo que con un gran ventilador a cada extremo. Uno soplaba y el otro succionaba, de modo que el vagón volaba por el túnel, como un guisante por una cerbatana. Iba a veinticinco millas por hora. Te garantizo que uno atravesaría esa montaña en un abrir y cerrar de ojos. Ponte a ello y consíguenos uno. Si los británicos pueden, nosotros también.

Johnny se echa a reír.

—Mart Lavin —dice, sacudiendo la cabeza en un gesto afectuoso—. No has cambiado un ápice.

—Sin embargo, el suyo acabó estropeándose —le informa Mart—. Un día lo cerraron sin más: sellaron el túnel sin dar ninguna explicación. Cincuenta o cien años más tarde, un explorador redescubrió el túnel, en las profundidades subterráneas de Londres. El vagón seguía sellado en su interior. Una docena de hombres y mujeres permanecían en sus asientos, con sus sombreros de copa, sus miriñaques y sus relojes de bolsillo; cada uno, un saco de huesos. —Mart le sonríe a Johnny—. Pero estoy seguro de que el tuyo no saldría mal. Hoy en día contamos con tecnología punta. El tuyo sería fantástico. Ponte ya a ello.

Al cabo de un momento, Johnny vuelve a reírse.

—Tú deberías ser el hombre de las ideas, no yo —dice—. Ven a mi casa y te enterarás de todo. Te veo mañana por la noche. —A Cal le dice: «Encantado de conocerle».

—Igualmente —dice Cal—. Nos vemos por ahí. —No tiene el menor deseo de ser invitado a beber para celebrar el regreso de Johnny, bajo un techo que él mismo ha arreglado, pero la mala educación le produce un rechazo visceral.

Johnny asiente, saluda a Mart llevándose un dedo a la sien y enfila hacia la carretera. Sus andares son los propios de un urbanita, evitando pisar nada que pueda ensuciarle los zapatos.

—Canalla e inútil —dice Mart—. Ni una célula buena en el cuerpo. ¿Qué quería de ti?

—Supongo que echarle un ojo al tipo con el que su hija pasa tanto tiempo —dice Cal—. No puedo culparle.

Mart resopla.

—Si su hija le importara un pimiento, no se habría largado. No ha movido un dedo en su vida si no es para ganar algo de pasta o echar un polvo, y tú no eres su tipo. Si ha arrastrado su culo perezoso hasta aquí, es que se traía algo entre manos.

—No me ha pedido nada —dice Cal—. Al menos, por el momento. ¿Vas a ir a su casa mañana por la noche, a averiguar qué es esa gran idea?

—No aceptaría una idea de Johnny Reddy ni aunque viniera envuelta en oro puro y me la entregara Claudia Schiffer en pelotas —responde Mart—. Solo me he acercado para hacerle saber que no intente liarte con nada. Si quiere sablear a alguien, ya puede buscarse a otro.

—Que lo intente cuanto quiera —dice Cal. No quiere que Mart le haga ningún favor—. ¿Se acostó con la señora Dumbo?

—Lo intentó con todas sus fuerzas. Cualquier mujer le vale. No dejes que se acerque a Lena.

Cal decide pasarlo por alto. Mart saca la bolsita del tabaco, se lía un cigarrillo corto y lo enciende.

—Quizá me acerque a su casa mañana por la noche —dice, pensativo, sacándose una hebra de tabaco de la lengua—. Sea lo que sea lo que trame, por aquí no faltan idiotas dispuestos a caer en su trampa. Mejor estar al quite.

—Lleva palomitas —dice Cal.

—Una botella de Jameson es lo que voy a llevar. No confío en que tenga nada decente y, si tengo que escuchar sus majaderías, prefiero hacerlo bien marinado.

—Imagino que seguiré ignorándole —dice Cal—. Así me ahorro el dinero de la bebida.

Mart suelta una risilla.

—Vaya. ¿Qué hay de divertido en eso?

—Tú y yo tenemos conceptos diferentes de la diversión.

Mart le da una calada al cigarrillo. Su rostro, arrugado por efecto del sol, adopta de golpe una expresión ceñuda.

—Siempre estoy a favor de prestar atención a los cabrones astutos —dice—. Incluso cuando supone un incordio. Uno nunca sabe cuándo puede surgir algo que no puedes permitirte pasar por alto.

Le da un golpecito a uno de los tomates de Cal con el cayado.

—Estos tomates están saliendo de miedo —dice—. Si te acaba sobrando alguno, ya sabes dónde encontrarme. —A continuación, llama a Kojak con un silbido y comienza a andar de regreso a sus tierras. Al cruzarse con el sendero abierto por Johnny Reddy, suelta un escupitajo.

Ignorar a Johnny resulta una tarea más ardua de lo que cabría esperar. Esa misma tarde, después de que Lena envíe a Trey a su casa y se acerque a la suya, Cal no consigue serenarse. Las tardes que pasa con Lena suelen ser largas y tranquilas. Se sientan en el porche trasero a beber *bourbon*, escuchar música y charlar, o a jugar a las cartas, o se tienden en el césped a observar el vertiginoso manto de estrellas sobre sus cabezas. Cuando el tiempo se pone demasiado irlandés, se sientan en el sofá a hacer básicamente las mismas cosas, con la lluvia repiqueteando sobre el tejado sin descanso y de forma plácida y el fuego impregnando la habitación de olor a humo de turba. Cal es consciente de que esto los coloca en una posición de viejos aburridos y prematuros, pero no le preocupa en absoluto. Este es uno de los puntos en los que Mart y él disienten: el aburrimiento se cuenta entre los objetivos principales de Cal. Durante la mayor parte de su vida, uno o más elementos insistían en mostrarse interesantes hasta el punto de que la monotonía adquiría un resplandor inalcanzable. Desde el día en que finalmente consiguió darle alcance, no ha dejado de saborearla un solo segundo.

Johnny Reddy es una amenaza al aburrimiento, tal y como Mart dejó claro al acudir corriendo desde sus tierras nada más reconocerlo. Cal sabe que no hay nada que pueda hacer respecto al tipo, que tiene más derecho que él a estar en Ardnakelty, pero de todos modos quiere hacerlo, y rápido, antes de que Johnny comience a joder las cosas. Lena se bebe su *bourbon* con jengibre en el patio trasero, confortablemente sentada en la mecedora que Cal le fabricó por su cumpleaños, pero Cal no puede sentarse. Les lanza un palo a Rip y Nellie, a quienes les sorprende que haya roto su rutina, aunque tampoco van a desaprovechar la ocasión. Daisy, la madre de Rip, poco sociable por naturaleza, ha ignorado el palo y preferido tumbarse a dormir junto a la mecedora de Lena. Los campos se han sumido en la oscuridad, aunque el cielo conserva un retazo de turquesa sobre la línea de árboles del lado oeste. La noche está inmóvil, sin brisa que se lleve los restos de calor del día.

—Le has dado de cenar, ¿verdad? —pregunta Cal por segunda vez.

—Comida suficiente para saciar a un adulto —dice Lena—. Y, si necesita más, diría que Sheila tendrá por casa algo de comer. ¿No crees?

—¿Y sabe que puede volver a tu casa si lo necesita?

—Sí, claro. Y es capaz de abrirse camino por la oscuridad. O por una tormenta de nieve, llegado el caso.

—Quizá esta noche deberías irte a casa —dice Cal—. Por si vuelve y no te encuentra.

—En ese caso, sabrá dónde encontrarme —le señala Lena. Lena pasa unas dos noches por semana en casa de Cal, algo que, naturalmente, todo el pueblo ha sabido desde el primer día, puede que incluso antes. Al principio, Cal se aventuró a sugerir que quizá ella pudiera venir caminando a su casa, o él hacerlo a la suya, para evitar que la gente viera su coche y se pusiera a chismorrear, pero Lena se le rio en la cara.

Rip y Nellie mantienen un feroz tira y afloja con el palo. Rip gana y galopa triunfante hasta Cal para soltarlo a sus pies. Cal lo arroja de nuevo a la oscuridad del patio y los dos perros desaparecen.

—Fue amable conmigo —dice—. ¿Por qué fue amable conmigo?

—Johnny es amable —dice Lena—. No anda falto de defectos, pero nadie puede decir que no sea amable.

—Si Alyssa hubiera pasado tanto tiempo con un hombre de mediana edad como ha hecho Trey, yo no habría sido amable con él. Lo habría noqueado de un puñetazo.

—¿Hubieras querido que Johnny te noqueara de un puñetazo? —le pregunta Lena—. Porque podría pedírselo de tu parte, aunque en realidad no es su estilo.

—Les pegaba —dice Cal—. No con frecuencia, al menos según la chica, y nunca muy fuerte. Pero les pegaba.

—Si lo intentara ahora, Trey tendría un sitio en el que quedarse. Pero no lo hará. Johnny está en plena forma. Es la comidilla del pueblo, invita a bebidas a todo el pub y les cuenta sus aventuras en Londres, y no podría disfrutarlo más. Cuando el mundo es bueno con Johnny, Johnny es bueno con todos.

Esto encaja con la evaluación de Cal. No lo tranquiliza, solo a un nivel superficial.

—Le contó a Angela Maguire que coincidió con Kate Winslet en una fiesta —dice Lena— y que alguien le tiró a ella una bebida por la parte de atrás del vestido, de modo que él le ofreció su chaqueta para cubrir la mancha, y ella, a cambio, le entregó su bufanda. Yo diría que Kate Winslet no se acercaría a ese patán por nada del mundo, pero eso no impide que sea una buena historia.

—Le contó a Mart que tenía una idea —dice Cal, también por segunda vez—. ¿Con qué idea puede salir un tipo como ese?

—Pasado mañana lo sabrás —responde Lena—. Mart Lavin no tardará un segundo en venir aquí a desembuchar. A ese le chifla ser el primero en compartir un chismorreo.

—Dijo que era algo que le haría mucho bien a este lugar. ¿Qué diablos puede parecerle a ese tipo algo capaz de hacerle bien a un lugar? ¿Un casino? ¿Una agencia de *escorts*? ¿Un monorraíl?

—Yo no me preocuparía —dice Lena. Daisy gime y se agita en sueños; Lena le acaricia la cabeza hasta que se calma—. Sea lo que sea, no irá a ningún lado.

—No quiero a la chica cerca de un tipejo así —dice Cal, a sabiendas de lo absurdo que suena. Es consciente de que, a lo largo de los dos últimos años y de forma gradual, ha acabado pensando en Trey como parte de él. No suya del mismo modo que Alyssa, por descontado, pero suya de una manera específica y única, que no tiene relación con nada más. Contempla el asunto desde la misma perspectiva que aplica a los muros de piedra seca que delimitan los campos de este lugar: se levantaron a mano, piedra a piedra, cuando surgió la necesidad, su aspecto es desordenado y están llenos de grietas que podrías atravesar con el puño, pero, de algún modo, tienen la cohesión suficiente para mantenerse firmes con el paso del tiempo y pese a las inclemencias meteorológicas. No considera esto algo malo: no ha hecho daño a nadie. No sabría decir si habría hecho algo de otro modo de haber sabido que Johnny regresaría a casa, trayendo consigo el hecho de que, en realidad, Trey no forma parte de Cal de ninguna manera significativa.

—Esa chica no tiene un pelo de tonta —dice Lena—. Tiene la cabeza bien firme sobre los hombros. Sea lo que sea lo que trame, Trey no va a dejarse arrastrar.

—Es una buena chica —dice Cal—. No me refiero a eso. —No encuentra las palabras para expresar, ni siquiera a sí mismo, de qué se trata. Trey es una buena chica, una gran chica, camino de labrarse una buena vida. Pero todo esto atenta de tal manera contra la lógica que para Cal desprende un aura de terrible fragilidad, algo increíble que no debería tocarse hasta que el pegamento se haya asentado. Trey aún es demasiado pequeña para que nada se haya asentado.

Lena se bebe su *bourbon* y observa a Cal arrojar el palo con toda su fuerza. Por lo general, Cal muestra la calma innata de un hombretón o un perrazo y es capaz de dejar que las cosas reposen hasta ver qué camino toman. A pesar de la situación, una parte de ella agradece ver esta otra cara de él. Le permite conocerlo mejor.

Lena podría calmarlo, al menos durante un rato, llevándolo a la cama, pero desde el principio decidió que no iba a hacerse responsable de los bajones anímicos de Cal. No es que sean frecuentes en él, pero Sean, su marido, era un hombre dado a los altibajos y cometió el error de pensar que aquello era un problema que ella debía solucionar. El hecho de que Cal nunca espere que lo haga es una de las muchas cosas que valora de él. No tiene la menor intención de estropearlo.

—Mart dice que lo único que ha movido a Johnny han sido el dinero y las mujeres —dice Cal—. Podría darle dinero.

—¿Para que se marche?

—Sí.

—No —dice Lena.

—Lo sé —dice Cal. Johnny podría malinterpretarlo o utilizarlo en su contra, o ambas cosas, de muchas maneras.

—Tampoco es que lo fuera a aceptar —dice Lena—. Johnny no anda detrás del dinero, o al menos no es su única motivación. Lo que busca es protagonizar una historia en la que consiguió el dinero comportándose como un gran héroe. O al menos como un bandido elegante.

—Y para eso —dice Cal— ha tenido su gran idea. Sea lo que sea.

Rip regresa al patio subiendo por el jardín; acarrea el palo por un extremo, mientras que Nellie muerde el otro. Cal se lo saca a ambos de la boca, vuelve a lanzarlo y los observa perderse de nuevo en la oscuridad. Se desvanecen los últimos restos de luz y las estrellas empiezan a aparecer en el cielo.

Lena está intentando decidir si compartir con Cal lo que pensó ayer mientras veía a Johnny alejarse a paso tranquilo. Le gustaría conocer su opinión, no solo porque su pasado como policía lo convierte en un experto en problemas de todo tipo, sino también por el modo en que se enfrenta a las cosas, sin apresurarse ni agobiarse. Antes siquiera de abrir la boca, consigue que el asunto en cuestión parezca más manejable, susceptible de mantenerse quieto y de examinarse con calma.

La inquietud que muestra Cal le impide dar el paso. Solo alberga una intuición, basada en nada más que un corte de pelo descuidado y algunos viejos recuerdos. Agitado como lo ve, sería injusto cargarlo con eso por el simple hecho de que a ella le convenga. La propia Lena se siente recelosa y alerta, pero no agitada. No es una mujer tranquila por naturaleza, su esfuerzo le cuesta alcanzar la calma, y Johnny carece de la fuerza necesaria para desbaratarla. Lena está convencida de que su fuerza no da para causar más problemas que dejar unas cuantas deudas a su paso, pero Cal, menos familiarizado con Johnny que con los problemas, quizá lo vea de un modo distinto. Además, es consciente de que para Cal hay mucho más en juego que para ella.

La rigidez en el rostro de Cal y el hecho de que se descubra protegiéndolo son más factores que añadir a la lista de motivos por los que desprecia a Johnny Reddy. El hombre no lleva en el pueblo el tiempo suficiente como para haber mancillado el brillo de sus bonitos zapatos y su bonita sonrisa y ya está creando problemas donde no los había, sin pretenderlo siquiera.

—Vamos —dice Cal de repente, dándose la vuelta hacia ella y tendiéndole la mano. Lena piensa que quiere que vayan dentro, pero cuando le agarra la mano y deja que la levante de la mecedora, la conduce por los escalones del porche hasta la hierba.

—Supongo que debería preocuparme de mis propios asuntos —dice Cal—. ¿Cuándo fue la última vez que dimos un paseo nocturno?

Lena le agarra del codo y sonríe. Rip y Nellie van tras ellos, Rip dando grandes saltos sobre la hierba alta por pura diversión, mientras se dirigen a la carretera que serpentea entre los campos, desvaída y pálida a la luz de las estrellas. Las flores nocturnas desprenden un aroma rico y meloso, digno de un viejo licor. Daisy abre un ojo para verlos alejarse y vuelve a dormirse.

Aunque Cal se cuide de decirlo, Trey sabe que no le gusta que ande por la montaña una vez ha oscurecido. Cuando cenan en casa de Cal, él tiene un ojo puesto en el cielo y la envía para casa tan pronto el oeste se tiñe de dorado. Cal teme que pueda caerse en una zanja y hacerse daño, o salirse del camino y acabar absorbida por una ciénaga, o toparse con alguna de las personas que viven diseminadas por la parte alta de la montaña y que tienen reputación de ser medio salvajes. Trey no comparte ninguna de estas preocupaciones. Lleva toda su vida en la montaña, lo que significa que su cuerpo la conoce mejor que su mente; la menor alteración inesperada en la consistencia de la tierra bajo sus pies, o de una cuesta, basta para alertarla de que se ha salido del camino. Los hombres de las montañas la conocen desde que era una cría, y a veces le dan unas pocas monedas para que entregue sus mensajes en el colmado de Noreen o para que lleve unos huevos o una botella de poitín a un vecino que se encuentra a una milla o dos. Trey no descarta convertirse en uno de ellos cuando sea mayor.

Se ha pasado las últimas horas en la ladera de la montaña, haciendo tiempo para asegurarse de que su padre se habrá acostado o estará en el pub Seán Óg. Se le da bien esperar. Recuesta la espalda contra un muro de piedra seca, a cuya sombra se ha sentado, y le acaricia las orejas a Banjo. Tiene una linterna de bolsillo, pero le gusta la invisibilidad y la sensación de poder que le otorga no usarla. De todas formas, la noche es luminosa, el cielo está repleto de estrellas y ha salido una media luna grande y cercana. Trey puede ver los campos que hay más allá de las laderas de brezo y juncos, decolorados por la luz de la luna y deformados por las sombras de sus muros y sus árboles. Aquí arriba el aire desprende una brisa tenue e irregular, pero Lena le prestó una sudadera, que es demasiado grande y huele al mismo detergente que impregna sus sábanas. De tanto en cuanto, le llega un crujido penetrante y furtivo de la ciénaga o de la cima de los árboles, pero tampoco son capaces de alterarla. Permanece inmóvil y aguarda la llegada de la liebre o del zorro, pero, sean las que sean las criaturas que merodeen por ahí, huelen a Banjo y no se acercan. Unas cuantas veces, antes de tener a Banjo, vio a liebres bailar.

Cuando las luces de las granjas de abajo se apagan, pone rumbo a casa. La fachada de la casa está oscura, pero hay una neblina de luz amarillenta derramándose en la parte de atrás: alguien sigue despierto. En el momento en que Trey empuja la cancela, Banjo se pone rígido y suelta un ladrido bajo de alerta. Trey se detiene, lista para echar a correr.

—Sujeta a los perros —dice una voz cercana, ligera y divertida—. Soy inofensivo.

Una sombra se desprende del tronco de un árbol y camina hacia ella con parsimonia.

—¿Has visto qué noche hace? —dice su padre—. ¿No es espléndida?

—Mamá sabía dónde estaba —dice Trey.

—Sí, lo sé. Me dijo que estabas en casa de Lena Dunne, puliendo una cama vieja. Es muy considerado de tu parte que le eches una mano. —Johnny inhala fuerte, sonriendo con la cabeza ligeramente levantada hacia las estrellas—. Respira este aire. Dios mío, no hay nada en Londres que pueda compararse a este olor.

—Sí —dice Trey, para quien el aire huele como de costumbre. Se dirige a la casa.

—Ven, acércate —la llama su padre—. No desperdicies una noche así. Nos quedaremos un rato aquí fuera. No ha habido manera de que Alanna se durmiera, estaba nerviosísima. Dejemos que tu madre la arrope con calma. —Le hace un gesto con la cabeza para que se acerque y se pone cómodo, apoyando los brazos sobre la cancela de metal. Al padre de Trey le gusta estar cómodo y se le da bien; no hay lugar que no pueda hacer ver que le pertenece.

Trey recuerda las palabras de Cal acerca de no enfadarlo. Piensa que es una estupidez y sabe que tiene razón, las dos cosas al mismo tiempo. Se acerca y se queda de pie junto a la cancela, un brazo la separa de su padre, y mete las manos en los bolsillos de la sudadera.

—He echado de menos a tu mamá —dice Johnny—. Sigue siendo una mujer muy guapa; quizá seas muy joven para verlo, pero es cierto. Me siento afortunado de tenerla. Tuve suerte de que me esperara todo este tiempo y no saliera huyendo con un hombre sofisticado que se presentara un día en su puerta vendiendo humo.

Trey es incapaz de imaginarse a su madre reuniendo las fuerzas suficientes para huir con nadie, aunque la verdad es que nadie se presenta jamás a su puerta. Había olvidado el olor que desprende su padre, una mezcla de cigarrillos, jabón y loción para después del afeitado con un toque penetrante a especias. Banjo también lo huele y levanta la vista hacia ella en busca de pistas para clasificarlo. «Siéntate», le dice.

—No me hago a la idea de lo mucho que has crecido —le dice su padre con una sonrisa—. La última vez que te vi eras una cosita pequeña que huía de su propia sombra. Y mírate ahora: casi una adulta, trabajando fuera, entrando y saliendo de casas por todo el pueblo. Diría que conoces a la mitad de los de por aquí mejor que yo. ¿Te llevas bien con ellos?

—Lena es maja —dice Trey. Percibe que su padre espera algo de ella, pero no sabe de qué se trata.

—Sí. Lena es estupenda. Y le he hecho una visita a tu amigo Cal Hooper. He pensado que, si vas con tanta frecuencia a su casa, lo mejor sería conocerlo un poco. Asegurarme de que es un buen tipo.

Trey se queda helada y enseguida la invade la rabia. Lo ha dicho como si estuviera haciéndole un favor. No tenía ningún derecho a acercarse a Cal. Siente como si su padre le hubiera metido la mano en la boca.

—Me ha parecido un tipo decente. Para ser policía —ríe Johnny—. Por el amor de Dios, una hija mía pasando el rato con un policía. ¿Puedes creerlo?

Trey guarda silencio. Su padre la mira, sonriendo.

—Es un maldito fisgón, ¿no? ¿Siempre preguntando cosas? ¿Dónde estaba la noche del día quince?

—No —dice Trey.

—Diría que tiene a todo el pueblo muerto de miedo de no cagarla. Si pillara a los muchachos bebiendo poitín, que Dios los asista, los entregaría a los polis de la ciudad en menos que canta un gallo.

—Cal bebe poitín —dice Trey—. Algunas veces. —Piensa en darle un puñetazo en la cara a su padre o en salir corriendo y pasar la noche en alguna cabaña abandonada de la ladera de la montaña. Unos años atrás, probablemente habría hecho ambas cosas. En vez de eso, se queda ahí, de pie, apretando los puños dentro de los bolsillos de la sudadera de Lena. Su rabia es demasiado espesa y enmarañada como para encontrar la manera de salir de ella.

—Bueno, algo es algo —dice su padre, divertido—. No puede ser tan mal tipo si es capaz de beber Malachy Dwyer. Un día tendré que llevarle una botella y pasarnos la noche dándole tragos.

Trey guarda silencio. Si hace eso, cogerá el rifle de Cal y le volará un pie, a ver si entonces es capaz de bajar la montaña para hacerle otra visita.

Johnny se frota la cabeza con una mano.

—¿No quieres hablar conmigo? —le pregunta con pesar.

—No tengo nada que decir —responde Trey.

Johnny se echa a reír.

—Siempre fuiste callada —dice—. Pensaba que era porque no podías meter baza con Brendan de por medio.

Ya hace más de dos años de la marcha de Brendan. Oír su nombre sigue siendo para Trey como recibir un puñetazo en la garganta.

—Si estás molesta conmigo por haberme marchado, dímelo, adelante. No me enfadaré contigo.

Trey se encoge de hombros.

Johnny suspira.

—Me marché porque quería prosperar para conseguiros una vida mejor —dice Johnny—. La de todos, también la de tu mamá. Quizá no me creas, y no te culparía por ello, pero al menos piénsalo un poco antes de decidir que solo es basura. No podía hacer nada por vosotros quedándome aquí. Tú lo sabes bien: este hatajo de usureros se comporta como si los Reddy no fuéramos más que una mierda que se les ha pegado a los zapatos. ¿Me equivoco?

Trey vuelve a encogerse de hombros. No le gusta darle la razón, pero la tiene, o casi. La gente se ha mostrado más amable con ella en los últimos años, pero la corriente subterránea no ha cambiado, y tampoco querría su amabilidad, aunque fuera sincera.

—Ni uno solo de ellos estaba dispuesto a darme una oportunidad. Todo el mundo sabe que mi padre era un vago, y su padre antes que él, y no necesitan saber nada más. Había un centenar de trabajos por aquí para los que estaba capacitado, pero el día que me contrataban para sacar mierda a paletadas podía sentirme afortunado. Me presentaba en una fábrica para una tarea que podía hacer con los ojos cerrados y me rechazaban antes de abrir la boca. El trabajo se lo acababan dando a un jodido tarugo que apenas sabía atarse los cordones de los zapatos, pero resultaba que su padre bebía con el gerente. Intentarlo en Galway o Dublín era una pérdida de tiempo. Este maldito país es demasiado pequeño. Alguien conocería a alguien cuya madre sería de Ardnakelty y mis opciones se verían aplastadas así —dice Johnny, chasqueando los dedos.

Trey reconoce el matiz turbio en su voz. Antaño significaba que iba a salir de casa dando un portazo y volver borracho, o no volver. Esta vez es más ligero, apenas un eco, pero los músculos de los gemelos de Trey no pueden evitar contraerse, a la espera de salir corriendo si es necesario.

—Algo así machaca a un hombre. Lo machaca hasta que se pierde a sí mismo. Me estaba volviendo un amargado y pagándolo con tu madre. Jamás había tenido un hueso de crueldad en el cuerpo, pero fui cruel con ella durante esos últimos años. No se lo merecía. De haberme quedado, las cosas solo habrían ido a peor. Londres era lo más cerca que podía irme y seguir contando con alguna oportunidad.

Johnny se la queda mirando. Su rostro refleja la tirantez que recuerda de aquellas noches, pero algo menos marcada.

—Sabes que no te miento, ¿verdad?

—Sí —dice Trey, para que deje ya el tema. No le importa una mierda por qué se marchó su padre. Una vez sin él, Brendan pasó a ser el hombre de la familia. Sintió que era responsabilidad suya cuidar de todos ellos. Si su padre se hubiera quedado, quizá Brendan seguiría aquí.

—No me guardes rencor, si puedes evitarlo. Lo hice lo mejor que pude.

—Nos las hemos apañado muy bien.

—Lo habéis hecho, por supuesto —conviene Johnny con calidez—. Tu mamá dice que le has sido de mucha ayuda. Estamos orgullosos de ti, los dos.

Trey no reacciona.

—Ha debido de ser duro para ti —dice su padre con empatía, cambiando de tono. Trey siente cómo da círculos en torno a ella, buscando alguna vía de entrada—. Imagino que no ayudó que Brendan se marchara. Siempre fuisteis como uña y carne.

—Sí —dice Trey, sin rastro de emoción en la voz. Brendan era seis años mayor que ella. Hasta la llegada de Cal y Lena, él parecía ser la única persona en pensar en ella por gusto, no por obligación, y la única persona que la hacía reír de forma ocasional. Seis meses antes de que Trey conociera a Cal, Brendan salió por la puerta de casa una tarde para no regresar. Trey no piensa en aquellos seis meses, pero los lleva grabados dentro de sí como un árbol sus anillos.

—Tu madre me ha dicho que fue en mi busca. ¿Es lo que él te contó?

—No me dijo nada —dice Trey—. Me llegó que quizá se marchó a Escocia. —No miente.

—En cualquier caso, no dio conmigo —dice su padre, meneando la cabeza—. Nunca imaginé que mi marcha le afectara tanto. ¿Has sabido algo de él?

El viento rasga sin descanso los árboles a su espalda. «No», dice Trey.

—Dará señales de vida —dice su padre con convicción—. No te preocupes. Estará retozando con alguna por ahí. —Sonríe en dirección a las laderas de oscuro brezo—. Y rezando para no dejarla preñada.

Brendan yace enterrado en algún rincón de estas montañas, Trey no sabe dónde. Cuando anda por ellas, está atenta por si detecta alguna señal —un rectángulo de tierra elevada, un espacio en el que los matorrales no hayan tenido tiempo de volver a crecer, un retazo de tela desgastada que la climatología haya traído a la superficie—, pero hay más montañas de las que Trey podría examinar en toda su vida. Alguna gente del pueblo sabe dónde se encuentra porque ellos lo pusieron ahí. Trey desconoce sus nombres. También busca señales en los rostros de las personas, pero no espera hallarlas. La gente de Ardnakelty es buena ocultando cosas.

Le dio su palabra a Cal de que no diría nada ni haría nada al respecto. Al no tener mucho más que ofrecer, Trey concede mucho valor a su palabra.

—Yo he vuelto —señala Johnny, risueño—. ¿Lo ves? Brendan hará lo mismo.

—¿Piensas quedarte? —le pregunta Trey.

Es una pregunta clara y directa —Trey quiere saber a qué se enfrenta—, pero su padre se lo toma como una súplica.

—Oh, cariño —le dice, dedicándole una sonrisa melosa—. Me quedo, por supuesto. No pienso irme a ninguna parte. Ahora papá está en casa.

Trey asiente. No la saca de dudas. Percibe que Johnny se cree lo que dice, pero siempre lo hace; es uno de sus dones: tomar cada una de las palabras que salen de su boca por la palabra revelada. Había olvidado cómo es hablar con él, cuán neblinoso y fangoso.

Johnny se inclina hacia ella y expande su sonrisa.

—No tengo ninguna necesidad de irme a ningún lado, te lo garantizo —le dice en tono confidencial—. ¿Quieres que te cuente una cosa?

Trey se encoge de hombros.

—Tengo un plan —dice Johnny—. Cuando lo lleve a cabo, el único lugar al que iremos será a una bonita casa nueva, con una habitación enorme para cada uno de vosotros. Y también se habrá acabado lo de ir por ahí con tejanos agujereados.

Johnny espera a que le lance alguna pregunta. Cuando ve que no lo hace, acomoda los brazos en la cancela y se dispone a contarle la historia de todas maneras.

—Conocí a un tipo en Londres —arranca—. Me estaba tomando unas pintas con unos colegas en un pub irlandés, pensando en mis cosas, cuando se me acercó un hombre. Un inglés. Me pregunté qué andaba haciendo en un lugar así; el pub era un poco chungo, ¿sabes?, y el tipo parecía de los que prefieren tomarse un brandi en un hotel sofisticado. Llevaba abrigo y unos zapatos que era evidente que costaban más dinero del que yo veía en un mes. Me dijo que había estado buscando a un hombre de Ardnakelty y que le habían señalado en mi dirección.

Johnny pone los ojos en blanco en ademán travieso.

—Por supuesto que me lo tomé como malas noticias, fuera lo que fuese. No soy una persona pesimista, pero Ardnakelty nunca ha jugado a mi favor. Estaba a punto de mandarlo a la mierda (lo que habría sido el mayor error de mi vida), pero entonces se ofreció a invitarme a una pinta, y yo aquel día andaba justo de efectivo. ¡Y luego resultó que su abuela era de Ardnakelty! Era una de los Feeney. Se marchó a Londres, antes de la guerra, a hacer de enfermera y se casó con un médico reputado. A su nieto le contaba historias sobre el lugar, sobre lo bonito que era y sobre cómo corría libre por las montañas, igual que haces tú, seguro. —Johnny le dedica una sonrisa—. Y le contó algo más: en algún lugar en las faldas de estas montañas hay oro, ¿lo sabías?

—Nos lo contó el profesor —dice Trey—. En clase de Geografía.

Johnny la señala con un dedo.

—Muy bien por prestar atención en clase. Llegarás lejos. El profesor llevaba razón. Los hombres que habitaron estas tierras hace miles de años sabían dónde buscarlo. En este país se han encontrado más piezas de oro antiguo que en toda Europa junta. ¿Esto también te lo contó el profesor? Brazaletes tan anchos como tu mano, collares más grandes que platos llanos, fragmentos redondos, como monedas, que se cosían a la ropa. Tus tataratatarabuelos y tataratatarabuelas iban a fiestas cubiertos de ellos. Paseaban por estas montañas y se reunían junto al fuego, brillando tanto que a uno lo cegaban. Los extraían de la tierra a puñados, pepitas enormes, tan fácil como para nosotros cortar el césped.

Simula agarrar un puñado y alzarlo en el aire. Su voz adquiere ardor y potencia. Su excitación tira de Trey, pero a ella le disgusta. Perturba una noche tan tranquila. Trey siente que está llamando la atención de maneras temerarias.

—Pero luego llegaron los británicos —continúa Johnny— y desposeyeron de sus tierras a nuestra gente, y esta emigró, o murió de hambre, y, poco a poco, aquel saber fue perdiéndose. Aunque... —Johnny se acerca un poco más— no del todo. Quedaron algunas familias que fueron transmitiéndolo de generación en generación, durante cientos de años. Aquel tipo del pub (Cillian Rushborough, así se llamaba) me dijo que su bisabuelo le había contado a su abuela dónde buscar. Y que ella se lo había contado a él.

Ladea la cabeza en dirección a Trey, provocándola, a la espera de que le pida más detalles. A la luz de la luna, con los ojos brillantes y una media sonrisa en la cara, no aparenta ser mucho mayor que Brendan.

Queriendo dar el tema por zanjado, Trey dice: «Y ese tal Cillian te lo contó a ti y ahora vas a desenterrar todo ese oro». Es el único motivo que lo ha traído a casa: el dinero. La revelación supone un alivio. No va a tener que aguantarlo para siempre. Si no encuentra nada, y el valor que la novedad le concede a su figura se apaga, se largará.

Johnny se echa a reír.

—Ah, no, por Dios. Solo un idiota le entregaría el mapa del tesoro a un hombre que no conoce de nada, y Cillian no es ningún idiota. Pero necesitaba a un hombre de Ardnakelty. Las indicaciones que le dio su abuela no tienen ni pies ni cabeza para él: «Junto al viejo lecho del río que ya se ha secado, justo en la esquina noroeste de los campos que los Dolan le compraron a Pa Lavin...». Necesita a alguien que conozca bien la zona. Y, si se presentara aquí por su cuenta, ni un solo hombre le permitiría cavar en sus tierras. Conmigo de aliado, en cambio...

Se acerca más.

—Te contaré un secreto —dice— que he aprendido con el paso de los años. Lo mejor que uno puede tener en la vida es un poco de brillo. Un poco de potencial, un poco de magia. Un brillo. La gente no puede resistirse a eso. Una vez lo tengas, no importará un pimiento si les gustas o no, o si te respetan. Se convencerán de que lo hacen. Y entonces comerán de tu mano. ¿Sabes dónde estuve anoche?

Trey se encoge de hombros. Solo quedan algunos puntitos de luz amarilla entre los oscuros campos a sus pies, y el frío que trae la brisa es penetrante.

—Fui al pub Seán Óg, a pegar la hebra con la mitad del pueblo. Cuatro años atrás, ni uno de ellos me habría meado encima de estar en llamas. Pero al entrar ahí luciendo esto —se da un golpecito en la solapa de su cazadora de cuero—, invitarlos a rondas y contarles sobre mi vida en Londres, se me arremolinaron todos, rieron mis gracias y me palmearon la espalda en señal de lo fantástico que soy. Porque desprendo el brillo que te confiere un poco de dinero y un poco de aventura. Y esto no es nada. Espera a que vean el as que me guardo en la manga.

Trey no ha estado con alguien tan hablador desde la marcha de Brendan. El flujo constante de palabras y bromas de Brendan la hacían querer formar parte del momento, si bien en lo único en lo que podía pensar era en sonreírle. Se siente bombardeada por la cháchara de su padre. Consigue que se refugie más que nunca en el silencio.

—El único e inimitable señor Cillian Rushborough llegará dentro de unos días procedente de Londres, tan pronto haya cerrado algunos asuntos importantes, y entonces... —Johnny le da un golpecito en el brazo con el hombro—. ¿Entonces? ¡Ja! Nadaremos en la abundancia. Tendrás vestidos de Giorgio Armani y entradas vip para conocer a Harry Styles; lo que tú quieras. Quizá el perro se pida un collar de diamantes. ¿Dónde te gustaría ir de vacaciones?

Trey siente cuánto desea su padre que ella confíe ciegamente en él. No recuerda cuándo advirtió por primera vez lo poco fiable que era para dar ese salto. Piensa en Brendan, en cómo le prometió una bicicleta nueva para su cumpleaños justo antes de salir por la puerta para no volver, lo muy en serio que lo dijo.

—¿Y si no encuentra oro? —pregunta.

Johnny sonríe. «Lo hará», dice.

Entre los árboles a lo lejos, bien arriba de la ladera de la montaña, suenan el batir de alas en las ramas y un estridente grito de alerta de un pájaro. Trey siente unas ganas repentinas y agudas de meterse en casa.

—Voy dentro —dice.

Su padre se la queda mirando un segundo y luego asiente. «Adelante —dice—. Dile a tu madre que voy enseguida.» Cuando Trey se da la vuelta para echarle un vistazo rápido mientras rodea la casa, su padre sigue apoyado en la cancela, con la cabeza levantada hacia la luna.

Sheila está limpiando la encimera de la cocina. Asiente al ver entrar a Trey, pero no levanta la vista. Trey encuentra una rebanada de pan, la unta de mantequilla, la enrolla y se la come, recostada en la nevera. Banjo se desploma a sus pies con fuerza y suelta un largo suspiro. Quiere irse a dormir.

—Está fuera —dice Trey—. Dice que enseguida viene.

—¿De dónde has sacado esa sudadera? —le pregunta su madre.

—Lena.

Sheila asiente.

—¿Vas a dejar que se quede? —pregunta Trey.

Sheila no deja de frotar la encimera.

—Vive aquí —dice.

Trey arranca un pedacito de pan para Banjo y la observa. Sheila es una mujer alta, larguirucha y huesuda, con una densa melena de color marrón rojizo por la que asoman las primeras canas y que se recoge en una coleta. Su rostro le recuerda a la madera vieja, lustrosa en algunas partes y basta en otras, e inexpresiva. Trey intenta desentrañar la belleza que le ha señalado su padre, pero está tan familiarizada con esa cara que se ve incapaz de verla en esos términos.

—¿Le contaste que Bren fue en su busca? —pregunta Trey.

Hace casi dos años de la última vez que el nombre de Brendan salió en una conversación. Sheila sabe lo que Trey sabe, más o menos. Trey oye el siseo de su respiración escapando de la nariz.

—Lo hice —dice Sheila.

—¿Por qué?

Sheila arrastra migas de la mesa hasta la palma de su mano.

—Conozco bien a tu padre. Por eso.

Trey aguarda.

—Y también le he contado que todos lo habéis echado terriblemente de menos. Que llorabais a moco tendido cada noche y no queríais ir al cole porque os daba vergüenza no tener padre. Y que estabais avergonzados también de que yo no os pudiera conseguir ropa decente.

—No me importó una mierda que se fuera —dice Trey—. Ni lo de la ropa.

—Lo sé.

La cocina huele a beicon y repollo. Su madre se mueve con lentitud y sin pausa, como decidida a estirar al máximo su energía.

—Si llega a sentirse muy mal consigo mismo —dice, arrojando las migas de la palma de su mano a la basura—, huirá de ello.

Sheila también quiere que se marche. A Trey no le sorprende, pero tomar conciencia no supone un gran alivio. De contar con las fuerzas necesarias para echarlo de casa, Sheila ya lo habría hecho.

—¡Mamááá! —Un aullido adormilado les llega desde el final del pasillo.

Desde la marcha de su padre, Alanna había dormido con su madre, pero el grito procede del dormitorio de Liam. Sheila se seca las manos en un trapo de cocina.

—Acaba con la mesa —dice, y sale de la cocina.

Trey se mete el último trozo de pan en la boca y limpia a fondo la mesa. Oye los murmullos inquietos de Alanna y cómo los árboles se agitan inquietos. Al llegarle el ruido de pasos en el porche, llama a Banjo chasqueando los dedos y se va a dormir.

Capítulo 3

Lena camina hacia su casa en una mañana ya calurosa y rebosante de insectos. A veces deja el coche en casa cuando va a la de Cal con el propósito específico de poder dar este paseo a la mañana siguiente, relajada, en sus ropas arrugadas, con el sol en la cara y el olor de Cal en la piel. La hace sentir joven y una pizca temeraria, como si debiera llevar los zapatos en la mano, como si hubiera hecho algo salvaje y disfrutado cada segundo. Hace mucho tiempo de la última vez que Lena dio con algo salvaje que, de hecho, le apeteciera hacer, pero sigue apreciando su sabor.

Su plan es poner distancia con Noreen durante un tiempo. Lena se lleva bien con su hermana, sobre todo a base de hacer caso omiso de su torrente de consejos y sugerencias, pero preferiría esperar un poco más para hablar con ella de Johnny Reddy, y Noreen muestra una baja tolerancia a la espera. Ser chafardera va con su trabajo. Lena sospecha que en parte se casó con Dessie Duggan para tener su culo detrás del mostrador de la tienda, el centro gravitacional hacia el que se ve arrastrado cada pedazo de información de Ardnakelty y más allá. Cuando eran niñas, el colmado estaba en manos de la señora Duggan, la madre de Dessie. Era una mujer grandota, de movimientos lentos y párpados pesados que olía a vapores medicinales y gotas de pera, y a Lena nunca le gustó. Era fisgona, pero del tipo acaparador: sorbía cuanto oía y lo almacenaba, a veces durante años, para soltarlo solo cuando podía generar más impacto. Noreen, por el contrario, es de naturaleza generosa y no encuentra placer en la acumulación o el uso de la información, sino en su difusión masiva a cualquiera que le preste oídos. A Lena no le supone un problema. En su opinión, Noreen se ha ganado cualquier migaja de satisfacción que pueda obtener por el hecho de cuidar de Dymphna Duggan, que ha alcanzado un tamaño gigantesco, apenas sale de casa por culpa de la ciática y es poco más que un rostro impávido y de ojos fríos, anclado junto a la ventana de su sala de estar para observar las idas y venidas de los habitantes del pueblo. Esto significa que, si hay alguien al corriente del tipo de problemas que Johnny se buscó en Londres, es Noreen.

Lena no se mete en los asuntos ajenos. Llegó a esta resolución el mismo día que decidió casarse con Sean Dunne. Hasta entonces, su plan para liberarse de la red de Ardnakelty había consistido en el método tradicional para salir de Dodge como alma que se lleva el diablo: iba a marcharse a Escocia a formarse como veterinaria y no volver más que por Navidad. Sin embargo, Sean no tenía ninguna intención de abandonar las tierras de su familia. Cuando Lena decidió que merecía la pena quedarse por él, tuvo que idear un método para evitar que el pueblo husmeara en todos sus asuntos. Durante treinta años los ha mantenido a distancia: no opinar sobre los permisos de obras solicitados por Oisín Maguire, no aconsejar a Leanne Healy sobre la joya de novio que se echó su hija, no unirse a las TidyTowns ni entrenar al equipo femenino de fútbol gaélico; y, a cambio, no decirle una palabra a nadie sobre las finanzas de la granja, su matrimonio o los motivos por los que nunca tuvieron hijos. Ocuparse de los propios asuntos no es una cualidad apreciada en Ardnakelty, sobre todo en las mujeres, y a Lena le ha costado una reputación de engreída o simplemente de rara, depende de a quién preguntes. No tardó en descubrir que no le importaba. A veces, incluso la divierte observar hasta dónde llegan algunos en su intento por sacarle algo.

No le gusta la sensación de que Johnny Reddy, entre todas las personas posibles, es ahora asunto suyo. Lo que quiere hacer respecto a Johnny es ver cómo este sitio va perdiendo los nervios con él hasta forzarlo a salir por piernas, perseguido por los acreedores o por quien sea al que haya cabreado, y luego borrarlo de nuevo de su memoria. Pero están Cal y sus inquietudes, y está Trey, por lo que no puede evitar verse arrojada al centro del asunto.

Las perras la han adelantado en el camino de regreso a casa, dando brincos para usar las primeras reservas de energía de la jornada. Lena las llama con un silbido y da la vuelta en dirección al pueblo.

Las dos breves líneas de edificios viejos, cuadriculados y disparejos de Ardnakelty tienen las ventanas abiertas para que circule algo de brisa. Ventanas que llevaban décadas cerradas se han abierto de par en par este verano. Todo aquel que puede permitírselo se encuentra en el exterior. Tres viejos, acomodados en el muro que circunda la cueva de la Virgen María, asienten en dirección a Lena y extienden las manos a las perras. Barty, el dueño del pub Seán Óg, ha encontrado inspiración en el clima seco para hacer algo con esos muros, que llevan al menos cinco años necesitados de una capa de pintura; ha reclutado a dos de los chavales de Angela Maguire, que están subidos a escaleras apoyadas en precario equilibrio y armados con botes de pintura de un azul muy intenso, mientras que por la radio suenan a todo trapo los Fontaines D. C. Tres adolescentes comen patatas fritas recostadas contra la pared del colmado, alzando la cara al sol y hablando a la vez, todo melenas y piernas, como un hatajo de potros semisalvajes.

Lena recuerda que de niña el colmado le parecía oscuro y nunca limpio del todo, sus tristes estanterías llenas de cosas que nadie deseaba de verdad, pero que igualmente comprabas porque la señora Duggan no iba a cambiar su surtido de artículos para complacerte. Cuando Noreen pasó a hacerse cargo, marcó territorio limpiando el colmado hasta dejarlo como los chorros del oro y redistribuyéndolo todo hasta conseguir que en el mismo espacio reducido ahora cupieran el triple de cosas, incluyendo todo cuanto pudieras necesitar y muchas cosas que de verdad desearas. El din del timbre suena brioso y perentorio cuando Lena abre la puerta.

Noreen está de rodillas en un rincón del colmado, con el culo en pompa, reponiendo latas.

—Hola, golfa —dice Noreen, a quien le ha bastado un rápido vistazo a la ropa de Lena para saber que es la misma que llevaba puesta ayer. No lo dice en tono de reproche. Al ser la persona que le presentó a Cal con toda la intención del mundo, Noreen se arroga el mérito de la relación.

—Lo soy —reconoce Lena—. ¿Te echo una mano?

—Aquí ya no queda sitio. Puedes poner orden en los caramelos. —Noreen hace un gesto en dirección a la parte de delante del mostrador—. Bobby Feeney ha venido a comprar chocolate. Madre de Dios, ese tipo es como un niño ansioso por gastarse su paga semanal: tiene que toquetearlo todo para asegurarse de que se lleva lo mejor. Ha dejado la tienda patas arriba.

Lena se dirige al mostrador y comienza a alinear las barritas de chocolate y los rollos de caramelos.

—¿Al final qué se ha llevado?

—Un paquete de Maltesers y una de esas piruletas con picapica. ¿Ves lo que te decía? Golosinas de niño pequeño. Los adultos se llevan los Snickers o una barra de Mars.

—Entonces hice bien en rechazar su proposición —dice Lena. Antes de la llegada de Cal, Noreen pensaba que Lena debía considerar la posibilidad de juntarse con Bobby, aunque solo fuera para evitar que su granja se perdiera yendo a manos de sus primos de Offaly—. No hubiera podido soportar pasar el resto de mi vida viendo a ese tipo chupar piruletas con picapica.

—Oh, Bobby es inofensivo —se apresura a decir Noreen, que sigue decidida a demostrar su utilidad; solo falta dar con la mujer indicada—. La vuelta a casa de Johnny Reddy lo tiene de lo más alterado, nada más. Ya sabes cómo es Bobby: cualquier cambio lo vuelve loco.

Noreen lanza una mirada a Lena por encima del hombro. Noreen y Lena no se parecen en nada. Noreen es baja, redonda y de movimientos rápidos, con una permanente apretada y unos ojos oscuros y penetrantes.

—¿Ya has visto a Johnny?

—Sí. Me hizo una visita para alardear del plumaje de su cola.

—Lena coloca los Maltesers en la parte delantera y bien centrados para que Bobby pueda alcanzarlos sin necesidad de arruinarle el día a Noreen.

—No caigas en las gilipolleces de Johnny —dice Noreen, señalándola con una lata de alubias—. Estás la mar de bien con Cal Hooper. Es diez veces más hombre que Johnny, cualquier día de la semana.

—No sé qué decirte. Cal está bien, pero Kate Winslet nunca le regaló una bufanda.

Noreen suelta un pffff de burla.

—¿Viste esa cosa? Un trapito de gasa que no calentaría a un bebé. Eso es puro Johnny: todo lo que lleva parece precioso, pero no sirve para nada. ¿Qué te contó?

Lena se encoge de hombros.

—No hizo fortuna en Londres y echó de menos los campos. Es todo cuanto pudo decirme antes de que me lo sacara de encima.

Noreen resopla y coloca una lata de guisantes encima de una pila.

—Los campos. Hay que joderse. Eso lo dicen los turistas. Lo que ha echado de menos es a alguien que le haga la colada y le cocine, diría yo.

—¿No ves a Kate Winslet capaz de preparar un buen asado para cenar?

—Diría que sí, de acuerdo, pero me la imagino con el sentido común suficiente para no preparárselo a alguien como Johnny Reddy. No: alguien le dio una patada en el culo, eso es lo que le pasó. ¿Te fijaste en su pelo? Ese tipo solo lo llevaría así de desaliñado si hubiese tenido a alguna pobre tonta comiendo de su mano. De estar soltero, iría de punta en blanco para salir de caza. Mira lo que te digo: estaba con una, lo caló y lo abandonó en una cuneta, así que volvió a casa antes de tener que buscarse la vida.

Lena endereza unas barritas de Twix y le da vueltas a esta posibilidad. Es un ángulo que no había considerado. Suena a un tiempo plausible y reconfortante.

—Y será mejor que Sheila no se acostumbre a tenerlo por casa —añade Noreen—; si convence a la otra de que le permita volver, saldrá por patas.

—La otra no volverá a acogerlo —dice Lena—. Johnny es uno de esos tipos que se olvidan, que no dejan huella. Está montando un buen numerito con su retorno, pero, cuando no estaba, nadie le dedicó un minuto de sus pensamientos. No escuché una palabra sobre él en cuatro años. Nadie salió diciendo que su sobrino se lo cruzó en un pub o que su hermano trabajaba con él en la construcción. Ni siquiera sé en qué andaba metido.

Noreen acepta el reto de inmediato.

—A mí sí que me llegaron algunas cosas sueltas. Hace uno o dos años, Annie O'Riordan, la conoces, la que vive ahí arriba en Lisnacarragh. Su primo lo vio en un pub de Londres con una joven que iba embutida en unos *leggins* negros de cuero y se partía la caja con sus chistes. ¿Entiendes lo que quiero decir? Este tipo no sobreviviría a un fin de semana lluvioso sin una mujer que lo cuide y le recuerde lo maravilloso que es.

—Suena propio de Johnny, sí —dice Lena. Sheila solía pensar que Johnny era maravilloso. Lena duda que siga pensando lo mismo.

—¿Y te acuerdas de Bernadette Madigan, con la que cantaba en el coro? Ahora tiene una pequeña tienda de antigüedades en Londres, ¿y quién entró un día por la puerta con la intención de venderle un collar que aseguró que era de diamantes, acompañándolo de una historia lacrimógena en la que su esposa lo había abandonado y dejado a cargo de tres críos hambrientos? Él no la reconoció (Bernadette había engordado una barbaridad, que Dios la asista), pero ella sin duda sí que lo hizo. Le dijo que podía meterse sus diamantes falsos por el culo.

—¿Se la benefició cuando iban al colegio?

—Eso es asunto suyo, no mío —dice Noreen en tono remilgado—. Aunque apostaría por que sí.

La llama de alivio en la mente de Lena comienza a extinguirse. Johnny nunca fue un delincuente, pero no es sencillo dilucidar si fue por pura casualidad. Si ha sido capaz de cruzar esa línea, quién sabe hasta dónde ha llegado y qué puede haber movilizado tras su rastro.

—¿Cuándo lo vio? —pregunta.

—Antes de las Navidades. El muy estúpido. Bernadette me contó que hasta un ciego se habría dado cuenta de que no eran diamantes.

—Nunca me lo contaste.

—Me llegan más cosas de las que cuento —la informa Noreen con dignidad—. Tú te crees que soy la persona más cotilla del condado, pero sé mantener la boca cerrada cuando quiero. No conté nada a nadie sobre las andanzas de Johnny porque sabía que Cal y tú estabais haciendo un gran esfuerzo por mantener a esa chica por el camino recto, y no iba a sabotearlo contribuyendo a empeorar la reputación de su familia. Pues eso.

—Pues eso —dice Lena, sonriéndole—. Mensaje recibido.

—Será mejor. ¿Cómo anda la chica, por cierto?

—De fábula. Ha estado dándole otra capa de cera a la vieja cama de Nana.

—Vaya, eso está bien. ¿Qué opina de la vuelta de su padre?

Lena se encoge de hombros.

—Ya sabes cómo es Trey. Dijo que había vuelto y luego que tenía que darle de comer al perro, y eso fue todo.

—Ese perro con cara de loco —dice Noreen—. Como hecho a partir de restos descartados de otros perros. Tu Daisy debería refinar su gusto respecto a los tíos.

—Debería haberte pedido consejo —dice Lena—. Antes de darse cuenta, la habrías emparejado con un semental guapísimo y con un pedigrí tan largo como mi brazo.

—No veo que tú me vengas con quejas —le dice Noreen. Lena ladea la cabeza, asumiendo el golpe, y Noreen retoma el trabajo con un ligero asentimiento de triunfo.

—He oído que la chica se quedó a dormir en tu casa cuando volvió Johnny —dice Noreen.

—Te felicito —dice Lena, impresionada—. Sí, se quedó. A Cal lo pone nervioso tenerla subiendo esa montaña en la oscuridad.

Piensa que podría caerse en una ciénaga. No lo haría, pero es imposible convencerlo.

Noreen le lanza una mirada afilada.

—Pásame esa caja de ahí, la del jamón. ¿Y qué me dices de Cal?

Lena desliza la caja de cartón por el suelo de un puntapié.

—¿Qué pasa con él?

—¿Qué opina de Johnny?

—Bueno, apenas lo ha visto. No ha tenido tiempo de formarse una opinión.

Noreen coloca tarros de mermelada a una velocidad digna de una experta.

—¿Piensas casarte con este tipo? —pregunta.

—No, por Dios —dice Lena, poniéndose de nuevo con los Fruit Pastilles—. El blanco no me favorece.

—Estoy segura de que no irías de blanco al ser tu segunda vez, pero esa no es la cuestión. Lo que intento decirte es que, si planeas casarte con él, no hay razón alguna para esperar. Ponte manos a la obra.

Lena se la queda mirando.

—Alguien se está muriendo, ¿verdad?

—Jesús, María y José, ¿de qué estás hablando? ¡Nadie se está muriendo!

—Entonces, ¿a qué viene tanta prisa?

Noreen se la queda mirando con expresión irritada y vuelve a sus tarros de mermelada. Lena aguarda.

—No puedes fiarte de un Reddy —dice Noreen—. No quiero menospreciar a la chica, puede que salga una persona estupenda, pero el resto... Sabes tan bien como yo que es imposible saber qué tiene Johnny entre ceja y ceja. Si la tomara con Cal y decidiera armar alboroto...

—Le conviene no hacerlo —dice Lena.

—Lo sé, sí. Pero si lo hace... Cal estaría más protegido de estar casado contigo. Incluso si se fuera a vivir a tu casa. La gente se mostraría menos favorable a creerse ciertas cosas.

Lena lleva tanto tiempo manteniendo su temperamento a raya que la oleada de rabia la coge desprevenida.

—Si a Johnny se le ocurre algo parecido —dice—, mejor que vigile su espalda.

—A ver, no estoy diciendo que vaya a hacerlo. No le busques problemas o...

—No le estoy buscando problemas. ¿Cuándo fue la última vez que le busqué un maldito problema a alguien? Pero si empieza con algo...

Noreen se pone en cuclillas y la fulmina con la mirada.

—Maldita sea, Helena. No me saques los ojos. Solo me preocupo por vosotros dos.

—Joder, no pienso casarme solo porque quizá Johnny sea más gilipollas de lo que pensaba.

—Solo te pido que te lo pienses. ¿Puedes limitarte a hacer eso, en vez de perder los papeles?

—De acuerdo —dice Lena, al cabo de un segundo. Reemprende la tarea de alinear los KitKat—. A sus órdenes.

—Maldita sea —dice Noreen, no del todo en voz baja, y coloca un tarro de mermelada en su sitio de un golpe fuerte.

Hace calor en la tienda y la reposición de productos ha levantado motas de polvo que remolinean en los amplios haces de luz que penetran por las ventanas. Nellie gimotea con discreción en la puerta y enseguida desiste. Fuera, uno de los chicos lanza un grito de sorpresa y el grupo de chicas estalla en unas risas incontrolables de felicidad.

—Bien, listo —dice Lena.

—Eres genial —dice Noreen—. ¿Podrías echarme una mano con la estantería de arriba? Si te subes al taburete, la alcanzas sin problemas. Yo, en cambio, tendría que ir a por la escalera y me impide el paso un montón de ropa de segunda mano.

—He dejado a las perras fuera —dice Lena—. Debo llevarlas a casa y meterles un poco de agua en el cuerpo antes de que se me marchiten.

Antes de darle a Noreen la oportunidad de traerles agua a las perras, Lena alinea un último Dairy Milk y sale del colmado.

La visita de Lena no ha apaciguado la mente de Cal. En parte confiaba en que, conociendo este lugar y a Johnny como lo hace, ella tendría alguna explicación tranquilizadora para el regreso de Johnny, algo que aclararía toda la situación y relegaría al tipo a un incordio menor y pasajero. El hecho de que él no pueda sacar nada en claro no significa mucho. Después de más de dos años en Ardnakelty, Cal a veces siente que en realidad entiende menos el lugar que cuando llegó. Pero, si Lena no tiene nada tranquilizador que ofrecerle, eso significa que no existe.

Se enfrenta a la inquietud como de costumbre: trabajando. Se pone a los Dead South en el iPod y sube el volumen de los altavoces, dejando que el banjo experto y nervioso marque un ritmo rápido, mientras se concentra en aplanar tablones de pino para el nuevo mueble para el televisor de Noreen. Sigue dándole vueltas a cuánto debería cobrarle. Ponerles precio a las cosas es una operación delicada en Ardnakelty, imbuida de capas en relación con la posición social de ambas partes, su grado de cercanía y la magnitud de los favores intercambiados en ambas direcciones. Si Cal comete un error, puede acabar descubriendo que le ha pedido matrimonio a Lena o bien ofendido terriblemente a Noreen. Hoy siente ganas de decirle que se quede el maldito trasto a cambio de nada.

Ha decidido no preguntarle nada sobre Johnny a Trey. En un primer momento, su instinto le dictó empezar a dirigir o empujar la conversación hacia el tema, pero a su yo más profundo le asquea utilizar a Trey como si fuera una testigo. Si la chica quiere hablar de ello, ya tomará la iniciativa.

Trey llega por la tarde, cerrando la puerta delantera de un portazo para anunciar su llegada.

—He estado en casa de Lena —dice, después de coger un vaso de agua y unirse a él en el taller, limpiándose la boca en la manga—, encerando la cama sobrante. Porque va a dejar que me quede a dormir.

—Bien —dice Cal—. Es una bonita forma de agradecérselo.

—Lleva un tiempo intentando enseñarle algunos modales, atemperar la impresión general que desprende de haber sido criada por lobos. Está funcionando, al menos en parte, aunque a Cal le parece que está pillando la técnica más que el principio detrás del asunto. Sospecha que para ella los modales son una mera transacción: le desagrada deberle nada a nadie, y un gesto de cortesía le permite estar en paz.

—Yiii-jaaa —dice Trey, en referencia a Dead South—. Cabalga, vaquero.

—Menuda bárbara estás hecha —dice Cal—. Esto es *bluegrass*. Y son canadienses.

—¿Y? —dice Trey. Cal lleva la vista al techo, meneando la cabeza. Hoy la ve de mejor humor, lo que lo reconforta—. Y no soy ninguna bárbara. He recibido las notas del colegio. No he suspendido nada, excepto Religión. Un sobresaliente en Carpintería.

—Vaya, impresionante —dice Cal, entusiasmado. La chica no tiene un pelo de tonta, pero dos años atrás lo suspendía casi todo porque los estudios le importaban una mierda—. Felicidades. ¿Me las has traído para que les eche un vistazo?

Trey pone los ojos en blanco, pero se saca un papel arrugado del bolsillo trasero y se lo entrega. Cal se apoya en la mesa de trabajo para concentrarse en la labor, mientras que Trey se pone con la silla para dejar claro que el tema no le parece tan importante.

Ha merecido otro sobresaliente en Ciencias, ve unos cuantos aprobados y un par de notables.

—Así que eres una pagana además de una bárbara —dice Cal—. Buen trabajo, criatura. Deberías sentirte muy orgullosa de ti misma.

Trey se encoge de hombros y mantiene la cabeza baja, centrada en la silla, pero no puede evitar que una sonrisa tire de una de las comisuras de su boca.

—¿Tu madre y tu padre también están orgullosos?

—Mi madre me ha dicho: «Bien hecho». Mi padre me ha dicho que soy el cerebrito de la familia y que puedo estudiar en el Trinity College y graduarme con toga y birrete. Y también ser una científica rica que gane el Premio Nobel para restregárselo a los envidiosos.

—Bien —dice Cal, procurando mantener un tono neutro—, desea lo mejor para ti, igual que lo hacen la mayoría de las madres y los padres. ¿Te gustaría estudiar Ciencias?

Trey resopla.

—No. Voy a ser carpintera. Para eso no necesito una estúpida toga. Parecería una imbécil.

—Bueno, decidas lo que decidas —dice Cal—, si te sigues esforzando así vas a tener a tu alcance todas las opciones que desees. Tenemos que celebrarlo. ¿Quieres que vayamos a pescar unos peces y que luego los pasemos por la sartén? —En condiciones normales, la invitaría a comer pizza. Tras vivir catorce años ajena a la existencia de la pizza, Trey desarrolló una pasión abrumadora cuando Cal la introdujo al concepto y, si pudiera, la comería cada día. Ninguna empresa entrega a domicilio en Ardnakelty, pero en ocasiones especiales acuden a la ciudad. Cal siente de golpe que debe ser cauteloso. Por lo general, Ardnakelty ve con buenos ojos su relación al considerar que, gracias a ella, Trey no se ha convertido en una joven conflictiva, aficionada a destrozarles las ventanas y puentearles las motocicletas, pero Johnny Reddy es un caso aparte. Cal aún no ha descifrado a Johnny, tampoco sus intenciones. Siente la necesidad de examinar pequeñas cosas, cosas corrientes como una salida en coche a comer pizza, para comprobar cómo podrían interpretarse desde fuera y cómo podrían utilizarse en su contra, un ejercicio que le revienta. Además, Cal tiene muy baja tolerancia a entregarse al autoanálisis en los buenos momentos, y no aprecia que lo fuerce a ello un canijo idiota de ojos chispeantes.

—Pizza —se apresura a decir Trey.

—Hoy no —dice Cal—. Otro día.

Trey se limita a asentir y retoma la labor de frotar la silla, sin insistirle ni interrogarle, lo que cabrea aún más a Cal. Ha puesto mucho empeño en enseñarle a la chica a tener expectativas.

—¿Sabes qué? Prepararemos nuestra propia pizza. Llevo tiempo queriendo enseñarte.

La chica lo mira con desconfianza.

—Está chupado —dice Cal—. Si hasta tenemos una piedra para cocinarla: podemos usar las tejas sobrantes del suelo de la cocina. Invitaremos a Lena, organizaremos una fiesta. Ve a la tienda de Noreen a por jamón, pimientos, lo que quieras echarle, y nos pondremos con la masa.

Durante un minuto, cree que va a rechazar su proposición, pero entonces sonríe.

—Ni hablar de conseguirte piña —dice Trey—. Es asqueroso.

—Tú traerás lo que yo te diga —dice Cal, aliviado de un modo desproporcionado—. Trae dos latas, por hablar. Ahora lárgate, antes de que eches tanta peste a vinagre que Noreen no te deje entrar en su tienda.

Trey trae una montaña de ingredientes, lo que ayuda a calmar un poco a Cal: una chica que se presenta en casa con peperoni, salchichas y dos tipos de jamón, además de pimientos, tomates, cebollas y la piña que le pediste, no puede haber sofocado tanto sus expectativas. Trey amontona ingredientes en su pizza como si llevara varias semanas sin comer. La masa ha salido decente, aunque no se ha estirado como debía, y Cal jamás ha visto unas pizzas de una forma parecida.

Lena está hecha un ovillo en el sofá, relajada, leyendo el informe de las notas de Trey, con los cuatro perros adormilados y retorciéndose los unos sobre los otros a su lado, en el suelo. Lena no suele cocinar. Hornea pan y prepara mermelada porque le gustan hechos a su manera, pero asegura que se pasó cada una de las noches de su matrimonio a cargo de las cenas y ahora está en su derecho de vivir básicamente de bocadillos a la plancha y platos precocinados, si así lo desea. En aras de la variedad, a Cal le gusta prepararle platos improvisados. Al llegar aquí, él tampoco tenía arraigado el hábito de cocinar, pero a la chica no puede darle huevos con beicon a diario.

—Meticulosa —dice Lena—. Eso es lo que eres, según el tipo de Carpintería. Bien por ti. Y bien por él. Es una gran palabra que no se usa lo suficiente.

—¿Qué significa? —pregunta Trey, estudiando su pizza y añadiéndole más peperoni.

—Significa que haces las cosas bien —dice Lena. Trey asiente en reconocimiento de la justicia del comentario.

—¿Qué vas a querer en la tuya? —le pregunta Cal a Lena.

—Pimientos y un poco de salchicha. Y tomates.

—Lee lo que ha escrito el profesor de Ciencias —le indica Cal—. «Una indagadora inteligente con toda la determinación y la metodología necesarias para encontrar respuestas a sus indagaciones.»

—Bueno, eso nosotros ya lo sabíamos —dice Lena—. Que Dios nos asista. Bien hecho; es algo estupendo.

—La señorita O'Dowd es así —dice Trey—. Es amable con todo el mundo. Siempre que no quemes nada.

—¿Quieres un poco de pizza en todo ese peperoni? —le pregunta Cal.

—No de la tuya, con piña a tope. Gotea.

—Voy a añadirle láminas de chile. Justo encima de la piña. ¿Quieres darle un mordisco?

Trey pone cara de ir a vomitar.

—Jesús —dice Lena—. ¿El señor Campbell sigue ahí? Pensaba que ya habría muerto. ¿Sigue trompa la mitad del tiempo?

—Ey, que yo intento inculcarle respeto por sus mayores —dice Cal.

—Con el debido respeto —dice Lena—, ¿acostumbra a ir trompa?

—Probablemente —dice Trey—. A veces se queda dormido. No se sabe ninguno de nuestros nombres porque dice que lo deprimimos.

—A nosotros nos dijo que habíamos conseguido que se le cayera el pelo —dice Lena.

—Lo hicisteis. Ahora es calvo.

—Ja —dice Lena—. Voy a tener que enviarle un mensaje a Alison Maguire. Se lo tomará como un triunfo personal. Lo odiaba porque él aseguraba que su voz le provocaba migrañas.

—Tiene una pelota de golf por cabeza —dice Trey—. Una pelota de golf deprimida.

—Muestra respeto por el señor Campbell —le dice Cal a Trey, traspasando pizza de la bandeja a las tejas del horno—. Con independencia de si su cabeza es una pelota de golf.

Trey pone los ojos en blanco.

—Ni siquiera voy a verlo. Es verano.

—Hasta que ya no lo sea.

Lena los observa con una sonrisa. Lena asegura que Trey pone acento americano cuando utiliza algunas de las palabras que le ha enseñado Cal. «Sí, sí, sí —reacciona Cal—. Al menos conoce la palabra. Aunque el significado se le resista un poco.»

—Va a afeitarse la barba —le cuenta Trey a Lena, haciendo un gesto con el pulgar en dirección a Cal.

—La madre que me parió —dice Lena—. ¿Va en serio?

—¡Ey! —dice Cal, e intenta alcanzar a Trey en la cara con el guante para el horno. Trey lo esquiva—. Solo dije que lo estaba considerando. ¿Qué haces chivándote?

—He pensado que debería estar advertida.

—Y te lo agradezco —dice Lena—. Podría haber entrado un buen día aquí, desprevenida, y encontrarme su enorme cara desnuda mirándome.

—No me gusta el tono de esta conversación —le informa Cal—. ¿Qué crees que puedo estar ocultando bajo la barba?

—No lo sabemos —le explica Trey—. Nos da miedo descubrirlo.

—Te estás volviendo descarada —dice Cal—. Esas notas se te han subido a la cabeza.

—Probablemente seas guapísimo —lo tranquiliza Lena—. Es solo que la vida ya va sobrada de riesgo tal y como es.

—Soy un bellezón. El hermano apuesto de Brad Pitt.

—Lo eres, claro que sí. Y si te dejas la barba, no deberé temer la posibilidad de descubrir que no es así.

—¿Quién es Brad Pitt? —quiere saber Trey.

—He aquí la prueba de que nos hacemos viejos —dice Lena.

—*Deadpool 2* —dice Cal—. El tipo invisible que acaba electrocutado.

Trey lo mira con desconfianza.

—No —dice Trey.

—Me gustabas más cuando no hablabas —le dice Cal.

—Si te afeitas —señala Trey, guardando los últimos pimientos en la nevera—, vas a ser de dos colores. Por el moreno.

Este verano los tres lucen bronceado. La mayoría de la gente del lugar, habiendo evolucionado para adaptarse al nada empático clima irlandés, adquiere una marcada tonalidad rojiza que parece ligeramente dolorosa, pero Trey y Lena son las excepciones. Lena adquiere un suave tono acaramelado; el color de Trey es prácticamente almendrado y vetas claras recorren su pelo. A Cal le gusta verla así. Es una criatura de exterior. En invierno, pálida a resultas del colegio y los días cortos, no parece ella misma, como si necesitara que la viera un médico.

—Parecerá que llevas puesta una máscara de forajido —dice Lena—. A Seán Óg le va a encantar.

—No te falta razón —dice Cal. Si entrara en el pub afeitado y de dos colores, suministraría a los parroquianos material suficiente para tenerlos entretenidos durante meses, y probablemente le granjearía un apodo desafortunado e imborrable—. Quizá deba hacerlo por el bien de los vecinos. Salpimentar su verano.

Estas palabras le traen a Johnny a la cabeza. Sin duda, Johnny está salpimentando este verano. Ninguno de los tres lo ha mencionado en toda la tarde.

—Que les jodan —dice Trey. El tono neutro y firme en su voz contrae los hombros de Cal un grado más. Está en todo su derecho, pero una chica de su edad no debería guardar una rotundidad así de gélida en su armería.

—Menudo lenguaje viniendo de alguien que vuela tan alto como tú —dice Lena—. Deberías decir: «Que se jodan, meticulosamente».

Trey sonríe, a su pesar.

—Entonces, ¿te vas a dejar la barba? —quiere saber.

—Por ahora sí —dice Cal—. Mientras te comportes. Sigue faltando así al respeto y cada día tendrás que ver las verrugas de mi barbilla.

—No tienes verrugas en la barbilla —dice Trey, inspeccionándolo.

—¿Quieres averiguarlo?

—No.

—En ese caso, compórtate.

El rico aroma a pizza horneada comienza a extenderse por la habitación. Trey termina de recoger y se sienta en el suelo, junto a los perros. Lena se levanta, los sortea con cuidado y pone la mesa. Cal limpia la encimera y abre las ventanas para ventilar el calor acumulado del horno. En el exterior, el sol ha relajado su ferocidad y deposita un ligero resplandor dorado sobre el verdor de los campos; más allá de las tierras de Cal, PJ mueve sus cabras de un campo a otro, sin apuros, aguantándoles la verja y balanceando su cayado para mostrarles el camino. Trey les susurra a los perros, frotándoles los belfos, lo que provoca que cierren los ojos de puro placer.

El temporizador del horno se apaga y Cal se las apaña para emplatar las pizzas sin quemarse. Lena coge los platos y los deposita en la mesa.

—Estoy hambrienta —dice Trey, acercando una silla.

—Las manos fuera —dice Cal—. Toda la piña es para mí.

De la nada, a Cal le viene el recuerdo de la casa de sus abuelos en una zona remota de Carolina del Norte, donde pasó buena parte de su infancia, y de cómo, cada noche antes de cenar, su abuela les pedía que unieran las manos alrededor de la mesa y agacharan la cabeza, mientras ella bendecía la mesa. Le asalta un deseo repentino de hacer lo mismo. No de bendecir la mesa ni nada así; solo de permanecer inmóviles durante un momento, agarrados de las manos y con las cabezas gachas.

Capítulo 4

Cuando Trey llega a casa, su padre está reorganizando la sala de estar. Se queda en la puerta y lo observa. Ha despejado la mesita baja y traído las sillas de la cocina, y canta una tonadilla para sí mientras las va colocando en su sitio, se retira un poco para verlas mejor y se acerca de nuevo para ajustarlas. Por la ventana que queda a sus espaldas, el sol sigue impactando sobre el patio desnudo, pero es un sol débil y vespertino, que aprieta poco. Liam y Alanna lanzan por turnos un rastrillo oxidado con la intención de clavarlo sobre la tierra seca con los dientes hacia arriba.

Johnny no para quieto un momento. Viste una camisa azul pálido con delgadas líneas blancas, de un tejido áspero que parece sofisticado. Ha ido a cortarse el pelo —esta vez no se ha encargado la madre de Trey—, que se estrecha con delicadeza en el cuello y las orejas, y la caída juvenil sobre la frente se ha moldeado con mano experta. Su aspecto parece demasiado refinado para esa casa.

—¿A que estoy guapísimo? —dice, pasándose una mano por la cabeza al advertir que Trey lo observa—. He hecho una visita rápida a la ciudad. Si voy a tener invitados, debo estar presentable para recibirlos.

—¿Quién viene? —pregunta Trey.

—Oh, esta noche vienen unos muchachos. Unas copas, unas risas, ponerse al día un poco. Comentarles un poco mi idea. —Extiende los brazos, abarcando la habitación. Sus ojos brillan con la misma chispa de sobrexcitación que mostraban la noche anterior.

Tiene pinta de haberse tomado una o dos copas, pero Trey duda de que sea el caso—. Fíjate en cómo ha quedado. Lista para recibir a unos reyes. ¿Quién dijo que se necesitaba a una mujer para sacar lo mejor de un lugar, eh?

Trey quería contarle la idea de su padre a Cal y preguntarle si pensaba que era una tontería como un piano o si, por el contrario, la veía yendo a alguna parte. Pero Cal no le había abierto rendija alguna y ella no dio con la manera de abrirla por sí misma. Con el paso de las horas acabó desistiendo. A Trey se le pasa por la cabeza que quizá Cal evitara el tema porque no quería verse involucrado en los líos de su familia. No lo culpa por ello. Ya lo hizo una vez, a petición suya, y salió escaldado. Cuando hace frío y la luz le impacta desde ciertos ángulos, Trey aún puede distinguir la cicatriz que le quedó a Cal en el puente de la nariz. No se arrepiente, pero no tiene ningún derecho a hacerle pasar de nuevo por eso.

—Quiero estar —dice Trey.

Su padre se da la vuelta para mirarla.

—¿Esta noche?

—Sí.

La boca de Johnny traza una curva burlona que parece anunciar que está a punto de reírse de su proposición, pero se detiene y la mira de un modo distinto.

—Bueno —dice—. Supongo que no hay problema. Ya no eres una cría, sino una chica mayor que quizá pueda echarle una mano a su padre. ¿Te ves capaz?

—Sí —dice Trey. No tiene la menor idea de lo que pretende de ella.

—¿Y podrás guardar silencio acerca de lo que escuches? Eso es importante, ojo. Sé que el señor Hooper ha sido bueno contigo, pero lo que va a pasar aquí esta noche es asunto de los de Ardnakelty. Él no tiene nada que ver. ¿Puedes prometerme que no le dirás nada?

Trey se lo queda mirando. No se le ocurre una sola cosa en la que su padre pueda ir por delante de Cal.

—Tampoco es que fuera a hacerlo —dice Trey.

—Ya, lo sé. Pero esto es algo serio, ojo: cosas de adultos. Prométemelo.

—Sí —dice Trey—. Te lo prometo.

—Buena chica —dice Johnny. Acomoda los brazos sobre la parte trasera de una silla para dedicarle toda su atención—. Sobre los muchachos que vendrán, son Francie Gannon, Senan Maguire, Bobby Feeney, Mart Lavin, Dessie Duggan (a este último preferiría no tenerlo, dada la bocaza de su parienta, pero no me queda más remedio). A ver, ¿quién más? —Johnny hace memoria—. PJ Fallon, Sonny McHugh y también Con, si es que la parienta le suelta la correa. Vaya panda de paletos y depravados, ¿cierto?

Trey se encoge de hombros.

—¿Has estado en tratos con alguno de ellos? ¿Les has reparado el marco de alguna ventana vieja o construido una o dos mesitas?

—Con la mayoría —dice Trey—. No con Bobby.

—¿Bobby no? ¿Tiene algo en contra tuya?

—No. Se arregla sus propias cosas. —El resultado es siempre una chapuza. Cuando Bobby ayuda a algún vecino, Cal y Trey reciben una llamada para reparar los daños.

—Ah, claro, eso está bien —dice Johnny, descartando a Bobby con un gesto de la mano—. Al final Bobby hará lo que haga Senan. Bien, esto es lo que vas a hacer esta noche: cuando esta buena gente empiece a llegar, tú les abrirás la puerta. Luego los traerás hasta aquí, toda educación y encanto —simula ir acomodando a la gente en la sala de estar—, y te asegurarás de preguntarles si están contentos con el trabajillo que les hiciste. De haber alguna queja, te disculpas y prometes arreglarlo.

—No tienen ninguna queja —dice Trey en tono neutro. No le gusta trabajar para la gente de Ardnakelty. Siempre le deja un regusto a paternalismo, como si se palmearan las propias espaldas por ser tan nobles como para darle trabajo. Cal le insiste en hacerlo de todas maneras. Trey les hace una peineta, asegurándose de que no encontrarán el menor defecto, por mucho que se esfuercen.

Johnny se tambalea hacia atrás, riendo y levantando las manos, fingiendo una disculpa.

—Oh, Dios mío, lo retiro, ¡no me hagas daño! No pretendía menospreciar tu trabajo, por descontado. ¿Acaso no lo he visto con mis propios ojos? ¿Acaso no sé que uno no encontraría nada mejor en todo el país? Venga, digamos que en ningún lugar al norte del ecuador. ¿Eso te parece más justo?

Trey se encoge de hombros.

—Una vez estén todos aquí, puedes sentarte en ese rincón; no te quiero de por medio. Cógete una limonada o algo para beber. No digas nada a menos que te haga una pregunta. Lo sé, eso no te supondrá un problema, tienes un talento natural. —Johnny le sonríe, entornando los ojos—. Y si lo hago, limítate a darme la razón. No pierdas un segundo preguntándote por qué. ¿Podrás hacerlo?

—Sí —dice Trey.

—Buena chica —dice Johnny. Trey piensa que va a darle una palmadita en la espalda, pero cambia de opinión y al final le guiña un ojo—. Ahora hagamos que este sitio reluzca. Las muñecas de ese rincón llévalas al cuarto de Maeve, o al de quien pertenezcan. ¿Y de quiénes son las zapatillas de deporte que hay debajo de esa silla?

Trey recoge ropa de muñeca, cochecitos, bolsas de patatas fritas y calcetines, y los guarda. La sombra de la montaña comienza a deslizarse por el patio, en dirección a la casa. Liam y Alanna se han hecho con un cubo de agua y lo están derramando sobre la tierra para ablandarla y conseguir que el rastrillo se clave mejor. Sheila les grita desde la cocina que entren a darse un baño. La ignoran.

Johnny revolotea por la sala de estar, colocando platillos como ceniceros con estilosos movimientos de la muñeca, sacando el polvo de algunas superficies con un paño de cocina, dando saltitos hacia atrás para admirar su trabajo y luego hacia delante para perfeccionarlo, todo el rato silbando entre dientes. El silbido acarrea una nota tensa y él no deja de moverse. Trey llega a la conclusión de que su padre no está ilusionado: está nervioso ante la posibilidad de que esto no funcione. Más que eso: tiene miedo.

Trey se concentra en pensar en un modo educado de preguntarles a los McHugh si están disfrutando de sus nuevos bancos para el patio. Quiere que su padre la necesite para esto. La otra cosa que iba a preguntarle a Cal, en el caso de que le hubiera dicho que el plan de su padre no se le antojaba una soberana gilipollez, era cómo hundírselo.

Los hombres abarrotan la habitación hasta que la sensación es que no corre el aire. No es solo su tamaño, anchas espaldas y muslos gruesos que hacen crujir las sillas cuando se mueven; es el calor que desprenden, el humo de sus pipas y cigarrillos, el olor a tierra, a sudor y a animales que les impregna la ropa, la inflamación de sus voces profundas. Trey está apretujada en un rincón, junto al sofá, con las rodillas recogidas para no interferir con el desparrame de piernas. Ha dejado a Banjo en la cocina con su madre. No le gustaría estar ahí.

Llegaron cuando la larga tarde estival languidecía, inclinando la sombra de la montaña en los campos lejanos y filtrando marañas de luz solar a través de los árboles. Se presentaron por separado, como si el encuentro fuera accidental. Sonny y Con McHugh entraron armando alboroto, discutían una decisión arbitral en el partido de *hurling* del fin de semana anterior; Francie Gannon entró encorvado y en silencio y tomó asiento en un rincón. Dessie Duggan hizo una gracieta acerca de no saber distinguir si Trey era chica o chico, y le pareció tan divertida que no dejó de repetírsela a Johnny, siempre con las mismas palabras y la misma risita. PJ Fallon se limpió dos veces los pies en la esterilla y preguntó por Banjo. Mart Lavin le tendió a Trey su enorme gorro de paja y le dijo que lo mantuviera lejos del alcance de Senan Maguire. Senan aprovechó la oportunidad para decirle a Trey, en voz muy alta, el buen trabajo que Cal y ella habían hecho arreglando el deplorable estado en que Bobby Feeney había dejado el marco de ventana podrido de los Maguire, mientras, a su espalda, Bobby resoplaba, ofendido. Todos llevaban grabados en el rostro los estragos causados por preocupaciones menores pero constantes —aquel verano ningún granjero se libraba—. Sin embargo, aquella noche desprendían un brillo especial: aunque fuera por unas pocas horas, podrían pensar en otra cosa que no fuera la sequía. Sus coches, aparcados en ángulos que revelaban la indiferencia mutua, se apiñaban en el patio vacío.

Trey lleva viendo a estos hombres desde que era una cría, pero siempre se han limitado a echarle un vistazo, rápido y neutral, al encontrársela por la carretera o en el colmado, o —en los últimos dos años— mientras discutían arreglos de carpintería con Cal que a ella se le escapaban. Nunca los ha visto en estas circunstancias, relajados en la compañía mutua y con algunas copas encima. Nunca los ha visto aquí. Los amigos de su padre, antes de que se marchara, eran hombres que iban y venían, que conseguían trabajillos aquí y allá, en las granjas o fábricas de otros hombres, o que no trabajaban en absoluto. Estos hombres son gente seria, granjeros que son dueños de sus tierras y las trabajan a conciencia, y a quienes hace cuatro años ni se les habría pasado por la cabeza subir la montaña para acabar sentados en la sala de estar de Johnny Reddy. A su padre debe concederle algo: ha traído cambios consigo.

El aire inquieto y nervioso que Johnny desprendía al principio ha desaparecido: se muestra alegre como la primavera. Ha rellenado las copas con generosidad y puesto ceniceros junto a los codos de los fumadores. Les ha preguntado por sus padres, recordando citarlos por su nombre, y por las enfermedades que los afligen. Les ha contado historias sobre las maravillas de Londres, historias con las que ha conseguido que se retuerzan de la risa e historias de las que ha tenido que saltarse partes, guiñándoles un ojo y ladeando la cabeza en dirección a Trey. Les ha arrancado historias a cada uno de ellos, mostrándose embelesado, impresionado o empático. Los sentimientos de Trey hacia él, centrados hasta ahora en la rabia pura, comienzan a adquirir una pátina de desdén. Es como un mono de circo, desplegando sus trucos y volteretas y pasando el gorrito para que le lancen cacahuetes. Le gustaba más su furia sin aderezos.

Ella misma desplegó sus propios trucos cuando los hombres llegaron, tal y como le había pedido su padre, acompañándolos a la sala de estar y preguntándoles por los muebles, asintiendo y diciendo: «Estupendo, gracias» en respuesta a los elogios. La rabia que le despiertan se mantiene incólume.

Johnny espera a que vayan por la mitad de la tercera copa, cuando los hombres yacen relajadamente espatarrados en sus asientos, pero antes de que sus risas se descontrolen, para introducir el nombre de Cillian Rushborough en la conversación. Poco a poco sus palabras consiguen cambiar la atmósfera de la habitación. Impera la concentración. La bombilla del techo no brilla lo suficiente y la pantalla con flecos confiere a la luz un matiz brumoso; cuando los hombres escuchan en silencio, dibuja sombras penetrantes y escurridizas en sus rostros. Trey se pregunta cuán bien recuerda su padre a estos hombres, cuántas cosas fundamentales y secretas sobre ellos ha olvidado, o ha pasado por alto por el camino.

—Bueno, por Dios bendito —dice Mart Lavin, recostándose en su sillón. Por su aspecto, uno diría que le acaba de tocar la lotería—. Te infravaloré, joven. Había pensado que nos querrías ofrecer un festival de música de mierda o *tours* en autobús para los yanquis. Y lo que nos tenías reservado desde el principio era el Klondike en la puerta de casa.

—Jesús, María y José —dice Bobby Feeney, asombrado. Bobby es bajito y redondo, y cuando sus ojos y su boca también se redondean, recuerda a un juguete que vaya a ponerse a rodar—. Y yo recorriendo esos campos cada día de mi vida. Jamás lo habría imaginado.

PJ Fallon tiene sus larguiruchas piernas alrededor de las patas de la silla, lo cual lo ayuda a pensar.

—¿Estás seguro? —le pregunta a Johnny.

—Por supuesto que no está seguro —dice Senan Maguire—. Algunos cuentos para ir a dormir, eso es todo lo que tiene. Yo con esto no me molestaría ni en cruzar la calle.

Senan es un hombretón de cara sonrosada y escasa tolerancia a las chorradas. Trey piensa que Senan es el principal obstáculo de su padre. Bobby Feeney y PJ Fallon son fáciles de pastorear; Francie Gannon sigue su propio camino y deja que los otros se comporten como estúpidos, si así lo desean; nadie escucha a Dessie Duggan; todo el mundo sabe que Sonny McHugh haría cualquier cosa por unas pocas monedas, y Con McHugh es el más joven de ocho hermanos, por lo que no importa lo que piense. Mart Lavin disiente sobre todo, con frecuencia por el puro placer de discutir, pero todo el mundo lo tiene calado y no le hace caso. Senan carece de paciencia. Si decide que este asunto es una estupidez, va a querer enterrarlo de la cabeza a los pies.

—Eso mismo pensé al principio —admite Johnny—. Una vieja historia que llegó a oídos de su abuela, y que quizá recordara mal, o que quizá se inventó para entretener a algún crío; por supuesto, esto no es suficiente para ponerse en marcha. Lo único es que este muchacho, Rushborough, no es alguien a quien se deba ignorar. Veréis a lo que me refiero. Es un hombre al que tomarse en serio. De modo que le dije que me sentaría con él y un mapa del pueblo y escucharía lo que tuviera que decirme.

Recorre a los hombres con la mirada. La cara huesuda de Francie carece de expresión y Senan es pura incredulidad, pero todos le prestan atención.

—A lo que voy, muchachos. Sea lo que sea lo que haya en el fondo de esta historia, no es puro humo. Y de haberse recordado mal con el paso del tiempo, resulta sorprendente que al final cuadre a la perfección. Los lugares que le indicó a Rushborough su abuela existen de verdad. Puedo ubicar cada uno de ellos, yarda arriba, yarda abajo. Y no están simplemente desparramados por aquí y por allá. Trazan una línea, más o menos, desde la falda de esta montaña hasta el río, cruzando por vuestras tierras. Rushborough cree que había otro río ahí, hoy en día seco, y que arrastró el oro montaña abajo.

—Había otro río ahí, es cierto —dice Dessie, inclinándose hacia delante. Dessie siempre levanta la voz demasiado, como si esperara que alguien fuera a intentar hablar más alto que él—. Su lecho cruza el campo que tengo en la parte trasera. Cada año me supone un incordio cuando llega el momento de arar.

—Hay lechos de río secos por todas partes —dice Senan—. Esto no significa que contengan oro.

—Lo que significa —dice Johnny— es que hay algo en la historia de Rushborough. No sé qué pensáis vosotros, pero a mí no me importaría averiguarlo.

—Tu hombre suena como un estúpido —dice Senan—. ¿Cuánto va a costarle todo esto, eh? Maquinaria, mano de obra y quién sabe cuántas mierdas más, y todo sin ninguna garantía de sacar un céntimo.

—No te engañes —dice Johnny—. Rushborough no es ningún estúpido. Un estúpido jamás habría llegado donde lo ha hecho él. Puede permitirse darse un capricho, y esto es lo que le apetece. Igual que otro hombre se compraría un caballo de carreras o daría la vuelta al mundo en su yate. No se trata de dinero, aunque no le haría ascos a un poco más. A este tipo le apasionan sus raíces irlandesas. Se crio con canciones sobre rebeldes y pintas de cerveza negra. Los ojos se le llenaban de lágrimas al hablar de cómo los británicos ataron a una silla y dispararon a James Connolly. Va detrás de su legado.

—Un *plastic paddy*[1] —dice Sonny McHugh, con indulgente desdén. Sonny es un hombre alto, con una mata de rizos de aspecto polvoriento y una barriga prominente, pero al hablar grazna como si fuera un hombrecillo; una voz así suena ridícula en alguien como él—. Nosotros tenemos un primo que es igual. En Boston. Vino a visitarnos hará tres o cuatro veranos, ¿os acordáis? ¿El joven de cuello enorme y grueso? Nos trajo una cámara digital de regalo, por si resultaba que nunca habíamos visto una. No daba crédito a que conociéramos *Los Simpson*. Deberíais haber visto la cara que le quedó al pobre cabrón cuando vio nuestra casa.

---

[1] Término despectivo para referirse a una persona no nacida en Irlanda ni de ascendencia irlandesa, pero que se comporta como si lo fuera. *(N. del T.)*

—Tu casa no tiene nada de malo —dice Bobby, perplejo—. Tenéis acristalamiento doble y todo.

—Sí, lo sé. Nos creía viviendo en una choza de paja.

—Mis tierras no son una atracción turística —dice Senan. Tiene las piernas muy abiertas y los brazos doblados—. No voy a tener a ningún idiota pisoteándolas y asustando a mis ovejas porque al tipo su abuela le cantara *Galway Bay*.

—No se dedicaría a pisotear tus tierras —dice Johnny—. Al menos, no al principio. Quiere empezar por batear el río; resulta más sencillo que excavar. Si encuentra oro en ese río, aunque sea un trocito insignificante, estará encantado de aflojaros una bonita cantidad de dinero por la oportunidad de excavar un poco en vuestras tierras.

Estas palabras traen un silencio breve y vívido. Con mira a Sonny. Bobby tiene la boca abierta de par en par.

—¿Cuánto necesitaría excavar? —pregunta Senan.

—Para empezar, querría sacar algunas muestras. Se limitaría a meter un tubito por la tierra y comprobar qué sale. Eso es todo.

—¿De cuánto dinero estamos hablando?

Johnny levanta las palmas de las manos.

—Eso depende de vosotros, está claro. Lo que decidáis negociar con él. Mil por barba, fácilmente. Quizá dos mil, dependiendo de su estado de ánimo.

—Solo por las muestras.

—Por Dios, claro. Si da con lo que está buscando, será mucho más.

Trey ha estado tan centrada en su padre que no ha pensado en el hecho de que estos hombres se enriquecerían con su plan. La ola de rabia e impotencia le abrasa la garganta. Incluso si supiera lo de Brendan, Johnny estaría entusiasmado de llenar los bolsillos de Ardnakelty siempre que obtuviera lo que desea. Trey no lo estaría. Por lo que a ella respecta, todo Ardnakelty puede pudrirse en el infierno eternamente. Antes se arrancaría las uñas con unas tenazas que hacerle un favor a ninguno de esos hombres.

—En el caso de que ahí haya oro... —dice Con McHugh. Es el más joven de los presentes, un muchacho grandote, de pelo revuelto y oscuro y una cara bonita y franca—. Dios mío, chicos. Imaginaos eso.

—El oro está —dice Johnny con tal naturalidad que parece estar hablando de leche en la nevera—. A mi hija, ahí sentada, se lo explicaron en el colegio. ¿No es verdad, corazón?

Trey tarda un segundo en advertir que se refiere a ella. Había olvidado que él era consciente de su presencia.

—Sí —dice.

—¿Qué os contó el profesor al respecto?

Todos los rostros se han dado la vuelta para mirar a Trey. Piensa en decirles que el profesor les contó que el oro se encontraba al otro lado de las montañas, o que fue desenterrado por completo unos mil años atrás. Luego su padre le daría una paliza, si fuera capaz de pillarla, pero ese factor no afecta a su decisión. Aunque dijera algo así, los hombres podrían desconfiar de la palabra de un profesor de Wicklow. Su padre tiene tanta labia que podría darle la vuelta y acabar convenciéndolos. Y ella habría desperdiciado su oportunidad.

—Nos contó que hay oro en la falda de la montaña —dice—. Y que la gente lo desenterraba y fabricaba cosas con él. Joyas. Ahora están en los museos de Dublín.

—Vi un programa en la tele sobre el tema —dice Con, inclinándose hacia delante—. Broches del tamaño de tu mano y collares grandes y retorcidos. Muy bonitos. Brillaban un montón.

—Te sentarían la mar de bien —le dice Senan.

—Los quiere para Aileen —dice Sonny—. Mira que el tipo es un armario y esa mujer se lo mete en el bolsillo como si nada.

—¿Cómo te las has arreglado para escabullirte de casa, Con, eh?

—Ella se piensa que ha salido a buscarle flores.

—Se ha escapado por la ventana de detrás.

—La mujer le ha colocado uno de esos GPS que te rastrean. En cualquier momento la tenemos aporreando la puerta.

—Escóndete detrás del sofá, Con. Le diremos que no te hemos visto.

No se limitan a reírse un rato. Todos ellos, incluso Con, que se ha puesto rojo y les dice que se vayan a la mierda, tienen un ojo puesto en Johnny. Están ganando tiempo para valorar lo que piensan de él, de su historia y de su idea.

Mientras están en ello, Johnny dirige un ligero gesto de asentimiento hacia su hija. Ella lo mira con el rostro inexpresivo.

—Lo único que digo —dice Con, una vez se ha librado de las chanzas y los hombres se han calmado, reacomodándose en sus asientos con una sonrisa— es que no le haría ascos a una paletada o dos de eso.

—¿Es que alguno de vosotros sí? —pregunta Johnny.

Trey los observa mientras se lo imaginan. Parecen más jóvenes al hacerlo, como si pudieran moverse más rápido. Sus manos se han quedado inmóviles, permitiendo que los cigarrillos se consuman.

—Tendrías que ahorrar una parte —dice Con. Su voz tiene un componente soñador—. Pequeñísima. En plan *souvenir*.

—A la mierda eso —dice Senan—. Mi *souvenir* sería un crucero por el Caribe. Y una niñera para que cuidara de los niños a bordo mientras la parienta y yo bebemos cócteles directamente de cocos.

—California —dice Bobby—. Ahí es donde iría. Puedes visitar todos los estudios de cine y cenar en restaurantes en los que en la mesa de al lado puede que te encuentres a Scarlett Johansson.

—Tu madre no aceptará nada de eso —le dice Senan—. Lo que querrá es ir a Lourdes o a Medjugorje.

—Lo haremos todo —dice Bobby. Se le ha encendido el rostro—. Joder, ¿por qué no? Mi madre ya tiene ochenta y uno, ¿cuántas oportunidades le quedan?

—Y esta sequía se puede ir a tomar por culo —dice Sonny, en un arranque de euforia—. Que vaya pasando, ¿eh? Si no hay hierba ni heno, compraré el mejor forraje y mis reses se alimentarán como reinas durante todo el año. Y dentro de un granero nuevecito.

—Jesús, ¿habéis oído a este tipo? —dice Mart—. ¿No tienes el menor sentido de la aventura, joven? Cómprate un viejo Lamborghini y búscate una supermodelo rusa para dar vueltas en él.

—Un granero me durará más. Con estas carreteras, un Lamborghini acabaría destrozado en un año.

—También acabaría así la supermodelo rusa —dice Dessie, con una risita.

—El Lamborghini es para tu viaje por América —le explica Mart—. O Brasil, o Nepal o donde sea que te haga ilusión. Pero ojo, que no creo que las carreteras de Nepal estén en mejor estado que las nuestras.

Johnny se ríe y le rellena el vaso de whisky a Bobby, pero Trey advierte que no le quita el ojo de encima a Mart. Intenta descifrar si su entusiasmo es sincero o si se trae algún jueguecito entre manos. Obviamente, esto sí que lo recuerda: Mart Lavin siempre se trae algún jueguecito entre manos.

También recuerda cómo es Francie. Francie no abre la boca, pero Johnny lo deja tranquilo, dedicándole apenas una mirada rápida. A Francie no le gusta que le estén encima, ni un pelo.

Trey concentra sus pensamientos en su padre. Con ella es tan torpe que ni siquiera se da cuenta de nada, pero con el resto de la gente se muestra muy hábil. Arruinarle el plan va a ser más complicado de lo que se imaginaba. Trey tiene escasa práctica intentando mostrarse hábil con alguien.

—Yo me agenciaría el mejor carnero de este país —dice PJ, convencido—. Me compraría ese jovenzuelo de los Países Bajos que se cotizaba a cuatrocientos mil euros.

—Claro, pero resulta que ya no tendrías que deslomarte criando ovejas —le dice Mart—. Podrías quedarte sentado a observar cómo el oro brota de tus tierras. Y tener un mayordomo que te trajera comida pinchada en un palillo.

—Jesús, moderad ese entusiasmo, muchachos —dice Johnny, levantando una mano y sonriendo—. No os estoy diciendo que vayáis a ser millonarios. No sabremos lo que hay ahí abajo hasta que empecemos a mirar. Puede que nos dé para mayordomos y viajes por carretera, o puede que para poco más que una semana en Lanzarote. No adelantemos acontecimientos.

—De todas formas, yo me quedaría con las ovejas —le dice PJ a Mart, tras rumiarlo un poco—. Como que me he acostumbrado a ellas.

—Toda la prensa vendría a vernos —dice Dessie. La idea hace que su calva centellee un poco. Dessie, en tanto que hijo de la señora Duggan y esposo de Noreen, siempre ha estado en el meollo de las cosas—. Y los tipos de la televisión y de la radio. Para entrevistarnos y tal.

—Os haríais de oro con ellos —le dice Mart—. Todos se comprarían sus sándwiches en el colmado de tu señora. Serán gente importante, seguro. A la gente importante nunca se le ocurriría traerse sus propios sándwiches.

—¿Tendría que dar una entrevista? —pregunta PJ, preocupado—. Nunca lo he hecho.

—Yo me encargaría —dice Bobby.

—Si te pones a soltar tus mierdas sobre alienígenas en la televisión nacional —le dice Senan—, te arrearé con un palo de *hurling,* joder.

—Calmémonos un momento —dice Sonny—. ¿Para qué necesitamos a este *plastic paddy*? Si hay oro en mis tierras, lo sacaré yo mismo. No necesito a ningún idiota llevándose la mitad de mis beneficios. Y cantándole *Come Out Ye Black and Tans* a mi ganado mientras está metido en faena.

—No tienes la menor idea de dónde buscar —le señala Johnny—. ¿Vas a excavar hasta el último acre?

—Tú puedes decírnoslo.

—Podría, pero no os haría ningún favor. Existen leyes. No puedes usar maquinaria a menos que tengas una licencia del Gobierno; te encontrarías excavando con tus manos desnudas y una pala. Incluso si encontraras oro, no se te permitiría venderlo. Aquí el joven Con puede que se contente con conseguirle unos broches a su parienta, pero diría que el resto aspiramos a más.

—Llevo toda la vida trabajando en mi granja —dice Francie—. Igual que mi padre y mi abuelo antes que yo. Y jamás he visto ni oído hablar de una pizca de oro. Ni una sola vez.

Francie tiene una voz profunda que cae a plomo sobre la sala. A su paso levanta olas de silencio.

—Una vez encontré una vieja moneda en los campos de atrás —dice Bobby—. Con la reina Victoria estampada. Pero era de plata.

—¿De qué coño nos sirve eso? —exige saber Senan—. Si nuestro hombre se pone a batear en el río, encontrará un montón, ¿cómo se dice?, una veta de chelines, ¿no?

—Vete a la mierda. Solo estoy diciendo que...

—¿Sabes qué sería estupendo? Que no abrieras la boca hasta que tuvieras algo que decir.

—¿Alguno de vosotros ha encontrado oro alguna vez? —pregunta Francie al grupo—. ¿Ninguno?

—Podríamos no saberlo, está claro —dice Con—. Podría estar a más profundidad de la que aramos.

—Yo no he arado nada —señala Mart, dándole la razón—. Podría tener las jodidas minas del rey Salomón al completo bajo mis tierras y no sospechar nada. ¿Y cuánta atención le prestáis a la tierra que aráis? ¿Inspeccionáis cada centímetro en busca de pepitas, eh? Y ya puestos, ¿alguno de vosotros reconoceríais una pepita si os la sirvieran en una bandeja?

—Yo me fijo —dice Con, que se ruboriza cuando se lo quedan mirando con una sonrisa—. A veces. No en busca de oro. Solo por si aparece algo. Te llegan historias de gente que se ha encontrado yugos raros, monedas vikingas...

—Eres un puto bobo —le dice su hermano.

—¿Alguno de vosotros ha encontrado oro alguna vez? —les repite Francie.

—Oro no —admite Con—. Trozos de cerámica. Una vez, un cuchillo, como antiguo, fabricado a mano.

—A ver —le dice Francie al resto—. Aquí Indiana Jones no encontró nada. No hay oro.

—Los peces de ese río —dice PJ, después de haberle dado vueltas al tema hasta llegar a una opinión firme— son iguales al resto de los peces.

—Muchachos —dice Johnny, dibujando poco a poco una sonrisa traviesa—. Dejemos algo claro: no os estoy garantizando que el oro esté donde nuestro hombre cree que está. Puede que esté o, una vez más, puede que no. Lo que os digo es que el valiente de Cillian no tiene ninguna duda de que está ahí.

—Su abuela era una Feeney, qué duda cabe —señala Senan—. Los Feeney se creen cualquier cosa.

—Oh, venga —dice Bobby, ofendido.

—Pues claro, si te crees que hay ovnis arriba en las montañas...

—No es que lo crea, es que los he visto. ¿Acaso tú no crees en tus ovejas?

—Creo en los precios que alcanzan. Cuando traigas un alienígena al mercado y te lo paguen a seis euros el kilo, entonces yo...

—Callaos los dos —dice Francie—. Quizá el aventurero de Cillian no tenga dudas, pero yo sí. Remará por el río y no encontrará una mierda, entonces se volverá a casa a verter lágrimas en su cerveza negra. Y se acabó lo que se daba. ¿Qué coño estamos haciendo aquí?

Todos posan sus ojos en Johnny.

—Bueno —dice, alzando de nuevo las comisuras de los labios con aire travieso—. Si el señor Rushborough desea oro, tendremos que asegurarnos de que lo encuentra.

Se produce un silencio. A Trey no le sorprenden sus palabras. Lamenta que no sea así porque la hace sentir demasiado hija de su padre. Alyssa, la hija de Cal, a quien Trey ha cogido afecto, se habría mostrado algo perpleja al escuchar algo así de la nada.

Tras un momento de quietud, vuelve el movimiento. Sonny agarra la botella de whisky; Dessie apaga el cigarrillo y hurga en busca del siguiente. Mart se reclina en el sillón con un cigarrillo liado en una mano y un vaso en la otra, divirtiéndose. Antes de salir con cualquier cosa, aguardan a ver si Johnny tiene algo más que decir.

—Conozco el punto del río en el que quiere batear —dice Johnny—. Se muere de ganas de creer en esto; cuanto necesita es captar el menor olorcillo y saldrá disparado como un galgo.

—¿Tienes por ahí unos puñados de oro que te sobren, eh? —le pregunta Mart.

—Por Dios, hombre —dice Johnny, alzando las manos—, tranquilízate un poco. ¿Quién está hablando de puñados? Le serviremos una pizca del material, aquí y allá, nada más. Lo suficiente para hacerlo feliz. Por un valor de apenas dos mil euros, según la cotización actual.

—Entonces, ¿lo que te sobra son un par de miles de euros?

—Ya no. Los he invertido en la compañía minera que ha montado Rushborough para conseguir los permisos y todo. Si cada uno de vosotros aporta trescientos euros, debería bastar.

La sala huele a tabaco. En la luz amarillenta y borrosa, los rostros de los hombres se ven surcados de sombras al inclinar los vasos, subirse la cinturilla de los pantalones o intercambiar miradas rápidas.

—¿Qué sacas de ello? —pregunta Senan.

—Me llevaré un porcentaje de lo que sea que encuentre —dice Johnny—. Más un veinte por ciento de lo que os pague a vosotros. La tarifa del mediador.

—De modo que sacas tajada de ambas partes. Ocurra lo que ocurra.

—Así es, sí. Sin mí no conseguiríais nada y tampoco lo haría Rushborough. Y ya he aflojado dinero. Voy a invertir más de lo que vais a poner todos juntos; lo quiero de vuelta, tanto si hay oro como si no. Si no fuerais a contribuir un poco, le pediría el cincuenta por ciento de todo lo que os diera.

—Que me jodan —dice Sonny—. No me extraña que no nos digas dónde está el oro.

—Soy el mediador —dice Johnny—. Esto es lo que hace un mediador. Estoy encantado de ayudaros a todos con vuestros graneros y cruceros, pero no hago esto por la bondad de mi corazón. Tengo una familia de la que cuidar. A esa chica de ahí le iría bien un hogar que no se cayera a trozos, y, ya puestos, un par de zapatos nuevos. ¿Me estáis diciendo que renuncie a ello para que les coloquéis unas llantas mejores a esos Lamborghinis?

—¿Qué te va a impedir quedarte con nuestros pocos miles de euros y desaparecer camino de la puesta de sol? —le pregunta Mart con interés—. ¿Y dejarnos con las manos vacías y un turista enfadado? Si es que, para empezar, el tal Rush no sé si existe.

Johnny lo mira fijamente. Mart le devuelve la mirada, divertido. Al cabo de un momento, Johnny suelta una risa breve y desagradable, se reclina y menea la cabeza.

—Mart Lavin —dice—. ¿Todo esto es porque mi padre te ganó a las cartas, el siglo pasado? ¿Te sigue escociendo?

—Un tramposo a las cartas es algo terrible —le explica Mart—. Antes haría tratos con un asesino que con un tramposo a las cartas, sin duda alguna. Un hombre puede convertirse en un asesino por azar, si su día no sale como esperaba, pero no existe nada parecido a un tramposo a las cartas por accidente.

—Cuando tenga algo de tiempo libre —dice Johnny—, me gustará defender la habilidad que mi padre mostraba a las cartas. A ese hombre le bastaba ver cómo parpadeabas para saber qué mano te había tocado. Pero esta noche —prosigue, señalando con un dedo a Mart—, no pienso dejarme arrastrar a una de tus discusiones. Nos encontramos frente a una oportunidad de negocio, y no una que vaya a durar eternamente. ¿Estáis dentro o estáis fuera?

—Fuiste tú quien empezaste con tus rollos acerca de los ases en la manga que se gastaba tu padre —señala Mart—. Yo te he hecho una pregunta. Una pregunta legítima.

—Vamos, por Dios bendito —dice Johnny, exasperado—. Mira: no voy a poner un dedo en el dinero. Vosotros mismos podéis comprar el oro; yo os diré de qué tipo lo necesitamos, os enseñaré dónde conseguirlo y dónde colocarlo. ¿Ya te sientes mejor?

—Por supuesto, sí —dice Mart, sonriéndole—. Me has hecho mucho bien.

—Y podréis conocer a Rushborough en persona, antes de llevaros las manos al bolsillo. Ya le he dicho que querréis echarle un vistazo antes de darle acceso a vuestras tierras, ver si os inspira confianza. Esto lo hizo reír un rato; piensa que sois una panda de sucios salvajes que no tienen la menor idea de cómo se cierra un trato en el mundo real. En cualquier caso, claro que aceptará veros. Todo sea por el bien mayor, ¿me equivoco? —Johnny sonríe a todos los presentes. Nadie le devuelve la sonrisa—. Estará aquí pasado mañana. Esa misma noche lo llevaré al pub y así podréis decidir si es lo suficientemente real o no.

—¿Dónde va a quedarse? —pregunta Mart—. ¿En este sofá tan lujoso? ¿Para disfrutar de la atmósfera local?

Johnny se echa a reír.

—Claro que no. Imagino que sería capaz, de no tener más remedio. Ese hombre está desesperado por hacerse con el oro. Pero los platos que prepara Sheila no serían de su gusto. Ha encontrado una pequeña casa de campo en Knockfarraney, donde vivía la madre de Rory Dunne, al pie de la montaña. La tienen en Airbnb desde que murió la madre.

—¿Cuánto tiempo piensa quedarse?

Johnny se encoge de hombros.

—Eso depende, claro. Os voy a decir una cosa: cuando le echéis el ojo, no podréis perder más tiempo decidiéndoos. Necesitaremos arrojar el oro al río. Puedo distraer a Rushborough unos días, enseñándole el lugar, pero después de eso querrá salir con la batea. El martes a primera hora necesitaré saber quién está dentro y quién está fuera.

—¿Y qué ocurre después? —quiere saber Francie Gannon—. Cuando no encuentre nada en nuestras tierras.

—Oh, por Dios bendito, Francie —dice Johnny, meneando la cabeza con paciencia—, eres un pesimista horrible, ¿lo sabías? Quizá su abuela tuviera razón desde el principio y encuentre tanto oro como para convertirnos a todos en millonarios. O... —y levanta una mano al ver que Francie empieza a decir algo—, o quizá su abuela tuviera parte de razón: el oro atraviesa vuestras tierras, pero nunca bajó tanto como para desembocar en el río, o quizá sí que lo arrastrara. De modo que cuando Rushborough se ponga a cribar en el río, en vez de no encontrar nada y rendirse, dará con nuestros pedacitos y excavará en vuestras tierras. Y entonces encontrará tanto como para hacernos millonarios a todos.

—Y quizá yo cague diamantes. ¿Qué pasa si no encuentra nada?

—Muy bien —dice Johnny con un suspiro—. Pongamos, solo porque nunca sois felices a menos que os sintáis miserables, que no hay una pizca de oro en ningún rincón de este condado. Rushborough se hará un bonito alfiler de corbata, con una armónica y un trébol en él, con el trocito que le echemos al río. Concluirá que el resto está enterrado bajo esta montaña, a demasiada profundidad para poder acceder a él. Entonces regresará a Inglaterra a enseñarles su trocito de legado a sus amigos y les contará todo sobre sus aventuras en la vieja patria. Estará encantado consigo mismo. Y todos vosotros seréis mil o dos mil euros más ricos, y también yo. Hablamos del peor de los escenarios posibles. ¿Tan terrible os parece que vais a pasaros toda la noche con esas caras largas?

Trey observa cómo los hombres les dan vueltas a estas palabras. No dejan de mirarse los unos a los otros mientras lo hacen, y Johnny no les quita la vista de encima. No queda ni rastro del nerviosismo que Trey había detectado en él con anterioridad. Permanece espatarrado en su silla, relajado como el rey de la colina, sonriendo con benevolencia, concediéndoles todo el tiempo que necesiten.

No son hombres deshonestos, o, cuando menos, no en el sentido que ellos mismos y Trey le dan al término. A ninguno se le ocurriría jamás robar ni un paquete de mentolados en el colmado de Noreen, y entre ellos un escupitajo y un apretón de manos valen tanto como un contrato legal. A un hombre deseoso de aprovecharse de sus tierras se le aplican leyes diferentes.

—Veamos a este Rushborough tuyo —dice Senan—. Quiero darle un repaso. Luego ya se verá qué hacemos.

Algunos hombres asienten.

—Asunto zanjado entonces —dice Johnny—. El lunes por la noche lo llevaré al pub y podréis decidir lo que pensáis de él. Solo os pido que no os burléis del pobre tipo. Está acostumbrado a tratar con gente estirada; sería una presa demasiado fácil para vosotros, demasiado.

—Oh, pobre, que Dios lo bendiga —dice Dessie.

—Seremos cuidadosos —le asegura Mart a Johnny—. No sentirá nada.

—Y una mierda lo seréis —dice Sonny—. Yo de ti mantendría a ese pobre cabrón bien lejos de estos impresentables. ¿Sabes lo que algunos de ellos le hicieron a mi primo americano? Le dijeron que a la hija pequeña de Leanne Healy le gustaba, Sarah, la guapa del culo gordo...

—Vigila tus palabras —le dice Senan a Sonny, haciendo un gesto con la cabeza en dirección a Trey, pero el recuerdo ya le ha hecho reírse por lo bajo. A todos. El acuerdo general es que el oro ya ha dejado de estar encima de la mesa. Es un tema sobre el que reflexionar en privado, hasta la llegada de Rushborough.

—A la cama, venga —le dice Johnny a Trey—. Ya ha pasado tu hora de acostarte.

Johnny no sabría cuál es su hora de acostarse, aunque existiera una, que no es el caso. Simplemente ha dejado de serle útil por esta noche y quiere que los hombres puedan hablar relajadamente de cosas que su presencia imposibilita. Trey se desencaja del rincón y se abre camino entre un mar de piernas estiradas, deseando con educación las buenas noches a los hombres, que asienten a su paso.

—¿No vas a darle a papaíto un abrazo de buenas noches? —le pregunta Johnny, mirándola desde abajo con una sonrisa y extendiendo un brazo.

Trey se inclina hacia él, le coloca una mano rígida en la espalda y deja que la rodee con un brazo para darle una sacudida breve y juguetona. Ella aguanta la respiración para evitar su olor a especias y cigarrillos.

—Mírate —le dice, riéndose sin apartar la vista de ella y alborotándole el pelo—. Te estás volviendo demasiado mayor y digna para darle a tu viejo padre un abrazo de buenas noches.

—Buenas noches —dice Trey, enderezándose. Ella también quiere echarle un vistazo a ese Rushborough.

Capítulo 5

Cal pasa la mañana siguiente revoloteando por la casa, a la espera de la llegada de Mart. No tiene duda alguna de que Mart se presentará, por lo que no tiene sentido ponerse con nada serio. En vez de eso, lava los platos y les pasa un trapo a varias cosas que tienen pinta de necesitarlo, sin perder de vista la ventana.

Podría estar revoloteando por su huerto de verduras y que Mart lo encontrara ahí para hablar, pero quiere invitarlo dentro. Hace mucho tiempo de la última vez que tuvo a Mart en casa. Cal tomó la decisión: lo que le ocurrió a Brendan Reddy yace entre ellos de un modo frío e implacable. Cal aceptó los límites que Mart estableció al respecto —no pide nombres, mantiene la boca cerrada, mantiene la boca de Trey cerrada y todo el mundo vivirá feliz por siempre jamás—, pero no va a permitir que Mart finja que nunca ocurrió. Sin embargo, el problema con Johnny Reddy —Cal está empezando a verlo como un problema— significa que, por poco que le guste la idea, hay cosas que deben cambiar.

Mart se presenta a media mañana, sonriendo en la puerta de Cal como si viniera cada día.

—Entra —le dice Cal—. Hace mucho calor.

De estar sorprendido, Mart no lo demuestra.

—Claro, ¿por qué no? —dice, limpiándose la suciedad de las botas. Tiene la cara y los brazos quemados, de un color marrón rojizo. Bajo las mangas de su polo verde, asoman bordes de color blanco allá donde el sol no ha llegado. Enrolla su sombrero de paja y se lo mete en un bolsillo.

—La mansión tiene buena pinta —dice Mart, recorriendo el lugar con la mirada—. Esa lámpara le añade un toque estiloso. ¿Era de Lena?

—¿Puedo ofrecerte café? —dice Cal—. ¿Té?

Lleva aquí el tiempo suficiente para saber que el té siempre es apropiado, llueva o haga sol.

—No. Estoy bien.

Cal también lleva aquí el tiempo suficiente para no tomárselo como un rechazo.

—Iba a preparar de todos modos —dice—. Ya puestos, podrías sumarte.

—Adelante, pues; no puedo permitir que un hombre beba solo. Me tomaré una taza de té.

Cal enciende la tetera eléctrica y saca unas tazas.

—Otro día asfixiante —dice.

—Si la cosa sigue así —dice Mart, agarrando una silla y procurando ejercer el menor daño sobre sus articulaciones al tomar asiento—, voy a tener que empezar a vender mi rebaño, porque no tengo hierba suficiente para alimentarlo. Y, llegada la primavera, el número de corderos será atroz. Mientras tanto, ¿qué es lo que muestran esos idiotas de la televisión? Imágenes de niños comiendo helados.

—Los niños son mucho más monos que tú —le dice Cal.

—Muy cierto —conviene Mart con una risotada—. Pero igualmente esos tipos de la tele me dan náuseas. Todo el día con lo del cambio climático como si fuera una novedad, y poniendo caras de asombro. Podrían haberle preguntado a cualquier granjero durante los últimos veinte años: los veranos ya no son lo que eran. Se nos han puesto en contra y cada año van a peor. Y mientras tanto, todos esos idiotas tumbados en las playas, quemándose sus blancos culos, como si fuera lo mejor que les ha ocurrido en la vida.

—¿Qué opinan los veteranos del lugar? ¿Va a llover pronto?

—Mossie O'Halloran dice que va a llover a mares hacia finales de mes y Tom Pat Malone dice que no va a llover hasta septiembre. Claro, ¿cómo van a aclararse? Este clima es como un perro que se ha vuelto salvaje: imposible saber por dónde va a salir.

Cal lleva el té y un paquete de galletas de chocolate a la mesa. Mart le añade una cantidad exagerada de leche y azúcar y estira las piernas con un sonoro suspiro, dispuesto a aparcar el tema del tiempo para abordar lo que de verdad los ha reunido.

—¿Sabes lo que nunca deja de asombrarme de este pueblo? —pregunta—. Su nivel de estupidez.

—¿Esto tiene que ver con Johnny Reddy? —pregunta Cal.

—Ese muchacho —le informa Mart— sería capaz de sacar al idiota que Einstein lleva dentro. No tengo la menor idea de cómo lo hace. Es un don. —Se toma su tiempo escogiendo una galleta, para aumentar el suspense—. Adivina qué ha pescado a su paso por Londres —dice—. Adelante, adivínalo.

—Una enfermedad de transmisión sexual —dice Cal. Johnny tampoco saca lo mejor de él.

—Es más que probable, pero además de eso. Johnny ha pescado a un inglés. No a una amante; a un hombre. Un *plastic paddy* forrado y lleno de nociones románticas acerca de la tierra natal de su abuela. Y a este inglés se le ha metido en la cabeza que nuestras tierras rebosan de oro, a la espera de que llegue él a desenterrarlo.

Cal había barajado diversas posibilidades para la idea brillante de Johnny, pero esta no se encontraba entre ellas.

—¿Qué diablos? —dice.

—Eso es lo primero que pensé, cómo no —conviene Mart—. Sacó la idea de su abuela. Ella era una Feeney. Los Feeney son conocidos por salir con ideas terribles.

—¿Y la mujer pensaba que había oro en estas tierras?

—Más bien el abuelo dijo que su abuelo dijo que su abuelo dijo. Pero el inglés se lo tomó como la palabra revelada y ahora quiere pagarnos por la posibilidad de descubrirlo. O al menos es lo que asegura Johnny.

El instinto le dicta a Cal que desconfíe de cualquier cosa que provenga de Johnny Reddy, pero también es consciente de que incluso un embaucador profesional puede darse accidentalmente de bruces con algo sustancioso.

—Tú eres el experto en geología —dice—. ¿Le das alguna credibilidad?

Mart se saca una miga de galleta que se le ha quedado atascada entre los dientes.

—Esto es lo más demencial —dice—. No lo descartaría por completo. Se ha encontrado oro en las montañas que quedan junto a la frontera, no muy lejos de aquí. Y la falda de esta montaña, donde dos tipos de roca diferente se restriegan la una contra la otra, es el tipo de sitio que podría haber acogido oro fundido a resultas de la fricción y haberlo arrojado hacia la superficie. Y, claro está, existe un viejo lecho de río que podría haber transportado el oro por nuestras tierras al río que queda pasado el pueblo, tiempo ha. Podría ser cierto.

—O no podría ser más que los Feeney y sus ideas —dice Cal.

—Es muy probable —conviene Mart—. Así se lo señalamos al valiente de Johnny, pero ni se inmutó. Siempre anda un paso por delante de tipos como tú y yo, ¿sabes? Quiere que apoquinemos trescientos euros por barba para comprar un poco de oro y espolvorearlo por el río, de modo que el inglés se piense que está brotando de los campos como dientes de león y nos suelte mil o dos mil euros a cada uno por dejarle recoger muestras en nuestras tierras.

Aunque su encuentro con Johnny solo durara unos minutos, Cal no se sorprende.

—¿Y luego qué? —pregunta—. ¿Si no hay oro en las muestras?

—Esto mismo quiso saber Francie Gannon —dice Mart—. Las grandes mentes piensan igual, ¿verdad? Según Johnny, al inglés no le parecerá nada raro, nada. Volverá a casa dando brincos con su pedacito de oro y aquí todos vivieron felices y comieron perdices. No quiero faltarle al respeto a Sheila Reddy, pero no sé de quién sacó esa chica el cerebro, ya que de su padre seguro que no.

—¿De modo que no vas a involucrarte? —dice Cal.

Mart ladea la cabeza en un gesto evasivo.

—Yo no he dicho eso, a ver. Me lo estoy pasando de miedo. Llevábamos años sin estar tan distraídos en este pueblo. Casi merecería la pena apoquinar el dinero para garantizarse un asiento en primera fila.

—Suscríbete a Netflix —dice Cal—. Sale más barato.

—Ya tengo Netflix. Nunca echan nada, solo películas de Liam Neeson apalizando a gente con máquinas quitanieves, y eso que el tipo es de aquí al lado. ¿En qué otras cosas me voy a gastar los ahorros? ¿En bóxeres de terciopelo y seda?

—¿Vas a soltarle trescientos euros a Johnny?

—Y una mierda. Ese engañabobos no va a conseguir ni un céntimo mío, pero quizá acompañe a los otros muchachos a comprar el oro. Para echarnos unas risas.

—¿Van a hacerlo? —pregunta Cal. Esto no cuadra con lo que sabe de la gente de Ardnakelty, ni con la opinión que les merece Johnny—. ¿Todos ellos?

—No diría que todos. Definitivamente, no. Se muestran precavidos, sobre todo Senan y Francie. Pero no han dicho que no. Y cuantos más se apunten, más les va a costar al resto perderse la oportunidad.

—Ajá —dice Cal.

Mart le lanza una mirada irónica por encima de la taza.

—Los creías con más sentido común, ¿verdad?

—No pensaba que esos tipos fueran a jugarse su dinero con Johnny.

Mart se inclina en la silla y le da un sorbo placentero a su té.

—Te recuerdo que Johnny tiene un don para sacar a la superficie la estupidez que esconde la gente. Sheila no era ninguna idiota, está claro, hasta que él llegó revoloteando, y fíjate en ella ahora. Pero hay algo más. Lo que tienes que tener claro acerca de cada uno de los hombres de este pueblo, amigo, es que se quedaron. Algunos de nosotros queríamos hacerlo y otros no, pero, cuando recibías las tierras, no ibas a ninguna parte. Como mucho, podías conseguir que alguien cuidara de tu granja durante una semana mientras ponías rumbo a Tenerife a admirar algunos bikinis.

—Siempre puedes vender tus tierras —dice Cal—. Lena lo hizo.

Mart resopla.

—Eso es muy diferente. Hablamos de una mujer y no eran sus tierras, eran de su marido. Yo me desharía de un riñón antes que vender las tierras de mi familia; mi padre se levantaría de su tumba y me cortaría la cabeza. Podemos pasarnos todo el año sin ver una cara nueva, o un lugar nuevo, o sin hacer nada que no llevemos haciendo toda la vida. Mientras tanto, todos tenemos hermanos que nos envían fotos de ualabíes por WhatsApp o que cuelgan en Facebook imágenes de cómo bautizan a sus hijos en las junglas de Brasil. —Le sonríe a Cal—. No me molesta, descuida. Cuando me siento inquieto, me dedico a leer un rato sobre algún tema nuevo, para mantener la cabeza en su sitio.

—Geología —dice Cal.

—Claro, pero eso fue años atrás. Ahora me interesa el Imperio otomano. Menudos individuos esos otomanos. Enfrentarse a ellos no era moco de pavo. —Mart añade media cucharada extra de azúcar a su té—. Pero algunos de los muchachos de aquí no cuentan con los mismos recursos. Qué duda cabe de que saben encontrar su propio equilibrio, están acostumbrados a ello. Pero este verano andamos todos un poco alterados, levantándonos cada mañana para ver cómo nuestros campos necesitan lluvia de forma desesperada y no la consiguen. Estamos de los nervios: el equilibrio se ha torcido. Y en estas que viene el aventurero de Johnny a deslumbrarnos con sus historias sobre estrellas de cine, millonarios y oro. —Prueba el té y asiente con la cabeza—. Fíjate en PJ, que está fuera de sí. ¿Crees que dispone de los recursos para mantener la cabeza fría cuando Johnny le está ofreciendo el sol, la luna y las estrellas?

—A mí, PJ me parece una persona con los pies en el suelo —dice Cal.

—No quiero faltarle al respeto a PJ —dice Mart—. Es un buen hombre. Pero está agotado, pensando día y noche en cómo va a alimentar a sus ovejas si no empieza a llover, y no tiene nada en la

106

cabeza que pueda aliviarlo un rato, sacarlo de sus preocupaciones. Ni ualabíes ni otomanos, tan solo la vieja vida de costumbre que lleva desde el día en que nació. Y ahora Johnny aparece ofreciéndole algo nuevo y reluciente. PJ está deslumbrado, ¿cómo no iba a estarlo?

—Supongo que tienes razón —dice Cal.

—Incluso los demás, no tan fáciles de deslumbrar como PJ, se sienten fascinados, así es como están. Padecen un caso agudo de fascinación.

—Entendido —dice Cal. No se siente en posición de juzgarlos por eso. Imagina que lo que lo trajo hasta aquí podría describirse, bajo ciertos ángulos, como un caso agudo de fascinación. Algo que lo golpeó con fuerza. El paisaje conserva su poder de fascinación, llana y completamente, pero, en lo referente al resto de las características del lugar, ve demasiadas capas como para causarle el mismo efecto. El lugar y él han llegado a un equilibrio, amigable si bien no del todo fiable, que se sostiene con cuidado y bastantes dosis de precaución por ambas partes. En cualquier caso, considerada la situación en su conjunto, no se arrepiente de haber seguido el dictado de esa fascinación.

—Y aquí está la clave del asunto —dice Mart, señalando a Cal con la cuchara—. ¿Quién puede afirmar que se equivocan? Estás ahí sentado pensando que PJ es un bobo por hacer negocios con Johnny, pero, incluso si el inglés cambiara de opinión respecto a las muestras, quizá esos pocos cientos de euros para PJ sigan mereciendo la pena, al garantizarle algo nuevo en lo que pensar durante un tiempo. Igual que a mí me merece la pena por la distracción. Quizá le sienta mucho mejor que gastar el mismo dinero en psiquiatras que le digan que padece estrés porque su madre le retiró el pañal antes de tiempo. ¿Quién puede decirlo?

—Fuiste tú el que, hace cinco minutos, los llamaste banda de estúpidos por involucrarse en el asunto —le recuerda Cal.

Mart agita con fuerza la cuchara en su dirección.

—No. No por involucrarse. Si entran en esto como si apostaran unos cuantos billetes a un caballo desconocido en el Grand

107

National, no veo estupidez alguna. Ahora bien, si se imaginan que se van a hacer millonarios, eso es algo bien distinto. Eso sí es una estupidez. Aquí es donde todo el asunto podría irse al garete. —Le lanza a Cal una mirada afilada—. Tu joven contó que su profesor asegura que el oro está ahí.

—¿Trey estuvo allí? ¿Anoche? —pregunta Cal.

—Sí, estuvo. Sentada en un rincón como una angelita, sin decir ni pío hasta que le dirigieron la palabra.

—Ajá —dice Cal. Las posibilidades de que acabe el verano sin que le haya dado un puñetazo en los dientes a Johnny disminuyen por momentos—. Bueno, si asegura que su profesor se lo contó, probablemente sea cierto.

—Un año o dos atrás —dice Mart con expresión reflexiva—, esto no habría supuesto la menor diferencia. Pero ahora hay mucha gente por aquí que piensa que merece la pena escuchar lo que tu joven tiene que decir. Es increíble lo que una mesa restaurada puede conseguir, ¿verdad?

—No es mi joven —dice Cal—. Y esta historia del oro no tiene nada que ver con ella.

—Bueno, si nos ponemos técnicos —reconoce Mart—, no lo es. Y puede que no tenga que ver con ella. Pero en la cabeza de los muchachos es así, y está teniendo consecuencias. ¿No será que todos esos libros ya surten efecto? ¿Quién iba a decir que una Reddy iba a merecer tanto crédito en este pueblo?

—Es una buena chica —dice Cal. Tiene claro que Mart le está haciendo una advertencia, por el momento de forma velada.

Mart estira el brazo para coger otra galleta, concentrado en hacerse con la que tenga más pepitas de chocolate.

—En cualquier caso, no va en busca de problemas —conviene—. Eso está muy bien. —Escoge una galleta y la moja en el té—. ¿Sabes una cosa? Lo que los muchachos tienen planeado hacer con esto del oro, si es que aparece, da pena. Cruceros, graneros y *tours* por Hollywood. Ninguno salió con una idea mínimamente original.

—¿En qué vas a gastarte tu dinero?

—No pienso creer en ese oro hasta que lo vea con mis propios ojos —dice Mart—. Pero si lo veo, ya te digo ahora que no me lo voy a gastar en unas putas vacaciones por el Caribe. Quizá me ponga un telescopio espacial en el tejado, o me compre un camello para que les haga compañía a las ovejas, o un globo aerostático para ir al pueblo. Manténgase a la espera.

Mientras escucha a Mart, una parte de la mente de Cal se ha puesto a imaginar la línea irregular de la que habla Johnny, desde la falda de la montaña hasta el río, que cruza las tierras de todos esos hombres.

—Si hay oro en tus tierras y en las de PJ —dice Cal—, también ha de haberlo en mis campos de la parte de atrás.

—Estaba pensando exactamente lo mismo —conviene Mart—. Imagínatelo: quizá hayas plantado esos tomates encima de una mina de oro. Me pregunto si tendrán un sabor diferente.

—Entonces, ¿por qué no me invitó Johnny anoche a su casa? Mart mira de lado a Cal.

—Yo diría que estamos delante de un fraude, eso es lo que Johnny tiene planeado con el inglés. Tú lo pillarías antes que yo.

—No es mi departamento —dice Cal.

—Si planearas algo que oliera mínimamente a fraude, ¿invitarías a un policía?

—Soy carpintero —dice Cal—. De ser algo.

Las cejas de Mart se tuercen en un ángulo divertido.

—Policía y recién llegado. No cabe duda de que Johnny no te conoce como yo. Muestras un respeto decente por cómo se hacen las cosas por aquí y sabes mantener la boca cerrada cuando es la forma más inteligente de proceder. Pero él no lo sabe.

He aquí la respuesta a la pregunta de por qué Johnny vino corriendo a casa de Cal a pegar la hebra, antes incluso de deshacer las maletas. No quería ver cómo era el hombre que pasaba tiempo con su hija: quería averiguar si el expolicía era el tipo de persona capaz de arruinarle el timo.

—Lo sabría si respondieras por mí —dice Cal, antes de planear decirlo.

Mart alza las cejas.

—¿A qué viene esto, amigo? ¿Tienes pensado meterte en el ajo? No te hacía de esos a los que les gusta excavar.

—Estoy lleno de sorpresas —dice Cal.

—¿Ya te sientes inquieto, o es que has descubierto pepitas de oro en los nabos?

—Tal y como has dicho, no echan nada en Netflix.

—Por el amor de Dios, no me digas que Johnny también es capaz de sacar al idiota que escondes. Ya he tenido suficiente de eso. ¿No será que te han entrado ganas de desempolvar la vieja placa y entregar a los audaces estafadores a la policía, agarrándolos del cuello?

—No —dice Cal—. Solo pienso que, si mis tierras forman parte del asunto, quizá deba averiguar qué está ocurriendo.

Mart se rasca con aire meditativo una picadura en el cuello y les da vueltas a las palabras de Cal. Cal le devuelve la mirada. Todo su cuerpo se rebela ante la idea de pedirle favores a Mart Lavin, y está bastante convencido de que él lo sabe.

—Si lo que buscas es distraerte —señala—, ver a Johnny intentando decidir qué hacer conmigo dobla las apuestas.

—Eso es un hecho —reconoce Mart—. Pero tampoco querría que le diera un ataque de nervios y que hiciera desaparecer a toda prisa al inglés, antes de que la cosa se ponga interesante. Sería un desperdicio.

—No haré ningún movimiento brusco —dice Cal—. Ni siquiera advertirá mi presencia.

—Se te da muy bien ser inofensivo cuando de verdad quieres serlo, te lo concedo —dice Mart, sonriendo de tal modo que se le arruga toda la cara—. De acuerdo, entonces. Acércate al pub mañana por la noche, cuando Johnny traiga al inglés para que le echemos un vistazo, y a partir de ahí vemos. ¿Cómo te suena?

—Suena bien —dice Cal—. Gracias.

—No andes dándome las gracias —dice Mart—. No creo estar haciéndote un favor al mezclarte con las gilipolleces de ese tipo. —Apura el té y se incorpora, despegando las articulaciones una a una—. ¿En qué te gastarás tus millones?

—Un crucero por el Caribe suena bien —dice Cal.

Mart se ríe y le dice que a la mierda con eso, sale por la puerta pisando con fuerza y ajustándose el sombrero de paja sobre la pelusilla de la cabeza. Cal guarda las galletas y lleva las tazas a la pila para fregarlas. Se le ocurre preguntarse qué ha impulsado a Mart a confiarle a un policía y recién llegado un plan que puede tratarse de un fraude. A menos que, por razones personales, lo quiera a bordo.

El principal talento que Cal ha descubierto en sí desde que llegara a Ardnakelty ha sido una capacidad generosa y relajada de dejar que las cosas fluyan. Al principio, esto no casaba bien con su instinto innato de arreglar las cosas, pero con el tiempo ambas facetas han hallado un equilibrio: el instinto solucionador lo reserva sobre todo para los objetos sólidos, como esta casa y los muebles de la gente, y deja espacio para que el resto de las cosas se arreglen solas. El problema de Johnny Reddy no es algo que pueda dejar estar. Tampoco le parece algo que necesite solucionarse. Siente que es algo al mismo tiempo más delicado y volátil que eso: algo que demanda ser observado, no sea que prenda y cause un incendio.

Trey tiene que ir al colmado para hacerle un favor a su madre porque Maeve es una lameculos. Le tocaba a ella, pero se ha enroscado en el sofá con su padre, encadenando una pregunta estúpida tras otra sobre la Fórmula 1 que echaban en la televisión y extasiándose con cada respuesta como si revelara los misterios del universo. Cuando su madre le ha pedido que fuera, le ha hecho pucheros a su padre y este le ha sonreído y le ha dicho: «Oh, venga, deja a la niña tranquila. Aquí estamos la mar de bien, ¿verdad, Maeveen? ¿Acaso hay alguna emergencia?». Dado que la emergencia es que no tienen nada para cenar, Trey camina sin ganas en dirección al pueblo, arrastrando un carrito de la compra a sus espaldas. Ni siquiera la acompaña Banjo: lo dejó espatarrado en la parte más fresca del suelo de la cocina, jadeando de forma patética y dedicándole una mirada agónica cuando le chasqueó los dedos.

A Trey le disgusta ir al colmado. Hasta hace uno o dos años, Noreen no le quitaba el ojo de encima desde el momento en que entraba, y Trey siempre le robaba algo cuando apartaba la vista para atender a algún cliente. En la actualidad, Trey acostumbra a pagar por lo que quiere y Noreen le hace un gesto de asentimiento y le pregunta por su madre, pero de tanto en cuanto Trey sigue robándole algo, solo para dejar los parámetros claros.

Hoy no tiene intención de robar nada, solo quiere comprar patatas, beicon y cualquier mierda apuntada en la lista que lleva en el bolsillo, y volver a casa. A estas alturas, Noreen ya le habrá sacado todos los detalles de la noche anterior a Dessie, siendo como es una experta implacable en estas lides, y estará ansiosa por averiguar más cosas. Trey no quiere hablar del tema. Los hombres se quedaron hasta bien avanzada la noche, armando más y más jaleo a medida que corría el alcohol y riéndose de forma tan escandalosa que Alanna acabó yéndose a su dormitorio, confundida y asustada, metiéndose en su cama y echándole su húmedo aliento en el cuello. Johnny los tiene comiendo de su mano. Trey empieza a sentirse una idiota por haber pensado que podría influir en alguno de ellos.

Por descontado, Noreen tiene compañía. Doireann Cunniffe está arrimada al mostrador, donde puede inclinarse para ser la primera en oír cada palabra, y Tom Pat Malone está aposentado en la silla del rincón, que Noreen reserva a las personas que necesitan un descanso antes de poner rumbo a casa. La señora Cunniffe es pequeña y excitable, con dientes raros y una cabeza propulsada hacia delante, y viste chaquetas de punto rosas aunque el calor apriete. Tom Pat es un hombre chupado y encorvado, de ochenta y largos, capaz de pronosticar el tiempo que hará y poseedor de una receta, heredada, para fabricar una pomada que cura cualquier cosa, desde un eczema al reumatismo. Le pusieron el nombre de sus abuelos y debes referirte a él usando ambos para no ofender a ninguno, aunque lleven muertos cincuenta años. La señora Cunniffe tiene un paquete de galletas aburridas sobre el mostrador, y Tom Pat, el periódico dominical en la falda, formas de añadir legitimidad a su presencia, pero ninguno de ellos está ahí para comprar nada. Trey mantiene la cabeza gacha y empieza a recolectar lo que necesita. Ni por un momento se le cruza por la cabeza que vaya a poder salir de aquí fácilmente.

—Por Dios, Noreen, hoy esto parece la estación de Galway —dice Tom Pat—. ¿Falta alguien del pueblo por entrar en tu tienda?

—Seguro que solo siguen tu buen ejemplo —se apresura Noreen a responderle. Está sacándole el polvo a los estantes. Noreen es incapaz de permanecer ociosa—. ¿Cómo se encuentra hoy tu padre, Theresa?

—Muy bien —dice Trey, dando con las lonchas de jamón.

—Jesús, María y José, otros no lo están tanto. Debe de tener la cabeza de titanio. ¿Qué estuvieron bebiendo? Le pregunté a Dessie, pero fue incapaz de girar la cabeza en la almohada para responderme.

La señora Cunniffe suelta una risita ahogada. Trey se encoge de hombros.

Noreen le lanza una mirada digna de un ave rapaz, por encima del hombro.

—No paraba de hablar cuando llegó, pero que Dios nos ayude. Eran las cuatro de la madrugada y me sacó a empujones de la cama para contarme una historia muy loca sobre pepitas de oro y pedirme que le preparara una fritanga.

—¿Y se la preparaste? —pregunta Tom Pat.

—No. Una tostada y una buena bronca por despertar a los niños, eso es lo que consiguió. Ven aquí, Theresa: ¿era verdad lo que decía o solo los desvaríos de un borracho? ¿Va a venir un inglés a desenterrar oro de nuestras tierras?

—Sí —dice Trey—. Es rico. Su abuela era de la zona. Le contó que había oro.

—Santa María, madre de Dios —susurra la señora Cunniffe, abrazándose a su chaqueta de punto—. Es igual que en las películas. Palabra de Dios, he sentido palpitaciones al oírlo. ¿Queréis que os cuente algo muy extraño? El viernes por la noche soñé que encontraba una moneda de oro en el fregadero, reposando ahí. Mi abuela siempre decía que en mi familia la clarividencia era...

—Debió de ser efecto de comer queso antes de acostarte —le sugiere Noreen—. Unas Navidades nos comimos un camembert al horno y soñé que estaba a punto de convertirme en una llama del zoo. Recuerdo lo enfadada que me sentí al pensar que no iba a poder encajarme mis zapatos buenos en las pezuñas. A ver, Theresa —Noreen deja de sacar el polvo, se inclina sobre el mostrador y señala a Trey con el trapo—, ¿tu padre dijo quién era la abuela de este tipo?

—No —dice Trey—. No creo que lo sepa. —No encuentra la mermelada que suelen tomar. En vez de eso, coge algo de melocotón, que tiene una pinta rara.

—Así son los hombres —dice Noreen—. A una mujer se le habría ocurrido preguntar. Yo misma y Dymphna, es decir, la señora Duggan, nos pasamos media mañana intentando averiguar de quién se trataba. Dymphna apuesta por Bridie Feeney, del otro lado del río, que se marchó a Londres antes de la Emergencia[2]. Nunca escribió. Dymphna dice que su madre siempre pensó que Bridie se había marchado para tener un bebé y evitarse la vergüenza, pero bien pudo ser que al principio le diera mucha pereza escribir y que luego se casara con un médico de campanillas y se le subieran demasiado los humos como para ponerse en contacto con gente como nosotros. O ambas cosas —añade, al encendérsele la bombilla—: primero el bebé y luego el médico.

—La hermana de Bridie Feeney se casó con mi tío —dice Tom Pat—. Yo solo era un crío cuando se marchó, pero siempre decían que se las apañaría bien. Era de ese tipo de personas. Sin duda, es probable que se casara con un médico.

---

[2] Eufemismo referido a la posición durante la Segunda Guerra Mundial de Irlanda, que fue neutral hasta que declaró el estado de emergencia en septiembre de 1939. *(N. del T.)*

—Yo conozco a Anne Marie Dolan —dice la señora Cunniffe, triunfal—, cuya madre era una Feeney. Bridie debía de ser su tía abuela. Llamé a Anne Marie de inmediato, tan pronto recuperé la respiración, ¿verdad, Noreen? Me dijo que ni su abuelo ni su madre le contaron jamás nada de ningún oro. No soltaron prenda. ¿Creéis que dice la verdad?

—Sí —dice Tom Pat—. Lo veo de lo más lógico. El abuelo de Anne Marie era el viejo Mick Feeney, y Mick no quería saber nada de las mujeres. Pensaba que eran todas unas cotorras, que no se guardaban nada, sin ánimo de ofender a las damas presentes. —Les dedica una sonrisa a todas. La señora Cunniffe suelta una risita nerviosa—. Y solo tuvo hijas. Yo diría que no les contó nada, y se esperó a que el hijo de Anne Marie creciera para transmitir esa información. Pero resulta que a Mick le dio un infarto y murió antes de tener la oportunidad.

—Y a nadie le sorprendió, excepto a él mismo —dice Noreen con aspereza—. Me llegó que tenía la habitación de atrás tan llena de botellas que tuvieron que entrar con un contenedor. No me extraña que jamás moviera un dedo por ese oro. Tenía otras cosas que lo mantenían ocupado.

—Y si no fuera por este tipo inglés —dice la señora Cunniffe, llevándose una mano a la cara—, el secreto se habría perdido para siempre. Y nosotros caminando toda la vida encima de ese oro, sin tener ni idea.

—Eso es lo que consigues cuando la gente no mueve un dedo —dice Noreen. Tras haber permanecido quieta todo el tiempo del que es capaz, retoma la labor de sacar el polvo—. Dios sabe cuántas generaciones de Feeney no han hecho una mierda respecto a ese oro. Al menos, este tipo inglés ha tenido el suficiente sentido común para hacer algo.

—Vais a conocer a este tipo inglés, ¿verdad, Theresa? —pregunta la señora Cunniffe, acercándose a Trey—. ¿Podrías preguntarle si hay algo de oro en nuestro trozo de tierra? Noreen me ha explicado que se encuentra en el río y, sin duda, este lo tenemos a unas pocas yardas. Yo no podría ponerme a excavar, la espalda me mata, pero Joe lo haría de miedo. Pondría el jardín patas arriba en un abrir y cerrar de ojos.

En algún momento de su recorrido montaña abajo, el oro parece haber pasado de ser una posibilidad a algo tangible. Trey no sabe exactamente qué pensar al respecto.

Deposita la compra sobre el mostrador y le añade una bolsa de patatas fritas, su tarifa por haberse encargado del turno de Maeve.

—Y veinte Marlboros —dice.

—Eres demasiado joven para andar fumando —le dice Noreen.

—Son para mi padre.

—Lo imaginaba —reconoce Noreen, lanzándole otra mirada sospechosa y dándose la vuelta para alcanzar los cigarrillos—. Cal te daría una buena zurra si te presentaras oliendo a tabaco. Recuérdalo.

—Sí —dice Trey. No ve el momento de marcharse.

—Acércate, joven —le ordena Tom Pat, haciéndole señas—. Iría yo, pero he utilizado todas las energías que me quedaban en sentarme aquí. Acércate y déjame que te eche un vistazo.

Trey deja a Noreen marcando los productos y se dirige hacia él. Tom Pat la agarra de la muñeca para que se agache y poder verla bien. Una película le cubre los ojos. Huele a cobertizo caliente.

—Eres clavada a tu abuelo —le dice a Trey—. Al papá de tu mamá. Era un buen hombre.

—Sí —dice Trey—. Gracias. —Su abuelo murió antes de que ella naciera. Su madre apenas lo menciona.

—Dime una cosa —dice Tom Pat—. ¿Tú y ese yanqui que vive en la casa de O'Shea hacéis mecedoras?

—A veces —dice Trey.

—Me gustaría tener una mecedora —le explica Tom Pat—, para colocarla delante de la chimenea en invierno. Últimamente, pienso mucho en mantenerme calentito cuando llegue el invierno. ¿Me podríais fabricar una? Una pequeña, ojo, para que estas piernecillas mías puedan tocar el suelo.

—Sí —dice Trey—. Claro. —Acepta todos los encargos que le hacen. Sabe que, por alguna razón gubernamental que se le escapa y que tampoco le interesa, Cal no puede conseguir trabajo aquí. Trey teme que, de no ganar dinero suficiente, se vea forzado a regresar a América.

—Buena chica —dice Tom Pat, sonriéndole. Los pocos dientes que le quedan en la boca caída parecen tan grandes como los de un caballo—. Tendréis que hacerme una visita para hablar de los detalles. Mi mala vista me impide conducir.

—Se lo diré a Cal —dice Trey. La mano de Tom Pat sigue alrededor de su muñeca, dedos débiles y huesudos que tiemblan ligeramente.

—Tu padre está haciendo algo maravilloso por todo el pueblo —le dice Tom Pat—. Esto no se acaba en unos cuantos individuos cavando en un puñado de campos. En pocos años, no nos reconoceremos. Y todo gracias a tu padre. Debes de estar orgullosa de él, ¿verdad?

Trey no abre la boca. Siente el silencio llenándola como si se tratara de hormigón.

—A ver, ¿desde cuándo los jóvenes aprecian a sus padres? —dice la señora Cunniffe con un suspiro—. Nos echarán de menos cuando ya no estemos. Pero dile a tu padre de mi parte, Theresa, que es un gran hombre.

—Escúchame, cielo —dice Tom Pat—. ¿Conoces a nuestro Brian? El hijo de mi Elaine. El chaval pelirrojo.

—Sí —dice Trey. No le gusta Brian. Iba a clase de Brendan. Lo chinchaba hasta que Brendan perdía los nervios e iba a contárselo al profesor. Nadie creía a un Reddy.

—Ese hombre, el inglés, va a necesitar a alguien que le ayude a cavar en ese río, ¿verdad? No querrá estropearse sus bonitos zapatos.

—No lo sé —dice Trey.

—Brian no es un chaval grande, pero tiene fuerza —dice Tom Pat—. Y le sentará bien. Cuanto necesita el chaval es un poco de trabajo duro que le ayude a aclararse las ideas. Su madre es muy blanda con él. Coméntaselo a tu padre.

—Brian no es el único que va a querer ese trabajo —interviene Noreen, incapaz de permanecer más rato en silencio—. Por aquí hay montones de chavales deseosos de tener una oportunidad así. Mi Jack piensa ir al pub mañana por la noche, Theresa. Pídele a tu padre que le presente a ese tipo inglés.

—Ni siquiera sé si necesita a alguien —dice Trey—. Nunca lo he visto.

—No te preocupes por eso. Lo único que has de hacer es decírselo a tu padre. ¿Te acordarás?

Los tres fijan la mirada en Trey con una intensidad a la que no está acostumbrada. Todo le resulta de lo más extraño, como una lamentable película antigua en la que los alienígenas toman posesión de los cuerpos de la gente.

—Tengo que irme —dice, liberando su muñeca del agarre de Tom Pat—. Mi madre necesita la cena.

—Serán treinta y seis con ochenta —dice Noreen, dando un paso hacia atrás con delicadeza—. Los cigarrillos son horribles, querida. ¿Por qué tu padre no prueba a vapear? Dessie lleva un año con ello y ya no ha vuelto a los cigarrillos. No me mires así, ya sé cómo se las gastaron anoche, el olfato no me falla. Pero fue una excepción.

El timbre de la puerta suena con un tintineo alegre y Richie Casey entra, oliendo a mierda de oveja y restregando sus botas en la esterilla.

—Menudo horno, joder —dice—. Las ovejas van a acabar suplicando que las esquilemos, si es que la lana no se les funde primero. ¿Cómo te va, Theresa? ¿Qué tal está tu padre?

Es la primera vez que Richie Casey le dirige la palabra en toda su vida.

—Muy bien —dice Trey, metiéndose el cambio en el bolsillo y escapando antes de que la situación se vuelva todavía más extraña.

No es hasta que llega a la mitad de la montaña cuando por fin se le despeja la cabeza y puede entender lo que está ocurriendo: toda esta gente quiere algo de ella. La necesitan, igual que anoche la necesitó su padre.

Trey no está acostumbrada a que nadie, excepto su madre, la necesite. Lo que su madre necesita son cosas como ir al colmado o limpiar el baño, cosas sencillas que Trey no tiene más remedio que cumplir y que no implican nada ni acarrean consecuencias. Esto es diferente. Toda esta gente necesita que haga cosas por ellos sobre las que puede decidir si las hace o no; cosas que, tanto en un sentido como en otro, tienen implicaciones. Trey siempre ha preferido las cosas sencillas. Su primer instinto fue rechazar la nueva situación, pero, poco a poco, mientras tira del carrito a sus espaldas por el sendero pedregoso, su mente cambia de parecer. Es una de las primeras veces en su vida que se descubre con poder.

Le da vueltas a la idea, paladeando su sabor. Está bastante convencida de que a Cal el plan de su padre, y sobre todo su participación en él, le parecería una mala idea, pero no se le antoja relevante. Cal va por separado. No gasta muchas energías en preguntarse si Cal tendría razón, porque es así la mayoría de las veces, y porque no cambia las cosas.

El calor le abrasa la coronilla. Los insectos giran y zumban por encima del brezo. Recuerda los dedos de Tom Pat, frágiles y temblorosos, en torno a su muñeca, y los ojos saltones de la señora Cunniffe, mirándola con avidez. En vez de darle la espalda a la situación, su mente se dirige a abrazarla. Aún no sabe cómo, pero va a sacarle provecho.

Capítulo 6

En circunstancias normales, el pub Seán Óg estaría prácticamente vacío un lunes por la noche. Barty, el barman, permanecería acodado en la barra, viendo las carreras por televisión y manteniendo retazos de conversaciones, de forma intermitente, con su parroquia de interlocutores diarios, esparcidos por aquí y por allá, viejos solterones en camisas deslucidas, llegados de los confines del pueblo para ver otro rostro humano. Un grupillo quizá jugaría al *fifty-five,* un juego de cartas al que Ardnakelty se entrega con el mismo ardor con el que los estadounidenses se entregan al fútbol americano, pero la acción no pasaría de aquí. Si algún lunes Cal se acerca al pub, es porque desea tomarse una pinta en paz.

Esta noche está a reventar. Se ha corrido la voz y todo el mundo en varias millas a la redonda quiere echarle un vistazo a ese inglés. Cal no ha visto jamás a muchos de los presentes, que o bien son del género equivocado, o bien varias décadas más jóvenes que los clientes habituales. Todo el mundo habla al mismo tiempo y algunas personas van vestidas de domingo. Los cuerpos y la excitación han espesado tanto el aire que Cal siente que le cuesta respirar. Recorre el local con la mirada en busca de Lena, pero no la encuentra. Tampoco es que esperara que viniera.

—Una pinta de Smithwick's —le dice a Barty cuando consigue llegar hasta la barra—. Esta noche estáis haciendo una fortuna.

—Jesús, no me hagas hablar —dice Barty. Tiene la cara cubierta de sudor—. No estaba así de abarrotado desde el funeral de Dumbo. A mí ya me parece bien, joder, pero la mitad son abuelas o adolescentes que se piden un maldito *sherry* o una pinta de sidra y ocupan espacio el resto de la noche. Si ves a alguno de estos impostores derramar una gota, dímelo y lo echaré agarrándolo de una oreja. —Unos meses atrás, Barty reemplazó los taburetes y los bancos por unos nuevos y relucientes de color verde botella. Según Mart, desde ese día se comporta igual que una mujer con una cocina nueva, poco le falta para pasarte un trapo por encima antes de dejarte acceder al local. No tocó el suelo de vinilo rojo desgastado, ni el papel pintado grumoso, ni los recortes de diario amarillentos y enmarcados que adornan las paredes, ni la red de pescar que cuelga del techo y acumula todo lo que a la gente le gusta arrojar en ella, de modo que el local tiene el aspecto de siempre, pero Barty no lo ve así.

—Me aseguraré de que se comporten —dice Cal, cogiendo su pinta—. Gracias.

Cal sabe dónde se encuentra el inglés —en el reservado de atrás, donde Mart y sus colegas suelen reunirse—, porque es la esquina que todo el mundo ignora con delicadeza. Se abre paso por la multitud, protegiendo su pinta y saludando con la cabeza a los conocidos. Noreen le hace un gesto con la mano desde un rincón, donde se halla embutida entre dos de sus enormes hermanos; Cal le devuelve el saludo y prosigue su camino. Una chica va dando saltitos en un vestido rosa fluorescente que es poco más que un bañador, presumiblemente con la esperanza de que el inglés se fije en ella y se la lleve de fiesta a su yate.

Una parte considerable de los habituales del Seán Óg se ha apelotonado en el reservado de atrás. Todos ellos tienen la cara más colorada que de costumbre, pero Cal lo achaca al calor antes que a la bebida. Esta noche están aquí con un propósito; no permitirían que el alcohol los desviara de ese propósito hasta tenerlo bien atado. En el centro del reservado, de espaldas a Cal, riendo con la historia que le cuenta Sonny McHugh, hay un tipo enjuto, de cabello claro y que luce una camisa visiblemente cara.

De forma metódica y escrupulosa, los hombres están proveyendo a Rushborough de una salida nocturna normal y corriente.

Dessie Duggan le cuenta a gritos a Con McHugh algo relacionado con esquilar, mientras que Bobby le explica los resultados de los últimos análisis de sangre de su madre a Francie, quien ni siquiera parece advertir su presencia. Nadie se ha engalanado para la ocasión. Bobby se ha lavado hasta lucir más sonrosado y brillante que de costumbre y Con se ha alisado su cabello oscuro y rebelde, o puede que lo haya hecho su esposa, pero todos llevan ropa de trabajo, excepto Mart, que ha dado rienda suelta a su sentido artístico y viste una gorra plana de lana, una camisa deshilachada de abuelo y un chaleco marrón y velludo que Cal ni siquiera sabía que tenía. Al conjunto podría añadirle una pipa de barro, pero, fuera de esto, es el sueño de cualquier organismo de promoción turística.

Mart y Senan se han sentado juntos para poder discutir con más comodidad.

—Ese sombrero —le dice Sean, con la voz de un hombre que no piensa repetirlo nunca más— no supone una pérdida ni para ti ni para nadie. Deberías estar dándole las gracias a Dios por que haya desaparecido. Imagínate que hubiera un periodista aquí y te sacara una foto con esa ridiculez...

—¿Qué demonios se le podría haber perdido a un periodista aquí? —quiere saber Mart.

—Podría estar informando sobre... —Senan baja la voz y ladea la cabeza hacia el tipo de cabello claro—. Ya sabes, ese. Imagínate que te saca en la tele llevando esa ridiculez en la cabeza. Este pueblo sería el hazmerreír del país. Incluso del mundo. Se haría viral en YouTube.

—Porque el resto de vosotros sois iconos de la moda, ¿verdad? ¿Acaso Linda Evangelista lució en la pasarela este polo que llevas? Jamás has tenido cerca nada con más estilo que ese sombrero. Si ese periodista se presenta algún día, ya sé lo que te pondrás para recibirlo.

—Está claro que no llevaría esa ofensa contra la naturaleza ni que...

—Los dos estáis muy guapos —interviene Cal—. ¿Cómo andáis?

—Ah, ¡eres tú! —dice Mart con entusiasmo, alzando su pinta hacia Cal—. Muévete a un lado, Bobby, y deja espacio a este hombretón. Senan debería estarte agradecido, amigo; lo estaba enredando para que me devolviera el sombrero, pero, ahora que has aparecido, el tema tendrá que esperar. ¡Señor Rushborough!

Rushborough, que está riéndose con Sonny, se da la vuelta y Cal puede al fin estudiarlo con detenimiento. Está en algún punto de la cuarentena, con un rostro delgado, terso y pálido que impide precisar más. Todo él rezuma suavidad: tiene las orejas pegadas a la cabeza, el cabello le cae liso, la camisa no presenta ni una arruga y sus ojos claros se alinean correctamente.

—Déjeme que le presente al señor Cal Hooper —dice Mart—, mi vecino. Cal es el hombre que vive entre PJ y yo.

A Johnny Reddy lo separan algunos asientos de Rushborough y conversa con PJ. No parece que le haga ni pizca de gracia ver a Cal acomodándose entre ellos. Cal le dedica una sonrisa amplia y amistosa.

—Un placer conocerle —dice Rushborough, inclinándose sobre la mesa para estrechar la mano de Cal. Incluso su voz es suave y neutra; a Cal le parece digna de un inglés sofisticado. Entre el fluir de los diferentes y ricos acentos de Ardnakelty, suena lo suficientemente discordante para parecer un desafío intencionado.

—Lo mismo digo —dice Cal—. He oído que su gente procede de este lugar.

—Así es. En cierto modo, siempre lo he considerado mi verdadero hogar, pero nunca había encontrado tiempo para visitarlo.

—Bueno, más vale tarde que nunca —dice Cal—. ¿Qué opinión le merece ahora que está aquí?

—Aún no he tenido ocasión de explorarlo como merece, pero lo poco que he visto me ha impresionado mucho. Y estos tipos me han brindado un recibimiento maravilloso. —Su sonrisa es la propia de un hombre rico, franca y sutil, la sonrisa de un hombre del que no se espera que se esfuerce—. Sinceramente, ha sido una bienvenida que ha superado mis mejores sueños.

—Me alegra oírlo —dice Cal—. ¿Cuánto tiempo planea quedarse?

—Por lo menos unas cuantas semanas. No tiene sentido hacer las cosas a medias. Posiblemente más; depende. —Ladea la cabeza. Sus ojos claros examinan a Cal, trabajando de forma rápida y competente—. Usted es americano, ¿verdad? ¿También tiene ancestros aquí?

—No —dice Cal—. Simplemente me gustó el lugar.

—Está claro que es un hombre de un gusto excelente —dice Rushborough, riendo—. Estoy seguro de que volveremos a hablar. —Asiente en dirección a Cal y retoma la conversación con Sonny. Antes de darse la vuelta, sus ojos se quedan clavados en Cal un segundo más de lo necesario.

—Es mi primo tercero —dice Bobby, con los ojos muy abiertos, señalando a Rushborough—. ¿Lo sabías?

—Oí que su abuela era una Feeney —dice Cal—, por lo que me imaginé que estaríais emparentados de alguna manera.

—No lo dirías por las apariencias —dice Bobby con cierta tristeza—. Es más apuesto que yo. Apostaría a que se le dan bien las mujeres. —Se remete la parte delantera de la camisa, en un intento por estar a la altura de lo que ahora se espera de él—. Jamás habría pensado que tengo un primo rico. Todos mis primos son granjeros, ya te digo.

—Si esto sale bien —dice Johnny en voz baja, sonriéndole por encima del hombro—, tú serás el primo rico.

Cal ya había advertido que, si bien Johnny parecía colmar de atenciones a PJ, estaba muy atento a todas las conversaciones que circulaban por ese reservado.

—Por Dios bendito —dice Bobby, algo abrumado por la idea—. Lo seré. Y eso que hasta hoy me he pasado la vida con mierda de oveja hasta las axilas.

—No va a ser a mierda de oveja a lo que vas a oler en unos meses, amigo —le dice Johnny—. Olerás a champán y a caviar. Y desde ya te digo que no hay mujer en el mundo capaz de resistirse a esos olores. —Guiña y se da la vuelta hacia PJ.

—¿Es eso cierto? —le pregunta Bobby a Cal. Bobby considera a Cal una autoridad en lo que a mujeres se refiere, basándose en que tiene exesposa y novia. Cal no cree que un divorcio sea exactamente una prueba de excelencia en la materia, pero sería descortés señalárselo a Bobby. Creerse con acceso a un experto parece ponerlo de buen humor.

—No lo sé —dice Cal—. A las mujeres que he conocido no les ha importado si un tipo era rico o no, siempre que pagara su parte y no gorroneara.

—Me encantaría tener esposa —explica Bobby—. Me preocupa mi madre; no quiere ir a una residencia, pero se está convirtiendo en una carga, no doy abasto con ella y las ovejas. Pero no es solo eso. Puedo prescindir del sexo, pero agradecería los mimos. De una mujer agradable y suave. No de una huesuda.

Bobby pestañea con aire melancólico. Cal corrige sus impresiones previas: Bobby está borracho a un setenta por ciento. Bobby es el peso pluma de los lugareños. Mart afirma, con desdén resignado, que le bastaría olisquear una cerveza de malta para emborracharse. Con todo, Bobby es consciente de ello y se entrega sin problemas. El hecho de que haya alcanzado gustoso este estado de embriaguez significa que ya ha tomado una decisión respecto a Rushborough.

Mientras tanto, Rushborough ha dejado de hablar con Sonny para concentrar su atención en Francie, acodándose en la mesa para lanzar preguntas y asentir con fuerza a las respuestas. Francie no parece haber tomado ninguna decisión, ni por asomo. Sin embargo, contesta a las preguntas, lo que en su caso ya cuenta como mostrarse sociable. No está rechazando a Rushborough y a su abuela de buenas a primeras, o, cuando menos, aún no.

—Si consigo mi ración de ese oro —dice Bobby, decidido—, voy a buscarme una mujer encantadora, grandota y suave a la que le guste el olor del caviar. Le compraré una olla llena y una pinta de champán para bajarlo. Se lo traeré a la cama y, mientras se lo come, yo yaceré todo el rato acurrucado a su lado.

—Yo diría que ambos ganáis —dice Cal.

Mart ha perdido interés en incordiar a Senan y ha estirado el cuerpo para interceder en la conversación que mantienen Rushborough y Francie.

—Ah, por Dios —dice—, por supuesto que sigue ahí. No hay un solo hombre en el pueblo capaz de desenterrar una cantidad así.

—Ni siquiera de acercarse al caer la noche —dice Dessie.

—¿La colina de las hadas en las tierras de Mossie? —pregunta Bobby, saliendo de su encantamiento—. Mossie ara alrededor. Pero incluso para eso se lleva su rosario. Por si las moscas.

—¿De verdad? —pregunta Rushborough, embelesado—. Entonces, ¿no es algo que solo hiciera mi abuela?

—Por Dios, no —le asegura Senan—. Mi propia madre, que Dios la tenga en su gloria —hace la señal de la cruz y los demás lo imitan—, volvía a casa una noche tras visitar a su padre, que estaba enfermo, y decidió cruzar por esos campos. Era una noche de invierno, reinaba un silencio propio de un cementerio. ¿Y qué llega de pronto a sus oídos sino una música? Procedente de esa misma colina. La música más dulce que os podáis imaginar, nos aseguró, tanto que se quedó un minuto escuchándola. Pero de golpe le entró miedo y echó a correr hacia casa como alma que lleva el diablo. Al llegar a la puerta, nos encontró a todos muertos de la preocupación, con mi padre poniéndose el abrigo para salir a buscarla, porque debería haber vuelto hacía varias horas. Un paseo de apenas dos millas le había llevado tres horas.

—La señora Maguire no era de las que iban por ahí imaginándose cosas —le dice Sonny a Rushborough—. No estaba para tonterías. Te soltaba una bofetada en la oreja por solo mirarla.

—La ventana de nuestro dormitorio da a esos campos —dice Dessie—. Muchas veces he visto luces sobre ese montículo. Como moviéndose: trazando círculos y cruzando de un lado para el otro. No entraría en esos campos ni aunque me pagaran.

—Madre mía —dice Rushborough con un suspiro—. ¿Creéis que el dueño me dejaría echarle un vistazo? Por el día, claro.

—Deberías contarle a Mossie quién era tu abuela —dice Con—. No dejaría que ningún turista merodeara por sus tierras. Los perseguiría con su hoz. Pero todo cambia si sabe que eres de por aquí, claro. Te enseñaría el lugar sin problemas.

—Puedo llevarte ahí el día que quieras —le promete Johnny, que ha guardado las distancias con Rushborough y dado espacio al resto para que lo examinen. A Cal no le resulta tranquilizador. Significa que la noche está procediendo según sus planes.

—¿Lo harías? —pregunta Rushborough, entusiasmado—. Sería estupendo. ¿Debería llevar algo? Guardo un vago recuerdo de mi abuela mencionando algún tipo de ofrenda, pero fue hace tanto tiempo… ¿Quizá se tratara de nata? Puede no ser más que una estupidez, pero…

—Eso es lo que habría hecho mi abuela, qué duda cabe —conviene Mart. Por el modo en que ladea la cabeza con incredulidad, Cal sabe que Mart encuentra a Rushborough de lo más interesante.

—Tú limítate a no pisar el montículo —le advierte Francie—. El sobrino de Mossie lo hizo en una ocasión para demostrar que no le tenía miedo a una vieja superstición. Un hormigueo le subió por las piernas. No se sintió los pies durante una semana entera.

—Que Dios nos proteja de todo mal —dice Mart con solemnidad, alzando su vaso, y todos brindan por eso. Cal se les une. Tiene la sensación creciente de que a todos les convendría contar con algo que les proteja.

Ya ha visto a estos tipos irles con el cuento de los duendecillos a turistas inocentes que se sentían de lo más orgullosos por haber encontrado un pub irlandés auténtico, evocador y fuera de las guías. Lograron convencer a un estudiante americano bien formal de que la ventana estrecha del reservado había sido bendecida por san Leithreas[3] y que cruzarla le garantizaría ir al cielo, y ya se encontraba con medio cuerpo fuera cuando Barty salió furioso de detrás de la barra y lo bajó tirándole de la cinturilla de los pantalones. A Cal también intentaron jugársela durante los primeros meses de su estancia, pero declinó vestirse de verde de la cabeza a

---

[3] 'Inodoro' en gaélico irlandés. *(N. del T.)*

los pies para congraciarse con los enanitos del lugar, o caminar de espaldas hasta rodear por completo el exterior del pub para conjurar la mala suerte, el día que se le cayó el cambio al suelo. Esto es diferente. No están llenando los oídos de este tipo de chorradas para ver cuántas puede tragarse. Esto es una operación sutil, meticulosa y seria.

—¡Una idea genial! —grita Johnny, dándose la vuelta hacia el grupo—. PJ acaba de recordarme que una bienvenida no es completa sin un poco de música.

PJ pone cara de no ser consciente de haber dicho nada parecido, pero asiente de forma servicial.

—Dios mío —dice Rushborough, entusiasmado—. ¿Un concierto improvisado? No he asistido a uno desde que era un crío y visitaba la casa de mi abuela.

—Trae aquí la guitarra —le ordena Sonny a Con, que se apresura a sacarla del rincón que queda a sus espaldas: no cabe duda de que todo estaba preparado de antemano. Si Rushborough quiere un poco de tradición, la tendrá.

—Oh, por Dios —dice Mart a la mesa, feliz—. No hay nada como un concierto improvisado.

El repertorio habitual en el pub Seán Óg las noches que toman un cariz musical es una mezcla de canciones tradicionales irlandesas y cualquier cosa desde Garth Brooks a Doris Day. Esta noche impera el verde, desplegado en un repertorio bien cuidado de gradaciones: nostalgia del hogar, rebelión, alcohol y mujeres guapas, básicamente. PJ arranca con *Fields of Athenry*, tirando de una melancólica y rica voz de tenor; le sigue Sonny, berreando *The Wild Rover* y golpeando la mesa hasta conseguir que los vasos salten. Rushborough está en trance. Durante las canciones melódicas, reposa la cabeza en el banco, con los ojos entrecerrados y la pinta olvidada en una mano; en las animadas, sigue el ritmo golpeándose el muslo y se une a los estribillos. Cuando los hombres lo invitan a participar, canta *Black Velvet Band* con una voz clara y ligera que, de no ser por el acento, casi encajaría. Se sabe la letra de memoria.

La multitud del pub se arremolina y fluye, sin prisas pero con cierto método. La gente se detiene a la entrada del reservado a escuchar las canciones, a intercambiar noticias o a la espera de que se despeje la barra; al cabo de unos minutos, prosigue su marcha, dejando espacio para otros. Nadie se inmiscuye en el reservado. Cal ya se lo esperaba. No querrán tardar en conocer a Rushborough, pero eso puede esperar a otro día. Por el momento, se contentan con revolotear con la intención de recolectar impresiones que comentar con toda la calma del mundo: sus ropas, su cabello, su acento, sus modales; si parece o no uno de los Feeney, si parece o no un millonario, si se las apañaría en una pelea, si tiene pinta de pardillo. Cal no está seguro del aspecto que tiene un millonario, pero el tipo le parece muy capaz de hacer daño si estalla una pelea, y no le ve pinta de pardillo.

A Cal le llega el turno de cantar. Ni se plantea sumarse al verdor circundante; incluso si así lo deseara, quedaría como un turista imbécil, y ahora mismo no quiere parecer un turista. Se ciñe a *The House of the Rising Sun.* Cal tiene una voz perfecta para las canciones de pub, una voz profunda y masculina, nada presuntuosa ni impresionante, pero bonita de escuchar. Advierte cómo Johnny lo ve aceptar su turno con naturalidad, y la poca gracia que le hace.

Tras agradecer la pertinente ronda de aplausos y una vez Dessie se ha lanzado con *Rocky Road to Dublin,* Cal se dirige a la barra. Barty está llenando dos vasos al mismo tiempo y le hace un gesto de asentimiento, pero le falta resuello para hablar. El sudor le baña la cara.

—Mujeres —dice Mart con profundo desagrado, apareciendo por la espalda de Cal—. Esta noche el pub está lleno de mujeres.

—Se cuelan en todas partes —conviene Cal con gravedad—. ¿Piensas que deberían quedarse en casa a cuidar de los niños?

—Jesús, no. Aquí ya ha llegado el siglo veintiuno. Tienen el mismo derecho que el resto a salir una noche. Pero cambian la atmósfera de un lugar. No puedes negármelo. Fíjate en esa si no.

—Mart hace un gesto en dirección a la chica del vestido rosa, que se ha puesto a bailar con una amiga en el mínimo resquicio que se abre entre las mesas y la barra. Un tipo larguirucho con una camiseta demasiado ceñida revolotea esperanzado a su alrededor, ejecutando movimientos espasmódicos que se supone reflejan los de las chicas—. ¿Esto es lo que esperabas encontrarte en el pub un lunes por la noche?

—No creo haber visto jamás nada parecido aquí dentro —le da la razón Cal.

—Es el comportamiento propio de una discoteca. Es lo que consigues si dejas entrar a las mujeres. Deberían contar con pubs para ellas solas, de modo que pudieran disfrutar de sus pintas en paz, sin un gilipollas con cara de patata intentando llevárselas a la cama; y así, de paso, yo también podría disfrutar de las mías sin que las hormonas masculinas dispersas por el aire les arruinen el sabor.

—De no ser por estas chicas —le dice Cal—, no tendrías nada mejor que mirar en toda la noche que mi cara peluda.

—Cierto —conviene Mart—. Algunas de las mujeres reunidas aquí esta noche proveen mejores vistas que las que ofreces tú, sin ánimo de ofender. No todas, solo algunas.

—Disfruta de las vistas todo lo que puedas —le dice Cal—. Mañana volverán a ser las de costumbre.

—Quizá no del todo iguales. Mientras tengamos al Bono de ahí encandilando a la multitud, no parecerán exactamente las mismas.

Ambos llevan la vista al reservado. Rushborough se ha lanzado a cantar un tema sobre un tipo asesinado por los británicos.

—Sonara como sonara el pobre rebelde irlandés —dice Mart—, no se acercaba una mierda a eso.

—Enséñale cómo se hace —dice Cal.

—Lo haré, dentro de un rato. Primero necesito lubricar un poco más las cuerdas vocales.

Captando el mensaje, Cal consigue llamar la atención de Barty y le hace un gesto en dirección a Mart. Mart asiente, aceptando el ofrecimiento, y vuelve a mirar a Rushborough, entre un mar de hombros en movimiento. Todos los hombres del reservado tienen la vista clavada en él. Han conseguido acabar con la paciencia de Cal. A su modo de ver, Rushborough posee un rostro que haría que cualquier hombre razonable pusiera distancia con él, en vez de observarlo embelesado.

—¿Me dejas que te diga algo, amigo? —dice Mart—. No me gusta la pasta de la que está hecho ese tipo.

—No —dice Cal—. A mí tampoco. Lleva un rato intentando imaginarse lo que podría llegar a hacer si descubre que lo han embaucado. Ninguna de las posibilidades lo reconforta.

—En cualquier caso, parece ser quien dice ser —le informa Mart—. Pensé que podría tratarse de un aprovechado que le vino con el cuento a Johnny con la intención de sacarnos algunas perras. Johnny no es tan listo como se cree. Un artista del engaño de primera categoría podría hacerlo picadillo y esfumarse antes de que Johnny se diera cuenta de lo ocurrido.

—Es la misma impresión que he tenido yo —dice Cal. No ha decidido qué opción le gusta menos: que el padre de Trey sea un buen estafador o un mal estafador. Coge las pintas que le tiende Barty y le entrega a Mart su Guinness.

—Pero este tipo conoce el montículo de las hadas y lo de traer nata. Conoce la historia de cuando el bisabuelo de Francie se cayó al pozo y tardaron dos días en rescatarlo. Sabe que las mujeres de la familia Fallon eran las mejores costureras del condado. ¿Y lo has escuchado cantar *Black Velvet Band*? Solo la gente de Ardnakelty acierta con la frase «Le sacó una guinea del bolsillo». El resto pone a la chica a robar un reloj. No hay duda de que su gente procede de la zona.

—Quizá —dice Cal—. Pero sigue sin parecerme el tipo de persona a la que se le humedece el lagrimal cuando escucha a alguien cantar *The Wearing of the Green*.

—Diría que está por inventar lo que consiga humedecer el lagrimal de ese individuo —dice Mart, mirando a Rushborough por encima del vaso.

—Entonces, ¿qué hace aquí?

Mart desvía sus ojos brillantes hacia Cal.

—Hace un par de años, la gente se preguntaba lo mismo acerca de ti, amigo. Unos pocos siguen haciéndolo.

—Estoy aquí porque es donde vine a parar —dice Cal, negándose a picar el anzuelo—. Este hombre viene detrás de algo.

Mart se encoge de hombros.

—Quizá lo de sus ancestros le importe una mierda. Va en busca de oro, simple y llanamente. Y piensa que llegar a un acuerdo justo con nosotros le resultará más fácil si lo tomamos por un bobo que sería feliz con un puñado de tréboles.

—Si ese tipo se cree que hay oro en estas tierras —dice Cal—, es porque tiene más a lo que agarrarse que una vieja historia que le contó su abuela.

—Sea como sea, te diré una cosa —dice Mart—: Johnny cree que existe. No se tomaría tantas molestias, abandonando los focos y las estrellas de cine para volver arrastrándose a un ambiente tan por debajo de su categoría como este, si solo fuera a sacar los mil o dos mil euros que recibiría de no haber nada en estos campos.

—¿Crees que sabe algo que nosotros no?

—No me extrañaría. Quizá se lo esté guardando para el momento adecuado o es algo sobre lo que no va a soltar prenda. Pero yo diría que algo sí que sabe.

—Entonces, ¿por qué demonios habla de espolvorear el río?

—Ah, eso —dice Mart—. No lo sé. Quizá solo quiera asegurar la jugada. Pero te diré lo que he pensado, amigo: cualquiera que le suelte a Johnny ese dinero va a estar muy involucrado. A nivel psicológico, quiero decir. Una vez metas unos cuantos centenares de euros, no podrás echarte atrás; permitirás que el inglés consiga las muestras que desee y excave los campos que se le antoje. Poner a los chicos a espolvorear oro en ese río quizá le sirva a Johnny de garantía, frente a la eventualidad de que alguien cambie de opinión.

Cal piensa que la garantía no será solo de carácter psicológico. Como Mart ha apuntado, espolvorear el río probablemente implique algún tipo de fraude. Cualquiera que le suelte dinero a Johnny le estará dando algo que usar en su contra o, cuando menos, intentarlo.

Pretender usar algo en contra de estos tipos no sería una táctica inteligente. Johnny debería saberlo, pero Cal llegó a la conclusión, mucho antes de conocerlo, de que se cuida mucho de saber nada que pueda incomodarlo.

—De modo que estás fuera, ¿no?

—Dios, claro que no —dice Mart, sorprendido—. Ten por seguro que iría advertido: la psicología no haría diabluras conmigo. No me quedaría dentro ni un minuto más de lo necesario. Para ser sincero contigo, si el resto de los farsantes decide lanzarse, quizá me una por caridad. Toda la operación iría de culo si no estuviera ahí para aconsejarles. —Le echa un vistazo al grupo del reservado con aire burlón y comprensivo—. No tendrían la menor idea de dónde debería estar el oro en el río; lo arrojarían al primer lugar que se les pasara por la cabeza. Y me juego la vida a que lo esparcirían espolvoreado sin más, tal y como les llegue a las manos, de modo que la corriente lo arrastraría antes de que se depositara en el fondo, y ya nunca más lo veríamos. Lo que deben hacer es enrollar el polvo de oro en bolitas de barro y así irá directo al fondo, luego el barro se disolverá y quedará todo listo para que nuestro hombre lo descubra.

—A mí me suena a que ya estás metido —dice Cal.

—Detesto las chapuzas —dice Mart. Ladea la cabeza hacia Cal—. ¿Qué me dices de ti, amigo, ahora que has podido echarle un vistazo a su señoría? ¿Estás dentro o fuera?

—Estoy aquí —dice Cal—. En ningún otro sitio, aquí mismo. —El hecho de sentirse conchabado con él no le gusta nada—. Entonces, lo del montículo de las hadas es cierto, ¿eh?

Mart le dedica una sonrisa que sugiere que sabe lo que Cal tiene en mente y que lo está disfrutando.

—Sea como sea, ahí está. Y Mossie ara alrededor, aunque podría ser por simple pereza: su abuelo y su padre lo hacían, y él carece de la iniciativa necesaria para llevarles la contraria. Fuera de esto, no te garantizo nada. Estás invitado a acercarte allí cualquier noche a ver si encuentras a esas hadas. Dile a Mossie que vas de mi parte.

—Antes me aseguraré de tomarme unos cuantos vasos de poitín —dice Cal—. Para aumentar mis probabilidades de éxito.

Mart se ríe, le da una palmadita en la espalda y se da la vuelta para saludar a un tipo corpulento que está junto a la barra.

—¿Cómo van las cosas?

—Todo en orden —dice el tipo—. Tu hombre se lo está pasando en grande esta noche. —Asiente en dirección a Rushborough.

—Claro, cómo no hacerlo en un local tan estupendo como este —dice Mart—. Hace tiempo que no te veía por aquí.

—Ah, vengo de tanto en cuanto —dice el tipo. Coge la pinta que le tiende Barty—. He estado pensando en vender unos cuantos acres. De los campos que quedan junto al río.

—No estoy en el mercado —dice Mart—. Quizá tengas suerte con el señor Hooper, aquí a mi lado. No le iría mal algo con lo que distraerse.

—No los estoy ofreciendo. Solo le doy vueltas. De haber oro en ellos, o incluso si tu hombre buscara oro en ellos, podría triplicar el precio.

—Entonces ha llegado la hora de que agarres una pala —dice Mart— y empieces a excavar.

Al hombre se le tensa la mandíbula.

—Quizá la abuela de tu hombre dijera que hay oro en vuestras tierras, pero nunca dijo que no hubiera en ningún otro sitio. Johnny Reddy no puede guardarse esto para él y sus colegas.

—No soy colega de Johnny, joven —dice Mart—, pero diré algo a su favor: hace bien en empezar poco a poco. Aguarda tu momento y estate atento a la dirección en la que sopla el viento.

El tipo gruñe, aún descontento. Tiene los ojos fijos en el reservado, donde Dessie condimenta con muchos guiños obscenos una canción sobre un hombre que llega a casa borracho y para su sorpresa se encuentra varias prendas desparramadas por el suelo, lo que hace reír a Rushborough.

—Nos vemos —dice el tipo, agarrando su vaso y haciendo un breve gesto con la cabeza a Mart—. Pronto tendréis noticias mías.

—¿Sabes dónde falla de verdad Johnny? —dice Mart, con la vista en la espalda del hombre, que se abre camino entre la multitud hacia su mesa—. No se detiene a pensar las cosas. No necesitarías a una pitonisa para ver venir a ese tipo, y a otros muchos como él, pero me apostaría dinero a que Johnny no lo ha calado.

—No parece muy contento —dice Cal.

—He considerado la posibilidad de enviarlo a hablar con el señor Rushborough —dice Mart—, solo para ver cómo reaccionaría Johnny. Pero ese tipo no sabe de sutilezas. Dejaría muy mal sabor de boca en el inglés, ¿y dónde nos llevaría eso?

—¿La gente está al corriente? —pregunta Cal. Al ver que Mart ladea la cabeza en un gesto interrogativo, añade—: De que Johnny pretende espolvorear el río.

Mart se encoge de hombros.

—Es imposible saber quién sabe qué en este pueblo. Diría que solo en este pub circula una docena de historias diferentes y que la gente quiere pasar a la acción de varias docenas de maneras diferentes. Se avecinan tiempos interesantes. Venga, volvamos al reservado antes de que ese oportunista nos robe los asientos.

La noche sigue su curso. Las canciones van perdiendo fuelle de forma gradual; Con devuelve la guitarra a su rincón y Rushborough invita a todos a una ronda de whiskys dobles. El pub también ha empezado a apagarse. Los que no son del lugar han alcanzado el grado máximo de borrachera que consideran razonable para poder conducir de regreso a casa por carreteras con las que no están familiarizados. Los viejos se sienten cansados y ponen rumbo a la cama, mientras que los jóvenes se aprovisionan de latas con la idea de sacarles partido en sus casas. La chica de rosa se marcha con el capullo con cara de patata agarrándola por la cintura.

Llegada la medianoche, lo único que queda en el pub es un denso aire viciado, compuesto de sudor y aliento a cerveza, Barty pasándoles un trapo a las mesas, y los hombres del reservado. Los ceniceros han hecho acto de presencia. Rushborough fuma Gitanes, lo que le resta muchos puntos a ojos de un Cal que, si bien considera que las personas tienen derecho a sus vicios, solo los capullos se entregan a aquellos que garantizan que al resto les va a escocer la garganta.

—Me siento orgulloso —informa Rushborough al grupo, rodeando la espalda de Bobby con el brazo—. Me siento orgulloso de considerar a este hombre mi primo. Y a todos vosotros, por supuesto, a todos vosotros; estoy seguro de que todos somos primos en algún grado. ¿Verdad?

Tiene aspecto de estar medio borracho. Su cabello, algo alborotado, ha perdido su planchado perfecto, y ladea el cuerpo ligeramente. Cal no puede mirarlo a los ojos con detenimiento suficiente para decidir si hace comedia.

—Sería un milagro si no lo fuéramos —conviene Dessie—. El pueblo entero está emparentado, de un modo u otro.

—Soy el tío de este individuo —le dice Sonny a Rushborough, señalando a Senan con el cigarrillo—. Bastante lejano. Ojalá lo tuviera aún más lejos.

—En ese caso me debes cincuenta años de regalos de cumpleaños —le dice Senan—. Y unos cuantos euros por la comunión. No acepto cheques.

—Y tú me debes un poco de respeto. Acércate a la barra e invita a tu tío Sonny a una pinta.

—Mis cojones.

—Mirad —dice Rushborough, con determinación repentina—. Mirad. Quiero enseñaros algo a todos.

Posa la mano, con la palma hacia abajo, en el centro de la mesa, entre pintas, posavasos y restos de ceniza. En el dedo anular luce un anillo de plata. Rushborough le da la vuelta para mostrar el engaste. Encajado en este, un fragmento rugoso de algo dorado.

—Mi abuela me lo dio —dice Rushborough, en un tono reverencial y de fascinación—. Lo encontró mientras excavaba en el jardín de un amigo siendo niña. Me contó que tendrían unos nueve años. El amigo se llamaba Michael Duggan. Encontraron dos de estos y se los repartieron.

—Michael Duggan era mi tío abuelo —dice Dessie, tan asombrado que por una vez no grita—. Debió de perder el suyo.

Los hombres se inclinan hacia delante, aproximando el rostro a la mano de Rushborough. Cal hace lo propio. La pepita tiene el tamaño de un botón de camisa, la superficie pulida por el paso del tiempo, irregular en las grietas, salpicada de puntitos blancos. Bajo la luz amarillenta de las lámparas que cuelgan de las paredes, emite un resplandor apagado y sereno.

—Vamos —dice Rushborough—. Cogedlo. Echadle un vistazo. —Se saca el anillo con una sonrisita de atrevimiento, como si estuviera incurriendo en una travesura, y se lo tiende a Dessie—. La verdad es que nunca me lo quito, pero… Dios sabe que podría haber sido vuestro perfectamente. Estoy convencido de que vuestros abuelos se dedicaron a excavar en los mismos jardines. Lindantes con el mío.

Dessie levanta el anillo y lo mira de cerca, moviéndolo hacia un lado y hacia el otro.

—Por Dios bendito —dice sin resuello. Toca la pepita con la punta del dedo—. Qué maravilla.

—Es precioso —dice Cal. Nadie se ríe del comentario.

Dessie le pasa el anillo a Francie, sosteniéndolo en la palma de la mano. Francie lo mira con detenimiento y asiente con la cabeza en un acto reflejo.

—Eso debe de ser cuarzo —les informa Mart—. Lo blanco.

—Exactamente —dice Rushborough, dándose la vuelta hacia él con entusiasmo—. En algún punto de esa montaña, hay una veta de cuarzo, atravesada de oro. Durante miles de años, la lluvia arrastró buena parte, montaña abajo. Lo depositó en la tierra de Michael Duggan y en las del resto de vosotros.

El anillo circula de mano en mano. A Cal le llega su turno, pero apenas lo mira. Nota el cambio en la atmósfera del reservado. El aire se concentra, magnetizado, en torno al fragmento reluciente y los hombres que lo rodean. Hasta ese momento, el oro no era más que una nube de palabras y sueños. Ahora es algo sólido entre sus dedos.

—La cuestión es... —dice Rushborough—. Mirad, la cuestión más importante es que mi abuela no descubrió esto por puro azar. Lo que más miedo me da, lo que me provoca recelos acerca de todo este proyecto, es la posibilidad de que sus indicaciones no sean correctas. Que hayan pasado tantas veces de generación en generación que hayan acabado tergiversadas por el camino, hasta el punto de que carezcan de la precisión suficiente para conducirnos a los lugares adecuados. Ahora bien, cuando mi abuela y su amigo Michael encontraron esto —señala el anillo, que yace como una mariposa dentro del cuenco de la manaza callosa de Con—, no estaban cavando al tuntún. Escogieron ese punto porque mi bisabuelo le había contado a mi abuela que su padre decía que ahí había oro.

—Y llevaba razón —dice Bobby, con los ojos echando chispas.

—Y llevaba razón —dice Rushborough—, y ni siquiera lo sabía. Este es uno de los aspectos más maravillosos del asunto: en realidad, mi bisabuelo no creía en el oro. Bajo su punto de vista, no era más que un cuento, algo que se inventó un ancestro para impresionar a una chica o distraer a un niño enfermo. Incluso cuando mi abuela encontró esto, le dijo que no era más que un guijarro bonito. De todos modos, se preocupó de hacer circular la historia. Porque, verdadera o falsa, pertenecía a nuestra familia y no podía permitir que desapareciera.

Cal mira con disimulo a Johnny Reddy. Johnny no le ha dirigido la palabra en toda la noche. Incluso ha mantenido la vista muy ocupada, siempre lejos de Cal. Ahora Cal y él son los únicos que no tienen los ojos puestos en el pedazo de oro. Mientras Cal observa a Johnny, Johnny observa al resto de los hombres. Su rostro muestra idéntica convicción y fascinación que la de ellos. Si el anillo era el as que Johnny se guardaba en la manga, su impacto está teniendo toda la fuerza que podría haber deseado.

—El oro está ahí fuera —dice Rushborough, haciendo un gesto en dirección a la ventana oscura y la noche cálida del exterior, que vibra de insectos y sus depredadores—. Nuestros ancestros, los vuestros y los míos, lo estaban desenterrando miles de años antes de que naciéramos. Nuestros abuelos jugaban con él en esos campos, igual que lo hacían con guijarros bonitos. Quiero que lo encontremos juntos.

Los hombres permanecen inmóviles. Sus tierras se están transformando de algo que conocen como la palma de su mano en un misterio, un mensaje cifrado en un código que les ha pasado desapercibido toda la vida. En la oscuridad de ahí fuera, los senderos que recorren a diario vibran y relucen con señales.

Cal siente que no está en la misma habitación que ellos, o que no debería estarlo. Sea lo que sea que haya en sus tierras, no se trata de lo mismo.

—Me siento increíblemente afortunado —dice Rushborough en voz baja— de ser el que, después de tantas generaciones, se encuentra en posición de rescatar esta historia y hacerla realidad. Es un honor. Y pretendo estar a la altura.

—Y sin más ayuda que esta panda de idiotas —dice Senan, tras un momento de silencio—. Que Dios te asista.

El reservado estalla en una carcajada enorme y descontrolada. Dura y dura. A Sonny le caen lágrimas por la cara; Dessie se mece adelante y atrás, apenas consigue respirar. Johnny también se ríe y estira un brazo para palmear la espalda de Senan, que no se lo saca de encima.

—Oh, vamos —protesta Rushborough, colocándose el anillo de nuevo en el dedo, si bien se une a la risa general—. No puedo imaginarme mejor compañía.

—Yo sí —dice Sonny—. Tener a Jennifer Aniston por esposa.

—No sabría manejar una pala —le dice Francie.

—No lo necesitaría. Podría limitarse a permanecer de pie al otro extremo del campo y yo cavaría un agujero hasta ella a la velocidad del rayo.

—Oye, tú —dice Bobby, clavando un dedo en el musculoso brazo de Senan—, no paras de darme la brasa con eso de por qué los alienígenas querrían venir a este rincón de mierda de Irlanda. ¿Esto te parece motivo suficiente?

—Cierra el pico, por favor —dice Senan, pero tiene la cabeza en otra parte. Mira la mano de Rushborough, el modo en que la luz gira y late cuando gesticula.

—Los alienígenas necesitan oro, ¿verdad? —pregunta Mart, llenando el vacío dejado por Senan.

—Algo necesitarán —dice Bobby—. ¿Qué andan haciendo por aquí, si no? Sabía que debía de haber algo ahí fuera que los atrajera. Pensé que se trataba de plutonio, pero...

—¿Plutonio, maldita sea? —estalla Senan, expulsado de sus pensamientos por semejante despliegue de idiotez—. Así que pensabas que la montaña entera iba a volar por los aires, envuelta en una nube tipo champiñón gigante.

—Tu puto problema es que no escuchas. Yo nunca he dicho eso. Solo dije que necesitarían combustible, después de un trayecto tan...

—Entiendo: me estás diciendo que utilizan el oro como combustible, ¿no? ¿O quizá lo intercambian por diésel en el mercado negro intergaláctico?

Cal los deja a lo suyo y se dirige a la barra. Mart se reúne de nuevo con él, no sea que se le olvide a quién le debe el favor de encontrarse aquí esta noche.

—Hola —dice, haciendo un gesto a Barty para que les sirva dos pintas.

Mart se acoda en la barra y mueve una rodilla, que se le ha entumecido de tanto estar sentado. Tiene un ojo puesto en el reservado, por encima del hombro de Cal.

—¿Has oído la historia de los tres pozos[4]? —le pregunta.

—*Well, well, well* —dice Cal. Su cabeza no está para seguirle la corriente a Mart.

—Esa es —dice Mart—. *Well, well, well.*

Cal observa a Johnny, no a Rushborough. Johnny mantiene la cabeza ladeada, junto a un encendedor que va encendiendo y apa-

---

[4] *The story of the three wells,* en el original. *Well* significa tanto 'bien' o 'bueno' como 'pozo'. *(N. del T.)*

gando con fuerza. En un momento de relajación, su rostro se congela en algún tipo de emoción, cercana al desamparo. Cal piensa que quizá se trate de alivio.

—Tal y como te decía —prosigue Mart—, se avecinan tiempos interesantes.

—¿Qué harás si todo sale mal? —le pregunta Cal.

—¿A qué te refieres? —Mart arruga el ceño.

—Si Rushborough comienza a olerse algo raro.

—No me corresponde a mí hacer nada, amigo —dice Mart con gentileza—. Este proyecto es de Johnny. Solo estoy aquí por las vistas. Igual que tú. ¿Recuerdas?

—Cierto —dice Cal, al cabo de un segundo.

—No te preocupes —lo tranquiliza Mart. Saca la bolsita del tabaco y comienza a liarse un cigarrillo sobre la barra, con calma y maña—. Si se te olvida, yo te lo recordaré.

Barty maldice con rabia al ver un desgarrón en uno de los taburetes nuevos. En el rincón, alguien suelta un silbido, alto y estridente, que atraviesa las risas y las voces como una alarma.

Capítulo 7

Durante el desayuno, Cal hace unos cálculos ligados a la resaca. Quiere tener una conversación con Johnny Reddy lo antes posible, para evitar que le diga que llega demasiado tarde. Sin embargo, esto requiere que Johnny esté despierto, y seguía dándolo todo cuando Cal abandonó el pub a medianoche. No quiere a Rushborough presente durante la conversación, y aunque imagina que Johnny no pretende dejarlo sin supervisión, Rushborough parecía mucho más borracho que Johnny, de modo que todo apunta a que tardará más en levantarse. Cal tampoco quiere cruzarse con Trey, pero los martes por la mañana tiene entrenamiento de fútbol y después acostumbra a pasar tiempo con las amigas, por lo que no debería verla hasta que le entre hambre.

Al final llega a la conclusión de que a las diez y media Trey debería estar ocupada; Johnny, consciente, y Rushborough, todavía no operativo. A las diez menos cuarto, saca trescientos euros del sobre para emergencias, se los mete en el bolsillo y se encamina hacia la montaña. Deja a Rip en casa. Rip ya le dejó clara la opinión que le merece Johnny en su primer encuentro con él, y no es plan de obligarlo a un segundo.

La montaña engaña. Vista de lejos, es baja, con curvas redondeadas que parecen inofensivas, e incluso cuando subes por el caminito, cada paso requiere poco esfuerzo, hasta que de golpe descubres que te tiemblan los músculos de las piernas. También resulta fácil desviarse: el sendero parece marcado, hasta que bajas la vista tras despistarte un momento y descubres que has metido un pie en una ciénaga. Es un lugar que solo revela sus peligros cuando ya los tienes encima.

Consciente de todo esto, Cal camina despacio y atento. El calor empieza a apretar. En la turbera violeta, las abejas llenan el brezo de un zumbido constante e intenso, y de un crujido tan sutil que solo se puede oír gracias al hecho de ser abundantes. El paisaje cambia tras cada recodo, pasando de muretes de piedra derruidos a trechos de molinia alta, mientras que abajo, a lo lejos, se extienden campos segados y repletos de ganado.

En el patio delantero de los Reddy, Liam y Alanna han encontrado una pala con el mango roto y levantan montoncitos de tierra a la sombra de un árbol en las últimas. Acuden corriendo a Cal a explicarle lo que están construyendo y averiguar si trae barritas de chocolate. Al descubrir que no es el caso, regresan pitando a su proyecto. El sol le arranca un aroma rico y persistente al bosquecillo de abetos que hay detrás de la casa.

Sheila Reddy le abre la puerta. Cal procura hablar con Sheila de tanto en cuanto para que no sienta que deja a su hija en manos de un desconocido. Por lo general, ella sonríe y parece contenta de verlo, y le remarca lo bien que aguanta las inclemencias del tiempo el tejado que le arregló. Hoy su rostro transmite la misma desconfianza y fatiga que años atrás, la primera vez que Cal la visitó. Aguanta la puerta como si aferrara un arma.

—Buenos días —dice Cal—. Pinta que va a hacer otro día caluroso.

Sheila apenas le lanza un vistazo rápido al cielo.

—Theresa está en el fútbol —le dice.

—Sí, ya lo sé —dice Cal—. Confiaba en poder hablar con el señor Reddy, si no está muy ocupado.

Sheila se lo queda mirando durante un rato, con expresión impávida.

—Voy a buscarlo —dice, y cierra la puerta a sus espaldas.

Liam comienza a dar patadas al extremo de uno de los montículos y Alanna le grita. Liam patea con más fuerza. Alanna sube el volumen de sus gritos y le empuja. Cal reprime las ganas de decirles a ambos que paren.

Johnny se toma su tiempo para salir. La primera cosa que consigue irritar a Cal es su camisa, de raya diplomática azul, recién planchada y con los puños cuidadosamente recogidos. Promete ser otro día sofocante, de esos en que incluso las viejecitas arrugadas que hacen ofrendas florales en la gruta de la Virgen María lucen manga corta, pero este canijo estúpido siente la necesidad de declarar que es demasiado sofisticado para un lugar como Ardnakelty, climatología incluida.

—Señor Hooper —dice en tono amistoso. Esta vez no hace el gesto de estrecharle la mano—. ¿Se lo pasó bien anoche? Se sumó a la fiesta; posee una buena voz.

El tipo ni siquiera ha salido de casa y ya ha conseguido irritar a Cal por segunda vez, actuando como si lo de anoche hubiera sido su fiesta privada y Cal un intruso al que tuvo que tolerar.

—Gracias —dice Cal—. Su voz tampoco está nada mal. —Johnny cantó *The West's Awake,* cómo no, con una profunda voz de tenor que insuflaba intensidad a las notas altas.

Johnny se ríe, quitándole importancia.

—Bah, sé cómo seguir una tonadilla, nada más. Sin duda corre por nuestras venas: toda la gente del pueblo da el callo en un concierto improvisado.

—Me dio esa impresión, y tanto —dice Cal—. ¿Tiene un minuto?

—Por supuesto —dice Johnny con gentileza. Cruza el patio hasta llegar a la cancela, haciéndole gestos a Cal para que lo siga. Ha dejado la puerta abierta para lanzar el mensaje de que no tiene mucho tiempo. Los estragos de la resaca se hacen evidentes a la luz del sol: tiene bolsas bajo los ojos, visiblemente irritados. El contraste con sus maneras juveniles es terrible, confiriéndoles un aire sórdido y exhausto—. ¿Qué puedo hacer por usted?

La experiencia le ha demostrado a Cal que a hombres como Johnny no les sienta nada bien que los pillen desprevenidos. Están acostumbrados a escoger las víctimas más propicias, de modo que son ellos los que establecen las reglas, el ritmo y todo lo demás. Si alguien les arrebata todo esto, se hunden.

—He oído que busca inversores para arrojar algo de oro al río —dice Cal—. Cuente conmigo.

Johnny se queda desconcertado. Deja de andar y se queda mirando fijamente a Cal durante un segundo.

—Por Dios bendito —dice, estallando en una risa extravagante—. ¿A qué viene esto?

—La tarifa de entrada son trescientos euros, ¿verdad?

Johnny menea la cabeza, sonriendo, y resopla.

—Dios mío, Theresa debe de haberse quedado con la pajita más corta. ¿Qué pretendía al contárselo?

—No me ha dicho una palabra —dice Cal—. Ni sobre esto ni sobre ninguna otra cosa. Y yo tampoco le he preguntado.

Johnny percibe la molestia en su voz y rápidamente suaviza su discurso.

—Ya, ya sé que usted no haría algo así —le asegura a Cal—. Solo tiene que entenderme, hombre. Hablamos de una oportunidad magnífica para Theresa. Me permitiría ofrecerle todo tipo de cosas de las que nunca ha disfrutado; podría tomar lecciones de música, de montar a caballo o de lo que más le apetezca. Pero no la voy a implicar en todo este asunto. Tener que verse interrogada sobre lo que sabe, tener que preocuparse acerca de lo que debe y no debe decir. No sería justo.

—Sí —dice Cal—, estoy de acuerdo.

—Me alegra oírlo —dice Johnny, asintiendo con gravedad—. Es estupendo que lo veamos de la misma manera. —Sacude el polvo de la barandilla de la cancela y apoya los codos en ella, entrecerrando los ojos para mirar la pendiente de la montaña—. En ese caso, si no le importa que se lo pregunte, ¿quién se lo contó?

—Bueno —dice Cal, apoyando la espalda contra la cancela—. Debo admitir que me sorprendió que no fuera usted el que me lo mencionara, teniendo en cuenta que mis tierras están en plena trayectoria del oro.

Una punzada de reproche y embarazo asoma en el rostro de Johnny, como si Cal hubiera incurrido en una falta en el trato social.

—Me habría encantado subirlo a bordo —le explica—. Necesito encontrar formas de devolverle un poco toda esa amabilidad suya hacia Theresa mientras estaba fuera. Pero la cosa tendrá que esperar un poco. Mire, no quiero molestarlo ni ofenderlo, pero este es un asunto de Ardnakelty. El señor Rushborough planea ceñirse a recoger muestras de tierras que pertenecen a la gente de Ardnakelty. Ya lo oyó anoche: anda detrás del oro que se remonta a sus ancestros y a los nuestros. No a los suyos.

Cal está desentrenado. Ha permitido que Johnny utilice a Theresa como distracción y ha tenido la palabra el tiempo suficiente para recuperarse y salir con un nuevo ángulo.

—Bien, entiendo su punto de vista —dice Cal, sonriéndole—. Pero fue un individuo de Ardnakelty el que me contó toda la historia y me invitó a unirme anoche. Me dijo que debía asegurarme de recordarle a usted que mis tierras y yo somos parte implicada, en caso de que se le olvidara. ¿Esto lo tranquiliza un poco?

Johnny se ríe, echando la cabeza hacia atrás.

—A ver, déjeme adivinar: se trata de Mart Lavin, ¿no? Siempre liando las cosas de una manera terrible. Pensaba que a estas alturas ya habría crecido un poco, pero algunos nunca aprenden.

Cal aguarda. Ha tenido cientos de conversaciones ladinas con capullos ladinos como este: conversaciones en dos planos simultáneos en las que todos saben lo que está ocurriendo y todo el mundo sabe que todos lo saben, pero todos deben jugar a hacerse los tontos por el bien del capullo ladino de turno. La pérdida de tiempo siempre conseguía irritarlo, pero al menos entonces le pagaban.

Johnny suspira y se pone serio.

—Mire —dice con pesar, frotándose la cara—, déjeme que le cuente a lo que me enfrento. Me encuentro en una situación delicada. No puedo dar un paso sin que se me acerque alguien a preguntarme por qué lo he dejado fuera, por qué mi hombre no piensa excavar en sus tierras. Hablo de gente a la que conozco desde que iba en pañales. He intentado explicarles que no soy yo quien decide dónde hay oro y dónde no, y que, si se arman de paciencia, se les abrirán muchas oportunidades. Pero... —Abre las manos y hace un gesto de exasperación—. Uno no puede hacer que la gente oiga lo que no quiere oír. ¿Qué pensarían si dejo a un extraño participar en esto mientras que a ellos los excluyo? Tendría a la mitad del pueblo levantado en armas. No ando falto de preocupaciones.

—Bueno —dice Cal—. Está claro que no quiero causarle molestias.

—No es solo eso —le explica Johnny—. El señor Rushborough no va detrás de una oportunidad lucrativa de negocio. Lo que busca es entrar en contacto con sus raíces. No se me ofenda, pero un americano que se presentó aquí con unos cuantos miles de dólares en el bolsillo para comprar un trozo de tierra irlandesa... no es lo que tiene en mente. Lo que quiere oír es que no habrá foráneos metidos en esto, porque solo así sabrá que él mismo no es un foráneo. Si el asunto empieza a parecerle una barra libre para todos, quizá le acabe dando la espalda, ¿y dónde nos dejaría eso?

—Sería terrible —admite Cal. Mira por encima de la casa, a la densa arboleda que se levanta en la ladera de la montaña. Incluso con este tiempo, una brisa agita las ramas, lánguida pero no del todo sosegada, ahorrando energía.

—Como ya le he dicho —lo tranquiliza Johnny—, se abrirán muchas oportunidades, todo a su debido tiempo. Aguarde tranquilo. Recibirá su parte. Nunca se sabe: quizá al señor Rushborough se le antoje poseer su pedacito de Ardnakelty y le haga una oferta por sus tierras.

—Caramba —dice Cal—. Imagínese a un viejo insignificante como yo despertando el interés de un millonario.

—El cielo es el límite —le dice Johnny.

—¿Qué ocurre si Rushborough decide acudir al río a batear apenas se levante? —le pregunta Cal—. Una vez se le pase la resaca.

Johnny se ríe, meneando la cabeza.

—Tiene unas ideas de lo más absurdas sobre todo esto, hombre. ¿Lo sabía? Habla como si el señor Rushborough solo estuviera aquí para llevarse todo el oro que pueda. Está aquí para ver la tierra en la que vivieron y murieron sus ancestros. Tiene mucho que hacer antes de acercarse al río.

—Esperemos que sí —dice Cal—. Sería una pena que su fiebre del oro se acabara antes de empezar.

—Escúcheme, hombre —dice Johnny con indulgencia—. Esa historia sobre arrojar oro al río, o lo que sea que haya oído. No sé quién se la ha contado, pero, sea quien sea, se ha burlado de usted, le ha tomado el pelo; quiero decir: se ha reído a su costa. Por aquí gastamos un sentido del humor de lo más perverso; uno necesita su tiempo para acostumbrarse a él. No haga ninguna estupidez con esa historia, ojo, como, por ejemplo, ir con ella al señor Rushborough. Porque le aseguro desde ya que no creerá ni una palabra.

—¿Piensa que no? —le pregunta Cal con delicadeza. No tiene la menor intención de hablar del tema con el señor Rushborough. Sería engañarse a sí mismo pensar que le tiene la medida tomada.

—Oh, por Dios, no. Déjeme decirle lo que tiene que hacer: no se crea una palabra de esa historia, no le dé a Mart Lavin, o a quien sea, tal satisfacción. Regrese a casa y no cuente nada sobre lo ocurrido esta mañana. Y, cuando el tipo le venga preguntando cómo le ha ido conmigo, ríase en su cara y pregúntele si lo toma por un idiota.

—Es una posibilidad, sin duda —admite Cal. Se da la vuelta para apoyar los brazos en la barandilla, hombro con hombro con Johnny—. Yo tengo una mejor: usted me mete en el negocio y yo no voy a la ciudad a contarle al agente O'Malley el tipo de fraude que tiene montado en su terruño.

Johnny se lo queda mirando. Cal le devuelve la mirada. Ambos saben que el agente O'Malley no sacaría nada de un lugar como Ardnakelty, pero la cuestión no es esa: lo último que necesita Johnny en estos momentos es a un policía metiendo la nariz en sus asuntos y asustando al personal.

—No tengo claro que deba dejar que Theresa pase tiempo con un hombre deseoso de participar en un fraude como ese.

—Fue usted al que se le ocurrió la idea —dice Cal—. Y permitió que ella se enterara del asunto.

—No fue así, hombre. Y, de haber pasado, soy su padre. Por eso la quiero a mi lado. Quizá debería preguntarme más qué motivos tiene usted.

Cal no se mueve, pero esto no evita que Johnny dé un paso atrás.

—No le conviene hacerlo, Johnny. Créame.

La tensión aumenta. Aquí arriba el sol es diferente; posee una cualidad abrasadora, como si te dejara la piel en carne viva para que le resulte más fácil quemarla. Liam y Alanna se han puesto a cantar algo con entusiasmo y entre risitas, pero el aire alto de las montañas lo reduce a un hilo de sonido.

Cal se saca los trescientos euros del bolsillo y se los tiende a Johnny.

Johnny les echa un vistazo, pero no los coge.

—Esto no tiene nada que ver conmigo. Si quiere hacer algo con ese dinero, hable con Mart Lavin —dice al cabo de un momento.

Cal más o menos se lo esperaba. Mart le contó que nadie se fía de Johnny para entregarle dinero en metálico, de modo que están comprando el oro por su cuenta. Johnny no se ensucia las manos y les hace creer que fueron ellos quienes tuvieron la gran idea.

—Eso haré —dice Cal, devolviendo el dinero al bolsillo—. Bonita charla.

—¡Papá! —grita Liam, señalando los montículos de tierra y arrancando con una larga historia que lo llena de entusiasmo.

—Nos vemos por ahí —le dice Johnny a Cal, antes de acercarse a las construcciones de Liam y Alanna, agacharse, empezar a señalar cosas y lanzar preguntas con interés. Cal desanda el camino, montaña abajo, en busca de Mart.

Enfadar a Noreen acarrea consecuencias. Lena es la última persona en varios pueblos en enterarse del inglés de Johnny Reddy que anda detrás del oro de su abuela. Contrariamente a lo que opina Noreen, Lena no es ninguna ermitaña; de hecho, tiene un número considerable de amistades, pero las más cercanas son mujeres del club de lectura con las que coincidió en la ciudad unos años atrás, o gente del trabajo —Lena lleva las cuentas, y hace cuanto se tercie, en un establo al otro lado de Boyle—. Puede estar varios días sin hablar con nadie de Ardnakelty, si así lo desea, y este ha sido precisamente el caso, dadas las circunstancias. No se ha acercado por el colmado, porque, si Noreen vuelve a acosarla a preguntas por los pasillos, Lena es capaz de mandarla a la mierda y pedirle que se meta en sus propios asuntos, lo que resultaría tan satisfactorio como improductivo. Tampoco se ha acercado a casa de Cal. El ritmo pausado que han establecido a lo largo de los dos últimos años ha consistido en verse varias veces a la semana, y Lena, que hasta el momento no ha tenido que preocuparse de cómo pueda interpretar Cal sus actos, no quiere que piense que está encima de él y preocupada desde que Johnny Reddy regresó al pueblo. Lena dio por sentado que Trey se presentaría en su casa algún día con la idea de quedarse a dormir, pero no le ha visto el pelo.

De modo que la primera noticia que tiene del oro es cuando visita a Cal el martes para darle un poco de mostaza. Lena disfruta buscando pequeños regalos que hacerle a Cal. No es un hombre que ansíe muchas cosas, tampoco nada sofisticado, por lo que el reto le resulta gratificante. Esta mañana, de regreso del trabajo, ha encontrado una tarrina de mostaza con whisky y jalapeños en el mercado de alimentos del pueblo. El hallazgo le ha parecido capaz de satisfacer a Cal y arrancarle a Trey ese gesto combinado de desconfianza y determinación que a Cal y a ella tanto les divierte.

—No me jodas —dice Lena, una vez Cal la ha puesto al día. Se encuentran en el porche trasero, almorzando sándwiches de jamón. Cal no ha querido esperar a probar la mostaza. Algunos de los grajos que le echaron el ojo a la comida antes incluso de que Lena y Cal tomaran asiento acechan desde la hierba, a una distancia prudencial, ladeando la cabeza para no perder de vista el tesoro—. No me lo esperaba.

—Pensé que Noreen ya te lo habría contado —dice Cal.

—El otro día acabamos a la gresca. Estaba esperando a que se calmaran las aguas. Debí haberlo imaginado. Dos días sin ver a Noreen y me pierdo la noticia más importante en varios años.

—Ve a contarle que te acabas de enterar —le dice Cal—. Se mostrará tan engreída que te perdonará cualquier cosa.

Rip está inquieto, deseoso de abalanzarse sobre los grajos. Cal le rasca detrás de la cabeza para calmarlo.

Lena recuerda el día en que Johnny se puso a remolonear delante de su cancela, hablándole de la fortuna que estaba de camino.

—Ja —dice, teniendo una iluminación—. Yo pensando que el pequeño capullo me visitaba con la idea de llevarme al catre y lo que de verdad le rondaba por la cabeza era echar mano de mi cartera; no iba detrás de mi cara bonita. Esto me enseñará a no darme aires.

—Solo va detrás del dinero de aquellos que poseen tierras dentro de esa línea —dice Cal—. Al menos por ahora. Imagino que lo que quería de ti es tener a alguien que fuera proclamando que es un tipo estupendo y que deberían apoyarlo.

—Pues conmigo andaba muy desencaminado —dice Lena, arrojando un trozo de pan a los grajos—. Cualquiera que haga tratos con ese estúpido debería ir al psicólogo.

—Ese soy yo —dice Cal—. Esta mañana le he entregado trescientos euros a Mart para mi parte del pastel.

Lena deja de prestar atención a los grajos y se da la vuelta para mirarlo.

—Probablemente deba ir al psicólogo —dice Cal.

—¿Ese capullo está involucrando a Trey en esto?

—Hizo que estuviera presente cuando intentó convencer a los hombres de participar —dice Cal—. Le pidió que les contara que su profesor asegura que el oro existe. Fuera de esto, no sé nada.

Cal suena tranquilo, pero Lena no comete el error de pensar que se toma el asunto a la ligera.

—¿De modo que no piensas perderlo de vista? —le pregunta Lena.

—Por ahora no hay mucho más que pueda hacer —dice Cal. Arranca un trocito de corteza de su sándwich, evitando la mostaza, y se lo lanza a los grajos. Dos de ellos se pelean encarnizadamente—. Si algo aflora, quiero estar ahí para pescarlo.

Lena lo observa.

—¿Como qué?

—Todavía no lo sé. Voy a esperar a ver qué ocurre. Nada más.

Lena siempre ha visto en Cal a una persona amable, pero sabe que esconde otras caras. No subestima su rabia. Casi es capaz de olerla, como calor emanando de un trozo de metal.

—¿Qué opina Johnny de tenerte a bordo? —le pregunta Lena.

—No le gusta un pelo —dice Cal—. Pero no puede librarse de mí. Especialmente si no me quiere con él.

Lena es consciente de que, incluso si tuviera la menor intención de hacerle cambiar de opinión, no conseguiría nada.

—Le sentará bien —dice—. A ese tipo le gusta demasiado salirse con la suya.

—Bueno —dice Cal—. Esta vez no.

Lena se come su sándwich —la mostaza es rica y fuerte— y examina lo que sabe hasta el momento. Su primera intuición era correcta, y la de Noreen, equivocada. Johnny no ha vuelto a casa porque su novia lo abandonara y no supiera qué hacer sin compañía. Johnny necesita dinero, desesperadamente. Que Johnny se tome tantas molestias significa que no se trata de atrasos en el alquiler ni de pagos pendientes de la tarjeta de crédito. Le debe dinero a alguien, a alguien peligroso.

A Lena no le importan una mierda los problemas de Johnny. Lo que querría saber es si el peligro va a quedarse en Londres, a la espera de que Johnny se presente con el dinero, o si va a ir detrás de él. Lena no confiaría en que Johnny regresara con su dinero, aunque solo tuviera que cruzar la calle, ya no digamos si hubiera un mar de por medio. De querer recuperar su dinero, saldría en su búsqueda.

Dado que Cal no conoce a Johnny tanto como ella, es improbable que haya llegado a la misma conclusión. Lena piensa en darle su parecer, pero decide dejarlo correr por el momento. Una cosa es no responsabilizarse de los estados de ánimo de Cal y otra bien diferente es despertar su miedo y su rabia cuando no puede apoyarse más que en conjeturas.

—La próxima vez que vea a Trey —dice Lena—, la invitaré a quedarse unos días en mi casa.

Cal les arroja a los grajos otro trocito de corteza y desplaza el cuerpo para que el sol ataque una parte diferente de su rostro.

—No me gusta el tiempo que hace —dice—. En mis tiempos de policía, sabíamos que este calor anunciaba la llegada de problemas. A la gente se le va la cabeza, cometen el tipo de locuras que te lleva a pensar que iban colocados con una docena de sustancias, pero luego llegan los resultados de las pruebas y resulta que no: sobrios a más no poder. Cuando el calor aprieta durante varios días, me preparo para que todo se tuerza.

Aunque se lo guarde para sí, Lena agradece la ola de calor. Le gustan los cambios que trae al pueblo. Transforma los azules, cremas y amarillos tenues de las casas, elevándolos a un brillo expansivo que casi parece irreal, y despierta a los campos de su somnolencia blanda habitual a un vigor combativo y disparado. Es como ver a Cal de un humor desacostumbrado: le permite conocer mejor el lugar.

—Estoy segura de que este no es el calor del que hablas —dice Lena—. Por lo que he oído, los veranos en América pueden llegar a freírte el cerebro. Este es el tipo de calor que encuentras si vas de vacaciones a España, solo que gratis.

—Quizá.

Lena mira a Cal a la cara.

—Supongo que sí que es cierto que algunas personas están más nerviosas que de costumbre —dice—. La semana pasada, Sheena McHugh echó de casa a Joe porque no podía soportar un segundo más su modo de masticar la comida. Tuvo que irse con su madre.

—Bueno, ahí lo tienes —dice Cal, aunque su boca ha esbozado una sonrisa—. Nadie en su sano juicio dejaría a una persona en manos de Miz McHugh. ¿Sheena ya le ha permitido volver?

—Sí. Joe fue a la ciudad a comprar uno de esos ventiladores grandes y en forma de torre. Funciona con una *app* y todo. Incluso a Hannibal Lecter le habría abierto Sheena la puerta de su casa si se hubiera presentado con un aparato así.

Cal sonríe.

—El calor pasará —dice Lena—. Y entonces todos volveremos a quejarnos de la lluvia.

Los dos grajos siguen peleándose por la corteza del sándwich de Cal. Un tercero se les acerca disimuladamente, se aproxima a un par de metros y suelta un grito ensordecedor. Los dos grajos salen volando, espantados, y el tercero agarra el trocito de corteza y se dirige hacia las colinas. Lena y Cal se echan a reír.

A altas horas de la noche, los padres de Trey discuten en su dormitorio. Trey se libera de la maraña de sábanas mojadas y de Banjo y Alanna, que ha vuelto a colarse en su cama, y se acerca a la puerta a escuchar. La voz de Sheila suena baja y brevemente, pero firme; luego llega una andanada de Johnny, con una nota de furia, controlada pero creciente.

Trey se dirige a la sala de estar y enciende el televisor para justificar su presencia ahí, si bien con el volumen apagado para no perderse detalle. La estancia huele a comida y a tabaco estancado. La porquería ha vuelto a acumularse desde que su padre y ella pusieran orden la otra noche; la mitad de la alfombra está tomada por un surtido de muñecas pequeñas que te miran fijamente, y hay un puñado de dardos de plástico y un calcetín sucio relleno de envoltorios de caramelo encima del sofá. Trey lo arroja todo a un rincón. En la televisión, dos mujeres pálidas y que visten ropas anticuadas se muestran disgustadas por culpa de una carta.

Cillian Rushborough vino a cenar.

—No puedo cocinar para un tipo sofisticado —le dijo claramente Sheila cuando Johnny anunció que lo había invitado—. Llévatelo a la ciudad.

—Prepara un estofado irlandés —le dijo Johnny, agarrándola por la cintura y plantándole un beso. Llevaba todo el día exultante, había jugado al fútbol con Liam en el patio y le había pedido a Maeve que le enseñara algunos pases de danza irlandesa en la cocina. Sheila no le devolvió el beso, tampoco se apartó, solo continuó a lo suyo como si no estuviera.

—Que no falten las patatas. Le encantará. Si tu estofado es bueno para un multimillonario, imagínate para un millonario. Así es como lo llamaremos a partir de ahora, ¿verdad, amiguitos? ¡El estofado del millonario!

Maeve no paraba de dar saltitos y palmadas —desde la llegada de su padre ha estado comportándose como si tuviera cuatro años— y Liam empezó a darles puntapiés a las patas de la silla y a cantar algo sobre que el estofado de millonario estaba hecho con babas.

—Venga, Maeveen —le dijo su padre con una sonrisa—. Ponte los zapatos, que nos vamos al colmado a comprar los mejores ingredientes. ¡Estofado de millonario para todos!

Los pequeños tuvieron que cenar en la sala de estar, frente al televisor, pero a Trey y Maeve les permitieron hacerlo en la cocina con los adultos, de modo que Trey pudo estudiar bien a Rushborough. Puso el estofado por las nubes, habló maravillas de sus paseos por los *boreens* («¿Se pronuncia así? De verdad, tienes que corregirme, no me permitas quedar como un idiota»), le preguntó a Maeve por su música favorita y a Trey sobre carpintería, y contó una historia graciosa sobre cómo el ganso de los Maguire lo había perseguido. Trey siente aversión por las lisonjas, aunque solo se ha enfrentado a ellas en unas pocas ocasiones, la mayoría de las veces por cortesía de su padre. Rushborough se muestra más hábil en este campo. Cuando le preguntó a su madre por la pequeña acuarela de un paisaje que cuelga de la pared de la cocina y ella apenas dijo nada, él reculó de inmediato y volvió a preguntarle a Maeve por Taylor Swift. Su destreza invita a Trey a ser más precavida con él, no menos.

No se esperaba que Rushborough fuera a gustarle, y tampoco lo considera importante. Lo que importa es lo que pueda hacer con él. No es que se lo imaginara corto de entendederas, pero sí como Lauren, su compañera de clase, que se cree estupideces porque no se toma la molestia de darles vueltas en la cabeza. Una vez, Aidan, el amigo de Trey, le dijo a Lauren que uno de los cantantes del dúo Jedward era primo suyo, y ella lo fue contando por ahí todo el día, hasta que alguien la llamó tonta estúpida tras hacerle ver que los Jedward eran gemelos. Pero Rushborough se toma la molestia de comprobar las cosas. Maeve soltaba algo que pretendía ser divertido y Rushborough se partía la caja y pasaba a otra cosa; al cabo de un minuto, Trey cazaba a Rushborough mirando a Maeve durante apenas un segundo, cotejando lo que había dicho con cosas que se le pasaban por la cabeza.

Trey piensa que desea con tanto fervor que lo del oro sea verdad que ha decidido no ser demasiado escrupuloso. Si descubre que es un engaño, o cuando menos en parte, su ira se multiplicará por dos porque una parte irá dirigida contra él mismo. Pero no lo descubrirá, a menos que no le quede otro remedio. Ella podría contarle directamente lo que su padre dijo la otra noche. El problema es que la tomaría por una adolescente rebelde que solo intenta causar problemas.

Las voces que le llegan del dormitorio ganan intensidad, pero no volumen. Trey está sopesando si debería hacer algo, cuando se abre la puerta del dormitorio de sus padres con tal fuerza que rebota contra la pared y Johnny cruza el pasillo y entra en la sala de estar, abrochándose la camisa. Sus movimientos torpes delatan que está medio borracho.

—¿Qué haces despierta? —le pregunta al verla.

—Ver la tele —dice Trey. No cree que corra un peligro inminente. Las veces que le ha pegado solo ha sido después de pegar a su madre o a Brendan, como por añadidura, y eso si le quedaba algo de fuerza, y los sonidos procedentes del dormitorio no apuntaban en esa dirección. Con todo, tiene los músculos preparados para salir corriendo, llegado el caso. De repente, su cuerpo le despierta una rabia feroz por conservar el hábito. Estaba convencida de haberlo superado.

Johnny se deja caer en una silla con un suspiro, que suena casi como un gruñido.

—Mujeres —dice, restregándose las manos por la cara—. Te juro por Dios que son el maldito demonio.

Parece haber olvidado que Trey es una chica. A veces le ocurre con algunas personas. No le molesta que pase, y no le molesta ni le sorprende viniendo de su padre. Se queda a la espera.

—Cuanto un hombre necesita de una mujer —dice Johnny— es que muestre un poco de fe en él. Eso es lo que te confiere fuerzas cuando las cosas se ponen difíciles. Un hombre es capaz de cualquier cosa en este mundo si sabe que su mujer lo apoya en todo momento. Pero ella...

Hace un gesto con la cabeza en dirección al dormitorio.

—Por Dios bendito, reproches y más reproches. Ah, lo ha pasado fatal mientras he estado fuera, sola, temiendo por su vida, avergonzada de entrar en el colmado por si las mujeres la miraban de reojo, con ese poli de la ciudad presentándose para asegurarse de que ibais al colegio, teniendo que coger dinero prestado para los regalos de Navi... ¿De verdad llegó a hacerlo o solo lo ha dicho para hacerme sentir culpable?

—No lo sé —dice Trey.

—Ya le he dicho que aquí arriba no hay nada que temer y que no debería importarle lo que digan esas zorras. Y si ese poli no tiene nada mejor que hacer que perseguir a los niños que hacen novillos, que le jodan. Pero no hay nada que hacer con una mujer dispuesta a hacer una maldita montaña de un grano de arena.

Se hurga en los bolsillos, buscando el tabaco.

—Esa nunca está satisfecha. Podría traerle el sol, la luna y las estrellas, que les encontraría algún defecto. No era feliz cuando yo estaba aquí y no era feliz cuando no lo estaba. Y no cabe duda —Johnny levanta las manos en un gesto de enfado—, no cabe duda, de que he vuelto. Aquí estoy. Sentado donde me ves. Tengo un plan que nos traerá prosperidad a todos. Y sigue sin estar contenta, joder. ¿Qué cojones quiere de mí?

Trey no está segura de si espera una respuesta por su parte.

—No lo sé —repite.

—Incluso le he traído a Rushborough para que pudiera conocerlo. ¿Acaso piensa que quería traerlo a este agujero? Lo hice de todos modos, para que viera que voy en serio. Ese hombre que elogió el estofado de tu madre ha comido en algunos de los mejores restaurantes del mundo. Y ella lo miraba como si fuera un holgazán al que hubiera encontrado en una cuneta. ¿Te fijaste?

—No —dice Trey—. Me estaba comiendo el estofado.

Su padre se enciende un cigarrillo y le da una calada profunda.

—Incluso le pedí su opinión. Le expliqué todo el plan. Un plan que debería garantizarnos que este año disfrutaremos de unas Navidades mejores, ¿cierto? ¿Y sabes lo que hizo ella? —Johnny se queda con la vista fija tras la oreja de Trey y encoge los hombros de un modo exagerado—. Esto mismo. Esto es lo que conseguí de ella. Cuanto necesitaba de su parte era que me mirara a los ojos y me dijera: «Estupendo, Johnny, bien hecho». Quizá acompañado de una sonrisa o de un beso. No es mucho pedir. Y en vez de eso... —Vuelve a quedarse con la mirada fija y a encoger los hombros—. La madre que me parió; las mujeres solo están en este planeta para volvernos completamente locos.

—Quizá —dice Trey, sintiendo que debe reaccionar de algún modo.

Johnny al fin se decide a mirarla, se toma un segundo para ajustar la vista y es como si, de golpe, recordara quién es. Su padre hace el esfuerzo de sonreírle. Esta noche, perdidos el impulso y el brillo, su aspecto juvenil ha desaparecido: parece pequeño y débil en la silla, como si sus músculos hubieran empezado a marchitarse, tomando el camino de la vejez.

—Tú no, cielo —la tranquiliza—. Eres la hija mayor de papá. Tienes toda la fe del mundo en mí, ¿verdad?

Trey se encoge de hombros.

Johnny la mira fijamente. Por un segundo, Trey piensa que le va a soltar una bofetada. Johnny percibe que está a punto de salir corriendo y cierra los ojos.

—Necesito una puta copa —dice, en voz baja.

Trey se queda sentada, mirándolo. Está desplomado, con la cabeza hacia atrás y las piernas abiertas. Sombras violáceas asoman bajo sus ojos.

Trey va a la cocina, saca la botella de whisky del armarito y echa hielo en un vaso. Al regresar a la sala de estar, ve que su padre no se ha movido. Un hilillo de humo asciende desde su cigarrillo. Se pone en cuclillas, junto a la silla.

—Papá —dice—, aquí tienes.

Su padre abre los ojos y se la queda mirando un segundo con expresión vacía. Entonces repara en la botella y suelta una risilla ronca.

—Dios mío —dice, bajito y en tono sombrío.

—Puedo traerte otra cosa —dice Trey—, si esto no te apetece.

Johnny se revuelve con esfuerzo y consigue enderezarse.

—No, cielo, esto es perfecto. Muchas gracias. Eres una gran chica por cuidar de tu padre. ¿Qué eres?

—Una gran chica —dice Trey, obediente. Le vierte un poco de whisky en el vaso y se lo entrega.

Johnny toma un largo sorbo y exhala.

—Bien —dice—. ¿Lo ves? Mucho mejor.

—Tengo fe en ti —dice Trey—. Va a salir bien.

Su padre le sonríe, pinzándose el puente de la nariz como si le doliera la cabeza.

—Ese es el plan, en todo caso. ¿Y por qué no habría de salir bien? ¿Acaso no nos merecemos algunas cosas bonitas?

—Sí —dice Trey—. Mamá estará encantada cuando lo vea. Se sentirá muy orgullosa de ti.

—Sí, lo estará, por supuesto. Y cuando tu hermano vuelva a casa, le entusiasmará encontrarse con una agradable sorpresa de bienvenida. ¿Verdad? ¿Acaso no puedes ver la cara que pondrá cuando salga del coche y delante tenga una casa del tamaño de un centro comercial?

Por un instante, Trey lo ve, como si en efecto pudiera convertirse en realidad: Brendan con la cabeza levantada hacia las relucientes hileras de ventanas, la boca abierta, su cara delgada y expresiva estallando de alegría, como fuegos artificiales. Su padre es bueno en esto.

—Sí —dice ella.

—Ya no querrá ir de un lado para otro —le dice Johnny, sonriéndole—. No tendrá ninguna necesidad.

—La señora Cunniffe me ha dicho que si puedes preguntarle al señor Rushborough si hay oro en sus tierras —dice Trey—. Y Tom Pat pregunta si Brian puede ayudar a desenterrar el oro del río.

Johnny se ríe.

—Ahí lo tienes. ¿Lo ves? Todo el mundo se muere por meter mano en el asunto, menos tu madre, aunque al final la tendremos de nuestro lado. Tú diles a la señora Cunniffe y a Tom Pat que el señor Rushborough aprecia su interés y que los tendrá en cuenta. Y no dejes de informarme de los que se te acerquen mostrando interés en el asunto, tal y como has hecho ahora. ¿Serás capaz?

—Sí —dice Trey—. Claro.

—Buena chica —dice Johnny—. ¿Qué haría yo sin ti?

—¿Cuándo vas a arrojar el oro al río? —pregunta Trey.

Johnny le da otro sorbo al whisky.

—Llegará mañana, a lo largo del día —dice Johnny—. No aquí, claro, el mensajero se perdería por la montaña, ¿verdad? Acabaría en una ciénaga, él y el oro, y no queremos eso. Irá a manos de Mart Lavin. Al día siguiente, a primera hora de la mañana, lo lanzaremos. Entonces todos estaremos listos para que el señor Rushborough empiece su caza del tesoro. —Ladea la cabeza en dirección a Trey, en un gesto interrogativo. El whisky lo ha envalentonado—. Quieres acompañarnos, ¿es eso? ¿Nos echarás una mano?

Trey no tiene ningunas ganas de participar.

—¿A qué hora? —pregunta.

—Tendremos que ponernos bien temprano. Antes incluso de que se despierten los granjeros. No queremos que nadie nos vea, por supuesto que no. Amanecerá a las cinco y media. A esa hora ya deberíamos estar en el río.

—No —dice Trey, poniendo cara de espanto.

Johnny se ríe y le revuelve el pelo.

—Dios mío, ¡debería saber que a una adolescente no se le pide que se levante de la cama antes del mediodía! Eres estupenda; lo mejor será que tengas un sueño reparador. Ya me echarás una mano de otras maneras, ¿verdad?

—Sí —dice Trey—, solo que no tan temprano.

—Ya te encontraré algo —le asegura Johnny—. Con ese cerebrito tuyo, no tengo ninguna duda de que habrá un millón de cosas que puedas hacer.

—Puedo vigilar a Rushborough por ti —dice Trey—. Mañana. Asegurarme de que no baja al río antes de que hayáis acabado.

Su padre deja de mirar el vaso para concentrarse en Trey. Trey lo observa, ralentizado por la bebida, intentando procesar esta idea.

—No me verá —dice ella—. Permaneceré escondida.

—¿Sabes una cosa? —dice su padre, al cabo de un momento—. Esa es una gran idea. Diría que no va a hacer otra cosa que pasear y disfrutar de las vistas, y tú te morirás de aburrimiento, pero tampoco tendrás que dedicarle el día entero, claro está. Al mediodía lo voy a llevar a ver la colina de las hadas de Mossie O'Halloran; tú encárgate de él durante la mañana. Si ves que pretende bajar al río, te acercas a saludarlo con educación y te ofreces a enseñarle la vieja torre de piedra que queda junto a la carretera principal. Dile que perteneció a los Feeney y te seguirá como un corderito.

—De acuerdo —dice Trey—. ¿Dónde se aloja?

—En esa casa de campo gris que hay en dirección a Knockfarraney, en la granja de Rory Dunne. Acércate ahí mañana por la mañana, cuando salgas a rastras de la cama, y síguele la pista a Rushborough. Luego puedes venir a contármelo todo.

—De acuerdo —dice Trey, asintiendo.

—Estupendo —dice su padre, sonriéndole—. Me estás haciendo mucho bien, eso haces. Es cuanto necesitaba: tener a mi chiquilla de mi parte.

—Sí —dice Trey—. Estoy de tu parte.

—Claro que sí. Ahora ve a dormir un poco, o mañana no podrás con tu cuerpo.

—Me levantaré —dice Trey—. Buenas noches.

Esta vez su padre no intenta abrazarla. Al darse la vuelta para cerrar la puerta a sus espaldas, lo ve reclinar de nuevo la cabeza y pinzarse la nariz. Piensa que quizá debería tenerle lástima. Lo único que siente es una chispa fría de triunfo.

Por naturaleza, Trey no es una persona que se acerque a las personas y las cosas por la espalda. Tiende a ir de frente y seguir así hasta completar la labor. Sin embargo, está abierta a aprender nuevas habilidades si se presenta la necesidad. Su padre está siendo su maestro. Lo que la sorprende no es lo rápido que está aprendiendo —Cal siempre le ha dicho que pilla las cosas al vuelo—, sino la facilidad con que su padre, que jamás en su vida se ha acercado a nada de frente, se deja engatusar.

Capítulo 8

Hasta que Trey se presenta en su puerta el miércoles al mediodía, Cal no advierte cuánto lo ha inquietado que Johnny hubiera decidido apartarla de su lado. Se siente mal por no haber tenido más fe en ella, y más al saber por experiencia lo difícil que es mantener a Trey lejos de las cosas que le gustan. Al mismo tiempo, demostraría ser muy estúpido si creyera saber qué quiere Trey en estos momentos, cuando quizá ni ella misma lo sabe. Durante su infancia, su propio padre fue entrando y saliendo de su vida en varias ocasiones. Era mucho más divertido y menos atildado que Johnny Reddy, y se esforzaba más cuando rondaba por casa, pero daba la misma impresión de que sus actos conseguían sorprenderlo tanto como al resto, y que resultaría burdo e injusto que alguien se lo reprochara. A la quinta o sexta ocasión, Cal y su madre habrían tenido todo el derecho a mandarlo a la mierda, pero, por algún motivo, no era tan sencillo. A tenor de los malos hábitos que acumulaba, Cal supone que ya debe de estar muerto.

Han acabado de limpiar la silla destartalada, que bajo todas las capas de suciedad y grasa ha resultado ser de un marrón dorado, apagado y otoñal. La desmontan con cuidado, tomando fotos del proceso en el móvil de Cal, y miden las piezas rotas para buscarles recambios. Cal guarda silencio durante varios momentos por si Trey quiere hablar de su padre, Rushborough o el oro, pero no lo hace.

Cal se dice a sí mismo que es normal. Trey tiene quince años, más o menos la misma edad a la que Alyssa dejó de contarle cosas.

Trey tiene muy poco en común con Alyssa, una chica con un corazón de oro, capaz de detectar potencial en las personas más insospechadas y con un plan metódico y serio para conseguir que ellas mismas lo vean, pero, en cierto modo, quince años son siempre quince años. Cuando Alyssa dejó de hablar con él, Cal pensó que al menos hablaría con su madre, y no tomó medidas. Ya no está tan seguro de que fuera la decisión correcta, pero, incluso de haberlo sido, Trey no le ofrece una salida tan fácil.

Por descontado, nada le impide sacar el tema y contarle sin rodeos que está al corriente de la historia —algo que la chica probablemente ya sepa, teniendo en cuenta lo bocazas que es Mart— y que él también se ha apuntado a la compra del oro. Sin embargo, algo le dice que sería una mala idea. Trey no parece inclinada a creer que Cal tenga urgencia alguna por sablearle dinero a un británico que pasaba por aquí, y Cal no está convencido de que ella apreciará el hecho de que se esté involucrando para protegerla. Y si la avergüenza el ardid de Johnny, o si quiere mantener bien separado el tiempo que pasa con Cal de sus artimañas, no le hará ninguna gracia que Cal saque a relucir el tema. Los silencios de Trey poseen diferentes niveles. Lo último que desea Cal es empujarla a uno más profundo.

—Por hoy bastará —dice Cal, después de que hayan cortado y aplanado trozos de las traviesas de roble hasta dejarlos del tamaño apropiado, listos para ser torneados—. ¿Te apetecen espaguetis a la boloñesa?

—Sí —dice Trey—. ¿Me prestas tu cámara?

Poco después de mudarse a Irlanda, Cal se dio el lujo de comprarse una cámara de alta gama con la idea de enviarle fotos y vídeos a Alyssa. Le habría bastado con su móvil, pero quería algo más que correcto: aspiraba a ofrecerle cada sombra y cada detalle, la gama completa de sutilezas que conforman la belleza del lugar con la esperanza de que quizá se sintiera tentada de venir a verlas por sí misma. El año anterior, Trey la utilizó para un proyecto de la escuela relacionado con la vida salvaje.

—Claro —dice Cal—. ¿Para qué la quieres?

—Solo la necesitaré unos días —dice Trey—. La cuidaré.

Cal no siente deseos de presionarla hasta forzarla a mentir. Va a su dormitorio y encuentra la cámara en una de las estanterías que montaron con maña dentro del armario.

—Aquí la tienes —dice, regresando a la sala de estar—. ¿Recuerdas cómo usarla?

—Más o menos.

—De acuerdo —dice Cal—. Busquemos algo bueno con lo que puedas practicar. Tenemos un rato, a menos que te estés muriendo de hambre.

Trey demuestra tener las ideas muy claras respecto a lo que quiere fotografiar. Necesita hallarse en el exterior, a una distancia de unas cincuenta yardas, y necesita vídeo, y necesita saber cómo ajustar la cámara en condiciones de luz baja. Cal no puede proveerla de una luz baja —a las cinco y media de la tarde, el sol sigue llenando el aire—, de modo que se dirigen al patio trasero para utilizar al espantapájaros como modelo. Alguien ha vuelto a sacarle el potencial que esconde. Ha estado cazando: lleva una pistola de agua en una mano, y un osito de peluche grande cuelga boca abajo de la otra.

—Mart —dice Trey.

—No —dice Cal. Comienza a contar cincuenta pasos desde el espantapájaros, que, activado por el movimiento, les gruñe y esgrime el peluche con aire amenazador—. Mart me lo habría contado. Le gusta arrogarse el mérito.

—No será PJ.

—No, por Dios. Quizá Senan, o sus hijos.

—Podríamos conseguir una cámara de seguridad. Los Moynihan tienen una que pueden conectar a sus teléfonos. Lena me dijo que Noreen le había contado que una vez Celine Moynihan no había ido a misa porque se encontraba enferma, y que a mitad de la homilía la señora Moynihan vio en su teléfono cómo se daba el lote con su novio en el jardín. Pegó tal grito que el cura perdió el hilo.

Cal se echa a reír.

—No —dice Cal—. No quiero asustar a nadie. Casi me apetece más ver con qué saldrá la próxima vez. ¿Qué te parece por aquí? ¿Es lo suficientemente lejos?

Los perros, cada uno con un hueso de plástico para evitar que se alteren, roen y mastican con ganas. Mientras Cal le enseña a Trey cómo utilizar el autofoco y pasar de fotos a vídeo, intenta adivinar qué le habrá pedido Johnny que fotografíe. La mejor teoría que se le ocurre es que Johnny quiere un vídeo de los muchachos arrojando el oro al río, en caso de que necesite presionarlos para mantenerlos a bordo. Cal duda de que se vaya a molestar en mover su esquelético culo para grabarlo; todo apunta a que la responsabilidad va a recaer en Trey, sobre todo porque duda de que el código moral de Trey le permita poner su cámara en manos de Johnny. Y, por descontado, Johnny no se ha parado a pensar ni por un segundo qué sería de Trey si la pillaran.

Cal piensa acudir al río al amanecer. Si pretende que los hombres lo tengan al corriente de cualquier novedad, no puede tumbarse a la bartola como Johnny y dejar que los otros hagan el trabajo sucio. Tiene que estar allí, a su lado, de principio a fin.

Si Trey se presenta y lo descubre allí de pie, con agua y oro espolvoreado hasta las rodillas, conspirando con el resto, se sentirá engañada. Cambia de opinión sobre cómo debe proceder. En algún momento de la tarde, necesitará sacar el tema.

—Tengo que acercar con el zoom —dice Trey—. No está lo suficientemente nítido.

—Tiene reconocimiento facial —dice Cal—. No estoy seguro de que funcione con zombis, pero si encuadras a personas, enfocará automáticamente sus caras.

Trey no responde a este último comentario. Toquetea los botones, prueba a hacer otra foto y examina la pantalla con el ceño fruncido. El espantapájaros los mira tan boquiabierto que pueden ver las gotas de sangre falsa en sus dientes. Trey asiente, satisfecha.

—Los botones pueden iluminarse si está oscuro —dice Cal—. Así puedes ver lo que haces. ¿Lo necesitarás?

—Aún no lo sé —dice Trey, encogiendo los hombros.

—Es esta llave de aquí —dice Cal—. Antes de salir a disparar, deberías probarlo en algún lugar oscuro. Por si los botones se iluminan más de lo que quieres.

Trey se da la vuelta para mirarlo, con expresión interrogativa. Durante un segundo, Cal piensa que va a decir algo, pero entonces asiente y se concentra de nuevo en la cámara.

—Pesa bastante —dice Trey.

—Sí. Asegúrate de colocarte en un punto que te permita mantener la mano bien firme.

Trey prueba diferentes maneras de apoyar el codo sobre la rodilla.

—Quizá necesite una pared —dice—. O una roca o algo.

—Escucha —dice Cal—. ¿Recuerdas el día que hablamos sobre qué hacer si alguien te obliga a hacer algo que no quieres hacer?

—Apuntar a los testículos —dice Trey, entrecerrando los ojos para mirar por el visor—. O a los ojos.

—No —dice Cal—. Bueno, sí, claro, si es necesario. O a la garganta. Pero me refería a si alguien te obliga a drogarte o a beber alcohol. O a alguna otra estupidez, no sé, como entrar a la fuerza en edificios abandonados.

—No voy a drogarme —dice Trey, muy seca—. Y no voy a emborracharme.

—Lo sé —dice Cal. De inmediato advierte que Trey no ha dicho que no vaya a beber, o, ya puestos, a entrar a la fuerza en edificios abandonados, pero esto puede esperar—. ¿Pero recuerdas que hablamos sobre lo que pasa si alguien intenta presionarte?

—No lo hacen —lo tranquiliza Trey—. No les importa una mierda. Más para ellos. Además, mis amigos no se drogan; como mucho, toman hachís, de vez en cuando, porque no son cortos.

—De acuerdo —dice Cal—. Bien. —De algún modo, esta conversación resultó mucho más sencilla la vez anterior, hará cosa de un año, mientras pescaban en el río. Ahora, con Johnny Reddy sobrevolándolo todo, parece que pisan territorio inestable y traicionero—. Pero si llegaran a hacerlo, sabrías manejar la situación, ¿verdad?

—Los mandaría a la mierda —dice Trey—. Fíjate en esto.

Cal mira la foto.

—Está bien —dice—. Si quieres que los árboles del fondo te salgan más nítidos, puedes jugar con esto un poco. A lo que me refiero con lo de la presión es que puedes hacer lo mismo con los adultos. Si alguna vez un adulto intenta enredarte para que hagas algo que no pinta bien, tienes todo el derecho a mandarlo a la mierda. También si se trata de una mujer. Quien sea.

—Pensaba que querías que fuera educada —dice Trey con una sonrisa.

—Cierto —dice Cal—. Puedes mandarlos amablemente a la mierda.

—Nunca me ha gustado la pinta de mis deberes de irlandés —dice Trey—. ¿Puedo decirle al profesor que…?

—Buen intento —dice Cal—. Hay gente que luchó y murió para que pudieras aprender tu idioma. No conozco los detalles, pero eso es lo que me ha contado Francie. Así que ponte con tu irlandés.

—Hacemos un montón de irlandés —dice Trey—. *An bhfuil cead agam dul go dtí an leithreas.*

—Será mejor que eso no signifique: «Vete a la mierda», en irlandés.

—Averígualo. Díselo a Francie la próxima vez que lo veas.

—Me apuesto algo a que no significa nada —dice Cal. Lo tranquiliza un poco que Trey esté de buen humor, pero solo un poco. Trey tiene los sensores del peligro mal calibrados, o no bien encajados, o algo: es capaz de identificar una situación peligrosa sin que ello vaya acompañado de reconocer la necesidad de alejarse—. Te lo acabas de inventar.

—No me lo he inventado. Significa: «¿Puedo ir al lavabo?».

—Maldita sea —dice Cal—. Algo así no tiene derecho a sonar tan bien. Podrías mandar a la mierda a alguien en irlandés y probablemente se lo tomaría como un cumplido.

Rip suelta un ladrido que lleva incorporado un gruñido. Cal se da la vuelta rápidamente. Nota cómo Trey se pone rígida a su lado.

Johnny se dirige hacia ellos con el sol vespertino a sus espaldas. Su sombra alargada sobre los campos llenos de rastrojos lo hace parecer un hombre alto, como si se acercara a ellos planeando lentamente.

Cal y Trey se incorporan.

—No tienes por qué irte con él. Puedes quedarte aquí —dice Cal, antes de ser consciente de que va a hacerlo.

Rip suelta otro ladrido. Cal le coloca una mano sobre la cabeza.

—No —dice Trey—. Gracias.

—De acuerdo —dice Cal. Las palabras se le atascan en la garganta—. Solo para que lo sepas.

—Sí.

Johnny levanta una mano para saludarlos. Ellos no le devuelven el saludo.

—Bueno, qué bien encontraros aquí —dice Johnny, contento, una vez a su lado—. Vengo de llevar al señor Rushborough a ver la colina de las hadas de Mossie O'Halloran. Por Dios bendito, menuda excitación; parecía un niño en su primera pantomima, no bromeo. Se ha llevado un frasco con nata y un pequeño cuenco en el que verterla, tan orgulloso como una vieja con sus paños de ganchillo, y se ha puesto a buscar el mejor sitio en el que depositarla. Ha preguntado en qué lado de la colina suelen hacerse las ofrendas. —Johnny se encoge de hombros y pone los ojos en blanco de una manera exagerada y burlona—. Yo no tenía ni idea, claro. Pero Mossie le ha dicho que en el lado este, y en el lado este ha sido. El señor Rushborough pretendía quedarse hasta que oscureciera, confiando en ser testigo de un bonito espectáculo de luces y sonido, pero yo no me pierdo mi cena. Lo he convencido de volver otro día y comprobar si las hadas se han llevado la nata.

—Los zorros se la comerán —dice Trey—. O el perro de Mossie.

—Shhh —le dice Johnny, apuntándola con un dedo en un gesto de reproche—. No vayas diciendo nada de esto cerca del señor Rushborough. Es algo terrible destrozar los sueños de un hombre. Y nunca se sabe: quizá las hadas se hagan con ella antes que los zorros.

Trey se encoge de hombros.

—¿Ha visitado la colina alguna vez? —le pregunta Johnny a Cal.

—No —dice Cal.

—Debería hacerlo. Con independencia de lo que piense de las hadas. Es un lugar precioso. Dígale a Mossie que le ofrezca el *tour* completo de mi parte. —Le guiña un ojo a Cal, que reprime las ganas de preguntarle a qué demonios viene el guiño.

—Así que acabo de dejar al señor Rushborough en su casa —dice Johnny—. Ya ha vivido demasiadas emociones por un día. Os he visto yendo de un lado para el otro y, dado que traigo el coche conmigo —señala con el brazo hacia el Hyundai destartalado de Sheila, cuyo techo plateado sobresale por encima del muro de la carretera—, he pensado: «Voy a ahorrarle a mi chiquilla la caminata de vuelta y asegurarme de que no llega tarde a las delicias que nos tenga preparadas su madre para cenar».

Trey guarda silencio. Apaga la cámara.

—Toma —le dice Cal, tendiéndole la funda. No te olvides de cargarla.

—Sí —dice Trey—. Gracias.

—¿Qué es eso? —pregunta Johnny, ladeando la cabeza hacia la cámara.

—Me la ha prestado —dice Trey, enfundándola con cuidado—. Deberes de verano. Tenemos que fotografiar cinco ejemplos de vida salvaje y escribir sobre su hábitat.

—Puedes utilizar mi teléfono para eso. No hay necesidad de poner en riesgo la bonita cámara del señor Hooper.

—Quiero fotografiar pájaros —dice Trey—. El teléfono no enfoca tan bien.

—Por Dios bendito, anda que no te complicas la vida —dice Johnny, sonriéndole—. ¿No te sirven los insectos? En la parte trasera de casa podrías encontrar cinco distintos en diez minutos. Y a otra cosa mariposa.

—No —dice Trey. Se cuelga la cámara del cuerpo con la correa—. Todo el mundo va a hacer insectos.

—Esa es mi chica —dice Johnny, afectuosamente, alborotándole el cabello—. Nunca sigas al rebaño; haz las cosas a tu manera. Dale las gracias al señor Hooper por el préstamo.

—Lo acabo de hacer.

Cal descarta sus hipótesis previas. Lo que sea que Trey planee hacer con la cámara, quiere hacerlo a espaldas de su padre. No sabe lo que la chica tiene en mente y no le hace ninguna gracia.

Al menos ya no tiene prisa por contarle a Trey su implicación en el asunto, desde el momento en que no va a verlo en el río. En terrenos tan resbaladizos y brumosos como este, el instinto le dicta a Cal no dar más pasos de los necesarios. Quizá más adelante deba producirse esa conversación, pero lo reconforta poder aplazarla hasta tener más claro qué maquina Trey.

—Puede que tarde un tiempo en recuperarla —le advierte Johnny a Cal—. A partir de ahora, Theresa no va a poder dedicarse tanto a la carpintería. Me va a echar una mano con unas cosillas. ¿Verdad, cielo?

—Sí —dice Trey.

—No hay prisa —dice Cal—. Esperaré lo que haga falta.

Trey llama a Banjo de un silbido. El perro se acerca con andares torpes y la cabeza en un ángulo extraño para que no se le caiga el hueso.

—Nos vemos —le dice Trey a Cal.

—Sí —dice Cal—. Nos vemos —le dice a Johnny.

—No me cabe duda —le asegura Johnny—. En un lugar de este tamaño no hay dónde esconderse. ¿Estás lista, señorita?

Cal los observa cruzar el campo en dirección al coche. Johnny no para de hablar, ladeando la cabeza hacia Trey y señalando cosas. Trey tiene la vista clavada en sus zapatillas deportivas, abriéndose camino por la hierba. Cal es incapaz de decir si le responde.

En la oscuridad previa al amanecer, los hombres no parecen hombres. No son más que fragmentos de perturbaciones en la periferia de los sentidos de Trey: borrones de sombras gruesas que se contonean a la orilla del río, destellos de murmullos a través del ajetreo y parloteo del agua, estridente entre tanto silencio. Las estrellas son tan pálidas que la superficie del río apenas brilla; la luna es un punto frío y desnudo que cuelga bajo del horizonte y no arroja luz. El resplandor anaranjado y tenue de una colilla traza un arco sobre el agua y se desvanece. Un hombre se ríe.

El amanecer llega pronto en julio. Trey, que le ha pillado el truco a despertarse a su antojo, ya se había vestido y salido por la ventana antes de las cuatro, y aguardó tras los árboles que quedan junto a la carretera a que su padre cruzara por delante. Seguirlo le resultó más difícil de lo esperado. Lo había tomado por un urbanita que avanzaría lento por el sotobosque, se tropezaría con las rocas y necesitaría media hora para cubrir media milla. Había olvidado que él había pasado más años que ella en esta montaña. Descendió como un zorro, ágil y sigiloso, atajando a través de muretes y arboledas. Trey lo perdió en varias ocasiones tras quedarse atrás por precaución, pero Johnny llevaba una linterna pequeña que iba encendiendo apenas un segundo cuando necesitaba orientarse, y permaneció atenta a esos momentos.

Johnny la ha conducido hasta un recodo del río, cerca del lugar al que Cal y ella van a veces a pescar. Trey se ha escondido entre las hayas de la orilla del río, agazapada tras un tronco caído que la ocultará y estabilizará la cámara. La tierra desprende un olor cálido y vívido. Los hombres se han reunido debajo del recodo, donde el río se ensancha y pierde profundidad.

La oscuridad se diluye poco a poco. Los hombres adquieren forma, al principio no humana, solo piedras erguidas que se extienden de forma irregular en el borde del río. Cobran vida una vez florece el azul profundo del cielo. Trey reconoce primero a Mart Lavin, encorvado sobre su cayado. A su padre lo delata su nerviosismo, moviéndose y dándose la vuelta sin descanso; a PJ, sus andares al dirigirse al río a mear —PJ da la impresión de cojear hasta que adviertes que arrastra ambos pies; sus piernas son demasiado larguiruchas para mantenerlas bajo control hasta los extremos—. Trey piensa que el hombre más corpulento, que permanece algo apartado del resto, debe de ser Senan Maguire, hasta que se da la vuelta para levantar la cabeza al amanecer inminente y reconoce a Cal por el modo en que mueve los hombros.

Trey se queda aún más inmóvil entre el sotobosque. No le entra en la cabeza que Cal pueda estar ahí para engañar a Rushborough. Da por sentado que él, igual que ella, tiene sus motivos para hacer lo que hace, y que seguramente son firmes.

Sin embargo, se siente rabiosa y dolida. Cal la sabe capaz de guardar un secreto. Sabe, o debería saber, que no es una niña a la que deba proteger de los tejemanejes de los adultos. Sea lo que sea lo que se traiga entre manos, debería habérselo contado.

Envuelve la cámara en la sudadera para ahogar el pitido al encenderla. Luego encuentra un punto estable en el tronco caído y empieza a ajustar las configuraciones, tal y como Cal le enseñó. El cielo va clareando. Sonny McHugh y Francie Gannon, los dos pescadores más experimentados, se ajustan unas botas de pesca que les llegan hasta los muslos y se arremangan.

Trey, con una rodilla en el suelo y entornando los ojos por encima del tronco, se imagina que el visor de la cámara es la mirilla del rifle Henry de Cal. Se imagina abatiendo a los hombres, uno a uno: a Mart, desplomándose sobre su cayado; el barrigón de Dessie Duggan rebotando al tocar el suelo, como si se tratara de una pelota, hasta que los dos únicos que quedan en pie son Cal, que permanece inmóvil, y su padre, que corretea como un conejo mientras ella le apunta a la espalda.

La mañana cobra vida. En la orilla opuesta, una colonia de pajaritos sobre un enorme roble acaba de despertar y todos chillan al mismo tiempo, y la furia del río se acopla a los nacientes sonidos matinales. La luz ha alcanzado intensidad suficiente para poder grabar. Trey aprieta el botón.

Mart se saca algo del interior de la chaqueta: una bolsa hermética de gran tamaño. Los hombres se apresuran a rodearlo para echarle un vistazo. Trey oye las risas de Con McHugh, un rápido graznido de alegre incredulidad propio de un chiquillo. Bobby

Feeney alarga una mano hacia la bolsa, pero Mart se la aparta de un manotazo. Mart señala la bolsa con un dedo mientras les explica alguna cosa. Trey procura que Cal no entre en el encuadre, pero está en medio del grupo y no hay forma de evitarlo.

Mart entrega la bolsa a Francie, y él y Sonny se meten en el río. El nivel del agua es bajo, por lo que deben estirar mucho las piernas para descender desde la orilla, y el agua gira y se arremolina a su alrededor sin llegarles más allá de las rodillas. Sonny blande un palo largo con el que va golpeando el agua para comprobar la profundidad. Se agachan y tantean las aguas. Luego agarran puñados de la bolsa. Sus puños se hunden en el agua y salen vacíos.

Mart les hace gestos con su cayado, dándoles instrucciones. Johnny habla, moviendo la cabeza de un lado a otro; a veces se oyen risas, su sonido le llega a Trey como un murmullo áspero que se elevara por encima del ruido del río. Trey mantiene la cámara estable. Hay un momento en el que ve a Cal alzar la cabeza y escanear los alrededores. Trey se queda paralizada. Durante medio segundo cree que sus miradas se cruzan, pero entonces la de Cal pasa de largo.

Cuando Francie y Sonny se enderezan y se dan la vuelta para salir del río, Trey devuelve la cámara a su funda y empieza a caminar hacia atrás muy lentamente a través del sotobosque. Tan pronto los pierde de vista, echa a correr, apretando la cámara contra el pecho con una mano para que deje de balancearse. En el camino de regreso montaña arriba hace muchas fotografías de cada pájaro con el que se cruza, por si las moscas.

Al llegar a casa, Alanna y Liam están en el patio, intentando enseñarle a Banjo a caminar sobre las patas traseras, algo que no tiene la menor intención de hacer. Trey entra por la puerta delantera para esconder la cámara antes de que alguien pueda verla. Luego va a buscar algo para desayunar.

Sheila está en la cocina, planchando las camisas de Johnny.

—No queda pan —dice, sin levantar la vista, cuando entra Trey.

El calor ya se hace notar en la habitación; el sol entra a chorros por la ventana, posándose en las encallecidas manos de Sheila, que se desplazan por el azul de una camisa. El vapor de la plancha atraviesa los haces de luz.

Trey se agencia los cereales y un bol.

—¿Dónde está mi padre? —pregunta.

—Fuera. Pensé que estabas con él.

—No, solo estaba por ahí.

—Ha llamado Emer —dice Sheila—. Se lo he contado.

Emer es la mayor. Se mudó a Dublín unos años atrás para trabajar en una tienda. Los visita por Navidad. Trey casi nunca piensa en ella.

—¿Qué le has contado?

—Que tu padre ha vuelto. Y lo del tipo.

—¿Piensa volver a casa?

—¿Por qué habría de hacerlo?

Trey levanta un hombro, reconociendo lo acertado de la pregunta.

—Pensaba que ibas a quedarte unos días en casa de Lena Dunne —dice Sheila.

—He cambiado de opinión —dice Trey. Se inclina sobre la encimera para comerse los cereales.

—Ve con Lena —dice Sheila—. Te llevaré en el coche, así no tendrás que acarrear la ropa.

—¿Por qué? —pregunta Trey.

—No me gusta ese inglés —dice Sheila.

—No se está quedando aquí.

—Lo sé.

—No le tengo miedo —dice Trey.

—Pues deberías.

—Si intentara hacerme algo, lo mataría —dice Trey.

Sheila menea la cabeza, un tirón muy breve. Trey se queda en silencio. Ahora que ha escapado de su boca, lo que acaba de decir suena de lo más estúpido. La plancha sisea.

—¿Qué va a hacer hoy mi padre? —pregunta Trey.

—Algo con el inglés. Enseñarle las vistas.

—¿Y esta noche?

—Francie Gannon organiza una timba.

Trey rellena el bol y le da vueltas a esto. Duda que Rushborough esté invitado a la partida de Francie. A menos que se acerque al pub a tomarse una pinta, estará en casa, solo.

Sheila coloca la camisa en una percha y la cuelga en el respaldo de una silla.

—Debería haberos escogido un padre mejor —dice Sheila.

—Entonces no habríamos nacido —le hace ver Trey.

La boca de Sheila hace una mueca divertida.

—Ninguna mujer se cree eso. Por lo menos, ninguna madre. Jamás se lo decimos a los hombres para no herir sus sentimientos, pues son terriblemente sensibles. Pero tú serías la misma que eres, sin importar con quién te hubiese engendrado. Tendrías el pelo diferente, o unos ojos diferentes, si hubiese escogido a un tipo oscuro. Detallitos así. Pero serías la misma.

Sacude otra camisa y la examina, alisando las arrugas.

—Hubo otros hombres interesados en mí. Por vuestro bien, tendría que haberme ido con cualquiera de ellos.

Trey le da vueltas a la idea un momento y la rechaza. Para un ojo poco entrenado, la mayoría de los hombres del pueblo parecerían mejor partido que su padre, pero ella no quiere saber nada de ninguno.

—Entonces, ¿por qué lo escogiste? —pregunta Trey.

—Hace tanto que ni me acuerdo. Creía tener motivos. Quizá solo lo quisiera para mí.

—Podrías haberlo mandado a la mierda cuando volvió a casa —dice Trey.

Sheila recorre el cuello de la camisa con la punta de la plancha.

—Me ha dicho que le estás echando una mano —dice Sheila.

—Sí.

—¿Cómo?

Trey se encoge de hombros.

—Sea lo que sea lo que te haya prometido, no vas a conseguirlo.

—Lo sé. No quiero nada de él.

—No sabes nada. ¿Sabes dónde está? Está escondiendo oro en el río para que lo encuentre ese inglés. ¿Lo sabías?

—Sí —dice Trey—. Estaba presente cuando se lo contó a los otros.

Por primera vez desde que Trey entró en la cocina, Sheila levanta la cabeza para mirarla bien. Los rayos del sol encogen sus pupilas, consiguiendo que sus ojos parezcan de un azul ardiente y límpido.

—Ve a casa de Lena —dice Sheila—. Imagínate que Cal Hooper es tu padre. Olvida que este individuo estuvo aquí. Iré a buscarte cuando puedas volver.

—Quiero quedarme aquí —dice Trey.

—Recoge tus cosas. Nos vamos ya.

—Tengo que irme —dice Trey—. Cal y yo estamos restaurando una silla. —Camina hasta la pila y enjuaga el bol bajo el grifo.

Sheila la observa.

—Entonces, andando —dice. Vuelve a inclinarse sobre la plancha—. Aprende carpintería. Y recuerda que tu padre no tiene nada que ofrecerte que valga ni la mitad. Nada.

Capítulo 9

Trey da por sentado que la montaña esconde cosas invisibles. El convencimiento la acompaña desde hace tanto tiempo que el filo de temor que lleva incorporado es una presencia estable y aceptada. Los hombres que viven en terrenos montañosos más profundos le han hablado de algunas de estas cosas: luces blancas que te llaman desde el brezo por la noche; criaturas salvajes, parecidas a nutrias gigantes y goteantes, que asoman de las ciénagas; mujeres sollozantes que, al acercarte, descubres que de mujeres no tienen nada. Un día, Trey le preguntó a Cal si creía en alguna de estas cosas.

—No —le respondió entre golpes suaves de martillo a una cola de pato—. Pero sería un estúpido si negara su existencia. No es mi montaña.

Trey nunca las ha visto, pero, cuando recorre la montaña de noche, siente su presencia. Las sensaciones han cambiado en los últimos uno o dos años. Cuando era más joven se sentía observada y descartada, demasiado liviana para gastar tiempo o atenciones en ella, solo otro animalillo a lo suyo. Ahora su mente es algo más densa e intrincada. Percibe que llama la atención.

Se sienta con la espalda recostada contra un viejo murete, observando cómo el atardecer llena el aire de un violeta neblinoso. Banjo está tendido cómodamente sobre sus pantorrillas, las orejas y la nariz levantadas para tomar nota de los avances de la tarde. Las ventanas de las granjas se esparcen, nítidas y amarillas, entre los campos que van emborronándose a sus pies. Un coche solitario toma una curva al final de la carretera, los haces de sus faros proyectándose muy lejos en el vacío. La casita de campo de color gris en la que se aloja Rushborough se levanta apartada y a la sombra de la montaña, a oscuras.

Sea lo que sea lo que habite por aquí, Trey espera descubrirlo a lo largo de la semana. Ha destinado parte del dinero obtenido con la carpintería a comprar suministros para cinco días, sobre todo pan, mantequilla de cacahuete, galletas, agua embotellada y comida para perros. Los ha guardado, junto con un par de sábanas y algo de papel higiénico, en una casa abandonada en la ladera de la montaña. Cinco días deberían bastar. Cuando cumpla con su cometido, Rushborough pondrá pies en polvorosa. Y cuando los hombres descubran que se ha marchado, su padre desaparecerá en menos que canta un gallo. Hasta que llegue ese momento, lo único que tiene que hacer es mantenerse lejos de su camino.

No se fía de Rushborough, pero no ve motivo alguno por el que pudiera delatarla. Quizá a su padre, no así al resto de los hombres. Si alguien le pregunta por qué se marchó, contará que su padre se presentó en casa un día hecho una furia porque ella había metido la pata y conseguido que Rushborough sospechara. Tuvo que salir corriendo por miedo a que lo pagara con ella, lo que se acerca bastante a la verdad. Ha dejado una nota encima de su cama: «He tenido que ir a un sitio. Volveré dentro de unos días», por si su madre se preocupa.

Incluso se ha acordado de traer un cuchillo para untar la mantequilla de cacahuete. Sonríe al pensar en lo orgulloso que estará Cal de sus modales, hasta que recuerda que no podrá contárselo.

Trey ha estado pensando en Brendan. Últimamente no lo hace tanto. Cuando descubrió lo que le había ocurrido —Cal dijo que se trató de un accidente; aquel día, las cosas simplemente salieron mal, con el sobrentendido de que esto cambiaba las cosas—, ya no pudo parar. Se pasó horas retrocediendo y haciendo las cosas de otra manera en su cabeza, así conseguía evitar que esa tarde saliera de casa, o le advertía de los peligros que debía tener en cuenta, o lo acompañaba y gritaba las palabras precisas en el momento preciso. Lo salvó millones de veces, no porque creyera que fuera a cambiar nada, sino por tomarse un descanso del mundo en el que él estaba muerto. Paró al darse cuenta de que Brendan comenzaba a adoptar la forma de un ser imaginario. A partir de ese momento, solo pensó en el verdadero él: repasó cada palabra, expresión y movimiento que fue capaz de recordar, tatuándoselos en la mente y apretando fuerte para que las marcas quedaran bien grabadas. Cada muestra dolía. Incluso cuando estaba entretenida con algo, trabajando con Cal o jugando al fútbol, lo ocurrido con Brendan era un peso frío y del tamaño de un puño, que anidaba en el esternón y tiraba de ella hacia abajo.

El tiempo ha traído cierto alivio. Puede hacer cosas sin sentir ese peso, ver cosas sin esa mancha oscureciéndole parte de la visión. Algunas veces esto la hace sentir una traidora. Ha pensado en grabarse el nombre de Brendan en la piel a base de cortes, pero sería una estupidez.

Le gustaría encontrarse fantasmas en la montaña. No tiene la menor idea de si cree en ellos o no, pero, en el caso de existir, Brendan estará entre ellos. Desconoce la forma que podría adoptar, pero ninguna de las posibilidades es capaz de disuadirla.

Los murciélagos han salido a cazar: caídas en picado, rápidas y diestras, y chillidos. Asoman las primeras estrellas. Otro coche cruza la carretera y se detiene en la casita de campo, apenas visible en la densa oscuridad. Al cabo de un momento vuelve a alejarse y se encienden las luces de la casita.

Trey se levanta y comienza a andar montaña abajo, con Banjo pegado a sus pies. Lleva la cámara sujeta bajo la sudadera para tener las manos libres en caso de tropezar, aunque no lo hará.

Ayer por la mañana estuvo siguiendo a Rushborough, tal y como le prometió a su padre. Básicamente, se dedicó a pasear por los senderos y a sacar fotografías de muretes de piedra, algo muy estúpido que fotografiar a ojos de Trey; en una ocasión estuvo rascando la tierra y extrajo algo, que miró con los ojos entornados, antes de llevárselo al bolsillo. Varias veces se detuvo a conversar con personas con las que se fue cruzando: Ciaran Maloney, que movía ovejas de un campo a otro; Lena, que paseaba a las perras; Áine Geary, que regaba las plantas de su jardín mientras sus hijos tiraban de ella. En una o dos ocasiones, a Trey le pareció que giraba la cabeza tras haberla visto, pero siempre volvía a mirar hacia otro lado. Cuando regresó para informar a su padre, él al principio la miró como si no supiera de qué le hablaba. Luego se rio, le dijo que era una buena chica y le dio un billete de cinco euros.

Al abrir la puerta, Rushborough parece sorprendido de verla.

—Dios mío —dice—. Theresa, ¿verdad? Me temo que tu padre no está aquí. Ha sido muy amable al llevarme a conocer algunos sitios y luego me ha acompañado de vuelta aquí. Lamentará haberse cruzado contigo.

—Quiero enseñarle algo —dice Trey.

—Ah —dice Rushborough, al cabo de un segundo. Da un paso atrás—. En ese caso, entra. Tu amigo es bienvenido.

A Trey no le gusta esto. Pretendía enseñárselo en la puerta. Le parece que Rushborough debería mostrarse más precavido delante de una chica a la que no conoce. Su padre dice que Rushborough es un ingenuo que se piensa que Ardnakelty no es más que duendes y doncellas bailando en los cruces, pero Rushborough no tiene un pelo de ingenuo.

La sala de estar está muy limpia y es sobria: unos pocos muebles de pino repartidos en puntos extraños y un cuadro con flores en la pared. Huele como si nadie hubiera vivido ahí. El abrigo de Rushborough, que cuelga de un perchero en un rincón, parece falso.

—¿No quieres sentarte? —pregunta Rushborough, señalándole una silla. Trey toma asiento, calculando la distancia que la separa de la puerta. Él se acomoda en el sofá floreado y ladea la cabeza hacia ella en señal de atención, las manos entre las rodillas.

—Y bien, ¿qué puedo hacer por ti?

Trey no quiere estar ahí. Le disgustan sus dientes, demasiado pequeños y alineados, y el contraste entre su voz agradable y su mirada inquisitiva, como si Trey fuera un animal que él estuviese sopesando si comprarse o no.

—Nadie debe saber que fui yo quien que se lo contó —dice Trey.

—Dios mío —dice Rushborough, alzando las cejas—. Qué misteriosa. Por supuesto: mis labios están sellados.

—Mañana irá al río en busca de oro —dice Trey.

—Vaya, ¿tu padre ha compartido nuestro secreto contigo? —Rushborough sonríe—. En efecto, sí. Prefiero no ilusionarme demasiado, pero ¿no sería maravilloso si encontrásemos algo? ¿Es eso lo que quieres enseñarme? ¿Has encontrado un pedacito de oro tú sola?

—No —dice Trey. Se desabrocha la sudadera, saca la cámara de su funda, busca el vídeo y se la entrega.

Rushborough la mira entre curioso y divertido. Todo ello se le borra del rostro al mirar el vídeo, hasta que le queda una expresión vacía.

—Eso es oro —dice Trey. Su instinto le grita que guarde silencio, pero se obliga a hablar—. Lo que echan al río. Para que usted lo encuentre.

—Sí —dice Rushborough—. Ya lo veo.

Trey puede oír los engranajes de su cerebro. Él mira el vídeo hasta el final.

—Bueno —dice, con los ojos todavía en el visor—. Bueno, bueno, bueno. Esto no me lo esperaba.

Trey guarda silencio. Se pone alerta ante cualquier movimiento súbito.

Rushborough levanta la mirada.

—¿Esta cámara es tuya? ¿O tienes que devolvérsela a alguien?

—Tengo que devolverla —dice Trey.

—¿Y guardas una copia de esto en algún sitio?

—No —dice Trey—. No tengo ordenador.

—¿Y en la nube?

Trey lo mira, confundida.

—No sé qué es eso de la nube.

—Bueno —dice Rushborough—. Te agradezco que hayas venido a verme. Muy amable de tu parte. —Se toquetea los dientes delanteros con una uña—. Creo que necesito tener una conversación con tu padre, ¿tú no?

Trey se encoge de hombros.

—No me cabe duda. Voy a llamarlo y pedirle que venga ahora mismo.

—Debo irme —dice Trey. Se levanta y extiende la mano para que le devuelva la cámara, pero Rushborough no se mueve.

—Debo enseñarle esto a tu padre —le explica—. ¿Temes que se enfade? No te preocupes. No permitiré que te haga nada. Estoy encantado de que me hayas traído esto.

—Le he dicho que nadie debe saber que he sido yo. Dígale que alguien se lo ha contado.

—Bueno, dudo mucho que tu padre vaya contándolo por ahí —apunta Rushborough de manera razonable. Saca un móvil del bolsillo y marca un número, sin apartar la vista de Trey—. Será rápido. No tardaremos en aclararlo. ¿Johnny? Tenemos un problema. Tu encantadora hija está en mi casa y me ha traído algo que deberías ver. ¿Cuándo puedes venir? […] Estupendo. Hasta ahora.

Guarda el móvil.

—Solo tardará unos minutos —dice, sonriéndole a Trey. Se reclina en el sofá y va pasando las fotos de la cámara, tomándose su tiempo con cada una—. ¿Todas las has hecho tú? Están muy bien. Esta podría colgarse en una galería. —Rushborough le muestra una foto que Cal tomó de unos grajos posados en un roble.

Trey guarda silencio. Sigue de pie. Banjo, que comienza a inquietarse, le toca la rodilla con la nariz y emite un suave quejido; Trey le acaricia la cabeza para calmarlo. Algo va mal. Quiere salir corriendo hacia la puerta, pero no puede irse sin la cámara de Cal. Rushborough sigue concentrado en la cámara, examinando las fotos con interés y sonriendo con algunas de ellas. Las ventanas son negras y Trey siente la distancia que hay tras ellas, la extensión y el silencio de los campos.

Su padre llega sorprendentemente rápido. Su coche enfila el camino de la entrada a gran velocidad, levantando gravilla a su paso.

—Ya está aquí —dice Rushborough, levantándose para ir a abrir la puerta.

—¿Qué ocurre? —quiere saber Johnny; sus ojos saltan nerviosos de Trey a Rushborough—. ¿Qué estás haciendo aquí? —le pregunta a Trey.

—Shhh —dice Rushborough. Le entrega la cámara a Johnny—. Échale un vistazo a esto —le dice en tono cordial.

El rostro de Johnny al ver el vídeo proporciona a Trey un fogonazo salvaje de júbilo. Está pálido y vacío, como si fuera una bomba lo que tiene entre las manos y se sintiera perdido, como si sostuviera su propia muerte. Alza la cabeza una vez, con la boca abierta, pero Rushborough le dice: «Míralo hasta el final».

Trey posa una mano en Banjo y se prepara. Ni por un momento se ha creído que Rushborough vaya a protegerla de su padre; antes depositaría su fe en la montaña. Tan pronto su padre afloje el agarre de la cámara para empezar a soltar excusas, la cogerá, empujará a su padre hacia Rushborough y correrá hacia su casa abandonada. Uno podría tirarse un año buscando a alguien en esta montaña y no dar con una sola pista. Y cuando el pueblo se entere de que Rushborough se ha marchado, su padre estará condenado.

Cuando el vídeo acaba y Johnny baja la cámara, Trey aguarda a que se ponga a improvisar un cuento susceptible de que el tonto de Rushborough se lo trague. En vez de eso, levanta las manos sin soltar la cámara, cuya correa se balancea como loca.

—Amigo —dice Johnny—, no es ningún problema. Te lo juro por Dios. No dirá nada. Te lo garantizo.

—Lo primero es lo primero —dice Rushborough. Recupera la cámara—. ¿Con quién has hablado de esto? —le pregunta a Trey.

—Con nadie —dice Trey. No entiende por qué Rushborough se comporta como el jefe, dándole órdenes a su padre. Nada de esto tiene sentido. No tiene la menor idea de lo que está pasando.

Rushborough la mira con curiosidad, la cabeza ladeada. Luego le cruza la cara de una bofetada. Trey sale disparada hacia un lado, tropieza con sus pies, se golpea contra el brazo de una silla y cae al suelo. Se levanta con dificultad y coloca la silla entre su cuerpo y el de Rushborough. No hay nada que pueda utilizar como arma. Banjo está de pie, gruñendo.

—Llama a tu perro —dice Rushborough—. O le rompo la espalda.

A Trey le tiemblan las manos. Consigue chasquear los dedos y Banjo se le acerca a regañadientes. Sigue gruñendo, el pecho bajo, preparado.

Johnny va de un lado para el otro, agitando las manos.

—¿A quién se lo has contado? —Rushborough repite la pregunta en el mismo tono.

—No he dicho una palabra. Esos bastardos pueden irse al infierno. El pueblo entero. —Trey escupe sangre al hablar.

Rushborough alza las cejas. Trey puede ver que la cree.

—Bueno, ¿y eso por qué? —pregunta Rushborough.

Trey gira la cabeza suavemente para mirar a su padre por encima del hombro. Johnny intenta encontrar algo que decir.

—Si no te hubieran tratado como a una mierda —le dice a su padre—, no te habrías marchado.

Le sale a la perfección, crudo y con la mezcla justa de rabia y vergüenza, palabras que solo habría dicho si se las hubieran arrancado con tenazas. A su padre se le ilumina el rostro.

—Ay, cielo —dice, acercándose—. Ven aquí.

Trey deja que le pase un brazo por los hombros y le alborote el pelo. Bajo las especias, aflora un olor a goma quemada, producto del fuego. Dice cosas sobre que ahora ya está en casa y que juntos les darán una lección a esos bastardos.

Rushborough los observa. Trey sabe que no se está dejando engañar. Supo cuándo mentía ella, igual que supo cuándo decía la verdad, pero no parece importarle.

Trey no se asusta fácilmente, pero sí que teme a Rushborough. No es porque le haya pegado. Su padre ya le ha pegado antes, pero solo movido por la rabia y porque ella pasaba por ahí. Este hombre tiene un propósito. Trey percibe los engranajes de su mente, una máquina reluciente y eficiente que discurre por vías oscuras que no es capaz de comprender.

Rushborough se aburre y aparta el brazo de Johnny de los hombros de Trey. Johnny recula al momento.

—¿Qué hay del americano? —le pregunta Rushborough a Trey.

—No le he contado nada —dice Trey. Su labio partido ha dejado un rastro de sangre en la camisa de su padre—. Se lo contaría a los otros.

Rushborough asiente, dándole la razón.

—La cámara es suya, ¿no? ¿Para qué le dijiste que la necesitabas?

—Un proyecto de la escuela. Fotos de la vida salvaje.

—Ah, los pájaros. No está mal. Me gusta. De hecho, esto podría irnos la mar de bien —le dice a Johnny.

Rushborough le hace un gesto a Trey para que se siente en la silla. Trey obedece, llevándose a Banjo con ella, y se seca el labio en el cuello de su camiseta. Rushborough se acomoda de nuevo en el sofá.

—Solo quiero asegurarme de haberlo entendido —dice Rushborough—. Tu idea era que vería esto —le da unos golpecitos a la cámara— y volvería pitando de regreso a Inglaterra. Esos tipos acabarían con un palmo de narices, sin un céntimo y maldiciendo su suerte mientras intentaban recuperar parte de su oro del río. ¿Es así?

Su acento ha cambiado. Sigue siendo inglés, pero desprovisto de refinamiento; sencillamente suena corriente, propio de alguien que trabajara en una tienda. Lo hace más temible, no menos. Así parece más cercano.

—Sí —dice Trey.

—Porque no te caen bien.

—Sí —dice Trey, apretando las manos contra los muslos para que no le tiemblen. Poco a poco, las cosas se van colocando en su sitio.

—Me habrían echado a patadas del pueblo —dice Johnny, furioso, al caer de pronto en la cuenta—. Sin un céntimo tras pasar por todo esto.

—No he llegado tan lejos —dice Trey.

—Joder —dice Johnny. Todos sus sentimientos se convierten en rabia, lo más accesible—. Menuda ingrata. Y yo prometiéndote lo que quisieras...

—Cállate —dice Rushborough—. Esto no me molesta. Me molesta trabajar con un maldito cretino que se ha dejado engañar por una mocosa.

Johnny se calla. Rushborough devuelve su atención a Trey.

—No es un mal plan el tuyo —le dice—. Pero yo tengo uno mejor. ¿Qué te parecería hacer que esos tipos perdieran unos cuantos miles de euros por cabeza, en vez de unos cuantos cientos?

—Sí —dice Trey—. Quizá.

—Espera aquí —dice Rushborough. Entra en el dormitorio. Lleva la cámara consigo, dedicándole a Trey una sonrisa cargada de intención.

—Harás lo que te diga —le dice Johnny en voz baja. Trey no lo mira. Banjo, alterado por el olor a sangre y miedo, le lame las manos con la idea de que lo tranquilice. Trey le frota los carrillos. La ayuda a mitigar los temblores.

Rushborough regresa con una bolsita de plástico cerrada herméticamente.

—Nuestra idea original era que ayer por la mañana yo me encontrara esto. Tú me viste, ¿verdad? Habrías podido contarle a la gente que me viste encontrarlo. Pero será mucho mejor que salga directamente de ti.

Le tiende la bolsita a Trey. Dentro hay lo que parece un trozo de papel dorado, como el que envolvería una chocolatina o algo así, muy arrugado después de llevar tiempo en un bolsillo. Tiene el tamaño de una cabeza de clavo, de esos grandes, viejos y hechos a mano que cuesta un mundo reemplazar cuando se oxidan. También distingue fragmentos de roca pulverizada y de tierra.

—Lo encontraste justo al pie de la montaña —dice Rushborough—, a una milla y media de aquí, en dirección este. Escuchaste a escondidas una conversación entre tu padre y yo, reconociste el lugar del que hablábamos y saliste a buscar tu propio oro. Puedes mostrarte cautelosa respecto al lugar exacto porque no deberías haber excavado sin el permiso del terrateniente, pero estás tan orgullosa de ti misma que no puedes evitar ir por ahí mostrando tu hallazgo. ¿Lo has entendido?

—Sí —dice Trey.

—¿Lo ha entendido? —le pregunta a Johnny—. ¿Podrá hacerlo?

—Por Dios, claro —le asegura Johnny—. La chica es lista como un lince. Lo hará de fábula. Si lo piensas un poco, todo esto es para...

—Bien. Es todo cuanto tienes que hacer —le dice Rushborough a Trey—, y así conseguirás sacarles miles de euros a esos tipos, directamente de sus bolsillos. ¿Acaso no será divertido?

—Sí.

—No lo pierdas —dice Rushborough, sonriéndole—. Si haces un buen trabajo, podrás quedártelo. Un regalito. En caso contrario, tendrás que devolvérmelo.

Trey enrolla la bolsita y se la mete en un bolsillo de los tejanos.

—Muy bien —dice Rushborough—. ¿Lo ves? Estamos todos del mismo bando. Todo va a ir de maravilla y todos vamos a ser la mar de felices. Y nada de meterte con la chica —le dice a Johnny—. Concéntrate.

—Ah, Dios, no —le asegura Johnny—. No lo haré. Seguro, todo estupendo, amigo. De miedo.

La palidez no ha abandonado el rostro de Johnny.

—La cabeza en el objetivo —dice Rushborough.

—Tengo que devolverle la cámara —dice Trey.

—Bueno, todavía no —dice Rushborough con sensatez—. Voy a quedármela un tiempo, solo por si acaba resultándonos útil. No hay ningún motivo por el que tu proyecto escolar no vaya a alargarse varios días.

—Todo listo entonces —dice Johnny, con entusiasmo y demasiado acelerado—. Todo estupendo. Enviemos a la cama a esta jovencita. Vamos, cielo.

Trey sabe que no le van a devolver la cámara, al menos esta noche. Se levanta de la silla.

—Hazme saber cómo te va —le dice Rushborough—. No la cagues. —Pisa la pata de Banjo con el tacón.

Banjo suelta un fuerte aullido e intenta morderle, pero Rushborough ya se ha alejado. Trey lo agarra del collar. El perro gime y mantiene la pata en alto.

—Vamos —dice Johnny. Agarra a Trey del brazo y la encamina hacia la puerta. Rushborough se aparta educadamente para dejarles pasar.

Cuando la puerta se cierra a sus espaldas, Trey aparta la mano de su padre. No teme que vaya a pegarle por haber grabado el vídeo. Teme demasiado a Rushborough para desobedecer sus órdenes.

Da en el clavo, pues cuanto hace su padre es exhalar de un modo cómico para mostrar su alivio.

—Por los clavos de Cristo —dice—, la vida siempre te da sorpresas. Debo reconocerte que no me esperaba algo así. Diría que tú también te has quedado en shock, ¿verdad? —De algún modo, su voz ha conseguido recuperar un tono despreocupado. Bajo la intensa luz de la luna, Trey lo ve sonreír, intentando que ella le devuelva la sonrisa, pero se limita a encogerse de hombros.

—¿Te duele el labio? —le pregunta su padre, agachando la cabeza para mirarle la cara. Pone su voz más compasiva y gentil—. Enseguida se te cura, seguro. Puedes decir que te tropezaste.

—Estupendo.

—¿Estás enfadada porque no te conté toda la historia? Ay, cielo. Solo evitaba involucrarte en esto más de lo necesario.

—Me importa una mierda —dice Trey. Banjo suelta un gemido cada vez que apoya la pata en el suelo. Ella le acaricia la cabeza. No quiere pararse a examinarlo hasta encontrarse bien lejos de Rushborough.

—Pero ahora nos serás de gran ayuda. Harás un gran trabajo con esa cosilla. Solo debes enseñársela a una o dos personas (escoge a personas a las que les guste hablar) y el resto llegará solo. Pagaría por ver la cara de Noreen cuando se la muestres.

Trey deja el coche atrás y enfila hacia la carretera.

—¿Adónde vas? —le pregunta Johnny.

—A que le miren la pata a Banjo —dice Trey.

Johnny se ríe, aunque suena forzado.

—Olvídalo. El perro está la mar de bien, no tiene ningún problema. Te comportas como si le hubiera arrancado una pata.

Trey sigue caminando.

—Vuelve aquí —le dice Johnny, alterado.

Trey se detiene y se da la vuelta. Una vez que tiene su atención, Johnny parece no saber qué hacer.

—Todo ha salido bien, ¿no? —acaba diciendo—. No te mentiré: estaba preocupado ahí dentro. Pero le gustas, lo noto.

—No tiene ninguna abuela que fuera de por aquí —dice Trey—, ¿verdad?

Johnny no para de moverse y se da la vuelta para mirar hacia la casa. No hay movimiento tras las ventanas.

—Es un colega mío. No exactamente un colega, pero lo conozco de por ahí.

—Y no hay oro.

—Ah, nunca se sabe —dice Johnny, meneando un dedo frente al rostro de Trey—. Tu profesor mismo dijo que existe, ¿no es así?

—En alguna parte. No aquí.

—Eso no es lo que dijo. Simplemente nunca aseguró que hubiera aquí. Dijo que podría haber. Aquí, ahí, todo es posible.

A Trey la golpea con una claridad renovada lo mucho que odia hablar con su padre.

—Y tu hombre no es rico —dice.

Su padre se obliga de nuevo a reír.

—Ah, bueno, depende de lo que entiendas por rico. No es multimillonario, pero tiene más de lo que nunca he tenido yo.

—¿Cómo se llama?

Johnny se le acerca.

—Escúchame —le dice, en voz baja—. Le debo dinero.

—¿Te prestó dinero? —pregunta Trey. No procura disimular su incredulidad. Rushborough no es tan idiota como para haberle prestado dinero a su padre.

—No, no. Estuve conduciendo un tiempo para él, aquí y allá. Hasta que un día le estaba llevando algo a Leeds cuando me robaron. No fue culpa mía, alguien debió de jugármela, pero no me escuchó. —Johnny sigue sin dejar de moverse, los pies inquietos sobre la gravilla del camino de la entrada, haciendo ruiditos que parecen crujidos. A Trey le entran ganas de pegarle para que pare—. No podía devolverle el dinero. Estaba en un buen lío. ¿Puedes entender el lío enorme en el que estaba metido?

Trey se encoge de hombros.

—Un lío enorme. ¿Me entiendes? Un lío enorme.

—Sí.

—Entonces me vino esta idea. Me rondaba por la cabeza desde hacía años, de aquí para allá como... Tenía muy claro dónde debía de estar el oro, sabía en qué tierras debía de encontrarse; tenía un anillito con una pepita que conseguí en un anticuario y que serviría de prueba... Tuve que rogarle que me diera una oportunidad. No quería que volviera aquí yo solo, me dijo que no me volvería a ver el pelo. Así que le dije que me acompañara si quería, que hiciera del otro tipo. —Johnny lanza una mirada a la casa de campo por encima del hombro—. Nunca pensé que lo haría. ¿Quedar atrapado en un agujero como este durante semanas, sin vida nocturna ni mujeres? Pero le atrae la novedad. Se aburre con una facilidad pasmosa. Y disfruta teniendo a la gente en ascuas, como que nunca sabes por dónde te saldrá. Diría que es eso.

Trey piensa en Rushborough, o como sea que se llame, sentado a la mesa de su cocina, sonriéndole a Maeve y preguntándole por Taylor Swift. Sabía que no era trigo limpio. Se siente una idiota por no haber anticipado el resto.

—No es lo que yo quería —dice Johnny, en un tono herido, como si ella lo estuviera acusando—. Tenerlo cerca de ti, de tu madre y de los pequeños. Pero no tuve otro remedio. No podía negarme, ¿verdad?

Cal se habría negado, Trey lo sabe. Para empezar, Cal nunca se habría metido en un lío así.

—Será estupendo —le asegura Johnny—. Todo está saliendo a pedir de boca. Tú limítate a cumplir con tu parte, que los muchachos sepan que hay oro esperándolos por ahí. A continuación, después de que Rushborough encuentre el material en el río, les va a ofrecer dos opciones: recibir mil euros por cabeza por dejarle recoger muestras en sus tierras, o bien invertir unos cuantos miles en su empresa minera y obtener un porcentaje de todo lo que encuentre. Les dirá que en Londres tiene a gente interesada en invertir, pero que prefiere darles prioridad a los locales, solo que deben decidirse rápido porque los de Londres están encima de él. Mantener las cosas en movimiento, pimpampum, tenerlos ansiosos, presionarlos, ¿ves la jugada? Si todos optan por invertir, yo habré saldado mi deuda. Libre y limpio. Si después conseguimos subir a bordo a más gente, ya todo serán beneficios.

—No le van a dar dinero —dice Trey—. No les bastará con que yo les cuente que he encontrado esto.

—Ya han aflojado unos cuantos cientos. Eso es lo que tendrán en mente. ¿Por qué no dar un paso más y aspirar al premio gordo?

—Porque no son tontos —dice Trey—. Y no se fían de ti. —Los acontecimientos de esa noche la han dotado de una libertad que la sorprende. Ya no tiene necesidad de contentar a su padre.

Johnny no se lo discute. Sonríe tímidamente, con la vista puesta en los campos oscuros.

—A veces olvido que solo eres una cría —dice Johnny—. Debes entender cómo son los hombres. Los tipos de por aquí llevan toda la vida trabajando duro. Se han ganado a pulso todo lo que poseen. Se supone que un hombre debe sentirse orgulloso de algo así, pero la verdad es que le produce un gran agotamiento. Acaba deseando obtener algo sin esfuerzo, algo que le caiga del cielo. Por esto la gente juega a la lotería. No es dinero lo que buscan, aunque puedan creer que es así, sino ese momento en el que sienten que Dios mismo los ha señalado como ganadores. Por una vez quieren sentirse afortunados. Quieren sentir que Dios y sus tierras están de su lado. Quizá no suelten cinco mil euros por la posibilidad de obtener cincuenta mil, pero sí por la posibilidad de sentirse afortunados.

Trey ha perdido el hilo y tampoco le importa.

—Mantén a Cal fuera de esto —le pide a Johnny.

—Desde el principio no lo quise dentro —dice Johnny, ofendido—. No le quitaría un céntimo a un hombre que ha sido bueno contigo. Lo rechacé con vehemencia. ¿Y sabes lo que hizo el tipo? Me amenazó con ir a la policía si no lo incluía en el plan. Esto es lo que consigues con un yanqui de por medio. ¿Acaso alguien del pueblo haría una cosa parecida?

—Déjalo fuera o arrojaré esta cosa a una ciénaga —dice Trey.

—Tú harás lo que se te diga —dice Johnny. Suena como si las fuerzas lo hubieran abandonado por completo—. O te daré una buena paliza.

Trey se encoge de hombros.

Johnny se frota la cara con una mano.

—Bien —dice—. Haré lo que pueda. Tú cumple con tu parte, por el amor de Dios.

Trey echa a andar por la carretera.

—¿Adónde te crees que vas? —le pregunta Johnny—. No hay ningún veterinario abierto a estas horas.

Trey lo ignora.

—¿Vas a casa de tu Hooper?

Trey quiere ir más rápido, pero debe esperar a Banjo. Ya no gimotea, pero cojea ostensiblemente, evitando apoyar la pata herida.

—Vamos, vuelve aquí —le grita Johnny. Lo oye abrir la puerta del coche—. Os llevaré a los dos.

—Vete a la mierda —le dice Trey, sin darse la vuelta.

Trey ataja a través de campos hasta que está segura de que su padre no la ha seguido. Encuentra un rincón iluminado por la luna, lo bastante cerca de un murete que la ocultará un poco, y se agacha a examinar la pata de Banjo. Está hinchada. Trey palpa en busca de bultos o roturas. Banjo gimotea, se queja con fuerza y acaba ladrando, aunque enseguida se disculpa con una serie de lametazos frenéticos. Trey se recuesta y le acaricia el cuello del modo en que tanto le gusta. Trey no piensa seguir examinándolo hasta ponerlo en su contra. Le rompería el corazón.

—Está bien —dice—. Eres un perro estupendo. —Desearía haberle dado un rodillazo en las pelotas a Rushborough.

Rushborough y todo lo que ha traído con él le son tan ajenos que no puede traducir lo ocurrido esa tarde a ningún lenguaje que le resulte comprensible. Parece como si nunca hubiera sucedido. Se sienta e intenta desplegar los acontecimientos en su mente para verlos con claridad. Al otro lado del murete, las vacas mastican con un ritmo estable y arrullador.

Tal y como ella lo ve, cuenta con dos opciones: puede ceñirse a su objetivo original, que era arruinar los planes de su padre y echarlo del pueblo (esto sería fácil); o puede enseñarle el trocito de oro a Cal, o a cualquiera de los hombres, y contarles de dónde lo ha sacado. Su padre les despierta recelos de forma instintiva. En menos de un día conseguirían expulsarlo, y al inglés con él. Quizá Rushborough sea un tipo duro, pero lo superan en número y está fuera de su hábitat: se largaría.

Al otro lado de la balanza está el hecho de que Trey preferiría cortarse una mano antes que hacer un favor a cualquiera de esos hombres. Lo que de verdad desea es abrir sus respectivas cajas torácicas y arrancarles el corazón. Desea romperse los dientes royéndoles los huesos.

Este anhelo nunca la ha perturbado desde un punto de vista moral. Lo ha aceptado como algo que nunca podrá llevar a la práctica, incluso si supiera exactamente cómo proceder, pero tiene muy claro que tendría todo el derecho. Lo que la detiene, con tanta fuerza que no ha habido resquicio para replanteárselo, es Cal. Hicieron un trato: Cal averiguó por ella lo que le había ocurrido a Brendan, hasta donde pudo, y ella, a cambio, le prometió que jamás tomaría represalias. Pero los tejemanejes de Johnny no tienen conexión alguna con Brendan. Puede hacer con ellos lo que se le antoje.

Trey bien podría acceder a los deseos de su padre y de Rushborough. Por otro lado, no tiene ganas de hacerles ningún favor: su padre puede irse a la mierda, y después de lo que Rushborough le ha hecho a Banjo, puede irse a la mierda un millón de veces. Pero el plan que han tramado podría perjudicar a la mitad de Ardnakelty, de contar con la ayuda de ella. Aquí yace la posibilidad de golpear a los que le hicieron eso a Brendan.

Y de este modo también perderá de vista a su padre más pronto que tarde. Incluso si el plan sale a la perfección, antes o después se revelará que no hay oro. Su padre y Rushborough pillarán todo el dinero que puedan y se largarán.

A su mente asoma de forma gradual el hecho de que su padre nunca tuvo intención de quedarse. Parece algo obvio, algo que siempre supo, le habría bastado con prestar atención. Podría haberse limitado a refugiarse en casa de Lena y esperar a que se marchara, ahorrándose tener que perder un segundo en pensar en toda la mierda que ha traído consigo.

De haberlo pensado, así habría procedido. Está contenta de no haberlo hecho. Se queda descansando en el campo un rato más, recorriendo las suaves orejas de Banjo con los dedos y sopesando los diferentes modos en que podría vengarse.

—Vamos —le dice a Banjo finalmente. Lo levanta en brazos y se lo carga a la espalda, como si fuera un bebé gigante. Banjo se muestra entusiasmado. Le olisquea la oreja y le deja un reguero de babas en el pelo.

—Pesas una tonelada —le dice Trey—. Voy a ponerte a dieta.

A Trey le resultan placenteros la calidez y el olor que desprende su cuerpo. De repente se siente terriblemente sola. Lo que de verdad desea es coger todo esto, llevárselo a Cal, arrojarlo a sus pies y preguntarle qué hacer con ello, pero no piensa hacerlo. Sea lo que sea lo que Cal tiene en mente, le ha dejado claro que no hay lugar para ella.

—Ensalada —le dice a Banjo, comenzando el descenso por la carretera—. No te voy a dar nada más. —Banjo le lame la cara.

A Trey la preocupaba que Lena se hubiera acostado, pero las ventanas están iluminadas. Cuando le abre la puerta, fluye música a sus espaldas, una mujer con una voz rasposa que canta con urgencia y melancolía en una lengua que Trey no reconoce.

—Jesús —dice Lena—. ¿Qué te ha pasado?

Trey se había olvidado de su labio hinchado.

—Me he tropezado con Banjo —dice—. Se me cruzó por delante y le pisé la pata. ¿Puedes echarle un vistazo?

Lena alza las cejas, pero decide no indagar.

—No hay problema —dice, señalando hacia la cocina—. Llévalo ahí.

Al ver a Nellie y a Daisy, Banjo forcejea para que Trey lo baje, pero tan pronto pone una pata en el suelo, emite un quejido de dolor.

—Vale —dice Lena—. Ya veo. Fuera —les dice a Nellie y a Daisy, abriéndoles la puerta trasera—. Solo conseguirán distraerlo. Bien. Siéntate, amiguito.

Apaga la música. El silencio repentino confiere a la cocina un aire tranquilo y relajado. Trey siente el deseo de sentarse en el frío suelo de piedra y no moverse.

Lena se agacha delante de Banjo y juguetea con él, frotándole los carrillos mientras él intenta lamerle la cara.

—Colócate detrás de él —dice—. Sostenle la mandíbula desde arriba, por si quiere morder. Si se altera mucho, podemos cerrarle la boca con una venda, pero preferiría no hacerlo.

—No lo hará —dice Trey.

—Está herido. Incluso el perro más bueno del mundo se transforma cuando siente dolor. Pero primero lo intentaremos así. Ven aquí, amiguito.

Agarra la pata de Banjo con delicadeza y la palpa. Banjo se retuerce contra la mano de Trey y despliega su repertorio completo de gemidos, quejidos y aullidos, hasta concluir con su ladrido más profundo e impresionante.

—Shhh —le dice Trey al oído con dulzura—. Mi bebé grandullón y viejecito. Eres estupendo. —Lena recorre la otra pata con los dedos para comparar, sin alzar la vista.

—Diría que no tiene nada roto —acaba diciendo, sentándose sobre los talones—. Solo moratones. Procura que no se mueva mucho durante los próximos días.

Trey suelta a Banjo, que comienza a trazar círculos en su intento por lamerlas a ambas, señal de que las perdona.

—Gracias —le dice Trey a Lena.

—Debería quedarse aquí a pasar la noche —dice Lena—. No debería caminar montaña arriba.

—Lo llevaré en brazos —dice Trey.

Lena la mira, extrañada.

—¿En la oscuridad? —le pregunta.

—Sí.

—Si tropezáis, ambos acabaréis más magullados de lo que ya estáis. Déjalo donde está. De todos modos, si por la mañana ha empeorado, tendremos que llevarlo al veterinario a que le haga una radiografía. Tú también puedes quedarte. La cama sigue preparada de la última vez.

Trey piensa en la cama amplia y fresca, y en su padre, esperando en casa para atosigarla.

—¿Sabes quién le hizo eso a mi hermano? —pregunta abruptamente.

Jamás han hablado del tema. Lena no se muestra sorprendida ni finge no haberla entendido.

—No —dice—. Nadie quería contarlo y yo no iba a preguntar.

—Podrías haber intentado adivinarlo.

—Podría, sí. Pero podría equivocarme.

—¿Quién te imaginas que fue?

Lena menea la cabeza.

—No. Ese juego funciona con quién ha estado divirtiéndose con tu espantapájaros o con quién se cagó en los escalones de entrada a la casa de los Cunniffe. No con esto.

—Odio a todos los de aquí —dice Trey—. Excepto a ti y a Cal.

—De acuerdo —dice Lena—. Si supieras quién hizo qué, ¿odiarías menos al resto?

Trey le da vueltas.

—No —dice.

—Pues eso.

—Sabría a quiénes odiar más.

Lena inclina la barbilla, admitiendo la justicia del asunto.

—Si lo supiera con seguridad —dice—, probablemente te lo contaría. Quizá fuera una mala idea, pero lo haría. El caso es que no lo sé.

—Imagino que fue Donie McGrath —dice Trey—. Lo de cagarse en los escalones de los Cunniffe, no lo del espantapájaros. Porque la señora Cunniffe se quejaba de lo alta que ponía la música.

—Suena plausible —dice Lena—. Pero hablamos de algo diferente. Pisas terreno seguro. Por aquí no hay mucha gente que se cagaría en la entrada de una casa, y la mayoría recurriría a caca de vaca. Donie es la excepción. En cambio, sí que hay mucha gente dispuesta a ocultar cosas en el caso de que salieran mal, por graves que fueran. Solo podría lanzar nombres a ciegas.

—Sí —dice Trey. Tiene ganas de decir que la diferencia más sustancial es que ellos no tienen derecho ni necesidad de saber lo de los escalones de los Cunniffe, mientras que ella tiene tanto el derecho como la necesidad de saber lo ocurrido con Brendan. Sin embargo, la fatiga la golpea de repente, como una piedra contra la cabeza. Le encanta la cocina de Lena, deteriorada y desordenada en su justa medida, así como llena de colores cálidos. Siente el impulso de estirarse en el suelo a dormir.

Cuenta con una tercera opción: puede alejarse de todo esto. Subir a las montañas y quedarse ahí hasta que todo estalle: vivir en su casa de campo abandonada o buscar refugio con uno de los hombres de las montañas. No son gente habladora; no le harían preguntas ni la delatarían, sin importar quién fuera a indagar. No temen a tipos como Rushborough.

Lena la mira fijamente.

—¿Cómo es que sales ahora con esto? —le pregunta.

Trey no reacciona.

—¿Por qué me preguntas esta noche por el tema, dos años después?

Trey no se esperaba esto. Lena es la persona menos fisgona que conoce, uno de los motivos por los que le cae tan bien.

—No lo sé —dice.

—Malditos adolescentes —dice Lena. Se levanta del suelo y va a abrirles la puerta a las perras. Derrapan de camino a ver cómo está Banjo y olerle la pata.

—¿Nuestro amiguito ya ha cenado?

—No —dice Trey.

Lena encuentra un bol extra y saca del armario una bolsa de comida para perros. Los tres perros se olvidan de golpe de la pata de Banjo y la rodean, enroscándose entre sus piernas y emitiendo, al máximo volumen, su aullido desesperado de *beagles* hambrientos.

—Cuando tenía dieciséis años —le cuenta Lena—, una amiga se quedó embarazada. No quería que sus padres lo descubrieran. ¿Así que sabes lo que hice? Mantuve el pico cerrado.

Trey asiente en señal de aprobación.

—Fui una estúpida —dice Lena. Aparta a los perros de su camino con la rodilla para poder verterles la comida—. La chica necesitaba que un médico la supervisara, en caso de que algo saliera mal. Pero lo único que yo tenía en la cabeza era que los adultos montarían un escándalo y complicarían las cosas. Lo más fácil era ocultárselo y encargarnos nosotras.

—¿Qué ocurrió?

—Otra amiga nuestra mostró más sentido común. Se lo contó a su madre. La chica fue al médico, tuvo a su bebé y todo salió bien. Pero bien podría haber parido en medio del campo y podrían haber muerto los dos. Y todo porque pensamos que los adultos eran más un engorro que una ayuda.

Trey sabe adónde quiere ir a parar, pero, como en el caso de los escalones de los Cunniffe, está obviando diferencias muy importantes. Se siente más sola que nunca. Casi desearía no haber venido, sobre todo ahora que sabe que Banjo está bien.

—¿Quién era? —pregunta.

—Joder, por el amor de Dios. Eso no es lo importante.

Trey se levanta del suelo.

—¿Puedes cuidar de él esta noche? —pregunta—. Pasaré a recogerlo por la mañana.

Lena devuelve la bolsa de comida al armario.

—Escúchame bien —dice Lena—: Cal y yo haríamos lo que fuera por ti. Lo sabes, ¿verdad?

—Sí —dice Trey, muy avergonzada, con la mirada fija en cómo comen los perros—. Gracias. —La idea le brinda un cierto alivio, pero uno confuso y complejo. Sería más fácil si encontrara algo que quisiera que ellos hicieran por ella.

—Entonces no lo olvides. Y necesitas lavarte esa cara y ponerte algo encima de esa camiseta, a menos que quieras que la gente te vaya preguntando de qué guerra vienes.

Hay más ajetreo en la montaña durante el camino de vuelta, un trajín que se mantiene en los límites de la percepción, repleta de movimientos y crujidos que pueden estar ahí o no. Las actividades nocturnas están en su pleno apogeo. Trey se siente desnuda sin Banjo pisándole los talones.

Lena no la preocupa. Si su padre intenta convencerla de que ponga dinero en la mina de oro imaginaria de Rushborough, perderá el tiempo. Quien sí la preocupa es Cal. Trama algo que a ella se le escapa y no tiene calado a Rushborough. Cal ya ha sufrido bastante las consecuencias de verse involucrado en ella y sus cosas. Su mente rechaza con todas sus fuerzas la idea de que sufra más. El hecho de que esté cabreada con él solo consigue reforzarla: ahora mismo no tiene el menor deseo de sentirse más en deuda con él de lo que ya lo está.

Ya encontrará el modo de lidiar con Cal. La decisión que ha tomado se le presenta más cristalina. Su padre y Rushborough son las únicas armas de las que dispone, y no parece que vaya a haber otras, contra su pueblo. Están guardadas y cargadas, listas para que las empuñe. No salió en su búsqueda; algo las puso a su servicio, ese mismo algo que trajo a Cal a Ardnakelty cuando necesitaba averiguar qué le ocurrió a Brendan. Por entonces temía hablar con Cal. De todos modos, lo hizo porque tenía la sensación, idéntica a la que la recorre ahora, de que huir sería como escupir en la cara de ese algo.

Cal le contó hace tiempo que todo el mundo necesita un código bajo el que vivir. Trey solo entendió en parte lo que intentaba decirle, pero, a pesar de eso, o quizá precisamente por eso, le dio muchas vueltas. Su código siempre ha sido algo rudimentario e imperfecto, pero, desde el regreso de su padre, se ha fusionado y afilado, apuntando en varias direcciones y exigiendo cosas para sí. Si no puede matar a nadie por lo que le hicieron a Brendan, o cuando menos enviarlos a prisión, necesita tomarse una venganza feroz.

Capítulo 10

De forma ocasional, a Lena le asaltan ligeras dudas sobre su negativa a tener hijos, sobre todo cuando la predictibilidad de su vida empieza a pesarle, pero hoy da gracias a Dios por ello. Trey ni siquiera es hija suya y la tiene loca.

Algo está ocurriendo en el mundo de Trey. Lena da por sentado que fue Johnny quien le pegó e hirió a Banjo, pero, por sus palabras, no fue solo un arrebato de borracho; tuvo algo que ver con Brendan. Lena conoce la esencia de lo que le ocurrió a Brendan, aunque se ha cuidado de indagar en los detalles. No consigue entender qué relación guarda con Johnny, el inglés y el oro. Casi había deseado que la pata de Banjo hubiera empeorado durante la noche para tener que llevarlo al veterinario, y así poder hablar de nuevo con Trey durante el trayecto de ida y vuelta en coche, pero esta mañana le había bajado la inflamación y ya podía apoyarla, si bien el perro daba muestras de sentir que merecía raciones extra de cuidados y comida para compensar el mal trago. Trey se ha presentado antes de que Lena se marchara a trabajar y se ha llevado a Banjo, limitándose a darle las gracias con un discurso que ha saltado a la vista que había practicado. Lena no sabe qué hacer con ella.

Esta es una habilidad que jamás ha aprendido. Adora a sus sobrinos y sobrinas, ha jugado con ellos, escuchado sus preocupaciones y les ha dado su opinión las pocas veces que le han venido a consultar, pero el tratamiento de las cuestiones más espinosas siempre ha recaído en sus madres, y ocasionalmente en sus padres.

Es probable que hubiera podido hacer más de haberle puesto voluntad, pero nunca lo hizo. Jamás se le antojó necesario: los progenitores parecían tener controlada la situación. Sea lo que sea lo que le esté ocurriendo a Trey en la vida, no hay nadie que tenga la situación controlada.

Lena está inquieta. Lo de Trey es la guinda del pastel, pero no se trata solo de Trey. Es Cal, rebosante de ansiedad y fumando de manera compulsiva bajo la calma aparente; y es Rushborough, que se detuvo a hablar con ella del paisaje mientras paseaba a las perras y consiguió repelerla más de lo que se había imaginado. Ya no le basta con esperar y observar. Hace de tripas corazón y llama a Noreen para hacer las paces tras el encontronazo del otro día, pero Noreen, cuyas reservas de conjeturas y rumores son considerablemente más impresionantes que las suyas, no tiene nada destacable que aportar. De modo que, en contra de lo que le dicta el instinto, se dirige al único sitio donde podrán darle alguna pista sobre qué mierda está pasando. Está casi segura de que es una mala idea, pero no tiene ninguna mejor.

El calor se ha espesado. El sol de primera hora del mediodía mantiene inmovilizado al pueblo; la calle principal está vacía, solo se ve a los viejos del lugar recostados contra el muro de la gruta, demasiado acalorados para moverse y buscar refugio en algún interior. Uno de ellos se abanica sin fuerzas con un periódico.

La señora Duggan está apostada tras la ventana de su casa, como siempre, fumando e inspeccionado la calle por si hay algo de interés. Lena entra en su campo de visión y asiente, y la señora Duggan alza una ceja. Cuando Lena llama a su puerta, no le llega ningún movimiento del interior, pero, al cabo de un momento, una voz profunda dice con parsimonia: «Vamos, adelante».

La casa huele a los productos de limpieza de Noreen, con una palpable corriente subterránea de algo sudoroso y dulzón. La habitación de la entrada está repleta de muebles viejos y marrones, objetos decorativos de porcelana y fotografías enmarcadas de varios papas de muchos años atrás. La señora Duggan está hundida en su sillón, el cuerpo desbordado por encima de los reposabrazos. Lleva un vestido violeta y unas zapatillas desgastadas de lana; su cabello, teñido de un negro brillante, está recogido en un moño tirante. Desprende un aire a algo geológico, como si la casa se hubiera levantado alrededor suyo porque nadie estaba dispuesto a moverla.

—Bueno, menuda sorpresa —dice, inspeccionando a Lena con ojos caídos y burlones—. Lena Dunne haciéndome una visita. Corren tiempos extraños por aquí, qué duda cabe.

La señora Duggan es uno de los motivos por los que Lena nunca tuvo hijos. Es una fermentación acre y densa de todas las cosas de Ardnakelty que deseaba dejar atrás. Al final, Lena llegó a hacer las paces con el lugar, pero nunca iba a poner a una criatura en sus brazos.

—He preparado mermelada de moras —dice Lena—. Te he traído un frasco.

—Me la comeré —dice la señora Duggan. Se inclina hacia delante, gruñendo del esfuerzo, para coger el frasco que le tiende Lena y examinarlo—. Estará rica con un poco de pan de soda. Le pediré a Noreen que esta noche me lo prepare. —En la mesita que hay junto a su codo, entre tazas de té, ceniceros, barajas de cartas, galletas y pañuelos, encuentra un resquicio en el que depositar el frasco, y mira de reojo a Lena—. ¿Estás sintiendo lástima por tu hermana al imaginártela preparando pan de soda para una vieja con este calor?

—Noreen tiene lo que deseaba —dice Lena—. No tengo motivos para sentir lástima por ella.

—La mayoría conseguimos lo que deseamos —conviene la señora Duggan—. Para bien o para mal. Siéntate. —Hace un gesto con la cabeza hacia la silla que hay al otro lado de la ventana—. Tú misma conseguiste a ese americano que vive en casa de O'Shea. ¿Cómo va la cosa?

—Me conviene —dice Lena—. Y parece que yo le convengo a él.

—Sabía que sería tuyo —dice la señora Duggan—. La primera vez que lo vi pasar bajo esta ventana, hice una pequeña apuesta conmigo misma. Lena Dunne lo hará suyo. Al enterarme de que había acertado, brindé con una copita de jerez. ¿Piensas quedártelo?

—No hago planes —dice Lena.

La señora Duggan le lanza una mirada cínica.

—Ya eres mayorcita para salir con estas tonterías, pretendiendo sonar como una jovencita cabeza hueca. Por supuesto que haces planes. Haces bien en no casarte aún con él. Deja que siga creyendo un poco más que lo vuestro no es más que una aventura. Es algo que les gusta a esta edad. Les hace creer que no han perdido del todo su lado salvaje. —Le da una última y profunda calada a su cigarrillo antes de aplastarlo—. ¿Qué quieres?

—Te habrá llegado lo de Johnny Reddy y ese inglés que busca oro.

—Cómo no, hasta los perros callejeros están al corriente.

—Antes de esto, ¿ya se hablaba de que había oro por estas tierras?

La señora Duggan se reclina en el sillón y se ríe, un jadeo profundo y punzante que provoca que sus pliegues de grasa se muevan como lentas ondas tectónicas.

—Me preguntaba cuándo vendría alguien a preguntarme por el tema —dice—. Hice una pequeña apuesta conmigo misma acerca de quién sería. Me equivoqué. No hay copita de jerez para la señora esta noche.

Lena no le pregunta por quién había apostado. No piensa darle más satisfacciones de las estrictamente necesarias. Aguarda.

—¿Le has preguntado a Noreen?

—Si supiera algo, ya me lo habría contado.

La señora Duggan asiente, sus fosas nasales dilatándose un poco con desdén.

—Esa no es capaz de aguantarse ni el pis. ¿Por qué te molestas en venir a preguntarme a mí si su señoría no tiene nada que ofrecerte?

—Las cosas se olvidan —dice Lena—. Quizá hubo alguien, hace treinta, cuarenta o cincuenta años, que sabía lo del oro y que ya está muerto. Noreen no llega tan atrás. Si hay alguien al corriente, eres tú.

—Bien cierto. No conseguirás halagarme contándome lo que ya sé.

—No pretendía halagarte. Solo te digo qué hago aquí —dice Lena.

La señora Duggan asiente. Saca otro cigarrillo del paquete, con torpeza por culpa de los dedos hinchados, y se lo enciende.

—Mi Dessie está ahora en el río —dice—, con los otros muchachos, ayudando al inglés a sacar el oro que ellos mismos pusieron. ¿Tu hombre está con ellos?

—Diría que sí.

—Igual que unos críos —dice la señora Duggan—, escarbando en el fango, encantados consigo mismos. —Se sienta y fuma; sus ojos recorren el rostro de Lena—. ¿Cómo es que ibas besuqueando a Johnny Reddy por ahí mientras estabas comprometida con Sean Dunne?

Lena le ha sostenido un buen rato la mirada a la señora Duggan.

—Por entonces Johnny era un buen tipo. A todas nos gustaba.

La señora Duggan resopla.

—¿Qué andabas buscando con un mierdecilla como ese cuando ya tenías a un tipo la mar de decente? Sean era dos veces más hombre que Johnny.

—Lo era, cierto —dice Lena—. Pero a muchas chicas les gusta la idea de una aventura antes de sentar la cabeza. También a muchos chicos.

—Tienes más razón que un santo —reconoce la señora Duggan con una sonrisilla—. A muchas. Pero tú nunca fuiste una golfa. Siempre te creíste demasiado importante para seguir las reglas, pero esto no fue lo que te empujó. De haber buscado una última aventura, te habrías ido a Australia de mochilera.

Lleva razón y a Lena no le gusta nada.

—Habría sido más divertido, es cierto —dice—. Pero Johnny resultaba más rápido y barato.

La señora Duggan se limita a sacudir la cabeza de nuevo, sin parar de mirar a Lena y de fumar. Parece estar pasándoselo bien.

A Lena le viene un destello de la impotencia y el vacío que llevaba décadas sin sentir. Esta mujer y este lugar son tan obstinados, a un nivel monumental, desde sus mismos cimientos, que le parece una locura pretender ser más lista que ellos. Su vastedad no le deja espacio para maniobrar, ni siquiera para respirar. Durante un instante agudo recuerda esta sensación, cercana a un pánico absurdo, y la mano de Johnny subiéndole por la espalda.

—Si Sean lo hubiera descubierto —dice Lena—, quizá habría roto el compromiso. Y entonces yo habría ido a la universidad.

La señora Duggan se recuesta en el sofá y se ríe de nuevo. El sonido se alarga mucho rato.

—Fíjate en eso —dice, una vez se ha divertido lo suficiente—. De eso se trató desde el principio: la valiente Helena aspiraba a algo más de lo que podían ofrecerle un pobre tipo como Seaneen Dunne y un agujero como Ardnakelty. Y tú esperabas que yo te hiciera el trabajo sucio.

—No lo esperaba —dice Lena—. Quería a Sean, o me habría ocupado en persona del trabajo sucio. Simplemente me apeteció echar los dados, una sola vez.

—Te creías la mar de lista —dice la señora Duggan—. Pero a mí nadie iba a utilizarme.

—No pensaba en ti —dice Lena—. Ni siquiera sabía que lo ibas a descubrir. Pensaba en cualquiera que pasara por delante.

—Lo sabías —dice la señora Duggan—. Me llegan cosas. Pero yo decido qué creer; no lo decides tú ni nadie.

Lena ya ha tenido suficiente: ha pagado el peaje.

—Habrás oído si existe oro por ahí o no.

La señora Duggan asiente, aceptando la transacción. Expulsa humo y lo observa trazar bucles contra los cristales de la ventana.

—En lo que llevo de vida —dice—, jamás he oído el menor rumor sobre ningún oro. La gente va diciendo que el viejo Mick Feeney lo sabía y se lo guardó para sí, pero hubo ocasiones en las que Mick Feeney me habría dado cualquier cosa que tuviera a cambio de lo que quería de mí, y nunca dijo una palabra al respecto. Hace ochenta años que conozco a todos los Feeney de este pueblo, y si resulta que alguno de ellos tiene la menor idea de algún oro, aceptaría comerme este cenicero. —Apaga el cigarrillo, apretándolo con fuerza, y mira fijamente a Lena—. No puedo decirte si hay oro ahí fuera, pero sí que nunca nadie pensó que lo hubiera, no hasta que Johnny y ese inglés vinieron aquí, dándose aires. ¿Qué opinas de esto?

—Me sorprendería que algo que saliera de la boca de Johnny Reddy fuera verdad —dice Lena.

La señora Duggan resopla en señal de que lleva razón.

—Ahí lo tienes. ¿Y ahora qué vas a hacer al respecto? —pregunta.

—Aún no lo he pensado —dice Lena—. Quizá nada.

—Se avecinan problemas —dice la señora Duggan, marcando las palabras, y en su tono se percibe el placer de la anticipación—. Sé que has intentado hacerme ver que no piensas adelantarte a los acontecimientos, pero, si yo fuera tú, haría una excepción por esta vez.

—Esto no se lo has dicho a Noreen ni a Dessie, ¿verdad?

—Si me lo hubieran preguntado como debían —dice la señora Duggan—, quizá lo habría hecho. Pero jamás se les pasó por la cabeza preguntarme. Ahora tu hermana pasa por ser la que lo sabe todo. Yo no soy más que un vejestorio al que se le ha pasado la fecha de caducidad. —Se reclina en la silla, que cruje, y en su amplia boca se dibuja una sonrisa—. De modo que me limito a quedarme aquí sentada, bien tranquila, viendo cómo los demás pierden la cabeza. No me importa en absoluto que Dessie haya decidido hacer el ridículo. Me queda poco tiempo. Mientras siga aquí, aprovecharé cuanto pueda. —Hace un gesto en dirección al cenicero—: Vacíalo al salir. No lo mezcles con el reciclaje. Tu hermana se pone tiquismiquis con eso.

Lena coge el cenicero y lo vacía en el cubo de la basura. La cocina es grande, luminosa y está como los chorros del oro, con filas de tazas a juego colgando por debajo de los armaritos y un hule con motivos florales extendido sobre la mesa larga. De una de las paredes cuelga una pizarra con una columna para cada uno de los hijos de Noreen, para apuntar los horarios de entrenamiento, las visitas al ortodoncista y quién necesita un palo nuevo de *hurling*. Lena aprovecha para escribir: «Haced algo bueno por vuestra madre», en cada una de las columnas.

—Bueno, amigo —dice Mart mientras Cal y él suben por el caminito que conduce a sus respectivas casas, tomándoselo con calma para no castigar las articulaciones de Mart. El sol justo ha empezado a mostrar clemencia; arroja sus sombras, afiladas y negras, sobre la carretera, brincando y aleteando a la altura de los codos, entre muretes y setos—. Diría que la cosa no ha ido mal.

—Todo el mundo parecía bastante feliz —dice Cal. Esta fue la parte que más lo sorprendió: el estallido espontáneo de gritos y vivas de los hombres cuando Rushborough alzó las primeras muestras brillantes en la batea; el tono de genuino y exaltado asombro y placer, como si todos hubieran estado aguantando la respiración a la espera de descubrir si había algo ahí. El oro ha adquirido una materialidad fuera de ellos mismos y de sus acciones. Le han recordado a creyentes jubilosos por la verdad sagrada que transmite una reliquia, aunque sepan que la reliquia no es más que un trozo de hueso de pollo.

—No las tenía todas conmigo —explica Mart—. Cuando te las ves con tipos como Johnny Reddy, siempre esperas que algo se acabe torciendo. Pero debo reconocer que esta vez no ha sido así. Todo ha ido suave como la seda.

—Por el momento —dice Cal.

—Por el momento —admite Mart—. Pero te diré una cosa que me ha sorprendido: no pensaba tener que dedicarle todo el día. —Intenta arquear la espalda y suelta una risilla cuando cruje—. Me imaginaba que bastaba con sacudir un poco la batea, sacarle el fango y moverse al siguiente punto. No esperaba tanto ajetreo y tantas molestias. Pasar tanto rato de pie es pan comido para ti y el resto de los jovenzuelos, pero un plato de muy distinto gusto para viejos como yo.

—Deberías haberte ido a casa —dice Cal— y dejar que el resto de los jovenzuelos y yo nos ocupáramos.

—Podría haberlo hecho —admite Mart—, pero hay tan poca acción por estos lares que no podía perderme semejante oportunidad. Además, todo aquel que pierda de vista a Johnny Reddy merece todo lo malo que pueda pasarle. —Vuelve a crujirle la espalda y ahoga un gesto de dolor—. Estaré bien, seguro. ¿Vendrás a las celebraciones? Ahora no te las puedes perder. No podemos permitir que el inglés se pregunte si algo anda mal.

—Dudo que me echara de menos —dice Cal—. No creo ser santo de su devoción. —Rushborough se mostró amable con él, con esa amabilidad forzada y tensa que los británicos reservan para la gente que les desagrada, y apenas lo miró a la cara. Cal pudo notar el nerviosismo que a Johnny le provocaba esto. A Cal le gusta ver a Johnny nervioso.

—Siendo sincero, no creo que advirtiera ni tu presencia ni tu ausencia —dice Mart—. Tiene otras cosas en la cabeza. ¿Te fijaste en la cara que puso? Como un crío que acabara de ver a Papá Noel.

—Sí —dice Cal. Piensa en Rushborough, con los muslos bien hundidos en el agua, alzando la batea como si se tratara de un trofeo y enseñando todos los dientes en una sonrisa triunfal, la luz del sol destellando a su alrededor y el agua corriéndole por los brazos. A Cal no le pareció ningún crío—. Voy a comer algo y a pegarme una ducha, y luego me acerco. He sudado más que un pecador en una iglesia.

—Vas a tener a alguien que te eche una mano con ambas cosas —dice Mart, sonriendo y señalando el patio delantero de Cal con su cayado, tan pronto toman la curva—. Eso sí, quizá acabes igual de sudado.

El coche de Lena está aparcado en el patio. Cal acelera el paso sin pretenderlo. Por lo general, pocas cosas lo hacen más feliz que ver el Skoda azul de Lena, pero últimamente cualquier cosa inesperada lleva implícita una pátina de desasosiego.

—Madre mía, menuda prisa llevas —dice Mart, sonriendo con más ganas. Cal ralentiza el paso.

La inquietud se ha apoderado de Cal en los últimos días. Hay muchos detalles que no le gustan. Por ejemplo, no le gustó que ayer Johnny se acercara al río a ayudar a lanzar el oro. Cal había dado por sentado que se mantendría bien lejos de esa parte de la operación, pero Johnny se presentó en la orilla junto con el resto y Cal no tiene claros los motivos. Tampoco le gusta su inacción forzosa: normalmente agradece concentrar su instinto para solucionar cosas en sillas viejas, pero estos tiempos no tienen nada de normales y la situación reclama mucho más que permanecer de pie en el fango, viendo a un estúpido británico jugar a los cazadores de tesoros. Le desagrada el modo en que Johnny está apartando a Trey de su lado, con la misma habilidad que muestra el perro de Mart a la hora de separar del rebaño a una oveja por la que su dueño ha mostrado interés, y le desagrada ser incapaz de entender cómo planea Johnny utilizar a su hija. Pero lo que más le desagrada es que Trey le esté ocultando cosas, aunque le consta que no tiene obligación alguna de contarle nada.

—No voy a entrar a saludarla —dice Mart—. A tu señora no le caigo bien, ¿te has dado cuenta? Soy incapaz de imaginar qué he podido hacerle, pero no le gusto.

—Para gustos, colores —dice Cal.

—Cuando todos nos estemos bañando en oro, quizá compre una gran cesta de manjares para sus perras, a ver si así cambian las cosas. Hasta ese momento, os dejaré a lo vuestro.

—Nos vemos en el pub —dice Cal. Otra cosa que le disgusta es la sensación de complicidad con Mart que, de alguna manera, le ha venido impuesta. Había conseguido delimitar la frontera entre ambos con minuciosidad y claridad, manteniéndola firme durante dos años, si bien Mart la traspasaba algunas veces por mera travesura. Ahora ha perdido su solidez. Puede que Johnny no sea más que un mierdecilla y un charlatán, pero ha traído consigo la fuerza suficiente para desestabilizar a todo el pueblo.

—No tengas prisa —dice Mart—. Ya les contaré a los chicos que tienes una buena excusa para llegar tarde. —Levanta el cayado en un gesto de despedida y echa a andar con dificultad; el calor que desprende la carretera hace que sus piernas flaqueen, dando la impresión de que va a disolverse en el aire. Cal se dirige a la parte trasera de la casa, atravesando el césped marchito.

Lena está en su mecedora, en el porche trasero, donde Cal sabía que la encontraría. Lena tiene una llave de la casa, pero entrar en su ausencia parece una línea roja que todavía no está dispuesta a cruzar. A veces a Cal le gustaría que diera el paso. Lo seduce la idea de encontrársela acurrucada en el sofá, absorta en un libro y con una taza de té en la mano.

Lena llegó como una sorpresa absoluta para Cal. Cuando su esposa lo abandonó, pensó que nunca volvería a haber otra mujer. Llevaba con Donna desde los veinte años; era la única mujer que había querido tener y lo último que se le cruzaba por la cabeza era empezar a querer tener otra. Su plan era convertirse en uno de esos tipos que se contentan con flirtear de forma sana en el bar, quizá tener alguna que otra cita, y nada más. Sabe por Lena que ella no sentía exactamente lo mismo, quizá porque su esposo murió, no la abandonó. No es que tuviera nada contra la idea de juntarse de nuevo con otro hombre, es que le parecía inimaginable. Y pese a todo, aquí están, sea lo que sea lo que este «aquí» signifique. Su relación todavía desconcierta a Cal algunas veces. Siente que no tiene derecho a ella tras haber descartado con tanta vehemencia que algo así pudiera ocurrirle.

—Ey —dice Cal—. ¿Todo bien?

—Estupendo —dice Lena, lo que le permite a Cal respirar aliviado—. He dejado salir a Rip, antes de que se comiera los quicios de la puerta; está en el campo de abajo con las mías. Y mataría por un vaso de ese té tuyo, si es que te queda algo en la nevera.

Este verano ha acabado de convencer a Lena de las bondades del té dulce de Cal, que antes tanto ella como Trey habían mirado con extrema suspicacia. Cal prepara dos vasos, con hielo y una rodaja de limón, y arranca espigas de menta de la maceta del porche.

—He oído que hoy era el gran día —dice Lena, alzando el vaso en señal de agradecimiento—. Todos reunidos en el río para sacar el mismo oro que echasteis ayer. El círculo de la vida.

—¿Todo el pueblo está enterado? —pregunta Cal, dejándose caer en la silla.

—Noreen se enteró por Dessie, y dado que ella y yo volvemos a hablarnos, me lo ha contado. Pero no creo que lo haya pregonado a los cuatro vientos; lo compartió conmigo porque dio por hecho que tú ya lo habías hecho. ¿Cómo ha ido?

—Supongo que según lo planeado. Ese Rushborough venía con el equipo completo: una batea y como una pantalla que colocarle encima, y un imán y una cosa que expulsaba viento y no sé cuántas cosas más. No paraba de hablar. Depósitos de oro, reestratificación, canales aluviales. Aquello parecía como si al final nos esperara un examen sorpresa.

Cal se bebe medio vaso de un trago y desearía haberle echado *bourbon*. Mart llevaba razón: había sido un día más largo de lo esperado. El sol impactaba contra el agua en ángulos extraños, obligándolo a entrecerrar los ojos y a darse la vuelta, intentando entender qué estaba ocurriendo. De golpe se siente indispuesto por culpa del calor, o del sol o vete a saber de qué.

—No dejaba de pensar que nos habíamos equivocado en algo —dice Cal—. Como que habíamos arrojado el oro a la profundidad que no tocaba, o en una zona equivocada, o lo que sea. Y que Rushborough lo descubriría y se retiraría, cerraría todo el tinglado y regresaría a Londres. Si se largaba, Johnny haría lo propio, antes de que los muchachos lo apalizaran por hacerles perder dinero. —Se aprieta el vaso frío contra la sien y nota la sangre fluir hasta ella—. En cualquier caso, imagino que Mart ha dirigido bien la función, porque Rushborough se comportaba como si todo fuera perfecto. Feliz como un cerdo revolcándose en el fango.

Lena guarda silencio. Gira el vaso que sostiene en la mano, observando cómo los cubitos de hielo se arremolinan. Cal percibe que está sopesando la mejor manera de decirle algo. Nota que los músculos vuelven a tensársele. Como le ocurre a la mayoría de los hombres que conoce, pocas cosas consiguen destrozarle los nervios como una mujer con algo en la cabeza. Bebe más té, confiando en que el frío prepare a su cerebro para lo que sea que se le viene encima.

—Le he hecho una visita a la señora Duggan —dice Lena—. ¿La conoces? La suegra de Noreen. Esa mujer enorme que se pasa todo el día en casa, observando la calle desde la ventana.

—La he visto, pero no nos han presentado —dice Cal.

—Apenas sale de casa, solo para ir a misa. Tiene ciática. Dejó de estar al cargo del colmado hace unos quince años. No se le escapaba detalle de cuanto ocurría en el pueblo. Estaba más al día que la propia Noreen. Podías meterte en un lío con tu mejor amiga, ninguna de las dos abrir la boca, y al día siguiente la señora Duggan estaba al corriente.

Lena se mece con suavidad y habla bajo, pero Cal le nota cierta agitación en la voz. Visitar a esa mujer le ha pasado factura.

—Había una mujer así donde vivía mi abuelo —dice Cal—. La mayoría de los lugares estaría mejor sin ellas.

—Por regla general, estaría de acuerdo contigo —dice Lena—. Hoy no lo tengo tan claro. La señora Duggan afirma que jamás ha oído hablar de ningún oro. Tiene ochenta años, de modo que nunca conoció a Bridie Feeney, la abuela de Rushborough, pero sí que debió de conocer a sus hermanos y hermanas. Y Michael Duggan, ese que Rushborough dijo que encontró ese pedacito de oro con su abuela, era el tío del marido de la señora Duggan. Si no supo nada de ese oro, los demás tampoco.

Cal permanece inmóvil, procurando encajar esta pieza con el resto de las cosas que sabe, sospecha o teme. El malestar de hace unos momentos y la neblina consiguiente se han volatilizado: se siente más alerta que nunca.

—¿Te la crees? —pregunta Cal.

—Sí. Eso es lo peor de la señora Duggan: siempre tiene razón. No tiene sentido ser la persona que lo sabe todo a menos que la gente vaya a creerse lo que le cuentas.

—¿Entonces de dónde coño salió...?

Cal no puede quedarse sentado. Se levanta y camina por el porche hasta completar un círculo.

—¿De dónde coño salió toda esta gilipollez? ¿Rushborough se limitó a sacarse lo del oro directamente del culo, lo aderezó con cosas que su abuela le contó del lugar y utilizó al mierdecilla de Johnny para que le allanara el camino?

Le entran ganas de abofetearse por no haberlo advertido días atrás. Rushborough nunca le pareció un pringado; siempre, desde el primer momento, le pareció el que trasquila a los pringados. Todos tienen alguna excusa para no haberlo calado. Excepto Cal.

—No —dice Lena—. Pienso que los dos están en el ajo. Y te diré una cosa más: cuando Johnny se presentó aquí de nuevo, andaba necesitado de un corte de pelo. Es una tontería, pero algo impropio de él. Siempre le gustó hacer una entrada triunfal. Entonces caí en la cuenta de que venía huyendo. Porque estaba en apuros.

—No me lo contaste —dice Cal.

—No —dice Lena—. No lo hice. Quizá no significara nada.

—De modo que Johnny y este Rushborough —dice Cal, obligándose a tomar de nuevo asiento para ordenar sus ideas con calma— se meten en problemas, en Inglaterra. Cocinan esta historia y vuelven aquí para dar un golpe rápido que los saque del atolladero.

Cal no infravalora la gravedad de la situación en la que quizá se encuentre Johnny. Su naturaleza es chanchullera, pero la conforman una labia engatusadora y una sonrisa provechosa: es un peso ligero. Ahora bien, si se encontrara en medio de una tormenta, lo ve muy capaz de llevar las cosas mucho más lejos.

—Algo no me cuadra —dice Lena—. Hoy habrán sacado del río oro por valor de mil o dos mil euros, ¿no? No se habrían tomado tantas molestias para un botín tan escaso.

—No —dice Cal. Recuerda el discurso sobre psicología que Mart le soltó en el pub—. Esto es solo el principio. Ahora que tienen a los muchachos ilusionados, van a sacarse de la manga algún motivo por el que necesitan más dinero. Licencias de minería, o equipos, o algo. ¿Los hombres, Mart, PJ y el resto, tienen suficiente dinero para hacer que merezca la pena estafarles?

Lena ha dejado de mecerse.

—Sin duda, tendrán dinero ahorrado —dice—. Quizá Con McHugh no, al ser muy joven, pero los demás sí. Y poseen tierras. Unos sesenta o setenta acres por cabeza; Senan, un centenar. Las tierras les vienen de familia, no tienen cargas. Cualquiera de ellos podría entrar mañana en el banco e hipotecar unos cuantos acres por, digamos, unos cinco mil euros cada uno, o ponerlos como aval para solicitar una hipoteca.

—Estos tipos ya se han metido en el asunto hasta las rodillas —dice Cal. Nunca trabajó en el Departamento de Fraudes, pero tenía amigos en él; conoce el percal—. Si Johnny juega bien sus cartas, llegarán a la conclusión de que sería un desperdicio no meterse hasta la cintura.

Lena ha vuelto a mecerse, lentamente y pensativa.

—Así lo harían —dice—. Cuando menos, la mayoría. Si piensan que hay oro en sus tierras, o que podría haberlo, no van a poder resistirse. De hallarse arriba en las montañas, no se arriesgarían y lo dejarían ahí. Pero no si hablamos de sus tierras.

Cal se sorprende sintiendo una profunda rabia por los hombres con los que ha coincidido hoy en la orilla del río. Su relación con ellos no está exenta de conflictos, por lo menos con algunos, pero recuerda sus caras en el pub cuando Rushborough sacó el anillo: su quietud cuando sus tierras se transformaron y combustionaron, refulgiendo con nuevas constelaciones y mensajes de su propia sangre largamente ocultos. Comparado con lo que Rushborough y Johnny están haciendo, el hecho de que hayan rociado de oro el río se le antoja una travesura infantil: robar cerveza de un supermercado, afeitarle las cejas a un borracho. Cal lleva viviendo en Ardnakelty el tiempo suficiente como para ser consciente de que el vínculo entre estos hombres y sus tierras escapa a su comprensión, está inscrito en sus células y más allá de las palabras. Johnny debería haber sabido que con esto no se juega, y aún menos dejar que lo haga un tipo con acento inglés.

—Si se enteran, habrá problemas —dice Cal.

Lena se lo queda mirando.

—¿Piensas que deberían saberlo? —le pregunta.

—Sí —dice Cal. Una oleada de alivio le sube por dentro. Al menos, puede hacer algo—. Y pienso que cuanto antes mejor. Todo el mundo se va a reunir luego en el pub para celebrarlo. Ya puestos, se pueden enterar todos a la vez.

Lena alza las cejas.

—La cosa se pondrá fea —le dice.

—Cuanto más espere, más fea se pondrá.

—Podrías adelantárselo a Johnny. Acompañarlo de regreso a su casa después del pub y advertirle que mañana se lo contarás a los muchachos; así le das tiempo para hacer las maletas. Y evitarías que la cosa se fuera de madre.

—No —dice Cal.

—Dile que hay otras personas que también lo saben. En caso de que a Rushborough se le ocurran cosas raras.

—La gente de por aquí piensa en la chica como si fuera medio mía. —A Cal las palabras le salen con dificultad porque nunca las ha verbalizado y porque desconoce cuánto tiempo seguirán siendo válidas; es amargamente consciente de que no ha visto a Trey en varios días. Pero, al menos por el momento, ese sentir general aún puede serle de ayuda—. Si desenmascaro a Johnny delante de Dios y todo el resto, de modo que el pueblo entero sepa que fui yo quien saboteó su plan, nadie va a pensar que ella estuvo implicada en esta mierda. Así que una vez Johnny se haya largado, podrá seguir viviendo aquí con tranquilidad.

Se produce un silencio breve. Afuera, junto al huerto de las verduras, los perros han activado el espantapájaros zombi y están histéricos, amenazándolo con todo tipo de actos destructivos desde una distancia prudencial. Las tomateras están dando fruto; incluso a esta distancia Cal puede distinguir el brillo de los brotes rojos entre el verde.

—Conocí a ese tal Rushborough —dice Lena—. Me crucé con él la otra mañana. Me encontraba paseando a las perras cuando se me acercó para charlar un rato.

—¿Sobre qué?

—Sobre nada en particular: «Qué bonitas son las montañas, ¿verdad?; este no es el clima que esperaba encontrarme en Irlanda». Hagas lo que hagas, ándate con ojo con ese tipo.

—No voy a decir nada en presencia de Rushborough —dice Cal—. Es más astuto que Johnny, así que es capaz de convencerlos de su inocencia. Pero te apuesto cien euros a que Rushborough se marchará después de unas pocas copas con la idea de concederles a Johnny y a los hombres algo de espacio para jactarse de lo bien que lo han enredado. Entonces será cuando haga mi entrada.

—De todas formas, no le quites la vista de encima después de hacerlo. No me gusta.

—Sí, a mí tampoco —dice Cal.

Desea contarle a Lena que estos últimos días se siente como si Trey estuviera fuera de su alcance, que lleva tres noches seguidas teniendo pesadillas en las que desaparece en algún lugar de la ladera de la montaña, que desearía haberle comprado un móvil y haberle instalado una aplicación de rastreo para poder pasar los días tranquilo, observando las idas y venidas del puntito luminoso. En vez de esto, le dice:

—Voy a pegarme una ducha y a comer algo. Hemos quedado en el pub a las seis.

Lena lo observa. Acto seguido, se le acerca, entrelaza las manos en su nuca y le da un beso intenso en la boca. Parece que le esté entregando el testigo o enviándolo al frente.

—De acuerdo —dice, enderezándose—. Te dejo ponerte a ello.

—Gracias —dice Cal. Su olor, limpio y soleado como el heno seco, se le ha quedado impregnado en la nariz—. Por hablar con la señora Duggan.

—Esa mujer es una maldita pesadilla —dice Lena—. Si yo fuera Noreen, hace muchos años que le habría envenenado el té. —Se lleva un dedo y el pulgar a la boca y lanza un silbido a los perros, que abandonan su guerra particular con el espantapájaros y atraviesan el campo a brincos largos y felices—. Tenme al día de cómo te va.

—Así lo haré —dice Cal. No la acompaña al coche. Se ha puesto de inmediato a recoger los vasos y llevarlos dentro, dándoles vueltas a las palabras adecuadas que utilizar cuando llegue el momento.

———————

Capítulo 11

Aún es pronto, por lo que el Seán Óg está casi vacío; solo hay un puñado de viejos comiendo sándwiches tostados y maldiciendo en dirección al aparato de televisión en el que echan las carreras de caballos. La mayoría de las hordas de los viernes por la noche sigue en sus casas, digiriendo la cena y preparándose para el bebercio que se avecina. La luz del sol aún se filtra por las ventanas, largos haces que adquieren solidez gracias a las motas de polvo que cuelgan perezosas. El reservado es el único sitio abarrotado y jolgorioso. Los muchachos están aseados y repeinados y lucen sus mejores camisas; sus rostros y sus cuellos presentan rojeces en lugares extraños, resultado del impacto del sol en el río. En el centro del grupo, espatarrado en un banco, Rushborough dirige la función, contando alguna historia con muchos aspavientos y recibiendo una cascada de risas. Sobre la mesa, entre pintas y posavasos, moteada de rojos, verdes y amarillos por las gotas de luz multicolor que atraviesan la vidriera sucia, reposa la botellita de oro en polvo.

—Siento llegar tarde —dice Cal a todos los presentes, agenciándose un taburete y hallando un hueco en la mesa en el que depositar su pinta. Se ha tomado su tiempo para prepararse. No siente el menor deseo de pasar más tiempo con Rushborough y Johnny del estrictamente necesario.

—Yo también he llegado tarde —le cuenta PJ, quien, al igual que Bobby, tiende a hacerle confidencias, probablemente porque Cal no lo conoce desde hace tanto tiempo como para meterse con él—. He estado escuchando música. Cuando he llegado a casa, estaba alteradísimo, no podía parar quieto. He intentado sentarme a tomarme un té y he dado más vueltas que las bragas de una puta. Primero he olvidado el tenedor, luego la leche, la salsa roja. Cuando me pongo así, lo único que me calma es escuchar un poco de música.

Está claro que la música solo ha cumplido en parte su cometido. El discurso ha sido muy largo para los estándares de PJ.

—¿Qué música escuchas? —le pregunta Cal. En ocasiones, PJ les canta a sus ovejas, sobre todo canciones folk.

—Mario Lanza —dice PJ—. Es estupendo para bajar las revoluciones. Cuando estoy en el modo opuesto y me veo incapaz de salir de la cama, escucho a esa joven inglesa, Adele. Te da ánimos para cualquier cosa.

—¿A qué venían tantos nervios? —le pregunta Mart con interés, mirando de reojo a Rushborough para asegurarse de que no puede oírle—. Está claro que ya sabías lo que había ahí.

—Lo sé —dice PJ con humildad—. De todas formas, menudo día.

—Por aquí no tenemos muchos así —admite Mart.

Rushborough, tomándose un segundo para escanear a Cal mientras el grupo ríe una de sus bromas, ha pillado este último comentario.

—Por Dios, debéis de llevar vidas más excitantes que la mía; yo jamás he tenido un día así —dice, riendo e inclinándose por encima de la mesa—. Sabéis lo que esto significa, ¿verdad? Significa que vamos por el buen camino. Sabía que el oro estaba ahí fuera, siempre lo supe. Pero lo que más temía, lo que me tenía aterrorizado, era que las indicaciones de mi abuela no sirvieran para nada. No es como si me hubiera entregado un mapa, ¿sabéis?, la X señala el lugar. Mi abuela participó en un juego del teléfono que llevaba siglos en marcha. Me describió un lugar que llevaba décadas sin ver, con indicaciones del tipo: «Y luego sigue la vieja vaguada en dirección oeste, pero si llegas a los campos traseros de Dolan es que te has pasado», por Dios. —Se recuesta en el banco y abre mucho los brazos—. A veces me preguntaba si era un estúpido chiflado por ir detrás de algo tan vago. Mi abuela podría haberse equivocado en muchas millas. Estaba preparado para que hoy no encontráramos más que fango y volver a casa con la cola entre las piernas. No es que mi visita hubiera supuesto una completa pérdida de tiempo: conoceros y ver al fin este lugar ha merecido mucho la pena. De todos modos, no os puedo negar que me habría roto el corazón. Me habría dejado destrozado.

Cal cuenta con experiencia profesional en el ámbito de capullos como este, cuyas mentiras ocupan tanto espacio que la gente se las cree porque no hacerlo supondría demasiado esfuerzo. No tiene la menor certeza de si, cuando le llegue el turno de decir su parte, los muchachos cambiarán de bando. Es muy consciente de que a sus ojos es tan foráneo como Rushborough, y uno que, además, ya les ha causado problemas en el pasado.

—Pero esto… —Rushborough agarra la botellita de oro y la aprieta entre las manos, como si necesitara tenerla cerca—, esto es una prueba. Mi abuela, que Dios la bendiga… Tendré, no sé, que llevar flores a su tumba o encenderle una vela en la iglesia para rogarle que me perdone por haber dudado de ella. Me llevó tan recto como un, ¿qué palabra estoy buscando?, no un dado, una flecha, eso es, recto como una flecha a la diana…

—Madre de Dios, hombre —dice Johnny, riendo y dándole una palmadita en la espalda a Rushborough—. Estás como una moto. Necesitas algo que te calme, antes de que te dé un ataque al corazón. ¡Barty! ¡Sírvele un brandi a este hombre!

—¡Y lo mismo para el resto! —grita Rushborough por encima del hombro, riendo—. Lo sé, lo sé, estoy muy exaltado, ¿podéis culparme por ello? ¡Es la gran olla de oro al final del arco iris!

La otra cosa que sorprende a Cal es el derroche de energías del hombre. Despliega unas emociones dignas de una tarjeta del Hallmark. Para que semejante esfuerzo merezca la pena, él y Johnny deben de haber planeado arrasar con Ardnakelty.

Vacían los vasos de brandi con un brindis por la abuela de Rushborough y gritos de júbilo. Cal alza el vaso, pero no bebe; no piensa aceptar nada de ese tipo. Detecta cómo Rushborough posa un segundo la vista en él, tomando nota.

—Bueno, muchachos —dice Rushborough, dejando el vaso sobre la mesa y ahogando un bostezo—, o mejor debería decir compañeros, ¿no? Compañeros, me temo que debo retirarme. Detesto la idea de abandonar una fiesta magnífica, y no sé si es por culpa de la adrenalina o de mi deplorable estilo de vida urbano, pero el caso es que me siento exhausto.

Arrecian las protestas, pero no de las susceptibles de conseguir que Rushborough cambie de opinión y se quede. Tal y como Cal imaginaba, los hombres quieren pasar un tiempo a solas.

—¿Os importa —dice Rushborough con cierta timidez, tocando con un dedo la botellita con oro en polvo— que me quede esto? Voy a que lo pesen bien y pagaros a cada uno vuestra parte, por descontado. Pero… sé que es sentimental, pero… los primeros frutos, ya sabéis. Me gustaría hacer algo con esto. Quizá un nuevo engaste para la pepita de mi abuela. ¿Os parece bien?

Todos coinciden en que es una gran idea, por lo que Rushborough se mete la botellita en el bolsillo y abandona el reservado, entre el parloteo general. El local empieza a llenarse; la gente se da la vuelta para asentir y alzar los vasos a su paso, y él devuelve las atenciones, repartiendo sonrisas y gestos con la mano.

—Se lo ha tragado —dice Con, inclinándose por encima de la mesa, tan pronto se cierra la puerta del pub—. ¿Verdad que sí? Se lo ha tragado.

—Con patatas —dice Senan—. Menudo estúpido.

—Ey, escucha —dice Johnny, señalando a Senan—. No ha hecho falta que fuera estúpido. Es que habéis estado de fábula, cada uno de vosotros. Casi me lo creo hasta yo. Esto ha sido la clave. No el que sea un estúpido. Todos habéis jugado un partido completamente maravilloso. —Alza el vaso hacia el grupo.

—No te hagas el modesto con nosotros, jovenzuelo —le dice Mart con una sonrisa—. Al César lo que es del César: tú te has encargado de la parte más difícil. Sin duda, eres de lo más convincente, cuando quieres, ¿eh?

—Conozco a Rushborough —les asegura Johnny—. Sé cómo manejarlo. No os defraudaré.

—¿Y ahora qué? —exige saber Francie. Transmite un escepticismo férreo. Su rostro ya tiende de por sí a ello, al ser huesudo, de labios finos y cejas tupidas, pero su pose habitual se ha intensificado.

—Ahora —dice Johnny, recostándose en el banco y con una expresión de júbilo en la cara—, es nuestro. Ese tipo hará lo que sea con tal de empezar a excavar en serio. Cuanto tenemos que hacer es coger su dinero y dejar que se ponga a ello.

—Si hay algo de valor en mis tierras —dice Francie—, y no estoy diciendo que lo haya, no me gusta la idea de despertarme una mañana y descubrir que he entregado mi derecho a millones de euros a cambio de un par de miles.

—Maldita sea, Francie —dice Johnny, exasperado—. Para empezar, ¿qué es lo que quieres? Si crees que tus tierras valen millones, pídele a Rushborough entrar en su empresa y conseguir tu parte. Si crees que no hay nada en ellas, coge esos miles de euros por los derechos de excavación y deja que se mate con la pala. No puedes tener ambas cosas. ¿Qué va a ser?

Cal ve con mayor claridad el siguiente paso del plan trazado por Johnny y Rushborough. Se mantiene en silencio, dejando que las cosas sigan su curso un rato más. Cuanto más hable Johnny, más serán los elementos que tendrán que evaluar los hombres cuando Cal lance su granada.

—No es asunto tuyo, eso es lo que es —le dice Francie a Johnny—. Vosotros haced lo que os plazca. Yo solo os digo que el tipo no puede entrar en mis tierras y llevarse lo que se le antoje.

—Por el amor de Dios, eres un grano en el culo, ¿lo sabías? —explota Sonny contra Francie—. Todo nos va de cara y tú ahí sentado, amargado perdido, buscando problemas donde no los hay. ¿Podrías cerrar el pico por una sola noche y dejar que el resto lo pasemos bien?

—Está pensando con la cabeza —salta Senan—. Deberías probarlo alguna vez.

—Está siendo un maldito llorón.

—Eh, calla la puta boca y deja que hable la gente con juicio…

Todos hablan demasiado alto y andan muy equivocados. Cal puede sentir la electricidad vibrando por el aire. Alguien está llamado a recibir una tunda esta noche. Cal es consciente de que, una vez diga lo suyo, tendrá muchas opciones de ser él.

—¿Sabes una cosa? —le pregunta Bobby de repente a Senan—. Te encanta decirle a la gente que se calle. Nadie te nombró rey de este lugar. Quizá deberías ser tú quien se callara de tanto en cuanto.

Senan se queda mirando a Bobby como si acabara de crecerle otra cabeza. Bobby, muerto de miedo por su atrevimiento, pero no dispuesto a recular, se pone de pie y le aguanta la mirada. Mart parece estar pasándoselo en grande.

—Hay que joderse —dice Senan—. Si esto es lo que el olor a oro saca de ti, no quiero saber qué ocurriría si se encontrara algo de él en tus tierras. Perderías completamente el control. Irías dando vueltas por ahí con una tiara y un gran anillo de diamantes, esperando que la gente lo besara…

—Solo estoy diciendo —le dice Bobby muy serio— que tiene el mismo derecho que tú a dar su opinión.

—¿Debo llamarte sir Bobby? ¿O mejor su señoría?

—Vamos, chicos, chicos —dice Johnny con ánimo conciliador, levantando las manos para poner fin a la discusión y conseguir que vuelva a reinar la calma—. Escuchadme. Francie no anda desencaminado. El hombre solo quiere asegurarse de que recibirá lo que se le debe. ¿Qué hay de malo en ello? ¿Acaso no lo queremos todos?

—Completamente cierto —dice Senan.

—Pues claro, yo tampoco querría que el tipo se largara con el botín —dice Con—. No si sale de mis tierras.

Se percibe una alteración en el resto de los hombres, hay un murmullo generalizado de asentimiento.

—¿Tenemos que dejarle? —pregunta PJ, preocupado.

—No tenéis que dejarle hacer nada que no queráis —lo tranquiliza Johnny—. Dadle una vuelta. Tomaos un tiempo. Lo único que debéis recordar es que, si pensáis que hay oro y decidís que queréis pedirle a Rushborough invertir en su empresa, tenéis que actuar rápido. Una vez encuentre oro, la demanda de acciones se pondrá por las nubes.

Esto silencia a PJ, que busca refugio en su pinta mientras intenta desentrañar el asunto. Sonny y Cal intercambian una mirada, cruzándose preguntas con la mente.

—¿Cuánto supondría? —pregunta Dessie—. Lo de invertir, quiero decir.

Johnny se encoge de hombros.

—Eso depende, hombre. Del porcentaje que esperes, de cuánto piense Rushborough que podrá encontrar, de todo eso. Yo puse unos cuantos miles que me supusieron un pellizco razonable, pero esto pasaba cuando el tipo solo disponía de un cuento de hadas de su abuela. Quizá ahora haya subido la tarifa, después de lo ocurrido hoy.

—Si todos nos mantenemos unidos —dice Senan—, lo tarifará como le pidamos, o no le quedará otra que excavar en su jardín trasero.

—No os puedo prometer que busque inversores —les advierte Johnny—. Tiene a otros tipos rondándole en Londres; quizá no tenga sitio para todos.

—Como ya he dicho, si vamos todos a una, lo coge o lo deja.

—¿Quién ha dicho que quiera invertir en algo? —pregunta Francie.

—Maldita sea, si fuiste tú quien empezó con todo esto… —dice Sonny, recostándose con fuerza contra el banco y soltando un grito de frustración.

—Chicos, chicos —dice Johnny, de nuevo intentando calmar los ánimos—. No hay que tomar ninguna decisión esta noche. Limitaos a hablar con Rushborough. Con tacto y delicadeza, eso sí; no lo tratéis como a un viejo bruto con el que os acabáis de topar en el mercado de ganado. Simplemente, tantead el terreno y ved qué os dice.

Cal se ha hartado de esperar. Imagina que cuenta con argumentos suficientes para ayudar a los muchachos a ver la situación desde una perspectiva diferente, una vez haya aportado su granito de arena.

—Johnny —dice. No levanta la voz, pero se asegura de que alcanza un volumen suficiente para silenciarlos a todos—, tengo una pregunta para ti.

Johnny lo mira durante apenas un parpadeo. Y a continuación:

—Oh, por Dios bendito —dice, simulando sentirse aterrorizado y llevándose una mano al corazón—. Eso ha sonado la mar de serio. ¿Me he olvidado de pagar el canon televisivo, agente? ¿Ya no se ve el dibujo en los neumáticos de nuestros viejos cacharros? Denos otra oportunidad, se lo ruego, me portaré bien...

Cal espera a que termine. Los otros hombres lo observan. Algunos de ellos, Sonny, Dessie y Bobby, sonríen ante el numerito de Johnny. PJ parece simplemente desconcertado. Senan y Francie no sonríen.

—No, espere —dice Johnny, levantando un dedo como si Cal hubiera pretendido interrumpirlo, cosa que no ha hecho—. No me lo diga. Ya lo sé. He sido muy temerario, agente. He cruzado la calle sin...

En ese momento, su mirada se pierde por encima de los hombros de Cal, y la voz de Trey dice: «Papá».

Cal se da la vuelta rápidamente. Trey está de pie en la entrada del reservado. Su pose es la de costumbre, con los pies firmes en el suelo y las manos en los bolsillos, y viste una camiseta vieja azul y sus tejanos desgastados, pero Cal se queda noqueado al verla por sorpresa. Luce un bronceado veraniego y se la ve musculosa gracias al trabajo que hacen juntos, al tiempo que sus rasgos son más duros y marcados de como los recordaba apenas unos días atrás. No parece una chica; parece alguien capaz de cuidar de sí misma. A Cal le oprime el corazón con tal fuerza que no puede respirar.

—Bueno, mirad quién está aquí —dice Johnny, al cabo de una fracción de segundo—. ¿Qué ocurre, cielo? ¿Ha pasado algo en casa?

—No —dice Trey—. Tengo algo que decirte.

Johnny levanta las cejas.

—Bueno, por Dios, cuánto misterio —dice Johnny—. ¿Quieres que hablemos fuera?

—No, aquí está bien.

Johnny mira a Trey con una media sonrisa de indulgencia, pero Cal nota que piensa a toda velocidad. No lo ve exactamente confundido, pero algo lo ha cogido por sorpresa. Algo ocurre.

—¿Has hecho algo un poco atrevido —dice Johnny— y temes que me enfade contigo? —Menea el dedo en dirección a Trey de un modo juguetón—. Oh, venga, papá no va a enfadarse. No hay duda de que yo a tu edad hice muchas cosas atrevidas.

Trey se encoge de hombros. Atrapado en lo que parecen disputas familiares, PJ no para de mover los pies e intenta empezar una conversación con Mart, que lo ignora, regodeándose en el drama de forma descarada.

—De acuerdo —dice Johnny, tomando una decisión—. Siéntate aquí y cuéntamelo. —Da un golpecito al banco de al lado. Trey se acerca, pero se queda de pie. Parece tener el labio inferior hinchado.

—Cuando Rushborough vino la otra noche —dice Trey— y te contó dónde le dijo su abuela que había oro, os escuché.

—Ay, Dios. ¿Y temías que me enfadara contigo por esto? —Johnny se ríe de un modo afectuoso, cerca de su rostro, y le da una palmadita en el brazo. Trey no se mueve—. Que Dios te bendiga, nadie habría podido resistirse a la tentación. No me cabe duda de que, de haber estado ahí, cualquiera de estos muchachos estupendos y creciditos —dice, meneando un dedo por toda la mesa en un gesto burlón— también habría puesto la oreja en la puerta. ¿A que sí?

—No sé —dice Trey. La cháchara nunca ha sido su punto fuerte.

—Lo habrían hecho, no lo dudes. ¿Solo era esto? ¿Quitarte este peso de encima?

—No —dice Trey. Aún no ha mirado a Cal, sus ojos están fijos en Johnny—. Fui al lugar del que te habló Rushborough y estuve excavando un rato. Solo para ver si había algo.

—Oh, oh —dice Johnny en tono de reproche, meneando un dedo en dirección a Trey—. Sabes que no has hecho bien, señorita. Esta vez lo pasaré por alto, ya que has sido sincera conmigo, pero, a partir de ahora, si quieres...

—Sí —dice Trey—. Encontré esto. —Mete la mano en el bolsillo de sus tejanos y saca una bolsita de cierre hermético muy chafada.

—¿Qué tenemos aquí? ¿Has desenterrado algo bonito? —Johnny la coge, echándole un vistazo entre divertido e intrigado, e inclina la cabeza para mirarla con detenimiento. Bajo la atenta mirada del grupo, le da la vuelta y la inclina hacia la luz.

Los músculos de Cal están a punto de traicionarlo y pasar a la acción. Quiere levantar la mesa de un tirón y arrojársela a Johnny a la cara, agarrar a Trey del hombro, darle la vuelta y llevársela bien lejos de ahí. Se obliga a permanecer quieto.

Johnny alza la cabeza y mira a Trey.

—¿De dónde lo has sacado? —le pregunta.

—Ya te lo he dicho —le dice Trey—. Del lugar del que te habló el inglés. En el sitio ese a los pies de la montaña.

Johnny pasea la mirada por los rostros de los hombres. Luego arroja la bolsita al centro de la mesa, entre los vasos y los posavasos.

—Es oro —dice.

En la zona de la barra, la voz del comentarista televisivo galopa junto con los caballos. Alguien suelta un juramento, y otro, un grito de júbilo.

Con, inclinándose hacia delante para mirar la bolsita, es el primero en echarse a reír; enseguida se le unen Dessie y Sonny.

—¿Qué? —pregunta Trey, desconcertada y a la defensiva.

—Por Dios —dice Con con un grito ahogado. Senan también se empieza a reír—. Y nosotros haciendo el imbécil en el río, antes del amanecer y con el agua hasta las axilas...

—Menudos... —Bobby dobla el cuerpo de la risa y golpea la mesa con las manos.

—Y además apoquinamos cientos de euros de nuestros bolsillos —consigue decir Sonny—, cuando nos había bastado enviar a... —Señala a Trey con el dedo, antes de empezar a resollar.

—¿Qué?

—Nada —dice Johnny, riéndose entre dientes y dándole una palmadita en el brazo—. Nadie se está riendo de ti, cielo. Solo nos reímos de nosotros mismos.

Trey no abandona su pose recelosa y molesta. Cal echa un vistazo a Mart. Se ríe con el grupo, pero su mirada, afilada y concentrada, salta de Johnny a Trey.

—Es que nos creímos la mar de listos —le explica PJ a Trey con una sonrisa—, cuando solo éramos unos bobos.

Trey se encoge de hombros.

—Si no lo queréis —dice, haciendo un gesto con la barbilla hacia la bolsita—, me lo quedo yo.

—¿Y por qué no? —dice Johnny, agarrando la bolsita y apretándola contra la mano de Trey—. Nadie te lo recriminará. Te lo has ganado. ¿No es cierto?

—Adelante —dice Dessie, entre risitas, animándola con un gesto de la mano—. Habrá mucho más en el lugar del que ha salido.

—Como queráis —dice Trey, guardándosela en el bolsillo—. Solo pensé que os gustaría verlo.

—Cielo —dice Johnny en tono lastimero, cogiéndola del brazo. Cal empieza a preguntarse si el tipo se acuerda siquiera de su nombre—, lo has hecho genial. Papá está encantado contigo, igual que el resto de estos buenos chicos. ¿De acuerdo? Ahora ve a casa y dile a tu madre que te lo guarde en un lugar seguro. Con él te haremos un bonito collar que podrás lucir por ahí.

Trey se encoge de hombros, libera el brazo de la mano de su padre y se marcha. Apenas dedica un rápido vistazo a Cal.

—Bueno, por Dios bendito, muchachos —dice Johnny, pasándose la mano por el cabello y mirando, con una mezcla de cariño y confusión, cómo se aleja su hija—. ¿No es increíble? No sabía si darle un abrazo o un cachete. Esa chica me acabará matando.

—En cualquier caso, tiene el don de la oportunidad —dice Mart en tono amigable—. ¿Acaso no es un gran talento?

—¿Dónde dice que ha estado excavando? —pregunta Senan.

—Maldita sea, hombre —dice Johnny, dedicándole una mirada de incredulidad—. ¿Hablas en serio? No voy a soltar prenda a cambio de nada. E incluso si lo hiciera, no os estaría haciendo el menor favor: como ya os he contado, no tiene sentido salir a excavar sin una licencia. No: vamos a hacer las cosas bien.

—Ha dicho al pie de las montañas —le dice Sonny a Con—. Eso significa nuestras tierras.

—Aguardad un momento —dice Johnny, dándose la vuelta hacia Cal y alzando una mano para silenciar al resto—. El señor Hooper tenía una pregunta para mí, antes de que Theresa entrara y lo interrumpiera. En otras circunstancias, me disculparía en su nombre, pero esta vez entiendo que lo que venía a contarnos merecía la pena. ¿No es cierto?

—Joder si lo es —admite Sonny con toda su alma.

Johnny le sonríe a Cal, a la espera de que reaccione.

—No —dice Cal—. No era nada.

—Sí que lo era. Algo la mar de grave, si hemos de juzgar por la cara que ponía. Por un momento ha conseguido que se me parara el corazón. Temía haber atropellado a su perro sin darme cuenta.

—No que yo sepa —dice Cal—. No debía de ser tan grave si ya se me ha ido de la cabeza. Pero volverá y me aseguraré de hacérselo saber cuando llegue el momento.

—Hágalo —dice Johnny, asintiendo con la cabeza—. Hasta entonces, muchachos, diría que todos nos merecemos una ronda del mejor brebaje, ¿verdad? A esta invito yo. Brindaremos por esa hija mía tan alocada.

—No contéis conmigo —dice Cal—. Me marcho a casa.

—Oh, venga —dice Johnny en tono de reproche—. Con dos copas no basta; por aquí no hacemos las cosas así. Quédese en su sitio un rato más y luego me aseguraré de que llega a casa sano y salvo, si es que teme que se le vaya la mano. En todo caso, nos irá bien charlar un rato.

—No —dice Cal. Apura su pinta y se levanta—. Nos vemos.

—Mientras se aleja, oye a Johnny decir algo que provoca una risa general.

La luna está casi llena. Consigue blanquear y estrechar peligrosamente la carretera de montaña, un hilo de seguridad que sube vacilante entre borrones oscuros y densos de ciénagas y brezo y la amenazante presencia de árboles informes. Una brisa inquieta ronda entre las ramas altas, pero no consigue restarle un ápice de calor al aire. Cal no deja de ascender, su camisa empapada de sudor, hasta que la carretera se divide, momento en el que baja por el desvío que conduce a la casa de los Reddy. Lo deja más cerca de la casa de lo que le habría gustado, pero le va bien evitar cruzarse con alguien inconveniente en un momento tan inoportuno. Encuentra una roca a la sombra de un árbol bajo y nudoso, que le sirve una vista despejada del sendero debajo de él, y se sienta a esperar.

Piensa en Trey, de pie en la entrada del reservado con los ojos puestos en Johnny y la mandíbula tensa, lo bastante cerca de sus dedos y al mismo tiempo inalcanzable. Se pregunta dónde estará ahora, en qué estará pensando y cómo se hizo esa herida en el labio. Siente un latigazo de dolor por haberle fallado; no encontró la manera de hacerla sentir cómoda para hablar con él de esto.

Comprende que no debería sorprenderse. Cuando Johnny llegó al pueblo, Trey no quería saber nada de él, pero cuanto más analiza Cal a Johnny, más intuye que Brendan, el hermano de Trey, salió en algunas cosas a su padre. Si Trey ve en Johnny fogonazos de cosas que había dado por perdidas, quizá le resulte complicado darles la espalda.

Aunque no suponga diferencia alguna, Cal sabe que Johnny no intenta poner a su hija en peligro. Duda que el alcance de los posibles daños ni siquiera haya cruzado por la mente de ese payaso. Johnny tiene un plan, las cosas están saliendo de acuerdo con ese plan y, por tanto, todo es de color de rosa. No le entra en la cabeza el peligro que conlleva ser quien tiene un plan cuando tus objetivos carecen de uno y están dispuestos a hacer lo que sea que la situación exija.

El sotobosque se mueve y se retuerce a medida que las criaturas que se desplazan por él siguen sus rutas de costumbre; una comadreja, o un armiño, cruza rápidamente el sendero, como un brochazo limpio, y desaparece por el otro lado. La luna se desplaza, alterando el dibujo de las sombras. Cal desearía que Johnny hubiera esperado un año más para reaparecer y empezar a destrozar cosas a su paso, concediéndole así más tiempo para reparar las grietas de la chica. Al tomar conciencia de ello, siente como si le recorriera por dentro una enorme ola de aflicción.

Oye la llegada de Johnny antes de poder verlo. El muy idiota camina a paso tranquilo montaña arriba, cantando para sí mismo con voz suave y alegre: «Estoy agotado de tanto placer, así que me voy a descansar, y lo próximo que sabrás de mí será una carta desde Nueva York...».

Cal se levanta sin hacer ruido, amparado por la sombra del árbol. Deja que Johnny se le acerque a unos tres metros antes de salir al sendero.

Johnny pega un brinco hacia un lado, como un caballo asustado. Entonces reconoce a Cal y se tranquiliza.

—Joder, hombre, casi me da un ataque al corazón —dice Johnny, llevándose una mano al pecho y forzando una risita—. No debería hacer esto. Otro podría arrearle un puñetazo si lo sorprende así. ¿Qué hace aquí, para empezar? Creí que se había ido a casa a dormir.

—Dijo que quería hablar conmigo —dice Cal.

—Por Dios bendito, tranquilícese un poco. No es una cuestión de vida o muerte. Puede esperar. Vengo de una celebración, no tengo el cuerpo para conversaciones delicadas. Y usted tampoco si está aquí a esta hora, dejando que las zarzas le pinchen el culo; debe de haberle dado un golpe de calor. Váyase a casa. Mañana lo invitaré a una bebida reconstituyente y tendremos una charla como personas civilizadas.

—Llevo dos horas esperándole para escuchar lo que tiene que decirme. Dígalo —dice Cal.

Cal ve que Johnny tiene un ojo en él y otro en las posibles rutas de escape. Johnny no está borracho, pero sí más cerca de estarlo que él, y el terreno es demasiado traicionero para salir huyendo sin contar con algún tipo de ventaja.

Johnny suspira, tocándose el cabello.

—De acuerdo —dice Johnny, pasando revista a los recursos a su disposición para complacer al yanqui insistente—. Esta es la historia. No se ofenda, ¿eh?, no mate al mensajero.

—Cuesta mucho ofenderme —dice Cal.

Johnny sonríe de forma automática.

—Eso es fantástico, hombre. Escuche: odio tener que decírselo, pero mi amigo, el señor Rushborough, se la tiene jurada. No me ha dado ningún motivo, solo que no le cae bien. Dice que lo pone nervioso. Yo diría que simplemente no encaja con la idea que se había hecho de este lugar, ¿entiende lo que le digo? Un sitio hecho de granjeros curtidos y rudos que huelen a mierda de oveja, de flautas irlandesas y de campos con cuarenta tonalidades distintas de verde. Esto es lo que esperaba encontrarse. Un poli de Chicago como usted, un animal de ciudad... —Coloca las palmas de las manos hacia arriba—, no encaja con esa imagen en absoluto, en absoluto. No es culpa suya, pero su presencia amenaza con arruinar un sueño. Y cuando ven amenazados sus sueños, algunos hombres se ponen terriblemente nerviosos.

—Ajá —dice Cal—. ¿Sabe qué? Tenía la sensación de que los tiros iban a ir por aquí. Quizá sea vidente.

—No me cabe duda de que es un hombre con experiencia —le explica Johnny—. Un hombre que ha visto tanto mundo como usted sabrá detectar cuándo alguien se ha puesto en su contra. A veces ocurre, sin motivo alguno. Pero ya habrá entendido adónde quiero llegar, ¿verdad? Si sigue formando parte de esto, solo conseguirá que Rushborough se ponga más y más nervioso, hasta que al final se diga: «Hasta aquí hemos llegado; esto ya no me divierte». Y de vuelta a Londres que se largará. Así que... —Johnny le lanza a Cal una mirada lastimera—. Voy a tener que pedirle que se retire, señor Hooper. No se marchará con las manos vacías, claro, no se preocupe por eso; los muchachos y yo nos encargaremos de cubrir su parte con lo que saquemos. Sé que es terriblemente injusto, pero tenemos una situación de lo más delicada entre manos, y o tomamos esta medida, o el tipo se larga.

—Sí —dice Cal—. Como ya le he dicho, no me coge por sorpresa. Ahora es mi turno: monte la estafa que le dé la gana, me importa una mierda. No soy de aquí, como bien ha dicho. Pero no implique a Trey. Ella va a tener que vivir aquí, cuando usted y comosellame hayan acabado y desaparezcan.

Percibe cómo Johnny le da vueltas a la posibilidad de ponerse en modo padre indignado, para acabar rechazando la idea. Al final se decanta por la carta del inocente perplejo.

—Hombre —dice, extendiendo las manos, ofendido—, no la he implicado en nada. Quizá debería haber comprobado que no estaba escuchando, pero ¿cómo iba a saber que se pondría a excavar? En cualquier caso, ¿qué daño ha hecho? Hay de sobra para todos; no hay ninguna necesidad de arruinarle la diversión a la chica…

—Johnny —dice Cal—, no estoy de humor. Fue usted quien le entregó ese trozo de oro. No hay nada que encontrar.

—Oh, Dios —dice Johnny, poniendo los ojos en blanco en señal de exasperación—, nunca falta uno. El maldito pesimista. Debbie Downer[5] lo llaman los yanquis, ¿no? Mire, le diré lo que vamos a hacer: le devolveré el dinero que adelantó, de modo que no tendrá que preocuparse por si encontramos algo o no, y podrá seguir su camino. De este modo, todos felices.

—No —dice Cal—. Ya no tiene nada que hacer aquí. Recoja sus cosas, recoja a su inglés y lárguese.

Johnny da unos pasos hacia atrás y queda iluminado por la luna.

---

[5] Referencia a un personaje ficticio, traducible por Debbie Bajonazo, del programa televisivo de humor satírico *Saturday Night Live,* definido por su pesimismo y que se hizo tan popular que su nombre vino a representar este rasgo del carácter. *(N. de la T.)*

—Oh, vamos. ¿Bromea? ¿Está ordenándome que me marche del lugar al que pertenezco? No tiene vergüenza, Hooper.

—Le doy dos días —dice Cal—. Deberían bastarle para inventar una historia que no acabe salpicando a Trey.

Johnny se echa a reír.

—Por Dios, hombre, ¿quién se ha creído que es? ¿Vito Corleone? Esto no son los Estados Unidos; aquí no hacemos las cosas así. Relájese un poco. Prepárese unas palomitas, póngase cómodo y disfrute del espectáculo. Todo va a ir estupendamente. Rushborough se marchará feliz, sea lo que sea lo que encontremos o no encontremos...

—Johnny —dice Cal—, estoy haciendo un gran esfuerzo por mantener la calma, pero debe dejarse de rollos. No está intentando engañar a Rushborough: usted y él están intentando engañar a los muchachos. Cuanto más dinero les quiten, más lo va a pagar la chica cuando todo explote. Se acabó.

Johnny lo mira con una expresión vacía. Luego suelta una risa breve y ridícula. Se mete las manos en los bolsillos y se da la vuelta para escanear las curvas, largas y lentas, que dibujan las montañas contra las estrellas, concediéndose tiempo para pensar en una nueva táctica. Cuando encara otra vez a Cal, su tono ha perdido el timbre encantador y se ha vuelto tenso y serio.

—¿O qué, hombre? Deja de marear la perdiz y analiza la situación un momento. ¿O qué? ¿Irás a la policía a contarles que tú y otros muchachos estáis intentando timar a un pobre turista, solo que resulta que las cosas no están saliendo como esperabas? ¿O vas a ir a los muchachos a decirles que son ellos las víctimas del timo? Te las das de protector de Theresa, pero ¿cómo crees que le afectaría?

—No tienes alternativa —dice Cal. Desearía tener su pistola a mano. Ojalá pudiera volarle los huevos a esa sabandija por ser el padre de una chica que merecía mucho más—. El plazo expira el domingo por la noche.

Johnny se lo queda mirando un minuto y suspira.

—Hombre —dice, en un tono nuevo, más directo—, lo haría si pudiera. Créeme. ¿Acaso piensas que quiero estar aquí? Si me dieran la oportunidad, me esfumaría en un segundo.

Es la primera vez desde que Cal lo conoce que no parece querer enredarle. Suena cansado y desamparado. Cuando se aparta el pelo de los ojos, frotándose la cara y tomando aire como un crío, se diría que lo que desearía es tumbarse en el sendero y echarse a dormir.

—Hay cuatro autobuses al día —dice Cal—. En la calle principal. Escoge uno.

Johnny menea la cabeza.

—Debo dinero —dice.

—Eso es problema tuyo, no de Trey.

—Fue ella quien me quiso ayudar. Jamás la obligué.

—Deberías haberte negado.

Johnny levanta la vista hacia Cal.

—Le debo dinero a Rushborough —dice. Su voz, empapada de derrota y miedo, pesa en el aire nocturno—. Y no es alguien con el que uno quiera líos.

—Estupendo. Al final resulta que el inglés y yo tenemos algo en común.

Johnny vuelve a menear la cabeza.

—No, hombre —dice—. Hazte el duro cuanto quieras. He visto a ese tipo sostener a una chiquilla boca abajo y hacerle cortes en el brazo con una cuchilla (una cría, de la misma edad que mi Alanna) hasta recibir su dinero del padre.

—Así que lo trajiste aquí —dice Cal en voz baja.

Johnny se encoge de hombros, en un gesto burlón y exculpatorio:

—Ya sabes, amigo, qué puedes esperar de alguien como yo; uno debe hacer lo que debe hacer.

Incapaz de soportarlo más, Cal le arrea un puñetazo en la boca.

Johnny no lo ve venir y cae redondo; impacta contra el borde del sendero con un golpe seco y un crujido del sotobosque. Sin embargo, se recupera enseguida, y cuando Cal vuelve a la carga, intenta soltarle una patada en el estómago. Falla, le da en el muslo y Cal le cae encima con todo su peso, dejándolo sin respiración. Las cosas se ponen feas a partir de ese momento, con muchos gruñidos y codazos. Johnny pelea mejor de lo que Cal se había imaginado, juega sucio y a la desesperada, apuntando a los ojos y arañando fuerte. Cal lo agradece. No querría una lucha limpia, no con este tipo.

Johnny los hace rodar una y otra vez entre rocas y zarzas, procurando que Cal no encuentre un punto de apoyo que le otorgue ventaja a su corpulencia y apretándose contra él para evitar que pueda soltarle un buen puñetazo. Apesta a loción para después del afeitado, barata y con ínfulas. A Cal se le cruza por la cabeza que, si siguen rodando hasta caer en una ciénaga, la montaña tomará posesión de ellos y nadie sabrá lo ocurrido.

Agarra a Johnny de su peinado relamido y le estampa la cara contra la tierra, pero Johnny lo agarra de la oreja e intenta arrancársela, lanzándose hacia un lado, rápido como un zorro, cuando Cal consigue retroceder. Cal se abalanza sobre él a cuatro patas, cegado por la intersección de la luz de la luna y las sombras, guiándose por su forcejeo y sus quejidos de dolor. Cal lo agarra de una extremidad y lo arrastra de nuevo hacia sí, soltando puñetazos a lo loco y recibiendo un violento puntapié en la frente. Ninguno grita. Cal jamás se ha visto en una pelea tan silenciosa. Si hay algo o alguien en la montaña con ellos, no quieren llamar su atención.

Cal intenta inmovilizarle los brazos a Johnny, pero este le mete un dedo gordo en un ojo y le hace ver las estrellas. De todos modos, envalentonado por la rabia, Cal consigue deslizar una rodilla entre sus cuerpos y pegarle fuerte en los huevos. Mientras Johnny se retuerce entre resuellos, Cal se sienta a horcajadas sobre él y le da un puñetazo en la nariz con la sola intención de mancillar su apostura, ahorrándoles así a una o dos chicas que caigan en sus artimañas. Le gustaría seguir machacándole la cara hasta que no quedara nada, pero necesita que escuche lo que tiene que decirle.

Johnny vuelve a respirar con normalidad e intenta liberarse, pero Cal es mucho más grande que él. Cuando Johnny intenta meterle otro dedo en el ojo, Cal lo agarra de la muñeca y se la retuerce hasta que suelta un grito.

—Si el lunes por la mañana sigues en el pueblo —dice Cal, acercando tanto su rostro al de Johnny que le llega el olor de la sangre y el alcohol—, voy a pegarte un tiro y arrojaré tu cadáver a una ciénaga, que es a donde pertenece. ¿Entendido?

Johnny se ríe, lo que provoca que tosa sangre. Algunas gotitas impactan contra la mejilla de Cal. A la luz de la luna, su rostro casi no parece tal, no es más que un conjunto de puntos y manchas blanquinegros; su contorno se emborrona con los blancos y negros del sotobosque, creando la sensación de que se está disolviendo.

—No, no lo harás. Si lo haces, Rushborough se pensará que me he largado e irá a por mi familia para forzarme a volver. ¿Crees que Theresa se librará?

Cal le gira un poco más la muñeca y Johnny suelta la respiración entre los dientes.

—No te importa una mierda tu familia, gilipollas. Rushborough podría arrojarla entera a una astilladora que no moverías un dedo. Y él lo sabe.

—En ese caso, lo hará solo para vengarse por todo el dinero perdido. No conoces a ese hombre.

—Yo me ocuparé de Rushborough. Tú solo debes preocuparte de hacer las putas maletas.

—¿A él también planeas arrojarlo a una ciénaga? Porque en ese caso te voy a decir algo gratis, chaval: no lo pillarás desprevenido con tanta facilidad como a mí. Intenta algo con él y serás tú el que acabará en una ciénaga.

A Johnny le sale la voz entrecortada, obstruida por la sangre.

—Me arriesgaré —dice Cal—. Cuanto debes saber es que tu suerte pinta mucho mejor lejos de este pueblo que en él. Tienes el mundo entero para dar esquinazo a Rushborough. A mí no me lo vas a dar. ¿Entendido?

Están muy cerca el uno del otro. Los ojos de Johnny, franjas quebradizas de luz y sombra, solo contienen rechazo, tan puro como el de los animales. Por un instante, Cal cree que va a tener que romperle la muñeca. Entonces detecta un vívido fogonazo de miedo en Johnny al leerle el pensamiento y verlo del todo capaz.

—¡Entendido! —grita Johnny, justo a tiempo. Mueve bruscamente la cabeza para intentar sacudirse la sangre de los ojos—. Por Dios, hombre, ya lo pillo. Quítate de encima, joder.

—Estupendo —dice Cal—. Ya iba siendo hora, maldita sea. —Se incorpora con dificultad, empezando a sentir punzadas de dolor en varias partes del cuerpo, y levanta a Johnny, agarrándolo del cuello de la camisa.

—Adiós, Johnny —dice Cal—. No ha estado mal. —La pelea los ha alejado del sendero más de lo que creía; necesita un minuto para saber dónde se encuentran, entre el laberinto de sombras, y colocar a Johnny en la dirección correcta. Le da un fuerte empujón que lo envía tambaleante hacia su casa, secándose la sangre de la nariz en una manga y con la obediencia automática del que ha perdido suficientes peleas como para conocer el protocolo. Cal reprime la tentación de patearle el culo para que acelere el paso.

No ha reflexionado sobre lo que hará con Rushborough, si es que llega a hacer algo. Su instinto le dice que Johnny iba de farol, y que si él se marcha, Rushborough hará lo propio. Cal se ha cruzado con muchos hombres, y también con algunas mujeres, que obtenían placer al causar daño a los demás, pero Rushborough no le transmite esa sensación. Rushborough le huele a otro tipo de depredador, aquel de mente fría que se agarra a su presa y no la suelta a menos que le dispares. Pese a lo que le ha dicho Johnny, no lo ve capaz de darle esquinazo, ni aquí ni en ningún lado.

Sabe que debe considerar la posibilidad de que, por una vez, Johnny estuviera diciendo la verdad, pero decide aplazar la cuestión hasta después de que se haya lavado la sangre. También es consciente de que Johnny quizá no se vaya a ninguna parte. En estos momentos, los miedos que lo atenazan dibujan un tapiz indescifrable, y Cal no tiene la menor idea de hacia dónde se decantará la balanza, ni de qué le dictará su algoritmo intransferible y desesperado.

Los sonidos que hace Johnny al alejarse dando tumbos languidecen. Cal se acerca al borde del sendero y pone la oreja hasta estar seguro de que el mierdecilla se ha ido. Pasa revista a los daños. Tiene un chichón encima de una ceja y la barbilla inflamada, le duele el muslo ahí donde el pie de Johnny impactó con fuerza contra el músculo, algo ha conseguido desgarrarle la camisa y causarle un tajo largo en un costado, y por todos lados tiene rasguños y moratones, pero nada que no vaya a curarse solo. Aún más importante es que está completamente seguro de que Johnny se ha llevado la peor parte.

Se pregunta adónde irá Johnny, si Trey estará en casa, lo que Johnny piensa contarle y cómo se lo tomará ella. Se pregunta si la habrá jodido. No siente escrúpulos por haberle dado una paliza a Johnny —era algo necesario y, de hecho, se felicita por haber tardado tanto en dar el paso—, pero lo intranquiliza pensar que lo ha impelido el hecho de perder los nervios. Siente que ha actuado de forma descontrolada, cuando la situación reclamaba autocontrol.

Echa a andar hacia su casa, pendiente de cualquier movimiento entre las sombras.

Trey sabe que no es la única que está despierta. Todos se han ido a acostar; Liam ronca suavemente y Maeve murmura, quejosa, en sueños, pero le llegan ruidos desde el dormitorio de su madre, y el ocasional suspiro demasiado fuerte de Alanna mientras da vueltas en la cama, a la espera de que alguien vaya a ver qué le ocurre. No se respira tranquilidad en la casa.

Trey yace en el sofá, acariciando la cabeza de Banjo, que se apoya en su rodilla. Su pata ha mejorado, pero sigue sosteniéndola en alto y poniendo cara de pena cuando quiere mimos y premios. Trey le da montones de ambos.

Está atenta a los ruidos que anuncien la llegada de su padre. Imagina que estará contento con ella, pero con él nunca se puede estar seguro. Ha dejado abierta la ventana de su dormitorio por si entra hecho una furia y debe salir corriendo.

Primero pensó en hacer lo que su padre le había dicho: enseñarles a Noreen o a la señora Cunniffe el pedacito de oro para que hicieran correr la voz. No habría funcionado. Trey, como cualquier habitante de Ardnakelty, tiene un conocimiento profundo del enorme poder detrás del hecho de correr la voz, pero en este caso no habría funcionado por su carácter fluido, resbaladizo, zigzagueante, capaz de labrar canales tan retorcidos como impredecibles. Entiende perfectamente qué llevó a su padre a apostar por él de cabeza. Él mismo encarna a la perfección las características de este tipo de poder; con independencia de lo que a él o al pueblo les gustaría pensar, es de Ardnakelty de la cabeza a los pies. Trey ni lo es ni lo desea, lo que significa que es capaz de percibir ángulos que a él se le escapan. Una cosa física que se materializa frente a los rostros de los hombres, cruda e innegable, reviste otra clase de poder, uno al que no están acostumbrados y contra el que carecen de defensas. Ella dejó que fuera el oro el que hablara por sí mismo.

Banjo se revuelve en sueños, tuerce las cejas y mueve las patas.

—Shhh —dice Trey, acariciando su suave oreja con los dedos—. Todo va bien. —Y así consigue que vuelva a relajarse.

Por la mañana acudió a casa de Cal a advertirle. No tenía muy claro cómo hacerlo, porque no quería que Cal supiera bien lo que andaba tramando; existía la posibilidad de que considerara que estaba rompiendo su promesa de no hacer nada respecto a lo de Brendan y que le pidiera retirarse. De todos modos, al final no importó porque Cal no estaba en casa. Trey lo esperó durante horas en su porche trasero, repartiéndose con Banjo las lonchas de jamón que había llevado con la idea de preparar unos sándwiches para almorzar, pero no se presentó. Estaba con los hombres, atareado con lo que se llevan entre manos y que no quiere contarle.

No le resta importancia a esto en lo que se ha metido. Las cosas que ha hecho con anterioridad, como robar en la tienda de Noreen o entrar por la fuerza en casas abandonadas para beberse el alcohol robado a los padres, son chiquilladas. Esto es real. La hace sentir bien.

Cuando oye a su padre en la puerta, los ruidos de balbuceos y pasos tambaleantes la llevan a pensar que está borracho. Entonces entra en la sala de estar y le ve la cara. Trey se levanta de golpe, expulsando a Banjo de su regazo.

Los ojos de Johnny se posan en ella, pero es como si no la vieran. «¡Sheila!», grita, y al cabo de un segundo vuelve a hacerlo, más alto y furioso: «¡Sheila!». La boca y la barbilla las tiene cubiertas de sangre que le dibuja una especie de barba brillante, y un rastro de ella le ha endurecido la pechera de la camisa. Al apoyar el pie derecho en el suelo, se encoge de dolor, igual que Banjo.

Sheila se acerca a la puerta y lo repasa con la mirada. Su estado no parece sorprenderla ni molestarla. Se diría que esperaba que algo así ocurriera desde el día en que regresó al pueblo.

—Tienes la nariz rota —dice.

—Ya lo sé, joder —salta Johnny. Su voz es un gruñido que pone en alerta a Trey, pero está demasiado centrado en sí mismo para perder el tiempo con nadie. Se toca la nariz con los dedos con cuidado y se los mira.

—Límpiame.

Sheila abandona la habitación. Johnny se da la vuelta, como si no pudiera permanecer quieto, y repara en Trey. Antes de que Trey pueda moverse, ha cruzado la sala de estar y la tiene agarrada por la muñeca. Tiene los ojos dilatados y casi negros, y maleza en el pelo. Recuerda a un animal.

—Te chivaste a ese yanqui, joder. Qué cojones estás...

—No lo hice.

—Conseguirás que me maten. ¿Es eso lo que quieres? ¿Lo es?

Le retuerce la muñeca con fuerza, apretando para amoratársela.

—No le conté nada, joder —salta Trey, a un palmo de su cara, sin achantarse. Banjo gimotea.

—¿Entonces cómo coño lo sabe? Nadie lo sabía, solo tú. ¿Qué cojones, qué jueguecito…?

La mano con la que le agarra la muñeca tiembla con grandes espasmos. Trey se libera de un tirón con una facilidad tan inesperada que se tambalea hacia atrás. Johnny la mira fijamente y, por un segundo, Trey cree que va a venir a por ella. Si lo hace, le dará un puñetazo en la nariz rota. A partir de ahora, solo se plegará a los deseos de su padre cuando coincidan con los suyos.

Quizá Johnny pueda percibirlo. Sea como sea, no se mueve.

—Lena Dunne —dice. La voz le sale obstruida y fea por culpa de las heridas—. ¿Se lo contaste? La muy zorra me delataría sin problemas…

—No he contado nada. A nadie.

—¿Entonces cómo coño lo sabe Hooper?

—Puede que lo haya averiguado. No es ningún tonto. Solo porque el resto cayera…

Johnny se aparta y comienza a dar tumbos por la habitación, con las manos en el pelo.

—Esto es lo que ocurre cuando tratas con putos policías. Lo supe desde el momento en que lo vi, sabía que nos traería problemas. ¿Qué coño haces pasando tiempo con él? ¿Acaso no tienes dos dedos de frente?

—No despiertes a los niños —dice Sheila desde la puerta. Sostiene una olla con agua y un paño de cocina, viejo y a cuadros—. Siéntate.

Johnny se la queda mirando un segundo, como si hubiera olvidado quién es. A continuación, se deja caer en el sofá.

—Vete a la cama —le dice Sheila a Trey.

—Tú no te mueves —le dice Johnny—. Te necesito para una cosa.

Trey se acerca un poco a la puerta, por si las moscas, pero se queda. Sheila se sienta en el sofá, al lado de Johnny, sumerge el paño en el agua y lo estruja. Cuando comienza a tocarle con suavidad la cara, él sisea. Sheila lo ignora y continúa a lo suyo, haciendo pequeños y continuos barridos, como si sacara una mancha de los fogones.

—No tiene nada —dice Johnny, haciendo muecas de dolor cuando Sheila toca algún punto sensible. Parece estar hablando consigo mismo—. Puede decir misa. Nadie va a creer a un tipo como él.

El silencio se adueña de la habitación, solo se oyen las gotas de agua al caer cuando Sheila estruja el paño de cocina. Alanna ha dejado de dar vueltas en la cama. El agua de la olla se tiñe de rojo.

—Dímelo tú —dice Johnny, dándose la vuelta para mirar a Trey—. Tú conoces a ese hombre. ¿Hooper va a ir contando por el pueblo que no hay oro?

—No lo sé —dice Trey—. Quizá no.

La relación de Cal con Ardnakelty la desconcierta. Tendría todo el derecho del mundo a estar resentido por muchos motivos justificados, pero es amable y tranquilo con todo el mundo, hasta el punto de que a veces a Trey le resulta difícil discernir el origen de ese resentimiento. Sin embargo, esto no significa que no exista. Incluso si está furioso con Johnny por haberlo engañado, Cal quizá aproveche esta oportunidad para tomar distancia y dejar que el pueblo solito caiga en su trampa. Por algunas de las historias que le ha contado sobre su infancia, Trey sabe que la venganza está en el código de Cal y que puede ser paciente si se lo propone.

—Si lo hace, ¿el pueblo lo creerá?

—No lo sé. Algunos sí lo harán.

—El maldito Francie Gannon. Ese viejo capullo reseco ansía cualquier excusa para fastidiarlo todo. —Johnny escupe en la olla—. No me va a quitar el sueño. Todo el mundo sabe cómo es él. ¿Qué hay del resto? ¿Confían en Hooper?

La cuestión es peliaguda y Trey no tiene la menor intención de entrar en detalles.

—Más o menos —dice.

Johnny suelta una risa amarga.

—Fíjate tú. Un puto poli, y además yanqui, y mi gente lo creería antes que a mí. —Su voz va subiendo de volumen—. Cada puta vez, a la mínima que pueden, me escupen en la cara como si fuera un… ¡Ay! —Johnny pega un respingo y aparta la mano de Sheila de un manotazo, furioso—. ¿Qué coño ha sido eso?

—Te he dicho que no despiertes a los niños —dice Sheila.

Se quedan con la vista clavada el uno en el otro. Por un momento, Trey cree que Johnny va a pegarle. Se prepara.

Johnny se recuesta en el sofá.

—Tampoco es el fin del mundo, qué duda cabe —dice. Le sigue sangrando la nariz; Sheila le limpia el goteo—. No hay motivo para que cunda el pánico. Algunos de los muchachos se apuntarán igualmente. Y traerán a otros. Encontraremos la manera. Quizá nos lleve algo más de tiempo, pero al final lo conseguiremos, y tanto que sí.

—Por supuesto —dice Trey—. Saldrá muy bien. Te ayudaré.

—No piensa permitir que su padre se rinda y se las pire cuando solo le ha sacado unos pocos cientos de euros a cada uno de los hombres. Brendan vale mucho más que eso.

Johnny se concentra en ella y le brota una sonrisa que le provoca un gesto de dolor.

—Sea como sea, aquí hay alguien que tiene fe en mí —dice—. Papá te pide perdón por la bronca. Debería haberlo sabido, ¿verdad? Debería haber sabido que jamás dirías una palabra.

Trey se encoge de hombros.

—Esta noche has estado fantástica entrando de esa manera en el pub. Tendría que habérseme ocurrido a mí. La cara que han puesto esos idiotas, ¿verdad? Pensé que a Bobby Feeney le iba a explotar ese cabezón tan gordo que tiene.

—Se lo han tragado —dice Trey.

—Y tanto, joder. Han caído a cuatro patas. Ha sido maravilloso; podría haberme pasado toda la noche mirándolos. Vamos a enseñarles que nadie jode a los Reddy, ¿verdad?

Trey asiente. Creía que iba a odiar lo de llevar el oro al pub y soltar una sarta de mentiras delante de todo el mundo; no estaba preparada para el subidón de energía. Tenía a esos hombres agarrados por las narices, dispuestos a seguirla adonde se le antojara. Podría haber conseguido que se levantaran de sus asientos, dejaran sus cervezas y deambularan obedientemente por la montaña, recorriendo cada sendero que ella había peinado en su búsqueda de Brendan. Podría haberlos conducido de cabeza a una ciénaga.

Sheila coge a Johnny de la barbilla para que se dé la vuelta y ella pueda ponerse con el otro lado de la cara.

—A ver —dice Johnny, intentando mirar a Trey por encima del hombro—. Tengo otro trabajillo para ti. Mañana por la mañana quiero que te acerques a casa de ese sabelotodo de Hooper y le pidas educadamente que no meta las putas narices en los asuntos de los demás. Como un favor personal hacia ti. ¿Podrás hacerlo por mí?

—Sí —dice Trey—. No hay problema. —Desea tanto como su padre que Cal se mantenga bien lejos de todo esto. No le gusta nada estar del lado de Johnny. Le provoca una sensación de rabia, extraña y lacerante.

—Explícale que nadie va a creerle. Si se inmiscuye, solo conseguirá meterte en problemas. Con esto debería bastar. —Johnny le dedica una sonrisa torcida—. Y después todo será coser y cantar. Nos esperan unos días felices, ¿verdad?

La puerta chirría. Alanna tiene medio cuerpo dentro y medio fuera de la habitación, lleva puesta una camiseta vieja de Trey y sostiene su conejito de peluche bajo el brazo.

—¿Qué te ha pasado? —pregunta.

—Vuelve a la cama —le dice Sheila con brusquedad.

—Oh, cielo —dice Johnny, brindándole una gran sonrisa—. Nada, el tontorrón de tu padre, que se ha caído. ¿Ves qué pinta tengo? Tu mami me está curando un pelín y enseguida voy a darte un abrazo de buenas noches.

Alanna se lo queda mirando con los ojos muy abiertos.

—Llévala a la cama —le dice Sheila a Trey.

—Vamos —dice Trey, conduciendo a Alanna de vuelta al pasillo. Johnny las despide con la mano mientras se alejan, dedicándoles una sonrisa idiota entre la sangre y el paño de cocina.

—¿Se ha caído? —quiere saber Alanna.

—No —dice Trey—. Se ha peleado.

—¿Con quién?

—No es asunto tuyo.

Trey se dirige al dormitorio de Alanna y Liam, pero Alanna se resiste y le tira de la camiseta.

—Quiero ir contigo.

—Solo si no despiertas a Maeve.

—No lo haré.

Incluso con la ventana abierta, hace un calor sofocante en el dormitorio. Maeve se ha desembarazado de las sábanas y yace espatarrada boca abajo. Trey guía a Alanna a través del revoltijo de ropa y otras cosas indiscernibles que alfombran el suelo.

—Ahora, silencio —dice Trey, cubriéndolas a ambas con la sábana.

—No quiero que se quede —dice Alanna, en lo que pretende ser un suspiro—. Liam sí.

—No se quedará —dice Trey.

—¿Por qué?

—Porque así es él. Shhh.

Alanna asiente, aceptando el comentario. Se duerme al instante, la cara pegada a la cabeza de su conejito de peluche. Su cabello huele a ositos de goma y Trey lo nota ligeramente pegajoso contra su rostro.

Trey permanece despierta, escuchando el silencio procedente de la sala de estar. Las cortinas apenas se mueven con la débil brisa. En un momento dado, le llega un rugido ahogado de dolor de Johnny y un comentario recriminatorio de Sheila, lo que Trey interpreta como resultado de que su madre le ha recolocado la nariz en su sitio. Luego el silencio vuelve a engullirlos. La respiración de Alanna no se altera.

Cal tarda mucho en llegar a casa. La adrenalina ya ha dejado de fluir y le ha dejado las extremidades pesadas y torpes, como sacos de arena mojados. La luna se ha hundido detrás de las montañas y la noche es oscura y asfixiante. Cuando dobla la última curva y aparece su casa, ve que las ventanas del dormitorio están iluminadas, pequeñas y valientes contra el trasfondo oscuro de las montañas.

Cal se queda inmóvil entre las polillas y los crujidos, apoyando ambas manos contra el murete de uno de los lados de la carretera y devanándose los sesos sobre de qué intruso puede tratarse y de dónde va a sacar las fuerzas para librarse de él. El muslo y la frente le palpitan del dolor. Por un instante, sopesa la posibilidad de tenderse en el suelo, echarse a dormir bajo un seto y esperar a la mañana siguiente para ocuparse de la situación.

Entonces ve una figura cruzar por delante de la ventana. Incluso a esa distancia, Cal reconoce a Lena, por la línea de la espalda y por el brillo móvil de la luz de la lámpara sobre su cabello claro. Respira hondo. Se endereza y comienza a bajar por la carretera oscura, rumbo a su casa. Sus pies —dos sacos de arena, viejos y enormes— se hunden en varios socavones.

Los perros alertan de su llegada con tanta anticipación que Lena ya está en la puerta para recibirlo. Va descalza y la casa huele a té y a tostadas. Lleva un buen rato esperándolo.

—Hola —dice Cal.

Lena alza las cejas y coloca a Cal bajo la luz para examinarle el rostro.

—Johnny, ¿no? —le pregunta.

—Él tiene mucha peor pinta.

—Eso está bien —dice Lena. Le gira la cabeza a un lado y al otro para evaluar los daños—. Al llegar a casa, Dessie le contó a Noreen que Trey se había presentado en el pub y Noreen vino a verme tan rápido que dejó huellas de frenada. Así que pensé en venir a ver cómo habías reaccionado. Acerté, más o menos.

Cal le aparta la mano de la mejilla y la envuelve en sus brazos. Se queda en esa posición un buen rato, con la cabeza apretada contra la calidez que desprende su cabello, sintiendo el latido rítmico de su corazón contra el pecho y la fuerza de sus manos en la espalda.

Capítulo 12

Mart, cuya visita Cal ya esperaba, se presenta por la mañana, en el momento en que Lena se dispone a salir hacia el trabajo. Se queda esperando junto a la cancela, ostensiblemente discreto y con una sonrisita en la boca, mientras Lena le da un beso de despedida a Cal en la puerta. Después de que Lena arranque el coche, Mart le abre la cancela y la despide con un gesto de la mano algo exagerado al pasar por su lado. Lena levanta una mano sin mirarlo a la cara.

Cal se acerca a la cancela porque no desea invitar a Mart a que entre.

—¿Ves a lo que me refiero? —dice Mart con un suspiro—. Esa mujer no quiere saber nada de mí. Si fuera una persona sensible, me sentiría profundamente herido.

—Solo intentabas ponerla nerviosa —dice Cal. Rip y Kojak salen a toda prisa a inspeccionar el perímetro.

—No perdería el tiempo con eso —dice Mart—. Lena no es una mujer que se ponga fácilmente nerviosa.

—Tendrás que esforzarte mucho más —admite Cal.

Mart mira cómo desaparece el coche tras los arbustos. No ha dado la menor señal de haberse percatado de las heridas de Cal, que han amanecido tan sensibles esta mañana que resulta difícil no reparar en ellas.

—¿De qué habláis vosotros dos? —pregunta Mart.

La pregunta coge a Cal por sorpresa.

—¿Te refieres a de qué temas?

—Eso te pregunto. Por un motivo u otro, nunca he gozado de muchas oportunidades de hablar con mujeres, a excepción de mi madre, y claro, sabía lo que me iba a decir antes de que abriera la boca. Era una buena mujer, mi mamá, pero la variedad no era lo suyo; le bastaban las mismas conversaciones que llevaba setenta años manteniendo. A ella no la cuento. ¿De qué puede un hombre hablar con una mujer?

—Jesús —dice Cal—. Y yo qué sé.

—No te pregunto por las palabras dulces que le susurras al oído. Te pregunto por conversaciones. De esas que mantenéis con una taza de té en la mano.

—Hablamos de cosas —dice Cal—. De las mismas que con cualquiera. ¿De qué hablas tú con los muchachos en el pub?

—Sí, también hablamos de cosas —admite Mart—. Bien visto, joven. Bueno, sea como sea, si me pica demasiado la curiosidad, tendré que echarle el lazo a una mujer que esté dispuesta a tomarse un té con un tipo como yo y averiguarlo por mí mismo. —Sigue con la mirada el coche de Lena, en actitud reflexiva—. Esto mismo es lo que planea hacer Bobby, en el caso de que Johnny Reddy lo convierta en millonario: agenciarse una mujer. No sé si se cree que puede encargar una por Amazon, como si fuera un DVD, pero eso es lo que va diciendo. —Le lanza una mirada afilada a Cal—. ¿Y tú qué opinas sobre el tema, joven? ¿Johnny va a convertirnos a todos en millonarios?

—¿Quién sabe? —dice Cal. Rip regresa de completar su circuito con Kojak y arrima el trasero a la pierna de Cal, buscando que le preste atención. Cal le acaricia el lomo. Rip lleva varias cortezas espinosas adheridas a él.

—Anoche Johnny debía de ir más borracho de lo que aparentaba —lo informa Mart—. ¿Hoy lo has visto?

—No —dice Cal.

—Me lo he encontrado tumbado en el colmado de Noreen. ¿Sabes lo que le pasó anoche mientras volvía a su casa? Se salió del sendero y bajó rodando por la ladera de la montaña. Deberías ver cómo quedó. Se diría que no pudo sortear una sola roca en todo el descenso.

De modo que Johnny ha colocado en la balanza los múltiples riesgos a los que se enfrenta y no tiene la menor intención de abandonar el pueblo, y desea que quede bien claro.

—No me pareció que hubiera bebido tanto —dice Cal—. Al menos cuando me marché.

—A eso me refiero. No me dediqué a contar las pintas que trasegaba, pero, si acabó desviándose de un sendero que lleva toda la vida recorriendo, no debieron de ser pocas. ¿Tú qué piensas?

—No creo que Johnny sea precisamente un cerebro privilegiado —dice Cal—. Ni borracho ni sobrio. Cualquier estupidez es posible viniendo de él.

—Muy cierto —admite Mart—. A ti, en cambio, no te considero ningún idiota, joven. ¿Tú también te caíste ladera abajo?

—No —dice Cal—. Me resbalé en la ducha. También debería ir más borracho de lo que me pensaba.

—Las duchas son muy traicioneras —reconoce Mart—. Un primo que tengo en Gorteen se resbaló en una de ellas y se dio un trompazo en la cabeza que lo dejó bizco. Hablar con él es complicado del demonio; nunca sabes a qué ojo debes mirar.

—En ese caso debo considerarme afortunado —dice Cal. Se agacha y empieza a arrancar cortezas espinosas del lomo de Rip.

—Por el momento —señala Mart—. Yo vigilaría esa ducha, si fuera tú. Una vez han probado el sabor de la sangre, no pararán hasta repetir.

—Cierto —dice Cal—. Quizá me compre una de esas alfombrillas antideslizantes.

—Hazlo. No querrás que las cosas se salgan de madre. —Mart entorna los ojos con expresión reflexiva hacia el cielo, en apariencia evaluando el tiempo, que luce el mismo aspecto que en los últimos dos meses. El resentimiento de Cal con el tiempo no deja de crecer. Está llegando a la conclusión de que al menos la mitad de lo que adora de Irlanda es su olor bajo la lluvia. Sin ese olor, complejo, melancólico y generoso, Cal se siente vagamente estafado.

—¿Sabes qué? —dice Mart—. Quizá deba ponerme a buscar a esa mujer con la que hablar. Los hombres son horriblemente predecibles.

—Lamento oírlo —dice Cal. Rip no para de retorcerse y soltarle lametazos, dificultando al máximo la limpieza del lomo, no porque le moleste, solo por divertirse.

—¿Sabes otra cosa de los hombres que me pone de los nervios? —dice Mart—. El modo en que te guardan rencor por algo. Las mujeres, en cambio… —Apoya un codo sobre la cancela, poniéndose cómodo para una explicación detallada—. Si una mujer le guarda rencor a alguien, se entera todo el pueblo. Uno sabría lo que le ha hecho esa persona, y por qué no tenía el menor derecho a hacérselo, y qué debería hacer para calmar las aguas, y qué le aguarda si no da el paso. Uno estaría periódicamente informado del asunto el tiempo que fuera necesario, y de no resolverse el conflicto en vida tuya, serían tus hijos a los que les tocaría estar al corriente cuando ya no estés. Sin embargo, no hay duda de que un hombre podría guardar rencor por algo durante diez, veinte o treinta años y no decirle jamás una palabra a nadie. Incluso el propio implicado podría no tener la menor idea de su afrenta. ¿Qué sentido tiene esto? ¿Qué aporta a nadie si no se airea?

—A mí que me registren —dice Cal.

—Y entonces —dice Mart—, después de que lleve todo ese tiempo fermentando a espaldas de todo el mundo, un buen día algo va un poco mal (quizá el hombre en cuestión ve una oportunidad, o quizá solo sea que ha tenido un mal día o se le ha ido la mano con la botella) y todo explota por los aires. Conozco a un tipo, más allá de Croghan, que en la fiesta de cumpleaños de su hija le arreó con una botella en la cabeza a su cuñado y casi lo mata. Cuanto pudieron sacarle es que su cuñado se lo merecía por algo que había dicho el día del bautizo de esa misma hija. —Mart menea la cabeza—. Y el tipo era una persona encantadora y tranquila que se llevaba bien con todo el mundo. Este no es el tipo de impredecibilidad que me gusta. La venganza puede ser terriblemente desconcertante, joven, cuando surge como caída del cielo.

Rip ya está aburrido y ha empezado a bailar y a hacer cabriolas con la idea de que Cal se rinda y él pueda volver junto a Kojak.

—Quieto —le dice Cal. Rip suelta un suspiro de aflicción y se tumba.

—Ahora bien, hay excepciones —admite Mart—. Tu joven es una chica, pero juraría que no ha soltado prenda sobre ninguno de los rencores que ha ido almacenando. Y a mí me gusta sacarles lo bueno que tienen; no es que guarde muchos, pero estoy dispuesto a entrar en detalles con cualquiera que me preste oídos.

—*Hashtag:* no todos los hombres —dice Cal, apartando la nariz de Rip. Lleva en Ardnakelty el tiempo suficiente para saber que Mart no solo está pegando la hebra. Cal intenta desentrañar si Mart está contándole algo, preguntándole algo o ambas cosas.

—Por Dios bendito, fijaos en eso —dice Mart, entusiasmado, tocando la pierna de Cal con su cayado—. Resulta que aquí tenemos a don Redes Sociales, con sus *hashtags* y todo. ¿Acaso eres un *influencer* en tus ratos libres, joven? ¿Eres de los que cuelgan vídeos en TikTok bailando un tema de Rihanna? No querría perdérmelo.

—Me pondré a ello de inmediato —dice Cal—. Tan pronto encuentre un vestido de cuero que me siente bien.

Mart se echa a reír.

—Dinos, joven —dice, apoyándose de nuevo en su cayado—, ¿cómo actúas tú cuando se trata de viejos rencores? Si un par de ellos te atormentaran, ¿me contarías todos los detalles o te los guardarías para ti? Yo diría que eres de los que guardan un silencio sepulcral, ¿me equivoco?

—No soy de por aquí —dice Cal—. Debes de ser del pueblo para guardar rencores.

Mart ladea la cabeza, considerándolo.

—Quizá —concede—. Tú lo sabrás mejor que yo; llevo toda la vida siendo de aquí. ¿Me estás diciendo que, si alguien te hace daño, o hace daño a alguien querido, o simplemente te enfurece a más no poder, tú le enseñarías la otra mejilla y lo olvidarías todo, simplemente por ser yanqui? Un comportamiento de lo más cristiano por tu parte.

—Yo solo me ocupo de mis asuntos —dice Cal—. Y pretendo llevarme bien con la gente. —Las cosas empiezan a esclarecerse. Mart, a su manera y tomándose su tiempo, le está preguntando por la venganza. Quiere averiguar si Cal, en el caso de disponer de información que apuntara al hecho de que lo del oro es un montón de chorradas, se limitaría a tomar asiento y observar cómo los muchachos dilapidan sus ahorros.

—Eres un ejemplo para todos nosotros —lo informa Mart, piadosamente—. No sé cuántos lo seguirían, pero sí te diré algo: el rencor abundará si ese oro no se materializa.

—Sí —dice Cal—. Estoy convencido. —Ha pillado la advertencia.

—Especialmente si los muchachos invierten en la empresa del inglés basándose en ese pedazo de oro que tu joven encontró y luego todo se va a la mierda. —Mart sonríe—. Bobby no será nada feliz si no encuentra a su mujer por internet.

—Bobby es un buen tipo —dice Cal—. A muchas mujeres les gustaría encontrar a un hombre como él.

—Pero ninguna vive por aquí. Te voy a poner un ejemplo —añade Mart, al que se le ha encendido la bombilla y busca reforzar su argumento, señalando a Cal con su cayado—: todo el mundo sabe que Bobby tenía los ojos puestos en Lena, hasta que llegaste tú y se la arrebataste delante de sus narices. En ningún caso la habría conseguido, pero, sin duda, Bobby no es consciente de ello. Bobby no da señales de guardarte rencor, ¿pero quién podría asegurarlo?

Cal ha tomado una decisión. Esto consigue que un miedo profundo le recorra las entrañas, pero no ve otra alternativa.

—No me importa una mierda quién tiene qué contra Johnny —dice, enderezándose tras limpiar a Rip—. Pero no quiero que salpique a la cría.

Mart lo mira fijamente.

—¿Te refieres a la misma Theresa que anoche estuvo en el pub mostrando trocitos de oro que había desenterrado? ¿Esa cría?

—Sí. Esa cría.

—Por poco oro que aparezca, la chica va a quedar la mar de bien, seguro. Si no aparece el suficiente para que los muchachos cubran pérdidas, entonces Johnny quedará un poco, ¿cómo has dicho antes?, ah, sí, salpicado. Pero tu Theresa jamás ofreció ni prometió nada. Este pueblo no le hará pagar por los pecados de su padre. —Mart mira a Cal de reojo—. A menos que ella también piense cometer alguna estupidez. Si ese trocito de oro que trajo al pub resultara ser un engaño, pongamos. Si no se encontrara ni una migaja más de oro, o si Johnny decidiera quedarse el dinero de los muchachos y salir huyendo. Todo esto no traería nada bueno.

Cal guarda silencio. Al cabo de un minuto, Mart asiente y se pone de nuevo a examinar el cielo, chasqueando la lengua en actitud pensativa.

—Si estuviera en tu pellejo, joven —dice Mart—, y me siento feliz de no estarlo, pero si lo estuviera, lo primero que haría es explicarle a Johnny Reddy y a su socio que es hora de ensillar sus caballos y abandonar el pueblo. —Sin cambiar de expresión, sus ojos recorren el rostro magullado de Cal—. Si no captaran el mensaje, le explicaría la situación a alguien con más poder de persuasión. Y también tendría una pequeña charla con esa chica. Le dejaría claras algunas cosas. Le pediría que agachara la cabeza hasta que todo esto se haya solucionado. Y, por Dios bendito, le diría que no cometiera ninguna otra estupidez.

—Y de este modo nadie se metería con ella.

—Por Dios, no. Sin delito no hay pena. Como ya te he dicho, ella no responde por Johnny. —Mart le sonríe a Cal—. Por lo que a nosotros respecta, ella es tu joven, sin importar quién la engendrara. Tu buen nombre será su buen nombre.

—La señora Duggan asegura que nunca ha escuchado rumores de que aquí haya oro. No hasta que Johnny Reddy los trajo consigo.

Esto coge a Mart desprevenido. Alza las cejas, mira fijamente a Cal y, al cabo de un momento, se echa a reír.

—Dymphna Duggan —dice—. Jesús, María y todos los santos del calendario, debí imaginarme que querría dejar su marca. Tendría que abofetearme por no haber pensado en ella antes que tú. Ojo, tampoco es que hubiera podido hablar directamente con ella, me odia con toda su alma, pero le habría pedido a alguien que lo hiciera por mí. De todas maneras, lo más probable es que no hubiera servido de nada; la mujer se divertiría más asistiendo al espectáculo que con nada que pudieran prometerle esos idiotas. Pero, por el amor de Dios, joven, no dejes que me mate la curiosidad y cuéntame: ¿cómo se lo sonsacaste? Dymphna no ha compartido en su vida información tan sensible por la mera bondad de su corazón; a cambio, exigiría material de primera calidad. ¿Qué le ofreciste?

—Secreto comercial —dice Cal. Recuerda la carga de tensión que desprendía Lena cuando se la encontró esperándolo en el patio trasero de su casa. Siempre ha sabido, y aceptado sin dificultad, que Lena tiene espacios reservados a los que nadie puede acceder, incluido él. Imaginársela abriendo uno de ellos a la señora Duggan lo hace tener deseos de haber sido más contundente con Johnny.

Mart lo mira, evaluando la situación.

—Si te soy sincero, no te creía en poder de nada que pudiera interesarle —dice Mart—. Esa vieja Dymphna es terriblemente exigente con los chismes. Se me ocurren una o dos cosas que Dios te guarde de compartir con ella, pero, aparte de estas, no veo qué puedes tener que complazca sus papilas gustativas.

—Eso es porque me crees predecible —dice Cal—, lo que no significa que todo el mundo lo vea igual.

—Lena Dunne, en cambio… —prosigue Mart, pensativamente, ignorando este último comentario—. Tu Lena es una mujer misteriosa, al menos para los estándares de este pueblo. A ella sí que la veo consiguiendo que a Dymphna Duggan se le haga la boca agua, si de verdad se lo propone.

Cal arroja a un seto las cortezas espinosas que ha ido acumulando en la mano.

—Vamos —le dice a Rip, dándole un golpecito en el costado—. Largo. —Rip sale disparado en busca de Kojak.

—Bueno —dice Mart—, haya sido como haya sido, si Dymphna asegura que la historia es una patraña, entonces es que es una patraña. Debo admitir que esto me sube los humos; desde el principio esa historia me olió a camelo. Me complace saber que mis viejos instintos siguen en forma.

—Johnny le debe dinero a Rushborough —dice Cal—. Y le tiene miedo, por eso no quiere marcharse del pueblo.

—¿De veras? —dice Mart—. Ese cantamañanas nunca ha tenido dos dedos de frente. El asunto requiere una profunda reflexión, joven. Si actúo precipitadamente, se desencadenará una guerra santa, y nadie desea eso. Te mantendré informado. Hasta entonces, no hagas nada.

Mart llama a Kojak con un silbido. El perro se da la vuelta a media carrera y acude cruzando los campos a toda velocidad. Rip galopa muy por detrás de él, las orejas aleteando de felicidad. Mart contempla la hierba, alta y bañada por el sol, ondeando alrededor de los perros.

—Por si es de alguna ayuda —dice Mart—, vas a hacer lo correcto. Vas a serle de mucha ayuda a Theresa. Nadie de por aquí desea causarle problemas. Lo único que queremos saber es que está en buenas manos y que crece como una buena chica. ¿Que ha cometido un desliz? Pues claro, es normal con ese cretino de padre que ha reaparecido de la nada. Solo necesita enderezar su camino y todo irá fantástico. Habla con ella.

—Lo haré —dice Cal. El pánico se ha diluido un poco. Mart es un hombre práctico de la cabeza a los pies. No tiene el menor reparo en causar daño cuando lo considera necesario, pero no le vería sentido a gastar energías haciéndolo por venganza o como castigo. Si Cal es capaz de llamar al orden a Trey, la chica estará fuera de peligro. No tiene la menor idea de cuándo tendrá la oportunidad, o de si llegará a presentarse.

—Tú y yo juntos —dice Mart, lanzándole de golpe una sonrisa maliciosa— lo tendremos todo solucionado en un periquete. El trabajo en equipo siempre tiene recompensa, joven.

—Mantenme informado —dice Cal.

—La otra noche en el pub —dice Mart, pensativamente— te pedí que te ocuparas de tus asuntos y que te mantuvieras lejos de

Johnny, ¿recuerdas? Y ahora, por una vez en mi vida, pienso que alguien acertó al no seguir mis consejos. A veces el mundo no deja de sorprenderte con sus jueguecitos, joven. Descuida, que te tendré al día.

Cal lo observa echar a andar con dificultad por la carretera, silbando una vieja melodía con aire despreocupado. Quiere entrar y ponerse a reparar la silla, pero primero se apoya en la cancela un rato. Se siente igual que el día en que Trey le dijo que Johnny había regresado, como si el suelo o sus piernas carecieran de la solidez necesaria para sostenerlo. Cal es demasiado viejo para poner a rodar cosas sin tener alguna idea de hacia dónde conducirán.

Ha pasado mucho tiempo desde la última vez que Lena subió a lo alto de la montaña. Cuando era una adolescente de sangre caliente y con ganas de perder el mundo de vista, solía ir allí con sus amigos a hacer cosas a escondidas; y en los meses oscuros tras la muerte de Sean, caminaba hasta ahí, en mitad de la noche, con la idea de que el agotamiento le permitiera dormir. A ambas edades era consciente de los peligros inherentes y los abrazaba de diferentes maneras. Repara en el hecho de que, con la excepción de las visitas que le hizo a Sheila tras la llegada de cada uno de sus bebés, probablemente nunca la haya subido estando bien de la cabeza.

El sol y el calor aumentan la sensación de peligro de la montaña, como si se envalentonara y se negara a mantener ocultos sus riesgos, prefiriendo alardear de ellos de un modo provocador. El brezo de las ciénagas cruje con fuerza a cada soplo de brisa, haciendo que Lena se dé la vuelta sin necesidad; los senderos buenos y los malos son maléficamente idénticos, serpenteando entre los árboles; las caídas abruptas saltan a la vista, delatadas por el sotobosque marchito, demasiado cerca de los senderos. Lena no se ha traído a las perras pensando en el calor, pero ahora se arrepiente un poco. Hoy la montaña se le antoja un lugar en el que se agradecería un poco de compañía.

De todos modos, no tiene problemas en encontrar la casa de los Reddy y ha escogido bien el momento. La mañana ya está avanzada; la gente ha salido a sus quehaceres. Dos niños de pelo sucio, cuyos nombres no recuerda, trepan por una construcción improvisada con trozos sueltos de madera y metal, pero no hay señal de Banjo, y cuando Lena les pregunta si su padre o Trey están en casa, niegan con la cabeza, agarrados al artilugio y sin pestañear.

Como era de esperar, Sheila le abre la puerta, con un pelador de patatas en una mano y una mirada desconfiada en el rostro. Al ver a Lena, la desconfianza se agudiza. No es nada personal, es una respuesta automática a todo aquello que se presenta sin avisar.

—Te he traído esto —dice Lena, mostrándole un tarro de mermelada de moras. Lena prepara su propia mermelada porque le gusta a su manera, aunque no se le escapan sus otros múltiples usos—. El otro día Trey tomó un poco en mi casa y le chifló. Le dije que le daría un tarro y se me olvidó. ¿Te pillo ocupada?

Sheila baja la vista al pelador de patatas. Le lleva un segundo recordar la fórmula de cortesía que procede.

—Oh, no —dice—. Para nada. Entra a tomarte una taza de té.

Lena se sienta a la mesa de la cocina y lanza preguntas inofensivas sobre los niños mientras Sheila aparta las patatas y pone la tetera a hervir. Media vida atrás, Lena habría agarrado un cuchillo y se habría puesto a cortar las patatas mientras Sheila las pelaba. Ojalá pudiera hacerlo ahora; la conversación fluiría con más naturalidad, pero las circunstancias han cambiado.

Lena no está segura de la última vez que vio a Sheila, que raramente baja al pueblo; acostumbra a enviar a Trey o a Maeve al colmado de Noreen a por lo que necesita. Lena dio por hecho que era una cuestión de orgullo. Tiempo atrás, Sheila no era solo un bellezón, sino uno con un espíritu entusiasta que reía sin descanso y espantaba cualquier preocupación con el pretexto de que todo acabaría yendo bien, y Ardnakelty anda sobrado de resentidos que se toman el optimismo como una afrenta personal. Lena asumió que Sheila no quería exponerse a que le recordaran con engreimiento lo equivocada que andaba. Ahora, sin embargo, observándola con calma, se pregunta si simplemente no será que le faltan fuerzas para hacer el trayecto.

Sheila trae el té a la mesa. Las tazas tienen dibujos de conejitos entre flores silvestres pasados de moda y desvaídos, después de muchos lavados.

—Casi que hace demasiado calor para tomar té —dice Sheila.

—Ahora Cal lo prepara helado —dice Lena—. No le echa leche; lo deja suave, con un poco de azúcar y limón, y lo mete en la nevera. No es que me moleste el calor, pero debo reconocer que agradezco el té helado.

—Yo detesto este calor —dice Sheila—. Por aquí arriba todo anda seco como un hueso roído; el viento lo hace traquetear durante toda la noche. Me es imposible dormir con tanto ruido.

—Algunas personas se están comprando ventiladores. Imagino que ayudan a bloquear el ruido, al menos en parte.

Sheila se encoge de hombros.

—Quizá —dice. Le da sorbos al té de un modo regular y mecánico, como si fuera otra tarea que completar antes de que acabe la jornada.

—Johnny tiene buen aspecto —dice Lena—. Londres le ha sentado bien.

—Johnny es el mismo de siempre —dice Sheila en tono seco—. Londres no le ha hecho nada. Sería el mismo allá donde fuese.

La paciencia de Lena, de la que para empezar no ha ido sobrada durante la semana, se ha visto todavía más mermada tras la ascensión por la montaña. Decide cortar la cháchara, que, de todas formas, no parece llevarla a ningún sitio.

—Esto es lo que he venido a decirte: si necesitas ayuda con algo, pídemela.

Sheila levanta los ojos para mirarla fijamente.

—¿Para qué iba a necesitar ayuda? —le pregunta a Lena.

—No lo sé. Quizá necesites un lugar en el que quedarte por un tiempo —dice Lena.

Las comisuras de los labios de Sheila se alzan en lo que podría ser una señal de que le divierte la idea.

—Tú. Acogiéndome a mí y a mis cuatro hijos.

—Os haría espacio.

—No nos quieres contigo.

Lena no piensa mentirle.

—Seríais bienvenidos.

—¿Por qué iba a marcharme? No me ha pegado. Y no piensa hacerlo.

—Quizá quieras tenerlo lejos.

—Esta es mi casa. Y él es mi hombre.

—Lo es, sí. Quizá por eso quieras demostrarle a todo el mundo que no tiene nada que ver contigo.

Sheila deja la taza sobre la mesa y mira a Lena, que le devuelve la mirada. Hasta ahora no tenía claro si Sheila sabía lo que Johnny tramaba. Probablemente Sheila se preguntara lo mismo acerca de ella, si es que llegaba a preguntarse algo. Lena agradece que la situación se haya aclarado, pese a su impredecibilidad. Una de las cosas que más la han irritado siempre del pueblo es el jueguecito eterno de quién-sabe-que-yo-sé-que-ella-sabe-que-yo-sé.

—¿Por qué nos acogerías? —pregunta Sheila.

—Me he encariñado mucho con Trey.

Sheila asiente, aceptándolo.

—Primero he pensado que ibas a decir por los viejos tiempos —dice Sheila—. No me lo habría tragado. Nunca fuiste de esas.

—No lo fui —admite Lena—. Quizá haya cambiado con la edad. Tengo que comprobarlo.

Sheila menea la cabeza.

—Estoy bien donde estoy —dice—. No quiero perderlo de vista.

—De acuerdo —dice Lena—. Si quieres, puedo llevarme a los niños.

—Los pequeños están bien aquí. Le pedí a Trey que se quedase contigo hasta que Johnny se marchara.

—La acogeré. No hay problema.

—Lo sé. No quiso.

—Pídeselo otra vez. Yo haré lo mismo.

Sheila asiente.

—Es estupendo que la gente vea eso en ella —dice Sheila—, que es digna de recibir ayuda. Debe sacarle partido. Nadie pensó nada parecido de mí.

Lena reflexiona sobre esto.

—Quizá la gente pensó que conseguiste lo que querías —dice Lena—. Yo misma lo pensé. No tiene sentido intentar apartar a alguien de lo que desea.

Sheila menea la cabeza brevemente.

—Pensaron que conseguí mi merecido. Es muy diferente.

—Eso es algo que les encanta pensar por aquí —admite Lena—. Diría que hubo muchos que pensaron lo mismo de mí cuando Sean murió.

—Me gustaba Sean —dice Sheila—. Escogiste bien. —Fuera, en el patio, uno de los niños lanza un grito, pero ella no se levanta a ver lo que ha ocurrido—. De todos modos, ahora cuento con la ayuda de alguna gente. Desde hará un par de años. Me traen turba en invierno. Me arreglaron la verja cuando se estaba cayendo.

Lena guarda silencio. Sabe bien por qué el pueblo empezó a ayudarla.

—Debería escupirles en la cara —dice Sheila—, solo que no puedo permitírmelo.

—¿A mí también querrías escupirme en la cara?

Sheila vuelve a menear la cabeza. Todos sus movimientos tienen una cualidad contenida y sobria, como si dosificara energías para poder llegar hasta el final del día.

—No haces esto porque creas que así vas a saldar tu deuda —dice Sheila—. No me debes nada. En cualquier caso, no lo haces por mí. Lo haces por Trey.

—Muy bien, pues —dice Lena—. Si quieres llevarme a los niños, hazlo.

Esta vez Sheila la mira de un modo distinto, con algo parecido a interés.

—Todo el mundo te vendrá con preguntas —dice Sheila—. Siempre lo has odiado. Que la gente vaya metiendo las narices.

Es la primera vez que se ha dirigido a Lena como a una antigua amiga.

—Ahora soy mayor. Que pregunten lo que quieran. Les sentará bien. Desatascará los viejos circuitos.

—¿Qué les dirías?

—Ya se nos ocurriría algo. Quizá que el inglés estuvo por aquí cazando los aliens de Bobby, y que él y Johnny te metieron uno en casa y que ya estás harta de ir limpiando mierda de alien del suelo.

Sheila se echa a reír. Su risa, clara, libre y juvenil, las coge a ambas por sorpresa. Sheila cierra la boca de forma abrupta y baja la vista a la taza, como si la hubieran pillado en falta.

—Doireann Cunniffe se lo tragaría —dice Lena—. Siempre que pusieras una cara seria.

Sheila esboza una tímida sonrisa al oír esto.

—Siempre se me dio fatal —dice Sheila—. Tu cara de póquer era insuperable. Yo era la primera en no poder aguantar la risa y delatarnos a todas.

—No hay duda de que la mitad de la diversión consistía en eso, en ver cómo nos las apañábamos luego para salir del apuro.

Uno de los niños vuelve a lanzar un grito. Esta vez Sheila sí que echa un vistazo por la ventana.

—Si les contara los líos en los que nos metíamos —dice Sheila—, no se lo creerían. Mírame ahora. Los niños no se creerían una sola palabra.

La idea parece abrumarla.

—Bueno, así son las cosas —dice Lena—. Estoy segura de que nuestros padres también hicieron cosas que no creeríamos.

Sheila menea la cabeza.

—Querría que lo supieran —dice Sheila—. Como advertencia. Un día formas parte de una panda de descerebradas y, al siguiente, ya sabes... Cuéntaselo a Trey. A ti te creerá.

—Tiene quince años —dice Lena—. Considérate afortunada si, en los próximos años, se cree una sola palabra de lo que le suelte un adulto.

—Tú cuéntaselo —le repite Sheila. Rasca algo que se ha quedado adherido a la taza y que parece irritarla. Ya no llegan gritos de fuera—. Una vez lo abandoné. En mitad de la noche. Él dormía, borracho. Metí a los niños en el coche (a los cuatro; esto fue antes de Liam y Alanna) y arranqué. Lo que más recuerdo es lo tranquilo que estaba todo: la lluvia en el parabrisas, ni un alma en la carretera. Los niños se durmieron. Conduje durante horas. Al final di la vuelta y regresé. No existía un sitio lo suficientemente lejos para hacer que mereciera la pena. —Sus dedos ya no se mueven por la taza—. Me sentí como una estúpida. De todos modos, jamás se enteró. Me alegro. Se habría reído en mi cara.

—Si se te ocurre algo que pueda hacer por ti, dímelo —dice Lena.

—Quizá —dice Sheila—. Gracias por la mermelada. —Se levanta y empieza a recoger las tazas.

Trey y Banjo se presentan cuando Cal está fregando los platos, después de comer. El portazo le envía una descarga de alivio tan desproporcionada que casi se cae al suelo.

—Ey, cuánto tiempo sin verte por aquí —dice Cal.

Trey examina su cara con una expresión indescifrable y aparta la vista.

—Ayer por la mañana me pasé. Habías salido —dice Trey.

El hecho de que se dignara a venir tiene que ser algo bueno, pero Cal no sabría decir si lo hizo simplemente por la carpintería o porque quería hablar con él.

—Bueno, ahora sí que me encuentras —dice Cal.

—Sí —dice Trey. Se agacha para recibir los saludos de Rip y le acaricia los carrillos.

No ha traído nada con ella. Por norma general, a Cal no le gusta que aparezca con comida —no ha de pagar entrada por visitarlo—, pero esta vez habría agradecido un paquete de galletas, un trozo de queso o lo que fuera. Eso significaría que piensa quedarse un rato.

—¿Qué le ha pasado en la pata? —pregunta Cal, señalando a Banjo.

—Me caí encima —se apresura a decir Trey—. Fue hace unos días. Ya está bien. Solo busca que le den lonchas de jamón.

—Bueno, aquí de eso no falta —dice Cal. Abre la nevera y le lanza a Trey el paquete. No se decide a preguntarle por el labio, que tiene mucho mejor aspecto. Parece que hoy es el día de la cortesía, en el que todo el mundo ha decidido evitar las preguntas—. ¿Tienes hambre?

—No. Ya he almorzado. —Trey se deja caer en el suelo y empieza a darle trocitos de jamón a Banjo.

—No, gracias —la corrige Cal de forma automática, sin poder refrenarse.

Trey pone los ojos en blanco, lo que reconforta un poco a Cal.

—No, gracias.

—Aleluya —dice Cal mientras saca el té helado. Su voz le suena falsa—. Al final lo hemos conseguido. Toma un poco. Con este tiempo, te acabarás marchitando si dejas de beber.

Trey vuelve a poner los ojos en blanco, pero se bebe el vaso de un trago y se lo tiende para que se lo rellene.

—Por favor —añade, acordándose de golpe.

Cal se lo rellena y se sirve un vaso. Sabe que debe hablar con ella, pero se concede un minuto más, solo con la idea de apoyarse en la encimera y observarla. Los tejanos han vuelto a quedársele pequeños, le asoman los tobillos. La vez anterior, Sheila tardó meses en darse cuenta y renovarle el armario; en el ínterin, Trey rechazó la caridad de Cal y él no paró de darle vueltas a cómo sacarle el tema a Sheila sin parecer un pervertido que se dedica a mirarle las piernas a las adolescentes. Por entonces se juró que la próxima vez se limitaría a ir al pueblo a comprarle unos malditos tejanos, y si a Trey no le gustaban, por él podía echárselos a los cerdos de Francie.

—Anoche vi a mi padre —dice Trey—. Cuando llegó a casa.

—Ah, ¿sí? —dice Cal. Mantiene un tono neutro, aunque está claro que ese mierdecilla no tuvo el menor problema en señalarle el culpable a la chica, metiéndola en medio.

—Le pegaste de lo lindo.

Dos años atrás habría dicho: «Lo hostiaste a saco», o algo parecido. «De lo lindo» es cien por cien Cal.

—Nos peleamos —dice Cal.

—¿Por qué?

—Diferencia de opiniones.

El ángulo que dibuja la mandíbula de Trey significa que no está para tonterías.

—No soy un bebé.

—Lo sé.

—¿Entonces por qué os peleasteis?

—Vale —dice Cal—. No me gusta el jueguecito que se trae entre manos tu padre.

—No es un jueguecito.

—Ya me entiendes, criatura.

—¿Qué es lo que no te gusta?

Cal se descubre en ese lugar al que Trey parece empecinada en arrojarlo: un terreno resbaladizo que lo hace sentir impotente y angustiado, justo cuando es más crucial no fastidiarla. No sabe qué decir para no empeorar las cosas.

—No voy a hablarte mal de tu padre, criatura —dice Cal—. No me corresponde. Pero lo que está haciendo... —«No es lo que deseo para ti» es lo que de verdad siente, pero no tiene el menor derecho a desearle nada—. La gente de por aquí va a acabar muy enfadada.

Trey se encoge de hombros. Rip está intentando apartar a Banjo para llevarse raciones tanto de jamón como de atención. Trey los desenreda y utiliza una mano para cada cometido.

—Cuando se enfaden —prosigue Cal—, sería una excelente idea que no te encontraras en el ojo del huracán.

Este comentario le merece un vistazo rapidísimo de Trey.

—Pueden irse a la mierda. Todos ellos. No les tengo miedo.

—Lo sé —dice Cal—. No me refiero a eso. —A lo que se refiere es de lo más sencillo: «Las cosas andaban bien, y eso es importante, no las envíes a tomar por culo», pero no encuentra el modo de decirlo. Parece revestido de demasiadas capas que una cría de la edad de Trey es incapaz de entender: el peso y el alcance de nuestras elecciones, las múltiples maneras en que las cosas se pueden echar a perder para siempre y sin reparar en ello. Es demasiado joven para sostener entre las manos algo del tamaño de su futuro. Desea dejar el maldito tema de lado y discutir con ella acerca de si necesita o no un corte de pelo. Desea decirle que está castigada hasta que entre en razón.

—¿Entonces? —exige saber Trey.

—Es tu padre —dice Cal, escogiendo las palabras con dificultad—. Es normal que quieras ayudarlo. Pero las cosas se van a poner feas.

—No si no cuentas nada.

—¿Te crees que cambiaría algo? ¿De verdad?

Trey lo mira como si no fuera más tonto porque no entrena.

—Eres el único que lo sabe. ¿Cómo lo van a descubrir si no hablas?

Cal nota cómo le sube la rabia.

—¿Cómo diablos no van a descubrirlo? El oro no existe, joder. No me importa lo muy idiotas que tu padre se cree que son; antes o después se darán cuenta. ¿Y entonces qué?

—Mi padre se inventará alguna historia —dice Trey sin inmutarse—. Es lo que se le da mejor.

Cal se muerde la lengua para no soltar algunas verdades que deben permanecer ocultas.

—Ya, pero a los muchachos no les importará una mierda lo buena que sea esa historia. Lo único que quieren es su dinero. Si te crees que no serán tan duros con tu padre por el hecho de que te hayas implicado, solo porque gozas de cierto respeto por aquí...

—Nunca lo he pensado.

—Bien. Porque no se andarán con miramientos. Lo único que conseguirás es caer de cabeza en la mierda, pegadita a él. ¿Eso es lo que quieres?

—Ya te lo he dicho: pueden irse a tomar por culo.

—Escucha —dice Cal. Toma aire y recupera su tono de voz normal, o hasta donde puede. Capta la tensión en los hombros de Trey y lo invade una sensación de fatalidad; cuanto diga va a estar inevitablemente mal—. Lo que quiero decirte es que, antes o después, este asunto habrá acabado. Cuando ocurra, tu padre y Rushborough van a tener que abandonar el pueblo.

—Lo sé.

Cal es incapaz de leer en el rostro de Trey si esto es verdad o no.

—Y también que debes pensar en lo que ocurrirá después. Si a partir de ahora dejas de involucrarte en los asuntos de tu padre, puedo asegurarte que nadie va a ponerse en tu contra. Pero si...

Trey reacciona a estas palabras con un destello de rabia.

—No quiero que metas las narices en esto. Puedo cuidar de mí misma.

—De acuerdo —dice Cal—. De acuerdo. —Inspira de nuevo profundamente. No sabe cómo resaltar aquellas cosas que Trey valora con la idea de reforzar su argumento, porque ahora mismo no sabe cuáles son, con la excepción de Banjo, y todo apunta a que ella tampoco—. Independientemente de lo que yo haga, si sigues metida en esto, más adelante las cosas van a cambiar. Te has hecho un nombre en el pueblo. Me has hablado de que te gustaría dedicarte a la carpintería cuando acabes el colegio; tal y como van las cosas, mañana mismo podrías abrir tu propio taller y te lloverían los encargos.

Cal cree haber detectado un pestañeo en Trey, una señal de que ha captado su interés.

—Si sigues ayudando a tu padre —dice Cal—, todo eso desaparecerá. Los de este pueblo ya no te tratarán como lo hacen ahora. Sé que no te importan una mierda, pero las cosas han cambiado en los últimos dos años. Ahora tienes mucho que perder.

Trey mantiene la vista gacha.

—Como ya has dicho, es mi padre —dice Trey.

—Cierto —dice Cal. Se frota la boca con una mano, fuerte. Se pregunta si Trey piensa que, cuando Johnny se marche, él la acogerá en su casa—. Sí. Pero, como tú misma has dicho, no eres un bebé. Si no quieres verte mezclada en sus asuntos, tienes todo el derecho a mantenerte al margen. Sea tu padre o no. —A Cal le sobreviene el impulso de ofrecerle cosas: pizza, un torno nuevo y chulo, un poni, lo que quiera, con tal de que abandone el mal camino.

—Quiero hacerlo —dice Trey.

Un breve silencio se extiende por la habitación. La luz del sol y el runrún monótono de las segadoras se filtran por las ventanas. Rip se ha dado la vuelta para que le rasquen la tripa.

—Recuerda que puedes cambiar de opinión en cualquier momento —dice Cal.

—¿Cómo es que te importa siquiera que esos hombres acaben estafados? —quiere saber Trey—. No significan nada para ti. Y fueron malos contigo.

—Solo quiero que haya paz —dice Cal. De golpe se siente completamente exhausto—. Nada más. Hace apenas un par de semanas, la teníamos. Estaba bien. Me gustaba.

—Puedes tenerla. No te metas y ya está. Deja que se las apañen solos.

Este comentario vuelve a dejar a Cal paralizado. No puede decirle a Trey que no piensa desentenderse mientras ella esté implicada, sería injusto colocarle semejante peso. No siente que estén manteniendo una conversación; es más bien un conjunto de muros de piedra y arbustos espinosos.

—No es tan sencillo —dice Cal.

Trey suelta un resoplido de impaciencia.

—No lo es, chica. Pongamos que me retiro: ¿qué van a pensar los muchachos cuando todo se vaya al traste? Van a pensar que lo sabía y me lo callé. Esto no me traerá ninguna paz.

—Mi padre me ha pedido que te diga que te retires y te ocupes de tus propios asuntos —dice Trey, con la vista todavía puesta en los perros.

—No me digas —dice Cal.

—Sí. Dice que no tienes nada y que, si vas hablando por ahí, solo conseguirás meterme en líos.

—Ajá —dice Cal. Lamenta no haber arrojado a Johnny a una ciénaga cuando tuvo ocasión—. Imagino que es una forma de verlo.

Trey le lanza un vistazo rápido que es incapaz de interpretar.

—Yo también quiero que te retires —dice Trey.

—¿Eso quieres? —pregunta Cal. Siente como si acabara de caerle una piedra en el estómago—. ¿Y por qué?

—Simplemente hazlo. No es asunto tuyo.

—De acuerdo —dice Cal.

Trey lo mira acariciarle la tripa a Rip y aguarda a que prosiga. Al comprobar que no tiene nada más que decirle, le pregunta:

—¿Entonces puedo decirle a mi padre que vas a retirarte?

—Anoche ya le dije a Johnny todo lo que tenía que decirle —responde Cal. Y aunque sabe que debería mantener la boca cerrada, añade—: Si se me ocurre algo más, se lo diré en persona. No te utilizaré como una maldita mensajera.

Durante un momento piensa que Trey va a protestar. En vez de eso, se levanta, haciendo que los perros salgan disparados hacia los lados, y pregunta abruptamente:

—¿Podemos hacer lo de la silla?

—Claro —dice Cal. De una forma imprevista y demencial, cree sentir el picor de las lágrimas en los ojos—. Hagámoslo.

La silla recibe más cuidados y atenciones de los que realmente merece: tornean las patas hasta tres veces y las lijan hasta que un bebé podría chuparlas sin problemas. Impera el silencio. El aire veraniego entra y sale por la ventana, trayendo el olor a follaje y tréboles y levantando motas de polvo que se arremolinan perezosamente en los haces de luz solar. Cuando el sol se aleja de la ventana y el calor empieza a remitir, anunciando la hora de la cena, Trey se sacude el polvo de los tejanos que se le han quedado cortos y se marcha a casa.

Capítulo 13

Esta noche la casa está tranquila: todo el mundo duerme profundamente tras el revuelo de la noche anterior. Trey no quiere meterse en la cama. Su vida ya no le parece normal; está repleta de demasiada gente y demasiados deseos, hasta el punto de que no se siente segura apartando la vista, ni siquiera cuando es hora de dormir. Está en el sofá, pasando calor y mirando uno de esos programas de televisión dirigidos a gente trasnochadora y agotada, a la luz del amarillo sucio de la lámpara de pie. Un capullo zalamero intenta que una pareja de aspecto infeliz construya una extensión en forma de caja, pese a que odian la idea. Trey no está de humor para soportar a un tipo así. Confía en que la pareja acabe pateándole los huevos y construyendo lo que les dé la gana.

Cuando una luz muy potente prende en el exterior e inunda las esquinas de las cortinas, se queda inmóvil. Su mente está en blanco: no contiene una sola explicación. Durante una delirante fracción de segundo, piensa que los ovnis de Bobby Feeney son reales y han aterrizado, pese a no creer en esas chorradas. Durante otra fracción, piensa que debe de haberse quedado dormida y ya es por la mañana, pero en la tele aparece el mismo gilipollas cotorreando. Trey la apaga. El silencio repentino le permite oír el ruido de motores acelerando, fuerte y profundo.

Se queda de pie en medio de la sala de estar, escuchando. Nada se mueve en el resto de la casa. Banjo, arrebujado en su rincón junto al sofá, ronca en paz. Un brillo azulado y blanquecino sumerge la habitación en un aire de pesadilla, los objetos corrientes se revelan de golpe incandescentes y emiten un zumbido amenazador. Los motores no dejan de retumbar.

Trey cruza el pasillo en dirección a su dormitorio, sin hacer el menor ruido. Piensa en la ventana, pero antes incluso de llegar a la puerta, puede ver la misma luz azulada y blanquecina vertiéndose por la rendija. El resplandor que penetra por la ventana confiere al rostro de Maeve un tono luminoso y antinatural, como si estuviera bajo el agua, inalcanzable.

—Mamá —dice Trey, demasiado bajo para que la oigan. No tiene la menor idea de si quiere despertar a su madre. No tiene la menor idea de lo que espera que haga su madre.

Maeve se da la vuelta bruscamente y emite un sonido de protesta. Trey no quiere a Maeve despierta y pidiendo explicaciones.

—Mamá —repite, esta vez más alto.

En el dormitorio de sus padres hay un rumor de sábanas y murmullos, luego el sonido de pasos apresurados. Sheila abre la puerta en un batín floreado, el pelo alborotado sobre los hombros. Detrás de ella, Johnny, en bóxeres y camiseta, se pone unos pantalones.

—Hay algo fuera —dice Trey.

—Shhh —dice Sheila. Sus ojos parpadean recorriendo el pasillo. Maeve se ha sentado en la cama, con la boca abierta; Liam llama a su madre.

Johnny se abre camino bruscamente entre Sheila y Trey y cruza el pasillo en dirección a la puerta de la entrada. Se queda de pie, inmóvil y con la oreja pegada a la puerta, escuchando. Los demás se colocan a sus espaldas.

—Papi —dice Maeve—, ¿qué pasa?

Johnny la ignora.

—Ven aquí —le dice a Alanna, enderezándose, pero ella retrocede con un gimoteo ahogado—. Entonces tú —dice, agarrando a Liam del brazo—. No lloriquees, joder; nadie va a hacerte daño. Venga. —Coloca a Liam delante de él y le da un empujoncito, abre la puerta y se queda en el umbral.

La luz les golpea en el rostro desde todos lados y reduce la noche a una neblina blanca. Los motores resuenan con más fuerza, un estruendo en toda regla. A cada lado, entre la neblina, hay círculos de luz concentrada, a pares, como ojos, demasiado cegadores para mirarlos. Trey necesita un rato para descifrarlos: luces largas.

—¿Qué tenemos aquí, muchachos? —dice Johnny, risueño, levantando los brazos para protegerse los ojos. Su tono de voz contrasta de forma salvaje con la situación—. ¿Hay una fiesta a la que nadie me ha invitado?

Silencio, solo el gruñido de los motores y un sonido extraño que parece un aleteo, como el que hace la ropa tendida al ser azotada por el viento. Trey, asomándose por encima del hombro de su padre, ve llamas. En medio del despejado patio de la entrada hay un barril de metal galvanizado. Contiene fuego. Las llamas ascienden con avidez, hasta un metro de altura, una columna irregular que oscila en la brisa inquieta.

—A ver, muchachos —dice Johnny, adoptando ahora un tono entre la tolerancia y la exasperación—. Aquí hay niños pequeños que intentan dormir. Id a acostaros. Si tenéis algo que decirme, volved mañana y charlaremos como hombres decentes.

Nada. La brisa atrapa un rescoldo ardiente del barril y lo lanza a toda velocidad hacia el cielo, hasta que se desvanece. Trey entorna los ojos en un intento por distinguir a los hombres, o al menos los coches, pero las luces brillan demasiado; todo está oscuro a sus espaldas. El aire desprende un calor asfixiante.

—Cierra la puerta —dice Sheila con brusquedad—. Puedes entrar o quedarte fuera.

Johnny no se da la vuelta para mirarla.

—Te he dicho que la cierres.

—Joder, muchachos —dice Johnny en tono de reproche—. Entrad en razón. Marchaos y dormid la mona. Mañana hablaremos.

—Empuja a Liam de nuevo dentro y cierra la puerta.

Se quedan de pie en el pasillo estrecho, descalzos y en las prendas dispares que llevan para dormir. Nadie quiere moverse. Cada entrada de la casa cobra vida con el resplandor azulado y blanquecino.

—¿Quién hay afuera? —susurra Alanna. Parece que va a echarse a llorar.

—Unos muchachos haciendo el tonto —dice Johnny. Sus ojos no paran de moverse, evaluando opciones. Sus moratones parecen agujeros en la carne.

—¿Por qué hay un fuego?

—Significa que nos van a sacar de casa con él —dice Sheila. Se lo dice a Johnny.

—¿Cómo que nos van a sacar de casa con él? —Johnny se ríe y echa la cabeza hacia atrás—. Por Dios bendito, ¿has oído lo que has dicho? —le dice a Sheila—. Qué dramática, por favor. Nadie va a sacar a nadie de ningún sitio. —Se agacha para colocar una mano en el hombro de Alanna y la otra en el de Liam y les sonríe; sus rostros se mantienen inexpresivos—. Vuestra madre solo hace el tonto, mis cielos, igual que los muchachos. Han bebido demasiado, eso es lo que ha pasado, y han pensado que sería divertido gastarnos una pequeña broma. Menudos tontos, ¿no creéis? Salir a hacer el burro a estas horas.

Les sonríe a Liam y a Alanna. Cuando ve que ninguno reacciona, les dice:

—Ya sé lo que vamos a hacer. ¿Qué os parece si se la devolvemos?

—Les disparé con mi pistola de aire comprimido —dice Liam.

Johnny vuelve a reírse y le da una palmadita en la espalda, pero niega con la cabeza y pone cara de pena.

—Oh, no. Me encantaría, pero podríamos asustarlos, y no querríamos eso, claro que no. No. Os voy a decir qué vamos a hacer: vamos a volver a la cama y no les haremos ningún caso, ninguno. Así se sentirán como unos estúpidos, ¿verdad? Venir hasta aquí para nada.

Los dos se lo quedan mirando.

—Id a la cama —dice Sheila—. Todos.

Durante unos segundos, los cuatro se quedan quietos. Alanna tiene la boca abierta; Maeve parece querer protestar sin ser capaz de encontrar la manera.

—Vamos —dice Trey. Les da un empujoncito hacia su dormitorio y agarra a Maeve del brazo. Maeve se suelta, pero, después de echarles un vistazo a Johnny y a Sheila, se encoge de hombros de forma teatral y sigue a Trey.

—No podéis decirme lo que debo hacer —dice Maeve, una vez en el dormitorio. En el pasillo, sus padres guardan silencio.

Trey se mete en la cama vestida y le da la espalda a Maeve, cubriéndose la cabeza con la sábana para bloquear la luz de la ventana. Durante un rato percibe a Maeve observándola, de pie y sin mover un músculo. Al final Maeve se rinde, suelta un suspiro enfurruñado y se lanza a la cama. Fuera persiste el ruido de los motores.

Al cabo de mucho tiempo, cuando la respiración de Maeve se ha acompasado una vez dormida, la luz se desliza por la ventana y la habitación queda a oscuras. Trey se da la vuelta y mira cómo el pasillo se va apagando, a medida que cada ventana se libera de los haces de luz. Escucha cómo el ruido de los motores se aleja poco a poco, montaña abajo.

—¿Qué pasó anoche? —le pregunta Alanna a Sheila durante el desayuno. Su padre sigue en la cama.

—No pasó nada —dice Sheila. Les sirve un vaso de leche a cada uno.

—¿Quién había fuera?

Liam también tiene la vista clavada en Sheila mientras le arranca la corteza a su tostada.

—Nadie —dice Sheila—. Tomaos el desayuno.

Sheila dice que hay que limpiar la casa y que nadie puede salir hasta haber acabado.

—Yo no tengo que hacerlo —dice Liam, alzando la vista hacia Johnny en busca de aprobación—. Los chicos no tienen que limpiar. —Johnny, recién levantado, todo arrugado y oliendo a sudor, se ríe y le alborota el cabello, pero le dice: «Ayuda a tu mamá».

Sheila pone a Maeve a limpiar la sala de estar, y a Trey y a Alanna, el baño, mientras que Liam y ella se ocupan de la cocina. Maeve pone la tele muy fuerte, un *talk show* estúpido con muchos gritos y risas, como venganza por no tener permiso para irse con sus amigos.

—Ven —dice Trey, rociando producto por el lavamanos—. Limpia aquí.

Alanna coge la esponja.

—Había gente fuera —dice, mirando de reojo a Trey, a ver cómo reacciona.

—Sí —dice Trey. Espera más preguntas, pero Alanna se limita a asentir y empieza a limpiar el lavamanos.

Johnny apenas sale del dormitorio. Parte del tiempo lo pasa al teléfono. Trey lo oye andar de un lado para el otro mientras habla, deprisa y en voz baja, aunque de tanto en tanto suelta un grito agitado, para volver a murmurar de inmediato. Está hablando con Rushborough, que no parece nada contento. Trey trata de seguir la conversación, descifrar el grado de enfado de Rushborough y los intentos de su padre por calmarlo, pero cada vez que llega hasta la puerta del dormitorio, Sheila sale de la cocina y la envía de nuevo al trabajo.

Johnny entra en el baño mientras Trey frota las paredes. A ella ya le parecía bien como estaban, pero, si dice que ha acabado, Sheila se apresurará a ponerle otra tarea. Alanna se ha aburrido y se ha sentado en la bañera a canturrear algo de su invención, sin principio ni final.

—¿Cómo vais? —les pregunta su padre, apoyándose en el quicio de la puerta y sonriéndoles.

—Estupendamente —dice Trey. No tiene ningunas ganas de

hablar con él. De algún modo ha acabado jodiendo las cosas. Entre ellos dos y Rushborough habían conseguido que todo Ardnakelty picara el anzuelo y solo faltaba tirar, y resulta que él solito se las ha apañado para enviarlo todo al garete.

—Muy buen trabajo —dice Johnny, repasando el baño con mirada de aprobación—. Por Dios bendito, no reconoceremos este sitio cuando hayáis terminado. Creeremos que estamos viviendo en un hotel de lujo.

Trey no deja de frotar.

—Acércate —le dice Johnny—. Tú eres la cerebrito de esta casa, seguro; si alguien sabe algo, eres tú. ¿Quiénes eran los de anoche?

—No lo sé —dice Trey. Alanna sigue cantando, pero a Trey no le cabe duda de que tiene la oreja puesta—. No pude verlos.

—¿Cuántos crees que eran?

Trey se encoge de hombros.

—Ocho quizá. Quizá menos.

—Ocho —repite Johnny, toqueteando con los dedos el marco de la puerta en ademán reflexivo, como si Trey hubiera dicho algo muy relevante—. No está tan mal, ¿verdad? Eso significa que mucha gente no quiso participar. ¿Sabes qué? —Su voz se eleva e ilumina, y señala con un dedo a Trey—. Después de todo, quizá esto nos venga bien. Tenemos a unos cuantos enojados por aquí, es cierto, pero si no son más que unos viejos gruñones quejándose de que les parece una idea terrible, serán muchos los que lo achacarán a la envidia y aún querrán implicarse más.

El modo en que lo dice hace que parezca más que posible; suena obvio. Trey desea creerlo y se siente furiosa consigo misma por ello.

—Cuanto necesitamos —dice Johnny— es averiguar de qué lado está cada uno. Mañana bajarás al pueblo a ver qué pillas. Acércate al colmado de Noreen, estate pendiente de quién es amable contigo y quién se comporta raro. Hazle una visita a Lena Dunne. Habla con tu yanqui, a ver si sabe algo.

Trey rocía más producto en la pared.

—Hoy mejor que no —dice su padre, con un matiz alegre en la voz—. Dejemos a la liebre tranquila. Así el guiso saldrá mejor, ¿no?

—Sí —dice Trey, sin mirarlo.

—Te has dejado este rinconcito de arriba —le dice su padre, señalando—. Estás haciendo un gran trabajo. Sigue así. La perseverancia es una virtud, ¿eh?

Después del almuerzo, Sheila, Trey y Maeve van al patio delantero a ocuparse de los restos del fuego. Llevan el cubo de la fregona y la olla repletos de agua. Los saltamontes arman escándalo y el sol golpea con fuerza. Sheila les dice a los pequeños que se queden dentro, pero salen al escalón y se quedan junto a la puerta, observando. Alanna chupa una galleta.

El barril galvanizado estaba lleno de trapos y periódicos, ahora negros y frágiles, las esquinas desmenuzándose. De la pila siguen brotando volutas de humo. Trey toca un costado del barril y descubre que está caliente.

—Moveos —dice Sheila. Levanta su cubo con un gruñido de esfuerzo, apoya el borde en el barril y vierte el agua. El barril suelta un siseo fuerte y una nubecilla de humo.

—Más —dice Sheila. Trey arroja el agua de la olla. Los residuos dentro del barril se hunden y se convierten en una masa informe y empapada.

—Coge el rastrillo —dice Sheila—. Y la pala. Cualquier cosa que tenga un mango largo.

—¿Por qué? —pregunta Maeve—. Se ha apagado.

—Basta una chispa para que toda la montaña arda. Coged las cosas.

El cobertizo, situado en un extremo del patio, guarda herramientas de antes de que nacieran los niños, cuando Sheila intentó transformar el patio en un jardín. Trey y Maeve se abren paso entre una alfombra de residuos carbonizados que se desintegran al pisarlos.

—Odio a esos tipos —dice Maeve—. Son un hatajo de capullos.

—No les importa una mierda si los odias —dice Trey. Maeve y ella nunca se han llevado bien, no desde el momento en que crecieron y se dieron cuenta de lo poco que les gustaba la otra, aunque hoy por hoy a ninguna de ellas les gusta casi nadie.

Apartan una escalera llena de telarañas y una carretilla oxidada para poder sacar un rastrillo, una azada y una pala.

—No es culpa de papá —dice Maeve, desafiante, de vuelta al barril. Ninguna le responde.

Introducen los mangos de las herramientas en el barril y empiezan a remover, extinguiendo cualquier rescoldo oculto. Se esparce un hedor ácido y penetrante.

—Apesta —dice Maeve, arrugando la nariz.

—Que te jodan —dice Trey.

—Jódete tú.

Sheila se da la vuelta rápidamente y les suelta una bofetada a cada una; lo consigue en un solo movimiento, sin darles tiempo a retroceder.

—Ahora estáis las dos jodidas —dice Sheila, y vuelve a ponerse con el barril.

La pasta al fondo del barril opone resistencia, atascando y enredando los mangos. Al final Sheila consigue liberar el rastrillo y da un paso atrás, falta de aliento.

—Deshaceos de esto —dice, haciendo un gesto hacia el barril—. Y volved directas a casa u os llevaréis una zurra. —Recoge el cubo y la olla y pone rumbo a la casa.

Trey y Maeve agarran cada una un extremo del barril y lo arrastran por la parte trasera de la casa y luego por la ladera de la montaña. Hay un barranco al que han ido arrojando trastos grandes, bicis rotas y la cuna que se le quedó pequeña a Alanna. El barril es difícil de agarrar y pesa mucho; al arrastrarlo por el patio provoca un chirrido molesto y a su paso va dejando amplios surcos de tierra seca y un reguero goteante de un líquido oscuro. Cuando entran en la zona del sotobosque, deben parar a cada minuto para alzarlo por encima de las raíces y las zarzas.

—Te crees maravillosa —dice Maeve. Parece estar al borde de las lágrimas—. Pues mira lo que has hecho.

—No tienes ni idea —dice Trey. Le duelen los brazos de acarrear el barril y las moscas zumban ruidosas y revolotean por su cara sudada, pero no tiene una mano libre con la que espantarlas—. Burra.

El barranco cae de una forma letalmente abrupta. Sus costados son escarpados y rocosos, salpicados de arbustos musculosos y tenaces y de marañas de malas hierbas de gran altura. Al fondo, entre el sotobosque en la vaguada seca, Trey divisa un destello de luz al impactar contra un objeto abandonado.

—La fastidiaste a propósito —dice Maeve—. Nunca lo quisiste de vuelta en casa.

Arrojan el barril por el barranco. Cae rebotando hacia la vaguada, trazando grandes arcos zigzagueantes y soltando fuertes bums a cada impacto.

—Voy a salir —dice Trey mientras recogen la mesa después de cenar. Sheila no había comprado nada para la cena, por lo que han tirado de un triste guiso de patatas, zanahorias y cubitos de caldo. Johnny alabó su sabor con grandes aspavientos y habló de restaurantes de primera calidad de Londres en los que la cocina irlandesa tradicional era lo más. Nadie tenía hambre, excepto Liam.

—Tú no vas a ninguna parte —dice Sheila.

—Quiero dar un paseo.

—No, friega los platos.

—Lo haré luego. —Trey no soporta la idea de quedarse un minuto más mirándolos a la cara. El aire que la rodea le resulta asfixiante. Necesita ponerse en movimiento.

—Lo haces ahora.

—En cualquier caso, no podrías marcharte —dice Johnny en un tono conciliador— porque dentro de un rato he de salir y debes quedarte aquí ayudando a tu madre mientras estoy fuera.

—No quiero que te vayas —dice Maeve, entre pucheros—. Quédate. —Se pega a Johnny, que le sonríe y le acaricia el pelo.

—Deja de comportarte como un bebé —le dice Trey.

—¡No lo soy! —estalla Maeve, el labio tembloroso—. ¡Quiero estar con papá!

—Tienes once años, joder.

—¡Tengo miedo!

—Me das ganas de vomitar.

Maeve le suelta una patada en la espinilla a Trey, que le da un empujón tan fuerte que la envía trastabillando contra la encimera. Maeve chilla y se abalanza sobre Trey, arañándole la cara, pero Trey la agarra de la muñeca y le da un puñetazo en el estómago. Maeve intenta coger aire y agarrar a Trey del pelo, pero lo lleva demasiado corto. Desde algún lugar les llegan las risas de Liam, demasiado fuertes, como si fueran falsas pero no pudiera contenerlas.

Su padre se coloca en medio de ambas. También se está partiendo de la risa.

—Ey, ey, ey, tranquilizaos un poco —dice, posando una mano en el hombro de cada una para separarlas—. Madre del amor hermoso, menudas fieras que tenemos en casa. Dejadlo ya. Reservad toda esta energía para esos paletos. Las dos sois demasiado bonitas para estropearos la cara. ¿Estás bien, Maeve, cariño?

Maeve estalla en llanto. Trey aparta bruscamente la mano de su padre del hombro y se dirige a la pila a lavarse. Se siente como si se hundiera en una ciénaga, a mayor profundidad a cada segundo que pasa, y la montaña la engullera.

Antes de salir de casa, Johnny asoma la cabeza por el dormitorio de Trey, donde se ha refugiado para perder de vista al resto. Maeve lleva un rato bajo la ducha. Trey se apostaría dinero a que está gastando toda el agua caliente a propósito.

—Aquí está mi pequeña salvaje —le dice su padre. Se ha emperifollado, lleva una camisa planchada y se ha peinado con mimo.

A Trey le llega el olor a loción para después del afeitado. Cualquiera diría que se dirige a una cita—. Haz caso a tu madre mientras estoy fuera y cuida de los pequeños. Y no te pelees con Maeve. Solo está un poco nerviosa. No tiene la culpa de no ser tan mayor y valiente como tú.

Trey se encoge de hombros. Está cepillándole el pelo a Banjo. Normalmente se relame en sus atenciones, revolviéndose para asegurarse de que llega a los mejores sitios, pero esta noche el calor le impide hacer más que permanecer tendido en el suelo, como si se hubiera fundido. Por un momento, Trey ha pensado en dejar el pelo caído de Banjo encima de la cama de Maeve, pero una chiquillada así no procede en semejantes circunstancias.

—Y no te preocupes en absoluto —le dice su padre, meneando un dedo en su dirección—. Esta noche nadie va a hacerle nada a nadie. Todo el mundo se habrá acostado, después de las travesuras de anoche. Tú haz lo mismo.

—¿Por qué no puedo salir?

—Oh, venga —dice Johnny en un tono de reproche—. Sé que echas de menos a tus amigos, pero ser un poco responsable no te hará ningún daño. Solo es por una noche; mañana ya estarás correteando libremente.

Trey no le responde y Johnny cambia de tono.

—Cielo, ser la hermana mayor es muy duro, ¿verdad? Será maravilloso cuando a Brendan se le pase lo de ir dando tumbos por ahí y regrese a casa. Entonces podrás volver a ser una de las pequeñas, y que sea él quien cargue con los quebraderos de cabeza.

Trey no quiere pensar en Brendan. Mantiene la vista fija en Banjo.

—Hasta que llegue ese momento —dice Johnny—, tú limítate a decirles a los demás que todo va estupendamente. Porque así será. Esta noche yo haré mi parte y mañana tú harás la tuya, y en un periquete el espectáculo volverá a rodar.

—¿Cuál es tu parte? —le pregunta Trey.

—Ah —dice Johnny, dándose unos golpecitos en la nariz—. Eso sería como revelar un truco. Un poco de esto y de lo otro y algo de más allá. Tú descansa, que mañana te espera un día muy ajetreado. —Le guiña un ojo, levanta los pulgares y se esfuma.

Trey no quiere dormirse, pero, después de anoche y anteanoche, no puede evitarlo. Va dando cabezadas, sin parar de moverse y empapada en sudor, alerta a cosas que podrían ser reales o soñadas —una puerta que se cierra, una voz extraña gritándole «espera» al oído, un fogonazo de luz, el balido insistente de una oveja— y sintiéndose de nuevo arrastrada a la inconsciencia cuando se evaporan. Maeve da vueltas en la cama y murmura, angustiada.

Cuando se medio despierta por enésima vez y ve la luz del amanecer en los bordes de las cortinas, se obliga a incorporarse. La casa está en silencio. No quiere encontrarse aquí cuando todo el mundo se levante, tener a su padre pasándole un brazo por los hombros y dándole instrucciones, y a Maeve gimoteando y haciendo pucheros para reclamar su atención. Se lleva los zapatos a la cocina, da de comer a Banjo y unta unas tostadas con mantequilla. Ya encontrará un lugar a la sombra donde comérselas y esperar a que Ardnakelty se ponga en marcha para empezar a evaluar los daños.

Mantiene un hilo de esperanza de que su padre consiga volver a poner su plan en funcionamiento. Tal y como le dijo a Cal, inventarse historias y conseguir que los otros se las crean es su especialidad, y ahora la desesperación le sirve de acicate; quizá se salga con la suya. El hilo es muy fino y se deshilacha un poco más cada vez que recuerda la columna de llamas en el patio, pero es cuanto tiene, de modo que lo atesora.

Los balidos que oyó por la noche eran reales: unas cuantas ovejas, con las caras negras y una franja roja de espray en la cadera derecha, merodean por el patio, comiendo lo que pueden. El rebaño de Malachy Dwyer ha encontrado o abierto un hueco en el muro del prado. Banjo aúlla con entusiasmo y las ovejas se asustan y brincan en dirección a los árboles. Trey cambia de planes. Le cae bien Malachy, quien siempre le ponía tareas cuando era niña y cumple con el código montañés de no hacer preguntas. En vez de deambular hasta que el pueblo se despierte, irá montaña arriba para contarle a Malachy que sus ovejas se han escapado. Cuando acabe de ayudarlo a reunirlas, ya será hora de bajar a hacerle una visita a Noreen.

Antes de cruzar la cancela, ya está sudando. El sol apenas ha salido, pero hoy incluso la brisa de las montañas ha descendido unos peldaños, y el aire está tan cargado que Trey puede sentirlo presionándole los tímpanos. Se necesitaría una tormenta, pero el cielo luce el mismo blanco imperturbable de las últimas semanas.

Cuando se aproximan a la bifurcación donde la carretera de su casa topa con el caminito que se retuerce montaña arriba, Banjo se pone tieso y estira la nariz. Entonces sale corriendo, toma la curva y desaparece de su vista.

Trey oye su sirena de alerta, aquella que indica que ha encontrado algo, elevarse a través de los árboles y las telarañas del sol. Trey reclama su presencia con un silbido, por si se ha topado con más ovejas de Malachy, pero Banjo no regresa. Cuando Trey da la vuelta a la curva, encuentra el cadáver de un hombre tendido en el suelo.

Capítulo 14

El cadáver yace en el cruce de caminos, recostado sobre el lado izquierdo del cuerpo. La mano y el pie derechos dibujan un ángulo extraño, y su espalda encorvada está de cara a Trey. Aunque se halla a varios metros de distancia y no puede verle la cara, Trey no tiene dudas de que está muerto. Banjo está pegado a él, las patas separadas, y aúlla en dirección a los árboles.

—Banjo —dice Trey, sin acercarse—. Buen chico. Lo has hecho muy bien. Ahora ven aquí.

El aullido de Banjo deviene en un gemido. Trey silba de nuevo y esta vez acude a toda prisa y aprieta la nariz contra su mano. Ella lo acaricia y le habla con dulzura, y mira por encima de él al hombre muerto. Hay algo raro en la parte posterior de su cabeza. Las sombras la recorren de un modo peculiar.

Su primera impresión, evidente y sin fisuras, es que se trata de su padre. Su complexión delgada encaja, y la camisa es blanca y está bien planchada. Solo al prestar más atención asoman las dudas. Las sombras zigzagueantes de las ramas y la inclinación baja de la luz del amanecer dificultan la labor, pero diría que el pelo es demasiado claro.

—Buen chico —repite Trey, dándole otra palmadita a Banjo—. Ahora siéntate, quédate aquí. —Lo deja atrás y se acerca con cautela, trazando un amplio círculo alrededor del cadáver.

Es Rushborough. Sus ojos están semiabiertos y tiene el labio superior levantado, por lo que parece estar burlándose de algo que queda a espaldas de Trey. La parte delantera de la camisa está oscura y rígida.

Es la primera vez que Trey ve a una persona muerta. Ha visto muchos animales muertos, pero jamás a un ser humano. Desde que descubriera lo que le ocurrió a Brendan, ha sentido una necesidad, profunda y feroz, de ver uno. No a Brendan. Necesita descubrir dónde yace, pero no con la idea de verlo, sino para visitar el lugar y dejar alguna marca, a modo de señal desafiante para quien fuera que lo pusiera allí. La necesidad de ver a un hombre muerto surge del mismo sitio: quiere poder visualizar a Brendan claramente y acariciar esa imagen.

Trey permanece agachada junto al cuerpo un buen rato, observándolo. Entiende que forma parte del intercambio entre ella y lo que fuera que trajera primero a su padre y luego a Rushborough a Ardnakelty. Ella no le dio la espalda y a cambio ha puesto esto en su camino.

Los trinos de los pájaros y la luz ganan fuerza a medida que el día se expande. Trey no cree que lo que hay a sus pies pueda seguir considerándose una persona. En tanto que persona, Rushborough resulta incomprensible de maneras tan confusas que la mente de Trey apenas puede procesarlas sin saltar en pedazos. En cambio, si lo contempla como un elemento más de la montaña, el asunto deviene sencillísimo. Al cabo de un tiempo, la montaña lo absorberá, igual que hace con la hojarasca, las cáscaras de huevo y los huesecillos de los conejos, con el objetivo de transformarlo en otras cosas. Visto así, adquiere un sentido cristalino y sin rastro de complicación.

Trey no se mueve hasta que el cadáver se fusiona de forma natural con la montaña y puede observarlo sin perder la cabeza. Un puñado de ovejas de Malachy pulula por el borde del sendero superior, masticando hierbajos sin descanso.

El sonido de una llamada de teléfono irrumpe como una alarma antiincendios. Trey y Banjo pegan un brinco. Sale del bolsillo de Rushborough.

Trey lo interpreta como un aviso. El día comienza a rodar; antes o después, alguien aparecerá por el camino. Trey sabe bien que el resto de la gente no va a ver el cadáver como algo que puede abandonarse a los lentos procesos de la montaña, y que una vez ella se marche de aquí, tampoco lo verá. No le supone el menor problema. Ella, no menos que la montaña, es muy capaz de transformar el cadáver para que sirva a sus fines.

Poco a poco comienza a asumir la liberación que esto significa. En el nuevo orden que se ha generado, ella ya no necesita ir a remolque de su padre.

Se incorpora, chasquea los dedos para llamar a Banjo y comienza a bajar por la carretera, no a la carrera, sino a zancadas grandes, briosas y constantes que puede mantener hasta el final. El teléfono de Rushborough vuelve a sonar a sus espaldas.

Cal se despierta temprano y ya no puede volver a dormirse. No le gusta nada cómo se desarrollaron los acontecimientos de la víspera. Aguardó en casa la llegada de Lena, que no se produjo, y la de Mart, que tampoco se produjo, y la de Trey, que sabía que no se produciría. Bajó al colmado, donde Noreen le dio una nueva variedad de chédar y la esposa de Senan les ofreció a ambos un relato detallado de cómo le extrajeron la muela del juicio a su hijo mayor. Luego regó las malditas tomateras. Ni siquiera nadie se había tomado la molestia de meterse con el espantapájaros. Cal sabe bien que en algún lugar están ocurriendo muchas cosas. No le hacen ninguna gracia la astucia y la determinación puestas en mantenerlas ocultas.

Y para colmo es lunes por la mañana, cuando expira el plazo que le dio a Johnny para que abandonara el pueblo. Con independencia de lo que haya estado ocurriendo a sus espaldas, en algún momento tendrá que subir esa montaña para averiguar si Johnny sigue aquí, cosa que da por hecha, y decidir qué medidas tomar. Cal nunca ha matado a nadie y no tiene el menor deseo de empezar por el padre de Trey, pero quedarse de brazos cruzados no es una opción. Se siente inclinado a meterlo en su coche de una patada, conducirlo al aeropuerto, comprarle un billete adonde sea que lo quieran y asegurarse de que pasa los controles de seguridad, tomando cualquier medida necesaria para garantizar su cooperación. Cree posible que, al ser un pobre diablo sin carácter, reciba con alivio que otro se encargue de sus asuntos, en especial si Cal le ofrece algo de dinero. En el caso de que esto no funcione, deberá recurrir a métodos más expeditivos. Se mire por donde se mire, va a ser un día largo.

Al final Cal renuncia a intentar coger el sueño de nuevo y se pone a preparar huevos con beicon, con el altavoz del iPod escupiendo a todo volumen música de The Highwaymen en un intento por distraer su mente. El desayuno casi está listo cuando Rip pega un salto y se dirige a la puerta dando brincos. Trey y Banjo también han madrugado.

—Ey —dice Cal, procurando que su tono de voz no delate lo agradecido y asombrado que se siente. No esperaba volver a ver a la chica hasta que su padre hubiera abandonado el pueblo, si es que la volvía a ver—. Llegas en el momento justo. Coge otro plato.

Trey no se mueve de la entrada.

—Rushborough está muerto. Arriba, en la montaña —dice.

Un escalofrío recorre el cuerpo de Cal. Se da la vuelta desde los fogones.

—¿Cómo que muerto? —pregunta.

—Alguien lo ha matado.

—¿Estás segura?

—Sí. Le han aplastado la cabeza y diría que también lo apuñalaron.

—De acuerdo —dice Cal—. De acuerdo. —Se acerca a apagar el iPod. Lo que cruza por su cabeza a toda velocidad no incluye la sorpresa; siente como si una parte de él hubiera dado por sentado que este momento llegaría, que solo esperaba a recibir la noticia—. ¿Dónde?

—Por debajo de nuestra casa, donde la carretera se bifurca. Está ahí tendido, en la carretera.

—¿La policía ya ha llegado?

—No. Nadie lo sabe, solo yo. Soy quien se lo ha encontrado. He venido enseguida.

—Ya veo —dice Cal—. Bien hecho. —Apaga el fuego. Siente un alivio descomunal por el hecho de que la chica haya acudido a él, pero su rostro no le permite saber cuánto le está ocultando ni si ha venido buscando refugio tras el shock o a alguien que la defienda de algo mucho mayor. En cualquier caso, el shock se ha producido, aunque tendrán que arrinconarlo por el momento. Siente una chispa de rabia ante la constatación de que, a lo largo de toda su vida, Trey ha visto como cualquier acto de gentileza hacia su persona se veía pospuesto ante la necesidad de atender otros asuntos.

—De acuerdo —dice Cal, vertiendo los huevos con beicon en el bol de Rip, sobre el que ambos perros se abalanzan—. Dejemos que los chicos den cuenta de esto. —Abre el armarito de debajo de la pila y saca unos guantes de látex nuevos, de los que suele utilizar para las labores de jardinería y carpintería—. Vamos a ver qué tenemos.

En el desvencijado Mitsubishi Montero rojo de Cal, Trey se saca del bolsillo trasero un fardo envuelto en papel de cocina que contiene varias rebanadas chafadas de pan con mantequilla, y empieza a comer. Parece estar sorprendentemente bien, ni alterada ni pálida, mientras va dándoles mordiscos. Cal no se acaba de fiar, pero de todas maneras lo agradece.

—¿Cómo te encuentras? —le pregunta a Trey.

—Muy bien —responde, y le ofrece una rebanada de pan con mantequilla.

—No, gracias —dice Cal. En apariencia, las cosas entre ellos han vuelto a la normalidad; todas las complicaciones han desaparecido, como si jamás hubieran existido o ya no fueran relevantes.

—Es un gran shock ver un muerto —dice Cal—. Me ha ocurrido muchas veces y nunca es fácil. Sobre todo, cuando te coge por sorpresa.

Trey le da vueltas a esto, mordisqueando con cuidado la corteza del pan con la idea de dejar la parte blanda del medio para el final.

—Ha sido raro, es verdad —dice al cabo de un momento—. No ha sido como me lo imaginaba.

—¿En qué sentido?

Trey piensa en ello durante un buen rato. Unos pocos granjeros ya trabajan en sus tierras, aunque la carretera está vacía; se han cruzado con un solo vehículo, al volante un tipo en camisa al que le debe esperar un largo trayecto hasta la oficina. Es muy probable que nadie se haya topado aún con el cuerpo de Rushborough.

Cal ya no espera una respuesta, pero Trey le dice:

—Me lo imaginaba peor. No es que vaya de dura ni nada de eso, no en plan: «Oh, no ha sido nada». Sí que lo ha sido, solo que no de una manera negativa.

—Bien —dice Cal—. Eso es bueno. —Ya ha descifrado lo que Trey transmite: calma. Es el día que la ve más calmada desde el regreso de su padre. Esto sí que no puede interpretarlo.

—De todos modos, solo era un capullo —añade Trey.

Cal abandona la carretera para meterse por la pista de montaña. No está asfaltada y es estrecha y pedregosa; los tojos impactan contra las ventanillas y alrededor de los neumáticos se levantan nubecillas de polvo. Cal reduce la velocidad.

—Criatura —dice—, debo preguntarte algo y no quiero que te pongas hecha una furia.

Trey lo mira, sin dejar de masticar y con el ceño fruncido.

—Si has tenido algo que ver con esto, por poco que sea, incluso si solo estuviste vigilando para alguien, sin saber lo que se disponía a hacer, necesito que me lo cuentes ahora mismo.

El rostro de Trey se contrae de inmediato. Su desconfianza hace que a Cal se le revuelva el estómago.

—¿Por qué? —le pregunta Trey.

—Porque si has estado involucrada haremos las cosas de un modo diferente —dice Cal.

—¿En qué sentido diferente?

Cal piensa que quizá debería contarle una mentira, pero no está dispuesto a hacerlo.

—Si no has tenido nada que ver —dice Cal—, llamaremos a la policía. Si has tenido que ver, meteremos al tipo en el maletero del coche, conduciremos montaña arriba, arrojaremos el cuerpo por un barranco y seguiremos a nuestras cosas.

Cuando Cal la mira de reojo, se queda de lo más sorprendido al ver una gran sonrisa asomar a su rostro.

—Menudo poli estás hecho —le dice Trey.

—Sí, bueno —dice Cal. Son tantas y tan fuertes las capas de alivio que fluyen por su interior que apenas puede conducir—. Estoy retirado; ya no me siento en la obligación de comportarme. Déjame oírlo: ¿has tenido algo que ver con esto?

—No. Solo lo he encontrado.

—Vaya, maldita sea —dice Cal. El alivio lo ha dejado casi mareado—. Tenías que venir a complicar las cosas. Con lo fácil que habría sido lanzar al gilipollas por un barranco.

—Si quieres, puedo decir que lo he hecho yo —se ofrece Trey.

—Gracias, criatura, pero no, gracias —dice Cal—. Me queda un ápice de buen comportamiento. Le echaré un vistazo y luego se lo entregaremos a la policía.

Trey asiente. La idea no parece preocuparla.

—Tendrás que contarles que lo has descubierto.

—No hay problema. Quiero hacerlo.

La rapidez y el convencimiento en la respuesta hacen que Cal le lance otra mirada, pero Trey está de nuevo concentrada en el desayuno.

—Sé que no me quieres metiendo las narices —dice Cal—, pero quizá será mejor que no le cuentes nada del oro a la policía. Antes o después lo averiguarán, pero no necesitan oír que estuviste implicada, al menos, no de tus labios. Ni siquiera tengo claro qué delitos acarrea todo el asunto, con todo el mundo intentando engañar a todo el mundo, presunta abuela incluida, pero preferiría que no lo descubrieras por las malas. No estoy diciendo que le mientas a la policía, criatura —añade Cal al ver que la sonrisa de Trey se ensancha por momentos—. Solo digo que, si no sacan el tema, tú tampoco debes hacerlo.

El consejo se le antoja casi innecesario —guardar silencio es una de las mayores habilidades de Trey—, pero Cal prefiere asegurarse. Trey pone los ojos en blanco de forma tan teatral que toda la cabeza participa, lo que consigue tranquilizarlo aún más.

Ya tienen el cruce de caminos a la vista, con el bulto irreconocible en su centro. Cal aparca el coche. La carretera aquí es una doble pista de tierra, seca y pedregosa, dividida por una línea desigual de hierba muerta.

—De acuerdo —dice Cal, abriendo la puerta del coche—. Quédate en la hierba.

—Antes he pisado la tierra —dice Trey—. Me he acercado mucho. ¿La policía me va a dar la murga por eso?

—No. Hiciste lo normal. Con esta superficie tampoco va a haber huellas que podamos arruinar. Solo quiero ser extracuidadoso.

Se detienen a diez o doce pies del cadáver, donde la carretera se ensancha y da paso al cruce. Rushborough está tan fuera de lugar que parece imposible que se encuentre ahí, una cosa sin relación alguna con la montaña, como si hubiese sido arrojado desde el interior de uno de los ovnis de Bobby. Su postura enroscada hace que su ropa sofisticada se despliegue y retuerza de un modo extrañísimo. El aire está demasiado inmóvil para levantarle el cabello.

—Banjo fue el primero en verlo —dice Trey—. Aulló.

—Es un buen perro —dice Cal—. Sabe cuándo señalarte algo importante. ¿Así dejaste al tipo? ¿Ves algo diferente?

—No. Solo que ahora tiene moscas.

—Ya, bueno —dice Cal—. Eso ocurre. Quédate donde estás. Voy a mirarlo más de cerca.

No cabe duda de que Rushborough está muerto, y Cal coincide con Trey en que alguien lo ha asesinado. Las moscas se apiñan en su pecho. Cuando las espanta con la mano, se elevan en un racimo furioso, y Cal ve la sangre reseca oscureciendo el grueso de la pechera de la camisa. Las moscas también se arremolinan en la parte posterior de la cabeza, y debajo de ellas hay una hendidura profunda. Fragmentos de hueso y de masa encefálica asoman un segundo, antes de que se posen de nuevo.

Trey lo observa, guardando las distancias. Hay una mancha oscura de sangre empapando la tierra bajo el cadáver, pero ni por asomo sangre suficiente. El lado superior del rostro de Rushborough es de un blanco cuajado; el inferior, a ras de suelo, presenta manchas violáceas. Trasladaron el cuerpo una vez muerto, pero no mucho después.

Cal sabe que nunca se debe tocar un cadáver, pero no es menos consciente de que pueden transcurrir horas antes de que se presente un médico forense, y quizá exista información que no pueda esperar tanto. Se saca los guantes de látex del bolsillo y se los pone. Trey no le quita la vista de encima y permanece callada.

Rushborough tiene la piel fría; al tacto parece más fría que el aire, aunque Cal sabe que es una ilusión. La mandíbula y el codo están rígidos, pero las articulaciones de los dedos y la rodilla todavía pueden moverse. El médico forense podrá determinar la hora de la muerte gracias a la temperatura y a otros factores. Resentidas por la intrusión, las moscas embisten contra el rostro de Cal con un quejido, como bombarderos.

—Debemos cubrirlo. Protegerlo de ellas —dice Trey, haciendo un gesto con la barbilla hacia las moscas—. Tienes una lona en el maletero del coche.

—No —dice Cal, incorporándose y sacándose los guantes—. Si lo hacemos, cubriremos el cuerpo de fibras, pelo de perro y demás. Lo dejaremos tal cual. —Se sorprende buscando el radiotransmisor para llamar a la central. En vez de eso, saca su móvil y marca el número de Emergencias.

El policía que responde a su llamada aún no se ha tomado el primer café de la mañana, y resulta evidente que esperaba escuchar a algún granjero maldiciendo el repelente para pájaros del vecino. Sin embargo, el tono de voz de Cal consigue despertarlo, antes incluso de exponerle la situación. Una vez Cal le ha hecho entender dónde se encuentran, lo que requiere bastante tiempo, el tipo promete tener a gente en el lugar al cabo de media hora.

—Has sonado como un verdadero policía —dice Trey, después de que cuelgue.

—Aún puedo sacarlo cuando lo necesito —dice Cal, guardándose el teléfono—. Sea como sea, están de camino.

—¿Debemos esperarlos?

—Sí. Si nos marchamos, aparecerá alguien que arruinará aún más la escena del crimen, y llamará a la policía y vuelta a empezar. Nos quedaremos. —No se ofrece a hacer guardia por los dos y que Trey vuelva a casa. No piensa perder de vista a la chica.

El calor va en aumento. Cal pensaba regresar al coche, donde el aire acondicionado suele funcionar, pero un par de cuervos se han apostado en las ramas más altas de los árboles que quedan justo por encima de Rushborough, siguiendo con interés lo que ocurre por debajo de ellos. Cal se apoya en el capó, donde puede verlos con claridad y espantarlos llegado el caso. Trey se endereza y se acerca para sentarse a su lado. No parece nerviosa ante la idea de tener que esperar la llegada de la policía; resulta tranquilizador que no dé señales de necesitar estar en otra parte.

Cal tampoco tiene inconveniente alguno en esperar; agradece la oportunidad de sentarse a reflexionar. La muerte de Rushborough no parece en sí misma un contratiempo. Hasta donde él sabe, el tipo solo trajo un montón de problemas. Aún mejor: libre de Rushborough, Johnny probablemente lleve su esquelético culo bien lejos del pueblo, hasta un lugar con más cosas que ofrecerle a gente sofisticada como él. Bajo su punto de vista, todo el mundo saldría ganando.

Sin embargo, es consciente de que la policía no va a verlo igual, y aquí es donde entra la idea de contratiempo. Su tamaño dependerá de quién matara a esa sabandija y lo que cueste identificarlo. En un mundo ideal, Johnny se habría cargado a Rushborough, de un modo tan incompetente que esa misma tarde estaría entre rejas. Cal no se atreve a soñar con tan alto grado de suerte. Abundan otras posibilidades mucho menos bienvenidas.

Entre ellas se cuenta la de que quien sea que haya asesinado a Rushborough no dé el trabajo por completado. No falta gente en el pueblo sobrada de motivos para sentirse muy furiosa con Rushborough, y que podría extender este sentimiento a otras personas. Mart le aseguró que a Trey no la salpicaría el asunto, y su palabra tiene mucho peso por aquí, pero tampoco es Dios, por mucho que se lo crea, y nada puede garantizar.

—¿Adónde conduce esta carretera, una vez pasada tu casa? —pregunta Cal, asintiendo en dirección al sendero de abajo—. Sé que discurre junto a una ciénaga y se mete entre unos árboles, ¿pero qué hay más allá?

—No hay nada durante un buen trecho —dice Trey— y luego está la casa de Gimpy Duignan. Después te encontrabas la de los hermanos Murtagh, pero Christy murió y Vincent acabó en una residencia. Ahora todo es ciénaga.

—¿Y en esa dirección? —pregunta Cal, haciendo un gesto con la barbilla hacia lo alto de la bifurcación—. Sé que está la casa de Malachy Dwyer, ¿y después?

—La de Seán Pól Dwyer, a una media milla. Después es todo pastos y bosque hasta que vuelves a bajar por la montaña, ya en dirección a Knockfarraney. Por el camino te encuentras la vieja casa de Mary Frances Murtagh.

—Rushborough se alojaba en Knockfarraney, ¿verdad?

Trey asiente. Se desliza por el capó y se dirige a un lateral del coche.

—Al pie de la montaña. En el viejo caserón que Rory Dunne alquila a los turistas.

—Lo conozco —dice Cal. De modo que Rushborough podría haber partido desde o hacia su casa, desde casa de los Reddy o desde Ardnakelty, verse asaltado por el camino y luego su cuerpo acabar arrojado en este sitio para ampliar el número de sospechosos. Otra alternativa es que fuera asesinado en cualquier otro lugar y abandonado aquí para señalar en la dirección equivocada.

—¿Ayer lo viste? —le pregunta Cal.

Trey hurga en la guantera del coche, presumiblemente en busca de la botella de agua que Cal guarda ahí en previsión de un calor así.

—No. Estuve en casa todo el día; el tipo no se pasó. Vuelves a sonar como un poli.

—No —dice Cal—. Sueno como alguien normal que solo quiere saber qué ocurrió aquí. ¿Acaso tú no?

Trey ha encontrado la botella de agua. Cierra la puerta del coche.

—No. Me importa una mierda —dice.

Se recuesta en la puerta del coche, se bebe media botella de un trago y se la pasa a Cal. Apenas ha mirado el cadáver desde que Cal regresara de examinarlo. Sería de lo más natural que evitara una estampa tan horrenda, pero Cal no cree que sea el caso. La chica parece tranquila, como si el muerto apenas estuviera ahí, una presencia demasiado sutil para contaminar el lugar al que pertenece. Sea cual sea el acuerdo al que necesitara llegar con él, este se ha producido antes de que acudiera a alertar a Cal.

Cal sigue desconcertado ante el humor de Trey, y turbado por sentirse desconcertado. Los dos últimos años ha mostrado una gran pericia a la hora de interpretar a la chica, pero hoy le supone todo un misterio, y Trey es demasiado joven y frágil como para que él pueda permitirse que le suponga un misterio en una situación así. Cal se pregunta si se ha detenido a pensar en las consecuencias y ramificaciones que la muerte de Rushborough puede traer.

Hay tres o cuatro ovejas de cara negra revoloteando por el sendero y entre los árboles, masticando hierbajos.

—¿Sabes de quién son esas ovejas? —pregunta Cal.

—De Malachy Dwyer. Teníamos a varias por nuestro patio. Iba de camino a contarle que se le habían escapado, pero... —Trey hace un gesto con la cabeza en dirección al cadáver.

—Está claro que algo así hizo que te olvidaras de las ovejas —dice Cal, devolviéndole la botella de agua. De modo que las ovejas de Malachy llevan descontroladas desde antes del amanecer, pisoteando cualquier huella o surco de neumáticos que el asesino pudiera haber dejado atrás, al tiempo que cubriendo cualquier olor susceptible de ser rastreado por un perro policía. Por aquí las ovejas acostumbran a vagar sin rumbo, algo normal cuando la mayoría de los campos de esta montaña están delimitados por muretes de piedra antiquísimos y medio derruidos. Nadie le da importancia; al final, cada oveja regresa al lugar al que pertenece. Sin embargo, esta huida ha resultado de lo más beneficiosa para alguien.

Los cuervos se han trasladado poco a poco a ramas más bajas, tanteando el terreno. Son de un color gris sucio y sus alas negras desprenden un brillo azulado. Sus cabezas se mueven adelante y atrás, de modo que pueden tener controlados a Cal y a Trey sin dejar de examinar a Rushborough con aire posesivo. Cal se agacha a coger un pedrusco de buen tamaño y se lo arroja; consigue que aleteen con desgana hacia ramas más altas, en absoluto impresionados, dispuestos a esperar su momento.

—Cuando hables con la policía —dice Cal—, probablemente te dejen estar acompañada de un adulto. Puedo ser yo si quieres. O tu madre. O tu padre.

—Sí —se apresura a responder Trey.

—De acuerdo —dice Cal. Trey acudió a él y no a Johnny tras encontrar a Rushborough, aunque el interés de Johnny por una noticia así superaría con creces al suyo. Algo ha cambiado a ojos de la chica. A Cal le encantaría saber de qué se trata y si está relacionado con el cuerpo que yace sobre la tierra empapada. Cal la cree cuando dice que no ha tenido nada que ver, pero la cuestión de si sabía o sospechaba algo resulta mucho más brumosa—. En cuanto llegue la policía, regresaremos a mi casa. Pueden venir a hablar contigo cuando estén listos. Les prepararemos té y demás.

Las ovejas han dejado de masticar y han levantado la cabeza hacia la carretera, en dirección a la casa de Trey. Cal endereza el cuerpo. Les llegan crujidos de pies sobre guijarros y un destello de color blanco surge de entre los árboles.

Es Johnny Reddy en persona, recién afeitado y reluciente, bajando a paso firme por la carretera, como un hombre al que esperan en lugares muy importantes. Lo primero que ve Johnny es el Mitsubishi Montero de Cal y se detiene.

Cal no dice nada. Trey tampoco.

—Vaya, buenos días también a vosotros —dice Johnny, ladeando la cabeza de un modo exagerado, pero Cal reconoce la cautela en su mirada—. ¿Qué ocurre aquí? ¿Es a mí a quien estáis esperando?

—No —dice Cal—. Estamos esperando junto con tu colega Rushborough. Ahí lo tienes.

Johnny lo mira. Se le paraliza todo el cuerpo y abre la boca. El shock parece genuino, pero Cal no se fía de nada que salga de él. Incluso de ser auténtico, podría significar que no se esperaba que el cadáver apareciera ahí, no que no fuera a aparecer un cadáver.

—Qué cojones —dice Johnny, tras recuperar el aliento. Comienza a andar de forma instintiva hacia Rushborough.

—Voy a tener que pedirte que no te muevas de donde estás —dice Cal, poniendo su voz de policía—. Debemos evitar contaminar la escena de un crimen.

Johnny se queda quieto.

—¿Está muerto?

—Sí. Alguien se ha asegurado de ello.

—¿Cómo?

—¿Tengo pinta de médico?

Johnny hace un esfuerzo por recomponerse. Mira a Cal y sopesa sus opciones de convencerlo de arrojar el cuerpo a una ciénaga y olvidarse de todo el asunto. Cal no está por la labor de ayudarlo a tomar una decisión. Se limita a devolverle una mirada vacía.

Al final, Johnny, como la lumbrera que es, llega a la conclusión de que Cal no va a estar por la labor.

—Vete a casa —le dice a Trey en tono seco—. Vamos. Ve con tu mamá y quédate ahí. No le cuentes nada de esto a nadie.

—Trey es la que ha encontrado el cuerpo —le explica Cal, procurando sonar amable y razonable—. La policía va a tomarle declaración. Está de camino.

Johnny le dedica una mirada de puro odio. Tras varias semanas sintiendo lo mismo por Johnny e impotente a la hora de hacer nada al respecto, Cal se la devuelve y saborea cada segundo.

—Ni una palabra a los polis sobre el oro —le dice Johnny a Trey. Quizá la chica no sea consciente de lo que está en juego aquí, pero a Johnny no se le escapa. Cal prácticamente puede ver cómo sus células cerebrales rebotan de un lado para el otro—. ¿Me oyes? Ni una puta palabra.

—Cuidado con las palabrotas —le recuerda Cal.

Johnny muestra los dientes en lo que pretende ser una sonrisa, pero acaba pareciéndose más a una mueca.

—A ti no hace falta que te lo diga, por descontado —le dice a Cal—. Tampoco te conviene ese lío.

—Caramba —dice Cal, rascándose la barba—. No había pensado en eso. Lo tendré en cuenta.

La sonrisa de Johnny se vuelve más tensa.

—Tengo que ir a un sitio. ¿Se me autoriza a marcharme en esa dirección? ¿Agente?

—Adelante —dice Cal—. No me cabe duda de que la policía te encontrará cuando te necesite. No te preocupes por nosotros; aquí estamos bien.

Johnny le dedica otra mirada de desprecio, luego se mete entre los árboles para evitar acercarse al cadáver y se apresura en dirección al sendero de arriba, el que desemboca en las tierras de los Dwyer y, más adelante, en la residencia vacacional de Rushborough. Cal se permite soñar que el pequeño cabrón tropieza y se cae de cabeza en una ciénaga.

—Apuesto a que va a por tu cámara de fotos —dice Trey—. Rushborough me la quitó. Iba a robársela para recuperarla, pero no tuve ocasión.

—¿Cómo? —dice Cal. Lleva un tiempo pensando en la cámara, junto con el hecho de que Trey dejó de hablar de ella desde el momento en que apareció con el labio hinchado. Cal le había echado la culpa a Johnny—. ¿Qué había en ella que quisiera Rushborough?

—Un vídeo en el que se os ve a ti y al resto de los hombres lanzando el oro al río.

Se produce un momento de silencio.

—¿Sabías que yo estaba allí? —le pregunta Trey.

—No —dice Cal con cuidado. No la mira a la cara; tiene la vista puesta en el sendero por el que ha desaparecido su padre, los ojos entornados por efecto del sol—. Me lo medio imaginaba, pero no. No lo sabía. ¿Por qué nos grabaste?

—Para enseñárselo a Rushborough y conseguir que se largara echando leches.

—Ya veo. —Cal recalibra sus hipótesis. Trey no solo grabó a espaldas de Johnny, sino que lo hizo, con preparación y cuidado, para joderlo. Esto deja a Cal todavía más desconcertado respecto a sus intenciones cuando se dedicó a mostrar la pepita de oro de Johnny a todo el pub.

—No sabía que estarías allí —dice Trey—. En el río. Nunca me lo contaste.

Trey le da vueltas a la botella entre las rodillas, con la cabeza agachada. Cal no sabría decir si lo mira de reojo.

—Piensas que debería habértelo contado —dice Cal.

—Sí.

—Esa era mi intención. El día antes, cuando te presté la cámara. Solo que en ese momento apareció tu padre para llevarte con él y ya no tuve ocasión.

—¿Cómo es que fuiste con ellos? Al río.

A Cal lo emociona que le pregunte por ello; lo conoce lo suficiente como para saber que no acudió allí con la intención de timar a un turista estúpido.

—Quería estar atento a los acontecimientos —dice Cal—. Rushborough nunca me pareció trigo limpio y pensé que la situación podía ponerse fea. Me gusta saber qué ocurre a mi alrededor.

—Deberías habérmelo contado desde el principio. No paro de repetirte que no soy una maldita cría.

—Lo sé —dice Cal. Sigue escogiendo sus palabras con todo el cuidado y la delicadeza de los que es capaz. Sabe bien que no debe mentirle, pero también que no puede decirle que siente la necesidad de cuidar de ella—. No es que pensara que eras demasiado pequeña para entenderlo ni nada parecido. Es solo que no dejaba de recordarme que Johnny es tu padre.

—Es un idiota —dice Trey.

—No voy a negártelo —dice Cal—. El caso es que no quería involucrarte en nada por ir hablando mal de él o de su gran idea, y tampoco quería ir detrás de ti para sacarte información. Pensé en concederte espacio para que tomaras tus propias decisiones. Solo pretendía no perder de vista la situación.

Trey le da vueltas a esto mientras hace girar la botella. Cal medita si sacar a colación, ya que están en ello, el hecho de que hay muchas cosas que no le está contando. Lo descarta. Todo en ella le dice que aún no ha terminado con lo de guardarse cosas para sí. Trey continúa siendo inalcanzable. Si ahora Cal intenta alcanzarla y ella le miente, se alejará todavía más. Decide esperar.

Al final Trey levanta la vista hacia Cal y asiente.

—Siento que me quitaran la cámara —le dice—. Te la pagaré.

—No te preocupes por eso —dice Cal. Todos sus músculos se desanudan un poco. Quizá no haya arreglado las cosas, pero al menos parece que esta vez ha conseguido no empeorarlas—. Puede que tu padre te pida que me la devuelvas. Una vez haya borrado algunas cosas de la tarjeta de memoria.

Trey expulsa aire por un lado de la boca.

—Más bien la va a lanzar a una ciénaga.

—No —dice Cal—. No querrá que le monte un escándalo y llamar la atención. Borrará ese vídeo y la devolverá. Todo irá bien.

Trey se da la vuelta al oír un vehículo a sus espaldas. A través de los árboles y los recovecos de la carretera ven sus retazos: grande, blanco y azul, un coche patrulla.

—La policía —dice Trey.

—Sí —dice Cal—. Han sido rápidos.

Se da la vuelta para echarle un último vistazo a esa cosa silenciosa bajo las franjas de sombra. Parece ligera y fácil de pasar por alto, algo que por el momento yace en medio del camino, pero que la próxima racha de viento se llevará en volandas hacia ninguna parte. Cal entiende lo que se le escapa a Trey: la magnitud del cambio, imparable y de enorme alcance, que trae consigo ese coche.

Capítulo 15

Los dos agentes podrían ser hermanos: jóvenes, corpulentos, sanotes, con cortes de pelo idénticos y quemaduras del sol idénticas. Ambos dan la impresión de que no existe un precedente para una situación así en sus carreras y que van a seguir el protocolo con el máximo rigor para demostrarse el uno al otro que son capaces de manejarla. Anotan nombres y detalles que les suministran Cal y Trey. Preguntan a Trey cuándo descubrió el cuerpo —lo que les merece un inexpresivo encogimiento de hombros y un «temprano»— y si lo tocó. También apuntan el nombre de Rushborough —Cal tiene sus dudas de que hagan bien en dárselo, pero se las guarda para sí— y dónde se alojaba. Cal supone, con sentimientos encontrados, que Johnny se habrá marchado hace rato cuando acudan allí.

Los agentes empiezan a acordonar la escena del crimen con cinta que extienden entre los árboles. Uno de ellos espanta a una oveja que se había acercado a investigar.

—¿Le importa si volvemos a mi casa, agente? —le pregunta Cal al otro—. Trey me ayuda en labores de carpintería y tenemos que acabar un encargo.

—Ningún problema —dice el agente, asintiendo con formalidad—. Los investigadores van a tener que tomarles declaración. Podrán localizarlos en este número, ¿verdad?

—Correcto —dice Cal—. Pasaremos casi todo el día en mi casa. —Le echa un vistazo a Trey, que asiente. Los cuervos, obcecados y sin prisa alguna, han empezado a tomar posiciones en las ramas más bajas.

En el camino de regreso en coche, montaña abajo, Trey le pregunta:

—¿Qué harán?

—¿Quiénes?

—Los investigadores. ¿Cómo averiguarán quién lo mató?

—Bueno —dice Cal. Reduce una marcha y aprieta el freno. Aprendió a conducir en las colinas de Carolina del Norte, pero la pendiente de esta montaña aún consigue ponerle de los nervios de tanto en tanto—. Enviarán a un equipo especializado en escenas del crimen a recoger muestras forenses, como pelos o fibras que se encuentren en el cadáver, con el objetivo de intentar vincularlas a un sospechoso, o a su casa, o a su coche. También recogerán pelos y fibras de Rushborough por si luego encuentran equivalentes en el sospechoso; y muestras de su sangre, porque abundará allá donde lo asesinaran. Rasparán debajo de sus uñas y recogerán muestras de las manchas de sangre por si, en caso de forcejeo, el ADN del agresor acabó en la víctima. Buscarán huellas que puedan indicar cómo llegó hasta ahí y desde qué dirección. Y habrá técnicos que analizarán su teléfono para comprobar con quién habló y si había discutido con alguien.

—¿Y los detectives? ¿Ellos qué harán?

—Básicamente hablar con gente. Irán preguntando por el pueblo para averiguar quién lo vio por última vez, adónde se dirigía, si había enfadado a alguien. Contactarán con su familia, amigos y socios, e irán a la caza de cualquier tipo de problema, sea amoroso, de dinero, de negocios, lo que sea. Y si tenía enemigos.

—Parecía de los que tienen enemigos. No solo aquí.

—Sí —dice Cal—. A mí también me lo pareció. —Cruza una carretera secundaria, estirando el cuello para asegurarse de que nadie baja alegremente y a toda pastilla. Desearía estar seguro de que el interés de Trey en los procedimientos policiales es puramente teórico—. ¿Fue él quien te hizo eso en el labio hace unos días?

—Sí —dice Trey, como si tuviera la mente ocupada en otros asuntos. Se refugia en un silencio que dura el resto del camino a casa de Cal.

Mientras fríe una nueva tanda de huevos con beicon y Trey pone la mesa, Cal le escribe un mensaje a Lena:

«Alguien ha matado a Rushborough. Arriba en la montaña.»

Comprueba que lo ha leído, pero tarda un minuto en llegarle su contestación:

«Iré a tu casa después del trabajo.»

Una vez ha puesto la mesa, Trey se ha sentado en el suelo a acariciar a los perros con aire distraído, y no ha reaccionado al pitido del teléfono. Cal le envía a Lena un emoticono de pulgares arriba y se concentra de nuevo en la sartén.

Comen en silencio. Cuando entran en el taller, Cal ya ha tomado la decisión de no contarles nada del oro a los investigadores, al menos por el momento. Quiere mantenerse lejos de esta maraña, con las manos libres para interpretar el papel que Trey necesite de él, en cuanto tenga claro de cuál se trata.

Su plan se le antoja factible. La policía va a acabar descubriendo la capa superior, o las dos capas superiores, de la historia del oro, pero se toparán con problemas a la hora de dirimir los detalles. Cal conoce por experiencia la asombrosa determinación con que la gente de Ardnakelty es capaz de generar confusión si se siente motivada a ello. La policía podrá darse con un canto en los dientes si llega a sacar algo en claro sobre qué diablos ocurría por aquí, ya no digamos sobre quién estuvo involucrado. Y, en su calidad de foráneo, Cal está en su pleno derecho de ignorar los asuntos locales. En circunstancias normales, le habría llegado una historia disparatada con oro de por medio, mezclada con la de la colina de las hadas de Mossie y otras cosas por el estilo, a las que no habría prestado más atención. Cal echa de menos las circunstancias normales.

Casi es la hora del almuerzo, y están perforando agujeros de fijación, cuando Banjo levanta las orejas, Rip suelta una cascada de aullidos y ambos perros salen disparados hacia la puerta.

«Polis», dice Trey, alzando la cabeza con brusquedad, como si hubiera estado esperando este momento. Se levanta del suelo, respira hondo y sacude el cuerpo un instante, al modo de un boxeador a punto de entrar en el cuadrilátero.

A Cal lo asalta la urgente y súbita sensación de que se ha perdido algo. Quiere detenerla, pedirle que vuelva a su lado, pero ya es demasiado tarde. Cuanto puede hacer es sacudirse el polvo y seguirla.

En efecto, al llegar a la puerta de la entrada, ven un coche patrulla aparcado, ostensiblemente discreto, junto al Mitsubishi Montero de Cal. Dos hombres están sentados en la parte delantera.

—Solo van a querer saber cómo lo descubriste —dice Cal, bloqueando con un pie la salida de los perros—. Por ahora. Habla con claridad, tómate tu tiempo si necesitas pensar las cosas. Si no te acuerdas de algo o no estás segura, díselo sin problemas. Y ya está. No hay nada de qué preocuparse.

—No estoy preocupada —dice Trey—. Todo bien.

Cal no sabe si decirle, ni cómo hacerlo, que esto no es necesariamente cierto.

—Este tipo va a ser del Departamento de Homicidios —dice—, o como sea que lo llamen aquí. No va a comportarse como ese poli de la ciudad que viene a tirarte de las orejas si haces demasiados novillos.

—Bien —dice Trey, convencida—. El tipo es un capullo.

—Esa lengua —dice Cal, pero como un acto reflejo. Tiene la vista puesta en el hombre que sale por la puerta del copiloto. Es de la edad de Cal, rechoncho y de piernas tan cortas que necesita que le cojan el dobladillo de los pantalones, y camina de un modo alegre, a saltitos. Se ha traído consigo a uno de los gemelos fornidos, seguramente para que tome notas y él pueda concentrarse al máximo.

—Seré educada —le asegura Trey—. Tú fíjate. —Cal no se siente más tranquilo.

El detective se llama Nealon. Tiene el cabello canoso y desaliñado, un rostro gracioso y pinta de alguien que podría estar al frente de un próspero negocio familiar, pongamos una ferretería. A Cal no le cabe duda de que sabe sacarle partido a este aspecto: el tipo no es ningún tonto. Les hace carantoñas a Rip y a Banjo hasta que se calman, y luego acepta un té que le permite sentarse a la mesa de la cocina y hablar distendidamente con Cal y Trey mientras se lo preparan, lo que a su vez le brinda la oportunidad de estudiarlos. Cal lo pilla echando un vistazo a los tejanos de Trey, que se le han quedado pequeños, y a su no corte de pelo, y debe reprimir el deseo de dejarle bien claro a Nealon que no es ninguna delincuente desatendida, sino una buena chica que va por el buen camino y que cuenta con gente respetable que cuida de que nadie se meta con ella.

Trey hace un buen trabajo demostrando por sí misma su respetabilidad. Se comporta con lo que a Cal se le antoja una deferencia sospechosa: les pregunta a Nealon y al uniformado si toman leche, dispone galletas en un plato, ofrece frases enteras por respuesta a preguntas idiotas sobre el colegio y el tiempo. Cal daría un brazo por saber a qué está jugando.

Cal sabe que él es más difícil de descifrar, tarea a la que los moratones no ayudan. Nealon le pregunta de dónde es y si le gusta Irlanda, y Cal ofrece las respuestas ensayadas y amables que guarda para todo el mundo. Decide no revelar su antigua profesión durante un rato, con la idea de ver cómo se maneja el tipo sin contar con semejante información.

—Bueno —dice Nealon, cuando todos han dado cuenta del té y las galletas—. Menudo día lleváis, ¿verdad? Y ni siquiera es la hora del almuerzo. Procuraré ir lo más rápido posible. —Le sonríe a Trey, a quien tiene sentada delante. El uniformado se ha sentado con discreción en un sofá y sacado un bloc de notas y un bolígrafo—. ¿Sabes quién era ese hombre, el que has encontrado?

—El señor Rushborough —se apresura a decir Trey. Incluso se sienta con la espalda recta—. Cillian Rushborough. Mi padre lo conocía de Londres.

—¿Entonces había venido al pueblo a visitar a tu padre?

—La verdad es que no. No son amigos, en sentido estricto. La familia de este hombre era de por aquí. Creo que eso es principalmente por lo que vino.

—Ah, ya, uno de esos —dice Nelson con indulgencia. Cal no reconoce su acento. Es más rápido que el de aquellos a los que está acostumbrado, y más plano, con un filo que otorga a las frases más anodinas un toque desafiante; percibe un timbre urbano—. ¿Cómo era? ¿Un tipo majo?

Trey se encoge de hombros.

—Solo lo vi dos veces. No le presté mucha atención. Un tipo normal. Algo pijo.

—¿Sabrías decirnos a qué hora te lo encontraste?

—No tengo teléfono —explica Trey—. Ni reloj.

—No te preocupes —dice Nelson con alegría—. Haremos los cálculos de toda la vida. A ver si lo he entendido bien: encontraste el cuerpo, viniste directamente aquí, a casa del señor Hooper, y ambos volvisteis en coche al lugar de los hechos. ¿Es correcto?

—Sí.

—El señor Hooper nos llamó a las seis y diecinueve minutos. ¿Cuánto hacía que habíais llegado a la escena del crimen?

—Unos pocos minutos.

—Pongamos a las seis y cuarto, ¿de acuerdo? No compliquemos las cosas. ¿Cuánto tiempo lleva conducir hasta ahí arriba?

—Diez minutos. Quizá quince. La carretera está en mal estado.

—¿Ves lo que estoy haciendo? —le pregunta Nealon a Trey, sonriéndole como si fuera su tío favorito.

—Sí. Contar hacia atrás.

Trey juega bien sus cartas: atenta, seria, cooperativa sin excederse. A Cal le ha llevado un minuto entender que eso es lo que hace, y por qué de repente le resulta tan poco familiar. Jamás ha visto a la chica jugar a nada, de ningún modo. No la sabía capaz. Se pregunta si lo ha aprendido de Johnny, o si siempre estuvo ahí, a la espera de que surgiera la necesidad de aflorar.

—Exacto —dice Nealon—. De modo que salisteis de esta casa sobre las seis. ¿Cuánto tiempo estuvisteis en ella?

—Como un minuto. Se lo conté a Cal y nos marchamos.

—Entonces seguimos en las seis. ¿Cuánto tiempo debió llevarte bajar hasta aquí?

—Una media hora. Quizá algo más. Caminaba rápido. Debí ponerme en camino justo antes de las cinco y media.

La necesidad que tiene Cal de saber qué está haciendo Trey se ha intensificado. En circunstancias normales, la chica se mostraría tan dispuesta a soltar una palabra de más a un policía de forma voluntaria como a arrancarse los dedos a mordiscos.

—A eso se le llama ir rápido —la elogia Nealon—. ¿Cuánto tiempo estuviste junto al cuerpo, antes de venir aquí?

Trey se encoge de hombros y agarra su taza de té. Es la primera vez que su ritmo constante sufre una interrupción.

—No lo sé. Un rato.

—¿Un rato largo?

—Quizá unos quince minutos. Puede que veinte. No llevo reloj.

—No hay problema —dice Nelson con calma. Cal sabe que la ha pillado en falta y que volverá sobre el asunto cuando Trey se haya convencido de que lo ha olvidado. Cal ha asistido a una escena así tantas veces que tiene la sensación de verla desdoblado: desde el lado que ahora ocupa Nealon, calibrando y recalibrando su balanza entre amabilidad e insistencia, a medida que su evaluación de la situación adquiere más detalles; y desde el lado que le toca ahora, una perspectiva completamente distinta, donde la balanza está claramente a la defensiva y las apuestas son muy altas y viscerales. Ninguna de estas posiciones le hace la menor gracia.

—Entonces, ¿en qué hora estamos? Cuando lo viste por primera vez.

Trey piensa. Vuelve a estar centrada, ahora que han dejado de lado ese vacío sobre el tiempo que pasó junto al cuerpo.

—Debió de ser justo después de las cinco.

—Ahí está —dice Nealon, agradecido—. Al final hemos conseguido llegar. ¿No te lo dije?

—Sí. Lo conseguimos.

—Justo después de las cinco —dice Nealon, ladeando la cabeza en un ángulo simpático, como un perrillo—. Es tempranísimo para estar ya andando por ahí. ¿Tenías algún plan?

—No. Yo solo… —Trey encoge un solo hombro—. Oí ruidos durante la noche. Salí a ver qué eran, si había pasado algo.

Esto ha tenido que llamar la atención de Nealon, pero no lo demuestra. El tipo sabe lo que se hace.

—Ah, ¿sí? ¿Qué tipo de ruidos?

—Gente hablando. Y un coche.

—¿Justo antes de que te levantaras? ¿O antes, en algún otro momento de la noche?

—Antes. No podía dormir bien; demasiado calor. Me desperté y oí algo fuera.

—¿Sabes qué hora era?

Trey menea la cabeza.

—Bastante tarde, ya que mi madre y mi padre estaban durmiendo.

—¿Los llamaste?

—No. Sabía que los ruidos no venían de nuestra propiedad, sonaban demasiado lejos, por lo que no estaba preocupada. Salí hasta la cancela para ver de qué se trataba. Vi luces al final de la carretera, como faros de coche. Y a unos hombres hablando.

Nealon sigue sentado cómodamente en su silla y bebiendo té, pero Cal percibe lo muy alerta que está.

—¿Dónde al final de la carretera?

—Por donde está el cuerpo, en el cruce de caminos. Puede que fuera ahí o un poco antes de llegar.

—No te acercaste a comprobarlo, ¿verdad?

—Bajé un poco por la carretera, pero me detuve. Pensé que quizá no querían que nadie los viera.

Suena bastante plausible. Arriba de la montaña ocurre de todo: se fabrica alcohol destilado, se vierten desechos, se trafica con combustible procedente del otro lado de la frontera y probablemente cosas más peligrosas. Cualquier chaval de la montaña sabe que no debe acercarse. Pero Trey no le ha contado nada de esto a Cal.

—Todo apunta a que pensaste bien —dice Nealon—. ¿Pudiste verlos?

—Más o menos. Solo vi a hombres yendo de un lado para el otro. Los faros del coche me daban en la cara y ellos se mantenían lejos de las luces. No pude ver qué hacían.

—¿Cuántos eran?

—Unos pocos. No un gran grupo, como cuatro o cinco.

—¿Reconociste a alguno?

Trey piensa de nuevo.

—No. No lo creo.

—Muy bien —dice Nealon con calma, pero Cal puede oír el «por ahora» que lleva implícito. Si Nealon encuentra un sospechoso, volverá sobre el tema—. ¿Pudiste oír algo de lo que decían?

Trey se encoge de hombros.

—Solo algunos fragmentos. En plan, un tipo dijo: «Es por ahí», y otro dijo: «Por Dios, relájate un poco». Y alguien dijo: «Vamos, joder». Siento la palabrota.

—Las he oído peores —dice Nealon con una sonrisa—. ¿Algo más?

—Alguna palabra suelta. Nada que tuviera sentido. Iban de un lado para el otro, lo que dificultaba entender lo que decían.

—¿Reconociste alguna de las voces? —pregunta Nealon—. Tómate tu tiempo, piénsalo bien.

Trey piensa, o cuando menos lo finge de maravilla, frunciendo el ceño con la vista en la taza.

—No —acaba diciendo—. Lo siento. Todos eran hombres. Quiero decir, no eran de mi edad. Adultos.

—¿Qué me dices de los acentos? ¿Pudiste distinguir si eran irlandeses, locales o lo que sea?

—Irlandeses —dice Trey de corrido—. De por aquí. —Cal levanta la cabeza ante la nota que adquiere su voz, nítida y rotunda, como una flecha dirigiéndose en línea recta al corazón de la diana, y al fin comprende.

—¿En qué sentido de por aquí? ¿Este país, este pueblo, occidente? —pregunta Nealon.

—Ardnakelty. Al otro lado de la montaña, o incluso cruzando el río, hablan de otra manera. Estos hombres eran de por aquí.

—Estás segura, ¿verdad?

—Del todo.

La historia es una patraña de arriba abajo. Cal comprende al fin que Trey nunca ha sido la esbirra de su padre en todo esto; desde el principio, ha estado jugando ella sola. Cuando se le presentó la oportunidad, condujo a Ardnakelty por un sendero fantasioso a la caza de un oro imaginario. Ahora que las cosas han cambiado, pretende conducir a Nealon, con la meticulosidad de un francotirador, hacia los hombres que mataron a su hermano.

Trey le juró que nunca haría nada respecto a lo de Brendan, pero todo esto le parece lo suficientemente alejado de él como para convencerse de que no cuenta. Tuvo claro que jamás tendría una oportunidad parecida, así que la aprovechó. El corazón de Cal es una fuerza pesada e implacable que le presiona el pecho hasta dificultarle la respiración. Se equivocó al pensar que la infancia de Trey le había dejado grietas. No son grietas, son fallas geológicas.

La expresión en el rostro de Nealon no ha cambiado.

—¿Cuánto tiempo dirías que estuviste ahí fuera?

Trey le da vueltas.

—Quizá un par de minutos. Entonces oí que el coche arrancaba y volví a casa. No quería que me vieran si pasaban por delante.

—¿Lo hicieron?

—No lo creo. Cuando se alejaron yo ya estaba en mi dormitorio, en la parte trasera de la casa; habría visto las luces. Pero el coche sonaba como si fuera en la otra dirección. Aunque no puedo jurarlo. Aquí arriba el eco engaña mucho.

—Es cierto —admite Nealon—. ¿Qué hiciste luego?

—Volví a la cama. Lo que fuera que estuvieran haciendo no tenía nada que ver con nosotros. Y, además, todo volvía a estar en silencio.

—De todas formas, te despertaste temprano y decidiste ir a echar un vistazo.

—Sí. No pude volver a dormirme, demasiado calor; y mi hermana, con la que comparto dormitorio, roncaba. Además, quería ver qué habían estado haciendo.

Cal entiende ahora por qué acudió a él, en vez de a Johnny, con lo que había encontrado. No hubo nada de sentimental en su decisión; no es que confiara un ápice más en él o que lo necesitara tras el shock. Simplemente quería tener la oportunidad de contar esta historia. Johnny habría arrojado a Rushborough por un barranco y se habría asegurado totalmente de que Trey no había visto nada, oído nada ni acercado a un detective. El comportamiento de Cal no deja tanto que desear.

—Y entonces fue cuando lo encontraste —dice Nealon.

—Mi perro lo encontró primero. —Trey hace un gesto hacia Banjo, que está tumbado junto a Rip en el rincón más en sombra, junto a la chimenea, y eleva el lomo con cada jadeo por culpa del calor—. Ese grandullón. Iba delante y empezó a aullar. Entonces llegué yo y lo vi.

—Menudo shock —dice Nealon, con la dosis justa de compasión. El tipo es bueno—. ¿Te acercaste mucho?

—Sí. Muy cerca. Fui a ver quién era, qué había pasado.

—¿Lo tocaste? ¿Lo moviste? ¿Comprobaste si estaba muerto? Trey menea la cabeza.

—No fue necesario. Era evidente.

—Has dicho que estuviste ahí unos veinte minutos —le recuerda Nealon, sin especial énfasis. Sus ojillos azules transmiten calidez e interés—. ¿Qué estuviste haciendo todo ese tiempo?

—Solo me quedé de rodillas un rato junto al cuerpo. Sentí náuseas. No podía moverme.

Trey da respuestas firmes al haber podido planearlas con antelación, pero Cal sabe que miente. Ha visto a Trey afectada por el sufrimiento de un animal, pero jamás por una criatura muerta. Lo que fuera que estuviera haciendo junto al cuerpo de Rushborough no tenía nada que ver con recuperarse de la impresión. La idea de que haya podido alterar la escena del crimen le provoca un estremecimiento.

—Claro, es normal —dice Nealon en tono tranquilizador—. A todos nos pasa lo mismo las primeras veces. Conozco a un policía que lleva veinte años en el cuerpo, un tipo grandullón, como aquí el señor Hooper, y todavía se marea cada vez que ve un cadáver. ¿Al final vomitaste?

—No. Me puse bien en un rato.

—¿No quisiste alejarte del cuerpo?

—Sí, pero pensé que quizá vomitaría si me levantaba, o que me marearía. Por eso no me moví. Mantuve los ojos cerrados.

—¿Llegaste a tocar el cuerpo?

Esta pregunta ya se la ha formulado, pero si Trey lo ha advertido, no da señales de ello.

—No. Jod… Perdón. Ni hablar.

—No te culpo. Yo tampoco habría querido tocarlo. —Nealon le dedica otra sonrisa a Trey. Ella consigue devolverle una media sonrisa—. Así que te tomaste un descanso para recuperarte del golpe y, en cuanto te sentiste mejor, viniste directamente aquí.

—Sí.

Nealon coge otra galleta y le da vueltas a esto.

—Ese tipo, Rushborough —dice—, estaba a, ¿cuánto diríamos?, unos pocos minutos de la cancela de tu casa. ¿Por qué no fuiste a contárselo a tu mamá o a tu papá?

—Antes era detective —dice Trey, haciendo un gesto de asentimiento hacia Cal—. Pensé que sabría mejor que mis padres qué hacer.

Nealon necesita apenas una fracción de segundo para reponerse y cambiar su sorpresa por una gran sonrisa.

—Jesús. Dicen que nos reconocemos entre nosotros, pero ni se me ha pasado por la cabeza. Un colega, ¿eh?

—Fui policía en Chicago —dice Cal. El corazón aún le va a mil por hora, pero consigue mantener la voz estable—. Hace tiempo. Estoy retirado.

Nealon se echa a reír.

—Dios mío. Menuda ironía. Cruza medio mundo para poner tierra de por medio con su trabajo y se acaba tropezando con un caso de asesinato. —Nealon echa un vistazo por encima del hombro al uniformado, que ha dejado de tomar notas y los mira con la boca abierta, incapaz de interpretar la novedad—. Es nuestro día de suerte, ¿verdad? Contamos con un detective como testigo. Jesús, no se puede pedir más.

—Aquí no ejerzo de detective —dice Cal. No tiene claro si este último comentario de Nealon iba con retintín. Aún espera que llegue el día en que descubra cuánto tiempo se supone que debe llevar uno viviendo en Irlanda para reconocer que se están metiendo contigo sin ningún género de dudas, pero ha presenciado sobradas batallas por quién está al cargo de una investigación como para dejar bien clara su postura desde el principio—. Y jamás trabajé en Homicidios. Mis conocimientos se limitan a asegurar la escena del crimen y esperar la llegada de los expertos, y eso es lo que hice.

—Y yo que se le agradezco, hombre —dice Nealon con sinceridad—. Adelante, háganos un resumen. ¿Qué hizo? —Se reclina en la silla para ceder la palabra a Cal y empieza a mordisquear la galleta.

—Cuando llegué a la escena del crimen, reconocí a la víctima como Cillian Rushborough. Lo había visto en un par de ocasiones. Me puse los guantes —Cal se los saca del bolsillo y los deposita sobre la mesa— y confirmé que estaba muerto. Su mejilla estaba fría. Su mandíbula y su codo estaban rígidos, pero tanto sus dedos como su rodilla podían moverse. No toqué ninguna otra parte de su cuerpo. Me alejé y los llamé.

Cree haber dado con el equilibrio entre subordinado y civil. También cree que Nealon lo ha percibido y lo está analizando.

—Estupendo —dice Nealon, ofreciéndole un asentimiento de colega—. Bien hecho. ¿Y luego se quedaron en la escena del crimen hasta la llegada de los agentes?

—Sí. Nos retiramos unas pocas yardas, junto a mi coche.

—¿Vieron a alguien más durante ese rato?

—El padre de Trey se presentó. Johnny Reddy.

Nealon alza las cejas.

—Vaya, menuda forma de descubrir que tu amigo ha muerto. ¿Cómo reaccionó?

—Parecía bastante conmocionado —dice Cal. Trey asiente.

—¿No se quedó con ustedes?

—Se marchó montaña arriba.

—Necesitaremos hablar con él —dice Nealon—. ¿Les dijo adónde se dirigía?

—No lo mencionó —dice Cal.

—Ah, bueno, en un lugar de este tamaño, antes o después acabaremos cruzándonos con él —dice Nealon con tranquilidad. Apura su té y aparta la silla de la mesa, echando un vistazo al agente para indicarle que ya han terminado—. Muy bien. Quizá tengamos que hacerles más preguntas, y deberán acercarse a la comisaría de la ciudad para firmarme las declaraciones, pero diría que tenemos suficiente para ir tirando. Gracias por el té y por su tiempo. —Se acomoda la cintura de los pantalones del traje por debajo del ombligo—. ¿Le importaría acompañarme al coche, señor Hooper, por si en el camino se me ocurre algo más que deba preguntarle?

Cal no quiere una conversación a solas con Nealon en este momento, no antes de haber podido ordenar sus pensamientos.

—Un placer —dice Cal, incorporándose. Trey empieza a recoger las tazas con la rapidez y la habilidad de una camarera.

Afuera, el calor se ha intensificado.

—Espérame en el coche —le dice Nealon al agente—. Me muero por un pitillo. —El agente se aleja. La postura de la espalda lo hace parecer cohibido.

Nealon saca un paquete de Marlboro y lo inclina hacia Cal, que niega con la cabeza.

—Hace bien —dice Nealon—. Debería dejarlo; la parienta no deja de darme la murga, pero no voy a engañarme. —Se enciende un cigarrillo y le da una calada larga y placentera—. ¿Diría que conoce bien a esa joven?

—Bastante bien —dice Cal—. La primavera pasada hizo dos años que me establecí aquí; me dedico un poco a la carpintería y ella ha estado ayudándome gran parte del tiempo, siempre que el colegio se lo ha permitido. Posee un talento natural. Piensa dedicarse a ello profesionalmente cuando acabe el colegio.

—¿La considera de fiar?

—Nunca me ha demostrado lo contrario —dice Cal, deteniéndose a reflexionar—. Es una buena chica. Constante, trabajadora, con la cabeza sobre los hombros.

Le encantaría poder contarle que Trey acostumbra a mentir, pero sabe que no es una opción. Con independencia de qué más descubra o no, Nealon cuenta ahora con una persona que ha admitido abiertamente haber estado en la ladera de la montaña donde arrojaron a Rushborough, y también cuándo lo hicieron. Si la historia de Trey es un invento, desde la perspectiva de Nealon —teniendo en cuenta que por fortuna jamás ha oído hablar de Brendan Reddy— Trey está encubriendo a alguien, o protegiéndose a sí misma. Cal no sabría decir si Trey se ha detenido a reflexionar sobre las consecuencias de lo que está haciendo, o si le parecen bien y no le importan una mierda.

—¿Se le antoja el tipo de chica que, pongamos, tiende a imaginarse cosas? —le pregunta Nealon—. ¿O que quizá se inventaría una historia para sonar interesante? ¿O que adornaría un poco los detalles?

Cal no necesita fingir su risa.

—No, diablos. La chica no tiene tiempo para nada de eso. La historia más excitante que le he escuchado es la del día en que su profesor de Matemáticas le arrojó un libro a alguien. Además, cero detalles: «El señor comosellame le arrojó un libro a este chaval que lo ponía de los nervios, pero falló». Sonar interesante no es lo suyo.

—Bueno, eso es estupendo —dice Nealon, sonriéndole—. La testigo ideal, ¿no? Me siento bendecido. En la mayoría de los lugares así, dejados de la mano de Dios, la gente no habla con la policía ni aunque su vida dependa de ello.

—La chica está a gusto conmigo —dice Cal—. Quizá haya ayudado.

Nealon asiente, en apariencia satisfecho.

—Y dígame: ¿cree que se mantendrá fiel a su historia? ¿O le entrará miedo si acaba teniendo que testificar en un juicio?

—Se mantendrá fiel —dice Cal.

—¿Incluso si detenemos a uno de sus vecinos?

—Sí —dice Cal—. Incluso así.

Nealon alza mucho las cejas.

—Bien por ella. —Ladea la cabeza para expulsar el humo hacia el cielo, lejos de Cal—. ¿Qué piensa de los acentos? ¿Lleva razón al afirmar que uno puede distinguir el de este pueblo del del vecino?

—Eso me han dicho —dice Cal—. Yo no capto la diferencia, pero mi vecino me asegura que la gente al otro lado del río suena como una recua de burros, por lo que algo debe de notarse.

—Imagino que son cosas que siguen ocurriendo en lugares como este —dice Nealon—. Por lo menos entre la gente mayor. De donde yo vengo, maldita sea, la mitad de los chavales hablan como si acabaran de bajar de un avión procedente de Los Ángeles. Al menos, esa chica suena como una irlandesa. —Nealon hace un gesto hacia Trey y la casa a sus espaldas—. El padre, ¿cómo se llamaba?, ¿Johnny? ¿De qué pie calza?

—Solo lo he visto unas pocas veces —dice Cal—. Cuando llegué aquí ya vivía en Londres; hace un par de semanas que regresó. Sacará más de la gente del pueblo, que lo conoce desde hace mucho más tiempo.

—Sí, les preguntaré. Pero agradecería la opinión de un profesional. Es el único socio que el muerto tenía por aquí. Despierta mi interés. ¿Cómo es?

Nealon ha decidido que, al menos por ahora, Cal juega el papel de policía local que ayuda en la investigación con sus rudimentarios conocimientos sobre el terreno. Cal está contento de plegarse a ello.

—Un tipo bastante amigable —dice con un encogimiento de hombros—, aunque del tipo holgazán. Todo labia y risas, y ni un palo al agua.

—Conozco bien a los de su calaña —dice Nealon con pesar—. Me aseguraré de agenciarme una silla bien cómoda cuando hable con él: esos son capaces de hablar sobre ellos mismos hasta que las ranas críen pelo. ¿Qué me dice de Rushborough? ¿También era así?

—También me lo crucé solo un par de veces. No me transmitió la misma sensación de inútil. Me llegó que era un hombre de negocios rico o algo así, pero no sé si es verdad. Sobre todo, parecía entusiasmado de encontrarse aquí. Tenía un montón de historias que le había contado su abuela. Quería visitar los lugares de los que le había hablado; se emocionó mucho al descubrir que un tipo era su primo tercero.

—También me conozco a esos —dice Nealon con una sonrisa—. La mayoría son yanquis como usted; son pocos los británicos a los que se les inflama el corazón con la Isla Esmeralda, pero claro, siempre hay excepciones. ¿Los suyos también eran de por aquí?

—No —dice Cal—. Ninguna conexión. Simplemente, Irlanda me pareció un lugar bonito y encontré una casa que me podía permitir.

—¿Cómo lo tratan los locales? No es que les preceda exactamente su reputación de hospitalarios.

—¿En serio? —pregunta Cal—. Se han mostrado de lo más cordiales conmigo. No digo que seamos uña y carne ni nada por el estilo, pero siempre nos hemos llevado bien.

—Me alegra oírlo. No querríamos que fueran por ahí dejándonos mal. Como si no tuviéramos suficiente con un turista muerto. —Nealon ha apurado al máximo su cigarrillo. Mira con pesar los restos y lo apaga con la planta del pie—. Si estuviera al frente de este caso, ¿habría alguien en concreto a quien no le quitaría la vista de encima?

Cal se toma su tiempo antes de responder. El agente aguarda en el asiento del conductor con la espalda bien recta y las manos al volante, concentrado en ignorar a los grajos que, felices de contar con una nueva víctima, se burlan de él desde las alturas y lanzan bellotas al coche.

—Yo estaría atento a Johnny Reddy —dice. No tiene muchas opciones: Johnny es la respuesta correcta, y si esto es un examen, Cal necesita aprobarlo.

—¿De veras? ¿Había problemas entre él y Rushborough?

—Ninguno que yo viera, pero, como usted ha apuntado, por lo que se sabe, Johnny era el único socio de Rushborough por aquí. Desconozco qué tipo de relación tenían en Londres. Quiero decir... —Cal se encoge de hombros—. Imagino que Rushborough podría haber enfurecido a alguna otra persona en los escasos días que llevaba en el pueblo. Quizá se liara con la hija de alguien, aunque no me pareció de esos. Como ya le he dicho, nunca trabajé en Homicidios; carezco de experiencia en este asunto. Pero empezaría por Johnny.

—Sí, claro, por él —dice Nealon, agitando la colilla de su cigarrillo en un gesto de rechazo, como si supiera que Cal no está esforzándose lo suficiente—. Pero además de él. Alguien que sea un poco raro; pongamos, ¿alguien con quien no le gustaría cruzarse en una carretera oscura? El tonto del pueblo, para ponerlo fácil. Me consta que la chica ha declarado que oyó a cuatro o cinco hombres, pero hasta un tonto puede tener amigos, familia, gente dispuesta a ayudarlo cuando la cosa se pone fea.

—No tenemos uno así propiamente dicho —dice Cal—. Tampoco es que escaseen los que son un poco excéntricos, como resultado de haber vivido solos durante mucho tiempo, aunque no los veo capaces de matar a golpes a un turista al azar solo porque no les gusta su cara.

—Un turista inglés, ojo —dice Nealon, como si la idea acabara de impactarle—. Siempre hay quien alberga un fuerte sentimiento de rechazo hacia los británicos, especialmente aquí, al lado de la frontera. ¿Se le ocurre alguien así en el pueblo?

Cal sopesa la cuestión.

—No —dice—. Supongo que en el pub todos cantan de forma ocasional alguna canción no demasiado amable con los ingleses, yo incluido, ahora que he conseguido pillar algunas de las palabras.

—Claro, ¿quién no? —dice Nealon, soltando una risita—. No, me refiero a alguien que se tome el tema mucho más a pecho. Alguien que despotrique a gusto en el pub cuando el Norte sale en las noticias, o se explaye sobre lo que opina que debería hacerse con la familia real, ese tipo de cosas.

—No —dice Cal, meneando la cabeza.

—Ah, bueno, había que intentarlo. —Nealon observa a los grajos, que se han envalentonado y ahora dan saltos arriba y abajo en el techo de su vehículo. Cal se siente un poco halagado: puede que los grajos se metan con él, pero no van a permitir que nadie más se tome semejantes libertades. El agente golpea el techo y los grajos se dispersan—. ¿Hay algo más que debería saber? ¿Rushborough pasaba buena parte de su tiempo con alguien en particular? ¿Su familia arrastraba algún problema no resuelto? ¿Alguna vieja rencilla o un pedazo de tierra que acabó en las manos equivocadas?

—No —dice Cal—. No que yo sepa. —Cal jamás había obstruido una investigación. Hubo ocasiones en las que ninguno de los suyos puso demasiado esfuerzo en averiguar quién le había hecho qué a un gilipollas de primera categoría que claramente se lo merecía, pero siempre en forma de acuerdo tácito. Esta es la primera vez que entorpece deliberadamente el trabajo de otro investigador. Aquella sensación de visión doble, de estar en dos lados al mismo tiempo, ha desaparecido. Se pregunta cuánto tardará Nealon en advertirlo.

—Este lugar era una balsa de aceite —dice Nealon—. Si le viene cualquier cosa a la mente, hágamelo saber. Cualquier cosa, aunque parezca que no guarda ninguna relación con el caso. Bueno, qué voy a contarle a usted. Aquí tiene mi tarjeta. ¿Cómo se hizo eso? —le pregunta Nealon con amabilidad y por sorpresa, señalándole la frente.

—Me resbalé en la ducha —dice Cal, guardándose la tarjeta en el bolsillo. Sabe que hay muchas posibilidades de que Johnny justifique sus propias heridas tildándole de psicópata rabioso que probablemente vaya por ahí matando a turistas inocentes por placer, pero también supone que Nealon lleva el tiempo suficiente siendo policía para desconfiar de las opiniones vertidas por un desgraciado sobre un colega, incluso si la historia del desgraciado contiene una pizca de verdad.

Nealon desmenuza el cigarrillo con el pie y asiente como si creyera lo que acaba de decir Cal, lo que quizá haga.

—En momentos así es cuando uno necesita a sus vecinos, hombre —dice Nealon—. Cuando asoman los problemas, cuando las cosas se tuercen. Podría haberse quedado inconsciente en la ducha tras el golpe y pasarse varios días ahí tirado, consumiéndose, de no haber contado con vecinos que velan por su bienestar. Los vecinos son un tesoro.

—Una de las ventajas de ser carpintero es que, antes o después, alguien va a presentarse a reclamarte su silla o lo que sea —dice Cal.

—Será mejor que lo deje volver a su carpintería —dice Nealon, devolviendo el filtro de los cigarrillos al paquete— antes de que se presente alguien a reclamarle algo. —Le tiende la mano. Cal no tiene más remedio que estrechársela y detecta el vistazo rápido que el investigador lanza a sus nudillos machacados—. Lo mantendremos informado. Gracias de nuevo.

Asiente en dirección a Cal y se dirige hacia el coche. Uno de los grajos se posa en el capó, mira al agente a los ojos y se pone a cagar.

Trey ha lavado las tazas y regresado al taller, donde se ha sentado en el suelo, con las piernas cruzadas entre las piezas de una silla cuidadosamente dispuestas a su alrededor, y se ha puesto a mezclar colores y probarlos en un trozo suelto de la traviesa de roble.

—Ha ido muy bien —dice Trey, levantando la mirada hacia Cal.

—Sí —dice Cal—. Te lo dije.

—¿Te ha preguntado algo más?

—Solo si eras de fiar. Le he dicho que sí.

Trey retoma las mezclas de color.

—Gracias —le dice con voz grave.

En algunas de las ocasiones en las que Trey le ha puesto las cosas difíciles, Cal le ha pedido consejo a Alyssa, que trabaja con jóvenes en situación de riesgo. Ella ha sabido indicarle el camino correcto numerosas veces. Ahora no sabría ni por dónde empezar a explicarse.

—¿De dónde era el tipo? —pregunta Cal—. No he reconocido el acento.

—De Dublín. Se creen la bomba.

—¿Y lo son?

—No lo sé. Nunca he conocido a nadie de Dublín. No me ha parecido la bomba.

—No te equivoques —dice Cal—. Sabe lo que se hace.

Trey se encoge de hombros, aplicando con mimo barniz para madera en la traviesa.

—Criatura —dice Cal. No tiene ni idea de lo que debe decir a continuación. Lo que siente son ganas de dar un portazo que envíe a Trey al techo del susto, arrancarle el pincel de la mano y gritarle en la cara hasta que le entre en la maldita cabezota cómo ha arruinado el refugio que con tanto esfuerzo había construido para ella.

Trey levanta la cabeza y lo mira. Cal interpreta su mirada imperturbable y la posición de su barbilla, y sabe que no conseguiría nada. No quiere oír cómo le miente, no sobre esto.

—He hecho un montón de estas —dice Trey—. Mira.

Se ha aplicado con entusiasmo a la tarea: nueve o diez franjas perfectas de gradaciones sutilmente distintas. Cal toma aire.

—Sí —dice—. Buen trabajo. Esta y esta otra de aquí parecen ser las que más se ajustan. Les echaremos otro vistazo después de que se hayan secado. ¿Quieres almorzar algo?

—Debería irme a casa —dice Trey. Cierra la tapa de la lata de barniz—. Mi madre estará preocupada. Ya se habrá enterado de lo de Rushborough.

—Puedes llamarla.

—No.

Trey se ha vuelto a poner en modo inalcanzable. Su cercanía a Cal en la ladera de la montaña solo fue un breve respiro que se permitió antes de retomar el objetivo que se ha marcado. Esto, o es que se aseguró de permanecer a su lado hasta poder explicarle su historia a Nealon sin trabas. Cal ya no puede estar seguro de lo que es capaz. Se equivocaba al pensar que no poseía las artimañas que desarrollan otros adolescentes. Solo las estaba guardando y moldeando, a la espera del momento oportuno.

—De acuerdo —dice Cal. Desea cerrar todas las puertas, sellar las ventanas y que su casa sea una barricada para ambos hasta que logre meter algo de sentido común en la cabeza de la chica, o al menos hasta que todo esto pase—. Recojamos un poco y te llevaré en coche.

—No me importa ir andando.

—No —dice Cal. Agradece encontrar al fin una rendija en la que poner un pie—. Yo te llevo. Y ándate con cuidado ahí afuera. Si hay algo que te preocupa, o simplemente tienes ganas de volver aquí, me llamas. Iré enseguida.

Espera que Trey ponga los ojos en blanco, pero se limita a asentir y a limpiar un pincel en un trapo.

—Sí —dice Trey—. De acuerdo.

—De acuerdo —dice Cal—. Hay más aguarrás en el estante, si necesitas.

—He apuntado cómo he mezclado esos —dice Trey, haciendo un gesto con la barbilla hacia la traviesa—. A su lado.

—Bien. Nos facilitará la vida cuando nos pongamos de nuevo con ellos.

Trey asiente, pero no responde. Cal ha detectado en su voz una nota conclusiva, como si no creyera que fuera a retomar la labor. Cal quiere decir algo, pero no encuentra las palabras adecuadas.

Sentada ahí en el suelo en una maraña espontánea de piernas y cordones de zapatillas deportivas, con el pelo chafado a un lado, parece de nuevo una cría, la viva imagen de cuando la conoció.

No sabe cómo evitar que tome el sendero que se ha propuesto tomar, por lo que no le queda más remedio que seguirla por si acaba necesitándolo en algún momento del trayecto. Ahora es ella la que está al mando, tanto si se lo llegó a proponer como si no. Cal desearía encontrar la manera de decírselo y pedirle que actúe con prudencia.

Capítulo 16

La ladera está pegajosa del calor. Banjo se ha pasado todo el trayecto en coche gimiendo para dejar claro que este tiempo se le antoja maltrato animal. Cal ha tomado el camino largo, por el otro extremo de la montaña, para poner distancia con la escena del crimen.

Cuando el coche de Cal desaparece entre una nube de polvo, Trey se detiene junto a la cancela a escuchar, ignorando los jadeos dramáticos de Banjo. Los sonidos procedentes del cruce que hay carretera arriba parecen los de costumbre: pájaros despreocupados y crujidos diestros y menores, ninguna voz ni movimientos torpes de persona. Trey supone que la policía habrá terminado y se habrá llevado a Rushborough para raspar debajo de sus uñas y recoger muestras de su ropa. Ojalá hubiera sabido antes cómo funciona todo esto, cuando podría haber hecho algo al respecto.

Se da la vuelta al oír el crujido de una pisada. Su padre sale de entre los árboles, en un extremo del patio, y se dirige hacia ella, agitando la mano como si hubiera una urgencia.

—Bueno, aquí está al fin mi cielo —dice, dedicándole una mirada de reproche. Lleva una ramita en el pelo—. Ya era hora. Estaba pendiente de ti.

Banjo lo ignora, escurre la barriga entre las barras de la cancela y pone rumbo a la casa y su bol de agua.

—Solo es la hora del almuerzo —dice Trey.

—Ya lo sé, pero no puedes irte por ahí sin avisar a tu madre, no en un día como este. Nos tenías preocupados. ¿Dónde estabas?

—En casa de Cal —dice Trey—. Tuve que esperar a que llegara el detective.

Su padre no le da ninguna explicación acerca de lo que hacía entre los árboles, pero Trey lo sabe bien: ha estado vigilando su llegada porque quiere que le cuente todo sobre el detective antes de hablar con él. Al oír que se aproximaba un coche, se ha escondido como un crío que acabara de romper una ventana.

—Por Dios, es verdad —dice Johnny, dándose una palmadita en la frente. Ni por un instante piensa Trey que estuviera preocupado por ella, pero preocupado está: sus pies se mueven como los de un boxeador—. Hooper mencionó que tenían que hablar contigo, ¿verdad? Con todo lo que ha pasado se me fue de la cabeza. ¿Cómo ha ido? ¿Han sido amables contigo?

Johnny está de suerte: Trey también quiere hablar con él.

—Sí —le dice—. Solo estaban el detective y un tipo que tomaba notas. Me trataron bien.

—Bueno. Más les valía ser amables con mi pequeña —dice Johnny, meneando un dedo—, o se las verían conmigo. ¿Qué te han preguntado?

—Solo querían saber cómo fue lo de encontrarme a Rushborough. Qué hora era cuando lo vi por primera vez. Si lo toqué, qué hice, si vi a alguien.

—¿Les dijiste que estuve ahí?

—Cal se lo dijo.

Detrás de Johnny, Trey advierte movimiento en la ventana de la sala de estar. La luz sobre el cristal emborrona la figura, por lo que necesita un momento antes de identificarla: es Sheila, observándolos con los brazos cruzados a la altura de la cintura.

Johnny se frota una esquina de la boca con un nudillo.

—De acuerdo —dice—. Muy bien, que no cunda el pánico. Puedo arreglarlo. ¿Qué me dices del oro? ¿Dijiste algo sobre eso? ¿La menor mención?

—No.

—¿Te preguntaron?

—No.

—¿Qué hay de Hooper? ¿Sabes si les contó algo?

—No. Le hicieron las mismas preguntas que a mí. Lo que hizo con Rushborough, si lo tocó. No contó nada del oro.

Johnny suelta una risa, rápida y feroz, hacia el cielo.

—Me lo imaginaba. Así son esos malditos cerdos. Hooper le pegaría una paliza a cualquier desgraciado que se guardara algo, estoy seguro de que lo ha hecho montones de veces, pero no tiene el menor problema en quedarse callado cuando es su pellejo el que está en juego.

—Pensaba que no querías que lo supieran —dice Trey.

Este comentario consigue que Johnny vuelva a prestarle atención.

—Jesús, no. Lo has hecho genial. Aunque vuelvan preguntándote por el oro, tú no sabes nada del tema, ¿entendido?

—Sí —dice Trey. Aún no ha decidido qué va a hacer respecto al oro.

—Ojo, no es que me queje de Hooper —la tranquiliza Johnny—. Estoy encantado de que haya mantenido el pico cerrado. Solo digo que existe una regla para ellos y otra para todos los demás. No lo olvides.

Trey se encoge de hombros. Johnny tiene un aspecto terrible: más viejo y pálido, excepto por los moratones, que están adquiriendo un tono verde sucio que le recuerda al espantapájaros de Cal.

—¿Qué me dices de Rushborough y de mí? ¿Les contaste que somos amigos, o qué?

—Les dije que lo conocías un poco de Londres, pero que no había venido a verte ni nada parecido. Estaba aquí porque es de donde procede su familia.

—Bien —dice Johnny. Exhala con fuerza. Cada susurro procedente de los árboles provoca que aparte la vista en su dirección—. Bien, bien, bien. Eso es lo que quería oír. Buena chica.

—Le conté al detective que ayer por la noche, muy tarde, oí a gente hablando al final de la carretera —dice Trey—. Así que salí y había unos hombres en el cruce de caminos, donde luego me encontré a Rushborough. No me acerqué lo suficiente para verlos bien, pero tenían acento de aquí.

Esto consigue que Johnny al fin se quede inmóvil. La mira fijamente.

—¿Eso hiciste?

Trey se encoge de hombros.

Al cabo de un segundo, Johnny golpea la barra superior de la cancela con tanta fuerza que tiembla, echa la cabeza hacia atrás y se ríe de forma escandalosa.

—Por Dios bendito —dice Johnny—. ¿De dónde has salido? Esa es mi chica. De tal palo, tal astilla. Jesús, menudo cerebro el tuyo. Si el cerebro fuera dinero, no necesitaríamos estar haciendo el tonto con el maldito oro; seríamos multimillonarios. —Johnny abre la cancela y se acerca a darle un abrazo a Trey, pero ella da un paso atrás. Johnny no lo registra o no le da importancia—. Viste adónde querían llegar los putos policías, ¿verdad? Les sacaste varias millas de ventaja. No ibas a permitir que le colgaran un asesinato a tu pobre padre. Esa es mi chica.

—Tú debes contarles lo mismo —dice Trey—. Por si se piensan que me lo he inventado para llamar la atención.

Johnny deja de reírse para darle vueltas a esto.

—Muy bien pensado —dice al cabo de un segundo—, pero no. Si digo lo mismo que tú, creerán que te forcé a seguirme el juego. Voy a decirte lo que haremos: diré que te oí salir en algún momento de la noche. Y quizá debería haber ido detrás de ti —comienza a andar en zigzag, creando el relato a cada paso—, pero estaba medio dormido. Y me pareció escuchar voces en algún lado, por lo que di por sentado que te marchabas con tus amigos a causar un poco de alboroto; quizá alguien llevara una botella. No iba a arruinarte la diversión; sin duda, todos hemos hecho lo mismo a tu edad, o peor. De modo que te dejé a lo tuyo. Pero no te oí volver a casa, por lo que, al levantarme esta mañana y no encontrarte en casa, me he preocupado un poco por mi niña. Así que he salido a buscarte, por eso estaba fuera tan temprano. Bien. —Johnny se detiene y abre los brazos, dedicándole una sonrisa a Trey—. La cosa cuadra a la perfección, ¿verdad?

—Sí.

—Pues ya lo tenemos. Empaquetado y listo para los investigadores; pueden pasar a recogerlo cuando les plazca. Has estado genial viniendo directamente a contármelo.

—Probablemente —dice Trey. Sabe que su padre lo hará muy bien cuando le toque hablar con los investigadores. No tiene un pelo de tonto; está muy capacitado para hacer un buen trabajo, siempre que haya alguien más centrado que lo ayude a avanzar por la vía correcta. Trey es esa persona.

—Una cosa más —dice Johnny—, ya que estamos con el tema. ¿Recuerdas que ayer por la noche salí a dar un paseo después de cenar? ¿Para despejar la cabeza?

—Sí.

Johnny menea un dedo en dirección a Trey.

—No lo hice. No sabemos a qué hora murió Rushborough, ¿verdad? Podría haber sido mientras yo estaba caminando por ahí, con los pájaros como únicos testigos. Y no queremos que a ese detective se le metan ideas raras en la cabeza, que pierda el tiempo y permita a un asesino salirse con la suya. De modo que estuve toda la noche en casa, recogí la cocina y luego me puse a ver la tele. ¿Entendido?

—Sí —dice Trey. Le parece bien. Si su padre fuera sospechoso, interferiría con sus planes—. ¿Ya se lo has dicho a mamá y a los pequeños?

—Sí. Todo está explicado, claro y cristalino. No os supondrá el menor problema; todos sois tremendamente avispados, ¿verdad?

—Quizá Alanna se líe un poco —dice Trey—. Le diré que no hable con el detective. Que se comporte como si le tuviera miedo.

Su padre le guiña un ojo.

—Brillante. Puede quedarse entre las faldas de su madre y no decir una palabra. Mucho mejor para la cría que tener que recordar esto, lo otro y lo de más allá. Ah, me olvidaba de algo importante —dice, chasqueando los dedos como si se acordara de repente—: te he traído la cámara de fotos de Hooper; está dentro, la he dejado en tu dormitorio. Ahí es adonde he ido esta mañana, después de veros. Sabía que no querrías meter a Hooper en todo esto, por lo que he ido a recuperar la cámara antes de que la policía la encontrara. Guárdala unos días y luego devuélvesela, con educación y como si nada; dile que ya has acabado tu tarea escolar. No te preocupes: he borrado todo lo del río.

—De acuerdo —dice Trey—. Gracias.

—Pues todo de fábula —dice Johnny con entusiasmo—. No para el pobre señor Rushborough, claro. Que Dios tenga piedad de su alma —añade, como si le acabara de venir a la mente, y se santigua—. Pero nosotros estamos frescos como una rosa. El detective tendrá sus charlitas, no escuchará nada interesante y se marchará a incordiar a otros pobres diablos. Y los muchachos que nos hicieron una visita la otra noche ya no volverán a molestarnos. Todo arreglado: vivieron felices y comieron perdices.

El plan de su padre para montar a la familia en el dólar ya ha sido convenientemente borrado de su cabeza, escrito encima por esta nueva tanda de circunstancias y las exigencias que acarrean. Trey, que daba por sentado que esto ocurriría de una manera u otra, no puede evitar sentirse impresionada por el esmero puesto en la tarea. Ella misma ha cambiado varias veces de objetivo en las últimas semanas, pero eso no significa que haya olvidado los antiguos.

Este pensamiento le recuerda algo.

—¿Sigues teniendo que devolver ese dinero? —pregunta Trey.

—¿La calderilla que le debía a Rushborough? —se ríe Johnny—. Se acabó. Como polvo en el viento. Soy libre como un pájaro.

—¿Sus amigos no vendrán a reclamarlo?

—Jesús, no. Bastante tendrán con lo suyo. De sobra. —Johnny dibuja una gran sonrisa tranquilizadora—. Que esa cabecita tuya no se preocupe por nada.

—¿Entonces piensas marcharte? —le pregunta Trey.

Johnny da un paso atrás en un gesto de reproche.

—¿De qué me estás hablando?

—Ahora que no tienes que devolverle el dinero a Rushborough. Y que nadie va a poner dinero en lo del oro tras su muerte.

Johnny se acerca, se agacha y coloca las manos en los hombros de Trey para tenerla bien de frente.

—Ah, cielo —dice—. ¿Os dejaría a ti y a mamá solas con esos investigadores tan grandotes y atrevidos? Por Dios bendito, no. Mientras me necesitéis, no pienso moverme de aquí.

Trey traduce estas palabras sin el menor esfuerzo: parecería de lo más sospechoso si ahora saliera corriendo. Va a tener que aguantarlo hasta que los investigadores acaben con su trabajo. La idea no la molesta como lo habría hecho unos días atrás. Al menos por ahora, y por primera vez en su vida parece que el cabronazo le va a ser de utilidad.

—De acuerdo —dice Trey—. Muy bien.

Johnny la mira como si la conversación no hubiera terminado. A Trey se le ocurre que quizá esté esperando a que le pregunte si mató a Rushborough. Ve a su padre capaz de ello —aquel tipo lo aterrorizaba, pero atacarlo por la espalda no requería de valor alguno—, pero asume que le mentiría en caso de preguntarle y, además, a ella tanto le da. Solo confía en que, de haberlo hecho, tuviera la cabeza suficiente para no dejar pistas que el detective pueda encontrar. Trey le devuelve la mirada.

—Cielo, pareces agotada —dice Johnny, ladeando la cabeza en señal de comprensión—. Ha debido de ser un shock encontrártelo así. ¿Sabes lo que necesitas? Una buena dormida. Ve dentro y que tu madre te prepare algo rico para almorzar y que luego te arrope.

Trey se sorprende sintiéndose muy enfadada consigo misma. Debería estar entusiasmada a más no poder, todo va de perlas, pero odia profundamente a su padre y echa tanto de menos a Cal que le entran ganas de echar la cabeza hacia atrás y ponerse a aullar como hace Banjo. Es una estupidez, pues ha pasado la mitad del día con él, pero se siente a miles de millas de distancia. Se ha acostumbrado a la sensación de que puede contarle a Cal cualquier cosa; no es que lo haga, pero podría si lo deseara. Lo que está tramando ahora jamás podría compartirlo con él. Trey está segura de que el código moral de Cal no contempla mentirles a la cara a unos investigadores sobre un asesinato con el objetivo de hundir a unos hombres inocentes. Cal es inflexible respecto a su código moral. Se muestra igual de inflexible a la hora de mantener su palabra, algo que se toma tan en serio como Trey, y si no ve este asunto bajo la misma perspectiva que ella, pensará que ha faltado a la promesa que le hizo sobre Brendan. Cal podría perdonarle muchas cosas, pero esto no.

No recuerda por qué nada de esto merece la pena. A efectos prácticos, no hay diferencia alguna: no lo está haciendo porque merezca la pena, sino porque debe hacerse. Pero le hunde el ánimo todavía más.

De hecho, cuanto desea es irse a dormir, pero en este preciso momento odia demasiado a su padre como para tenerlo cerca, ahora que ha hecho con él lo que necesitaba.

—Voy a ver a mis amigos —dice Trey—. Solo he vuelto para dejar a Banjo. No puede estar fuera con este calor.

Podría ser verdad; puede ir al otro lado de la montaña, encontrar a un par de amigos y hacer que su historia empiece a rodar. Una vez eche raíces, se esparcirá, cambiará de forma, fluirá libre y encontrará el modo de llegar hasta Nealon.

—No olvides hablar con Alanna —le recuerda Johnny, cuando ya se ha dado la vuelta—. Sabes muy bien cómo tratarla; hará cualquier cosa que le pidas.

—Lo haré cuando vuelva —dice Trey, por encima del hombro. Sheila sigue de pie junto a la ventana, observándolos.

Tan pronto se pone Cal a recolectar zanahorias, aparece Mart, pisoteando la hierba vencida y con la visera de su sombrero para burros aleteando. Rip pega un brinco e intenta convencer a Kojak de ir a correr un rato, pero Kojak no quiere ni oír hablar del tema; se deja caer a la sombra mínima de las tomateras y se queda ahí estirado, jadeando. El calor es denso como una sopa. Cal ya tiene toda la parte trasera de la camiseta empapada de sudor.

—Menudo tamaño el de estas zanahorias —dice Mart, removiendo el cubo con su cayado—. Alguien te robará una y se reirá a costa de tu espantapájaros.

—Me sobran —dice Cal—. Sírvete si quieres.

—Quizá te haga caso. He sacado una receta de internet para un guiso marroquí de ternera, y unas cuantas zanahorias le darían un buen toque. ¿En Marruecos comen zanahorias?

—No lo sé —dice Cal. Sabe de sobra qué hace Mart aquí, pero no está de humor para hacerle el trabajo—. Puedes hacer las presentaciones.

—No tendré la oportunidad. No hay muchos marroquíes por estos lares. —Mart mira cómo Cal extrae otra zanahoria y le quita la tierra—. Entonces, el *paddy* inglés, el *paddy* irlandés y el *paddy* americano entraron en una fiebre del oro y el *paddy* inglés nunca pudo contarlo. ¿Es cierto que fue tu Theresa quien se lo encontró?

—Sí —dice Cal—. Sacó a pasear al perro y ahí estaba. —No sabe cómo ha llegado esta información a oídos de Mart. Se pregunta si un hombre de las montañas, escondido entre los árboles, no les quitó el ojo de encima durante todo el rato que permanecieron junto al cuerpo.

Mart saca su bolsita para el tabaco y empieza a liarse un cigarrillo.

—He visto que los policías te hacían una visita —dice Mart— y se ponían a sus viejas labores detectivescas y de investigación. Ese coche no tardará en ensuciarse por estas carreteras. ¿Cómo eran?

—El agente no ha dicho mucho —dice Cal, arrancando otra zanahoria—. El detective parece ser bueno en lo suyo.

—Y tú eres precisamente el hombre capaz de ver una cosa así. ¿Te das cuenta, amigo? Después de todo este tiempo, al fin nos vas a ser de utilidad. —Mart humedece el papel de liar de un solo barrido experto con la lengua—. Espero tener la oportunidad de charlar con él. Jamás he hablado con un detective y, además, me dices que nos ha tocado un buen espécimen. ¿Es un paisano?

—Dublín. Es lo que dice la chica.

—Ah, maldita sea —dice Mart con voz de disgusto—. Me será imposible disfrutar de la conversación si tengo que escuchar ese ruido todo el rato. Antes preferiría que me perforaran una muela.

—El encendedor no funciona; lo mira con pesar, lo agita y prueba de nuevo, esta vez con más éxito—. ¿Pudiste ver hacia dónde apuntan sus sospechas?

—Es tan reciente que lo más probable es que no sepa nada. Y, de saberlo, no me lo diría.

Mart alza las cejas.

—¿No lo haría? ¿Tratándose de un compañero? —le pregunta a Cal.

—No soy su compañero —dice Cal—. Solo soy un tipo más que podría haberlo hecho. Y estoy convencido de que menos se lo pareceré cuando se entere de nuestras estupideces en ese río.

Mart le echa un vistazo, divertido.

—Recórcholis, que Dios te bendiga. ¿Estás nervioso por esa tontería?

—Mart —dice Cal, sentándose en cuclillas—, van a descubrirlo.

—Se lo contaste, ¿no?

—No salió en la conversación —dice Cal. La sonrisa de Mart se ensancha—. Pero, antes o después, alguien lo hará.

—¿Eso piensas?

—Vamos, hombre. Todo el pueblo sabe que Rushborough iba detrás del oro. Y la mitad debe de saber lo de espolvorear el río. Alguien va a contar algo.

Mart le sonríe.

—¿Sabes una cosa? —dice Mart—. Te has adaptado tan bien a este pueblo que a veces olvido que eres de fuera. Sin duda, parece que lleves toda la vida aquí. —Deja escapar una fina voluta de humo entre los dientes. El aire está tan inmóvil que se queda un momento suspendida delante de él, disolviéndose lentamente—.

Nadie contará nada de eso, amigo. A la policía no. Y si alguien lo hiciera... —Mart encoge los hombros—. Este pueblo es un lugar terrible para los rumores. Todo el mundo se va pasando lo que dijo la esposa del primo de la tía, adornándolo un poco por aquí y por allá para hacerlo más interesante... Las historias se tergiversan de un modo terrible por el camino. Seguro que alguien debió de malinterpretar algo.

—¿Qué ocurre si analizan la historia con detenimiento, si buscan compras en línea de oro que fueran enviadas a esta zona durante las últimas semanas? Tu nombre aparecerá de inmediato.

—No confío en los bancos de la gran ciudad —le explica Mart—. Con lo del *brexit* y demás podrían derrumbarse el día menos pensado. Cualquier hombre con dos dedos de frente se sentiría más tranquilo guardando parte de sus ahorros donde pueda tocarlos. Te recomiendo la misma estrategia financiera, amigo. El patrón oro es imbatible.

—Van a revisar los registros telefónicos de Rushborough. Y de Johnny.

—Dios mío, es estupendo contar con información privilegiada —dice Mart con admiración—. Ya sabía yo que te teníamos para algo. Voy a decirte por qué no me preocupa lo que pudiera haber en sus teléfonos: porque esos dos ejemplos de hombría no eran solo unos liantes dispuestos a correr riesgos, igual que el resto de los muchachos y yo. Eran dos profesionales. Se metieron en esto tras planearlo bien. Con meticulosidad.

—Johnny no ha hecho nada con meticulosidad en su vida —dice Cal.

—Quizá no —admite Mart—, pero, sin duda, Rushborough se habría asegurado de que estuviera al nivel. Johnny no habría meado fuera del tiesto cerca de ese tipo. No hay nada en esos teléfonos.

Su voz acaba en una nota rotunda y amable.

—De acuerdo —dice Cal—. Quizá la policía nunca pueda demostrar nada sobre el oro, pero acabará enterándose. Puede que no de lo que Rushborough y Johnny tramaban, pero sí de lo vuestro.

—Tú incluido —le recuerda Mart—. Al César lo que es del César.

—Como quieras. El caso es que, de una manera u otra, el oro implica motivación. Rushborough descubrió lo ocurrido en el río, pensaba contárselo a la policía, alguien se asustó y decidió cerrarle la boca. O alguien descubrió el timo de Rushborough y no se lo tomó nada bien.

—¿Piensas que fue esto lo que pasó? —le pregunta Mart.

—No he dicho eso. Digo que Nealon, el detective, va a explorar esta posibilidad.

—El hombre es bienvenido a explorar lo que desee —dice Mart con un gesto magnánimo del cigarrillo—, y buena suerte con eso. Sin embargo, no me gustaría estar en su pellejo. Puede tener todo el motivo del mundo, que no le servirá de nada sin un hombre al otro extremo. Por debatir un poco, pongamos que alguien soltó algo sobre el oro. Paddy Joe asegura que se lo oyó a Michael Mór, y Michael Mór dice que fue Michael Beag quien se lo contó, y Michael Beag cree que le pudo llegar de boca de Pateen Mike, aunque llevaba seis pintas entre pecho y espalda, de modo que no podría jurarlo, y Pateen Mike dice que le llegó de Paddy Joe. Una cosa sé segura: ni un alma dirá que estuvo en ese río, ni nombrará a una sola persona que estuviera. Si el oro acaba siendo algo, no pasará de ser uno de esos rumores delirantes que suelen brotar en comunidades tan apartadas como esta. Bruma matinal, amigo, si nos ponemos poéticos. En cuanto quieres tocarla, se desvanece.

Simula el gesto, agarrando aire y abriendo una mano vacía.

—Alguien podría tener un motivo, de acuerdo, ¿pero quién? Aquí somos una piña, joven.

Cal vuelve a ponerse con las zanahorias.

—Quizá —dice.

—No te preocupes —dice Mart—. Al menos por este asunto. —Arroja la colilla del cigarrillo y la aplasta con la punta del cayado—. Dime algo, amigo. Solo por satisfacer la curiosidad de un viejo. ¿Fuiste tú quien lo hizo?

—No —dice Cal, tirando con fuerza de una zanahoria rebelde—. De cargarme a alguien, habría escogido a Johnny.

—Me parece de justicia —admite Mart—. Para serte sincero, me sorprende que alguien no se animara mucho tiempo atrás. Nunca se sabe, todavía puede ocurrir. ¿Fue la chica?

—No —dice Cal—. Ni se te ocurra sugerirlo.

—Te reconozco que no veo motivo alguno por el que debería haberse tomado la molestia —dice Mart con amabilidad, ignorando el tono de enfado de Cal—, pero las personas somos impredecibles. Te creo.

—Yo debería hacerte la misma pregunta —dice Cal—. Me dijiste que pensabas hacer algo respecto al engaño que Rushborough y Johnny se traían entre manos. ¿Lo hiciste?

Mart menea la cabeza.

—A estas alturas deberías conocerme mejor, joven. Ese no es mi estilo en absoluto, en absoluto. Me va la diplomacia. La comunicación. Raramente es necesario recurrir a la violencia si tienes la habilidad necesaria para hacerte oír.

—Deberías dedicarte a la política —dice Cal. Solo buscaba dejarle las cosas claras; lo cierto es que no sospecha de Mart. Lo ve capaz de matar a alguien, pero solo después de haber agotado todas las vías menos exigentes.

—¿Sabes qué? —dice Mart, agradecido—. Yo mismo le he dado vueltas con frecuencia. Si no fuese por la granja, me encantaría batirme el cobre contra esos plastas del Parlamento. Le plantaría cara a ese remilgado de los Verdes. El cretino no tiene pajolera idea de nada.

Mart se agacha a plazos, privilegiando la cadera buena, para seleccionar con mimo qué zanahorias del cubo le interesan.

—Me habría encantado que se tratara de Johnny —dice—. ¿No habría sido bonito? Podríamos habernos librado de los dos bribones de una tacada. No me cabe duda: puestos a escoger, me habría quedado con Johnny.

Se incorpora con un puñado de zanahorias en la mano.

—Al final —prosigue—, no importa un pimiento lo que yo piense o lo que tú pienses. Lo único que importa es lo que vaya a pensar el orgullo de la ciudad de Dublín, y para eso habrá que esperar a ver en qué dirección sopla el viento. —Agita las zanahorias en dirección a Cal—. Ahora voy a disfrutar de estas. Si te cruzas con algún marroquí, envíalo a mi casa a cenar.

Después de darle vueltas durante toda la mañana, Lena sigue sin saber qué pensar del asesinato de Rushborough. Confía en que la experiencia de Cal en este terreno la ayude a aclararse. Cuando llega a casa de Cal, se lo encuentra enfrascado en una montaña de zanahorias esparcidas por la encimera de la cocina, pelándolas, cortándolas y empaquetándolas en bolsitas para el congelador. Conocedora de sus maneras, Lena no se lo toma como una buena señal. La hace pensar en un hombre entregado a la tarea de prepararse para un invierno crudo, o un asedio.

Lena ha traído una botella nueva de *bourbon*. Mientras Cal le cuenta su mañana, sirve dos vasos con mucho hielo y se coloca al otro lado de la encimera, encarándolo, y empieza a cortar. Cal pela las zanahorias como si hubieran amenazado de muerte a su familia.

—Apostaría a que el tipo es bueno en su trabajo —dice—. Nealon, el detective. Se toma las cosas con calma, demuestra tacto, no se apresura, pero resulta evidente que puede apretar las tuercas en caso de necesidad. No me habría importado tenerlo de compañero en mi época.

—Piensas que detendrá al culpable —dice Lena, cortándose un trocito de zanahoria.

Cal se encoge de hombros.

—Es demasiado pronto para decirlo. Me parece que es de los que lo consiguen. Solo digo eso.

—Bien —dice Lena, tanteando el terreno—. Cuanto antes lo detenga, antes nos lo sacaremos de encima.

Cal asiente. Se produce un silencio; los únicos ruidos proceden de los monótonos cortes del pelador, los suspiros que emiten los perros en sueños y el zumbido de un tractor lejano.

Lena sabe que Cal aguarda a que le pregunte si ha matado a Rushborough, cosa que no piensa hacer. En vez de eso, toma un sorbo de su vaso y le informa:

—Jamás le puse un dedo encima. Solo para que lo sepas.

La cara de sorpresa de Cal la hace reír y, al cabo de un segundo, él hace lo mismo.

—Bueno, habría sido indecoroso preguntarlo —dice Cal—, pero imagino que es bueno saberlo.

—No quería que esta noche te acostaras asustado —le explica Lena—. No podría soportar tenerte dando vueltas en la cama, preguntándote si la estás compartiendo con una maníaca homicida.

—Bueno —dice Cal—, tú tampoco tienes nada que temer. No es que esté de duelo por el tipo, pero tampoco le puse un dedo encima.

Lena ya se lo imaginaba. No ve a Cal incapaz de matar, pero, en caso de hacerlo, no cree que hubiera escogido a esa víctima ni que hubiera procedido de esa forma. Trey lo necesita; esto hace que tenga las manos atadas.

—¿Entonces por quién apuestas? —le pregunta Lena.

Cal vuelve a ponerse con sus zanahorias y ladea la cabeza en un gesto evasivo.

—Nealon también me lo ha preguntado. Le dije que Johnny. No sé si acabo de creérmelo, pero es quien tiene más números.

—Anoche se presentó en mi casa —dice Lena.

Cal levanta la cabeza rápidamente.

—¿Johnny?

—El mismo que viste y calza.

—¿Qué quería?

—Que lo rescataran de su propia estupidez, eso quería. Ya se había destapado que lo de su oro era una patraña.

—Sí —dice Cal—. Se lo conté a Mart.

Desde el momento en que se alejó con el coche y dejó a Mart saludándola con la mano junto a la cancela de Cal, Lena ya sospechó que algo así podía pasar. Verlo confirmado, sin embargo, no le ahorra un escalofrío. Lena, a la que han llamado «fría» muchas veces y admite que hay algo de verdad en ello, reconoce ese rasgo cuando lo ve: bajo toda la cháchara y las travesuras, que son bien auténticas, Mart es frío como un témpano de hielo. Lena entiende por qué Cal hizo lo que hizo. Solo espera que acabe teniendo razón.

—Bueno —dice Lena—. Sin duda, Mart te prestó atención. Johnny recibió un aviso, eso me contó. No tenía claro de quién, pero el mensaje no dejaba dudas: lárgate u os quemaremos vivos.

—¿Qué cojones? —dice Cal, soltando lo que tiene entre las manos.

—¿Qué te esperabas?

—Que Mart le dijera a Johnny que su gran idea se había ido al traste y que no tenía sentido que siguiera por aquí. Quizá unos pocos le dieran una paliza, no sé. Mi única intención era mantener a la chica lejos de todo esto. No que la acabaran quemando.

Está listo para subir la montaña a toda velocidad y llevarse a Trey de esa casa, a la fuerza si hace falta.

—Nadie va a quemarlos —dice Lena—. En cualquier caso, no mientras estén en la casa. Los muchachos se cuidarán de eso.

—Jesús —dice Cal—. ¿Qué demonios hago en este maldito lugar?

—Anoche Johnny había entrado en pánico. Nada más. No pensó bien todo este asunto, se involucró más a fondo de lo que esperaba y perdió la cabeza. Solo ha sido capaz de manejar aquellas situaciones que le iban de cara.

—Ya —dice Cal. Se sacude de encima la descarga de miedo y se obliga a retomar sus zanahorias—. ¿Qué quería que hicieras tú al respecto?

—Hablar con la gente. Contigo. Con Noreen. Apaciguar los ánimos.

—¿Qué diablos? —dice Cal—. ¿Por qué tú?

Lena alza una ceja en su dirección.

—¿No me ves con las habilidades diplomáticas que demanda la situación?

No consigue arrancarle una sonrisa a Cal.

—Tú no te mezclas con los asuntos del pueblo. Johnny no es tonto, debe de saberlo. ¿Por qué ir a molestarte?

Lena se encoge de hombros.

—Diría que precisamente por eso. Sabía que no me importaría lo que pudiera querer hacerle al pueblo. Empezó por encomendarse a los viejos tiempos; puedes imaginártelo: no me merezco esto, no soy ningún angelito, pero tú sabes que no soy tan malvado como me pintan, tú eres la única persona que me dio una oportunidad... Ese tipo de rollos. Es la mar de encantador cuando se lo propone, así es Johnny, y vaya si anoche se lo había propuesto. No cabe duda de que estaba asustado.

—Caramba —dice Cal—. Es cierto que suena tremendamente encantador. Hola, me he metido en problemas por ser un capullo y sin siquiera saberlo, ¿serías tan amable de salvarme, cielo?

—Eso es más o menos lo que le dije; que sea un pobre incomprendido no es culpa mía. Entonces cambió de táctica: si no pensaba ayudarlo a él, al menos debía hacerlo por Trey.

—Menuda sorpresa —dice Cal. Si Lena no lo conociera tan bien, no habría captado el destello de rabia.

—Sí. Me dijo que le debía dinero a Rushborough. ¿Lo sabías?

—Sí.

—Y debía hacer este trabajillo o, si no, Trey acabaría apalizada o quemada, y yo no quería eso, ¿verdad? A esas alturas ya había tenido bastante. Le dije que, si le importaba una mierda Trey, se volvería a Londres echando leches y se llevaría sus problemas con él. No nos despedimos en términos muy amistosos.

Cal frunce el ceño.

—¿No se pondría violento? —le pregunta a Lena.

Lena suelta un bufido de desprecio.

—Por Dios, no. Le dio una especie de rabieta, pero no conozco los detalles porque le cerré la puerta en las narices. Al final se marchó contoneándose.

Cal se queda en silencio y Lena escruta su rostro mientras reflexiona. El nudo entre sus cejas se afloja y le deja una expresión de resolución y cierre.

—¿A qué hora estuvo en tu casa?

—A las ocho, quizá. Puede que un poco después.

—¿Se quedó mucho rato?

—Una media hora. Se tomó su tiempo antes de entrar en materia; primero destacó las vistas y me habló de un par de lindos corderitos que se había encontrado por el camino. Ese tipo nunca supo ir de frente.

Lena se había preguntado si Cal reaccionaría así, como un policía. Le había costado, pero ahí estaba.

—Una rabieta —dice Cal—. ¿De qué tipo? ¿Como gimotear y suplicar, o más bien como gritar y aporrear la puerta?

—Un término medio. Me metí en la cocina y me puse un poco de música, así que no lo pillé todo, pero dramático se puso un rato. Mucho grito sobre que sería culpa mía si toda la familia acababa muriendo quemada, y si sería capaz de vivir conmigo misma. No le hice el menor caso.

—¿Viste qué dirección tomó?

—No estaba mirando por la ventana. Si asomaba la jeta de ese desgraciado, no quería verla.

—¿Se te ocurre alguien más a quien haya podido pedir ayuda? Para conseguir templar los ánimos.

Lena medita un momento y niega con la cabeza.

—No se me ocurre a nadie. Antes de su regreso, la mayoría ya no quería saber nada de él. Y todos se implicaron de lo lindo en eso del oro; si han descubierto que era un cuento, pensarán que bien merece acabar en la hoguera. Quizá en alguna parte exista una mujer que siga sintiendo un poco de afecto por él, pero, de haberla, habría acudido a ella antes que a mí.

—Podría haber matado a Rushborough —dice Cal—. Tú misma has dicho que había entrado en pánico. Al descubrir que no ibas a sacarle las castañas del fuego, pudo sentirse desesperado. Quizá se tomó unos tragos para calmar los nervios, lo suficiente para perder la cabeza. Luego llamó a Rushborough y le dio algún motivo para verse.

Lena ve en él al investigador que sigue anidando en su interior, moldeando hipótesis, dándoles la vuelta para examinarlas y golpecitos para ver si aguantan.

—¿Lo crees capaz? —le pregunta Cal—. ¿Qué piensas?

Lena analiza a Johnny. Le viene a la memoria aquel chaval descarado y con cara de angelito que compartía caramelos robados. Los recuerdos se sobreponen con excesiva facilidad al hombre que es hoy: no ha cambiado, no del modo en que debería haberlo hecho. Por un momento se percata de la situación tan extraña en que se encuentra ella ahora, a la mesa de un forastero, dándole vueltas a si Johnny encaja como criminal.

—Podría, si estuviera muy borracho y desesperado. No hay nada en él que se lo impidiera. Nunca me ha parecido tan violento, pero tampoco lo he visto tan entre la espada y la pared. Hasta ahora siempre ha tenido alguna escapatoria.

—Es lo que me imaginaba —dice Cal—. Esta vez no tenía salida. Apostaría por él con los ojos cerrados si no fuera por una cosa: alguien movió el cadáver. Podrían haberlo dejado en cualquier sitio, pero lo hicieron en medio de la carretera, donde bastarían unas pocas horas para encontrarlo. No se me ocurre por qué Johnny haría algo así. Podría haberlo arrojado a una ciénaga, contarles a todos que Rushborough había regresado a Londres y que él iría a buscarlo, y no aparecer por el pueblo nunca más.

—Es lo que habría hecho —conviene Lena—. Johnny jamás iba a complicarse la vida de poder evitarlo.

—Me encantaría que fuera Johnny —dice Cal—, pero no me cuadra. —Le pasa a Lena otra zanahoria pelada por encima de la mesa.

Lena detecta las señales que le indican que Cal le oculta algo. Tiene los hombros tensos y apenas le aguanta la mirada. Aparte de lo evidente, hay algo más que lo preocupa.

—¿Le contaste a Nealon lo del oro? —le pregunta Lena.

—No. Y le dije a Trey que tampoco abriera la boca —dice Cal.

Lena toma un sorbo para disimular su sorpresa. Sabe que Cal quería dejar atrás su trabajo, pero duda que pensara poner tanta distancia con él, no mientras Trey necesite protección. Su rostro no le revela nada de lo que esto significa para él.

—Bueno, la chica es buena en eso —dice Lena.

—Mart opina que todo el pueblo va a hacer lo mismo —dice Cal.

—Puede que lleve razón —dice Lena—. Y si nadie está dispuesto a hablar, ese Nealon no tendrá mucho de lo que tirar. Tendremos que esperar acontecimientos.

—Conmigo no va a hablar.

—No me refiero a Nealon. Hablo del pueblo.

La sorpresa en el rostro de Cal al levantar la vista le deja claro que ni se le había pasado por la cabeza. Creía conocer los límites de esta gente por el simple hecho de haber sido testigo de lo que es capaz. A Lena la atraviesa tal corriente de temor por Cal que por un momento se siente incapaz de moverse. Después de dos años en Ardnakelty, Cal sigue siendo tan inocente como esos turistas que vienen en busca de duendecillos y nativas pelirrojas en mantillas; tan inocente como Rushborough, dispuesto a estafar a los ingenuos salvajes, y mira cómo ha acabado.

—¿Qué es lo que andan diciendo? —le pregunta Cal.

—He venido aquí directamente desde el trabajo —dice Lena—, si es que no te lo has olido. No he oído nada, solo sé lo que me estás contando. —Siente el impulso de levantarse y salir corriendo hacia el colmado, pero no tiene sentido. Todo Ardnakelty se habrá citado allí esta tarde para suministrar información y especulación a esa máquina asombrosa que es Noreen, y ver qué les ofrece de vuelta. Mañana, una vez Noreen haya podido procesar todo lo cosechado, Lena se las ingeniará para verla a solas.

—Trey está intentando entregarle el pueblo a Nealon —dice Cal.

Lena para de cortar, más por el tono en su voz que por sus palabras.

—¿De qué manera? —le pregunta a Cal.

—Le ha contado que, en mitad de la noche, oyó a unos hombres hablar y moverse de un lado para otro, justo donde aparecería el cadáver. Unos tipos con acento local.

Lena vuelve a quedarse inmóvil mientras lo asimila.

—¿Es cierto?

—No.

Lena se queda sin aliento, arrancado por una avalancha de algo compuesto en parte de orgullo y en parte de asombro. Cuando ella era una adolescente que odiaba Ardnakelty con toda su alma, lo único en que podía pensar era en largarse lo más rápido y lejos posible. Jamás se le pasó por la cabeza plantarle cara, y mucho menos volarlo por los aires.

—¿Nealon se lo ha creído? —le pregunta Lena.

—Por el momento. No tenía motivos para no hacerlo. Ha sonado de lo más convincente.

—¿Qué hará al respecto?

—Lanzar un montón de preguntas. Ver qué puede sacar. Proceder en consecuencia.

Lena recupera el aliento. Trey puede ser una chica magnífica, pero pisa terreno peligroso. No tiene nada de inocente y no es una foránea, pero, al igual que Lena, se ha empeñado en guardar distancia con este lugar. Lena comienza a advertir cuánto de mera ilusión hay detrás de esta barrera protectora.

—Siento que debería haberlo visto venir —dice Lena.

—¿Cómo?

—No sé. De alguna manera. —Lena piensa en el día en que Trey le preguntó quién le había hecho eso a Brendan. Se alegra de no haber compartido sus sospechas.

—Sí —dice Cal. Deja de pelar y se frota la cara con la mano—. Probablemente yo también. No se me ocurrió porque me dio su palabra de que no haría nada respecto a Brendan, pero supongo que se imagina que ha tenido suerte de encontrar un resquicio.

Su voz, tomada, contiene muchas cosas a la vez: rabia, miedo y dolor. Lena nunca lo había visto así.

—¿Hasta dónde la ves capaz de llegar? —pregunta Lena.

—¿Quién sabe? Nealon podría reunir a la mitad del pueblo y pedirle a Trey que intentara reconocer alguna voz, en cuyo caso no sé cómo respondería ella. Si identificaría a alguien o no. Últimamente no sé lo que tiene en esa cabeza suya. Cada vez que creo que lo sé, sale con algo nuevo y descubro que lo había entendido al revés.

—¿Deberíamos hacer algo? —le pregunta Lena.

—¿Como qué? ¿Crees que va a escucharme si ahora le vengo con que lo que tiene entre manos es un plan estúpido, peligroso y de mierda? Lo único que conseguiré es redoblar su astucia a la hora de ocultarme cosas. ¿Qué demonios se supone que debo hacer?

Lena guarda silencio. En circunstancias normales, Cal no es de los que vuelcan sus preocupaciones en los demás. Lena no se siente molesta por ello, pero las implicaciones que acarrea la inquietan profundamente. Descubre que ya no puede tomarle la medida, saber de lo que es capaz llegados a este punto.

—¿Piensas que a ti quizá sí que te escucharía? —le pregunta Cal, algo más calmado.

—Probablemente no. Diría que ya ha tomado una decisión.

—Sí. Yo también. —Cal se recuesta en la silla y agarra el vaso—. Hasta donde puedo ver, no hay nada que podamos hacer. Ahora mismo no.

—¿Va a venir a cenar? —le pregunta Lena.

—¿Quién sabe? —responde Cal, frotándose los ojos—. Lo dudo. Lo que probablemente sea algo bueno, ya que de lo que siento ganas es de darle una buena colleja y decirle que espabile.

Lena sabe que ha llegado el momento de dejar el tema.

—Hagamos lo que hagamos, mejor será que lleve zanahorias —dice Lena.

Cal baja las manos y parpadea en dirección a la mesa, como si hubiera olvidado lo que estaban haciendo.

—Sí —dice—. No sabía si arraigarían; es la primera vez que las cultivo. Sospecho que planté demasiadas.

—¿Eso piensas? —dice Lena, alzando las cejas.

—Aquí solo está la mitad. El resto está fuera.

—Jesús, María y José —dice Lena—. Esto es lo que consigues por querer reconectar con la naturaleza. Vas a estar comiendo zanahorias hasta ponerte naranja. Sopa de zanahorias para almorzar, tortilla de zanahorias para cenar...

Cal sonríe.

—Puedes enseñarme a preparar mermelada de zanahoria. Para desayunar.

—Venga —dice Lena, acabándose el vaso y levantándose. Hoy se le antoja una buena noche para saltarse su política de no cocinar—. Preparemos un fricandó de zanahorias.

Al final deciden hacer un salteado de res, con muchas zanahorias. Cal pone un disco de Steve Earle mientras cocinan. Los perros se despiertan con el olor y se acercan a ver si les cae algo. Bajo la música, la conversación y el chisporroteo de la comida, Lena casi puede oír, envolviéndolos en el aire cálido y dorado, el zumbido y el ajetreo crecientes del pueblo, y el pulso, oscuro y firme, de Nealon atravesándolo.

Capítulo 17

Cuarenta y cinco minutos antes de que abra el colmado, Lena encuentra a Noreen subida a una escalera y arremangada, entregada a sacarle el polvo a los estantes y comprobar las fechas de caducidad, tarea que Lena sabe que suele reservar para los viernes.

—Buenos días —dice Lena, asomando la cabeza por el cuartito trasero, donde Noreen guarda archivos, problemas y la tetera.

—Si has venido a contarme quién mató a ese inglés —salta Noreen, señalándola de forma amenazadora con una lata de atún—, ya puedes volverte por donde has venido. Tengo la cabeza como un bombo de tantas ideas, teorías y..., ¿qué era lo que tenía Bobby Feeney?..., hipótesis. ¿Qué carajo es eso?

—Yo tuve una hipótesis una vez —dice Lena—. Me la puse para una boda. ¿Preparo té?

—¿De qué me hablas? ¿Qué boda?

—Solo te estoy tomando el pelo —dice Lena—. No tengo ni idea de a qué se refería Bobby. ¿Había alienígenas en esa historia?

—¿Y tú qué crees, maldita sea? Bobby está convencido de que Rushborough era un agente del Gobierno al que enviaron aquí a cazar un alienígena y llevarlo de vuelta a Dublín. Lo del oro no era más que la excusa que utilizaba para andar por las montañas. ¿Alguna vez has oído algo así?

—No lo encuentro más delirante que muchas de las otras ideas que circulan por el pueblo —dice Lena—. ¿Quieres ese té?

Noreen baja por la escalera con dificultad y se desploma sobre uno de sus escalones inferiores.

—Ahora mismo no podría tomarme una taza de té. ¿A que no creías que fuera nunca a pronunciar estas palabras? Mira qué pinta; estoy empapada: parece que salgo de una piscina. Y ni siquiera son las ocho y media de la mañana. —Noreen se tira de la blusa para ventilarse el torso—. Estoy hasta las narices de este calor. Voy a cerrar este sitio e irme a vivir a España, mira lo que te digo. Al menos allí tienen aire acondicionado.

Lena se sienta en el mostrador de un saltito.

—Cal prepara té helado. Debería haber traído un poco.

—Eso te destroza por dentro, si no le echas leche ni nada. Y saca tu culo de mi mostrador.

—Me bajaré antes de que abras —dice Lena—. ¿Te echo una mano con eso?

Noreen le dedica una mirada de odio a la lata de atún que aún sostiene en la mano.

—¿Sabes qué? A la mierda. Lo haré otro día. Si algún idiota sale de aquí con unas natillas rancias, se lo tendrá merecido por venir a chafardear.

Es la primera vez que Lena la oye quejarse de que la gente entre al colmado a cotillear.

—¿Ayer tuviste a todo el pueblo desfilando por aquí?

—Cada hombre, mujer y niño de varias millas a la redonda. ¿Te acuerdas de Crona Nagle? Tiene noventa y dos años y no ha salido de su casa desde que Dios iba en pañales, pero ayer le pidió a su nieto que la acercara en coche. Y, cómo no, ella también tiene su maldita hipótesis. Piensa que fue Johnny Reddy quien lo hizo, porque una noche Melanie O'Halloran se escabulló de casa para citarse con él y regresó oliendo a alcohol y loción para después del afeitado. Yo ni siquiera recordaba que Crona era la abuela de Melanie. Tampoco es que la culpe por no airearlo, siendo Melanie como es.

—Diría que Crona no es la única que apuesta por Johnny —dice Lena, estirando un brazo para coger una manzana del estante de la fruta.

Noreen la mira de reojo con extrañeza.

—Más de uno lo piensa, está claro. Lo único es por qué iba Johnny a quererlo muerto. Ese tipo era su, cómo se dice, su gallina de los huevos de oro. Con él fuera de juego, Johnny se queda sin su botín y deja de ser la atracción del pueblo. Ahora nadie va a querer invitarlo a bebidas y reírle las gracias; vuelve a ser el desgraciado al que nadie le prestaría ni diez céntimos. Y además... —Noreen se queda absorta en la lata de atún, como si se hubiera olvidado de su existencia, y la deja en un estante al azar, entre varios estropajos—. Dessie dice que no querría ver a Johnny detenido. Johnny es un debilucho; si ese investigador fuera a por él, cantaría a las primeras de cambio lo de esa estupidez con el oro. Intentaría meter en problemas a los muchachos para sacudirse las sospechas. No le importaría lo que eso supondría para Sheila y los niños; solo pensaría en salvar su propio pellejo. Y Dessie no es el único. La gente no quiere que sea Johnny.

Lena encuentra algo de cambio en un bolsillo, le muestra una moneda de cincuenta céntimos a Noreen y la deja encima de la caja registradora para cubrir la manzana.

—¿Y entonces qué piensan? —le pregunta Lena.

Noreen exhala con fuerza.

—De todo y más, literalmente lo que me dijo uno que entró aquí. Y luego acaban mezclando sus ideas hasta que ya no sabes quién piensa qué. Ciaran Maloney vino a contarme que debió de hacerlo un alborotador borracho, pero luego se puso a hablar con Bobby y el muy bobo se creyó sus majaderías. Al final acabó por preguntarse si Rushborough no sería algún tipo de inspector enviado a cazar a solicitantes irregulares de ayudas públicas... —Noreen menea la cabeza en un gesto de exasperación—. Unos cuantos creen que ha sido un asunto de tierras. Piensan que lo del oro solo era, ¿cómo se dice?, una tapadera. Rushborough tenía el ojo puesto en unas tierras de las que le había hablado su abuela y vino a reclamarlas, lo que a alguno no le sentó bien. Sé que los Feeney son terriblemente paraditos, pero tampoco es que fueran a ceder sus tierras a un extranjero sin presentar batalla. Pásame una manzana, anda, a ver si me ayuda a tranquilizarme.

Lena le lanza una manzana y deposita otros cincuenta céntimos encima de la caja registradora. Noreen la limpia frotándola en sus pantalones.

—Clodagh Moynihan está convencida, sin ningún género de dudas, de que Rushborough se cruzó con unos jóvenes que estaban drogándose y que se deshicieron de él. No sé qué idea tiene Clodagh de las drogas. Intenté hacerle ver qué demonios llevaría a nadie a ponerse a ello en mitad de la noche en una carretera de montaña. ¿Acaso no habrían salido corriendo al oír que alguien se acercaba? Pero a esa mujer no hay manera de hacerla entrar en razón. De no haber interpretado tan penosamente a la Virgen María en la escuela, ahora utilizaría mejor la cabeza.

Lena repara en que ella parece ser la única del condado en no albergar ninguna hipótesis acerca de quién mató a Rushborough. No le importa. Bajo su punto de vista, hay otras cuestiones mucho más apremiantes.

—Bueno —dice Lena, mordiendo otro trocito de manzana—, por suerte no es un problema que debamos resolver nosotras. Ese investigador (Nealon, así me ha dicho Cal que se llama) es el que se ocupa. ¿Ya lo has conocido?

—Sí. Entró a la hora del almuerzo en busca de un sándwich, por favor. Casi le pregunto si este sitio le parecía un sitio de comida preparada, pero al final lo envíe a Barty a por uno de jamón y queso a la plancha.

Lo cierto es que Noreen prepara sándwiches de tanto en cuanto, solo para la gente que le cae bien. Parece ser que Nealon no entra en esta categoría, lo que extraña a Lena; esperaba que una investigadora aficionada y talentosa como Noreen habría aprovechado la ocasión de charlar amigablemente con un profesional.

—¿Cómo es? —le pregunta Lena—. Aún no he tenido ocasión de conocerlo.

—Uno de esos cretinos con una gran sonrisa en la cara todo el rato —dice Noreen con desagrado—. Entró aquí desbordando cortesía y entusiasmo, bromeando sobre el tiempo y prácticamente quitándose el sombrero delante de Tom Pat Malone. A Doireann Cunniffe casi se le mojan las bragas, palabra. Yo nunca me fiaría de un encantador de serpientes. —Le da un mordisco a la manzana con una fuerza vengativa.

—Cal dice que el hombre sabe lo que se hace —dice Lena.

Noreen la vuelve a mirar de reojo con extrañeza.

—¿Qué pasa? —le pregunta Lena.

—Nada. ¿Quién piensa Cal que lo hizo?

—Cal está retirado. Piensa que no es asunto suyo.

—Bueno —dice Noreen—, esperemos que tenga razón.

—Vamos, escúpelo —dice Lena.

Noreen suspira y se seca el sudor de la frente con el dorso de la mano.

—¿Recuerdas que te dije que dejaras de perder el tiempo y te casaras con él? Y tú reaccionaste dejándome claro que sabías bien lo que te hacías. Casi te doy un sopapo. Pues ahora pienso que por una vez hiciste bien en ignorarme.

Lena sabe que no va a gustarle lo que viene. Tampoco el rodeo que Noreen está dando. Reprime el deseo de arrojarle la manzana a la permanente que lleva en la cabeza.

—¿Y se puede saber por qué? —pregunta Lena.

Sentada en el escalón con los codos sobre las rodillas y dándole vueltas al tallo de la manzana, Noreen parece agotada. Lena tiene la sensación de que toda la gente a la que ha visto en los últimos días está cansada. Johnny los ha consumido a todos.

—A ver, a todo el mundo le cae bien tu Cal —dice Noreen—. Ya lo sabes. Es un tipo encantador, un caballero, y todo el mundo lo sabe. Pero si ese Nealon empieza a remover las aguas…

—Si los lobos se acercan —interviene Lena—, deberán escoger a alguien a quien lanzar bajo las ruedas.

—Por Dios bendito, no seas tan dramática. Nadie va a lanzar a nadie. Al mismo tiempo…, está claro que nadie quiere ver a su primo o a su cuñado encarcelado por asesinato.

—Preferirían a un forastero.

—¿Acaso tú no? Si no fuera Cal.

—Hay mucha gente de este pueblo a la que me encantaría ver entre rejas —dice Lena—. ¿Hay algún imbécil que realmente piense que lo hizo? ¿O solo lo van diciendo porque les conviene?

—¿Y qué más da? En cualquier caso, lo están diciendo.

—¿Cuántos?

Noreen no levanta la vista.

—Suficientes —dice.

—Y si Nealon les toca las narices, eso es lo que le dirán —dice Lena.

—No directamente. Nadie va a ir por ahí acusando a Cal de nada. Solo que…, ya me entiendes.

Lena lo entiende.

—Cuenta —dice Lena—. Es que me muero de curiosidad. ¿Por qué lo hizo? Por echarse unas risas, ¿es eso? ¿O quizá pensaba que los modales sofisticados y urbanitas de Rushborough iban a seducirme hasta las trancas?

—Ay, Helena, por Dios bendito, no seas así. No soy yo quien lo dice. Les he dicho que estaban locos y que Cal está tan detrás del asunto como yo. Solo te lo cuento para que sepas a lo que te enfrentas.

—Y yo solo te pregunto por qué querría Cal matar a Rushborough.

—Nunca he dicho que lo hiciera. Pero todo el mundo sabe que sería capaz de hacer cualquier cosa por Trey. Si Rushborough fuera uno de esos pervertidos y le hubiera puesto un dedo encima…

—No lo hizo. El tipo solo traía problemas, pero no de ese tipo. ¿Es que la gente no tiene suficientes dramas en la vida para querer buscarse más?

—Quizá tú sepas que ese hombre no le hizo nada a Trey, pero el investigador no.

Sin necesidad de darle vueltas, Lena sabe exactamente cómo se van a suceder los acontecimientos: las conversaciones se irán abriendo paso por el pueblo de una forma gradual, sin dirección y ambiguas; nadie dirá jamás, ni insinuará, que lo más sencillo sería que ese yanqui hubiera asesinado a Rushborough en la casa de O'Shea, pero, poco a poco, la idea arraigará y cobrará forma. Y al final, con el paso del tiempo, alguien le mencionará a Nealon que no le gustaba cómo Rushborough miraba a su sobrina; otro soltará algún elogio sobre el modo tan paternal con que Cal cuida de Theresa Reddy, un protector feroz; un tercero señalará que, en calidad de amigo de Johnny, Rushborough debió de pasar tiempo en casa de los Reddy; otro más dejará caer que Sheila, sin querer ofender, descuidaba a su hija. Al contrario que Johnny, Cal es alguien fácil de sacrificar. Cal lleva viviendo aquí el tiempo suficiente para saber que, si le chiva a Nealon lo del oro, el nombre de Trey acabará en la lista negra del pueblo, pegadito al suyo.

—Sé que no te gusta inmiscuirte en los asuntos del pueblo —dice Noreen—. Crees que estoy ciega, o que soy tonta, o vete tú a saber, pero te equivocas. ¿Por qué te crees que estaba tan decidida a que Cal y tú os conocierais? Odiaba verte tan sola, y sabía que jamás te acercarías a uno de por aquí por miedo a verte arrastrada a los asuntos del pueblo. Y ahora, si la gente empieza a hablar..., ya sabes lo que ocurrirá. Detestarás verte arrastrada a ello.

—Bueno —dice Lena—, demasiado tarde. Cal y yo hemos decidido seguir tu consejo; no hay duda de que todos los de por aquí saben que siempre tienes razón. Vamos a casarnos.

Noreen levanta la cabeza con brusquedad y se la queda mirando fijamente.

—¿Hablas en serio?

—Sí, totalmente. Es lo que he venido a decirte. ¿Crees que me sentará mejor el azul o el verde?

—No puedes casarte de verde, trae mala suerte. ¡Por Dios bendito, Helena! No sé si felicitarte o... ¿Cuándo?

—Aún no hemos decidido una fecha —dice Lena. Arroja el corazón de la manzana a la papelera y se baja del mostrador. Necesita volver a casa de Cal a darle la buena nueva, antes de que alguien se pase a felicitarlo.

—Ya puedes ir diciéndoles a todos esos putos cotillas que ahora Cal no es un forastero. Cualquiera que quiera arrojarlo a los lobos deberá arrojarme a mí también, y yo no soy tan fácil de arrojar. Cuéntaselo y asegúrate de hacerte oír.

Cal está en su taller, encerando un trozo de madera torneada. Lena no está acostumbrada a encontrárselo solo. No se ha puesto música; simplemente está sentado a su mesa de trabajo, con la cabeza inclinada, deslizando el cepillo con constancia y mimo. Por primera vez, el taller, con su pulcritud y su despliegue de herramientas meticulosamente ordenadas, se le antoja la determinación de un hombre retirado a mantenerse ocupado.

—Ey —dice Cal, levantando la vista cuando la sombra de Lena cruza por delante de la ventana—. ¿Todo bien?

—Nunca he estado mejor —dice Lena—. Solo he venido a advertirte de que le he contado a Noreen que nos hemos comprometido. He pensado que debías saberlo.

La cara que pone Cal hace que Lena estalle en una carcajada.

—Coloca la cabeza entre las rodillas —le recomienda Lena—. No te me vayas a desmayar. No te preocupes: no tengo la menor intención de casarme con nadie.

—¿Entonces...? —Está claro que Cal siente el deseo de soltar un «qué cojones», pero piensa que podría sonar descortés.

A Lena le han sentado bien las risas.

—Hay diversos tornados de mierda girando por Rushborough —dice Lena—. Tú estás en el centro de uno de ellos. Pensé que podía intentar neutralizarlo antes de que toque tierra. La gente se lo pensará dos veces antes de hablar mal del hombre que está a punto de convertirse en el cuñado de Noreen.

—De acuerdo —dice Cal. Todavía sigue en shock, lo que hace que a Lena no se le borre la sonrisa de la cara—. De acuerdo. Si crees que... De acuerdo. Quiero decir, no tengo objeción, es solo que... ¿Qué va contando la gente?

—No mucho —dice Lena, encogiendo los hombros—. Solo van esparciendo rumores, probando a ver si son de la talla adecuada; ya sabes cómo va. Simplemente no quiero que decidan que el tuyo es el que les sienta mejor.

Cal la mira, pero decide no insistir. Hasta cierto punto, entiende lo que Ardnakelty sería capaz de tejer a su alrededor si así lo quisiera.

Cal vino aquí en busca de campos verdes y paz. Lena sabe que hubo un momento en que consideró dar media vuelta. Una parte de ella desearía que lo hubiera hecho, por su propio bien.

—Mierda —dice de golpe Cal, reparando en algo—. El maldito pub. La próxima vez que ponga un pie en él me van a crucificar. ¿En qué me estás metiendo, mujer?

—Escúchame bien —le dice Lena con severidad—. No tienes ni idea de las hostias que he recibido por salir con un forastero, encima policía y, para más inri, barbudo. Así que ahora te ha llegado el turno, y espero que lo disfrutes.

—Ya he recibido lo mío por instalarme aquí y llevarme a sus mujeres. Si además nos comprometemos, me pondrán ciego de poitín y me arrojarán a la puerta de tu casa con un vestido de novia.

—Estarías guapísimo —dice Lena—. Que no se olviden del velo.

Lena sabe que Cal está pensando en cómo se lo tomará Trey. Casi está a punto de decirle que pueden contarle la verdad —Dios sabe que la chica es capaz de mantener la boca cerrada—, pero se refrena. Algo pasa entre Cal y Trey; las cosas están cambiando y se muestran frágiles. Que Lena metiera las narices seguramente haría más mal que bien.

—Ven aquí —dice Lena, recostándose en la ventana y tendiéndole una mano—. Si fuera a comprometerme con alguien, no faltarían hombres mucho peores que tú.

Cuando Cal se acerca a la ventana, Lena le da un beso que pretende ayudarlo a olvidar al resto de Ardnakelty, al menos durante un minuto o dos.

Ardnakelty, como ya se esperaba Cal, se entrega entusiasmado a la tarea de tocarle bien las narices. Justo después de la cena, Mart se presenta a su puerta con sus cuatro pelos blancos repeinados y su sombrero de burro ladeado en un ángulo garboso.

—Ponte tu mejor camisa, joven —le ordena a Cal—. Voy a invitarte a una pinta.

—Oh, no —dice Cal, avergonzado—. Te has enterado, ¿no?

—Claro que me he enterado. Esto ha de celebrarse.

—Venga, Mart. No es para tanto. Solo he pensado que llevamos juntos el tiempo suficiente para...

—Sí que es para tanto, te guste o no. Aquí tienes amigos que quieren felicitarte como Dios manda, y sin duda necesitamos algo que celebrar, después de las semanas que hemos pasado. No ganamos al *hurling,* por lo que nuestra segunda mejor opción es el amor joven. No puedes negárnosla. Sácate esos harapos polvorientos, ponte algo decente y nos largamos. —Agita las manos en dirección a Cal, como si estuviera pastoreando a una oveja—. No me tengas esperando. Tengo la garganta seca a más no poder.

Cal cede a lo inevitable y entra a ponerse una camisa. Sabe que, compromiso o no, necesita pasar una noche en el pub Seán Óg para averiguar cómo se ha recibido la historia de Trey y si ha empezado a provocar marejada.

Por el lado positivo, descubre que Mart no ha extendido la invitación a todo el pueblo. El reservado del pub lo ocupan los habituales de su círculo: Senan y Bobby, PJ y Francie —y, lamentablemente, Malachy Dwyer, aunque Cal comprueba con alivio que las botellas de poitín no han empezado a circular—, pero el resto del local está tan vacío como cualquier día entre semana. Hay cuatro viejos larguiruchos jugando a las cartas en un rincón y dos más en la barra, intercambiando gruñidos ocasionales; levantan la cabeza y saludan cuando Cal y Mart hacen su entrada, pero ninguno se muestra inclinado a dar conversación. En vida, Rushborough convocaba a todos para estudiarlo e intercambiar impresiones. Ahora que ha muerto, es algo de lo que hablar en privado, o no hacerlo en absoluto.

Cal es recibido con un grito de júbilo colectivo: «¡Aquí llega la novia!» «Otro que va a palmar.» «Barty, ¡tráele una pinta a este hombre para que pueda ahogar sus penas!».

—Jesús, muchachos —dice Cal, avergonzado y tomando asiento en el banco lo más rápido posible.

—Solo estamos contentos de verte —le explica Bobby—. No sabemos cuándo volveremos a tener la oportunidad, qué duda cabe.

—Esto —dice Malachy, dando unos golpecitos en la mesa— es un velatorio. Por tu vida social, que en paz descanse. Lena no dejará que vengas a pillarte una cogorza con unos réprobos como nosotros.

—Sí que lo hará —dice Francie—. ¿O es que tú querrías tener que mirar esta jeta peluda cada noche?

—No querría tener que mirarla ninguna noche —dice Senan, reacomodándose en el banco para ir directo al grano—. ¿En qué está pensando Lena? Creía que esa mujer tenía algo de sentido común.

—Diría que ha recibido un golpe de calor —dice PJ—. Debería hacérselo mirar.

—Oh, venga, el amor es algo misterioso —les reprocha Mart—. Ella ve caras de él que a nosotros se nos escapan.

—O quizá tenga un bombo —dice Malachy—. ¿Es eso?

—Lena ya es algo mayor para eso —dice Senan—. Él también, dicho sea de paso. ¿Tu arma sigue estando cargada?

—¿Qué? —dice Cal, empezando a reírse.

—Si aún tienes balas en la recámara. Si tus soldaditos siguen dando guerra. Joder, hombre, no me hagas que te lo deletree. ¿Todavía puedes hacerlo?

—No es ningún chaval —conviene Mart, mirando a Cal con interés—, pero es yanqui. Con todas las hormonas y productos químicos que comen, puede que hayan desarrollado un superesperma. ¿Tienes superesperma, amigo?

—¿Qué más da? —dice Malachy—. Una vez se haya casado, adiós a la acción. Disfrútalo mientras puedas, hombre. —Inclina su vaso en dirección a Cal.

—Si es que puede —remarca Senan—. Aún no me ha contestado.

—Idos todos a la mierda —dice Cal, colorado y sonriendo. Pese a todo, no puede evitar disfrutar del momento.

—Y yo que te acabo de invitar a una pinta —le reprocha Mart—. Menuda gratitud la tuya. Debería bebérmela yo.

—Cuéntanos, joven —dice Senan—. Resuelve el misterio. ¿En qué demonios estabais pensando? Ambos parecíais estar la mar de bien. ¿Por qué arruinar algo tan bonito?

—Yo creo que la religión entró de golpe en su vida. Los yanquis siempre acaban enredados en alguna religión. Entonces les pasa que no pueden meterse en faena hasta después de haberse casado.

—¿Qué religión iba a encontrar por aquí? —le pregunta Senan—. Todo el mundo es católico. No es algo que pilles, como la varicela. Naces con ella o no naces.

—No fue la religión —dice Mart—. La culpa es de la incertidumbre de estos últimos tiempos. Algunos se ponen de lo más inquietos tras este tipo de alborotos y necesitan encontrar algo que los ayude a sentir cierta estabilidad. Ya veréis: se avecina una epidemia de bodas y criaturas. Estad atentos.

Les sirven las pintas y los muchachos brindan por la boda de Cal a tal volumen que desde la barra llegan unos pocos y débiles hurras.

—Muchos años de felicidad para ambos —le dice Francie a Cal, limpiándose la espuma de los labios—. Y que jamás os peleéis. —Francie perdió hace décadas a la mujer a la que amaba, y se pone muy sentimental siempre que asoma el tema del amor.

—Ya que estamos —dice Mart, alzando de nuevo su pinta—, este brindis es por nosotros. Ahora estás atrapado aquí con nosotros, amigo. Creo que no pensaste en ello cuando hincaste la rodilla para declararte. Porque hincaste la rodilla, ¿verdad?

—Por supuesto —dice Cal—. Cuando hago algo, lo hago bien.

—Bien pensado —dice Malachy—. Mejor sacárselo de encima antes de que las articulaciones te traicionen y la mujer tenga que ayudarte a levantarte.

—Hasta que la muerte nos separe —dice Mart, chocando su vaso contra el de Cal—. Ya no te mueves de aquí.

—Tampoco es que pensara marcharme a ningún lado —dice Cal.

—Lo sé. Pero antes habrías podido de haberlo querido. Eras un agente libre. Las condiciones han cambiado, desde un punto de vista psicológico.

—Hoy en día contamos con el divorcio —dice Senan—. Si acaba harto de nuestras gilipolleces, puede divorciarse de Lena y de todos nosotros, y cabalgar hacia la puesta de sol.

—Ah, no —dice Mart, que sonríe y mira a Cal con expresión pensativa—. Diría que nuestro amigo no es de los que se divorcian. Una vez ha dado su palabra, la mantendrá, contra viento y marea.

—Ya llevo a mis espaldas un divorcio que lo desmiente —señala Cal.

—Lo sé. Me jugaría la vida a que fue ella la que te dejó y no al revés. Si no te hubiera dado la patada, seguirías con ella. ¿Me equivoco?

—¿Qué eres? ¿Mi terapeuta? —lo pincha Cal. Es muy consciente de que esta noche no gira solamente, ni siquiera principalmente, en torno a su compromiso. Todos los presentes tienen cosas que contarle y preguntarle, y cosas sobre él que se quieren contar los unos a los otros. Nada de todo ello, sin embargo, se expresará de forma inequívoca. La falta de claridad es el pasatiempo favorito de este pueblo, un tipo de herramienta multiuso que comprende tanto armas de ataque y de defensa como un amplio espectro de medidas de precaución. Lo único inteligente que Cal puede hacer es mantener la boca cerrada cuanto pueda y prestar atención. El alcohol no será de ayuda. Si Malachy tiene una botella de poitín escondida debajo de la mesa, está jodido.

—Sería un buen terapeuta —dice Mart, a quien esta posibilidad tan interesante y novedosa ha desviado de su rumbo—. Nada de ese parloteo del tipo: «Hábleme de su infancia», que solo busca soplarte todo lo que tienes en el banco. Soluciones prácticas, eso es lo que ofrecería.

—Serías un puto desastre —dice Senan—. Algún pobre infeliz vendría en busca de ayuda con la depresión y tú le dirías que lo único que necesita es buscarse un pasatiempo y comprarse un sombrero con unas malditas orejeras, lentejuelas u otra mierda así. La mitad de tus clientes se matarían antes de acabar el año. Resonarían disparos de escopeta por todas las colinas.

—No lo harían —dice Mart con dignidad—. Las colinas estarían a rebosar de tipos risueños luciendo sombreros elegantes, aprendiendo a tocar el trombón o leyendo sobre la vida de Galileo. Tú vendrás a verme cuando las cosas se pongan difíciles con Lena, ¿verdad, Cal?

—Por supuesto —dice Cal—. Resérvame una chistera.

—Te sentaría mejor uno de esos sombreros de mapache. Cola incluida.

—Ahora tendrás que hacer la milla matrimonial —le dice Malachy a Cal, reacomodándose en el banco.

—Ah, ¿sí? ¿Qué es eso? —pregunta Cal. Da otro trago a su pinta. Cada uno de los muchachos va a invitarlo a una pinta como felicitación, y luego él deberá corresponder con una ronda en señal de agradecimiento; y si bien él es el tipo más grande de todos, ellos llevan muchas más horas de entrenamiento. Para cenar se ha tomado una hamburguesa del tamaño de su cabeza, la táctica «esponja», como la llama Mart, pero de todos modos le aguarda una noche durilla.

—¿Nunca has visto a nadie hacerla?

—¿Cómo podría haberla visto? —pregunta Senan—. En las cuatro mierdas de bodas que ha habido por aquí en los últimos años, todos los novios eran de fuera de la parroquia. Los otros pueblos no la practican —le aclara a Cal.

—Claro que no —dice Malachy—. Es una vieja tradición de Ardnakelty. Mi abuelo me dijo que ya era antigua cuando su abuelo era joven; imposible saber cuán atrás se remonta. Quizá miles de años.

—¿Qué tengo que hacer?

—Debes agenciarte una antorcha —le explica Malachy— y encenderla con el fuego de tu hogar. ¿Tienes chimenea?

—¿Qué importa eso? —salta Senan—. Yo encendí la mía con un maldito Zippo. A nadie le importó una mierda.

—Tengo chimenea —dice Cal—, aunque preferiría no encenderla con este tiempo.

—Te dejaré mi Zippo —le dice Senan. Y a Malachy—: Continúa.

—Atraviesas el pueblo con la antorcha —dice Malachy— y luego te diriges a la casa de tu mujer, la rodeas por completo y regresas a la tuya. Así le muestras a este lugar que vas a unir los dos fuegos hogareños.

—Y debes hacerlo en calzoncillos —dice Francie—. Para demostrar que estás fuerte y sano, y listo para ser el cabeza de familia. He oído que antiguamente iban desnudos, pero que los curas lo prohibieron.

—Ajá —dice Cal—. En ese caso, lo mejor será que me compre unos bonitos bóxeres nuevos.

—He aquí el verdadero motivo por el que los hombres de por aquí se casan jóvenes —le explica Malachy a Cal—, mientras aún pueden lucirse. Nadie quiere ver a un pobre viejo resoplando calle abajo.

—Yo recordaba a Jason Momoa —le cuenta Senan—. Cuando aún actuaba en *Los vigilantes de la playa*.

—Sería en tus sueños —dice Francie—. Joder, si esas piernas paliduchas tuyas no dejaron de brillar en la oscuridad durante todo el trayecto…

—Mis músculos, querrás decir. Por entonces estaba hecho un toro.

—Bueno, vaya —dice Cal, dedicándole una mirada triste a su barriga—. Será mejor que empiece a hacer ejercicio.

—Al menos te has comprometido en verano —le dice Francie, ofreciéndole consuelo—. Este tipo, Senan, se comprometió el día de Año Nuevo y se congeló tanto los huevos que pensó que tendría que cancelar la boda.

—Maldita sea —dice Cal—, voy a ser un hombre ocupado. En el lugar de donde yo vengo también existen unas tradiciones con las que habré de cumplir.

—¿Implican alguna muestra de patriotismo? —le pregunta Mart—. Los yanquis siempre están mostrando su patriotismo a la mínima ocasión. Aquí somos diferentes; suponemos que la mayoría de la gente ya se ha dado cuenta de que somos irlandeses.

—Nada de patriotismo —dice Cal—, pero se supone que debo llevarle a su padre un animal al que haya abatido. Para demostrarle que proveeré para ella. El padre de Lena murió, así que imagino que se lo tendré que llevar a su hermano mayor.

—A Mike le gusta el conejo —le echa un cable PJ—. Le chifla la carne.

—Bien, es un consuelo —dice Cal—. No sé qué habría sido de mí si llega a ser vegetariano.

—Algunas de esas zanahorias tuyas tenían un sabor fortísimo —le advierte Mart.

—Igualmente le llevaré unas cuantas con la pieza —dice Cal—. Y además tengo que fabricar una cama. Hoy en día la mayoría se la encarga a un carpintero, pero en eso soy afortunado.

—Jesús, hombre —dice Malachy, alzando las cejas—. No bromeabas sobre lo de estar ocupado.

—No —dice Cal, dedicándole una sonrisa—. Y en medio de todo eso, aún debo encontrar tiempo para otra vieja tradición: la de mirar a los ojos a un tipo y decirle que se deje de gilipolleces.

Este comentario es recibido con un estallido de risas, y son varios los que le dan golpes en el brazo a Malachy.

—¿No os lo dije? —dice Mart, entusiasmado—. Os dije que este tipo no era un turista estúpido que caería en vuestras chorradas. Deberíamos haber apostado.

—Dejadme tranquilo —dice Malachy—. Merecía la pena intentarlo. Habría estado monísimo trotando por el pueblo en sus bóxeres.

—Me habría comprado los mismos que llevaba Jason Momoa. En honor a Senan —dice Cal.

—Lo del conejo te ha hecho dudar —le dice Mart a Malachy, palmeándole con alegría la espalda—. Admítelo.

—No. Solo estaba...

—¿De verdad tienes que llevarle a Mike un conejo? —le pregunta PJ a Cal, en un intento por dejar las cosas claras.

—No —dice Cal—. Probablemente sí que debería invitarlo a una cerveza, para tenerlo de mi lado.

—La siguiente ronda corre de mi cuenta —dice Senan, alertado por este último comentario—. ¡Barty! ¡Lo mismo!

Cal apura su cerveza para dejar sitio a la siguiente. Después de todo este tiempo, sigue impresionándole la unidad inexpugnable y sin fisuras que muestran los muchachos cuando los reúne una causa común. Esta prueba, cuando menos, la ha superado, pero sabe bien que le aguardan más.

Mart sigue burlándose de Malachy y Senan, quienes se defienden con uñas y dientes.

—En una ocasión le pedí matrimonio a Lena —le confiesa Bobby a Cal, aprovechando que el tema está sobre la mesa—. Ya me imaginaba que me diría que no, pero debía intentarlo. Además, sabía que no iría recordándomelo en plan burla, ¿sabes? Hay algunas por aquí que no dejarían de darte la brasa si te declararas.

—Bueno —dice Cal—. Debo admitir que me alegra que te rechazara.

—Correcto —dice Bobby, impactado—. No hay mal que por bien no venga, ¿no es eso lo que dicen? El único problema es que ya no quedan mujeres a las que se lo pueda pedir. —Suspira y baja la vista a su vaso—. Por esto me gustaba esa historia del oro; sentía que tenía una oportunidad.

—Lo único que te gustaba era tener un primo pijo —le dice Senan.

—No —dice Bobby con pesar—. Me gustaba tener una oportunidad. Solo que nunca la tuve. Y ahora el tipo ya no está, ha acabado asesinado, pero, incluso de haber tenido esa oportunidad, no sé qué habría ocurrido.

A Bobby comienza a subírsele la bebida a la cabeza.

—Jamás me imaginé que lo matarían —le dice a Cal—. Nadie había previsto algo así. Y ahora tenemos a investigadores llamando a las puertas, molestándonos a la hora de cenar. A mi madre se le cortó la digestión la otra noche.

La mención a los investigadores disipa el resto de las conversaciones. Los pies de los hombres se mueven inquietos por debajo de la mesa y luego se detienen.

—No me gustó ese cabrón —dice Francie—. El investigador. Nealon.

—Es sibilino —dice PJ—, sí que lo es. Y astuto. Y pretende no serlo.

—Casi le suelto un sopapo a ese cretino —dice Senan—. El tipo se sienta a la mesa de mi cocina, alaba el té de mi mujer, todo dulzura en plan Papá Noel, como si fuera un viejo amigo y, sin venir a cuento, me suelta de golpe: «Estoy confeccionando una lista de todas las personas que tenían problemas con Rushborough. ¿Le viene algún nombre a la cabeza?». No me importa que me lance preguntas, es su maldito trabajo, pero sí que crea que soy tan tonto como para caer en algo así.

—Es dublinés, sin duda alguna —dice Malachy, alzando la comisura de la boca de un modo irónico—. Siempre pensando que caeremos en sus patrañas.

—Me dijo... —le dice Bobby, preocupado, a Cal—, me dijo: «Por ahora no hace falta que se acerque a la comisaría, charlemos aquí». ¿Qué quiso decir con «por ahora»? —Sujeta el vaso con ambas manos y aprieta.

—Si no fueras un puto desastre jugando a las cartas —le dice Senan—, reconocerías un farol cuando lo vieras. Solo intentaba ponerte nervioso para que le soltaras algo. Así trabajan. ¿Verdad? —le pregunta a Cal.

—A veces —dice Cal. El ambiente en el reservado se ha enrarecido. Se acercan al verdadero motivo que los ha reunido esa noche.

—Yo aún no lo he conocido —dice Mart, ofendido—. Me hizo una visita, pero me encontraba en la ciudad. Al llegar vi que me había deslizado una tarjetita por debajo de la puerta en la que había escrito que volvería a pasarse. De modo que yo ansioso por conocerlo y él tocándoles las narices a quienes no aprecian en absoluto su compañía.

—Dinos, ¿qué piensa ese tipo? —le pregunta Senan a Cal.

—¿Por qué se lo preguntas? —intercede Mart—. ¿Cómo va a saberlo?

—Es un maldito investigador. Seguro que hablan de cosas de trabajo, como hace todo el mundo.

—Cal no es un maldito investigador en lo que respecta a Rushborough. Es sospechoso, igual que tú o que yo.

—¿Lo eres? —le pregunta Senan a Cal—. ¿Sospechoso?

—Nealon no me lo dijo con estas palabras —dice Cal—. Pero sí, probablemente, igual que el resto. Estaba aquí. Conocía a Rushborough. No se me puede descartar.

—Ah, eres incapaz de matar una mosca —le dice Mart—. No sin una buena razón. Y estoy seguro de que ese Nealon lo sabe.

—¿Cómo te hace sentir? —le pregunta Malachy con una sonrisita que incorpora una nota maliciosa—. Estar al otro lado, por una vez.

—No siento nada especial, la verdad —dice Cal, encogiendo los hombros y alcanzando su pinta—. Simplemente me ha pillado en medio. —Lo cierto es que resulta profunda y turbulentamente extraño. Posee la ferocidad ominosa de una sirena que alertara de un tornado: la impredecibilidad es máxima.

—¿Nealon ya te ha interrogado?

—Quería saber cómo fue el descubrimiento del cadáver —dice Cal—. Básicamente eso.

—Dios mío —dice Bobby, impactado—, aún no te he preguntado por ello. ¿Cómo fue? ¿Te llevaste un shock terrible?

—Es investigador —le dice Senan—. Menudo bobo estás hecho. No es la primera vez que ve un cadáver.

—Estoy bien —le dice Cal a Bobby—. Gracias.

—¿Su estado era espantoso? El de Rushborough, no el de Nealon.

—El hombre estaba muerto —dice Francie—. Mucho peor no se puede estar.

—He oído que las vísceras se le desparramaban por el suelo —dice Bobby. Tiene los ojos como platos. Cal sabe que Bobby es capaz de sentirse genuinamente afectado, y genuinamente preocupado por su estado mental, y al mismo tiempo intentar extraer información que le pueda resultar útil.

—Sus vísceras me parecieron en su sitio —dice Cal.

—Sé de dónde has sacado eso —le dice Mart a Bobby—. Tu madre se lo oyó decir a Clodagh Moynihan. Lo sé porque fui yo quien se lo contó a ella. Esa zorra me revuelve el estómago; quise que se largara del colmado de Noreen para que me dejara hacer la compra en paz, y supe que saldría corriendo a airear la noticia, antes de que Noreen se le adelantara.

—¿Entonces qué piensa Nealon? —le pregunta Senan a Cal.

—Dímelo tú —dice Cal—. Probablemente sepas más que yo. ¿Qué piensa Nealon?

—Piensa que fue uno de por aquí el que lo hizo. Eso es lo que piensa —dice Francie.

Su voz deja un corto silencio a su paso. PJ frota algo en la mesa; Mart pesca un mosquito de su pinta.

—Ajá —dice Cal, sintiendo que se espera una respuesta de él—. ¿Cómo lo sabes?

—Porque tiene a toda su cuadrilla preguntando por el pueblo quién estaba arriba de la montaña hace dos noches —dice Senan—. No se lo están preguntando a los de Knockfarraney ni a los de Lisnacarragh, ni a los del otro lado del río. Solo a los de aquí.

—La manera en que lo planteaba era terriblemente confusa —dice PJ, rascándose la cabeza mientras hace memoria—. No iba preguntando: ¿Estuvo en lo alto de la montaña? ¿Conoce a alguien que lo estuviera? Eso habría sido fácil de contestar. Se puso así como: ¿Qué estaba haciendo ahí arriba en mitad de la noche? ¿Tenía un buen motivo para encontrarse ahí arriba? ¿Qué me dice de sus vecinos, qué motivos podrían tener? No tenía ni idea de cómo responderle, cero.

—Intentaba confundirte —dice Francie—. El tipo es un cabrón de lo más astuto.

—Yo vivo arriba de la montaña, por lo que no tenía que dar ninguna excusa —dice Malachy—. Vinieron a preguntarme por los coches que pasaron junto a mi casa aquella noche, los que subieron y luego bajaron por ese lado. El otro lado no les interesa para nada; los tipos podrían haber montado una carrera clandestina arriba y abajo de la montaña, que a Nealon le habría dado igual. Este sitio se le ha metido entre ceja y ceja.

Todos observan a Cal. Él les devuelve la mirada y guarda silencio. El relato de Trey ha echado raíces y se esparce, bajo tierra, generando ondas.

—A ver —dice Mart, reclinándose en el asiento para echar un vistazo a las manchas de humedad en el techo—, esta es la parte que más me sorprendió. El investigador Nealon se mostró terriblemente específico, y no encuentro el motivo. Que yo sepa, no ha sacado a colación el tema del oro; si alguien se lo ha mencionado, se lo tiene terriblemente calladito. ¿Entonces por qué se centra en esta zona tan concreta? —Mira de soslayo a Cal.

—Podría ser cualquier cosa —dice Cal—. Quizá ha rastreado el teléfono de Rushborough y le ha indicado que estuvo aquí toda la noche. O quizá es porque aquí es donde pasaba la mayor parte del tiempo.

—O podría contar con un testigo —dice Mart con un matiz reflexivo en la voz, como si se tratara de una palabra extranjera e interesante—. ¿Qué significaría eso, amigo? ¿Qué podría haber visto un testigo?

Cal ha estado bebiendo demasiado rápido, intentando mostrarse educado y agradecido. Pese a la hamburguesa, el alcohol comienza a golpearle. Siente, de un modo súbito y vívido, y como sin duda pretendían los muchachos, la soledad en la que se encuentra. Tiene a Nealon mirándolo con suspicacia porque piensa que Cal es un lugareño, y a los lugareños mirándolo con suspicacia porque piensan que es un policía, cuando lo cierto es que no es ni una cosa ni la otra, y ningún lado va a protegerlo. No importa qué medidas defensivas se estén tomando, él está fuera, deambulando por la oscuridad entre depredadores acechantes. La idea no le infunde miedo —Cal siempre ha adoptado una postura práctica respecto al miedo, reservándolo para cuando el peligro es consistente y palpable—, pero la soledad cala tanto como el miedo. Sabe que el país que hay detrás de la ventana es pequeño y que sus habitantes andan por él atareados, pero hoy la calurosa luz del ocaso, que impacta contra las vidrieras, acarrea algo que insinúa un vacío vasto y anodino, como si ahora mismo pudiera salir por la puerta y encontrar la muerte sin cruzarse con persona alguna, o sin dar con un lugar en el que guarecerse.

—No tengo la menor idea —dice Cal—. No soy capaz de leer la mente. Si alguien ha dicho que Nealon tiene un testigo, preguntadle a él.

—Tratándose de Rushborough, las posibilidades son inabarcables —dice Mart con un suspiro—. Incluso muerto debes andar con ojo con él. El hombre parecía tener tantos ángulos sospechosos que uno no sabía a cuál prestar atención. —Mira de reojo a Cal—. Dinos, joven: ¿qué opinión le merecía a Theresa? Está claro que ella lo trató más que nosotros, al ser amigo de su padre. ¿Te comentó si le parecía sospechoso?

—Pues claro que no —le dice Malachy—. De haber estado incómoda en su presencia, su padre no habría dejado que el tipo se le acercara, ¿verdad?

Cal puede sentir el peligro elevarse, como vapor de un asfalto ardiendo.

—No necesité que ninguna cría me dijera que el tipo no era de fiar —dice Cal—. Me basté a mí mismo.

—Lo hiciste —confirma Mart—. En esa misma barra me dijiste que te provocaba desconfianza.

—Ese Rushborough era un grano en el culo —dice PJ, de repente y en tono firme—. Ya estaba harto de él antes de todo esto, y la cosa solo ha empeorado. Esta sequía me ha tenido ocupadísimo. Estoy tirando de las raciones para el invierno; si la situación sigue así, voy a tener que vender alguna res. No puedo permitirme pensar en otra cosa. El tipo vino a distraerme y a darme esperanzas. Ahora está muerto y sigue distrayéndome. Lo quiero bien lejos de aquí.

Por lo general, PJ no consigue que le hagan caso, pero este comentario provoca ondas de asentimientos y ruiditos de aprobación.

—Tú y todos —dice Senan, alzando su vaso—. A ese cabrón deberíamos haberlo echado del pueblo de una patada el mismo día que llegó.

—El joven Con McHugh está devastado —le cuenta PJ a Cal, el rostro arrugado de la preocupación—, así es como está. Con este tiempo, dice que será un milagro si este año las cosas no acaban mal para él. Se creyó que Rushborough iba a ser ese milagro.

—Menudo pardillo —dice Senan, apurando su cerveza.

—Todos nos lo creímos —dice Bobby en voz baja—. No puedes culpar a Con.

—Entonces, menudos pardillos todos nosotros.

—Con estará bien —dice Francie—. Unos besitos y unos arrumacos de la mujer y lo habrá superado. El que me preocupa es Sonny. Siempre dice que todo va bien, pero a veces entra en un agujero negro.

—Por eso esta noche no está aquí para felicitarte —le explica PJ a Cal—. Le habría gustado, pero no estaba de humor.

—Sonny desearía ser el que mató a Rushborough —dice Francie—. No le tocó un pelo, pero le gustaría haber agarrado su escopeta y volarle los sesos.

—Todos pensamos igual —dice Senan—. El tipo entró aquí pavoneándose, haciéndonos creer que era nuestra salvación. Cuando la verdad es que nos estaba dando a todos por culo.

Mart, que ha estado siguiendo la conversación en silencio desde su rincón, interviene:

—Rushborough no era nadie. Olvidaos de él. No era más que una alimaña que se metió en nuestras tierras y acabó tiroteado, y adiós muy buenas.

—No era primo mío —dice Bobby, llanamente y con algo de pesar—. Debería haberlo sabido. Dentro de mí lo sabía, aunque no quisiera admitirlo. Igual que cuando le pedí a Lena que se casara conmigo. Las cosas que más me han decepcionado siempre he sabido que acabarían así.

—No era ni primo ni vecino ni nada de nada para ninguno de nosotros —dice Mart—. No había motivo para que no intentara estafarnos, como lo habría hecho con cualquiera que se cruzara en su camino. Eso es lo que hacen las alimañas: arrasar con lo que pueden. Johnny Reddy es harina de otro costal.

—Johnny vendió a su propia gente —dice Francie. Su voz, profunda y calmada, parece un temblor oscuro avanzando por el suelo y reptando por los bancos y la mesa—. Muy sucio. Una jugada muy sucia.

—Nos vendió a un inglés, para más inri —dice Malachy. Los hombres se revuelven al oír la palabra. Cal siente como si algo atávico circulara por el aire, historias demasiado lejanas para ser compartidas, pero grabadas en los huesos de esos hombres—. Nos reunió y nos entregó como si fuésemos ganado.

—No solo a nosotros —dice Mart—. También entregó a nuestros padres, a nuestros abuelos y al resto. Johnny atiborró a Rushborough con historias y lo engordó con ellas hasta que pudo hablar como uno de Ardnakelty de pura cepa. Debo reconocer que hizo un buen trabajo. Después de que nos cantara *Black Velvet Band,* caí de cuatro patas.

—Rushborough sabía lo de mi bisabuelo y el pozo —dice Francie—. Esa historia no era asunto suyo, maldita sea. El hombre casi muere; todo el pueblo sudó tinta para sacarlo de ahí. No lo hicieron para que un puto inglés aprovechado y con unos zapatos pretenciosos intentara robarme lo que es mío.

—Voy a decirte qué otra cosa nuestra le vendió Johnny a Rushborough —le dice Mart a Cal—: le vendió nuestra mala suerte. Ha sido un año muy difícil para nosotros, joven, y cada día sin lluvia lo es más. Cualquier otro año quizá nos hubiéramos reído en la cara del inglés, pero este año estábamos listos para que un comerciante sin escrúpulos nos ofreciera algo de esperanza a la que agarrarnos en un momento de debilidad. Johnny lo sabía y nos entregó.

Los hombres siguen revolviéndose, girando el cuello y moviendo los hombros, como si se dispusieran a empezar una pelea.

—¿Conocéis la expresión «fuera de la ley»? —pregunta Mart a toda la mesa—. ¿Sabéis de dónde procede? Antiguamente, un hombre que traicionaba a su gente era colocado fuera de la ley. Si lo pillabas, podías hacer con él lo que se te antojara. Podías atarlo de pies y manos y entregárselo a las autoridades, si así lo querías. O podías apalizarlo, o colgarlo de un árbol. La ley había dejado de protegerlo.

—Tú eres la ley —le dice Francie a Cal—. ¿Estarías a favor de eso? Sería de lo más conveniente. Algún mierdecilla, al que probablemente no tragaras, dejaría de ser responsabilidad tuya.

—En ningún caso sería responsabilidad mía —dice Cal—. Por aquí no soy para nada la ley.

—Exactamente —le dice Mart a Francie—. ¿No es lo que he estado intentando decirte? Calla la boca y escúchame, y quizá aprendas algo por casualidad. Lo único sensato que podía hacer un fuera de la ley era poner pies en polvorosa. Dirigirse a las colinas, marcharse bien lejos y empezar de nuevo donde nadie lo conociera. Y algo me dice que, estos últimos días, Johnny lleva meditando mucho esta opción.

—Yo haría mucho más que meditarla —dice Malachy, un extremo de su boca levantándose en una sonrisa dulce—, de encontrarme en su pellejo. Correría como un conejo. Johnny debe de ser un hombre más valiente que yo.

—Ah, más valiente no —dice Mart, meneando un dedo en su dirección—. Quizá más sabio. Dinos, amigo: pongamos que Johnny haya salido corriendo. ¿Qué pensaría Nealon de eso?

—Solo lo he visto una vez —dice Cal—. Tu opinión es tan válida como la mía.

—No te hagas el tonto —dice Mart—. Ya sabes lo que quiero decir. Si fueras tú quien investigara, pensarías que Johnny se ha largado porque fue él quien mató al inglés. ¿Me equivoco?

—Me lo preguntaría —dice Cal.

—Y saldrías en su busca. No solo tú; tendrías a gente tras su pista, aquí y al otro lado del río. Alertas sobre su nombre en todos los ordenadores.

—Querría dar con él —dice Cal.

—Johnny lo sabe —dice Mart—. Esto explica por qué sigue por aquí. Intenta pasar desapercibido, no entra en el colmado de Noreen a derramar su encanto sobre el pobre desgraciado con el que haya coincidido, pero está ahí fuera. —Mart asiente en dirección a la ventana. En el exterior, la luz declina y se concentra, mortecina, en la vidriera. Cal piensa en Johnny, atrapado y tarareando en la ladera de la montaña, que se oscurece por momentos, y en Trey, aplicando metódicamente el plan que ha puesto en marcha.

—Y seguirá remoloneando por aquí —dice Mart—, un borrón en el paisaje, hasta que ocurra una de estas tres cosas. —Levanta un dedo—: Nealon se lo lleva de aquí esposado. Y en ese caso cantará como un ruiseñor. —Un segundo dedo—: O a Johnny le entra tanto miedo, de Nealon o de algún otro, que sale corriendo. —Un tercer dedo—: O Nealon detiene a otra persona y Johnny considera que puede marcharse tranquilo.

—Si Nealon fuera tras él con ganas —dice Francie—, anda que no se marcharía.

—La vida es una balanza, amigo —le dice Mart a Cal—. Nos pasamos el día pesando las cosas que más tememos y comprobando cuál pesa más. Esto es lo que Johnny está haciendo ahora mismo. Me gustaría que su balanza personal se inclinara hacia el lado correcto. ¿Tú no?

A Cal se le ocurren pocas cosas que le gustarían más que poner a Johnny en el punto de mira de Nealon. No le cabe duda de que los muchachos ya tienen una estrategia excelente y lista para echarla a rodar, y que contar con él a bordo los ayudaría a que funcionara con Nealon. Descubre que no le importa una mierda la posibilidad de mentirle a un detective, siempre que así pueda deshacerse de esa sabandija de una vez por todas, cerrar el tema de Rushborough antes de que se descontrole y arrancarle a Trey el plan que se trae entre manos, antes de que le explote.

Trey le ha dejado bien claro que este no es su terreno y que no tiene derecho a entrar en él. Es su pueblo, no el de él; su familia y su guerra. Pese al lío en que Trey se ha metido, no se siente en disposición de ir contra ella. Ya no es una cría para ir tumbando sus decisiones y tomándolas por ella, en aras de su bienestar. Ella tiene su plan entre ceja y ceja; cuanto puede hacer él es ir a rebufo, con la esperanza de, si las cosas se tuercen, encontrarse lo suficientemente cerca para poder ayudarla.

—Uno de los motivos que me llevó a retirarme —dice Cal— fue dejar de tratar con gente que no me gustaba. Johnny Reddy es un mierda y no me gusta. Esto significa que espero no volver a tener jamás tratos con él. Pondré todo mi empeño en ignorar que volvió a poner un pie en este lugar.

Los hombres guardan silencio después de este comentario. Beben y observan a Cal. Retazos desvaídos de color, procedentes de la ventana, se deslizan por sus mangas y rostros al moverse.

Mart toma un sorbo de su pinta y mira a Cal con expresión pensativa.

—¿Sabes una cosa, joven? —le dice a Cal—. Llevo una espina clavada contigo. ¿Cuánto llevas aquí? ¿Dos años ya?

—Algo más. Dos y medio —dice Cal.

—Y sigues negándote a jugar al *fifty-five*. Decidí ser paciente contigo mientras te instalabas, pero a estas alturas la cosa pasa de castaño oscuro. Ya es hora de que te ganes las lentejas. —Se retuerce con dificultad en el banco y se saca una desgastada baraja de cartas del bolsillo—. Bien —dice, soltándola con fuerza sobre la mesa—. No sé cuánto dinero te queda después de lo de Johnny, pero prepárate para perderlo.

—¿Sabéis lo que combina muy bien con el *fifty-five*? —pregunta Malachy, inclinándose para coger algo de debajo de la mesa.

—Vaya, mierda —dice Cal.

—Deja de quejarte —dice Malachy, sacando una botella de dos litros de Lucozade medio llena con un líquido claro y de aspecto inocente—. Esto va fantástico para agudizar la mente; aprenderás el doble de rápido.

—¡Y no puedes comprometerte sin él! —dice Mart—. El matrimonio no sería válido. ¡Barty! Tráenos unos vasos de chupito.

Cal se resigna a ver arruinados sus planes para el día siguiente, que por suerte no eran tantos. Los asuntos que debatir esta noche eran lo suficientemente serios como para que Malachy haya reservado el poitín para después y asegurarse así de que todo el mundo mantenía la mente clara. Parece que, por el momento, ya están cubiertos. Mart baraja las cartas con una destreza que se diría incompatible con sus dedos hinchados. Senan acerca la botella a la luz y la mira con ojos entornados para comprobar su calidad.

—¿Le pediste a Lena que se casara contigo? —le pregunta PJ a Bobby, asomando la cabeza de repente, mientras procesa la conversación—. ¿Nuestra Lena Dunne?

Todo el mundo empieza a burlarse de Bobby por su proposición y de PJ por su lentitud en entenderlo, y se echan más risas a costa de Cal, por si se habían quedado cortos. La armonía vuelve a fluir por el ambiente, con más fuerza que nunca. Lo que sorprende a Cal es que, igual que todo lo que ha ocurrido esta noche en el reservado, es auténtica.

Capítulo 18

Johnny no se aventura más allá del patio. Durante el día, duerme a ratos y emerge cada pocas horas para exigir una taza de café o un sándwich al que apenas da unos mordiscos, y para revolotear por los extremos del patio, fumando, mirando con atención entre los árboles y asustándose con el zumbido estridente de los saltamontes. A veces mira la televisión en el sofá, junto a los pequeños, e imita la voz de Peppa Pig para hacer reír a Alanna. En una ocasión se pone a jugar al fútbol un rato en el patio con Liam, pero los susurros entre los árboles lo ponen de los nervios y se mete de nuevo en casa.

Por la noche está despierto: Trey oye los gritos ahogados e insistentes del televisor, el crujido de los tablones del suelo cuando camina, la puerta de la entrada abriéndose para comprobar que todo está en orden antes de volver a cerrarla. Trey no sabe de quién tiene miedo. Podría ser de Cal o de la gente del pueblo. En su opinión, debería temer a cualquiera de ellos, o a todos.

Johnny sigue teniendo miedo de Nealon, aunque las entrevistas fueron suaves como la seda. Sheila hizo acopio de algunas reservas de energía y de golpe se mostró más natural de lo que Trey la había visto jamás, ofreciendo educadamente té y vasos de agua y riendo cuando el detective soltaba un chiste sobre el tiempo o las carreteras. Maeve y Liam, quienes ven a la policía como el enemigo desde el día en que Noreen los amenazó tras pillarles robando caramelos, le contaron a Nealon, sin pestañear, que Johnny permaneció todo el domingo en casa. Alanna fue lanzándole miraditas tímidas bajo el brazo de Trey, en el que volvía a refugiarse cada vez que Nealon la miraba. Todos estuvieron perfectos, como si llevaran toda la vida entrenando para ese momento. Cuando el sonido del motor del coche del detective se desvaneció ladera abajo, Johnny se puso eufórico, repartiendo abrazos y elogiando su inteligencia y su valor, y asegurándoles que estaban fuera de peligro, sin nada de lo que preocuparse. Sigue dando un brinco cada vez que oye el sonido de un motor.

Trey no se queda confinada en el patio. Está igual de inquieta que su padre, pero no a resultas del miedo, sino de tanto esperar. No tiene manera de saber si el detective se creyó su historia, si la está comprobando, si está llegando a algo o si la ignoró por completo. No tiene manera de saber cuánto tiempo necesitará la historia para funcionar, si es que llega a hacerlo. Cal podría decírselo, pero no cuenta con él.

Trey sale de casa, no en dirección al pueblo ni a casa de Cal, sino a ver a sus amigos, con los que ha quedado por la tarde. Trepan por los muros de una casa de campo en ruinas y se sientan a compartir un paquete de cigarrillos robados y unas cuantas botellas de sidra que Aidan le pidió a su hermano que le comprara. A sus pies, el sol cae con fuerza sobre el horizonte, tiñendo el oeste de un rojo lúgubre.

Sus amigos, ninguno de los cuales es de Ardnakelty, no están al corriente de nada interesante. Lo cierto es que no les importa una mierda el detective; sobre todo, quieren hablar del fantasma de Rushborough, que aparentemente ronda ya por las montañas. Callum Bailey asegura que un hombre gris y transparente le salió al paso de entre unos árboles, traqueteando la mandíbula y arrancando ramas. Solo lo dice para asustar a Chelsea Moylan y poder así acompañarla a casa, y quizá meterle mano, pero, claro está, Lauren O'Farrell ha cogido el testigo y ha dicho que ella también ha visto al fantasma. Lauren se cree cualquier cosa y quiere formar parte de todo, por lo que Trey le cuenta que unos hombres estuvieron rondando por la montaña en coche la noche en que Rushborough fue asesinado. De inmediato, así de fácil, resulta que Lauren estaba mirando por la ventana esa noche cuando vio los faros de un coche subir por la montaña y detenerse a medio camino. Se lo va a contar a cualquiera que le preste oídos y, antes o después, alguien se lo contará al detective.

Quedar con sus amigos ya no es lo que era. Trey se siente más mayor que ellos, y distanciada. Se están echando unas risas, como de costumbre, mientras ella los observa y mide todo cuanto dice; siente el peso y las ondas de cada palabra, el punto que las sostiene con fragilidad. Pone rumbo a casa sin esperar a que se acabe la sidra. Nunca se emborracha, pero está lo suficientemente achispada como para que los límites de la ladera oscura se le presenten borrosos y difíciles de calcular, como si los espacios fuera de su línea de visión se aproximaran o expandieran a más velocidad de la imaginable. Cuando entra en casa, su padre le huele el aliento y se ríe, y luego le da una palmadita en la cabeza.

Maeve también planea salir. Tiene amigos en el pueblo, al menos la mitad de las veces; la otra mitad han protagonizado unas peleas de órdago y no se hablan.

—¿Adónde vas? —le pregunta Trey al pillarla haciéndose algo estúpido en el pelo y mirándose en el espejo desde distintos ángulos.

—No es asunto tuyo —dice Maeve. Intenta cerrar la puerta de una patada, pero Trey la detiene a tiempo.

—Mantén cerrada la puta boca —dice Trey—. No cuentes nada.

—Tú no me mandas —dice Maeve.

A Trey le faltan fuerzas para ponerse a discutir con Maeve. Últimamente hay días en que se siente como su madre, raspada hasta quedar tan vacía que podría plegarse por la mitad.

—Tú limítate a no abrir la boca.

—Solo estás celosa —dice Maeve— porque has ayudado de pena a papá y ahora me envía a mí a averiguar cosas. —Le dedica a Trey una sonrisita de suficiencia, se recoloca un mechón y vuelve a mirarse en el espejo.

—¿Qué cosas?

—A ti no voy a decírtelo.

—Salid del lavabo —dice Johnny, que aparece por la espalda de Trey en camiseta y bóxeres, frotándose la cara.

—Ahora voy a salir, papi —dice Maeve con una gran sonrisa.

—Buena chica —dice Johnny de forma mecánica—. Eres la mejor ayudante de papá. —Él va a darle una palmadita en la cabeza, pero ella se acerca a darle un abrazo. Johnny se aparta para dejarla cruzar el pasillo.

—¿Qué está averiguando para ti? —le pregunta Trey.

—Ay, cielo —dice su padre, rascándose las costillas y dedicándole una media sonrisa estúpida. No se ha afeitado, y su peinado sofisticado le cae lacio sobre la frente. Tiene una pinta de mierda—. Sigues siendo mi mano derecha, pero Maeve también necesita algo que hacer, ¿no? La pobre se ha sentido excluida.

—¿Qué tiene que averiguar? —repite Trey.

—Bah —dice Johnny, agitando una mano—. Me gusta tener las antenas puestas para saber en qué dirección sopla el viento, nada más. Lo que se cuenta en el pueblo, lo que va preguntando el detective, quién sabe qué. Solo me mantengo informado, como haría cualquier hombre sensato. La información es poder, de eso se trata. —Tan pronto se ha encerrado en el baño, Trey ha desconectado de su cháchara.

Maeve regresa a casa esa noche con aire engreído.

—Papi —dice, acomodándose en el sofá bajo el brazo de su padre, que mira la televisión—. Papi, ¿sabes qué?

—Ey —dice Johnny, saliendo de su aturdimiento y sonriéndole—. Aquí está la pequeña agente secreta de papá. Cuéntamelo todo. ¿Cómo te ha ido?

Trey está sentada en el sillón. Ha estado aguantando el humo y el zapeo de su padre porque quería estar presente cuando Maeve volviera. Se inclina a coger el mando y apaga el televisor.

—Todo va de fábula —dice Maeve, triunfal—. Todo el mundo dice que sus padres andan locos porque hay investigadores yendo por las casas a preguntar, como si ellos hubiesen asesinado a ese hombre. Y Bernard O'Boyle le dio un puñetazo en la cabeza a

Baggy McGrath porque el detective dijo que Baggy dijo que Bernard estuvo aquí arriba esa noche, y a Sarah-Kate no le permiten ver a Emma porque el detective le preguntó al padre de Sarah-Kate si odiaba a los británicos, y la madre de Sarah-Kate piensa que fue la madre de Emma quien se lo contó. ¿Ves? El detective no cree que fueras tú.

Trey se queda inmóvil. Siente el sabor de la victoria recorriendo cada célula de su cuerpo; teme moverse por si su padre y Maeve pueden percibirlo. Nealon está cumpliendo con la tarea que le encomendó, avanzando obediente por el sendero que le desplegó. Allá abajo, a los pies de la montaña, entre los campos, coquetos y bonitos, y los bungalós, pulcros y esnobs, los habitantes de Ardnakelty se están sacando los ojos.

—Bueno, por Dios bendito, mira por dónde —dice Johnny, frotando la espalda de Maeve de un modo automático. Mira al infinito y parpadea rápido, reflexionando—. Son muy buenas noticias, ¿verdad?

—Se lo merecen —dice Maeve—. Por comportarse contigo como una panda de cabrones. ¿No crees?

—Cierto —dice Johnny—. Has hecho un gran trabajo, cielo. Papi está orgulloso de ti.

—Así que no tienes de qué preocuparte —dice Maeve, apretujándose más contra él. Le dedica una sonrisita de suficiencia a Trey y le hace una peineta, con el dedo bien pegado al pecho para que su padre no lo vea—. Todo va de fábula.

Después de esto, Johnny ya no abandona la casa. Cuando Maeve se le pega y le hace preguntas estúpidas, o Liam intenta convencerlo de que salgan a jugar al fútbol, les da unas palmaditas y pasa de largo, sin verlos. Huele a whisky y sudor rancio.

Trey vuelve a ponerse en modo espera. Hace lo que le piden, que sobre todo consiste en tareas del hogar y prepararle sándwiches a su padre, y cuando no hay nada que hacer, sale por ahí. Recorre las montañas durante horas, tomándose descansos bajo un árbol cuando los jadeos de Banjo escalan a gruñidos melodramáticos. Cal le dijo que fuera con ojo cuando anduviera de un lado para otro, pero no le hace caso. Piensa que lo más probable es que su padre matara a Rushborough, y con ella no va a hacer lo mismo. Aunque se equivoque, tampoco es que nadie vaya a hacer nada, no con Nealon zumbando por el aire.

La sequía ha retirado sotobosque y brezo de la ladera de la montaña, revelando extrañas hendiduras y formaciones aquí y allá, entre los campos y las ciénagas. Trey escudriña cada accidente, sintiendo que por primera vez existe la posibilidad de descubrir dónde yace enterrado Brendan. Así de pelada, la ladera de la montaña parece estar enviándole una señal personalizada. Cuando algo depositó a Rushborough en su camino, ella lo aceptó; esta es su respuesta. Comienza a dejar a Banjo en casa para poder caminar hasta la extenuación, sin tener que pensar en sus necesidades. Encuentra huesos de oveja, herramientas rotas para segar el césped, fantasmas de zanjas y de muros de contención, pero ni rastro de Brendan. Hay más cosas que se esperan de ella.

Se siente en algún lugar que queda fuera de su vida, como si hubiera estado desprendiéndose de ella desde el regreso de su padre al pueblo y ahora el último hilo se hubiese cortado, dejándola en el exterior, a la deriva. Diría que sus manos, cuando pela patatas o dobla ropa, pertenecen a otra persona.

No se detiene a pensar en cuánto echa de menos a Cal, simplemente camina con ello durante todo el día, como quien camina con un tobillo roto, y de noche se acuesta a su lado. La sensación es familiar. Al cabo de uno o dos días, repara en que así es como se sintió tras la marcha de Brendan.

Por entonces le resultaba insoportable. Le roía la mente por completo; no había espacio para nada más. Ahora ha crecido y esto es algo que ha escogido ella misma. No tiene derecho a quejarse.

Cal espera a Trey. El congelador rebosa de ingredientes para pizza y tiene una lata con el mejor tinte para madera, mezclado y listo para ser utilizado, como si de algún modo ella fuera a percibirlo y acudir a su llamada. Imagina que, a estas alturas, ya sabrá lo de Lena y él, aunque no tiene la menor idea de cómo se lo habrá tomado. Desea contarle la verdad, pero para eso primero tendrá que verla.

Al final quien se presenta es Nealon, avanzando fatigosamente por el camino de la entrada, con la chaqueta del traje en un brazo, jadeando y resoplando. Advertido de su llegada por Rip, Cal lo espera en los escalones.

—Buenas tardes —dice Cal. No puede evitar sentir cierto resentimiento hacia Nealon por aguarle el júbilo que le había procurado ver a Rip brincar y salir disparado hacia la puerta—. ¿Cómo se le ocurre ir a pie con este calor?

—Jesús, no —dice Nealon, secándose la frente—. Ya estaría derretido. He dejado el viejo cacharro en la carretera, donde sus pájaros no volverán a cagarse en él. Usted muestra más paciencia que yo; a estas alturas, ya les habría disparado a esos pequeños cabrones.

—Ellos llegaron primero —dice Cal—. Me limito a procurar no molestarlos. ¿Puedo ofrecerle un vaso de agua? ¿Té helado? ¿Una cerveza?

—¿Sabe qué? —dice Nealon, apoyándose en los talones y con una risa maliciosa cruzándole el rostro—. Mataría por una lata de cerveza. Los muchachos pueden pasar sin mí durante un rato. Ni se enterarán.

Cal deja a Nealon en el porche, sentado en la mecedora de Lena, y va a por dos vasos y dos latas de Budweiser. Sabe de sobra que Nealon no se está tomando un descanso de la investigación para meterse una bebida fría entre pecho y espalda y pegar la hebra, y Nealon tiene que saber que él lo sabe. El tipo quiere algo de él.

—Salud —dice Nealon, entrechocando su vaso con el de Cal. Lo alza en dirección a las vistas y da un sorbo, su mirada saltando de los campos, dorados y segados, al cielo, de un azul centelleante—. Por Dios, qué maravilla, pese a las circunstancias. Me consta que usted está acostumbrado, pero yo me siento como si estuviera de vacaciones.

—Es un lugar muy bonito —dice Cal.

Nealon se limpia la espuma de los labios y se recuesta en la mecedora en actitud relajada. Desde la última vez que Cal lo vio, se ha dejado una barba de pocos días, lo suficiente para conferirle un aire desaliñado e inofensivo.

—Jesús, esta mecedora es la mar de cómoda. Si me descuido, me voy a quedar dormido.

—Me lo tomaré como un cumplido —dice Cal—. La fabriqué yo mismo.

Nealon alza las cejas.

—Es verdad, me mencionó algo sobre carpintería. Le felicito. —Le da una palmadita indulgente a uno de los reposabrazos de la mecedora, gesto con el que transmite que es mona, pero carente de interés—. Escúcheme, no estoy en modo holgazán, aunque lo parezca. He venido por trabajo. He imaginado que no le haría ascos a una puesta al día sobre el caso. Y voy a serle sincero: no me vendría nada mal una segunda opinión, sobre todo de alguien que cuenta con información privilegiada. Como asesor local.

—Encantado de ayudarle —dice Cal. Acaricia la cabeza de Rip, procurando que se estire en el suelo, pero sigue excitado ante la idea de tener visita; al final, sale disparado y cruza el patio y la cancela hasta los campos traseros, donde se pone a intimidar a los grajos—. Pero no sé si podré serle de mucha utilidad.

Nealon agita una mano, como indicándole que no se quite mérito antes de hora.

—El nombre del difunto no era Rushborough —dice Nealon—. ¿Ya lo sabía?

—Tenía mis dudas —dice Cal.

Nealon le sonríe.

—Ya me lo imaginaba. Vio que escondía algo, ¿verdad?

—No estaba seguro —dice Cal—. ¿Quién era?

—Un tipo llamado Terence Blake. Nadie con el que uno quisiera tener tratos. No mintió al decir que era de Londres; llevaba un tiempo en el radar de la policía metropolitana. Estaba metido en blanqueo de capitales, en drogas, en prostitución; al tipo le gustaba diversificar sus inversiones. No era un gran cerebro criminal, pero tenía montado un pequeño tinglado de lo más sólido.

—Ajá —dice Cal. Sus recelos crecen por momentos. Nealon no debería estar contándole todo esto—. ¿Johnny Reddy era uno de sus compinches?

Nealon se encoge de hombros.

—La policía metropolitana no lo tiene fichado, pero eso no significa nada; si hacía trabajillos menores, podría haberles pasado desapercibido. Johnny asegura que no sabía nada de nada. Según su testimonio, un tipo encantador, que dijo llamarse Cillian Rushborough, se puso a charlar un día con él en el pub. Johnny le comentó que pronto regresaría a Ardnakelty y Rushborough se mostró entusiasmado con la idea de conocer el lugar. Johnny dijo que se quedó en shock al descubrir que le había mentido. En shock.

Cal no le pregunta si se cree algo de todo esto. Entiende los parámetros por los que discurre la conversación. Tiene permiso para preguntar sobre hechos, aunque es probable que no consiga respuestas, o respuestas verdaderas. Indagar en lo que piensa Nealon sería pasarse de la raya.

—¿Blake tenía alguna conexión con el lugar? —pregunta Cal.

—Las grandes mentes piensan igual —dice Nealon con aprobación—. Yo me he preguntado lo mismo. No hemos encontrado ninguna. Todo eso sobre que su abuela era de por aquí no era más que una patraña: era inglés de los pies a la cabeza. Que nosotros sepamos, era la primera vez que ponía un pie en el país.

Los ritmos de Nealon, tan familiares, van distrayendo a Cal, que necesita ir recuperando la concentración para seguir el hilo de sus palabras. De haberle dado vueltas al tema, habría imaginado que un detective irlandés sonaría distinto a como lo hacían los que conoció en el pasado. El acento, la jerga y la forma de las frases son diferentes, pero, debajo de todo esto, los ritmos directos y constantes son los mismos.

—Quizá eso fuera lo que lo trajo aquí —dice Nealon, ladeando la cabeza para inspeccionar su vaso de cerveza—. Estas organizaciones pequeñas siempre causan problemas. Utilizan a aficionados de lo más estúpidos que la acaban fastidiando o enfrentados los unos a los otros; en un visto y no visto, tienes un conflicto entre manos. Puede que Rushborough necesitara alejarse de la ciudad por un tiempo. Entonces se encontró con Johnny, tal y como asegura el propio Johnny, y llegó a la conclusión de que Ardnakelty era un sitio tan bueno como cualquier otro. Por lo que me han contado, encaja con su estilo. Resultaba impredecible, tomaba decisiones impulsivas. No es una mala forma de proceder en su área de trabajo. Si tus actos carecen de lógica, nadie puede verte venir.

—De modo que alguien podría haberlo seguido hasta aquí —dice Cal. Si Nealon trabaja con esta hipótesis, eso significa que no da validez a la historia de Trey. A Cal le encantaría oírlo decir que ha encontrado un motivo para descartarla por irrelevante, pero no puede permitirse que Nealon detecte cómo se siente sobre el tema. En lo que respecta a Nealon, la historia de Trey debe seguir pareciendo sincera.

—Podría ser, sí —admite Nealon—. No lo descarto. Lo único que digo es que, si lo siguieron hasta aquí desde Londres y supieron moverse por esa montaña en plena noche, me quito el sombrero.

—Cierto —dice Cal—. ¿Se ha encontrado algo en su teléfono? —Ha tenido este tipo de conversación tantas veces que le sale con la naturalidad propia de la memoria muscular. Le guste o no, resulta agradable hacer algo que a uno se le da bien y no comporta esfuerzo. Esto explica que Nealon le esté contando tanto: para moldearlo de nuevo como policía, o al menos recordarle que un día lo fue. A imagen de los muchachos en el pub, Nealon pretende usarlo en su beneficio.

Nealon se encoge de hombros.

—Poca cosa. Era un móvil desechable, adquirido hacía unas semanas. Diría que Blake empezaba de nuevo cada pocos meses. Y no enviaba mensajes ni utilizaba WhatsApp; era demasiado astuto para dejar nada por escrito. Muchas llamadas de ida y vuelta con los tipos de Londres, y también muchas con Johnny Reddy, incluyendo un par largas el día antes de su muerte. Según Johnny, debatían qué sitios podían ir a visitar. —El modo en que tuerce la boca delata que no está convencido—. Y dos llamadas perdidas de Johnny la mañana que ustedes se lo encontraron. Cuando ya estaba muerto.

—Johnny no es idiota —dice Cal—. De matar a alguien, se aseguraría de dejar llamadas perdidas en su teléfono.

Nealon ladea una ceja en su dirección.

—¿Sigue apostando por Johnny?

—No apuesto en esta partida —dice Cal—. Solo digo que, en mi opinión, esas llamadas no descartan a Johnny.

—Por Dios, claro que no. Sin duda, está entre los sospechosos. Como tantos otros, eso sí.

Cal no tiene la menor intención de preguntarle al respecto. De verse forzado a lanzar una hipótesis, diría que Trey estuvo cerca de la verdad, aunque fuera por accidente: uno o más de los muchachos asesinaron a Blake y arrojaron el cuerpo a la carretera de la montaña para que Johnny se lo encontrara, dando por sentado que Johnny se desharía de él en la primera ciénaga o barranco a su disposición, y que luego saldría pitando. El problema fue que, antes de todo esto, apareció Trey.

Se quedan sentados, observando cómo corre Rip en zigzag, saltando e intentando morder a los grajos. Nealon traza arcos tranquilos y pausados con la mecedora.

—¿Alguna vez ha pillado alguno? —pregunta Nealon.

—Ha pillado algunas ratas —dice Cal—. Daría cualquier cosa por pillar uno, dada la mala vida que le dan, pero no lo veo nada probable.

—Nunca se sabe, hombre —dice Nealon, meneando un dedo—. No lo descarte. En cualquier caso, perseverancia no le falta. Soy un gran creyente en la vieja persistencia.

Los grajos, indiferentes a la persistencia de Rip, revolotean despreocupados sobre su cabeza, como si hubieran colocado ahí a

Rip con la sola idea de entretenerlos. Cal se jugaría algo a que a Nealon le apetece un cigarrillo con su cerveza, pero no le ha pedido permiso; está siendo el invitado perfecto, sin dar por sentada la hospitalidad de Cal. Cal no lo invita a hacerlo. No pretende ser el anfitrión perfecto.

—Ya hemos recibido los resultados de la autopsia —dice Nealon—. Blake murió en algún momento entre la medianoche y las dos de la madrugada. Recibió un buen martillazo en la parte posterior de la cabeza. Con esto debería haber bastado, al cabo de una o dos horas, pero no fue el caso. Alguien lo apuñaló tres veces en el pecho. Acertó en el corazón, bum, acabó con él en menos de un minuto.

—Debió de requerir el uso de mucha fuerza —dice Cal.

Nealon se encoge de hombros.

—Un poco, sí. Un crío no podría haberlo hecho. Pero recuerde que Blake estaba inconsciente. Nuestro asesino tuvo tiempo de sobra de escoger un sitio y presionar sobre el cuchillo para conseguir que atravesara el músculo. No hace falta ser culturista. —Toma otro sorbo de cerveza y sonríe—. Imagíneselo: un capullo como Blake eliminado por un bobo, flacucho y enclenque, en el culo del mundo. Casi provoca vergüenza ajena.

—Apostaría a que no lo vio venir —admite Cal. Recuerda a Blake en el pub, la arrogancia en sus ojos mientras recorrían el reservado, la velada diversión que le procuraba ver a esos campesinos medio tontos creerse al mando de la situación. Le sorprende advertir que apenas ha pensado en él desde que se alejara del cadáver. Mientras estaba vivo, el tipo se esparcía por todo el pueblo como veneno por el agua. Ahora da la sensación de que apenas existió; lo único que ha dejado atrás son problemas.

—Eso mismo es una maldita molestia a la hora de aclarar lo ocurrido —dice Nealon—. Sin embargo, hay algo que nos puede ayudar: el tipo estaba cubierto de sangre. Su cuerpo era un festín de rastros: tierra, fibras, trozos de plantas y de insectos, telarañas, muestras de óxido, polvo de carbón. Parte de ello estaba pegado a la sangre, de modo que acabó ahí después de que lo mataran. Y no todo procedía del lugar en el que lo encontraron.

—Ya suponía que habían movido el cuerpo —dice Cal. Y cuando ve que Nealon alza una ceja en un gesto interrogativo, añade—: No me pareció que hubiera suficiente sangre.

—Quien tuvo retuvo —dice Nealon, asintiendo con la cabeza—. Dio en el clavo.

—Bueno —dice Cal—, eso encaja con lo que vio la chica.

Nealon no muerde el anzuelo.

—Y sabe lo que significan todos esos rastros, ¿verdad? Cuando encontremos el lugar en el que fue asesinado, o el coche en el que transportaron el cuerpo, debería resultar sencillo obtener una coincidencia. —Sus ojos recorren con calma el patio trasero de Cal, deteniéndose un segundo y con ligero interés en el cobertizo—. El problema es localizarlos. Usted lo sabe de sobra, no puedo solicitar una orden de registro para cada edificio y coche del pueblo. Necesito un bonito pedacito de causa probable.

—Diablos —dice Cal—. Hacía mucho que no escuchaba esas dos palabras. No las he echado nada de menos.

Nealon se echa a reír. Estira las piernas y suelta algo a medio camino entre un suspiro y un gemido.

—Jesús, ha estado genial. Necesitaba un descanso. Este lugar me está volviendo loco.

—Cuesta un tiempo habituarse a la gente de por aquí —dice Cal.

—No me refiero a las personas, hombre. Estoy acostumbrado a los monstruos de la ciénaga. Me refiero al lugar en sí. Si a ese tipo lo hubieran asesinado en una ciudad, o incluso en un pueblo medio decente, podría haber rastreado todos sus movimientos, y los de usted, y los del resto, por medio de sus teléfonos móviles. Usted mismo lo habrá hecho muchas veces. Hoy en día es tan fácil como ponerse a mirar una partida de Pac-Man. —Nealon finge pulsar unos botones en el aire—. Bipbipbip, aquí llega Blake, bipbip-bip, aquí llega uno de esos fantasmillas para devorarlo, bip-bip-bip, aquí llego yo con mis esposas para ponérselas al fantasmilla. Sin embargo, en este lugar… —Lleva la vista hacia el cielo—. Por Dios bendito. Una mierda de cobertura. Una mierda de wifi. El GPS funciona de maravilla, hasta que te acercas a la montaña o te metes entre unos árboles, momento en que se le va la cabeza por completo. Sé que Blake estuvo cerca de su casa de campo más o menos hasta la medianoche, y después de eso, a tomar por culo. Ahora se encuentra por la mitad de este lado de la montaña, un minuto después lo tenemos en el lado opuesto, luego ha vuelto, a continuación está a medio camino de Boyle... Y así toda la maldita noche.

Menea la cabeza y se consuela dándole un trago a su cerveza.

—Una vez tenga una pista sólida sobre un sospechoso —prosigue Nealon—, puedo intentar seguirle el rastro, pero no servirá de nada. Y eso si el tipo llega a coger el teléfono. Hoy en día, con tanto *CSI*, saben más de criminología forense que yo.

—Una vez pillé a un tipo que había entrado en una casa —dice Cal—. El chaval había visto demasiadas series policíacas. Me empezó a dar la brasa sobre si tenía su ADN, fibras y yo qué sé qué más. Le enseñé las imágenes de una cámara de seguridad que lo había pillado corriendo. Me dijo que eran de espaldas y que no podría demostrar que se trataba de él. Le dije que llevaba razón, ¿pero acaso se había fijado en ese transeúnte que se lo había quedado mirando? Tu cara se quedó reflejada en su córnea. Hemos ampliado la imagen, la hemos comparado con los datos biométricos de tu foto policial y hemos obtenido una coincidencia. El pobre desgraciado cantó como un ruiseñor.

Nealon se echa unas buenas risas con esta anécdota.

—Jesús, qué maravilla. Ojalá mi culpable acabara siendo así de estúpido, pero... —Ha dejado de reírse. En vez de eso, suspira—. De serlo, ya estaría tras su pista. Pero hemos hablado con todos los hombres de este pueblo y nadie me ha llamado la atención.

—¿Solo está buscando por este pueblo? —pregunta Cal, consciente de que está mordiendo el anzuelo.

Nealon le dedica una mirada rápida, interrogativa y analítica.

—La historia de Theresa Reddy se sostiene, al menos hasta donde yo puedo ver. Su padre asegura que esa noche oyó voces y a su hija saliendo de casa, pero pensó que solo se escabullía para ir a ver a sus amigos. Su madre dice que no oyó nada, pero sí que recuerda ver a Johnny incorporarse de la cama y aguzar el oído, antes de volver a acostarse. Y mis muchachos encontraron a otra chavala, por la zona de Kilhone, que dice que vio unos faros de coche subiendo por la montaña y deteniéndose a medio camino.

—Bueno —dice Cal—. Esto debería ayudar a ir en la dirección correcta.

—De todos modos, su intuición sobre Johnny aún podría ser cierta —lo tranquiliza Nealon—. Podría haber contado con gente dispuesta a ayudarlo a mover el cadáver, si las cosas se ponían feas, mientras él y su mujer permanecían calentitos en la cama. Theresa no comprobó que su padre estuviera acostado cuando salió.

—¿Han encontrado huellas de neumáticos? ¿De pisadas?

—Sí. De ambas, rodeando el lugar donde apareció el cadáver. Solo trocitos aquí y allá, insuficientes para obtener coincidencias. Esas malditas ovejas se deshicieron del resto. Y con el tiempo que ha hecho, no hemos podido distinguir qué huellas eran nuevas y cuántas llevaban días ahí. Semanas incluso. —Se inclina a coger su vaso—. Puede que Dublín no sea tan bonito como esto, pero al menos no debo preocuparme de que las ovejas arruinen mis pruebas.

Se echa a reír y Cal se le suma.

—Así que la historia de Theresa por el momento se sostiene —dice Nealon—. Y es fantástico poder restringir las cosas a Ardnakelty. Ahora bien, ninguno de esos hombres ha admitido encontrarse arriba de esa montaña.

—Más me sorprendería que lo hubieran hecho —dice Cal—. Sean culpables o inocentes.

Nealon resopla.

—Cierto. Y, claro está, solo son los primeros días. No he cubierto más que los preliminares. No me he puesto duro con nadie; todo ha sido ir de puntillas y repartir caricias. —Le dedica una sonrisa a Cal—. Ha llegado la hora de agitar el avispero.

Lo hará bien y a conciencia. Cal no sabría decir si le gusta o no el tipo, no es capaz de verlo de frente, traspasar todas las capas que se interponen entre ellos, pero tiene claro que le habría gustado trabajar con él.

—Sería estupendo que Theresa le diera más vueltas al tema —dice Nealon—, a ver si es capaz de poner nombre a alguna de las voces. Quizá usted podría pedírselo. Tengo la sensación de que lo escucharía.

—Se lo preguntaré la próxima vez que la vea —dice Cal. Lo último que desea es que Trey entre en detalles—, aunque no sé cuándo será. No tenemos una rutina fija.

—¿Qué me dice de usted? —le pregunta Nealon, mirándolo por encima de su vaso—. ¿Tiene alguna idea nueva? ¿Algo que quizá haya oído por el pueblo?

—Hombre —dice Cal, dedicándole una mirada de incredulidad—. Vamos a ver, ¿cree que alguien va a contarme algo de este calibre?

Nealon se echa a reír.

—Ah, sé a lo que se refiere. En sitios así no te dan ni el vapor de su pis, no sea que puedas llegar a utilizarlo en su contra. Pero podría haber captado algo. Pienso que por aquí podrían subestimarlo, lo que sería un error.

—La mayor parte de la gente se me acerca a preguntarme qué le he oído decir a usted —dice Cal—. No tienen mucho que ofrecer a cambio.

—Podría preguntarles —dice Nealon.

Se intercambian miradas. Por encima de los campos, los gorjeos y chirridos de las golondrinas se arremolinan en el aire cálido.

—Podría, aunque dudo que alguien me respondiera —dice Cal.

—No lo sabrá hasta que lo pruebe.

—Este sitio ya está convencido de que somos muy colegas. Si empiezo a meter la nariz, a lanzar preguntas, lo único que voy a conseguir son toneladas de desinformación.

—No me importa en absoluto. Ya sabe cómo funciona esto, hombre. Unas pocas respuestas sería algo estupendo, pero el simple hecho de formular las preguntas correctas podría ayudarnos mucho a que avanzaran las cosas.

—Vivo aquí —dice Cal—. Es a lo que me dedico ahora. Cuando usted haya hecho las maletas y se haya marchado, yo seguiré aquí.

Nunca se le ha pasado por la cabeza hacer otra cosa, pero pronunciar estas palabras lo hace tomar conciencia de su situación de un modo inesperado. No es que quiera volver a su vida de policía; aquello está muerto y enterrado, y no se arrepiente de ello. Sin embargo, de algún modo lleva un tiempo cortando amarras con todos los que lo rodean. De seguir por este camino, acabará hecho un ermitaño, atrincherado en casa con Rip y los grajos como únicos interlocutores.

—No hay problema —dice Nealon con calma. Acumula demasiada experiencia como para no saber que seguir presionando no lo llevará a ningún lado—. Tenía que intentarlo. —Vuelve a recostarse en la mecedora, girándola para que el sol le impacte en la otra mejilla—. Jesús, menudo calor. Si no me ando con cuidado, volveré a casa pareciendo una langosta. Mi señora no me reconocerá.

—Un sol intenso, sí —admite Cal. Ni por un momento se ha creído que Nealon tenga una señora—. Había pensado en afeitarme la barba cuando todo el mundo me hizo ver que la cara se me quedaría de dos colores.

—Sin duda, sería el caso. —Nealon le examina el rostro, deteniéndose sin prisas en los moratones, reducidos a estas alturas a pálidas sombras de un amarillo verdoso—. ¿Por qué se peleó con Johnny Reddy? —le pregunta.

Cal advierte el volantazo. La conversación ha cambiado de vía. La sensación le resulta muy familiar, pero hasta ahora siempre había sido él quien había girado el volante. Nealon le está dejando una cosa clara: Cal puede ser policía, o puede ser sospechoso. Tal y como ya le ha mencionado, está agitando el avispero.

—No me he peleado con nadie —dice Cal—. Soy un invitado en este país. Cuido mis modales.

—Johnny no dice lo mismo. Tampoco su cara.

Cal ha utilizado esta treta lo suficiente como para picar el anzuelo.

—Bueno —dice, alzando una ceja—, entonces lo mejor será que le pregunte a él por el motivo.

Nealon sonríe, imperturbable.

—No. Johnny dice que se cayó por la montaña yendo borracho.

—En ese caso, probablemente sea cierto.

—El otro día me fijé en sus nudillos. Ya se le han curado.

Cal baja la vista a sus nudillos, desconcertado.

—Quizá se han llevado unos cuantos rasguños —admite—. Mis manos acostumbran a ofrecer este aspecto. Gajes del oficio.

—Me lo imagino —admite Nealon—. ¿Cómo trata Johnny a Theresa?

—La trata bien —dice Cal. Ya se esperaba la pregunta y no siente la menor necesidad de preocuparse. Está en guardia desde el principio—. No va a ganar ningún premio al mejor padre del año, pero me he encontrado con casos mucho peores.

Nealon asiente, como si estuviera reflexionando a fondo sobre el tema.

—¿Qué me dice de Blake? ¿Cómo la trataba?

Cal se encoge de hombros.

—Hasta donde yo sé, nunca le dirigió la palabra.

—¿Hasta donde usted sabe?

—De haber tenido problemas con él, Trey me lo habría contado.

—Quizá sí, quizá no. Con los adolescentes nunca se sabe. ¿Blake le pareció del tipo que muestra interés por las jovencitas?

—El tipo no iba por ahí con una placa en la que se leía: PERVERTIDO —dice Cal—. No le puedo decir más. Apenas me lo crucé.

—Lo vio lo suficiente como para que le pareciera raro —le señala Nealon.

—Sí. Saltaba a la vista.

—¿De veras? ¿A alguien más se lo pareció?

—Nadie me lo mencionó —dice Cal—, pero dudo que fuera el único en pensarlo. Cuando me mudé aquí, no saqué a colación mi antiguo trabajo, pero no tardaron ni una semana en calarme. Pondría la mano en el fuego a que alguna gente también caló a Blake.

Nealon pondera esto.

—Quizá lo hicieran —admite—. Nadie ha dicho una mala palabra del tipo, pero, como ya hemos convenido, por aquí son escurridizos o, si lo prefiere, prudentes. Pero incluso si lo hubieran calado, ¿por qué querer matarlo? Bastaba con mantener las distancias con el maldito rarito.

Nealon puede estar poniéndolo a prueba, pero Cal no lo cree. Tal y como predijo Mart, nadie ha soltado prenda sobre el oro.

—Exacto. Es lo que yo hice —dice.

Nealon le sonríe a Cal.

—El GPS funciona de maravilla aquí, en la planicie —lo tranquiliza Nealon—, lejos de los árboles. De querer comprobar su teléfono, no tendría nada de qué preocuparse, siempre que esa noche se quedara en casa.

—Estuve aquí —dice Cal—. Toda la tarde y toda la noche, hasta que Trey llegó por la mañana. Pero, en el caso de haber salido a matar a alguien, habría dejado el teléfono en casa.

—Claro que lo habría dejado —admite Nealon. Acomoda las piernas y echa un trago placentero a la cerveza—. Voy a contarle algo interesante que he obtenido con el rastreo de los teléfonos: al ser Johnny la persona más cercana a Blake, el juez me concedió acceso a sus registros. Johnny me aseguró que permaneció en casa todo el día y toda la noche, antes de que apareciera el cadáver. Toda su familia lo corrobora. Sin embargo, el teléfono de Johnny nos cuenta algo distinto. Durante el día, de acuerdo, el teléfono hizo lo que suele hacer con una montaña de por medio: rebotar de un lado a otro hasta el maldito círculo polar ártico. Por la tarde, en cambio, empezó a registrar pasos a lo loco. Johnny bajó por la montaña, pasó por aquí. ¿No lo vio?

—No —dice Cal—. No nos mostramos hospitalidad.

—Ya me lo parecía —Nealon lleva de nuevo la vista a los moratones de Cal—. Johnny estuvo un buen rato en casa de Lena Dunne. Es su novia, ¿verdad?

—Sí —dice Cal—. Hasta que entre en razón.

Nealon se ríe.

—No tiene de qué preocuparse. He conocido a los otros candidatos. ¿Lena vio a Johnny aquella tarde?

—No me lo mencionó —dice Cal—. Pregúntele a ella.

—Lo haré —le asegura Nealon—. Deme un respiro, hombre; ya hablaré con ella.

—Por lo que me dice, Blake no murió por la tarde —le señala Cal.

—Ah, no. Y, de todos modos, Johnny jamás se acercó a su casa. Pero cuando alguien me miente, despierta mi interés. Y... —Nealon señala con su vaso a Cal—. Usted me contó que, mientras esperaban junto al cadáver a que vinieran los agentes, Johnny apareció por ahí. Adivine adónde fue cuando los dejó.

Cal mueve la cabeza.

—Johnny dice que fue a dar un paseo, para despejar la mente después de un shock tan terrible. Que Dios lo bendiga —prosigue Nealon, con la vista puesta en el cielo—. En realidad se dirigió al Airbnb de Blake. Permaneció ahí unos quince minutos y luego su teléfono volvió a hacer todo el bailecito por la montaña, de modo que parece que regresó a casa caminando. No tiene llave de la casa de Blake, por lo menos que nosotros sepamos, pero había una de repuesto junto a la puerta, bajo una piedra, en el sitio más previsible. Así que ahí va otra mentira. —Nealon le dedica a Cal una mirada cargada de intención.

—Esto no significa que sea su hombre —dice Cal, sin morder el anzuelo. No es tan estúpido como para echar a Johnny en brazos de Nealon, por mucho que lo desee—. Blake podría estar en posesión de algo que Johnny no quería que llegara a manos de usted. Quizá otro teléfono.

Nealon inclina la cabeza hacia Cal, con una expresión curiosa.

—Pensaba que Johnny contaba con su voto.

—Mi voto no es para nadie.

—Bueno —dice Nealon, meciéndose tranquilamente—, aunque no sea mi hombre, pienso que algo sabe. Quizá viera a alguien mientras deambulaba, o Blake le mencionó que se había citado con alguien, o que se había peleado con alguien. Johnny se ha mostrado de lo más escurridizo conmigo (no vio nada, no oyó nada), pero no tengo duda de que me esconde algo. Ya le haré hablar. No debería ser tan difícil ponerlo nervioso; tiene que saber que lo tengo en el punto de mira.

Cal asiente. Nealon ya ha pasado página. Si a Cal no le interesa ser su topo, y no le inquieta ser sospechoso, aún puede serle de utilidad. Nealon le está entregando los pedazos de carnaza que desea ver esparcidos por el pueblo con la intención de agitar el avispero. Quiere que corra la voz de que será capaz de vincular a Rushborough a una escena del crimen, o a un coche desde el que arrojaron el cuerpo, que está rastreando teléfonos, que Johnny sabe algo que acabará cantando.

—A Johnny le gusta hablar —dice Cal—. Buena suerte.

—Se la acepto. Pues nada —dice Nealon, dándose una palmadita en la pierna—. No me pagan por quedarme aquí sentado, pasando un rato agradable. Es hora de ir a poner de los nervios al personal. —Apura su vaso y se levanta—. Necesitaré que usted y la chica se acerquen a la comisaría a firmar sus declaraciones. Cuando les vaya bien, por supuesto.

—Claro —dice Cal—. Averiguaré qué día puede Trey y la llevaré.

—Asegúrese de que a la chica le quede claro que, una vez puesto por escrito, empieza otro partido. Ya no hay vuelta atrás —dice Nealon.

—No es tonta —dice Cal.

—Ya me lo pareció. —Nealon se estira la camisa por encima de la barriga—. En caso de que estuviera mintiendo, digamos que para proteger a su padre, o a quien sea, ¿qué haría usted al respecto?

—Madre mía, hombre —dice Cal, dedicándole una gran sonrisa, como si estuviera de broma—. ¿Necesito llamar a un abogado?

—Eso depende —dice Nealon, devolviéndole la sonrisa, una frase que Cal ha soltado miles de veces—. ¿Cree que existe algún motivo por el que pueda necesitarlo?

—Soy americano, hombre —dice Cal, sosteniéndole la sonrisa—. Es nuestro lema nacional. Ante la duda, que un abogado venga en tu ayuda.

—Gracias por la cerveza —dice Nealon. Se coloca la americana sobre un brazo y se queda mirando a Cal—. Apostaría una bonita cantidad de dinero a que era un buen detective. Me habría gustado tener el placer de trabajar con usted.

—Lo mismo digo —dice Cal.

—Quizá aún tengamos la oportunidad, de una manera u otra. Nunca se sabe. —Nealon entorna los ojos en dirección al campo, donde Rip continúa saltando, obcecado en alcanzar a los grajos, por mucho que se tambalee, mareado, cada vez que se toma un descanso—. Fíjese en eso. Perseverancia. Acabará atrapando a uno.

—Dime, amigo —dice Mart al día siguiente, cuando se presenta a la puerta de Cal con una lechuga para devolverle el favor de las zanahorias. Es la primera vez que Mart da muestras de querer devolverle un favor—, ¿qué buscaba el *sheriff* con la visita que te hizo ayer?

—Remover la mierda —responde Cal. Ya ha tenido bastante de andarse de puntillas. Los niveles de sutileza de por aquí están a punto de causarle una erupción, y si es un foráneo, tiene todo el derecho a comportarse como tal—. Y me pidió que lo ayudara. No tengo la menor intención de hacerlo.

—No te necesita para hacerlo de maravilla —lo informa Mart—. Se basta y se sobra para remover toneladas de mierda. ¿Sabes lo que ha hecho esta misma mañana? Ha estado molestando al pobre Bobby Feeney durante tres horas. Eso es jugar sucio, qué duda cabe. Una guerra sucia. Una cosa es apretarle las tuercas a alguien como yo, capaz de disfrutar del toma y daca, y otra muy diferente, dejar al borde de las lágrimas a un flojucho y simplón como Bobby, haciéndole creer que lo va a detener por asesinato y que nadie va a poder cuidar de su madre.

—El hombre hace su trabajo —dice Cal—. Va a ir a por el eslabón más débil.

—Mis cojones el eslabón más débil. No hay nada malo con Bobby, si lo dejas a su aire y no juegas con su cabeza. Nosotros mismos nos reímos un rato a su costa, pero eso no significa que ese tipo tenga derecho a venir de la gran ciudad a disgustarlo. Senan está hecho una furia.

—Senan hará bien en acostumbrarse —dice Cal—. Nealon va a seguir intimidando a quien le dé la gana.

—No es solo Senan —dice Mart, que mira de frente a Cal—. Por aquí hay mucha gente a la que esta situación no le hace nada feliz.

—Pues entonces será mejor que todos se vayan acostumbrando —dice Cal, que entiende bien lo que le está diciendo. Mart le aseguró que nadie la tomaría con Trey por todo este asunto, pero eso fue antes de que hubiera un cadáver y un detective con los que lidiar. Cal es mucho más consciente que Mart de la inexorabilidad y virulencia con que una investigación por asesinato arrasa con todo a su paso—. Debéis agradecérselo a quien fuera que mató a Rushborough.

—Una completa estupidez hacer algo así —dice Mart con profunda desaprobación—. Entiendo perfectamente que alguien deseara golpearle en la cabeza a ese capullo; no se lo recriminaría a nadie. Yo mismo lo habría hecho con gusto. Pero eso fue una completa estupidez.

Su indignación se ha apagado; permanece de pie, rumiando el asunto.

—Esta aventurilla se ha propuesto defraudarme con saña —informa a Cal—. Yo solo esperaba algo de diversión para ayudar a pasar el verano, y mira en qué situación nos encontramos.

—Tú mismo dijiste que se avecinaban tiempos interesantes.

—No esperaba semejante nivel de interés. Esto es como pedir un curri rico y que te sirvan uno de esos platos tan picantes que son capaces de arrancarte la cabeza —reflexiona Mart, entornando los ojos en dirección a los grajos, que están posados en su roble quejándose con estridencia del calor—. Y parece que el tipo no ha acabado de remover toda la mierda que quería si pretende subirte a bordo. ¿Qué significa esto, amigo? ¿Quizá que su investigación no va a ninguna parte? ¿O que anda tras una pista y pretende agenciarse refuerzos?

—No tengo la menor idea de lo que significa —dice Cal—. Por lo general, solo tengo media idea respecto a lo que tú y los muchachos pensáis, y el esfuerzo que me supone llegar a esa ridiculez me deja sin neuronas para ponerme con este tipo.

Mart suelta una risita, como si Cal estuviera bromeando.

—El *sheriff* no me parece de esos que se rinden fácilmente. Si no llega a ninguna parte, no me lo imagino corriendo de vuelta a Dublín con el rabo entre las piernas. ¿Llevo razón o llevo razón?

—No se marchará a ningún sitio sin conseguir lo que ha venido a buscar.

—Bueno —dice Mart, sonriéndole a Cal—, en ese caso, tendremos que echarle una mano al pobre. No podemos tenerlo toda la vida poniendo patas arriba el pueblo e incordiando día y noche a los eslabones más débiles.

—Yo no pienso echar una mano a nadie con nada —dice Cal—. Estoy fuera.

—A todos nos gustaría poder estarlo, amigo —dice Mart—. Disfruta de la lechuga. A mí me gusta echarle un poco de mostaza y vinagre, y removerla con ganas, pero no es plato para todos los gustos.

Johnny se ha quedado sin tabaco y ha enviado a Trey al colmado de Noreen a comprarlo. Esta vez Trey no protesta. Maeve exagera y es capaz de decir cualquier cosa que piense que su padre desea oír. Trey quiere tomarle el verdadero pulso al pueblo.

Desde fuera del colmado ya le llega la voz de Long John Sharkey, alta y beligerante: «... en mi puta casa». Cuando abre la puerta, lo ve inclinado sobre el mostrador, con Noreen y la señora Cunniffe a su vera. Los tres se dan la vuelta al oír el timbre.

Trey asiente en dirección a sus rostros inexpresivos.

—Hola —les dice.

Long John se endereza y avanza hacia ella, bloqueándole el paso.

—Aquí no hay nada para ti —le dice a Trey.

Long[6] John no es alargado —recibió el apodo porque tiene una rodilla rígida desde que una vaca le diera una coz—, pero tiene la complexión de un toro, con idéntica mirada maliciosa y saltona. Intimida a la gente, y lo sabe. Trey solía sentirse así en su presencia. Ahora se toma su ataque como una buena señal.

—Necesito leche —dice Trey.

—Pues consíguela en otro sitio.

Trey no se mueve.

—Yo decido quién entra en mi colmado —salta Noreen.

Long John no aparta los ojos de Trey.

—Tu maldito padre necesita unas buenas hostias —le dice.

—Ella no escogió a su padre —le dice Noreen con aspereza—. Vete a casa antes de que se te derrita esa mantequilla.

Long John resopla, pero, al cabo de un momento, le da un ligero empujón en el hombro a Trey al pasar por delante y sale dando un portazo que hace que la campanilla resuene con fuerza.

—¿Qué mosca le ha picado? —pregunta Trey, haciendo un gesto con la barbilla.

La señora Cunniffe se sorbe los labios por encima de sus dientes de conejo y mira de reojo a Noreen, con expresión de reproche. Noreen saca el rollo de papel de la caja registradora a tirones bruscos y no parece inclinada a responderle. Trey aguarda.

Noreen es incapaz de resistirse a la tentación de compartir información.

—Los detectives lo han incordiado a más no poder —informa a Trey, en tono seco—. No solo a él. Tienen a todo el pueblo de los nervios. Consiguieron alterar tanto a Long John que acabó por escapársele que una vez Lennie O'Connor le pegó una paliza a un

---

[6] 'Alargado' en inglés. (N. del. T)

tipo de Kilcarrow por intentar ligarse a su mujer, y luego los detectives fueron a preguntarle a Lennie qué le dijo Rushborough a Sinéad, y ahora Lennie le ha dicho a Long John que ya no piensa alquilarle el campo de atrás, donde tenía a sus terneros. —Noreen cierra la caja registradora de un golpe seco. La señora Cunniffe pega un brinco y suelta un gritito—. Y si tu padre no hubiese traído aquí a ese maldito estirado, nada de esto habría ocurrido. Eso es lo que le pasa.

A Trey la recorre una descarga de euforia. Se da la vuelta y empieza a sacar al azar pan y galletas de los estantes, con la idea de que no se la noten. Es tal la electricidad que siente que se ve capaz de tumbar el mostrador de Noreen de una patada e incendiar las paredes con solo acercar las manos. Ahora queda apuntar bien al objetivo. Lena le dijo que podría sugerirle el nombre del que le hizo eso a Brendan, y Trey confía en sus suposiciones. Cuanto necesita es encontrar la manera de que se lo diga.

—Y cuarenta Marlboros —dice, dejando los artículos sobre el mostrador.

—No tienes dieciocho años —dice Noreen, empezando a pasar los artículos por la máquina sin mirarla a los ojos.

—No son para mí.

Noreen frunce los labios. Sus dedos aprietan con más fuerza las teclas de la caja registradora.

—Vamos, Noreen, dale a la cría lo que quiere —dice la señora Cunniffe, agitando una mano delante de su cara—. Ahora debes cuidar bien de ella; prácticamente sois familia política. —Suelta un jiji en una sola nota alta mientras se encamina hacia la puerta.

Trey mira a Noreen en busca de una explicación, pero Noreen ha fruncido aún más los labios y revuelve debajo del mostrador en busca de los cigarrillos.

—¿Qué ha querido decir?

—Lo de Cal y Lena —dice Noreen en tono seco. Golpea con los Marlboros en el mostrador y marca la tecla correspondiente con un sonoro ding—. Serán cuarenta y ocho con sesenta.

—¿Qué es lo de Cal y Lena?

Noreen levanta la vista con brusquedad, casi con recelo.

—Van a casarse.

Trey la mira fijamente.

—¿No lo sabías?

Trey se saca del bolsillo un billete de cincuenta y se lwiende.

—Creía que Lena te habría pedido permiso —dice Noreen, en parte con malicia, en parte sondeándola.

—No es asunto mío —dice Trey. Se le cae el cambio al suelo y debe agacharse a recogerlo. Noreen, intrigada, no aparta la mirada de ella hasta que sale por la puerta.

Los tres viejos sentados sobre el murete de la cueva de la Virgen María la observan cruzar por delante, sin cambiar de expresión.

—Dile a tu padre que lo estoy buscando —le dice uno de ellos.

Capítulo 19

Lena está en el tendedero cuando ve a Mart Lavin acercarse fatigosamente, cruzando los campos traseros que un día fueron de Sean y ella y que hoy pertenecen a Ciaran Maloney. Su primer instinto le dicta echarlo de sus tierras. En vez de eso, le devuelve el saludo y se hace el propósito de comprarse una secadora, pues todo apunta a que este maldito lugar no está dispuesto a dejarla tender la ropa en paz. Kojak trota delante de él y se acerca a intercambiar olfateos con Nellie a través de la verja; Lena les da un momento y luego chasquea los dedos para que Nellie regrese a su lado.

—Eso lo tendrás seco antes de que acabes de tenderlo —le dice Mart una vez a su lado—. Este calor es despiadado.

—No da señales de que vaya a cambiar —dice Lena, agachándose a por más ropa. Es la primera vez que Mart viene a visitarla, ni siquiera lo hizo en vida de Sean.

—Dime una cosa —dice Mart, apoyándose en el cayado y sonriéndole. Kojak se acomoda a sus pies y empieza a mordisquearse el lomo en un intento por sacarse cortezas espinosas—. ¿Qué es eso que me ha llegado de que te has comprometido en matrimonio con el único e inigualable señor Hooper?

—Ya hace días de eso —dice Lena—. Te imaginaba al corriente.

—Sí, claro que lo estaba. Y felicité a tu prometido como se merecía, supongo que ya se habrá recuperado. Pero a ti aún no te había felicitado, y hoy he pensado que te lo debía. Sobre todo ahora que vamos a ser vecinos.

—Puede que lo seamos —dice Lena—, o puede que no. Cal y yo aún no hemos decidido dónde vamos a vivir.

Mart le dedica una mirada de asombro.

—No puedes pedirle al hombre que renuncie a esa casa después de todo el esfuerzo que ha invertido en reformarla a su gusto. Por no mencionar todo el esfuerzo que he invertido yo en moldearlo a él a mi conveniencia, más o menos. No puedo permitirme empezar de nuevo. Tal y como están los precios de la vivienda, seguro que acabaría teniendo que soportar a un hípster abonado a la cerveza artesanal y *light* y que cada día iría y volvería de Galway. No; tendrás que hacer de tripas corazón y mudarte a nuestra zona. PJ y yo somos unos vecinos encantadores. Pregúntale a tu prometido, seguro que nos avala.

—Quizá conservemos ambos lugares —dice Lena—. Uno para el invierno y otro para las vacaciones de verano. Descuida, que te mantendremos informado.

Mart suelta una risita de aprobación.

—Claro, no hay prisa. Imagino que no tenéis urgencia por pasar por el altar. ¿Me equivoco?

—Cuando decidamos la fecha, recibirás tu invitación. Con su letra gótica y demás.

—Enséñame el anillo, venga. Se supone que debo colocármelo un momento en el dedo y girarlo para que me traiga suerte en el amor, ¿no?

—Me lo están ajustando —dice Lena. Ha tenido esta conversación con todas las mujeres del pueblo y ha decidido que, si vuelve a sentir el impulso de tomar otra decisión precipitada, antes se asegurará de tenerlo todo bien planeado. Saca unas cuantas pinzas de la bolsa.

Mart la observa.

—Un movimiento inteligente, lo de tu compromiso —le dice—. Muy astuto.

—Es curioso —dice Lena—, es lo mismo que me ha dicho Noreen. Ambos tenéis mucho en común.

Mart alza una ceja.

—Eso hizo, ¿eh? No creí que aprobara la decisión. Al menos no ahora. —Se inclina hacia un lado para sacarse la bolsita del tabaco del bolsillo—. ¿Me das permiso para fumar?

—El aire no es mío —dice Lena.

—Personalmente —dice Mart, apoyando con delicadeza su cayado en la verja—, no puedo estar más a favor de que hagas que Cal pase por el altar. Como ya te he dicho, estoy enfrascado en la tarea de pulirlo, pero aún queda trabajo por hacer; no siempre me presta la atención que debería. Últimamente me ha tenido preocupado. Ahora que es responsabilidad tuya, podemos discutir juntos el problema.

—No tengo nada que decirle a nadie sobre Cal —dice Lena, alisando una camisa con un movimiento rápido de la mano.

Mart se echa a reír.

—Por Dios bendito, no has cambiado un ápice. Aún recuerdo la mañana en que (tú eras muy pequeñita, no pasabas de esta altura) cruzaste por delante de mi cancela, luciendo tu vestido de la primera comunión, con su velo y todo, y unas botas de agua. Te pregunté adónde te dirigías y levantaste la barbilla, igual que haces ahora, y me soltaste: «Eso es información reservada». ¿Adónde ibas? Todavía me lo pregunto.

—Ni idea —dice Lena—. Han pasado cuarenta años.

—Bueno —dice Mart, espolvoreando tabaco en el papel de liar—, sigues siendo la misma, aunque ya no eres ninguna cría. Ahora eres la mujer de la casa, eso es lo que eres, sea cual sea la casa por la que al final os decantéis. Si surgen problemas con el hombre o la chica, es a ti a quien acudirá la gente. Y también serás tú a quien acudiré yo.

Nada de esto sorprende a Lena; sabía dónde se metía. De todos modos, comienza a pensar si no ha cometido un error.

—Qué suerte la mía, ya que a ninguno de los dos les gusta meterse en problemas. A menos que no les quede otro remedio —dice Lena.

Mart no responde a esto.

—Me gusta tu hombre —dice—. No soy una persona sentimental, por lo que no sé si iría tan lejos como para asegurar que le tengo cariño, pero me gusta. Me merece respeto. No querría que sufriera ningún daño.

—Te has agenciado un bonito prometido —dice Lena—. Sería una pena que le ocurriera algo.

Mart ladea la cabeza para lamer el papel de liar y mira de reojo a Lena.

—Sé que no te entusiasma la idea de que tú y yo estemos en el mismo bando, pero ahí es donde hemos aterrizado. Intenta sacarle provecho.

Lena se ha hartado de los jueguecitos ambiguos de Mart. Abandona la colada y se da la vuelta para encararlo.

—¿Qué tienes en mente?

—Ese detective, Nealon, anda para arriba y para abajo por el pueblo —dice Mart—, entrevistando a la gente, aunque él no lo llama así: «¿Tendría tiempo para una pequeña charla?». Eso es lo que dice cuando se presenta a tu puerta. Muy civilizado; como si pudieras responderle: «Voy a tener que pasar, amiguito, tengo la cena en el fuego», y él fuera a marcharse sin problemas. ¿Ya te ha hecho una visita?

—Aún no. O quizá no me encontraba en casa.

—Diría que ha empezado por los hombres —dice Mart—. Y creo saber por qué. En mitad de nuestra pequeña charla, me soltó, como de pasada: «¿El domingo por la noche estuvo arriba en la montaña?». Le respondí que lo máximo que me alejé de casa fue para ir a mi jardín trasero, donde mi amiguito Kojak se las había tenido con un zorro. Y el detective Nealon me contó que le había llegado que unos cuantos muchachos habían estado haciendo el tonto arriba de la montaña, más o menos a la hora de la muerte de Rushborough y cerca del lugar en el que se halló el cadáver. Y que necesitaba hablar con ellos porque quizá habían visto u oído algo relevante para la investigación. En caso de necesidad, organizaría una rueda de identificación auditiva para ver si su testigo podía reconocer alguna de las voces, pero sería más sencillo para todos que los muchachos se dejaran de rodeos y fueran a hablar con él.

—Mart examina su cigarrillo y saca una hebra de tabaco suelta—. ¿Ves?, eso es lo que podríamos considerar un problema.

—Cal jamás le contó nada parecido a Nealon —dice Lena.

—No lo hizo, por supuesto. Nunca lo he pensado. Nadie lo ha hecho.

—¿Entonces qué tiene él que ver?

—Nada de nada —dice Mart rápidamente—. A eso es a lo que me refiero; querría que las cosas siguieran así. Si debo tener a un forastero por vecino, esta opción ya me va bien.

—No es un forastero. Es mi hombre —dice Lena.

Los ojos de Mart recorren a Lena, no del modo despreocupado en que un hombre examinaría a una mujer, sino con intención, de la misma manera en que evaluaría a un perro pastor, intentando desentrañar sus cualidades y temperamento, si podría volverse agresivo y si acudiría veloz a su llamada.

—Un movimiento muy astuto, lo del compromiso —le repite Mart—. Desde que lo anunciaste, no me ha llegado ni pío sobre tu hombre. Pero si el detective Nealon continúa incordiando, ocurrirá. Voy a serte franco: no tienes el mismo peso de, pongamos, Noreen o Angela Maguire, ni de otra mujer que entrene al equipo de *camogie* o eche una mano recaudando fondos para la parroquia y vaya esparciendo cotilleos mientras da sorbos al té y mordisquea galletitas. Si el señor Hooper fuera el hombre de Noreen, o de Angela, nadie se le acercaría ni a diez metros. Por el momento han preferido dejarlo tranquilo, en señal de respeto tanto hacia ti como hacia él. Ahora bien, en caso de necesidad, se lo entregarán al detective Nealon con un lacito y todo. Yo incluido.

Lena ya sabía todo esto, pero viniendo de Mart y de esta forma, la golpea con una fuerza nueva. Cal es un forastero y ella lleva los últimos treinta años intentando convertirse en una. Apenas ha conseguido poner un pie fuera del círculo, pero es suficiente cuando tienes el enemigo a las puertas.

—Podéis entregar a quien queráis. Nealon no meterá a nadie en la cárcel sin pruebas.

Mart, imperturbable, se saca su sombrero de paja para abanicarse el rostro con calma.

—¿Sabes una cosa que me provoca dolor de muelas? —le pregunta a Lena—. La cortedad de miras. Es una maldita epidemia. Doy por sentado que un hombre (o una mujer o un niño) posee sentido común y, de repente, sale con alguna estupidez que deja a las claras que no ha dedicado ni un par de minutos a pensar las cosas. Y, puf, otro pedacito de mi fe en la humanidad que se escapa volando. No me quedan muchas reservas como para ir desperdiciándolas. Te juro que estoy a un tris de empezar a suplicarle de rodillas a la gente que se tome esos dos minutos para pensar las cosas.

Mart expulsa humo y observa cómo se dispersa lentamente en el aire inmóvil.

—No sé quién le contó a Nealon esa bobada de los hombres arriba en la montaña —continúa Mart—. Pudo tratarse de Johnny, por supuesto, pero algo me lleva a pensar que no querría ponerse al pueblo en contra justo ahora, a menos que no tuviera otra opción. Si Nealon lo acaba arrestando, la cosa sin duda cambiará, pero, por el momento, diría que Johnny muestra suficiente sentido común como para mantener la boca cerrada y los oídos alerta. Así que pongamos, solo en un sentido hipotético, que fue la joven Theresa Reddy quien habló. Sígueme el hilo un momento, ¿de acuerdo?

Lena permanece callada.

—Y, a cambio —prosigue Mart—, diremos que tú llevas razón y no hay nada que vincule al señor Hooper con el asesinato. O diremos que al detective Nealon no se le antoja un posible sospechoso. ¿Acaso los policías no son conocidos en el mundo entero por cubrirse mutuamente las espaldas? Y diremos que tampoco hay prueba alguna que indique que, efectivamente, aquella noche había alguien arriba de la montaña. De modo que tenemos al pobre detective Nealon con las manos vacías, excepto que tiene a una persona, lista y a la espera, en su punto de mira.

Lena siente las manos blandas antes de entender el motivo. Se queda inmóvil, observando a Mart.

—Hay una persona que admite abiertamente que estuvieron en la escena del crimen. Aseguran que aquella noche hubo varios hombres ahí, pero no tienen nada que respalde sus palabras. Y puede que tuvieran un buen motivo para ver al inglés muerto. Todos sabemos que Rushborough tenía a Johnny bajo control, y todos sabemos que Johnny Reddy vendería sin pestañear a su familia con tal de salvar su pellejo.

Mart mira a Lena por debajo de sus cejas enmarañadas, sin dejar de abanicarse. Desde algún punto lejano de los campos, les llega el balido de una oveja, un sonido familiar y desganado.

—Piénsalo bien —dice Mart—. No es momento de mostrarse corto de miras. ¿Qué ocurrirá a continuación? ¿Y después de eso?

—¿Qué es lo que quieres de mí? —le pregunta Lena.

—Fue Johnny Reddy quien mató a Rushborough —dice Mart con suavidad, pero de forma tajante—. Es algo muy triste de decir de alguien a quien conocemos desde que era un bebé, pero seamos sinceros: Johnny fue siempre un seductor, pero nunca fue lo que llamaríamos un hombre de principios. Hay gente que va diciendo que él no pudo hacerlo porque Rushborough le era de más utilidad vivo que muerto, pero lo cierto es que ambos se trajeron de Londres asuntos no resueltos. Johnny le debía al tipo una bonita cantidad de dinero y el tipo no era de los que llevan bien que les toquen el bolsillo. Por eso Johnny regresó a casa: confiaba en que la gente de por aquí tuviera suficiente afecto por uno de los suyos y le entregara parte de sus ahorros para evitar que le rompieran las piernas, o algo peor. Y por este motivo Rushborough vino detrás de él: no iba a permitir que Johnny le diera esquinazo. Quizá a algunas personas les llegara un rumor disparatado con oro de por medio, pero yo diría que esa fue una historia que Johnny hizo circular para explicar qué hacían los dos aquí.

Mart aparta el humo de Lena con su sombrero y la mira fijamente.

—¿Me sigues?

—Te sigo —dice Lena.

—Estupendo —dice Mart—. Bien, Johnny tuvo algo de éxito. Mucha gente declarará, en caso de necesidad, que Johnny se les acercó a pedirles un préstamo. Algunos incluso le dieron una bonita suma, por los viejos tiempos. —Mart le dedica una sonrisa a Lena—. No me avergüenza reconocer que yo mismo le presté unos cuantos cientos de euros. Sabía de sobra que jamás vería un céntimo de vuelta, pero imagino que, en el fondo, soy un buenazo. Puede que tu Cal hiciera lo mismo, ¿no? Por el bien de Theresa. ¿Y quizá los registros bancarios de Cal muestren que precisamente retiró esos cientos de euros a los pocos días del regreso de Johnny?

Lena lo mira fijamente.

—En cualquier caso —dice Mart—, Johnny no pudo reunir todo el dinero, y Rushborough no iba a aceptar ninguna rebaja. Unos pocos declararán que Johnny acudió a ellos los días previos a la muerte de Rushborough, suplicándoles más dinero, asegurándoles que era una cuestión de vida o muerte. Quizá tú fuiste una de esas personas, claro que sí. Puede que eso fuera lo que Johnny vino a hacer a tu casa la tarde antes de los hechos, cuando se puso a aporrear tu puerta y lanzar gritos.

Mart arquea una ceja, inquisitiva. Lena permanece callada.

—Johnny era un hombre asustado —dice Mart—. No le faltaban motivos. Nunca fui fan del señor Rushborough; debajo de esas camisas y esa habla tan sofisticadas, siempre me pareció un machito. La policía lo estará investigando, y no sé qué encontrarán, pero lo veo capaz de aterrorizar a cualquiera, ya no digamos a un mierdecilla como Johnny. No tenía escapatoria: si Rushborough ya había dado con él una vez, lo volvería a hacer. Y no cabe duda de que Johnny jamás se habría esfumado y dejado a su mujer y sus hijos desprotegidos, a merced de ese individuo sediento de sangre. Ningún hombre decente haría algo así.

Lena no se esfuerza en disimular su mirada de disgusto.

—Me siento caritativo —le explica Mart—. No hay nada malo en pensar lo mejor de la gente. De una manera u otra, Johnny no veía ninguna salida. Encontró la forma de reunirse con Rushborough en algún punto de la montaña. Quizá le dijera que por fin tenía su dinero. Rushborough fue un estúpido por citarse con él a solas, pero está claro que cualquiera puede mostrarse confiado, sobre todo cuando está en tratos con un tipo como Johnny Reddy. Lo que ocurrió es que, en vez de pagarle, Johnny lo liquidó. He oído que lo golpeó en la cabeza con un martillo, pero también que lo apuñaló con un destornillador, en el corazón o en un ojo. ¿Sabes algo del tema?

—Lo mismo que tú —dice Lena—. A Noreen le llegó que lo golpearon con una roca, pero después que lo acuchillaron o que quizá le rajaron la garganta. No sé más.

Incluso ofrecerle esta migaja de información la irrita sobremanera. Suena a rendición.

—¿El detective Nealon no le contó nada a tu hombre?

—Nada que me haya dicho.

—No importa —dice Mart con calma, arrojando el cigarrillo al suelo y aplastándolo bajo su bota—. Nos habría sido útil saberlo, pero nos apañaremos estupendamente sin ello. Quien fuera que lo golpeara, y utilizara lo que utilizara, eso supuso el fin del pillo del señor Rushborough. Una historia terriblemente trágica y que no gustará un pelo a los promotores turísticos, pero no puedes tener a todo el mundo contento. Y, de todas maneras, la mayoría de los turistas que llegan aquí están de paso o se han perdido, así que no serán una gran pérdida.

Detrás de Mart, las aves descienden en picado en el cielo azul. Por el rabillo del ojo, Lena detecta que las montañas son una franja de sombra.

—Todo encaja a la perfección —dice Mart—. Las aguas solo bajan un poco turbias con esa historia de que aquella noche un grupo de gente del pueblo estuvo haciendo algo perverso en la montaña. Mientras Nealon tenga eso en la cabeza, le va a resultar difícil centrarse cómodamente en Johnny, o única y exclusivamente en Johnny. Y yo lo que deseo es que Nealon se sienta cómodo.

Se reajusta el sombrero en la cabeza.

—Aparte de Johnny y Rushborough, aquella noche nadie pisó esa montaña —dice Mart—. Quienquiera que haya estado diciendo lo contrario debe volver a hablar con el detective Nealon y rectificar. No digo que sea necesario decir que aquella noche, sin ningún género de dudas, se vio a Johnny abandonar su casa a altas horas de la noche, pero resultaría de gran ayuda.

A sus pies, Kojak se pone boca arriba y suspira con fuerza. Mart se agacha con dificultad a acariciarle el cuello.

—Si todas esas tonterías provienen de la joven Theresa —dice Mart—, nadie va a acusarla de inventarse una historia para proteger a su padre. Sería de lo más natural, qué duda cabe. Ni siquiera el detective podría reprochárselo. Siempre que acabe mostrando buena cabeza y confiese la verdad.

Mart se endereza y se palpa los bolsillos, asegurándose de que todo está en su sitio.

—Si te detienes a pensarlo —continúa—, es de justicia. Con independencia de quién liquidara a Rushborough, todo esto lo cocinó Johnny Reddy.

Lena coincide con él. Mart se lo lee en el rostro, y también que se niega a reconocérselo. Mart sonríe, regodeándose en ello.

—Johnny no va a caer tan fácilmente —dice Lena—. Si lo detienen, le contará al detective lo del oro. Intentará hundiros en la mierda.

—Yo me ocuparé de Johnny —dice Mart—. No te preocupes por él. —Llama a Kojak con un chasquido de los dedos y le sonríe a Lena—. Tú limítate a poner orden en tu casa, señora Hooper. Tengo fe en ti. Eres la mejor.

Uno de los placeres más perdurables en la vida de Lena ha sido pasear por Ardnakelty. Tiene coche, pero camina a todas partes, actividad que se cuenta entre las principales compensaciones que le trajo su decisión de quedarse. Lena no se considera una experta en muchas cosas, pero sí que siente satisfacción, digna de una especialista, por ser capaz de distinguir el mes de marzo del de abril con los ojos cerrados, por meros matices en el olor que desprende la tierra húmeda; o por saber cómo han ido las últimas estaciones, a base de observar el modo en que se mueven las ovejas por los campos. No hay ningún otro lugar, por familiar que le resulte, capaz de proveerla de un mapa grabado tanto en sus huesos como en sus sentidos.

Hoy conduce montaña arriba. No le gusta hacerlo, no solo por la oportunidad perdida de caminar, sino porque ahora mismo le sentaría bien estar en el exterior, percibiendo hasta el menor detalle de la ladera de la montaña. El coche la aísla; podría perderse algo. Sin embargo, confía en que, después de hablar con Trey, van a necesitar el coche. No se ha traído a las perras.

Johnny le abre la puerta. Por primera vez desde su regreso a Ardnakelty, tiene el rostro que se ha ganado: avejentado, chupado, con barba de varios días y un velo turbio en la mirada. Incluso su vanidad lo ha abandonado. Apenas da señales de advertir el shock fugaz que provoca en Lena.

—Por Dios bendito —dice Johnny con una sonrisa más parecida a un tic—, si es Lena Dunne. ¿Qué te trae aquí arriba? ¿Alguna novedad para mí?

Lena ve cómo su mente salta entre la esperanza y el recelo.

—Ninguna novedad —dice—. Me gustaría hablar un momento con Theresa, si está por casa.

—¿Con Theresa? ¿De qué quieres hablarle?

—De esto y lo otro —dice Lena.

—Está dentro —dice Sheila desde el pasillo en penumbra que hay detrás de Johnny—. Voy a buscarla. —Vuelve a desaparecer.

—Gracias —dice Lena a su espalda—. Te acompaño en el sentimiento —le dice a Johnny.

—¿Qué…? —Johnny tarda un momento en entender a qué se refiere—. Ah, por Dios, claro. Él. Ah, no, estoy bien, lo echaré de menos, claro, pero no es que estuviéramos muy unidos ni nada de eso. Apenas lo conocía, solo del pub. Estoy bien, lo estoy.

Lena no se molesta en responderle. Johnny trata de aparentar tranquilidad, recostándose contra el quicio de la puerta, pero sus músculos están demasiado tensos para eso, y acaba adoptando una postura de lo más extraña.

—Y bien, ¿qué se cuentan por el valle?

—Deberías bajar a comprobarlo por ti mismo —dice Lena—. Te haría sentir orgulloso de lo que has conseguido.

—Ah, venga, déjate de historias —protesta Johnny—. Esto no tiene nada que ver conmigo. No le he hecho nada a Rushborough. Solo estoy en mi casa, ocupándome de mis asuntos, sin hablar con nadie, sin decirle una palabra a Nealon y sus muchachos. Todo el mundo lo sabe. ¿Me equivoco?

—No tengo ni idea —dice Lena—. Ve a averiguarlo por ti mismo. —No lo culpa por sentirse aterrorizado. Johnny está entre una espada y una pared de pinchos. Si Nealon da crédito a la historia de Trey, entonces el pueblo se le va a echar encima; si Nealon duda de ella, entonces Johnny saltará a lo más alto de su lista de sospechosos. Si Johnny sale huyendo, Nealon lo atrapará. Por una vez en su vida, Johnny no tiene escapatoria. Lena no siente la menor empatía.

Trey, con Banjo pegado a una de sus rodillas, aparece por el pasillo, detrás de Johnny. A Lena le basta mirarla a la cara para saber que esto no va a ser fácil.

—Sal conmigo a dar una vuelta —le dice Lena a Trey—. Deja a Banjo aquí.

—Una gran idea —dice Johnny—. Que os dé un poco el sol, tened una charla agradable. Pero no estéis mucho tiempo, que Trey tendrá que ayudar a su mamá con la cena, aunque seguro que Maeve…

Trey le lanza a Lena una mirada rápida y recelosa, pero no protesta. Sale y cierra la puerta en las narices de Banjo y de Johnny.

Comienzan a subir por la carretera en dirección a la montaña, alejándose de la casa. Trey guarda silencio y Lena se toma su tiempo, pensando en cómo proceder. A imagen de Cal, se ha convertido en toda una especialista en interpretar los estados de ánimo de Trey, pero hoy la chica transmite unas vibraciones que le resultan imposibles de descifrar, algo inflexible y casi hostil. Trey camina a zancadas largas y fuertes, dejando casi todo el ancho de la carretera entre Lena y ella.

Gimpy Duignan está sacando, descamisado, las capas de polvo de su coche. Se da la vuelta al oír crujidos de pasos y las saluda con una mano; ambas asienten y no bajan el ritmo. El calor ha cambiado y se ha vuelto más denso y pesado. Entre las píceas altas, el azul del cielo parece una capa de pintura, gruesa y llena de manchas.

—Yo misma iba a hacerte una visita —dice Trey sin mirar a Lena—. Necesito preguntarte algo.

—Adelante —dice Lena.

—Brendan —dice Trey—. Me dijiste que sospechabas quién podría haberle hecho eso.

A Lena la noquea la fuerza con que se le despierta el deseo de entregarle a Trey cuanto tiene. Durante generaciones, este pueblo ha estado pidiendo a gritos que alguien viniera a desafiarlo del derecho y del revés, alguien dispuesto a hacer volar por los aires sus interminables, irrompibles y tácitas normas, y dejar que todos se ahoguen en el polvo resultante. Si Trey posee las agallas y la determinación para hacerlo, merece la oportunidad. Lena solo desearía haberla precedido, cuando era lo suficientemente joven y salvaje como para sacrificarlo todo.

Ya es demasiado mayor. Los riesgos que ahora toma son los propios de una persona de mediana edad, cuidadosamente medidos para ofrecer los mejores resultados con los menores daños posibles. Cal y Trey, junto con los cambios que le ha traído la edad, la mantienen bajo control. Quizá aún sería capaz de ponerse en riesgo, pero a sí misma, no a ellos.

—Te lo dije —dice Lena—. Y ya te expliqué que es solo una suposición.

—No me importa. Tú sabes lo que se cuece por aquí. Probablemente aciertes. Necesito saberlo.

Lena entiende perfectamente lo que Trey está haciendo. Trey podría haber decidido seguir disparando de forma indiscriminada contra un pueblo que siempre la ha tratado mal; en vez de eso, ha decidido apuntar con precisión, y Lena coincide con ella en que un asunto así de serio requiere precisión. Lena no tiene la menor idea de cómo transmitirle el abismo que se abre entre la teoría y la realidad.

—Sé lo que estás tramando —dice Lena—. Solo para que lo sepas.

Trey le lanza una mirada de reojo, pero enseguida asiente, sin mostrar sorpresa.

—Solo voy a por los que le hicieron eso a Brendan —dice—. A por nadie más. Al resto lo dejaré fuera.

Pasan por delante de la casa abandonada de los Murtagh, donde hay tejas que se han desprendido del tejado y ambrosías de flor amarilla, frente a la puerta, que han crecido hasta alcanzar la cintura de una persona. Un pájaro, asustado por algo invisible, emerge de entre los árboles que hay en la cuesta que queda por encima de ellas. Lena no está alerta al entorno. Si alguien las observa, el hecho de que esté hablando con Trey solo puede traer cosas buenas. A estas alturas, Mart ya habrá aireado la noticia de que ha puesto a Lena en cintura.

—Por eso necesito saberlo ya —dice Trey—, antes de que Nealon la tome con la gente equivocada.

—Ya veo —dice Lena—. Imaginemos que te digo mis suposiciones, las cuales me he sacado de la manga, basándome exclusivamente en que no me gustan las pintas de un tipo y en que otro tenía un aire sospechoso por aquel entonces. ¿Te bastaría con esto para declarar en un juicio que los oíste arrojar el cuerpo de Rushborough?

—Sí. Si tengo que hacerlo.

—¿Qué pasa si me equivoco?

Trey se encoge de hombros.

—Eres mi mejor opción.

—¿Qué ocurre si algunos de ellos pueden demostrar que no estuvieron ahí?

—Entonces solo pillaré a los que no puedan demostrarlo. Algo es algo. Ya le he dado vueltas a todo esto.

—¿Y después qué? Volverás a casa y retomarás tus labores de carpintería con Cal, ¿es eso? ¿Como si nada hubiera pasado?

La mención de Cal consigue que a Trey se le tense la mandíbula.

—Ya me ocuparé de ello, llegado el momento. Solo te pido que me des nombres. No consejos.

Lena dedicó todo el trayecto de ida en coche a pensar en cómo abordar el asunto, pero solo fue capaz de toparse con la sensación, amenazante e intrincada, de hallarse fuera de su elemento. Algún otro debería ocuparse de esto: Noreen, Cal o quien sea que posea una mínima idea acerca de cómo lidiar con adolescentes; cualquiera menos ella. Los pies de Trey muerden la tierra y la gravilla con crujidos rápidos y agudos; la urgencia que siente emana de ella como un tamborileo que fuera incapaz de acallar.

—Escúchame —le dice Lena. El sol le impacta como una fuerza física, aplastándola. Se dispone a hacer lo que se juró que jamás haría: someter a una cría a la voluntad de un pueblo—. No va a gustarte, pero escúchame de todos modos. No voy a darte ningún nombre porque no te haría ningún bien. Habría que ser muy estúpida para pretender enviar a prisión a unos hombres contando solo con las suposiciones medio inventadas de otra persona, y tú no tienes nada de estúpida.

Percibe cómo el cuerpo de Trey se pone rígido, rechazando sus palabras.

—Y ahora que me odias profundamente —prosigue Lena—, necesito que hagas algo por mí. Debes ir al pueblo y decirle a ese detective que el domingo por la noche no viste a nadie en la montaña.

Trey deja de moverse y se planta como una mula.

—No pienso hacerlo —dice en tono seco.

—Ya te dije que no iba a gustarte. No te lo pediría si no tuviera que hacerlo.

—Me importa una mierda. No puedes obligarme.

—Solo te pido que me escuches un minuto. Nealon ha convertido el pueblo en un avispero; la gente está perdiendo la cabeza. Si te sigues aferrando a esa historia...

—Es lo que voy a hacer. Les estará bien empleado si...

—Me has dicho que le has dado muchas vueltas y ya te digo yo que no es así. Ni por asomo. ¿Te crees que la gente se va a quedar de brazos cruzados y dejar que te salgas con la tuya?

—Ese es mi problema. No el tuyo.

—Estás hablando como una cría. «No puedes obligarme, no puedes detenerme, ocúpate de tus asuntos...»

Trey acerca su cara a la de Lena y le dice:

—No soy una puta cría.

—Entonces no hables como si lo fueras.

Lena y Trey están frente a frente en el sendero. Por la postura que ha adoptado Trey, se diría que se dispone a iniciar una pelea a puñetazos.

—No me digas lo que tengo que hacer —dice Trey—. Solo dime quién le hizo eso a Brendan y luego déjame en paz, joder.

Lena se siente, de repente y por primera vez en mucho tiempo, a punto de perder los estribos. De todas las formas imaginables de pasar el verano, la última que habría escogido es verse metida hasta el cuello en un enredo dramático de Ardnakelty, con Dymphna Duggan hurgando en sus secretos y Mart Lavin visitándola para hablar de sus relaciones de pareja. No habría pasado por esto por nadie del mundo, excepto por Trey y quizá Cal, y ahora la maldita y combativa cría la está crucificando por ello.

—Créeme que me encantaría dejarte en paz. No tengo ningunas ganas de formar parte de este maldito...

—Pues no lo hagas. Lárgate a tu casa. Vete a la mierda si no piensas ayudarme.

—¿Qué crees que estoy haciendo? Estoy intentando ayudarte, aunque estés demasiado...

—No quiero este tipo de ayuda. Lárgate a casa de Cal y os podéis ayudar mutuamente. No quiero nada de vosotros.

—Cierra la puta boca y escúchame. Si sigues por este camino, el pueblo le va a contar a Nealon que fue Cal quien mató a Rushborough. —Lena va levantando la voz. Le importa un pimiento si toda la ladera de la montaña puede oírla. Al pueblo le sentará bien que por una vez se digan las cosas altas y claras.

—Todos pueden irse a la mierda —contraataca Trey igual de alto—. Y Cal también. Lo mismo te digo a ti, que me tratas como a una cría y no me cuentas una mierda.

—Cal intentaba protegerte. Si él...

—¡Nunca le pedí que me protegiera! Nunca os pedí nada, a ninguno de los dos, solo...

—¿Qué demonios me estás diciendo? Eso no cambia nada.

—Lo único que te he pedido es que me digas quién mató a Brendan, y me has mandado a la mierda. No te debo nada.

Lena está a un paso de sacudirla por los hombros hasta conseguir que entre un poco en razón.

—¿De modo que te parecería bien que Cal acabara en prisión?

—No irá a la maldita prisión. Nealon no puede hacerle nada sin...

—Claro que puede. Si Cal confiesa, puede.

Trey abre la boca. Lena no le permite soltar nada por ella.

—Si Nealon no tiene pruebas contra Cal o algún otro, irá en busca de la persona que se encontraba en la montaña cuando mataron a Rushborough. Este pueblo se mostrará encantado con la idea. Todo el mundo sabe que eres tú la que está intentando hundirlos en la mierda; ya están afilando los cuchillos para usarlos contigo. Incluso le servirán a Nealon un motivo, le contarán que Rushborough abusaba de ti o de tus hermanos pequeños.

—No me dan miedo, joder. Pueden decir lo que les...

—Cállate y escúchame un puto segundo. Si Nealon empieza a ir a por ti, ¿cómo piensas que reaccionará Cal?

Trey guarda silencio.

Lena le concede mucho tiempo para que le dé vueltas.

—Dirá que fue él quien lo mató —le acaba diciendo Lena.

Trey intenta alcanzarle el rostro de un puñetazo. Lena medio sabía que ocurriría, pero, de todos modos, apenas le da tiempo de esquivarlo. Se miran fijamente, resoplando fuerte y balanceando el cuerpo, como boxeadoras, preparadas.

—Eso ha sido una chiquillada —dice Lena—. Prueba de nuevo si quieres. No cambiará nada.

Trey se da la vuelta y echa a andar rápido sendero arriba, con la cabeza gacha. Lena se apresura a seguirle el paso.

—Puedes coger las rabietas que quieras, pero eso es lo que hará. ¿Vas a permitírselo?

Trey comienza a andar más deprisa, pero las piernas de Lena son más largas. Lena ya ha dicho cuanto tenía que decir, pero no va a permitir que Trey se marche.

Están en lo alto de la ladera, lejos de las arboledas de píceas y en medio de una gran extensión de ciénagas rodeadas de brezo. Ahora seguro que no hay nadie mirándolas. Un viento suave y caliente fluye desde la cima de la montaña, tirando del brezo con la ferocidad distraída de un niño; al oeste, el cielo muestra una neblina lóbrega.

—¿Cal y tú vais a casaros? —pregunta Trey con la vista puesta en el sendero de abajo.

Lena no se esperaba la pregunta, aunque siente que debería haberlo hecho.

—No —dice—. Te creía con más juicio. Ya te dije que nunca volvería a casarme.

Trey ha vuelto a detenerse. Se queda mirando fijamente a Lena, nada convencida.

—¿Entonces por qué todo el pueblo dice lo contrario?

—Porque yo se lo dije. Mi intención era que el pueblo dejara tranquilo a Cal. Habría funcionado si no les hubieses echado encima a Nealon, que ahora los tiene de los nervios.

Trey no abre la boca. Sigue caminando, más lentamente, con los ojos en el suelo, reflexionando. Los insectos zumban y revolotean en el brezo que las rodea.

—Si hubiésemos decidido casarnos —dice Lena—, ¿de verdad crees que Noreen lo habría sabido antes que tú?

Trey levanta la cabeza con brusquedad ante estas palabras, pero enseguida retoma la marcha, desganada y levantando polvo con las puntas de sus zapatillas deportivas. Su silencio ha perdido esa cualidad de resistencia obtusa; toda su mente está volcada en procesar lo que ha oído.

—Fui una estúpida —acaba diciendo con voz ronca—. Por creerme lo de vuestra boda. No por el resto.

—No pasa nada —dice Lena—. Todos cometemos estupideces de tanto en tanto. Pero ahora no es un buen momento para ello.

Trey se refugia de nuevo en el silencio. Lena la deja disponer de todo el que necesite. En las capas mentales de Trey se están produciendo cambios; hay placas recolocándose, aplastando cosas antiguas y trayendo nuevas a la superficie, de forma más rápida y dolorosa de lo que deberían haberlo hecho. Lena no puede hacer nada al respecto; las circunstancias y el lugar así lo exigen, factores que no conocen la clemencia. Cuanto está en su mano es concederle a Trey estos pocos minutos para que se resitúe en el nuevo escenario.

—¿Cómo supiste que fui yo quien le contó a Nealon lo de los hombres en la montaña aquella noche?

—Por Cal. Y me dijo que era una bobada.

—¿Sabe que me lo inventé?

—Sí.

—¿Y entonces por qué no me lo dijo? ¿O a Nealon?

—Pensó —dice Lena—, que Dios nos coja confesados, que era una decisión que debías tomar tú. No él.

Trey se toma su tiempo para digerir esto.

—¿Sabe que has venido a verme?

—No —dice Lena—. No sé si se habría opuesto o no. De todas formas, habría venido. Tienes derecho a saber en lo que andas metida.

Trey asiente. Por lo menos, con esto sí que está de acuerdo.

—No te culpo por querer vengarte —dice Lena—. Pero debes tener en cuenta adónde te conducirá, te guste o no. A esto me refiero cuando te pido que no te comportes como una cría. Los niños no tienen en cuenta las consecuencias. A los adultos no les queda otro remedio.

—Mi padre no lo hace —dice Trey—. Lo de tener en cuenta las consecuencias.

—Cierto —dice Lena—. Tu padre no es lo que yo llamaría un adulto.

Trey levanta la cabeza. En este punto tan alto de la ladera, lo que las rodea es básicamente cielo, con un amplio borde de brezo que confiere al aire un dulzor salvaje y expansivo. Un halcón, que se deja arrastrar por las corrientes, es apenas una mota negra contra el azul.

—Tenía todo el derecho —dice Trey. Una nota de profunda tristeza tiñe su voz—. A vengarme. Del modo en que pudiera.

—Sí —dice Lena, que comprende que ha ganado—, lo tenías.

—Iba estupendamente —dice Trey—. Lo había hecho todo perfecto. Habría estado bien. Y entonces un cabrón va y mata a Rushborough, y lo arruina todo.

Algo en el modo en que tira la cabeza hacia atrás y en que sus ojos se deslizan por el cielo denota agotamiento: lo ha intentado con todas sus fuerzas, ha llegado muy lejos y debe renunciar a mucho. Lena no se arrepiente de habérselo pedido, pero desearía de todo corazón poder conducir a Trey a casa de Cal y enviarlos a ambos a cazar un conejo para la cena, en vez de llevarla al pueblo y ponerla en manos de un detective. Por milésima vez, desearía que Johnny Reddy nunca hubiera vuelto a casa.

—Lo sé —dice Lena—. Pienso que estás mejor así, pero entiendo tus motivos para sentirte enfadada.

—Sí —dice Trey—. Bueno.

Lena se sorprende sonriendo.

—¿Qué? —dice Trey, saltando a la mínima ocasión.

—Nada. Es que suenas como Cal, eso es todo.

—Ajá —dice Trey, igual que lo hace Cal, y las dos se echan a reír.

Trey —en el despacho trasero de una comisaría de policía pequeña y dejada, con una Coca-Cola y una bolsa de patatas fritas y frente a una mesa desgastada de madera MDF, en una de cuyas esquinas reposa una grabadora discreta— lo está haciendo de maravilla. Lena, sentada un poco apartada en una silla torcida y junto a unos archivadores, la observa a la espera de algún error, lista para removerse en la silla en señal de advertencia, pero no habrá necesidad. Tampoco es que creyera que fuera a haberla. Al pedirle a Trey que hiciera esto, no se le escapó el hecho de que a muchos adultos los asustaría pasar por lo mismo. También es consciente de que Cal jamás le habría pedido a Trey que accediera a algo así, pues considera que la vida ya la ha provisto de suficientes malos tragos. Lena opina lo contrario. Bajo su punto de vista, su dura infancia la ha provisto de más recursos que a una chica normal. Si echa mano de ellos cuando la situación lo exige, al menos le habrá servido de algo.

Nealon facilita las cosas. Procede con calma, poniendo la tetera a hervir y charlando sin parar; se queja, en tono alegre, de las miserias del trabajo, de tener que dormir en *bed and breakfasts* y dejar a su mujer a cargo de las niñas, de dedicar su tiempo a incordiar a gente que tiene cosas mejores que hacer que hablar con un tipo como él. Lena lo observa y piensa en Cal, en cómo habrá hecho esto un millar de veces. Está convencida de que se le daba bien; puede visualizarlo perfectamente metido en faena.

—Y no es como en la televisión —las informa Nealon, sirviendo té para Lena y él—, donde charlas con un tipo y se acabó. En la vida real hablas con todo el mundo y al final una de esas personas viene a verte para contarte que quiere dejar algunas cosas claras. Y, por descontado, cuando hablaste con el resto te basaste en su primera versión, de modo que vuelta a empezar otra vez. ¿Lo toma con leche? ¿Azúcar?

—Solo leche, gracias. ¿Le ocurre a menudo? —le pregunta Lena con amabilidad—. Lo de la gente que cambia sus versiones.

—Todo el rato —le cuenta Nealon, tendiéndole una taza grande con manchas y en uno de cuyos laterales se lee: CAMPEÓN DE CHISTES MALOS—. No se creería la frecuencia con la que ocurre. La primera vez que hablas con la gente la sueles pillar desprevenida, no sé si me entiende. Se sienten en desventaja y se guardan cosas, o salen con un montón de tonterías. Y luego llegan a casa y se dicen: «¿Qué demonios ha sido eso?». Entonces aún les lleva un montón de tiempo regresar a la comisaría a dejar las cosas claras, empujados por el miedo a buscarse problemas.

Trey levanta la vista hacia él, nerviosa, pero no es capaz de sostenerle la mirada.

—¿Y se buscan problemas?

Nealon parece sorprendido.

—No, por Dios. ¿Por qué habrían de hacerlo?

—Por hacerle perder el tiempo.

Nealon, retirando su silla de la mesa, se echa a reír.

—No cabe duda de que mi trabajo consiste básicamente en eso: perder el tiempo. Tener que rellenar este formulario y el de más allá, cuando sé que nadie se mirará el maldito papel, aunque de todas maneras tenga que hacerse. Acércate, ¿puedo probar una de esas patatas?

Trey le alcanza la bolsa por encima de la mesa.

—Fantástico —dice Nealon, seleccionando una patata con mimo—. Las de queso y cebolla te arreglan el día. Mirémoslo de esta manera: un tipo me suelta un montón de chorradas y luego demuestra suficiente buen juicio como para volver y aclarármelo, antes de hacerme quedar como un idiota. Pues bien, si yo le hago pasar un mal rato, correrá la voz, y el próximo que quiera dejar las cosas claras optará por mantener sus labios sellados, ¿me equivoco? En cambio, si lo que hago es estrecharle la mano y darle las gracias con extrema cortesía, el próximo acudirá a mí gustosamente. Y todos contentos. ¿Me sigues?

—Sí.

—Cuando todo el mundo está contento —dice Nealon con calma, recostándose en la silla y apoyando la taza sobre su barriga—, yo estoy contento.

Trey le lanza una miradita a Lena por encima del hombro. Lena asiente, alentándola a hablar. Está intentando mostrarse como un pilar respetable de la comunidad, pero le falta práctica.

—Lo que le conté el otro día —dice Trey, y se detiene. Tiene el rostro contraído de la tensión. Nealon sorbe su té y aguarda.

—Sobre que oí a unos tipos hablando. La noche que Rushborough murió.

Nealon ladea la cabeza.

—¿Sí?

—Me lo inventé —dice Trey con la mirada fija en su Coca-Cola.

Nealon le dedica una sonrisita indulgente y menea un dedo en su dirección, como si la hubiese pillado haciendo novillos.

—Lo sabía.

—¿De veras?

—Escucha, jovencita, llevo haciendo este trabajo desde que ibas en pañales. Si a estas alturas no percibiera cuándo intentan marearme, estaría apañado.

—Lo siento —murmura Trey. Mantiene la cabeza gacha y se va arrancando pielecitas alrededor del pulgar.

—No te preocupes —le dice Nealon—. Te voy a decir lo que vamos a hacer: puedes encargarte de rellenar mis notas de gastos por mí y así estamos empatados. ¿Qué te parece?

Trey suelta una sonrisilla tímida.

—Ahí estamos —dice Nealon, sonriendo—. Dime una cosa: ¿había algo de verdad en lo que me contaste?

—Sí. Lo de la mañana, cómo me lo encontré. Esa parte ocurrió tal cual.

—Ah, estupendo —dice Nealon—. Eso nos ahorrará molestias. ¿Qué me dices de la noche anterior?

Trey mueve un hombro.

—¿Llegaste a salir de casa?

—No.

—No te arranques las pielecillas —le pide Nealon. Tras conocer a Johnny, ha llegado a la firme conclusión de que Trey ansía una figura paterna—. Conseguirás provocarte una infección. ¿Oíste voces procedentes del exterior?

Trey, obediente, apoya las manos en los muslos.

—No. Esa parte me la inventé.

—¿Viste faros de coche? ¿Oíste algún motor?

—No.

—Entonces volvamos a empezar —dice Nealon en tono alegre—. Dormiste toda la noche, ¿cierto? ¿Luego te despertaste temprano y sacaste a pasear al perro?

Trey niega con la cabeza.

—Dilo en voz alta —le recuerda Nealon, dándole unos golpecitos a la grabadora—. Para este aparatito de aquí.

Trey le echa un vistazo nervioso a la grabadora, pero coge aire y reanuda su explicación.

—Sí que me desperté por la noche. Tal y como le dije. Por culpa del calor. Me quedé un rato estirada en la cama, pensé en levantarme e ir a ver la tele, pero jod..., me dio pereza.

Se detiene y le echa un vistazo a Lena.

—Lo estás haciendo muy bien —la tranquiliza Lena—. Cuéntale la verdad, nada más.

—Oí ruidos —dice Trey con la voz entrecortada—. Por la casa, quiero decir. Muy bajitos. Luego la puerta se abrió, la principal, y se volvió a cerrar. Así que me acerqué a la sala de estar a mirar por la ventana, para ver quién era. —Levanta la vista hacia Nealon—. No es que quisiera ser fisgona. Podría haberse tratado de mi hermano; es pequeño y a veces camina sonámbulo.

—Escucha —le dice Nealon con una sonrisa—, no tengo ningún problema con nadie que sea fisgón. Cuanto más fisgón, mejor. ¿Viste a alguien?

Trey respira hondo.

—Sí, a mi padre.

—¿Qué hacía?

—No hacía nada. Salió por la cancela.

—De acuerdo —dice Nealon con mucha calma—. ¿Estás segura de que era él? ¿Pese a la oscuridad?

—Sí. Había luna. Estaba como llena.

—¿Qué pensaste que hacía?

—Al principio... —Trey agacha aún más la cabeza y se rasca algo adherido a los tejanos— pensé que quizá se marchaba. Que nos dejaba. Porque ya lo había hecho antes. Pensé en salir a intentar detenerlo. Pero no cogió el coche, así que... —Trey alza un hombro— pensé que todo iba bien. Que solo salía a dar un paseo porque tampoco podía dormir.

Trey levanta la cabeza y mira a Nealon a los ojos.

—Sabía que, si se lo contaba, creería que mató a Rushborough. Y no lo hizo. Él y Rushborough se llevaban bien, más o menos. No se pelearon ni nada parecido. Esa misma noche, mi padre dijo que tenía planeado llevarlo a visitar esa vieja abadía de Boyle porque a Rushborough le gustaba la historia; quiero decir que así es como hablaba de él, como de un tipo al que conocía y que estaba de visita en el pueblo, no como si fuera...

—Jesús, joven, respira —dice Nealon, recostándose y levantando las manos—. Te va a dar algo. Te doy mi palabra de que jamás he metido a nadie en el calabozo por haber salido de su casa por la cancela. Como bien dices, probablemente tu padre solo necesitaba un poco de aire fresco.

Trey guarda silencio durante un segundo.

—No lo sé, volví a la cama.

—¿Cuánto tardaste en hacerlo?

—Un rato.

—Venga, más o menos. ¿Diez minutos? ¿Media hora? ¿Una hora?

—Quizá media hora. Pudo ser menos. Se me hizo largo porque... —Trey alza un hombro.

—Temías que tu padre os estuviera abandonando —da por sentado Nealon—. A mí me habría ocurrido lo mismo. ¿No fuiste detrás de él? ¿Solo para asegurarte?

—No. No estaba tan preocupada. Solo quería esperarlo despierta. Pero...

—Pero no volvió.

—Debió de hacerlo, pero estaba muy cansada. Me dormía, así que me fui a la cama. Me desperté temprano, y como me había quedado con la duda, fui a comprobar que estuviera en su dormitorio.

—¿Y estaba?

—Sí. Dormía. Para entonces ya no tenía sueño y Banjo, mi perro, necesitaba salir. No quería que despertara a todo el mundo, así que me lo llevé a dar un paseo.

—Y entonces fue cuando te encontraste a Rushborough.

—Sí. El resto ocurrió tal y como se lo conté. —Trey se apresura a coger aire, en lo que suena casi como un suspiro. Sus rasgos se han relajado: la peor parte ya ha pasado—. Por eso me quedé allí tanto rato, antes de ir a casa de Cal. Estaba pensando en qué debía hacer.

Lena ya ha dejado de estar alerta a los posibles errores de Trey. Se sienta bien quieta y con la taza entre las manos, siguiendo las sutilezas que despliega Trey, unos meandros que su mente habría sido incapaz de trazar unos meses atrás, ya no digamos exponerlos con habilidad. Puede que Trey esté cumpliendo con las órdenes que le ha encomendado Ardnakelty, pero sus objetivos y motivos son exclusivamente suyos. En estos momentos, no se comporta como una criatura moldeada por el pueblo, o por Lena, o por Cal; se revela como una criatura que solo responde ante sí misma. Trey sabe que probablemente debería temer adónde puede conducirla este carácter indómito —Cal lo haría—, pero no le sale. Lo que encuentra en su interior es un estallido de orgullo, atravesándola con tal ferocidad que siente que Nealon va a percibirlo y darse la vuelta. Lena mantiene una expresión impávida.

—Dime una cosa —dice Nealon, que echa la silla hacia atrás, haciendo equilibrios sobre las patas traseras, y le da un sorbo al té—. No tiene ninguna importancia para la investigación, solo es que me pica la curiosidad. ¿Qué te ha hecho cambiar de opinión y venir hoy a verme?

Trey se encoge de hombros con incomodidad. Nealon aguarda.

—Fui una estúpida. La lie.

—¿Por qué lo hiciste?

—No quería buscarle problemas a nadie. Solo quería que dejara en paz a mi padre. Pensé que, si no le daba ningún nombre, no podría ir por ahí molestando a la gente. Pero...

—Pero, en vez de eso, lo que hice fue precisamente ir por ahí molestando a todo el mundo, ¿verdad? —dice Nealon con una sonrisa.

—Sí. Todo se fue a la mier..., salió mal. No quise..., no me lo esperaba. No lo pensé bien.

—Ah, tienes quince años, por Dios bendito —dice Nealon, tolerante—. Los adolescentes nunca piensan con la cabeza: ese es su trabajo. ¿Fue algo que te dijo la señorita Dunne, aquí presente, lo que te hizo cambiar de opinión?

—No, bueno, más o menos, pero en el fondo no. Lena fue a nuestra casa a ofrecerse a traerme aquí a firmar la declaración, porque mi madre tenía que cuidar de los pequeños. Así que le conté lo que le acabo de contar a usted, porque me estaba volviendo loca e imaginé que ella sabría lo que debía hacer. Yo pensaba que quizá solo le diría que me lo había inventado todo, que me guardaría lo de ver a mi padre saliendo de casa. Pero... —Trey vuelve a mirar de reojo a Lena— Lena me dijo que se lo contara todo. Me dijo que, si me guardaba algo, usted lo sabría y entonces ya no se creería nada de lo que le contara.

—La señorita Dunne es una mujer muy sabia —dice Nealon—. Has hecho lo correcto viniendo a hablar conmigo. Tu papá podría haber visto algo mientras estaba fuera, quizá algo a lo que no le concediera importancia, o quizá el hecho de ver cómo mataban a su amigo se le borrara de la memoria. Sin embargo, podría tratarse de algo que necesito saber.

—Sé que dijo que no había salido de casa en ningún momento —dice Trey. El rostro se le vuelve a crispar—. Pero mi padre, él... le tiene miedo a la policía. Yo también se lo tenía hasta que conocí a Cal, al señor Hooper. Mi padre temía, igual que yo, que si le contaba que había salido...

—Escúchame, jovencita —dice Nealon—, guarda silencio un momento y escucha. Voy a decirte algo sin coste alguno: no has hecho daño a nadie, excepto a quien fuera que matara a ese pobre tipo. Y como tú misma has dicho, tu padre no tenía ningún motivo para hacerlo.

Nealon recurre a la misma voz apaciguadora y firme que Lena emplea con los caballos asustados. Nealon está listo y ansioso por detener a Johnny y dejar que Trey tenga que vivir sabiendo que envió a su padre a prisión. Lena siente un alivio feroz y protector porque Cal ya no sea policía.

—Sí —dice Trey con entusiasmo—. Quiero decir, no, no lo hizo. Le caía bien Rushborough, jamás dijo nada malo de él, y si hubiese tenido problemas con él me lo habría contado. Soy la hija más mayor que queda en casa, ¿sabe?, así que confía en mí, me cuenta...

—Ah, vale, vale —dice Nealon, sonriendo y levantando una mano—, no empieces otra vez, por Dios bendito, o a los tres nos va a dar algo. Voy a decirte una cosa —levanta la vista hacia el reloj de la pared—: es casi la hora de cenar, y no sé vosotras, pero yo estoy hambriento. Siempre podemos volver a hablar, si necesito más detalles, pero vamos a dejarlo por hoy, ¿de acuerdo?

Lena sabe lo que está haciendo: quiere esta declaración firmada y empaquetada, antes de que Trey se lo piense mejor.

—Sí —dice Trey, exhalando de golpe y con fuerza—, estaría bien.

—Escucha —dice Nealon, poniéndose serio de golpe. Le da unos golpecitos a la mesa para captar la atención de Trey—. Voy a pedirle al amable caballero de ahí fuera que redacte tu declaración, y luego deberás firmarla. Como ya te he dicho, desde el momento en que la firmes, las cosas cambian. No es ningún juego; hablamos de un documento legal que forma parte de una investigación por asesinato. Si hay algo de lo que me has contado que no sea verdad, ahora es el momento de aclararlo, o de lo contrario puedes tener serios problemas. ¿Me has oído?

Nealon suena como un padre severo, y Trey responde como una buena chica, asintiendo con fuerza y mirándolo a los ojos.

—Lo sé. Lo entiendo. Lo juro.

—¿No habrá más sorpresas?

—No. Lo prometo.

Su voz es firme, conclusiva. Durante un segundo, Lena puede percibir de nuevo esa profunda nota de tristeza que la recorre por debajo.

Nealon solo oye la certidumbre.

—Estupendo —dice—. Bien hecho. —Retira la silla de la mesa—. Vamos a hacer que redacten esto y luego puedes leerlo y asegurarte de que no hay ningún error. ¿Qué te parece? ¿Quieres otra Coca-Cola mientras esperas?

—Sí —dice Trey—. Sí, por favor. Y lo siento.

—No pasa nada —dice Nealon—. Mejor tarde que nunca, ¿no? La entrevista concluye a las diecisiete horas y trece minutos. —Apaga la grabadora, se pone de pie y alza las cejas en dirección a Lena—. Me muero por un cigarrillo; no sigas mi ejemplo, jovencita, es un viejo hábito terrible. Señorita Dunne, ¿le apetecería salir a tomar el aire?

—Me iría bien —dice Lena, captando la indirecta. Al levantarse, le echa un vistazo a Trey para asegurarse de que no le importa quedarse a solas, pero la chica ni siquiera la mira.

La comisaría de policía es un edificio pequeño y cuadrado, pintado de blanco y encajonado entre una hilera de casas de alegres colores. Un grupito de chavales está lanzándose en patinete desde lo alto de una cuesta, a grito pelado; unas cuantas mamás los vigilan desde un jardín delantero, se ríen de algo, les sacan los mocos a los bebés y evitan que se lleven tierra a la boca, todo al mismo tiempo.

Nealon le ofrece el paquete de tabaco a Lena y sonríe cuando ella menea la cabeza.

—He pensado que, en el caso de fumar, quizá no quería que la chica lo supiese. Lo de salir a tomar el aire me ha parecido una oferta más segura.

—No intentaría ocultárselo —dice Lena—. No se le escapa una.

—Eso me ha parecido. —Nealon echa la cabeza hacia atrás para examinar a Lena, que es más alta que él—. Helena Dunne.

Veamos: Noreen Duggan es su hermana; Cal, su pareja. ¿Lo he entendido bien?

—Esa soy yo —dice Lena. Se recuesta sobre la pared para quedar más baja—. *Mea culpa.*

—Fíjese —dice Nealon, encantado consigo mismo—. Empiezo a cogerle el tranquillo a este lugar. Hace unos días le hice una visita para charlar un rato, pero no estaba en casa.

—Probablemente me cogiera en el trabajo.

—Seguramente. —Nealon selecciona un cigarrillo y lo balancea entre dos dedos, como si considerara qué hacer con él—. Su pareja, Hooper, estaba presente cuando Trey me contó su primera versión. Me aseguró que la chica era de fiar. —Alza una ceja: es una pregunta.

—Lo es, sí —dice Lena—. O siempre lo había sido. Sin embargo, estas últimas semanas no ha sido ella misma. El regreso de su padre la desequilibró mucho. Siempre estaba enfadada con él.

—Las chicas y sus papaítos —dice Nealon con indulgencia—. Es fantástico. Mi hija pequeña aún cree que soy un dios. Tengo intención de aprovecharlo al máximo mientras dure; la otra ya tiene trece, que Dios me asista, por lo que quiere morirse cada vez que abro la boca. ¿Theresa no le guarda rencor a su padre por haberla abandonado?

Lena reflexiona un poco al respecto.

—No que yo haya visto. Se ha mostrado entusiasmada con su regreso. Y también asustada por si decide marcharse de nuevo.

Nealon no deja de asentir.

—No la culpo. ¿Lo ve capaz?

Lena echa un vistazo a sus espaldas, para asegurarse de que Trey no ha salido, y baja la voz.

—Diría que sí.

—Pobre chica —dice Nealon—. Venir a contarme la verdad no le habrá resultado fácil. Muy bien por usted por haberla convencido. Se lo agradezco. —Nealon le dedica una sonrisa—. Voy a serle sincero: me he llevado una grata sorpresa. Lugares como su pueblo, por qué negarlo, acostumbran a no darle ni la hora a tipos como yo.

—Mi prometido es policía —le señala Lena—. O lo era. Yo veo las cosas de manera algo diferente a como lo hace la mayoría de la gente de por aquí.

—Será eso, claro —admite Nealon—. ¿Cómo consiguió convencerla?

Este es el cabo suelto en su historia y Lena sabe bien que es mejor no ignorarlo. Se toma su tiempo para considerar cómo proceder. Tras la actuación estelar de Trey allá dentro, Lena no piensa decepcionarla por nada del mundo.

—¿Sabe? No tuve que esforzarme tanto como esperaba. Ya estaba medio convencida; solo necesitaba un empujoncito. Tiene a medio pueblo alborotado, imagino que no necesita que se lo diga. —Lena le dedica una mirada entre burlona y de admiración. Nealon agacha la cabeza en señal de falsa modestia—. Trey debería haberlo visto venir —continúa Lena—, pero no lo hizo. Se puso de lo más nerviosa al pensar que detendría a la persona equivocada por su culpa. Primero quería dejar fuera la parte sobre su padre, pero le dije que no tenía sentido; usted sabría que tenía que existir algún motivo que la había llevado a mentir en su primera versión y estaría encima de ella hasta sacárselo. Lo entendió. De todos modos, creo que, en última instancia, ya no podía soportar la idea de seguir contando mentiras. Como ya le he dicho, no es de las mentirosas. Demasiado estresante.

—Hay gente así —admite Nealon. Hace girar su cigarrillo, aún por encender, entre dos dedos. Lena capta el mensaje que le transmite el detective: la intención de salir nunca radicó en tomar el aire, fresco o no—. ¿Qué opinión le merece su padre?

Lena se encoge de hombros y resopla.

—Johnny es Johnny. Es un poco cabeza de chorlito, pero no le veo maldad. Aunque nunca se sabe.

—Cierto —dice Nealon. Observa a los chavales patinar. Uno de ellos se ha caído y grita de dolor: una mamá comprueba que no haya sangre, le da un abrazo y lo envía de vuelta a jugar—. Dígame una cosa. La tarde anterior a la muerte de Rushborough, Johnny estuvo en su casa una buena media hora. ¿Qué pasó ahí?

Lena respira hondo y se detiene.

—Vaya —dice Nealon en tono burlón, meneando un dedo en su dirección—. ¿No le acabo de decir que tengo dos hijas? Sé cuándo alguien está pensando si contarme la verdad o no.

Lena suelta una risa avergonzada. Nealon se suma a las risas.

—Conozco a Johnny de toda la vida —le explica Lena—. Y le tengo mucho cariño a Trey.

—Jesús, mujer, no voy a llevarme al hombre encadenado si me cuenta lo que no debe. Esto no es como en las películas. Solo intento averiguar qué ocurrió. A menos que Johnny le dijera que se dirigía a machacarle la cabeza a Rushborough, no va a enviarlo a prisión. ¿O es que le dijo precisamente eso?

Lena vuelve a reírse.

—Claro que no.

—Bien, entonces no tiene de qué preocuparse. ¿Me da, pues, la primicia, antes de que se me derrita el cerebro?

Lena suspira.

—Johnny pretendía que le prestara dinero —dice—. Me aseguró que tenía deudas.

—¿Le dijo con quién?

Lena espera medio segundo antes de negar con la cabeza. Nealon ladea la cabeza.

—¿Pero...?

—Pero dijo algo como: «Un tipo me ha seguido hasta aquí, no piensa rendirse». De modo que pensé...

—En Rushborough.

—Sí.

—Y puede que llevara razón —dice Nealon—. ¿Le prestó algo de dinero?

—No —dice Lena, tajante—. Jamás lo hubiera recuperado. El cabrón aún me debe cinco libras de cuando teníamos diecisiete años y le pagué la entrada a una discoteca.

—¿Cómo se lo tomó? ¿Se enfadó? ¿Perdió los nervios? ¿La amenazó?

—¿Johnny? Por Dios, no. Jugó la carta de la lagrimita y de los viejos tiempos, pero, cuando vio que no iba a conseguir nada, se marchó por donde había venido.

—¿En qué dirección?

Lena se encoge de hombros.

—Para entonces ya había cerrado la puerta.

—No la culpo —dice Nealon, sonriendo—. Necesito un favor. No es mi deseo retrasar más la hora de la cena de la chica, por lo que querría pedirle si sería tan amable de volver mañana para que le tomemos declaración sobre todo esto.

Lena recuerda el comentario de Mart acerca de cómo Nealon te pide las cosas, como si fueran opcionales.

—Ningún problema —dice.

—Estupendo —dice Nealon, devolviendo el cigarrillo intacto a su paquete. Cuando Nealon levanta de nuevo la cabeza, Lena capta fugazmente una expresión en su rostro tan ardiente y decidida como la lujuria; el impulso triunfal de un hombre a la caza de una mujer que se sabe capaz de conseguir.

—Y no se preocupe —añade para tranquilizarla—. No mencionaré nada de todo esto a Johnny, ni a nadie. No estoy por la labor de complicarle más la vida a nadie.

—Ah, fantástico —dice Lena, dedicándole una gran sonrisa de alivio—. Un millón de gracias.

Una de las mamás, que hace que su bebé dé saltitos, pegado a su cadera, los mira desde abajo de la calle. Luego se acerca a las otras a decirles algo y todas se dan la vuelta para ver cómo Nealon y Lena entran en la comisaría.

Tan pronto se cierra la puerta del coche y Nealon las despide con la mano desde la entrada de la comisaría, la franqueza y los buenos modales de Trey se desvanecen. Trey se refugia en un silencio tan denso que Lena siente que casi puede notar el modo en que la rodea, como si fuera nieve.

Resultaría inaceptable que Lena le ofreciera palabras sabias o de consuelo. En vez de eso, deja que el silencio permanezca incólume hasta que han abandonado el pueblo y enfilado por la carretera principal. Entonces le dice:

—Has hecho un buen trabajo.

Trey asiente.

—Me ha creído —dice.

—Así es, sí.

Lena espera que le pregunte qué pasará a continuación, pero no lo hace. En vez de eso, le pregunta:

—¿Qué vas a contarle a Cal?

—No le voy a contar nada —dice Lena—. Pienso que deberías ser tú quien le cuente toda la historia, pero la decisión es tuya.

—Se pondrá furioso.

—Puede. O puede que no.

Trey no le responde. Pega la frente contra el cristal y observa los campos que van dejando atrás. Hay bastante tráfico porque es la hora en que la gente vuelve de trabajar en la ciudad. Imperturbable e indiferente al ritmo frenético que lo envuelve, el ganado husmea plácidamente entre la tierra amarillenta, a la caza de algún brote verde.

—¿Dónde te dejo? —le pregunta Lena.

Trey recobra el aliento, como si hubiera olvidado que Lena se encontraba a su lado.

—En casa. Gracias —dice.

—Muy bien —dice Lena, poniendo el intermitente. Toma el camino largo, las carreteras serpenteantes a uno de los extremos de la montaña, para minimizar el número de habitantes de Ardnakelty que puedan verlas. Lo de hoy no tardará en ser de dominio público. Trey merece al menos un pequeño respiro para asumir lo que ha hecho, antes de que el pueblo esté al corriente.

Trey vuelve a mirar por la ventana. Lena le va lanzando miradas de reojo, comprobando cómo sus ojos van barriendo con meticulosidad la ladera de la montaña, como si buscara algo que sabe de antemano que no va a poder encontrar.

Capítulo 20

Cal está fregando los platos de la cena cuando llaman a la puerta. Se encuentra a Mart en los escalones. Las llaves de un coche tintinean en uno de sus dedos.

—Ensilla tu poni, amigo —dice Mart—. Tenemos un trabajillo que hacer.

—¿Qué tipo de trabajo? —le pregunta Cal.

—El regreso de Johnny está durando demasiado —dice Mart—. No te traigas al perro.

Cal está hasta las narices de verse pastoreado como una maldita oveja por Mart, sus planes y sus amenazas veladas.

—¿O qué? —le pregunta a Mart.

Mart se queda parpadeando.

—O nada —le dice con delicadeza—. No es una orden, hombre. Es solo que nos iría bien tenerte ahí.

—Como ya te he dicho, Johnny Reddy no es problema mío.

—Venga, maldita sea —dice Mart, exasperado—. Vas a casarte con una de nuestras mujeres, joven. Estás educando a una chica del pueblo. Cultivas tomates en un pedazo de nuestra tierra. ¿Qué más necesitas?

Cal se queda de pie en el umbral con el trapo de cocina en la mano. Mart aguarda pacientemente, sin meterle prisa. Detrás de él, los grajos más jóvenes van ganando confianza con las alas y revolotean y juegan a perseguirse en el cálido aire vespertino.

—Déjame coger mis llaves —dice Cal, que entra de nuevo en la casa para guardar el trapo de cocina.

De la sala de estar le llegan los murmullos de la tele, pero, aparte de esto, la casa permanece en silencio, sumergida en una calma profunda. Trey percibe en el aire que su padre ha salido, no es que simplemente esté dormido. No sabe cómo interpretarlo. No ha abandonado sus tierras desde la muerte de Rushborough.

Encuentra a su madre en la cocina. Sheila está sentada a la mesa. No está pelando ni remendando nada, solo se está comiendo una tostada bien untada de mermelada de moras. Trey no recuerda la última vez que vio a su madre sin ninguna tarea entre manos.

—Me apetecía algo dulce —dice Sheila. No le pregunta dónde ha estado con Lena todo este tiempo—. ¿Quieres un poco? No ha sobrado cena.

—¿Adónde ha ido papá? —pregunta Trey.

—Unos hombres vinieron a buscarlo. Senan Maguire y Bobby Feeney.

—¿Adónde se lo han llevado?

Sheila se encoge de hombros.

—De todos modos, no van a matarlo —dice—. A menos que se ponga tozudo, quién sabe.

Con todo lo que ha tenido en la cabeza, Trey lleva varios días sin observar bien a su madre. En un primer momento no sabe decir qué hay de extraño en ella, hasta que al final repara en que Sheila es la primera persona a la que ve feliz en varias semanas. Tiene la cabeza ligeramente inclinada para que la cálida luz del final del día, que entra por la ventana, le dé en pleno rostro. Por primera vez, en sus pómulos altos y marcados y en las amplias curvas de su boca, Trey reconoce la belleza que mencionó Johnny.

—He ido a la ciudad con Lena. A la policía. Les he contado que aquella noche no había nadie en la montaña, que solo oí salir a mi padre —dice Trey.

Sheila le da otro mordisco a la tostada y le da vueltas a esto. Al cabo de un momento, asiente.

—¿Te han creído? —le pregunta a Trey.

—Sí, eso creo.

—Así que van a arrestarlo.

—No lo sé. Lo llevarán allí para hacerle preguntas, eso sí.

—¿Vendrán a registrarnos la casa?

—Probablemente. Sí.

Sheila asiente de nuevo.

—Encontrarán lo que andan buscando —dice Sheila—. Les espera en el cobertizo.

Se produce un largo silencio contra el que destaca la cháchara amortiguada y constante de la televisión.

Sheila señala con la barbilla la silla que tiene delante.

—Siéntate —le dice.

Las patas de la silla arañan el suelo de linóleo cuando Trey la retira. Toma asiento. Nota la mente paralizada.

—Vi lo que intentabas conseguir —dice Sheila—. Primero solo querías que tu padre se marchara, igual que yo. ¿Cierto?

Trey asiente. La casa parece estar sumida en un sueño; la hilera de tazas desgastadas, que cuelgan de un gancho bajo el armarito, flota en el aire, el esmalte levantado de los fogones emite un resplandor imposible. Trey no teme que uno de sus hermanos pequeños irrumpa atolondrado, o que Nealon llame a la puerta. Todo permanecerá en una quietud absoluta hasta que su madre y ella hayan terminado.

—No iba a servir de nada —dice Sheila—. No tardé en comprenderlo. Mientras tuviera encima a ese Rushborough, tu padre no iba a irse a ningún sitio. Lo único en lo que pensaba era en conseguir ese dinero.

—Lo sé —dice Trey.

—Sé que lo sabes. La noche en que él y Cal se pelearon, estuve curándole las heridas mientras él actuaba como si yo no existiera. Jamás me vio. Pero sí que existía. Oí lo que se disponía a hacer. Te estaba utilizando.

—No me estaba utilizando. Yo quería ayudarle.

Sheila la mira fijamente.

—Este pueblo no muestra compasión —dice—. Una vez cruzas la línea, te comen vivo. De un modo u otro, ya estás fuera.

—Me importa una mierda —dice Trey. Su mente ha vuelto a ponerse en marcha. La impacta con fuerza hasta qué punto su madre es un misterio para ella. Debajo de su silencio puede anidar cualquier cosa.

Sheila menea la cabeza un instante.

—Ya perdí a un hijo por culpa de este pueblo —dice—. No pienso perder otro.

Brendan es un corte súbito en el aire que las separa, brillante como la vida.

—Por eso quería ayudar a papá. Para vengarme de ellos. Él no me estaba utilizando, yo lo estaba utilizando a él.

—Lo sé —dice Sheila—. Te equivocas tanto como él al pensar que no me entero de nada. Lo supe desde el primer momento. No iba a permitirlo.

—Deberías haberlo hecho —dice Trey. Advierte que las manos le tiemblan. Le lleva un momento comprender que es por culpa de la rabia.

Sheila la mira.

—Querías vengarte de esos hombres —dice.

—Los tenía. Ya sabía cómo. Eran míos.

—Silencio —dice Sheila—. Conseguirás atraer a los niños.

Trey apenas puede oírla.

—Todo iba perfecto. Solo tenías que dejarme tranquila. ¿Por qué demonios te metiste en medio? —Se ha puesto en pie de la rabia, pero, una vez ahí, no sabe qué hacer. De niña habría arrojado o destrozado algo. Le gustaría poder volver atrás—. Lo has jodido todo.

A la luz del sol, los ojos de Sheila son azules como llamas. No consigue hacerla parpadear.

—Tú eres mi venganza —dice Sheila—. No voy a permitir que acabes mal.

Trey se queda sin respiración. La pintura, color crema y descascarillada, de las paredes refulge hasta dañarle la vista, y el linóleo manchado desprende una translucidez rabiosa y peligrosa, lista para entrar en ebullición. El suelo se tambalea bajo sus pies.

—Siéntate —le dice Sheila—. Te estoy hablando.

Al cabo de un momento, Trey vuelve a tomar asiento. Las manos, que ha depositado sobre la mesa, le parecen diferentes, emiten nuevas y extrañas formas de poder.

—Cal también sabía en lo que te habías metido —dice Sheila—. Por eso le pegó una paliza a tu padre: lo quería lejos de aquí tanto como yo. Pero tu padre no iba a marcharse. La cacería habría acabado obligando a Cal a matarlo. O a matar a Rushborough, a uno de los dos.

Sheila examina su trozo de tostada y agarra el cuchillo para añadirle más mermelada. La luz del sol baña el tarro, una joya morada que se ilumina.

—Lo habría hecho —dice Sheila—. Lo supe cuando vi lo asustado que estaba tu padre: Cal casi lo hace esa noche. A la siguiente, o a la otra, lo habría hecho.

Trey sabe que es verdad. Toda la gente a su alrededor está cambiando, capas y más capas de cosas que apenas pueden refrenar. Las vetas garabateadas de la mesa parecen demasiado nítidas para ser reales.

—Cal es tu oportunidad —dice Sheila—. De aspirar a algo más que esto. No podía permitir que acabara en prisión. Llegado el caso, de mí sí podrías prescindir. —Su voz suena objetiva, como si dijera algo que ambas supieran de sobra—. Así que pensé que tendría que encargarme del asunto.

—¿Por qué Rushborough? ¿Por qué no papá? —pregunta Trey.

—Me casé con tu padre. Hice los votos. Rushborough no significaba nada para mí.

—Deberías haber ido a por papá. Fue él quien trajo a Rushborough.

Sheila lo desestima con un gesto de la cabeza.

—Eso habría sido pecado —dice—. Lo habría hecho de ser necesario, pero no lo fue. Rushborough ya me bastaba. De haber sabido que ibas a salir con esa estupidez de los hombres en la montaña, quizá habría actuado diferente. No lo sé.

Sheila le da vueltas a esto durante un momento, masticando, y se encoge de hombros.

—Lo que me tiraba para atrás al principio —dice— eran los pequeños. De haber acabado yo en prisión, Cal te habría acogido, pero no podía quedarse con todos vosotros; no se lo habrían permitido. Ni hablar de verlos en manos de los Servicios Sociales, y tampoco habría querido obligar a tu hermana mayor a dejar Dublín para regresar aquí a hacerse cargo de ellos. Me sentía con las manos atadas.

Trey piensa en su madre durante las últimas semanas, pelando patatas, planchando las camisas de su padre y lavándole el pelo a Alanna, mientras planeaba todo esto al milímetro. Aquella casa aparentaba ser algo muy distinto de lo que en realidad era.

—Y entonces resulta —dice Sheila— que Lena Dunne se presenta aquí para ofrecerse a acogernos. A todos. Era la última mujer de la que hubiera esperado una oferta así, pero Lena fue siempre una mujer de palabra. De haber acabado detenida, ella se habría hecho cargo de los pequeños hasta mi regreso.

Trey visualiza a Cal a su lado, en la mesa de la cocina, mientras ella no dejaba de soltarle mentiras al detective. El acto de pensar en él es tan intenso que, por un segundo, es capaz de olerlo: virutas de madera y cera de abeja.

—A cargo de mí. Cal no me habría querido con él —dice Trey.

Sheila le dice, sin aspereza pero con contundencia:

—Él habría hecho lo que hubiese sido necesario. —Sheila le sonríe a Trey por encima de la mesa, un gesto fugaz y aprobatorio—. De todos modos, ya no hace falta. No después de lo que le has contado a la policía. Si tu padre regresa, lo detendrán. Si no lo hace, irán a por él.

—Descubrirán que fuiste tú, no él —dice Trey.

—¿Cómo?

—Cal me ha contado que tienen a gente buscando pruebas, intentando cuadrar cosas.

Sheila pasa un dedo por un resto de mermelada que ha quedado en el plato y se lo lleva a la boca.

—Entonces me detendrán —dice—. En el fondo, cuento con ello.

La mente de Trey vuelve a ponerse en marcha, subiendo de revoluciones y adquiriendo una frialdad que escapa a su control, mientras va repasando todo lo que le contó Cal. Si aparecen pelos y fibras en el cuerpo de Rushborough, podrían tener una explicación: provenían de Johnny. Las ovejas pisotearon las huellas de su madre al ir de aquí para allá.

—¿Cómo lo hiciste? —pregunta Trey.

—Lo llamé —dice Sheila— y acudió. Tan tranquilo. Otro que tampoco me prestaba atención.

Cal le dijo a Trey que los policías examinarían el teléfono de Rushborough.

—¿Cuándo lo llamaste? ¿Con tu teléfono?

Sheila se la queda mirando. Tiene un brillo extraño en los ojos, casi de asombro; por un segundo, Trey piensa que está sonriendo.

—La misma noche en que lo hice —dice—. Después de que tu padre se acostara. Utilicé su teléfono, por si Rushborough decidía no responder a un número desconocido. Le conté que tenía un dinero ahorrado que le había ocultado a tu padre por temor a que me lo quitara. Pero él sí podía quedárselo, siempre que aceptara marcharse del pueblo y llevarse a tu padre con él.

Sheila hace memoria y muerde la corteza de la tostada.

—Se rio de mí —dice—. Me dijo que tu padre le debía veinte mil libras y me preguntó si había conseguido reunir tal cantidad de dinero a base de ir apartándolo del subsidio del desempleo. Le conté que mi abuela me había dejado quince mil, y que las tenía reservadas para pagarte la universidad. Ahí cesaron las risas. Me dijo que serían suficientes, que valdría la pena sacrificar los cinco mil restantes si eso lo sacaba de este agujero, además de que ya encontraría la manera de que tu padre apoquinara. Su voz sonaba diferente —añade Sheila—. Ya no se tomaba la molestia de fingir un acento pijo.

—¿Dónde os encontrasteis? —pregunta Trey.

—Junto a la cancela. Lo conduje al cobertizo con el pretexto de que había escondido el dinero allí. Llevaba el martillo escondido en el bolsillo de la sudadera. Le dije que el dinero estaba dentro de esa vieja caja de herramientas que hay en el estante, y cuando se agachó para cogerla, le golpeé. Escogí el cobertizo por si se ponía a gritar o violento, pero lo tumbé como si nada. El cabronazo que tenía a tu padre aterrorizado cayó como una mosca.

Si Rushborough no mostró resistencia, eso significa que no hay rastros de la sangre de su madre en él, ni fragmentos de piel bajo sus uñas. Su cuerpo, fuera del alcance de Trey, custodiado por Nealon, es inofensivo.

—Había dejado un cuchillo de cocina en el cobertizo —prosigue Sheila—, el afilado que utilizamos para la carne. Una vez muerto, lo metí en la carretilla y me lo llevé carretera abajo. —Examina el último trozo de corteza de su tostada, pensativa—. Sentí que alguien me observaba, diría que Malachy Dwyer o quizá Seán Pól. Sus ovejas no pudieron salir sin ayuda.

—Podrías haber arrojado el cuerpo por el barranco —dice Trey.

—¿De qué habría servido que acabara ahí? Necesitaba que tu padre supiera de su muerte para que se marchara. Lo habría dejado en la puerta de la entrada, pero no quería que vosotros lo vierais.

Sheila rebaña con la corteza el último rastro de mermelada del plato.

—Y eso fue todo —dice—. Hice lo que necesitabas, aunque fuera por primera vez. Miré por tus intereses.

—¿Te pusiste guantes? —dice Trey.

Sheila menea la cabeza.

—No me tomé la molestia.

Trey se imagina el cobertizo refulgiendo con pruebas, como si se tratara de un pantano en llamas; huellas en el martillo, en la carretilla, en la puerta, en los estantes, en la sangre, una maraña de pisadas en el suelo. El cuerpo de Rushborough no supone ningún problema: el peligro radica ahí.

—¿Recuerdas la ropa que llevabas? —dice Trey.

Sheila la mira; ese brillo extraño en sus ojos se estira hasta convertirse en una media sonrisa.

—Sí —dice Sheila.

—¿Aún la tienes?

—Claro. La lavé. Lo necesitaba.

Trey visualiza las camisetas desgastadas y los tejanos de su madre, con los que está tan familiarizada, brillando con rastros diminutos e incandescentes: cabellos de Rushborough, hilillos de algodón de una camisa, salpicaduras de sangre... Todo ello apelmazado a gran profundidad en el tejido. Una vez Sheila puso todo esto en movimiento, ni siquiera intentó apartarse de su camino; se limitó a permanecer inmóvil y esperar a que la golpeara o pasara de largo. Trey no sabría decir si fue resultado del agotamiento o de un desafío más profundo que cualquier otro que hubiera visto.

—De todos modos, ve a por ella —le dice Trey—. Y a por los zapatos.

Sheila retira la silla y se levanta. Le dedica una sonrisa de oreja a oreja a Trey, que tiene la cabeza alzada, como una niña ferozmente orgullosa.

—Ahora mismo —dice Trey—. Como ya he dicho, hay cosas que necesitamos hacer.

El sol se pone. Afuera, en los campos, la luz aún dora la hierba, pero aquí, al pie de las montañas, las sombras son profundas como el ocaso. El calor es diferente, no el fulgor inmisericorde que cae del cielo, sino el calor espeso que se ha ido acumulando a lo largo del día y que emana de la tierra. Los hombres permanecen de pie, a la espera. Sonny y Con están espalda con espalda; PJ cambia el peso de pie, haciendo crujir la maleza seca; Francie fuma; Dessie silba una tonadilla sin melodía entre dientes y se detiene. Mart se apoya en una pala. Francie lleva un palo de *hurling* bajo el brazo, y PJ balancea, distraído, el mango de una piqueta.

Cal los observa con disimulo e intenta desentrañar qué hacen aquí.

El ruido del motor de la camioneta de Senan les llega en forma de murmullo lejano, desde bien pasada la curva. La camioneta se detiene en la carretera, junto a los otros coches, y Francie aplasta su cigarrillo con el pie. Johnny baja del vehículo y se abre camino hacia ellos por la hierba y la maleza, con Senan y Bobby a su espalda, como guardianes.

Cuando se ha acercado lo suficiente, Johnny los mira a la cara, uno a uno, y suelta una risilla.

—¿De qué va todo esto, amigos? —les pregunta—. Por Dios bendito, qué serios.

Mart le tiende la pala.

—Cava —le dice.

Johnny lo mira desconcertado, sonriendo. Cal nota cómo su mente piensa en posibles rutas de escape, a toda velocidad.

—Ah, venga —dice—. No llevo la ropa...

—Nos dijiste que había oro —dice Sonny—. Comprobémoslo.

—Jesús, amigos, nunca os dije que estuviera aquí. Rushborough no fue tan específico con los lugares. Además, como os dije desde el principio, quizá todo fuera...

—Aquí está bien —dice Francie.

—Ah, amigos —dice Johnny—. Esta es mi penitencia, ¿verdad? Por haber traído a Rushborough al pueblo. No hay duda de que he perdido más que ninguno de vosotros, pero no...

—Cava —dice Mart.

Al cabo de un momento, Johnny menea la cabeza, como si les siguiera la corriente, da unos pasos adelante y agarra la pala. Durante un instante, su mirada se cruza con la de Cal, que se la sostiene.

Johnny clava la pala en la tierra, apenas un rasguño arenoso, y la empuja con el pie. La tierra está seca y endurecida; solo se adentra unas pocas pulgadas. Johnny levanta la vista con una expresión burlona, invitando al resto de los hombres a compartir la absurdidad del asunto.

—Estaremos aquí toda la noche —dice.

—Entonces será mejor que espabiles —dice Con.

Johnny vuelve a recorrerlos con la mirada. Nadie se inmuta. Johnny se inclina para retomar la tarea.

Nadie quiere subirse al coche. De algún modo, todos han captado algo en el ambiente, algo que no entienden, pero que no les gusta y contra lo que se rebelan. Liam grita, exigiendo saber adónde van y por qué y dónde está papá, hasta que Sheila lo mete de un empujón en el asiento de atrás sin que deje de chillar y patalear. Alanna, que solloza con desespero, se agarra a las piernas de Trey, de las que ha de ser desenganchada, mientras Sheila va en busca de Liam, que se ha escapado hasta la mitad del patio, para arrojarlo de nuevo dentro del coche, esta vez con una bofetada para mantenerlo ahí. Incluso Banjo se esconde bajo la cama de Trey, que tiene que arrastrarlo fuera, mientras aúlla con dramatismo e intenta escarbar en el suelo, y llevarlo en brazos al coche. El cierre del maletero está roto; con tantas cosas apelotonadas en su interior, no deja de abrirse y, cada vez que lo hace, Banjo intenta lanzarse hacia él desde el asiento trasero.

Maeve se mete en la cama, se cubre por completo con la sábana y se niega a salir. Trey intenta arrastrarla y golpearla, pero ella se limita a soltar patadas y permanecer inmóvil. Sheila, que libra su batalla particular con el resto, no puede ayudarla. Trey no tiene tiempo para estas tonterías. Nealon podría presentarse en cualquier momento.

Se arrodilla frente a la cama de Maeve. Por la forma que adopta el cuerpo de Maeve bajo las sábanas, sabe que tiene las manos en las orejas, de modo que le pellizca en un pliegue del brazo y le clava las uñas. Maeve pega un grito y suelta una patada.

—Escúchame —dice Trey.

—Vete a la mierda.

—Escúchame o te lo volveré a hacer.

Al cabo de un segundo, Maeve se quita las manos de las orejas.

—No pienso irme —informa a Trey.

—Ese detective viene a por papá —dice Trey.

Esto pone fin a la pataleta de Maeve. Asoma la cabeza por encima de la sábana y se la queda mirando.

—¿Por qué? ¿Mató a ese hombre?

—Rushborough era malo. Papá solo estaba protegiéndonos. Ahora nosotras debemos protegerlo a él. Voy a impedir que el detective lo detenga.

—No lo harás. ¿Cómo?

Suena un claxon en el exterior.

—No tengo tiempo de contártelo —dice Trey—. El detective está de camino. Debes ayudar a mamá a sacar a los pequeños de aquí a toda prisa.

Maeve mira a Trey con suspicacia. Tiene el pelo todo revuelto de haber estado bajo las sábanas.

—Papá ni siquiera está aquí. Salió con unos hombres.

—Sí, lo sé. Van a delatarlo si no nos damos prisa. —Trey se siente asqueada por tener que inventarse las historias que la gente desea oír. Toda esta cháchara se le antoja peligrosa y falsa, como si ella pretendiera ser una persona que no es. Quiere que Maeve se largue, que todos se larguen, para ponerse a sus cosas con tranquilidad.

—Venga —dice.

Al cabo de un momento, Maeve retira las sábanas de una patada y se levanta.

—Será mejor que no la cagues —le dice a Trey camino del coche.

Sheila tiene el coche encarado hacia la cancela y con el motor en marcha.

—Espera hasta ver el coche —le dice Sheila a Trey por la ventana— y luego corre todo lo que puedas.

—Sí —dice Trey.

Maeve cierra de un portazo. Sheila saca una mano por la ventana y agarra a Trey por el brazo un momento.

—Jesús —dice. La sonrisa ha vuelto a su rostro—. Jamás lo habría pensado de ti. —Acto seguido, pone primera y arranca, sale por la cancela y se pierde carretera abajo.

Trey observa la nube de polvo levantada por el coche flotar con calma por el patio, dorada gracias a los últimos rayos de luz que se abren paso entre los pinos, hasta que se desvanece. El sonido del motor se pierde en la lejanía. Los pájaros, imperturbables ante tanto alboroto, se preparan para pasar la noche, volando de un árbol a otro y discutiendo por qué ramas les corresponde. Bajo el aire polvoriento, con las ventanas cerradas y los árboles reflejándose en el cristal, la casa parece llevar semanas vacía. Por primera vez en su vida, Trey diría que desprende paz.

Supone que debería revisar el interior una vez más, pero no siente el impulso de hacerlo. Ya ha sacado el reloj de Brendan de la hendidura de su colchón y se lo ha puesto en la muñeca. Le habría gustado llevarse la mesita baja que fabricó en casa de Cal, pero no tiene dónde meterla. Fuera de esto, no hay nada que quiera de ella.

Recoge el cubo de gasolina del suelo del patio, donde lo dejó su madre, y se dirige al cobertizo.

La sombra de la montaña se ha extendido por los campos y el cielo se ha apagado hasta cubrirse de una tenue película de color lila. El agujero en la tierra va creciendo lentamente. Johnny es algo frágil, esmirriado y blando en comparación con los cuerpos densos y frescos de los hombres que lo rodean; resopla, y los intervalos entre palada y palada se van espaciando. Cal apenas le presta atención. Después de semanas siendo el centro del universo de Ardnakelty, Johnny ha dejado de ser importante; nada de lo que haga va a cambiar las cosas. Cal observa a los hombres que lo observan.

—Venga, amigos —dice Johnny, alzando la cabeza y apartándose el cabello de la frente con el antebrazo—, aquí no vamos a encontrar una mierda. Si es oro lo que buscáis, dejadme llevaros a donde Rushborough dijo que estaría. No os garantizo nada, nunca lo he hecho, pero...

—No has cavado a suficiente profundidad —dice Senan—. Continúa.

Johnny se apoya en la pala. El sudor hace que le brille el rostro y le oscurece las axilas bajo la camisa.

—Si queréis vuestro dinero, os lo devolveré. Todo este follón, no hay necesidad de...

—No queremos tu dinero —dice Con.

—Amigos —dice Johnny—, escuchadme, amigos. Solo dadme unas pocas semanas y no me volveréis a ver el pelo. Os lo juro por Dios. Solo estoy haciendo tiempo hasta que ese Nealon ya no pueda venir a por mí, nada más. Luego me marcharé.

—Tu idea, en cambio, es que Nealon venga a por uno de nosotros —dice Bobby. Por lo general, Bobby es un hombre inofensivo y divertido, pero la rabia profunda ha barrido eso; hoy nadie se atrevería a tomarle el pelo—. Vete a la mierda.

—No os interesa que Nealon me detenga. Ya os lo digo. Jamás diría una palabra de lo ocurrido en el río, sabéis que no lo haría, pero hay cosas en mi teléfono. Si empieza a meter las narices en lo mío, todos acabaremos hundidos en la mierda. Solo se trata de que esperéis un poco a...

—Cierra el pico —dice Francie. Su voz desciende con fuerza sobre la de Johnny, aplanándola—. Sigue cavando.

La montaña le transmite unas sensaciones diferentes. Trey está sentada en el murete de piedra que hay delante de la cancela, balanceando las piernas y atenta a la llegada del coche de su madre por la carretera que discurre a sus pies. Los campos deberían transmitir la calma soñadora de la tarde, pero, en vez de eso, se inflaman con un resplandor extraño y amoratado bajo un manto grueso de neblina. Más cerca de Trey, envolviéndola, las sombras se mueven rápidas entre el sotobosque, y las ramas se retuercen, pese a que no corre viento. El aire brilla; se siente observada, desde todos los rincones al mismo tiempo, por un centenar de ojos ocultos y absortos. Recuerda cómo se movía de niña por esta montaña, sintiéndose ignorada por ser demasiado insignificante, otra cosa asilvestrada y a medio crecer, con vía libre para hacer lo que se le antojara. Ahora sí que merece que le presten atención.

Un tojo se agita con la contundencia de una broma deliberada y Trey se sobresalta. Por primera vez entiende lo que ha mantenido a su padre encerrado en casa, atemorizado, durante estos últimos días.

Trey interpreta esto como una respuesta inevitable a lo que le contó a Nealon. Algo le trajo la oportunidad de vengarse, igual que le trajo a Cal, solo que esta vez la rechazó. Sea lo que sea lo que la ronde por aquí, ya no está de su lado.

Repasa la ruta que tomará, acortando a través de campos y muretes; el camino más rápido para cualquiera tan familiarizado con la montaña como ella. Empieza a oscurecer, pero el crepúsculo veraniego aún se alarga; tendrá tiempo suficiente. Irá con cuidado.

El Hyundai plateado de su madre asoma por la carretera, diminuto a tanta distancia, pero identificable, y avanza a gran velocidad. Sheila le da luces al tomar el camino de la entrada. Trey baja del murete de un salto.

Lena está en el sofá con una taza de té y un libro, pero no lee. Tampoco piensa en nada. Los rostros de Trey y Cal flotan por su mente, extrañamente parecidos en sus rasgos reservados y decididos, pero los deja estar, sin procurar desentrañar qué hacer con ellos. El aire resulta denso e inquieto y presiona por todos lados; tras la ventana, la luz del atardecer está teñida de un morado verdoso de aspecto enfermizo, como de algo podrido. Lena permanece inmóvil, guardando fuerzas para lo que sea que se avecina.

En su rincón, las perras se retuercen y resoplan, irritadas, intentando dormitar y poniéndose mutuamente de los nervios. Lena sorbe su té y se come un par de galletas, no porque tenga hambre, solo por si luego no puede hacerlo. Al oír el coche subir por la carretera de la entrada, se levanta para ir a recibirlos; no es lo que se esperaba, pero tampoco la coge del todo por sorpresa.

El coche parece a punto de reventar: Sheila, los niños y Banjo se desparraman por las puertas, bolsas de basura repletas de ropa cuelgan por fuera del maletero.

—Me dijiste que nos acogerías si lo necesitábamos —dice Sheila junto a la puerta delantera. Lleva a Alanna de la mano y una bolsa de viaje llena al hombro—. ¿Lo harás?

—Sí, claro —dice Lena—. ¿Qué ha ocurrido?

Banjo se le escurre entre las piernas en busca de las perras, pero no hay señal de Trey. Los latidos del corazón de Lena se vuelven lentos y duros. No puede descartar que Trey haya ido directa a contarle a Johnny dónde ha pasado la tarde. Después de tanto tiempo, sigue siendo incapaz de predecir lo que hará la chica. Debería haber encontrado la manera de preguntárselo a Cal. Él lo habría sabido.

—Nuestro patio está ardiendo —dice Sheila. Se recoloca la bolsa al hombro para poder agarrar del brazo a Liam e impedir que trepe por la planta de geranios de Lena—. Junto al cobertizo. Supongo que Johnny lanzó una colilla que seguía encendida.

—¿Es muy grave? —pregunta Lena. No entiende lo que está ocurriendo. Siente que todo esto debe encajar de maneras que se le escapan.

Sheila se encoge de hombros.

—Un fuego pequeño. Pero todo está sequísimo. Quién sabe qué va a pasar.

—¿Qué fuego? —exige saber Liam, que intenta soltarse de la mano de Sheila—. No hay ningún fuego.

—Es en la parte de atrás del cobertizo —le cuenta Maeve—. Por eso no lo viste. Cállate.

—¿Has llamado a los bomberos? —pregunta Lena. No entiende cómo Sheila se muestra tan tranquila. No es la coraza de desapego que acostumbra a rodearla; es la calma vívida y alerta de alguien que está manejando, con mano experta y sobre la marcha, una situación complicada. Lena se da la vuelta para mirar hacia la montaña, pero su casa tapa las vistas.

—Ahora los llamo —dice Sheila, hurgando en un bolsillo en busca del teléfono—. Allá arriba no tengo cobertura.

—¿Cómo lo sabes? —le pregunta Alanna a Maeve.

—Trey me lo dijo. Cállate.

Alanna le da vueltas a esto.

—Yo vi el fuego —dice.

—¿Dónde está Trey? —pregunta Lena.

Sheila, con el teléfono pegado a una oreja y tapándose la otra con una mano, la mira de reojo.

—Está de camino —dice.

—¿Está allá arriba? ¿Johnny está con ella?

—Está de camino —repite Sheila—. No tengo ni idea de dónde está Johnny —dice, se da la vuelta y se aleja—. Hola, llamo para informar de un incendio.

La puerta del cobertizo se abre con una oscilación, mostrando el batiburrillo de cosas apiladas en la carretilla; el olor a gasolina la golpea como un brillo cegador. Trey agarra la botella de whisky que dejó junto a la puerta y se saca del bolsillo el encendedor de su padre. Enciende el trapo empapado que ha embutido en el cuello de la botella, la arroja al interior y echa a correr antes incluso de oír el estallido de los cristales.

A sus espaldas, el cobertizo vuela por los aires en un enorme y delicado gufff, y un restallido peligroso empieza a propagarse. Junto a la cancela, Trey se da la vuelta para asegurarse. El cobertizo es una torre de fuego, de la altura de una casa; las llamas ya han alcanzado las ramas de las píceas.

Trey corre. Al saltar para superar el murete, se produce un sonido en los intersticios de las piedras, un rasguño hueco, como de hueso contra roca. Trey se desequilibra y pierde pie. Impacta con fuerza contra el suelo y nota cómo el pie se le tuerce bajo su peso. Al intentar incorporarse, el tobillo no puede sostenerla.

El ritmo de la pala se ha incrustado en la mente de Cal, algo que seguirá escuchando mucho después de abandonar este lugar. Johnny se debilita con cada paletada. El agujero, que ya le llega a la cintura, tiene altura y anchura suficiente como para que un hombre de pequeño tamaño pueda caber en él. A su alrededor se levanta una gran pila de tierra.

El cielo se ha oscurecido, no solo a resultas de la noche inminente: una capa lúgubre de nubes moradas y grisáceas ha llegado desde algún punto, pese a que Cal no siente que haya una gota de viento. Hace tanto tiempo que no ve nubes que le resultan fuera de lugar, acercando el cielo de un modo antinatural. Los campos presentan una luminosidad extraña y borrosa, como si la luz residual fuera generada en el interior del mismo aire.

Johnny se detiene de nuevo, apoyándose fatigosamente en la pala, y echa atrás la cabeza.

—Hooper —dice. Cal oye la respiración profunda que sale de su pecho—, eres un hombre razonable. ¿De verdad quieres verte metido en un asunto tan feo como este?

—No estoy metido en nada —dice Cal—. Ni siquiera estoy aquí.

—Ninguno lo estamos —dice Sonny—. En estos momentos, yo mismo estoy tomándome unas cervezas delante de la tele.

—Yo estoy jugando a las cartas con estos dos —dice Mart, señalando a PJ y a Cal—. Voy ganando, como de costumbre.

—Hooper —vuelve a decir Johnny, con más urgencia. Hay pánico en su mirada—, no permitirías que dejaran a Theresa sin su padre.

—No te comportas como un padre —dice Cal—. Y no serás una gran pérdida. —Capta una sonrisita de aprobación de Mart, al otro lado del profundo hoyo.

Cal aún no sabe si están aquí para expulsar a Johnny del pueblo o si los hombres pretenden ir más lejos. Johnny, que los conoce mejor que él, apuesta por lo segundo.

Cal podría intentar convencerlos de que no lo hicieran. Quizá incluso tuviera éxito; estos tipos no son asesinos despiadados. No sabe si, llegado el caso, optará por ello. Su código personal no le permite que maten a un hombre de una paliza, incluso tratándose de un desgraciado como Johnny Reddy, pero ya ha traicionado su código personal. Lo único que le importa es asegurarse de que Trey tiene lo que necesita, tanto si eso significa un padre ausente como un padre muerto.

—Muchachos —dice Johnny. Desprende un hedor a sudor y miedo—. Muchachos, escuchadme. Sea lo que sea lo que queráis que haga, lo haré. Solo tenéis que decírmelo. Sonny, hombre, alguna vez te he sacado de un apuro...

El teléfono de Cal suelta un pitido. Es Lena.

«Sheila y los niños están conmigo. Trey está en su casa. Ve a por ella.»

Johnny sigue hablando. Tan pronto Cal levanta la cabeza, percibe un ligero olor a humo en el aire.

A Cal le parece que tarda una eternidad en darse la vuelta para mirar hacia la montaña. Por encima de su cresta se divisa una franja anaranjada, tímida y desigual. Una columna de humo se eleva, resplandeciente, hacia el cielo.

El resto también se da la vuelta.

—Esa es mi casa —dice Johnny, atónito. La pala se le cae de las manos—. Mi casa.

—Llama a los bomberos —le dice Cal a Mart, y sale corriendo hacia su coche entre un mar de zarzas.

A medio camino, oye pisadas apresuradas y resoplidos a su espalda.

—Voy contigo —dice Johnny, entre jadeos entrecortados.

Cal no le responde ni afloja el ritmo. Al llegar al coche, Johnny sigue detrás de él. Mientras intenta meter la llave en el contacto con dedos que se le antojan torpes y entumecidos, Johnny abre la puerta del copiloto de un tirón y se lanza dentro.

Trey trepa por el muro con esfuerzo, apretando los dientes para soportar el dolor, y anda renqueante hasta el árbol más cercano. Los restallidos y oscilaciones de las llamas van a más, mezclados con extraños chasquidos y sonidos de crujidos. Cuando Trey mira por encima del hombro, ve que un trozo del bosquecillo de píceas es puro fuego, cada aguja perfectamente reconocible y centelleando contra el crepúsculo.

El árbol está quebradizo por culpa de la sequía, pero de todos modos necesita colgarse cuatro veces de una rama hasta conseguir romperla. Al caer se tuerce el tobillo; durante un segundo, el dolor es tan intenso que se siente mareada, pero se apoya en el murete y respira hondo hasta que recupera la visión.

Tiene claro que quizá muera, pero no puede perder el tiempo pensando en ello. Cubre un extremo de la rama con la sudadera y se la coloca bajo la axila. Luego empieza a bajar por el sendero, paso y salto, lo más rápido que puede.

Ve pájaros saliendo disparados hacia el cielo desde las píceas y los tojos, piando fuerte y alto para alertar del peligro. El aire huele a humo y el calor se intensifica; pequeñas cosas giran y se arremolinan frente al rostro de Trey, copos de ceniza, restos de llamas. Nunca había reparado en lo inclinado que es el sendero. Si intenta ir más deprisa, se acabará cayendo. No puede permitirse perder la muleta ni hacerse más daño del que ya siente.

Mantiene un ritmo constante, atenta a la presencia de rocas en el suelo. A su espalda, el murmullo del fuego va camino de transformarse en un rugido. No mira atrás.

—Por Dios bendito —dice Johnny, soltando aire de forma exagerada—. Menos mal que me he librado de esa.

Cal, pisando el acelerador y evitando los baches, apenas lo oye. Lo único que está de su lado es el viento. En este paisaje tan seco, el fuego se bastará a sí mismo para propagarse a gran velocidad, pero sin brisa que lo retuerza, se dirigirá montaña arriba. Trey habrá ido hacia abajo.

Johnny se inclina para acercarse a Cal.

—No iban a matarme ni a cometer ninguna locura parecida. Lo sabes, ¿verdad? Los muchachos y yo nos conocemos de toda la vida. Jamás me harían daño; no son unos putos psicópatas. Solo pretendían asustarme un poco para que...

Cal da un volantazo a la izquierda para tomar la carretera que sube por la montaña.

—Cierra la puta boca o seré yo el que te mate. —Lo que en realidad quiere decir es: «Si le ha ocurrido algo a la chica, seré yo el que te mate». No tiene claro de qué modo todo esto es cosa de Johnny, pero no le cabe la menor duda.

El fuego aparece al final de la carretera, demasiado cerca. Ilumina los árboles por detrás de un naranja vibrante y despiadado. Cal desea que Trey esté bien con tal ferocidad que después de cada curva confía en que los faros del coche recortarán su figura bajando por el sendero, pero no hay ninguna señal de vida. Conduce con una mano para poder ir comprobando el teléfono con la otra: sin noticias de Lena.

En el cruce de caminos al que arrojaron a Rushborough, Cal pisa el freno. No se atreve a avanzar más; necesitarán el coche para salir de aquí, si es que regresan. Cal coge la botella de agua y la toalla andrajosa que guarda para limpiar las ventanas, la empapa y la rasga en dos.

—Toma —dice, entregándole una mitad a Johnny—. Te vienes conmigo. Puede que se necesiten dos personas para sacarla. Si me causas algún problema, te arrojaré ahí. —Hace un gesto con la barbilla al incendio, en lo alto de la cuesta.

—Que te jodan —dice Johnny—. Solo me has traído. Estaría aquí con tu ayuda o sin ella. —Sale deprisa del coche y toma el sendero que sube hacia su casa, envolviéndose la cabeza con la toalla y sin esperar a que llegue Cal.

Cal jamás ha estado cerca de un incendio. Su antiguo trabajo lo llevó a lugares donde se habían producido algunos, cenizas pastosas y negras, un hedor agrio, tristes jirones de humo enroscándose aquí y allá, pero aquello no lo preparó en absoluto para esto. Suena como un tornado, un rugido vasto e incesante atravesado por colisiones, chirridos, gemidos, sonidos dotados de un terror añadido por su incomprensibilidad. Sobre la copa de los árboles, el humo hierve en grandes espirales contra el cielo.

Johnny debe encontrarse a pocos pasos, pero el crepúsculo cae con fuerza, el aire es neblinoso y el resplandor ondulante lo emborrona todo.

—¡Johnny! —grita Cal. Teme que Johnny no pueda oírlo, pero enseguida le responde con un grito. Camina en su dirección, distingue una figura y agarra a Johnny del brazo—. ¡No te alejes! —le grita Cal al oído.

Se apresuran sendero arriba con los codos entrelazados torpemente y las cabezas gachas, como si se abrieran paso por una ventisca. El calor carga contra ellos como algo sólido que quisiera frenar su avance a empujones. Todos los instintos en el cuerpo de Cal le gritan que obedezca; debe forzar a sus músculos para que prosigan la marcha.

Sabe que Trey puede haberse marchado hace mucho por alguna pista oculta y trasera, pero también que puede que haya quedado atrapada tras la línea de fuego, donde nunca podrá alcanzarla. El aire está borroso por el humo y en él se arremolinan restos centelleantes arrastrados por las corrientes. Una liebre se apresura a cruzar el sendero, prácticamente bajo sus pies, y ni siquiera les echa un vistazo.

El rugido de los chisporroteos ha aumentado hasta dar paso a algo casi demasiado furioso para poder oírse. Más arriba, el sendero desaparece en un muro de humo ondulante. Ante su inmensidad, ambos se detienen sin haberlo pretendido.

La casa de los Reddy se encuentra al otro lado, y cuanto hay al otro lado ha desaparecido. Cal se aprieta con más fuerza la toalla a la cabeza y respira hondo. Siente cómo Johnny hace lo mismo.

Durante un microsegundo, la cosa que sale cojeando del humo no parece un ser humano. Ennegrecida, torcida y temblequeando, es uno de los muertos que la montaña mantenía ocultos, al que las llamas han despertado y reanimado. A Cal se le eriza el vello. A su lado, Johnny emite algún sonido.

Entonces Cal parpadea y ve a Trey cubierta de humo y renqueante, uno de sus brazos sufriendo espasmos por la presión de la muleta improvisada. Antes de que su mente pueda siquiera dilucidar si está viva o muerta, Cal corre hacia ella.

Los sentidos de Trey se han escindido. Ve los ojos de Cal y, por algún motivo, también los de su padre, oye sus voces diciéndole palabras, siente brazos cruzándole la espalda y bajo los muslos, pero ninguna de estas cosas es capaz de conectar entre sí. El humo flota entre ellos, separándolos.

—Mantén el pie en alto —dice Cal. Se produce un golpe fuerte cuando su culo impacta contra la tierra.

Esto le permite reenfocar las cosas. Está sentada en el suelo, con la espalda recostada contra uno de los neumáticos del coche de Cal. Su padre, con el cuerpo doblado y las manos sobre los muslos, jadea. Delgadas volutas de humo flotan con calma sendero abajo y entre los árboles. A sus pies, el crepúsculo cubre la carretera y el brezo; en lo alto de la cuesta, la montaña resplandece.

—Criatura —le dice Cal muy cerca de su cara. Algo rojo y blanco cubre el rostro de Cal; las partes que aún quedan al descubierto están manchadas y sudorosas—. Criatura, escúchame. ¿Puedes respirar bien? ¿Te duele algo?

El tobillo le duele horrores, pero le parece irrelevante.

—No —dice Trey—. Puedo respirar.

—De acuerdo —dice Cal. Se incorpora, se saca la toalla de la cabeza y hace un gesto de dolor al girar un hombro—. Vamos a meterte en el coche.

—Yo no voy —dice Johnny, levantando las manos y aún sin resuello—. No pienso jugármela volviendo ahí. He tenido suerte de salir con vida.

—Como quieras —dice Cal—. Trey. Al coche. Ya.

—Esperad —dice Johnny. Se arrodilla en el suelo, delante de Trey—. Theresa, solo tenemos un minuto. Escúchame. —La agarra de los brazos y le da una pequeña sacudida para conseguir que lo mire a los ojos. En el titilante desorden generado por el crepúsculo y la luz del fuego, su rostro adquiere un aspecto atávico y cambiante, irreconocible—. Sé que piensas que solo volví para sacarle algo de dinero a este sitio, pero no es verdad. De todos modos, quería venir. Siempre quise. Es solo que mi intención era llegar en una limusina, rebosante de regalos para todos vosotros, disparando un cañón lleno de caramelos por la ventana, diamantes para tu mamá. Dejaros pasmados. Nunca quise que mi vuelta fuera así. No sé cómo se torció todo.

Trey mira el humo por encima del hombro de su padre y guarda silencio. No entiende por qué le dice esto, cuando no tiene la menor importancia. La sorprende que simplemente quiera hablar, no porque se sienta molesto, sino porque esta es su manera de funcionar. Sin alguien que lo escuche, lo elogie o lo compadezca, apenas existe. De no decírselo a Trey, no sería real.

—Sí —dice Cal—. Vamos.

Johnny lo ignora y habla más rápido.

—¿Alguna vez has tenido uno de esos sueños en los que te caes desde una gran altura o por un agujero? Estás perfectamente y, al momento siguiente, estás perdido. Llevo toda la vida sintiéndome dentro de uno de esos sueños. Como si me deslizara todo el rato y clavara las uñas para intentar agarrarme, pero siguiera deslizándome y nunca encontrara la forma de detenerme.

—Hay que irse —dice Cal.

Johnny respira hondo.

—Jamás he tenido la menor oportunidad —dice—. Solo quería decirte esto. Si este hombre va a darte una, cógela.

Johnny alza la cabeza y recorre la ladera de la montaña con la mirada. El fuego se propaga, pero sobre todo hacia arriba. Por los laterales sigue habiendo amplias extensiones de oscuridad; escapatorias.

—Esto es lo que ha ocurrido —dice Johnny—: Hooper y yo nos separamos al llegar aquí; él tomó el sendero y yo cogí un atajo a través del bosque para llegar a la parte trasera de casa, por si tú venías en esa dirección. Cuando Hooper te encontró, había tal estruendo que no tenía sentido llamarme a gritos, y el fuego estaba demasiado cerca para ir en mi búsqueda. No volvisteis a verme. ¿Lo has entendido?

Trey asiente. Por fin sirve para algo la habilidad de su padre para fabricar historias. Esta es de lo más sencilla y lo suficientemente próxima a la verdad como para sostenerse, hasta que encuentre la manera de escabullirse y desaparecer. Y al fin le permite quedar como un héroe.

Johnny sigue concentrado en Trey, sus dedos aferrados a sus brazos, como si quisiera algo más de ella. Trey no está dispuesta a entregarle un gramo de nada.

—Lo entiendo —dice, y libera sus brazos de un tirón.

—Toma —dice Cal. Se saca la cartera del bolsillo y le entrega unos cuantos billetes.

Johnny se endereza, los mira y se echa a reír. Ya ha recuperado el resuello. Con la cabeza levantada y el resplandor del fuego en los ojos, vuelve a parecer joven y travieso.

—Bueno, por Dios bendito —dice—, a este tipo no se le escapa una. Creo que os va a ir de fábula juntos.

Johnny se saca el teléfono del bolsillo y lo arroja entre los árboles, un lanzamiento largo y con fuerza hacia las llamas.

—Dile a tu mamá que lo siento —dice—. Algún día os enviaré una postal, desde donde sea que aterrice.

Se da la vuelta y echa a correr, ligero como un crío, en dirección al otro cruce de caminos, el que conduce a casa de Malachy

Dwyer y luego al extremo opuesto de la montaña. En unos pocos segundos ha desaparecido, tragado por el crepúsculo, los árboles y las delgadas volutas de humo.

Desde algún punto lejano, bajo el rugido mudo del fuego, a Trey le llega un ulular aproximándose: sirenas.

—Vámonos —dice Cal.

Capítulo 21

El humo es cada vez más denso. Cal levanta a Trey por las axilas y prácticamente la arroja dentro del coche.

—¿En qué cojones estabas pensando? —le dice Cal, cerrando de un portazo. Siente que podría pegarle si no va con cuidado—. Podrías haber muerto.

—No lo he hecho —señala Trey.

—Jesús —dice Cal—. Ponte el cinturón.

Da una vuelta en redondo, levantando gravilla, para empezar el descenso. El humo que flota lentamente da la impresión de que la carretera se mueve bajo los faros, fluctuando y agitándose como agua. Cal desearía apretar el acelerador, pero no puede arriesgarse a impactar contra un bache y que se queden ahí varados. Avanza con lentitud y constancia e intenta ignorar los rugidos que los envuelven y van ganando intensidad. En algún lugar se produce un estruendo a resultas de la caída de un árbol, tan violento que Cal siente cómo el coche sufre una sacudida.

El volumen de la sirena sube, se les aproxima de cara y a toda velocidad.

—Joder —suelta Cal entre dientes. La carretera se estrecha demasiado para permitir el paso, no hay ningún sitio en el que parar; lo único que puede hacer es dar media vuelta y dirigirse de nuevo hacia el fuego.

—Gira a la derecha —dice Trey, inclinándose hacia delante—. Ahora. Vamos.

Sin tener ni idea de lo que está haciendo, Cal da un volantazo, ve los faros del coche deslizarse por unos troncos, nota cómo los neumáticos superan un obstáculo y se encuentra tomando un sendero tan estrecho y cubierto de maleza que lleva dos años pasando por delante sin haber advertido su existencia, pero es de lo más real. A sus espaldas, en la carretera, la sirena pasa ululando y se desvanece.

—Ve con cuidado —dice Trey—. Hay muchas curvas.

—¿No será demasiado estrecho para este coche?

—No. Se ensancha un poco.

Incluso con las ventanas bajadas, el humo ha conseguido penetrar en el coche y espesar el aire. Cal lo nota atravesado en la garganta. Se obliga a levantar el pie del acelerador, entornando los ojos para distinguir la pista borrosa, que serpentea errática entre los árboles, tan cerrada que las ramas arañan los laterales del coche.

—¿Adónde nos lleva?

—Al pie de las montañas. Desemboca un poco pasado el pueblo. A la altura de la carretera principal.

Hay cosas que surgen de la oscuridad a toda velocidad y cruzan por delante de los haces de los faros, animalillos que dan brincos, pájaros agitados. Cal, con el corazón a mil por hora, pisa el freno en cada ocasión. Trey se agarra con fuerza contra las sacudidas y los baches de la pista.

—A la izquierda —dice cuando el coche llega a un grupo de árboles que parecen señalar el final del camino, y Cal obedece. Cal no tiene la menor idea de dónde están ni en qué dirección van—. A la izquierda —repite Trey.

De forma gradual, los árboles van adelgazándose y dan paso a maleza y tojos. La pista se ensancha y adquiere nitidez. Han dejado atrás el humo más espeso; en los campos de abajo se divisa el brillo de luces, pequeñas y resueltas, en las ventanas de las casas, y el horizonte aún muestra un suave tono turquesa por el oeste. El mundo sigue ahí. Cal vuelve a ubicarse.

—Hoy Lena me ha llevado a la ciudad —dice Trey, de la nada—. A ver a Nealon. Le he contado que no vi a nadie aquella noche. Solo a mi padre saliendo de casa.

—De acuerdo —dice Cal al cabo de un segundo. Se las ingenia para activar las pocas células cerebrales que siguen a su disposición para desentrañar parte de lo que esto implica—. ¿Lo viste?

Trey se encoge de hombros.

Cal se siente falto de recursos para encajar las piezas con delicadeza.

—¿Qué te hizo cambiar de opinión?

—Solo quise hacerlo —dice Trey. Se detiene, como si sus propias palabras la hubieran sorprendido—. Quise hacerlo —repite.

—Así de fácil —dice Cal—. Caramba, debería habérmelo imaginado. Después de conseguir poner a todo el pueblo patas arriba, esta mañana te has despertado y te has dicho: «A la mierda, me aburro, creo que voy a ir a la ciudad a cambiar mi historia…».

—¿Estás cabreado conmigo? —pregunta Trey.

Cal ni siquiera sabe cómo empezar a responder a esto. Por un momento, piensa que va a echarse a reír como un lunático.

—Dios mío, criatura —dice—. No tengo ni idea.

Trey lo mira como si pensara que quizá esté perdiendo la cabeza. Cal respira hondo y recupera un poco la compostura.

—Sobre todo, estoy contento de que esta tormenta de mierda parezca estar camino de acabarse. Y que encontraras la manera de no terminar muerta allá arriba. El resto está muy abajo en mi lista de prioridades.

Trey asiente, como si tuviera sentido.

—¿Crees que mi padre habrá conseguido cruzar?

—Sí. Se está extendiendo con rapidez, pero el camino que tomó va a tardar en ser inaccesible. Estará bien. Los tipos como él siempre lo están. —Cal ya está harto de andarse con sutilezas con Johnny. Cree que ha hecho más de lo que debería al evitar la tentación de arrojar al cabronazo a las llamas.

Han llegado al pie de la montaña. Cal gira por la carretera que conduce al pueblo e intenta respirar hondo. Las manos han empezado a temblarle con tal fuerza que apenas puede agarrar el volante. Frena un poco para no acabar en una zanja.

—¿Adónde vamos? —pregunta Trey.

—A casa de Lena —dice Cal—. Tu mamá y los niños ya están allí.

Trey guarda silencio durante un segundo. Luego dice:

—¿Puedo ir a la tuya?

Por sorpresa, Cal siente lágrimas acudiendo a sus ojos.

—Claro —dice, parpadeando para poder ver la carretera—. ¿Por qué no?

Trey suelta un largo suspiro. Se acurruca aún más en el asiento, poniéndose cómoda, y se da ligeramente la vuelta para observar el fuego, con la mirada absorta de una niña que se concentrara en el paisaje durante una excursión escolar.

Lena prepara la cama de invitados para Sheila y los pequeños y deja ropa de cama en el sofá para Maeve. Ayuda a Sheila a traer todas las bolsas del maletero del coche y a encontrar los pijamas y cepillos de dientes. Saca leche, tazas y galletas para que todos puedan tomarse un tentempié antes de acostarse. No llama a Cal. Él lo hará tan pronto como pueda. Lleva el teléfono en el bolsillo, en modo vibración para notar su llamada aunque todos hablen a la vez. Debe de ser el único teléfono de todo Ardnakelty, junto con el de Sheila, que no está sonando en estos momentos. Una vez lo siente vibrar y lo deja todo para cogerlo, pero es Noreen. Deja que salte el buzón de voz.

Ya es de noche, pero, por encima de la montaña, la nube contiene un resplandor anaranjado, incontrolable y palpitante. Un denso olor a tajo quemado impregna el aire que ha acabado descendiendo hasta aquí. Afuera, en la carretera, se oye el sonido de sirenas, y Lena y Sheila fingen no oírlas. Lena conoce bien a Trey como para saber que tenía algo planeado. Por el modo en que el silencio de Sheila se va espesando a medida que pasa el tiempo y Trey no regresa, también sabe que esto no entraba en los planes.

Liam está inquieto y revoltoso, dándoles patadas a las cosas y trepando por los muebles, exigiendo saber dónde está su padre cada diez segundos. Ni Lena ni Sheila disponen de reservas de atención que ofrecerle. Sheila ya tiene bastante con Alanna, que le tira todo el rato de la camiseta; y si bien Lena es capaz de empatizar del todo con el humor de Liam, le está costando horrores no gritarle que se calle de una puta vez. Al final es Maeve quien agarra a Liam de la mano, le pregunta a Lena por los cepillos de las mascotas y se lleva a su hermano a acicalarlas. Ninguno sabe muy bien lo que hace, pero los perros se muestran pacientes, y poco a poco Liam se adapta al ritmo de la tarea. Al cruzar por delante de ellos acarreando toallas, Lena oye a Liam preguntarle algo a Maeve en voz baja, y Maeve lo hace callar.

Cuando al fin suena el teléfono, Lena casi tira una silla de camino a la puerta de atrás.

—Cal —dice, cerrando la puerta a su espalda.

—Estamos en mi casa. Trey y yo.

Lena siente cómo le flojean las rodillas y se deja caer en un escalón.

—Estupendo —dice. La voz le sale tranquila y firme—. ¿Estáis heridos?

—Trey se ha torcido un tobillo y tiene algunas quemaduras menores. Nada grave.

La voz de Cal también es firme. Lo que sea que haya ocurrido allá arriba ha sido malo.

—Todo eso se curará —dice Lena—. ¿Está comiendo?

—Acabamos de llegar. Pero sí, ya está dando la murga con que se muere de hambre. Le he dicho que le prepararía algo tan pronto cuelgue de hablar contigo.

—Bueno —dice Lena—, ahí lo tienes. Mientras conserve el apetito, diría que está bien, más o menos.

A Lena le llega un profundo suspiro del otro lado del aparato.

—Me ha pedido venir a mi casa —dice Cal—. Si a Sheila le parece bien, se quedará un tiempo conmigo.

—Qué remedio —dice Lena. Ella también suspira con fuerza y se recuesta contra la pared—. Aquí ya no me queda sitio; tendría que dormir en la bañera.

—Su casa ha desaparecido. No sé cuánto más ha seguido el mismo camino.

—Lena piensa que a Johnny debe de habérsele caído una colilla.

Se produce un segundo de silencio.

—Johnny se encontraba al pie de la montaña cuando ha empezado el fuego —dice Cal.

Lena advierte las capas soterradas en la voz de Cal, y recuerda a Mart Lavin diciéndole que iba a ocuparse de Johnny.

—Probablemente ardiera durante un rato. Antes de prender.

Otro segundo de silencio, turno ahora de Cal de atender a lo no expresado mientras Lena permanece sentada en la oscuridad, rodeada por el olor a humo, escuchándolo escuchar.

—Probablemente sea el caso —dice Cal—. Una vez se ha extendido, resulta imposible saber qué ocurrió.

—¿Dónde está Johnny?

—Ha abandonado el pueblo. Le he dado un poco de dinero para ayudarlo a huir. No puedo jurar que haya sido capaz de cruzar la montaña, y probablemente sea buena idea que la gente piense que no lo logró. Pero, por lo que he visto, no creo que haya tenido problemas.

Lena se siente aliviada, no por Johnny, sino por Trey, que no tendrá que vivir creyendo que tuvo algo que ver con la muerte de su padre.

—Ya era hora, joder —dice Lena.

—Justo a tiempo, diría yo —dice Cal—. El tipo estaba hundido en la mierda.

—Lo sé, sí.

—Y más mierda que le esperaba. La chica me ha contado que fuisteis a ver a Nealon.

Lena no sabría decir qué piensa Cal de esto.

—Confiaba en que te lo contara —dice—. No estaba segura. Temía que te enfadaras con ella.

—Malditos adolescentes —dice Cal con toda su alma—. Tengo un montón de motivos para estar enfadado; si empiezo a enumerarlos, nos tiramos un año. Lo que me preocupa es que no me ha contado qué la hizo cambiar de opinión. Es asunto suyo, pero si alguien la forzó, me gustaría saberlo.

—Nadie la forzó —dice Lena—. Simplemente entró en razón.

Cal no pregunta, algo que agradece Lena. Las respuestas podrían suponerle una carga, o una complicación, nada que necesite en estos momentos. Al cabo de un minuto, Cal dice:

—No creo que Johnny matara a ese tipo.

—Yo tampoco —dice Lena—. Pero quizá fuera de utilidad, por una vez en su vida.

Se buscan el uno al otro en los silencios, tanteándose. Lena no quiere a Cal flotando en el vacío al teléfono. Lo quiere donde pueda tocarlo.

—Cierto —dice Cal—. En cualquier caso, no es mi problema. Lo único que me importa es que se haya marchado de una maldita vez.

Lena visualiza a Nealon, el triunfo absoluto grabándose en su rostro.

—En tus tiempos como detective —dice Lena—, cuando sabías que ibas a detener al culpable, ¿qué sentías?

Se produce un silencio. Por un momento, Lena piensa que Cal va a preguntarle a qué demonios viene esta pregunta. En vez de eso, le responde:

—Sobre todo, alivio. Como arreglar algo que estaba hecho un desastre. Cuando dejé de sentirme así, supe que era el momento de dejarlo.

Lena se sorprende sonriendo ante este comentario. Aunque no siente que deba compartirlo con él, piensa que a Cal no le habría gustado trabajar con Nealon tanto como se imagina.

—Sabia decisión —dice—. Ahora Rushborough ya no es problema tuyo.

—Gracias a Dios —dice Cal—. Tengo que alimentar a la cría. Solo quería llamarte primero.

—Enseguida estoy ahí —dice Lena—. Me aseguraré de que todo el mundo se acueste y que Sheila sabe dónde está todo, e iré a tu casa.

—Sí —dice Cal, con un suspiro largo y repentino—. Me encantará.

Tan pronto Lena cuelga, Sheila aparece sigilosamente en la puerta y la cierra a sus espaldas.

—¿Era Cal? —pregunta.

—Sí —dice Lena—. Él y Trey están bien. Están en casa de Cal.

Sheila respira hondo y exhala lentamente. Se sienta en el escalón, junto a Lena.

—Bueno, pues eso está en orden —dice.

Sigue un silencio. Lena sabe que Sheila lo está dejando para permitirle preguntar lo que desee, una señal de cortesía, dado que los está acogiendo. Lena no tiene preguntas, o al menos ninguna para la que necesite respuestas.

—Johnny se ha largado —dice Lena—. Cal le ha dado algo de dinero. Si tiene suerte, todos pensarán que murió en el incendio.

Sheila asiente.

—Entonces eso también está en orden —dice, alisándose los muslos con las manos.

El cielo está tan oscuro como los campos, de modo que se funden en una sola extensión sin límites. En lo alto, en medio de la oscuridad, cuelga un anillo naranja, brillante y distorsionado. Más arriba, nubes de humo, encendidas de un modo extraño por la parte inferior, ascienden y giran.

—Cal me ha dicho que la casa ha desaparecido —dice Lena.

—Ya lo sabía, claro. Solo quedarán las cenizas. De todos modos, odiaba ese lugar. —Sheila echa la cabeza hacia atrás para mirar el fuego con una expresión vacía—. No te molestaremos mucho tiempo —dice—. Será cuestión de un par de semanas. Si la vieja casa de Murtagh sobrevive, quizá le pida que nos deje quedárnosla. O puede que bajemos de la montaña, por cambiar un poco, y veamos si Rory Dunne acepta que nos instalemos en su casa de campo, en vez de ponerla en Airbnb. Alanna empieza el colegio el mes que viene; no me iría mal buscarme un trabajo.

—Podéis quedaros el tiempo que necesitéis —dice Lena—. Sobre todo si Maeve y Liam piensan seguir cepillando a los perros. Con el calor que ha estado haciendo este verano, han soltado tanto pelo que podría haberme fabricado una alfombra a medida.

Sheila asiente.

—Voy a contarles a los niños lo de su padre —dice—. Están preocupados. Se van a llevar un disgusto con su marcha, al menos Maeve y Liam, pero les diré que lo importante es que está a salvo. Se alegrarán por él.

—Bien. Alguien debe hacerlo.

Sheila suelta una risita y Lena advierte cómo han sonado sus palabras.

—Ah, para —protesta, pero ella también se echa a reír—. Lo decía en serio.

—Lo sé, sí, sé que lo decías en serio. Y llevas razón, por supuesto. Solo es el modo en que lo has dicho, como si… —Ambas se ríen más fuerte de lo que merece la situación, tanto que Sheila coloca la cabeza entre las piernas—. Como si hablaras de limpiar un lavabo mugriento: «Alguien debe hacerlo…».

—«… pero yo no pienso tocarlo.»

—Oh, Dios…

—¿Mamá? —dice Alanna, en la puerta. Lleva una camiseta roja que le viene grande y que Lena ya le ha visto a Trey, aunque le deja al descubierto las piernas.

—Ay, Jesús —dice Sheila, recuperando el aliento y frotándose los ojos con el dorso de la mano—. Ven aquí. —Le tiende un brazo a Alanna.

Alanna se queda donde está, desconcertada y recelosa.

—¿De qué os reís?

—Ha sido un día muy largo, nada más —dice Sheila—. Un tiempo muy largo. Ven aquí.

Al cabo de un momento, Alanna baja al escalón y se acurruca en el recodo del brazo de Sheila.

—¿Dónde está Trey?

—En casa de Cal.

—¿Se va a quedar allí?

—No lo sé. Tenemos muchas cosas por decidir. Apenas acabamos de empezar.

Alanna asiente. Sus ojos, levantados en dirección a la montaña, transmiten solemnidad y ensoñación.

—Hora de irse a la cama —dice Sheila. Se endereza y, con un gruñido de esfuerzo, levanta a Alanna del escalón. Alanna le enrosca las piernas alrededor de la cintura, sin apartar la mirada del fuego.

—Vamos —dice Sheila, y se la lleva dentro.

Lena se queda un rato fuera, escuchando los sonidos de todos los lugareños que se preparan para ir a acostarse. No tiene ningún deseo de que la situación se alargue mucho, pero siente que merece la pena disfrutar de nuevo de compañía en casa.

Con todo lo ocurrido, Trey se ha saltado la cena. Esto le preocupa bastante más que su tobillo —que ha adquirido el tamaño de una pelota de béisbol y una tonalidad morada, aunque no parece que esté roto— y que las manchas rojas y las ampollas de sus brazos, allá donde ha sufrido quemaduras. Cal, cuyas manos siguen temblando, no se siente capaz de cocinar nada sustancioso. Coloca un vendaje en el tobillo de la chica y le prepara un sándwich, luego otro, y al final opta por dejar el pan y los diversos ingredientes sobre la mesa para que se sirva ella misma.

La observa con la idea de detectar todo un conjunto de señales, intentando recordar todo lo que Alyssa le ha ido contando a lo largo de los años sobre el trauma, las reacciones diferidas y los trastornos del apego, pero, por mucho que se esfuerce, no reconoce nada de nada. La chica parece ante todo hambrienta y sobrada de mugre. Daría un brazo por saber qué le acabó resultando más importante que cumplir con su venganza, pero tiene la sensación creciente de que quizá sea algo que jamás esté dispuesta a compartir con él.

Probablemente deberían hablar del fuego —entre un montón de asuntos peliagudos—, de la gente que podría perderlo todo, de los animales que se han quedado sin hogar, de los bomberos que han arriesgado sus vidas. No piensa hacerlo. Por un motivo: ahora mismo siente un alivio tan enorme de tenerla ahí, y aparentemente de una pieza, que no le queda sitio para cuestiones relacionadas con la conciencia. Un segundo motivo es que no conduciría a nada. Si Trey le prendió fuego a su casa, fue para deshacerse de pruebas. Cal solo vislumbra un motivo para ello y nada parece capaz de superarlo.

—No voy a preguntarte —dice Cal de repente.

Trey levanta la vista hacia él, masticando.

—Sobre nada. Si alguna vez quieres contarme algo, adelante, me encantará oírlo. Pero no voy a preguntarte.

Trey se toma un minuto para reflexionar sobre esto. Luego asiente y se mete el último pedazo de sándwich en la boca.

—¿Puedo darme una ducha? —pregunta sin dejar de masticar—. Estoy sucísima.

Cal sale de la casa para que Trey se duche tranquila. Se recuesta contra un murete de la carretera a observar el fuego. Pocos días atrás, no se habría quedado tranquilo dejando a Trey sola en casa, pero ya está fuera de peligro. No tiene claro qué maraña compleja de lealtades la llevó a las decisiones que acabó tomando, pero eso no importa —al menos por ahora—, siempre que esas decisiones resulten aceptables desde el exterior.

Cal sigue fuera cuando Mart aparece caminando fatigosamente por la carretera. Pese al resplandor anaranjado que ilumina el cielo, la oscuridad es tal que Cal oye el crujido de sus pasos antes de que su figura asome de entre los setos. Reconoce a Mart por su forma de caminar. Es más errática que de costumbre, y se apoya con más fuerza en el cayado: todo ese tiempo de pie, observando a Johnny cavar, lo ha agarrotado.

—Ey —le dice Cal cuando se ha acercado lo suficiente.

—Ah —dice Mart, con una sonrisa dibujándosele en el rostro—. Ahí estás. Es todo cuanto quería saber, que habías vuelto a casa sano y salvo. Ahora puedo abandonarme a mis dulces sueños con la conciencia tranquila.

—Sí —dice Cal—, gracias por venir a asegurarte. —Su alianza forzosa con Mart ya es historia, pero algo ha cambiado entre ellos, le guste o no.

Mart olfatea el aire.

—Dios mío —le dice a Cal—, desprendes un buen tufo a humo. Será mejor que te frotes bien antes de que llegue tu señora, o va a mantener las distancias. ¿Te has acercado mucho al fuego?

—Solo durante un minuto —dice Cal—. Metí a Trey en el coche y salí pitando. Trey está dentro. Sheila y los otros niños están en casa de Lena.

—Fantástico —dice Mart, sonriéndole—. Me alegra mucho saber que todos están bien. ¿Qué me dices del pillo de Johnny, amigo? ¿Lo empujaste al fuego, o dónde demonios anda?

—Johnny pensaba que la chica seguía dentro de la casa —dice Cal—. La rodeó para ir a buscarla. No sé qué ha sido de él.

—Eso es maravilloso —dice Mart con aprobación—. Enternecería a cualquier corazón: el desgraciado que no sirve para nada sacrificándose por su hija. Diría que esa historia va a provocar furor; a todo el mundo le entusiasma un poco de redención, sobre todo si, además, el protagonista recibe su merecido. ¿Lo empujaste al fuego? Entre nosotros.

—No fue necesario —dice Cal—. Salió corriendo.

Mart asiente, imperturbable.

—Siempre fue lo que mejor se le dio —dice—. Es estupendo cuando los talentos de un hombre resultan de utilidad. ¿Te dijo hacia dónde se dirigía?

—No —dice Cal—. Y tampoco le pregunté porque no importa. Cuanto necesita saber la gente es que no pudo escapar de esa montaña.

Mart se lo queda mirando y suelta una risita.

—Vaya, vaya, fíjate en eso —dice—. Por fin he conseguido que te amoldes por completo a este lugar. Ya le has pillado el truco; ahora no habrá quien te pare.

—Aunque Johnny consiguiera escapar —dice Cal—, va a marcharse bien lejos para no regresar nunca. Nos hemos librado de él.

Y si Nealon concluye que Johnny era su hombre, también nos libraremos de él.

—Bueno —dice Mart, alzando mucho las cejas—. Grandes noticias, pues. Les deseo buen viaje a ambos.

—Brindo por ello —dice Cal. Mart no le pregunta qué hizo que Trey cambiara de opinión. Tampoco esperaba Cal que lo hiciera.

—Seguro que sí. ¿Sabes una cosa? —dice Mart en tono reflexivo, girando la cabeza para examinar el avance de las llamas—. Precisamente hubo algunos votos a favor de empezar por prenderle fuego a la casa de Johnny, en vez de andar trajinando con palas y lo que fuera. El mundo está bien loco, si te paras a pensarlo. Hagas lo que hagas, al final siempre obtienes el mismo resultado.

—¿Has oído algo sobre el alcance del incendio? —pregunta Cal.

—Gimpy Duignan y su mujer fueron obligados a evacuar, igual que Malachy y Seán Pól, y todos los que viven en la parte de arriba, también unos cuantos de los que viven al otro lado. Los bomberos confían en tenerlo controlado antes de que se extienda tanto, pero todo dependerá del viento. —Mart entorna los ojos en dirección al cielo—. Y quizá no solo del viento. Nunca creí que estas palabras volverían a salir de mi boca, pero voy a decirte algo, amigo: parece que va a llover.

Cal levanta la cabeza. El cielo se ve cargado y sin estrellas; el aire transmite un peso y un hormigueo nervioso que no tienen nada que ver con el incendio.

—Si llevo razón —dice Mart—, quizá los daños sean limitados. Las ovejas de allá arriba tienen más sentido común que la mayoría de los hombres; habrán salido huyendo al olisquear la primera señal de humo. Perderemos un poco de bosque y mucho tojo, pero es evidente que nadie lo lamentará; desbrozará la tierra para pasto, y bien sabe Dios que toda ayuda es bienvenida. Mientras no se destruyan más casas, esto puede ser una bendición tapada. —Mart le lanza una penetrante mirada de reojo a Cal—. ¿Alguna idea de cómo se originó el fuego?

—Sheila Reddy piensa que fue cosa de Johnny —dice Cal—. Por accidente. Tiró una colilla que seguía encendida.

Mart le da vueltas a esto sin dejar de examinar el cielo.

—Yo opino lo mismo —admite—. Detesto hablar mal de los muertos, pero Johnny era terriblemente incapaz de pensar en las consecuencias de sus actos. Eso encaja a la perfección.

—¿Ibais a matarlo? —le pregunta Cal.

El rostro de Mart se arruga hasta formar una sonrisa.

—Menos «ibais» ahí, joven.

—De acuerdo. ¿Íbamos a matarlo? —dice Cal.

—Dímelo tú, amigo —dice Mart—. Estabas presente. Dímelo tú. —Mart recuerda algo de golpe y se pone a hurgar en uno de sus bolsillos—. Ven, quiero enseñarte algo. Iba camino de casa cuando los faros del coche iluminaron ese puto zombi que tienes en el huerto. Soy una persona observadora, por lo que advertí algo diferente en él. Así que me detuve y me acerqué a mirar. Adivina lo que llevaba puesto el tipo.

Se saca algo del bolsillo que empieza a agitar con triunfalismo y lo levanta a la altura de los ojos. Cal debe inclinarse para identificar de qué se trata. Es el sombrero naranja de pescador de Mart.

—No le gustó un pelo que se lo arrancara —dice Mart—, pero le planté cara como si fuera Rocky Balboa, eso hice. Nadie se interpone entre mi sombrero y yo.

—Bueno, maldita sea —dice Cal. Siempre mantuvo la boca cerrada sobre el asunto, pero desde el primer momento pensó que Mart tenía razón al culpar a Senan de su desaparición—. Senan es inocente.

—Exactamente —dice Mart, balanceando el sombrero delante de Cal—. No temo admitir mis errores. Senan se encontraba al pie de la montaña, contigo y conmigo, cuando plantaron esto, y le debo una disculpa y una pinta. ¿Entonces quién me lo robó? La próxima vez que te sientas tentado de resolver un misterio, amigo, pon tus recursos como detective a trabajar en esto.

Se encasqueta el sombrero en la cabeza y le da una palmadita de satisfacción.

—Bien está lo que bien acaba —dice—. Ese es mi lema. —Alza el cayado en dirección a Cal y echa a andar carretera arriba, hacia la oscuridad, tarareando una tonadilla alegre e intentando que todas sus articulaciones vayan a una.

La casa de Trey tiene, o tenía, un solo baño, y el agua caliente nunca era suficiente, de modo que aprovecha que está en casa de Cal para darse la ducha más larga de su vida y sin que nadie aporree la puerta. El pie malo lo tiene apoyado sobre el taburete que Cal y ella fabricaron cuando Trey era más baja, para ayudarla a alcanzar cosas de las estanterías. El agua caliente le aguijonea las quemaduras, y tiene pequeñas calvas al descubierto en el cuero cabelludo.

A su mente acuden fogonazos inconexos de ese día: Nealon reclinándose en su silla, árboles en llamas, Lena acercándose a paso firme por el sendero, gasolina desparramándose por la carretilla abarrotada, las manos de su madre encima de la mesa y bañadas por la luz del sol. Excepto el fuego, todo parece que hubiera ocurrido hace años. Quizá algún día todo esto la haga sentir algo, pero por ahora no le queda espacio; los fogonazos ocupan por entero su mente. Lo único que es capaz de sentir es alivio por encontrarse en casa de Cal.

Al salir de la ducha, no ve a Cal por ninguna parte, pero Rip duerme apaciblemente en su rincón, de modo que no se preocupa. Se sienta en el sofá, se recoloca el vendaje y mira a su alrededor. Le gusta esta habitación. Goza de claridad y cada objeto parece tener su sitio. Los libros se alinean en montoncitos ordenados bajo el alféizar; a Cal no le irían mal unas estanterías.

Trey rechaza la idea. Devolverle el favor por acogerla sería una estupidez, algo propio de una criatura. Al fin ha encontrado algo digno de entregarle: su venganza. Las deudas que había contraído con él están saldadas de un modo que impide volver a chiquilladas como lonchas de jamón o unas estanterías. Ahora están en otra dinámica.

Trey encuentra a Cal fuera, observando el fuego con la espalda recostada contra el murete.

—Ey —le dice Cal, girando la cabeza al oír sus pasos sobre la hierba.

—Ey —dice Trey.

—No deberías apoyar ese pie en el suelo. Necesita descansar.

—Sí —dice Trey, que se recuesta con los brazos cruzados en el murete de al lado. Confía en que Cal no vaya a hablarle, por lo menos de temas que exijan pensar un poco. En las últimas semanas ya ha hablado y pensado bastante como para no tener que volver a hacerlo el resto de su vida.

El fuego se ha extinguido en la ladera de la montaña, elevándose hasta discurrir por su cresta; los contornos familiares están trazados con fuego, recortándose contra una profunda oscuridad. Trey se pregunta cuánta gente del pueblo estará haciendo lo mismo que ellos, observando desde sus cancelas o por las ventanas. Desea que todas y cada una de esas personas entiendan lo que están viendo: la hoguera del funeral de Brendan.

—¿Tu madre ha conseguido salvar parte de tu ropa? —le pregunta Cal.

—Sí, casi toda.

—Bien. Lena llegará dentro un rato; le pediré que te traiga una muda. La que llevas huele a humo.

Trey se acerca el cuello de la camiseta a la nariz para olerlo. El olor es penetrante, negro y boscoso. Decide que va a quedársela tal y como está. Puede utilizarla para envolver el reloj de Brendan.

—Pídele si también puede traer a Banjo.

—Y mañana —dice Cal— iremos a la ciudad a comprarte unos tejanos que te cubran los malditos tobillos.

Trey sonríe.

—Para tener un aspecto decente, ¿no?

—Sí —dice Cal. Trey advierte la sonrisa involuntaria que también desprende su voz—. Eso es. No puedes ir por ahí enseñando los tobillos a todo el mundo. Conseguirás que alguna señora mayor sufra un ataque al corazón.

—No necesito unos tejanos nuevos —dice Trey de forma refleja—. Estos están muy bien.

—Si me das problemas —dice Cal—, haremos una parada en la barbería, donde me desharé de esta barba, enterita. Entonces podrás saludar a las verrugas de mi barbilla.

—He cambiado de opinión —le dice Trey—. Quiero conocerlas. Adelante.

—No —dice Cal—. No tendría sentido. El tiempo está cambiando. Huele: se avecina lluvia.

Trey levanta la cabeza. Cal lleva razón. El cielo está demasiado oscuro como para que se vean nubes, pero el aire se arremolina contra su mejilla, frío y húmedo en la nariz; el olor a musgo y a piedra mojada discurre bajo la omnipresencia del humo. Algo está fluyendo con determinación desde el oeste, acumulándose sobre sus cabezas.

—¿Conseguirá apagar el fuego? —pregunta Trey.

—Probablemente, entre la lluvia y los bomberos. O al menos evitarán que se siga extendiendo.

Trey alza la vista hacia la ladera de la montaña, donde yace Brendan y donde ella casi se le une. Sus probabilidades de encontrarlo, escasas para empezar, han desaparecido. El fuego habrá barrido cualquier señal que hubiera podido detectar; si su fantasma llegó a estar ahí, ahora ha quedado reducido a una pequeña llama, retorciéndose entre el humo hasta desaparecer en el cielo nocturno. Se sorprende al descubrir que se siente bien con ello. Lo echa de menos con la misma intensidad que siempre, pero esa necesidad lacerante se ha esfumado. La dinámica entre ambos también ha cambiado.

Algo tan ligero como un mosquito impacta contra su mejilla. Al tocarlo, siente un puntito de humedad.

—Lluvia —dice.

—Sí —dice Cal—. Esto tranquilizará a los granjeros. ¿Quieres que vayamos dentro?

—No —dice Trey. Debería sentirse agotada, pero no lo está. El aire fresco le sienta bien. Podría quedarse toda la noche aquí fuera, hasta que el fuego se extinga o llegue el amanecer.

Cal asiente y busca una manera más cómoda de apoyar los brazos en el murete. Le envía un mensaje a Lena con el tema de Banjo y la muda de ropa, y le muestra a Trey el emoticono de los pulgares hacia arriba. Los grajos, alertas e inquietos, comentan la situación con voz ronca y se mandan callar los unos a los otros.

La línea de fuego se ha ampliado y extendido a lo largo del horizonte, siguiendo las subidas y bajadas de la cresta de la montaña. Su sonido les llega suave y calmo, al modo del eco de un océano lejano. Ya es tarde, pero por todas partes, hasta donde se pierde la vista, los campos aparecen punteados con las lucecitas de las casas. Todo el mundo permanece despierto, velando.

—Es bonito —dice Trey.

—Sí —dice Cal—. Imagino que lo es.

Se recuestan contra el murete a observar mientras la lluvia les motea la piel con más fuerza y el contorno brillante de las montañas cuelga del cielo nocturno.

Agradecimientos

Tengo una enorme deuda de gratitud con Darley Anderson, la mejor aliada y el mejor apoyo que podría tener un escritor, y con todo el equipo de la agencia, especialmente Mary, Georgia, Rosanna, Rebeka y Kristina; mis maravillosas editoras, Andrea Schulz y Harriet Bourton, por su habilidad cuasi mágica para detectar lo que este manuscrito necesitaba ser y mostrarme cómo conseguirlo; la superestrella Ben Petrone, Nidhi Pugalia, Bel Banta, Rebecca Marsh y toda la gente de Viking US; Olivia Mead, Anna Ridley, Georgia Taylor, Ellie Hudson, Emma Brown y toda la gente de Viking UK; Cliona Lewis, Victoria Moynes y toda la gente de Penguin Irlanda; Susanne Halbleib y toda la gente de Fischer Verlage; Steve Fischer de APA; Ciara Considine, Clare Ferraro y Sue Fletcher, que pusieron todo esto en movimiento; Aja Pollock, por su edición con ojo de lince; Peter Johnson, por sus consejos preparatorios, dignos de una liebre; Graham Murphy, por averiguar lo que no echan por la tele un lunes de julio; Kristina Johansen, Alex French, Susan Collins, Noni Stapleton, Paul y Anna Nugent, Ann-Marie Hardiman, Oonagh Montague, Jessica Ryan, Jenny y Liam Duffy, Kathy y Chad Williams, y Karen Gillece, por las risas, las charlas, el apoyo, la creatividad, las salidas de noche, congelarnos los pies en una playa en invierno y el resto de las cosas esenciales; mi madre, Elena Lombardi; mi padre, David French; y, cada vez más, mi marido, Anthony Breatnach.

ÍNDICE